NORA ROBERTS

Im Schutz der Nacht

Autorin

Nora Roberts wurde 1950 in Maryland geboren. Ihren ersten Roman veröffentlichte sie 1981. Inzwischen zählt sie zu den meistgelesenen Autorinnen der Welt: Ihre Bücher haben eine weltweite Gesamtauflage von über 500 Millionen Exemplaren. Auch in Deutschland erobern ihre Bücher und Hörbücher regelmäßig die Bestsellerlisten. Nora Roberts hat zwei erwachsene Söhne und lebt mit ihrem Ehemann in Maryland.

Von Nora Roberts bereits erschienen (Auswahl)

Nach dem Sturm · Am dunkelsten Tag · Die Stunde der Schuld · Ein dunkles Geschenk · Die letzte Zeugin · Im Schutz der Wälder

Nora Roberts

Im Schutz der Nacht

Roman

Deutsch von
Margarethe van Pée

blanvalet

Die Originalausgabe erschien 2022 unter dem Titel »Nightwork«
bei St. Martin's Press, New York.

FSC
www.fsc.org
MIX
Papier | Fördert
gute Waldnutzung
FSC® C014496

Penguin Random House Verlagsgruppe FSC® N001967

Vollständige Taschenbuchausgabe
der 2023 bei Blanvalet erschienenen Hardcoverausgabe

Published by Arrangement with Eleanor Wilder
Dieses Werk wurde vermittelt durch die Literarische Agentur
Thomas Schlück GmbH, 30161 Hannover

Redaktion: René Stein
Umschlaggestaltung: © www.buerosued.de
Umschlagmotive: © www.buerosued.de; mauritius images/
Alamy/Images By T.O.K.
BSt · Herstellung: DiMo · TaVr
Satz: Uhl + Massopust, Aalen
Druck und Bindung: GGP Media GmbH, Pößneck
Printed in Germany
ISBN 978-3-7341-1329-1

www.blanvalet.de

Für Jason und Kat,
meine Theater-Kinder

TEIL I
DER JUNGE

Der Wille eines Jungen ist wie der Wind,
und die Gedanken der Jugend sind lang,
so lang.

Henry Wordsworth Longfellow

Jeder kann den Schmerz bemeistern,
nur der nicht, der ihn fühlt.

William Shakespeare

1

Mit neun Jahren, als seine Mutter zum ersten Mal mit dem tödlichen Krebs rang, wurde er zum Dieb. Damals sah er es nicht als Wahl, als Abenteuer oder als Kick – obwohl er all dies später genau so empfand. Als Junge war Stehlen für Harry Booth gleichbedeutend mit Überleben.

Sie mussten essen, die Hypothek und die Arztrechnungen bezahlen und Medikamente kaufen, obwohl seine Mutter zu krank war, um zu arbeiten. Sie tat ihr Bestes, das tat sie immer, und zwang sich aufzustehen, auch wenn ihr die Haare büschelweise ausfielen und sie so viel abnahm, dass sie nur noch ein dünnes Klappergestell war.

Das kleine Unternehmen, das sie mit ihrer Schwester aufgebaut hatte, seiner verrückten Tante Mags, konnte die unvorstellbar hohen Kosten für die Krebsbehandlung und die Medikamente, die in den Körper seiner Mutter gepumpt wurden, nicht tragen. Seine Mutter war die Seele vom Funkelschwestern-Reinigungsdienst, und obwohl Harry an den Wochenenden einsprang, gingen Kunden verloren.

Keine Kunden, kein Einkommen. Kein Einkommen, da musste man das Geld für die Hypothek des gemütlichen kleinen Hauses in Chicagos West Side anderswo herholen.

Ihr Haus war nicht besonders groß, aber es gehörte ihnen – und der Bank. Seine Mutter hatte immer pünktlich ihre Raten gezahlt, bis sie krank wurde. Doch das war den Banken egal, sobald man nur ein einziges Mal im Rückstand war.

Alle wollten Geld von ihnen, und wenn man es nicht rechtzeitig bezahlte, kam immer noch mehr dazu. Wenn man eine Kreditkarte hatte, konnte man Dinge wie Medikamente und Schuhe kaufen – seine Füße wurden immer größer –, aber daraus entstanden immer noch mehr Rechnungen und Zinsen und so was. Nachts, wenn sie glaubte, er schliefe, hörte er seine Mutter weinen.

Er wusste, dass Mags half, so gut sie konnte. Sie arbeitete hart, um die Kundschaft zu halten, und sie bezahlte einige Rechnungen oder Verzugszinsen aus ihrer eigenen Tasche. Aber es reichte einfach nicht.

Mit neun lernte er, das Wort *Zwangsvollstreckung* hieß, dass man auf der Straße saß. Und das Wort *Pfänden* bedeutete, dass Leute einem das Auto einfach so wegnehmen konnten.

Und so lernte er mit neun Jahren, dass es den Männern in Anzug und Krawatte mit den Aktentaschen völlig egal war, dass seine Mutter sich immer an alle Regeln gehalten hatte.

Er war geschickt im Taschendiebstahl. Seine verrückte Tante Mags hatte ein paar Jahre in einem Wanderzirkus verbracht und ein paar Tricks gelernt. Sie hatte sie ihm wie ein Spiel beigebracht.

Er war gut, verdammt gut darin und wusste dieses Talent zu nutzen. Seine Mutter hatte ihm zwar sorgfältig vermittelt, was richtig und was falsch war, aber ihm sagte das nicht viel, wenn sie sich nach der Chemo im Badezimmer erbrach oder sich einen Schal um den kahlen Kopf schlang und in irgendein vornehmes Haus an der Küste zum Putzen ging.

Er machte den Leuten in den schicken Häusern, den eleganten Penthouse-Wohnungen oder den glänzenden Bürogebäuden keinen Vorwurf. Sie hatten einfach mehr Glück im Leben als seine Mom.

Er fuhr mit dem Zug, wanderte durch die Straßen, suchte

sich seine Opfer aus. Er hatte ein gutes Auge dafür. Die sorglosen Touristen, der Typ, der bei der Happy Hour ein Glas zu viel getrunken hatte, die Frau, die zu sehr mit ihren Textnachrichten beschäftigt war, um auf ihre Handtasche zu achten.

Er sah nicht aus wie ein Dieb, der dünne, kleine Junge, der noch wachsen musste, mit seinem lockigen braunen Haarschopf und den großen blauen Augen, die so unschuldig dreinblicken konnten.

Er konnte sein Lächeln strahlend aufblitzen lassen oder schüchtern unter gesenkten Lidern blinzeln. Manchmal verbarg er seine Haare unter einer Baseballkappe (dann sah er aus wie ein kleiner Depp), oder er bändigte sie so, als ginge er auf eine Privatschule.

In einer Zeit, in der seine Mutter zu krank war, um mitzubekommen, was los war, wurde die Hypothekenrate bezahlt – Mags fragte nicht; er sagte nichts –, und das Licht blieb an. Und er hatte trotzdem noch genug Geld, um durch die Secondhandläden zu streifen und sich seine »Garderobe« zusammenzustellen.

Ein alter Schulblazer, eine Stoffhose, ein verwaschenes Bears-Sweatshirt. Er nähte Beutel und Taschen in einen Wintermantel aus zweiter, vielleicht sogar aus dritter Hand.

Und er kaufte sich sein erstes Set Dietriche.

Er sorgte dafür, dass seine Noten gut blieben. Er war intelligent und wissbegierig, lernte, machte seine Hausaufgaben und hielt sich von Problemen fern. Er dachte über ein eigenes Geschäft nach – bezahlte Aufträge für andere übernehmen. Doch Harry wusste, dass die meisten Kinder Plappermäuler waren.

Also trainierte er mit seinen Dietrichen und benutzte den Computer in der Bibliothek, um alles über Sicherheits- und Alarmsysteme zu lernen.

Dann ging es seiner Mutter besser. Sie war zwar immer noch blass und dünn, aber sie wurde zunehmend kräftiger. Die Ärzte nannten es Remission.

Das wurde sein Lieblingswort.

In den nächsten drei Jahren war das Leben wieder fast normal. Er beging immer noch Taschendiebstähle. Er klaute in Geschäften, war aber stets sehr vorsichtig – nichts, was zu teuer war oder man wiedererkennen würde. Er hatte eine nette Vereinbarung mit einem Pfandleihhaus auf der South Side getroffen.

Sie mussten sich durch einen Berg von Rechnungen wühlen – und das Geld, das er mit Nachhilfeunterricht verdiente, reichte bei Weitem nicht aus.

Außerdem hatte er Geschmack daran gefunden.

Seine Mutter und Mags bauten ihr Geschäft wieder auf, und drei Sommer lang putzte und schrubbte Harry in Häusern und Ladenlokalen.

Ein junger Mann mit einem Auge für die Zukunft.

Und als der Schuldenberg zu einem Hügel zusammengeschmolzen war, als die Sorge aus den Augen seiner Mutter gewichen war, kam der Krebs erneut zurück.

Zwei Tage nach seinem zwölften Geburtstag brach Harry in sein erstes Haus ein. In dem Moment, als er in der stillen Dunkelheit stand, lösten sich die Angst, erwischt und ins Gefängnis geworfen zu werden, und der Gedanke, dass dieses Trauma zusammen mit dem Krebs die Mutter umbringen würde, in Wohlgefallen auf.

Als er Jahre später auf diesen Moment zurückblickte, verstand er, dass dies der Moment gewesen war, in dem er seine Bestimmung gefunden hatte. Vielleicht keine gute Bestimmung, keine, die gesellschaftlich akzeptabel war, aber es war seine.

Da stand er, ein großer Junge, jetzt, wo er endlich den ersehnten Wachstumsschub hinter sich gebracht hatte, und blickte aus dem großen Fenster auf den See, der im Mondlicht schimmerte. Es roch nach Rosen, Zitronen und nach Freiheit.

Nur er wusste, dass er hier war. Er konnte alles anfassen, nehmen, was er wollte.

Er kannte den Markt für elektronische Geräte, für Silber, für Schmuck – aber der teure Schmuck würde im Tresor liegen, und wie man einen Safe knackte, hatte er bisher noch nicht herausgefunden. Doch das würde er noch, gelobte er sich.

Er hatte weder die Zeit noch die Fähigkeit, all die glänzenden Dinge wegzuschaffen.

Am liebsten wollte er nur dastehen und darin schwelgen, aber schließlich zwang er sich zum Arbeiten.

Die meisten Leute, so hatte er gelernt, dachten sich überhaupt nichts dabei, wenn sie in Anwesenheit der Putzfrau tratschten. Vor allem dann nicht, wenn diese Putzfrau ein zwölfjähriger Junge war, der den Küchenboden schrubbte, während die Hausbesitzerin und ihre Nachbarin im Esszimmer bei einem Kaffee ihr nächstes wohltätiges Ereignis planten.

Und so hatte Harry, der mit gesenktem Kopf und gespitzten Ohren fleißig weitergearbeitet hatte, von der Briefmarkensammlung erfahren, die der Mann der Nachbarin jener Kundin besaß.

Sie hatte darüber gelacht.

»Er ist völlig besessen davon, seit er letztes Jahr die Sammlung seines Onkels geerbt hat. Kannst du dir vorstellen, dass er gerade fünftausend für ein einziges von diesen Dingern ausgegeben hat?«

»Für eine Briefmarke?«

»Das ist noch gar nichts. Im Arbeitszimmer, wo er sie aufbewahrt, hat er Temperatur- und Feuchtigkeitsmesser installieren lassen. Über seinen Onkel hat er damals immer Witze gemacht, und jetzt ist er selber so. Ständig ist er auf Auktionen und Websites unterwegs, um seine eigenen Alben aufzufüllen. Na ja, es ist eine Investition, und das ist ja auch in Ordnung so. Ich meine, was kümmert es mich, wenn er seine blöden Briefmarken im Schreibtisch aufbewahrt? Im Moment sucht er nach Auktionen und Händlern in Rom, damit er sich dort umschauen kann, wenn wir nächsten Monat dorthin fahren.«

»Lass ihn nur nach Briefmarken schauen«, riet die Kundin ihr. »Du kannst in der Zwischenzeit Schuhe kaufen.«

Harry nahm das alles auf, hielt es für ein freundliches Zeichen des Universums, als die Freundin davon sprach, dass sie die Kisten für die Veranstaltung noch ins Auto laden müsse.

Unschuldig näherte er sich dem Esszimmer. »Entschuldigung, Ms. Kelper, ich bin in der Küche fertig. Äh, brauchen Sie noch Hilfe, beim Tragen oder so?«

»Eigentlich … Alva, das ist Harry. Harry, Ms. Finkle könnte jemanden mit starken Armen gebrauchen.«

Er grinste und spannte seinen Bizeps an. »Ich kann Ihnen gerne helfen, bevor ich zu meiner Tante ins obere Stockwerk gehe.«

Also ging er mit Ms. Finkle zu dem großen, schönen Haus nebenan, mit der wunderschönen Aussicht auf den See.

Als sie es betraten, konnte er aus nächster Nähe die Alarmanlage begutachten. Kein Hund, stellte er fest. Das war immer von Vorteil.

»Äh, ziehen Sie um, Ms. Finkle?«

»Was?« Sie warf ihm einen Blick zu, während sie die große Eingangshalle durchquerten. »Oh, die Kisten. Nein, wir haben eine Wohltätigkeitsveranstaltung, eine stille Auktion, und ich muss die Sachen zusammentragen.«

»Das ist echt nett von Ihnen.«

»Wir müssen für die Leute, die weniger vom Glück begünstigt sind, tun, was wir können.«

Da sagst du was, dachte Harry, während er gleichzeitig die offene Architektur aufnahm. Jetzt bogen sie nach links ab. Hinter ihnen lagen zweiflüglige Glastüren zum Arbeitszimmer des Mannes, der gerade dabei war, Kisten herauszutragen und sie hinten in dem glänzenden weißen Mercedes-SUV zu verstauen.

Und obwohl er es gerne genommen hätte – er konnte es gut brauchen –, lehnte er die fünf Dollar Trinkgeld ab.

»Es ist doch für einen wohltätigen Zweck«, sagte er. »Aber trotzdem danke.«

Dann ging er wieder an die Arbeit und verbrachte den restlichen sonnigen Sommermorgen mit den Händen in heißem Seifenwasser.

Er und Mags schwiegen während der Zugfahrt nach Hause, denn heute war Chemo-Tag, und Mags meditierte und umklammerte einen ihrer magischen Steine, um gute Schwingungen oder so etwas in der Art heraufzubeschwören.

Und dann begleiteten sie seine Mutter mit ihrem bonbonrosa Tuch um den Kopf am besten und am schlimmsten Tag zum Krankenhaus.

Es war der beste Tag, weil die Krankenschwester – Harry mochte sie lieber als den Arzt – sagte, seiner Mutter ginge es besser. Und der schlimmste Tag, weil es ihr nach der Behandlung schlecht gehen würde.

Er saß bei ihr und las ihr laut aus dem Buch vor, das sie das C-Tag-Buch nannten. Sie hielt die Augen geschlossen, während die Maschine die Medizin in sie hineinpumpte, aber er konnte sie zum Lächeln, sogar ein bisschen zum Lachen bringen, wenn er die einzelnen Figuren mit unterschiedlichen Stimmen las.

»Du bist der Beste, Harry.«

Sie murmelte es, während Mags im Schneidersitz zu ihren Füßen auf dem Boden saß. Dabei stellte sie sich vor, so sagte sie ihnen, dass strahlend weißes Licht den Krebs auflöste.

Wie immer am bestenschlimmsten Tag bereitete Mags ein Abendessen zu, dem sie heilende Fähigkeiten zusprach, das aber fast noch schlimmer roch, als es schmeckte. Sie brannte Räucherkerzen ab, hing Kristalle auf und redete über Geistführer und so. Aber so verrückt sie auch war, sie blieb am Chemo-Tag immer über Nacht und schlief auf der Luftmatratze neben dem Bett ihrer Schwester auf dem Boden.

Und auch, wenn sie vielleicht mitbekam, wie oft sich Harry aus dem Haus stahl, sie redete nie darüber. Und wenn sie sich fragte, woher die zusätzlichen hundert Dollar auf einmal kamen: Sie fragte nie.

Jetzt stand er in dem Haus der Finkles mit Blick auf den See in der atemlosen Stille. Geräuschlos huschte er hindurch, aber es hätte auch niemand gehört, wenn er zu der zweiflügligen Glastür hingetrampelt wäre. Im Arbeitszimmer roch es schwach nach Rauch und Kirschen. Zigarren, dachte Harry, als er den Humidor auf dem breiten, mit Schnitzereien verzierten Schreibtisch entdeckte.

Neugierig hob er den Deckel und schnupperte daran. Er nahm eine Zigarre heraus und tat so, als paffe er sie. Ach, was soll's, dachte er – er war schließlich schon zwölf – und steckte sie in seinen Rucksack.

Dann setzte er sich auf den hochlehnigen Schreibtischsessel aus dunkelrotem Leder, drehte sich hin und her und runzelte die Stirn, wie es in seiner Vorstellung ein reicher Mann bei einer Sitzung machen würde.

»Ihr seid alle gefeuert!« Er stach mit dem Finger in die Luft und stieß ein kurzes, schnaubendes Lachen aus.

Dann machte er sich an die Arbeit.

Er hatte mit einer geschlossenen Schublade gerechnet, aber Finkle hielt sein Haus offensichtlich für so sicher, dass er es nicht für nötig befand.

Harry fand die Alben – vier insgesamt – und blätterte sie im Schein seiner Taschenlampe durch.

Er würde sie nicht alle mitnehmen. Es kam ihm nicht fair vor, und es würde auch viel zu lange dauern, sie zu Geld zu machen. Aber er hatte sich in den letzten drei Wochen viel mit Briefmarken beschäftigt.

Finkle sammelte seine Briefmarken auf schwarzem, säurefreiem Papier, das in Klarsichthüllen steckte. Er hatte Pinzetten, aber Harry wollte es nicht riskieren, sie anzufassen. Ohne Übung und Erfahrung konnte er eine Briefmarke zerreißen oder beschädigen und dadurch ihren Wert verringern.

Auf den meisten Blättern waren vier Briefmarken waagerecht und sechs senkrecht. Er suchte sich eines aus dem ersten Album aus und legte es vorsichtig in die Mappe, die er mitgebracht hatte.

Ein Blatt aus jedem Album erschien ihm richtig, deshalb legte er das erste Album wieder zurück und schlug das zweite auf. Er ließ sich Zeit, und da Finkle in jedem Album auf einem losen Blatt alle Briefmarken und ihren Wert notiert hatte, fiel ihm die Entscheidung nicht schwer.

Er hatte gerade das Blatt aus dem letzten Album ausgesucht, als auf der anderen Seite der Glastür das Licht anging.

Jemand war im Haus. Jemand außer ihm.

Ein anderer Einbrecher. Ein Erwachsener. Drei Erwachsene. Mit Gewehren.

Sie stürmten durch seinen Kopf, drei in Schwarz gekleidete Männer, die ihre Knarren auf ihn richteten. Vielleicht hatten sie es gar nicht auf die Briefmarken abgesehen. Vielleicht wussten sie gar nichts von ihnen.

Doch, natürlich wussten sie Bescheid, und sie würden hereinkommen. Sie würden ihn finden, ihn erschießen und ihn in einem Loch vergraben.

Er versuchte, sich kleiner zu machen, stellte sich vor, er sei unsichtbar. Und er dachte an seine Mutter, die vor lauter Kummer immer kränker werden würde.

Er musste hier verschwinden, irgendwie an ihnen vorbeikommen oder ein besseres Versteck finden. Er begann, bis drei zu zählen. Bei drei würde er unter dem Schreibtisch hervorkrabbeln.

Die laute Musik ließ ihn zusammenzucken, und er knallte mit dem Kopf so fest an die Unterseite der Schreibtischplatte, dass er Sterne sah.

Während sich vor seinen Augen alles drehte, sagte er innerlich jedes verbotene Wort, das er kannte. Zweimal.

Die zweite Runde richtete er an sich selbst, weil er so blöd gewesen war.

Einbrecher machten nicht das Licht an, und sie stellten auch die Musik nicht so laut.

Okay, jemand war im Haus, aber es war keine Diebesbande mit Gewehren, um ihn zu erschießen.

Vorsichtig – zumal seine Hände immer noch ein bisschen zitterten – legte er das Blatt in die Mappe und packte sie in seinen Rucksack.

Er kroch unter dem Schreibtisch hervor und bewegte sich vom Licht weg, wobei er die Glastür fest im Auge behielt. Dabei entdeckte er einen Typen – älter als er, aber noch nicht alt – in Boxer-Shorts.

Er stand in der Küche und goss etwas, was wie Wein aussah, in zwei Gläser. Fast hatte er es in die Schatten geschafft, als das Mädchen in sein Blickfeld tanzte.

Sie war in Unterwäsche. Ein Spitzen-BH und so einen Tanga – wie in dem Katalog von Victoria's Secret, den die Mom seines Freundes Will per Post bekam. Wann immer Will und er die Gelegenheit dazu hatten, schauten sie sich die Fotos an.

Ihre Wäsche war hellrot, und er konnte deutlich ihren Hintern sehen. Völlig unbedeckt. Ihre Brüste quollen über den Rand des BHs und wackelten, während sie Schultern und Hüften im Rhythmus zur Musik bewegte.

Wenn sie zur Tür geblickt hätten, hätten sie ihn gesehen, aber er konnte sich nicht rühren. Er war zwölf und ein Junge, und der Anblick ließ ihn zur Salzsäule erstarren.

Sie hatte lange schwarze Haare. Lange schwarze Haare, die sie hochhob und wieder fallen ließ, als sie das Weinglas ergriff. Sie trank einen Schluck und tanzte dabei auf den Typen zu. Auch er tanzte, aber Harry nahm ihn nur verschwommen wahr.

Er sah nur das Mädchen.

Sie griff mit einer Hand nach hinten und öffnete den BH. Als er herunterfiel, pochte jeder Tropfen Blut in Harrys Körper in seinen Lenden.

Er hatte noch nie in echt die Brüste eines Mädchens gesehen. Und sie waren toll.

Sie wippten und wogten im Takt der Musik.

Er hatte seinen ersten, aufsehenerregenden Orgasmus zu *Dance, Dance* von den Fall Out Boys.

Beinahe fürchtete er, die Augen würden ihm aus dem Kopf fallen. Er fürchtete, sein Herz bliebe stehen. Und am liebsten wäre er für den Rest seines Lebens auf dem glänzenden Parkettboden liegen geblieben.

Aber jetzt stürzte sich der Typ auf einmal auf das Mädchen, und das Mädchen stürzte sich auf den Typen. Sie machten alles Mögliche, und er zog ihr den Tanga herunter.

Und, Jesus, jetzt war sie ganz nackt. Er hörte, wie sie über der Musik Sex-Laute von sich gab.

Und dann lagen sie auf dem Fußboden, und sie taten es. Sie taten es! Direkt vor seiner Nase, das Mädchen oben.

Er hätte schrecklich gerne zugeguckt, mehr als alles andere in der Welt. Aber der Dieb im Jungen wusste, dass er genau jetzt abhauen musste. Er musste verschwinden, während sie zu beschäftigt waren, um es zu bemerken.

Er öffnete leise die Tür, kroch auf dem Bauch hindurch und schob sie mit dem Fuß hinter sich zu.

Das Mädchen sang jetzt beinahe: »*Terry, o Gott, Terry!*«

Harry richtete sich auf alle viere auf, holte tief Luft und rannte zur Haustür. Als er hinausschlüpfte, hörte er sie noch vor Ekstase schreien.

Den Marsch zum Zug nutzte er dazu, um jeden Moment noch einmal im Kopf zu durchleben.

Er verkaufte die Briefmarken an einen Hehler für zwölftausend Dollar. Er wusste, dass er mehr bekommen hätte, wenn er besser Bescheid gewusst hätte. Und wenn er kein Kind gewesen wäre. Aber zwölftausend Dollar waren ein Vermögen. Und es war viel zu viel Geld, um es in seinem Zimmer zu verstecken.

Er musste zu seiner verrückten Tante Mags gehen.

Er wartete, bis sie alleine waren. Seine Mom bestand immer darauf mitzuhelfen, aber sie konnte nur leichte Reinigungsarbeiten in einem Haus pro Tag durchführen, und an den Donnerstagen hatten sie zwei Häuser.

Er half Mags dabei, die Bettwäsche in der eleganten Wohnung des alleinlebenden Mannes abzuziehen. Der Regen peitschte schon den ganzen Tag an die Fenster. Mags ließ während der Arbeit auf der Stereoanlage des Kunden irgendeine blöde New-Age-Musik laufen.

Sie trug ein T-Shirt mit einem lila-grünen Batikmuster. Ihre Haare, seit Kurzem dunkelbraun gefärbt, hatte sie mit einem grünen Tuch zurückgebunden. An ihren Ohren baumelten tropfenförmige Halbedelsteine, und um den Hals trug sie einen Rosenquarz-Anhänger – für Liebe und Harmonie.

»Ich möchte ein Bankkonto eröffnen.« Er blickte sie an. Sie legte die zusammengefaltete Bettwäsche gerade in den Korb. Ihre Augen waren so blau wie seine und die seiner Mutter, aber heller und verträumter.

»Warum das denn, Kumpel?«

»Darum.«

»Oh, oh.«

Sie entfaltete das Bettlaken, und gemeinsam zogen sie es glatt, damit es auf das Bett passte.

Harry wusste, dass sie sonst nichts mehr sagen würde, außer dem »Oh, oh«, das sich endlos dehnte.

»Ich bin fast dreizehn und habe ein bisschen Geld gespart, deshalb möchte ich ein Bankkonto haben.«

»Wenn das so wäre, dann solltest du darüber mit deiner Mom sprechen und nicht mit mir.«

»Ich will sie nicht damit belästigen.«

»Oh, oh.«

Sie wiederholten den Prozess mit dem oberen Laken.

»Ein Erwachsener muss mich dahin begleiten und wahrscheinlich unterschreiben.«

»Wie viel Geld?«

Wenn sie mit ihm zur Bank ging, würde sie es sowieso erfahren, also blickte er ihr fest in die Augen. »Fast fünfzehntausend.«

Sie erwiderte seinen Blick. Der kleine blaue Stein an ihrem Nasenflügel glitzerte.

»Willst du mir erzählen, woher du so viel Geld hast?«

»Ich habe Nachhilfe gegeben und verschiedene Jobs gemacht, unter anderem Häuser geputzt. So viel gebe ich ja schließlich nicht aus.«

Sie wandte sich ab, um die Bettdecke, so schwarz wie die Nacht und so weich wie eine Wolke, zu nehmen. Und schon wieder sagte sie: »Oh, oh.«

»Es ist mein Geld, und ich kann davon ein paar Rechnungen bezahlen und die monatliche Rate. Wir kriegen schon wieder ständig Mahnungen, und ein Mann war an der Tür – von einem Inkassounternehmen. Sie hat mich in mein Zimmer geschickt, aber ich habe genug gehört.«

Mags nickte, während sie die Bettdecke aufs Bett schweben ließ. Dann begann sie, die Kissen zu beziehen.

»Du bist ein guter Sohn, Harry, und du wirst in dieser Angelegenheit nicht zu Dana gehen, weil sie sich nicht darauf einlassen würde. Sie würde viel zu viele Fragen stellen, aber ich habe auch ein paar, bevor wir uns einig werden.«

»Okay.«

»Hast du jemanden getötet oder verletzt, um an das Geld zu kommen?«

»Nein.« Aufrichtig geschockt sah er sie an. »Mann!«

Sie arrangierte die Kissen auf dem Bett. »Dealst du mit Drogen – und wenn's nur Marihuana ist, Harry?«

Er wusste, dass Mags Pot rauchte, wenn sie welches bekommen konnte, aber darum ging es hier nicht. »Nein.«

Sie bedachte ihn mit einem langen Blick aus ihren verträumten Augen. »Verkaufst du dich selber, Schätzchen? Sex?«

Er riss den Mund auf. »Grundgütiger! Nein! Das ist ja … Nein!«

»Gut. Da bin ich aber erleichtert. Du bist so ein hübscher Junge. Darauf stehen einige, deshalb habe ich mir ein bisschen Sorgen gemacht. Meinst du, ich hätte nicht gemerkt, dass du dich nachts aus dem Haus schleichst?« Sie brachte die Zierkissen zum Bett. »Ich hatte gehofft, du hättest ein Mädchen oder würdest dich mit deinen Freunden treffen.« Sie musterte ihn und spielte dabei mit ihrem Kristall. »Was auch immer du tust, du tust es für deine Mutter. Ich liebe sie genauso wie du.«

»Ich weiß.«

»Keine Ahnung, warum das Universum diesen Schatten auf sie wirft, und eigentlich bin ich auch kein großer Fan von der These, dass nur Geld glücklich macht. Aber bei ihr ist das so. Sie macht sich viel zu viel Sorgen um die Rechnungen.«

Mags trat einen Schritt zurück und betrachtete die Bett-Landschaft. Sie nickte zustimmend.

»Du brauchst kein reguläres Bankkonto. Was du brauchst, ist ein Investmentfonds. Geld wird zu Geld, das ist die traurige Wahrheit.«

Mags hatte mit Sicherheit ein paar abgefahrene Ideen, aber Harry wusste auch, dass sie sich von niemandem über den Tisch ziehen ließ. Also hörte er aufmerksam zu.

»Ein Investmentfonds?«

»Hast du vor … noch mehr zu sparen?«

»Ja. Es sind ja nicht nur die Rechnungen. Als der Typ letztens die Heizung repariert hat, hat er gesagt, noch mal ginge das nicht, und wir würden diesen Winter ganz bestimmt eine neue brauchen.«

»Investmentfonds. Ich hatte mal einen Freund, der in der Branche gearbeitet hat. Er war mir zu normal, als das was aus uns hätte werden können, aber er kann uns beraten.« Sie trat zu ihm und umfasste sein Gesicht. »Du bist ein guter Sohn und ein kluger Junge.« Sie tätschelte seine Wangen. »Sieh zu, dass es so bleibt.«

Sie hörten vom Diebstahl der Finkle-Briefmarken, als Ms. Kelper ihre Terrassenpflanzen goss. Er spürte Mags' kühlen Seitenblick auf sich, während er die Terrassentüren putzte und die Griffe aus rostfreiem Stahl auf Hochglanz polierte.

»Das tut mir aber leid«, sagte Mags. »Waren sie wertvoll?«

»Anscheinend, aber das Schlimmste ist, dass ihr Sohn Terry, der eigentlich Ferienkurse im College belegen sollte, einfach nach Hause gekommen ist und eine Woche lang Partys gefeiert hat, während sie weg waren. In ihrem Haus. Ich musste Alva Bescheid sagen, als ich die Lichter gesehen, die Musik und die Autos gehört habe. Es war vermutlich einer seiner Freunde, oder der Freund von einem Freund – man weiß ja, was auf solchen College-Partys so los ist –, der sie genommen hat.«

Ein Zeichen, dachte Harry, während er den Tiefkühlschrank polierte.

Wie Mags sagen würde, das Universum hatte ein Licht geschickt.

Und seiner Mutter ging es besser.

Als er sechzehn war, verliebte Harry sich in eine rehäugige blonde Schönheit namens Nita. Sie brachte ihn zum Träumen und ließ ihn durch die Schulkorridore schweben. Er gab ihr Nachhilfe in Spanisch – unentgeltlich – und half ihr bei ihren Mathematik-Hausaufgaben.

Sie gingen ins Kino, zum Pizzaessen, manchmal allein, manchmal mit Will und seiner jeweiligen Freundin. Er fragte sie, ob sie mit ihm zum Prom gehen würde; sie sagte Ja.

Er schränkte seine Arbeit ein – das Putzen und die Einbrüche –, um mehr Zeit mit ihr verbringen zu können. Schließlich hatten sie mittlerweile eine neue Heizung, hatten alle Arztrechnungen bezahlt und genügend Barschaft auf Vorrat.

Natürlich behielt er trotzdem einen Fuß in der Tür und machte mit seiner Mutter und Mags an den Samstagnachmittagen sauber. Pro Monat schaffte er im Durchschnitt zwei Einbrüche und zahlte das Geld auf seinem Konto ein. Schließlich gab es ständig Rechnungen zu bezahlen. Und bald kam er aufs College.

Seine Mutter mochte Nita, sie hatte es gern, wenn er mit seinen Freunden zu Hause DVDs schaute oder Video-Games spielte. Sein Juniorjahr auf der Highschool gehörte sein Leben lang zu seinen schönsten Erinnerungen.

Für den Prom legte er mit Will für eine Limousine zusammen. Er kaufte ein Armband mit einer rosa Rosenknospe und lieh sich einen Smoking.

Als er aus seinem Zimmer trat, schlug Dana die Hände vors Gesicht. »Oh, oh. Wie gut du aussiehst! Mags, das ist Booth, Harry Booth. Keine Martinis heute Abend, mein Sohn. Weder geschüttelt noch gerührt.«

»Pfadfinder-Ehrenwort.« Er hob zwei Finger und überkreuzte sie, um sie zum Lachen zu bringen.

»Fotos!« Sie griff nach ihrem Handy, aber Mags nahm es ihr aus der Hand.

»Stell du dich mit deinem gut aussehenden Jungen dahin! Gott, Dana, er sieht dir so ähnlich!«

»Meine große Liebe«, murmelte Dana und lehnte den Kopf an seine Schulter.

Er schlang beide Arme um sie und zog sie an sich. »Beste Mom in der Geschichte aller Mütter!«

Sie drehte sich zu ihm und strich ihm durch die Haare. »Du bist so groß. Mein Baby ist erwachsen geworden, Mags, und auf dem Weg zu seinem Junior Prom. Komm, ich mache noch ein Foto von dir und Harry.«

Dana und Mags tauschten die Plätze. Mags stellte sich auf die Zehenspitzen, als ob sie Harry auf die Wange küssen wollte. Sie flüsterte: »Ich habe dir Kondome in die rechte Jackentasche gesteckt. Besser safe als sorry!«

In jener Nacht, nach dem Zauber des Promabends, während der anschließenden Party bei Will, nahm Harry Nita die Jungfräulichkeit und sie seine, auf dem kühlen Fliesenboden des Gästebadezimmers.

Er begann seinen letzten Highschool-Sommer so glücklich wie nie.

Bevor der Sommer endete, kam der Krebs zum allerletzten Tanz zurück.

2

Nie zweifelte Harry an der Liebe seiner Tante zu ihrer Schwester. Sie war mit Schaustellern umhergezogen, hatte in Kommunen gelebt, sich in esoterischen Zirkeln bewegt. Sie war im ganzen Land unterwegs gewesen, hatte – kurz – als Showgirl in Las Vegas gearbeitet, als Artistin, als Assistentin eines Zauberers und als Kellnerin in einer Raststätte, wo sie dem Mann begegnet war, den sie als ihren ersten Ex-Mann bezeichnete.

Aber seit zehn Jahren bezähmte Mags ihre Wanderlust, um bei ihrer kleinen Schwester zu bleiben. Sie putzte Häuser, Wohnungen und Büros und verbrachte selbst in den guten Zeiten selten mehr als ein paar Tage auf eigene Faust woanders.

In den schlechten Zeiten war sie ein Fels in der Brandung – farbenprächtig, aber zuverlässig. Sie verpasste nie einen Arzttermin oder eine Chemo. Wenn Dana zu schwach war, badete Mags sie, zog sie an – und ließ nicht zu, dass Harry ihr half.

»Ein Sohn badet seine Mama nicht«, erklärte sie. »Nicht, wenn sie eine Schwester hat.«

Aber er begriff, wie tief und groß diese Liebe war, als der Krebs seiner Mutter die Haare zum dritten Mal nahm.

Er und Dana bereiteten gemeinsam das Abendessen zu. Sie hatte einen guten Tag, einen ziemlich starken Tag. Vielleicht machte er sich Sorgen wegen der dunklen Ringe unter ihren

Augen, oder weil sie sich so dünn anfühlte – nichts als Haut und Knochen –, wenn er sie umarmte, aber ihre Farbe war gut, und ihr Blick war hell und glücklich.

Er hatte seine Hausaufgaben gemacht, und Mags wollte gegen acht vorbeikommen. Er konnte ohne Bedenken weggehen und eine Zeit lang mit Will abhängen. Danach wollte er noch irgendwo einsteigen, bevor er nach Hause ging.

Doch als Mags zwei Stunden zu früh zu ihnen kam, nahm ein guter Tag eine seltsame, erstaunliche Wendung.

Die Frau, die ihre dicken welligen Haare so gerne in verrückten Farben färbte, die sich Perlen und Federn in die Haare flocht, stand vor ihnen mit einem kahlen, mit Glitzer verzierten Schädel.

Dana fiel der Löffel aus der Hand und landete klappernd auf dem Fußboden.

»O Gott, Mags! Was hast du getan?«

»Das ist mal ein Look, was?« Mags posierte vor ihnen, eine Hand in die Hüfte gestemmt, die andere hinters Ohr gelegt. »Der Glitzer bringt es, finde ich. Ich habe Regenbogen-Glitzer als Tribut an meine schwulen und lesbischen Freunde und Freundinnen, Feinde und Fremde, genommen, deshalb hat es einen doppelten Effekt.«

»Deine Haare, deine schönen Haare.«

»Ich habe sie gespendet – noch ein Effekt!« Sie hob den Finger, als Dana anfing zu weinen. »Hör auf! Was gibt's zum Abendessen?«

»Mags, Mags, du brauchtest doch nicht …«

»Ich brauche gar nichts. Ich bin ein freier Geist und tue sowieso nur, was mir gefällt.« Sie trat in die Küche und schnupperte an der Pfanne. »Riecht gut.«

»Es ist … da ist Hühnchen drin. Du bist doch Vegetarierin …«

»Heute nicht. Heute bin ich eine kahlköpfige Fleischfresserin, hoffentlich habt ihr genug für mich mitgekocht.«

»Ja, wir haben genug.« Weil er Angst hatte, auch in Tränen auszubrechen, zog Harry die Pfanne vom Herd, damit nichts anbrannte, und dann nahm er beide Frauen in die Arme. »Es wird immer genug da sein.«

Als Mags nach dem Abendessen mit seiner Mom ihre spezielle Form von Scrabble spielte – Bonus-Punkte für die besten erfundenen Wörter –, musterte Harry sich im Badezimmerspiegel.

Er mochte seine Haare. Friseurtermine schob er meistens so lange wie möglich auf, weil sie sie immer kürzer schnitten, als es ihm gefiel.

Und er mochte echt gerne, wie Nita mit seinen Haaren spielte.

Aber er verstand, dass Mags' Geste etwas mit Liebe, Unterstützung und Solidarität zu tun hatte.

Also nahm er seinen Elektrorasierer in die Hand – er traute sich nicht, mit Rasiermesser und Abziehleder in seinem Gesicht zu hantieren. Dann holte er so lange tief Luft, bis er mehr Entschlossenheit als Angst in seinen Augen sah. Nachdem er die erste Bahn rasiert hatte – fast genau über die Mitte von vorne nach hinten – und die dicken Locken fielen, musste er sich vorbeugen und sich am Waschbeckenrand abstützen.

Ihm wackelten die Knie, sein Magen zog sich zusammen, und er bekam keine Luft mehr.

»Du liebe Scheiße!« Er zwang sich, noch einmal hinzuschauen. Ihm traten fast die Augen aus dem Kopf. »Du liebe Scheiße. Jetzt gibt es kein Zurück mehr. Also bring es hinter dich.«

Der zweite Streifen rief die gleiche Reaktion hervor, aber

bei den nächsten wurde seine Hand immer ruhiger. Der Rasierapparat war nicht der beste, und wahrscheinlich hatte er jetzt seine Lebensdauer um die Hälfte verkürzt. Als er fertig war, hatte er noch Stoppeln auf dem Kopf, aber es war wahrscheinlich eher der Gedanke, der zählte.

Er sah aus ... wirklich merkwürdig, fand er. Überhaupt nicht wie er selber. Für seine nächtliche Arbeit würde er eine Skimütze tragen müssen, aber er überlegte sowieso radikalere Veränderungen in seiner äußeren Erscheinung. Das würde seine Trickkiste erheblich erweitern.

Er machte sauber, dann musterte er sich erneut. Und noch etwas anderes fiel ihm auf.

So musste seine Mutter sich fühlen, wenn sie in den Spiegel blickte. Sie konnte nicht selbst entscheiden, ob sie ihre Haare verlieren wollte. Der Krebs und die Chemotherapie nahmen ihr die Entscheidung ab.

Wenn sie in den Spiegel blickte, sah sie diesen Verlust, diese fehlende Wahlmöglichkeit, und sie sah jemanden, der überhaupt nicht aussah wie sie.

»Auch aus dem Grund hat Mags es getan«, murmelte er. »Damit sie das Gleiche wie Mom fühlen, sehen und erfahren konnte.«

Er schlüpfte in sein Zimmer und wechselte sein Hemd. Dann setzte er sich eine Brille auf – Fensterglas –, die er manchmal benutzte, um sein Aussehen zu verändern. Griff zu einer Sonnenbrille.

Er kniff die Augen zusammen und stellte sich vor, wie er mit einem Unterlippenbart oder einem Kinnbart aussehen würde. Vielleicht konnte er sich aus seinen eigenen Haaren und mit dem Zeug, was sie in der Theater-AG der Schule verwendeten, Schnurrbärte oder einen kleinen Bart basteln.

Zufrieden mit den möglichen Nebeneffekten verstaute er

die Tüte mit seinen Haaren und schnappte sich eine Baseballkappe.

Als er aus dem Zimmer kam, waren die Schwestern in ihr Spiel vertieft.

»Ochsengestöhn? Ach komm, Mags.«

»Der klagende Schrei eines an Verstopfung leidenden Ochsen.« Lächelnd klimperte Mags mit den Wimpern, als Dana die Augen verdrehte. »Dreizehn Buchstaben, ein zusammengesetztes Wort und dazu der zusätzliche Bonus. Ich bin dir weit voraus, Dana.«

»Ja, nun, das kann ich besser. Auf jeden Fall kann ich das besser. Du wirst sehen.«

Harry blieb an der Tür stehen, beobachtete, wie seine Mutter ihre Buchstaben neu ordnete, und spürte, wie die Liebe zu den beiden Frauen durch ihn hindurchwehte wie ein warmer Wind.

»Ich hänge einfach ein *e* an dein Wort und komme dann von oben mit *Perrückte*. Perrückte, zwei kahlköpfige Frauen, die billigen Wein trinken und Wörter beim Scrabble erfinden.« Dana ergriff ihr Glas. »Na, wer ist jetzt wem weit voraus?«

»Die Nacht ist noch jung.«

»Ich verlasse euch zwei Perrückte jetzt und gehe zu Will.«

»Ja, viel Spaß, Schätzchen, und …« Danas Stimme erstarb, als sie sich umdrehte.

Sie schlug sich beide Hände vor den Mund, und Tränen traten ihr in die Augen.

»Harry. Oh, Harry.«

»Was ist?« Er blickte an sich herunter und lächelte. »Puh, ich dachte schon, meine Hose stünde auf.«

»Ich glaube es nicht, dass du … du warst noch nicht einmal als Baby so kahl. Er ist mit einem Kopf voller Haare herausgekommen. Weißt du noch, Mags?«

»Ja, ich erinnere mich. Willst du auch ein bisschen Glitzer, Kumpel? Ich habe jede Menge davon.«

»Nein, danke.«

»O Gott, wenn uns einer sieht!« Tränen strömten Dana übers Gesicht, und sie fing an zu lachen. »Wenn uns einer sieht!« Sie ergriff Mags' Hand und nahm Harrys Hand in ihre. »Ich bin die glücklichste Frau der Welt!«

Nita weinte auch, aber nicht lieb und unterstützend.

»Wie konntest du das nur tun? Du hast vorher noch nicht mal mit mir darüber geredet.«

»Es sind meine Haare. Oder sie waren es.«

Sie hatte diesen Ausdruck in ihren Augen, der ihn davor warnte, dass sie Streit bekommen würden.

»Wie würdest *du* es denn finden, wenn ich mir die Haare abschneiden, sie blau färben oder sonst irgendwas Verrücktes damit anstellen würde?«

»Es sind deine Haare.«

»Ach, das kannst du leicht sagen, weil du weißt, ich würde so etwas nie tun.«

»Mir geht es nicht um deine Haare, mir geht es um dich. Und ich habe es für meine Mom getan.«

Sie holte tief und hörbar Luft, wie immer, wenn sie überlegte, wie sie argumentieren sollte, um ihm klarzumachen, was er mal wieder vermasselt hatte. In den letzten acht Monaten hatte er gelernt, dass er nach Nitas Standards eine Menge falsch machte.

»Das mit deiner Mom tut mir leid, das weißt du. Es ist schrecklich, was sie durchmacht, und ich finde es wirklich furchtbar. Ich verstehe auch, dass du ihr bei der Arbeit helfen und für sie da sein musst, sodass wir nicht so oft zusammen sein oder ausgehen können wie andere Paare.«

»Aber?«

Harry wusste, dass es immer ein *Aber* gab, wenn sie die Vernünftige Nita vorschob.

»Aber wir sind im letzten Jahr auf der Highschool, und der Homecoming Ball ist schon nächste Woche! Nächste Woche, Harry. In einer Woche können deine Haare unmöglich wachsen. Wie sollen wir zum Ball gehen, wenn du aussiehst wie ein Freak?«

Das gab den Anstoß. Harry hatte nicht gewusst, dass man sich in einem einzigen Augenblick entlieben konnte. »Meine Mutter hat ihre Haare verloren. Schon zum dritten Mal. Dann macht sie das vermutlich zum dritten Mal zu einem Freak.«

»Du weißt genau, dass ich es nicht so gemeint habe. Es ist dumm, so etwas zu sagen. Deine Mom ist ein Opfer. Du hast es absichtlich gemacht und hast mich noch nicht einmal vorher gefragt.«

Er hatte nicht gewusst, dass es sich so kalt anfühlte, sich zu entlieben. »Meine Mom ist keineswegs ein Opfer. Sie ist verdammt noch mal eine Kämpferin. Und ich muss niemanden erst fragen, wenn ich etwas für sie tue, auch dich nicht. Und das hier?« Er zeigte auf seinen Kopf. »Das bleibt so, bis ihre Haare wieder wachsen. Da mich das zu einem Freak macht und du nicht mit einem gesehen werden willst, sind wir fertig miteinander.«

Schockiert blickte sie ihn an. Tränen traten ihr in die Augen. »Du machst Schluss mit mir? Du rasierst dir den Kopf und machst, kurz vor dem Homecoming Ball, Schluss mit mir? Das kannst du nicht machen!«

»Dass ich mir die Haare abrasiert habe, hat überhaupt nichts mit dir zu tun, und du hast laut und deutlich gesagt, dass du so mit mir nicht ausgehen willst.«

»Aber ich habe schon mein Kleid!«

»Ob du es anziehst oder nicht, ist nicht mein Problem.«

»Du kannst doch nicht ... Wir schlafen miteinander.«

»Nicht mehr.«

Er ging und fühlte sich kalt und frei zugleich. Dass er auf dem Weg zu Will bei ihr vorbeigegangen war, hatte ihm die Augen geöffnet.

Alles war gut gewesen, solange seine Mutter in der Remission war. Aber es war schwierig geworden, als der Krebs zurückkam und er Nita nicht so viel Aufmerksamkeit hatte schenken können, wie sie wollte. Sie hatte es zwar nie laut ausgesprochen, dachte er jetzt, es ihn aber so spüren lassen, dass er sich schuldig und zerrissen gefühlt hatte.

Na ja, das war jetzt vorbei.

Vielleicht würde es ihm fehlen, eine Freundin zu haben, und den Sex würde er auf jeden Fall vermissen – wenn es dazu gekommen war. Aber er hatte genug anderes zu tun. Schule – er hoffte immer noch auf ein Stipendium an der Northwestern –, Freunde, Arbeit, seine Mom, seine Nachtarbeit.

Mit den Händen in den Taschen, mit gesenktem Kopf und mieser Stimmung machte er sich auf den Weg zu Will und klopfte dort angekommen an die Tür des fröhlich weiß gestrichenen Bungalows.

Wills Dad öffnete ihm. Er trug sein Bears Sweatshirt und legte den Kopf schräg, als er ihn sah. Grinsend zog er Harry die Baseballkappe herunter.

»Mann!«, sagte er und rieb ihm mit der Hand über die Stoppeln. »Wenn du willst, mache ich ihn dir glatt.«

»Können Sie das?«

Wills Dad fuhr sich mit der Hand über seinen kahl rasierten Schädel. »Darin habe ich Erfahrung.« Er legte Harry die Hand auf die Schulter, und seine Augen wurden feucht. »Du bist ein Stehaufmännchen, Harry. Und jetzt schwing deinen mageren Arsch herein.«

Der kühle, bunte Herbst verwandelte sich schnell in einen grauen und weißen Winter. Er schlug mit brutaler Härte um sich, blies seinen eisigen Atem über die Stadt, als wolle er sie einfrieren. Die neue Heizung tat ihr Bestes, aber der alte Heißwasser-Boiler hauchte an einem Februarmorgen bei minus acht Grad sein Leben aus. Harry hatte genug beiseitegelegt, um einen neuen zu kaufen, musste aber seine Mutter anlügen, wie er an das Geld gekommen war. Es war nicht die erste Lüge, die er ihr in diesem Winter erzählte, und es würde auch nicht die letzte sein.

Er redete sich ein, sie sähe besser aus, und wenn sie erst einmal den Winter überstanden hätten und sie wieder an der frischen Luft spazieren gehen könnte, dann würde sie auch wieder zu Kräften kommen.

Dass er mit einem Stipendium an der Northwestern angenommen wurde, munterte sie auf. Glücklich brütete sie über den College-Broschüren, durchforstete die Website und verbrachte ganze Abende damit, Listen von den Dingen zu erstellen, die er im Studentenwohnheim brauchen würde.

Aber er hatte alles schon durchgerechnet.

»Im ersten Jahr werde ich pendeln und zu Hause wohnen. Mietfrei und die Wäsche wird gemacht.«

»Ich will, dass du die ganze Erfahrung machst. Du bist der Erste in unserer Familie, der aufs College geht. Und dann auch noch auf so ein gutes. Ich will …«

»Ich kriege genug davon mit – und dazu brauche ich nicht mit einem das Zimmer zu teilen, den ich nicht kenne. Wenn ich alles ausgekundschaftet und Freunde gefunden habe, kann ich im nächsten Jahr immer noch auf dem Campus wohnen.«

»Aber die Aktivitäten, die Partys werden dir fehlen.«

»Du willst also unbedingt, dass ich mich auf College-Partys betrinke?«

Sie lächelte ein wenig. »Irgendwie schon. Ich will, dass du ein schönes Leben hast.«

»Ich habe ein schönes Leben.«

»Du verbringst viel zu viel Zeit mit mir. Ich weiß, dass es teurer ist, auf dem Campus zu leben, und das Stipendium deckt auch nicht alles ab, aber wir können einen Studienkredit aufnehmen.«

»Nächstes Jahr.«

»Ich habe daran gedacht, eine zweite Hypothek aufzunehmen.«

»Nein.«

Jetzt verschränkte sie die Arme über ihrem mageren Brustkorb. »Harrison Silas Booth. Wer hat hier das Sagen?«

»Nun, Dana Lee Booth, du hast gesagt, du willst, dass ich ein schönes Leben führe, und dazu gehört, dass ich meine eigenen Entscheidungen treffe. Und ich habe mich entschieden, im ersten Jahr zu Hause zu leben.«

»Im ersten Semester. Nur im ersten Semester, Harry, das ist ein guter Kompromiss. Bis dahin kennst du dich aus und hast Freunde gefunden.«

»Du bist sichtlich bemüht, mich loszuwerden.«

Sie legte ihre Hand auf seine. »Ich will, dass mein Vögelchen fliegen lernt. Und ich will dir dabei zusehen, Harry. Du nimmst dir ein Semester lang Zeit, und dann überlegen wir uns den Rest.«

»Erstes Semester, aber die Idee mit der zweiten Hypothek lässt du fallen.«

»Einverstanden. Wir suchen nach Studentenkrediten. Du könntest auch einen Job auf dem Campus finden. Es ist so ein schöner Campus.«

Weil es sie glücklich machte, ließ er sie schwärmen.

Aber er hatte einen Job, und wenn sie ins Bett ging, musste er zur Arbeit.

Ein junges, beruflich erfolgreiches Paar, das den kalten Februar in seinem Ferienhaus in Aruba verbrachte, besaß – sie und er – eine sehr schöne Sammlung von Designer-Uhren.

Bulgari, Rolex, Chopin, Baume & Mercier, TAG Heuer. Und, wie sein Informant ihm gesagt hatte, noch ein paar Graff.

Er bezweifelte, dass sie sie alle mitgenommen hatten.

Doch wenn er sich irrte, konnte er immer noch sicher sein, dass Leute, die so teure Uhren sammelten, viele andere Sachen hatten, aus denen er sich etwas Schönes aussuchen konnte.

Er hoffte jedoch auf die Uhren – eine von ihr und eine von ihm; er war schließlich kein Monster. Wenn eine davon eine Graff war, konnte er sie zu Geld machen und davon die Arzttermine, den Haushalt und die Ausgaben für das College auf Monate hinaus bestreiten.

Er war im vergangenen Frühjahr schon einmal im Haus gewesen, als die Besitzer mit den Funkelschwestern über eine Grundreinigung gesprochen hatten. Sie hatten sie nicht engagiert, aber jetzt kannte er den Grundriss. Er kannte auch die Alarmanlage und konnte sie abstellen.

Und er wusste, dass die Jenkinsons zwei Tresore hatten – einen in ihrem Arbeitszimmer und einen im begehbaren Kleiderschrank an ihrem Schlafzimmer.

Darin befanden sich bestimmt die Uhren.

Er hatte investiert und sich den gleichen Tresor gekauft. Er hatte einen kleinen Lagerraum gemietet, in dem normalerweise Dinge zwischen zwei Umzügen gelagert wurden. Und darin hatte er wochenlang geübt, einen Safe zu knacken.

Sie hatten sich nicht für das Spitzenklassemodell entschieden, was wahrscheinlich ein Glück für ihn war, aber Harry fand, dass er ein Händchen zum Tresorknacken besaß. Mit seinen neuen Fähigkeiten, ein bisschen Glück – und dem Wetterbericht, der für die Nacht sechs bis zehn Zentimeter Neuschnee ankündigte, was er als Zeichen sah –, würde er im Herbst schuldenfrei oder wenigstens so gut wie das Studium angehen.

Er machte sich Sorgen, weil er seine Mutter allein lassen musste, wenn es auch nur für die zwei Stunden – drei höchstens – war, die der Job in Anspruch nehmen würde. Wenn sie nun krank würde und ihn anrufen würde?

Wenn, wenn?

Aber wenn er diesen Job durchzog – und das würde er verdammt noch mal machen –, konnte er es langsam angehen lassen, Dinge abbezahlen und ihr erzählen, er hätte zusätzliche Nachhilfestunden gegeben.

Ihm würde schon was einfallen.

Also nahm er den Zug, ein Halbwüchsiger, eingepackt bis zur Nasenspitze, wie jeder andere auch an einem windigen, verschneiten Abend in Chicago. Er stieg einen Halt vor seinem Ziel aus, steckte die Brille mit dem dicken Rahmen, die er während der Fahrt getragen hatte, in eine seiner Innentaschen. Dann tauschte er die Football-Winterkappe gegen die Hockeykappe und stapfte einen Kilometer durch die bittere Kälte.

Jeder, der auch nur einen Funken Verstand hatte oder zumindest nicht daran dachte, einen Diebstahl zu begehen, hatte sich nachts um eins ins Warme zurückgezogen. Harrys einzige Sorge war, dass eine Polizeistreife ihn auf dem Weg zum Haus anhalten würde, um zu erfahren, was er bei diesem Wetter draußen machte.

Er würde sagen, er sei bei seiner Freundin gewesen und wollte jetzt zur U-Bahn, um nach Hause zu fahren. Kein Problem, Officer.

Aber er sah keine Streifenwagen, und als er das Haus erreichte, ging er zielbewusst weiter.

Wenn man herumschleicht, erregt man nur Aufmerksamkeit.

Also ging er, ohne zu zögern, direkt zur Eingangstür. Die Schlösser stellten keine wirkliche Herausforderung dar, weil sich die Hausbesitzer mit dem einzelnen Zylinderschloss sowie dem unteren Riegel aus venezianischer Bronze für den schönen Schein und entgegen ernst zu nehmende Sicherheitseinrichtungen entschieden hatten.

Innerhalb einer Minute war sie offen.

Er schlüpfte aus seinen Stiefeln, zog seine dicken Socken über und stopfte die Stiefel in eine Plastiktüte, wobei er im Kopf die Sekunden zählte.

Dann schloss er die Tür, verriegelte sie und ging sofort zur Alarmanlage.

Auch da hatten sie nicht in die teuerste investiert. Er öffnete sie, klemmte sie ab, dann blieb er stehen und nahm die Stille um sich herum auf.

Diesen Teil hatte er am liebsten, musste er zugeben. Nach der Vorbereitung, dem Üben und dem Recherchieren kam der Moment, in dem er einfach nur in der Stille dastand und sein Herz schneller schlug.

Der Diebstahl anschließend, der Gewinn? Das war nur die Arbeit. Aber dieser Moment, diese Stille, das war seins. Also nahm er sie in sich auf, und dann bewegte er sich.

Die Treppe hinauf, Doppeltüren links und zum begehbaren Kleiderschrank auf der rechten Seite. Viele Klamotten – unglaublich viele Schuhe. Die beiden waren anscheinend verrückt nach Kleidung. Er bewunderte die Anzüge des Mannes – ganz edle Wolle – und die Hemden mit dem Monogramm auf den Manschetten. Das weiche Leder der Designerschuhe. Er bewunderte auch die Pulloverkollektion der Frau. Cashmere, Merinowolle. Beinahe war er versucht, einen – nur einen – für seine Mutter mitzunehmen. Sie waren so warm und weich.

Aber das würde Fragen mit sich bringen, und wegen eines Geschenks wollte er nicht lügen. Stattdessen ließ er den Strahl seiner Taschenlampe über den Safe gleiten. Und lächelte.

»Hallo. Ich habe jetzt eine ganze Weile mit deinem Bruder gearbeitet. Dann wollen wir uns mal bekanntmachen.« Kopfschüttelnd zog er sein Stethoskop heraus. »Ganz einfache Kombination. Sie hätten sich ein bisschen mehr anstrengen können.«

Im ersten Schritt musste er die Länge der Zahlenkombination herausfinden. Um sicherzugehen, dass alle Rädchen auf null standen, drehte er die Anzeige dreimal im Uhrzeigersinn.

Dann lauschte er mit dem Stethoskop neben der Anzeige und begann, sie gegen den Uhrzeigersinn zu drehen. Als er die ersten beiden Klicks hörte, stoppte er und notierte sich die Zahl auf der Anzeige.

Er stellte wieder auf null und wiederholte den Vorgang zwei weitere Male, um ganz sicher zu sein.

»Guter Anfang.«

Er bewegte den Anzeiger gegen den Uhrzeigersinn und stoppte gegenüber seiner ersten Zahl. Ging wieder zurück – langsam, vorsichtig – bis zu der Stelle, wo er die Rädchen geparkt hatte, lauschte auf Klicks, notierte die Zahl, bis er nichts mehr hörte.

Eine Kombination aus vier Zahlen, dachte er.

Und jetzt kamen seine Mathe-Fähigkeiten zum Zuge – wer sagte, dass man Algebra im wahren Leben nicht gebrauchen könne?

Er erstellte eine Tabelle, x-Achse für den Startpunkt, y-Achse für den rechten Kontaktpunkt.

Er setzte das Schloss wieder auf null.

Er arbeitete schweigend – lauschte nur auf die Klicks – und geduldig, notierte sich jeden Kontaktbereich, dann trug er die Punkte in der Tabelle ein, x-Wert, y-Wert.

Es kostete ihn dreiunddreißig Minuten absolut präziser Arbeit und angestrengten Lauschens, um die vier Zahlen zu identifizieren.

8-9-14-2.

Jetzt brauchte er die Reihenfolge. Er begann, die Nummern so auszuprobieren, wie er sie aufgeschrieben hatte, aber dann hielt er inne.

»Es ist ein Datum. Himmel, es ist der Valentinstag. Bestimmt hatten sie da ihr erstes Date oder so, wahrscheinlich 98. Kann es wirklich so einfach sein?«

Eine vierstellige Kombination konnte fast zweitausend Möglichkeiten bedeuten. Äußerst unwahrscheinlich, dass er sie gleich beim ersten Mal herausfand.

Aber er versuchte es. 2-14-9-8.

Und als er am Hebel zog, ging die Tür glatt wie Seide auf.

»Oh, Scheiße! Einfach so.«

Der Kick verschaffte ihm beinahe einen Orgasmus, wie damals beim ersten Einbruch mit zwölf.

Er holte seine Stoppuhr heraus und drückte auf den Knopf.

»Fünfunddreißig Minuten, zwölf Sekunden. Nicht schlecht, aber ich werde noch besser.«

Er nahm einen Kasten mit Glasdeckel heraus – ohne Schloss –, der normalerweise zwölf Damenuhren enthielt. Jetzt waren es sieben. Und eine war die Graff, über die er jetzt mit der Taschenlampe leuchtete.

Er hatte noch nie etwas so Teures in der Hand gehabt. Und sie war wunderschön, das konnte er sehen. Die Diamanten funkelten im Licht, und die Saphire schimmerten. Er würde noch mehr über Edelsteine lernen, schwor er sich. Sie hatten, na ja, irgendwie Leben in sich. Waren schöner als Briefmarken oder alte Münzen.

Er steckte die Uhr in den Beutel, den er mitgebracht hatte, stellte den Kasten zurück, nahm den nächsten heraus und musterte die Sammlung des Mannes. Er entschied sich für die Rolex – nicht ohne Grund ein Klassiker –, dann stellte er den Kasten zurück.

Er zog auch die anderen Kästen heraus – Manschettenknöpfe, Ohrringe, Armbänder, Ketten. Kleine Sammlungen, dachte er, aber beeindruckend.

Und verführerisch.

Ich muss nach Hause, rief er sich ins Gedächtnis, und er musste auch noch beim Lagerhaus vorbei, um die Beute zu verstauen.

Doch schließlich griffen seine Finger wie von selbst nach quadratisch geschliffenen Diamantohrringen. Klein, aber edel, und wahrscheinlich nicht leicht nachzuverfolgen.

Er schloss den Safe, drehte das Zahlenrad. Dann schaute er sich noch einmal prüfend um, ob er auch nichts liegen gelassen hatte.

Nach weniger als einer Stunde, nachdem er das Haus betreten hatte, ging er in seinen Fußspuren durch den mittlerweile in dicken Flocken fallenden Schnee.

In seinem Rucksack befanden sich Schmuckstücke im Wert von schätzungsweise zweihunderttausend Dollar.

Er würde zwanzig Prozent verlangen. Er hätte auch zehn genommen, aber er würde hoch ansetzen. Vielleicht bekam er dann fünfzehn. Und mit dreißigtausend konnte er eine Menge Arztrechnungen bezahlen.

Im Frühling würde es wärmer werden – und sie hätten nicht mehr so hohe Heizkostenrechnungen. Vielleicht konnte er ja seine Mutter zu einem Sommerurlaub überreden. Ihr altes Auto hatten sie vor langer Zeit verkauft, aber sie konnten ja eins leihen. Er hatte schon den Anfänger-Führerschein. Er hatte den Kurs in der Schule besucht, und Wills Vater war mit ihm in seinem Auto gefahren, damit er üben konnte. Er würde seinen Führerschein beantragen, sie würden ein Auto mieten und ans Meer fahren. Sie hatte ihm erzählt, wie gerne sie einmal das Meer sehen würde. Außerdem sollte Seeluft doch so gesund sein und alles. Sie könnten sich ein paar Tage lang in einem Motel am Strand einmieten. Allein schon die Fahrt dorthin wäre Urlaub. Sie waren nicht mehr in Urlaub gewesen seit …

Seit dem Krebs, dachte er, schob den Gedanken aber gleich wieder beiseite.

Er hatte eine tolle Nacht gehabt, warum sollte er sie sich verderben? Er sollte sich lieber aufs Frühjahr, auf den Sommer und auf das College im Herbst freuen.

Aber der Winter dauerte an, und der März ging so bitterkalt zu Ende, wie er angefangen hatte. Mitte April dachte er, Chicago wäre zum Eisplaneten Hoth geworden. Aber dann setzte ganz langsam der Frühling ein.

Sie öffneten die Fenster, ließen frische Luft herein. Klar, nachts mussten sie sie zumachen, weil sie sonst erfroren wären, aber es war zumindest schon einmal ein Anfang. In Harry begann die Hoffnung zu blühen wie die Krokusse, die seine Mutter gepflanzt hatte, als er noch ein kleiner Junge war.

Er traf sich auch mit einem neuen Mädchen. Alyson. Wissenschaftsnerd, aber total süß. Nichts Ernstes; vor dem College wollte er nichts Ernstes mehr. Aber er hatte zumindest jemanden, mit dem er zum Prom gehen konnte, und nur das zählte.

Er ging in der milden Luft nach Hause, wobei er im Kopf seinen abendlichen Zeitplan überschlug.

Hausaufgaben – er musste seine Noten oben halten – und ein bisschen Recherche über kostbare Edelsteine. Abendessen – vielleicht konnte er Mom überreden, Pizza zu bestellen. Und er hatte ein potenziell lukratives Objekt im Auge, das er sich näher anschauen wollte.

In bester Laune betrat er das Haus.

»Hey, Mom! Ich nehme mir was zu essen. Ich glaube, im Chemietest heute kriege ich ein A. Ich hab ziemlich viel Hausaufgaben auf, aber ich fange gleich an.«

Er hatte eine Tüte Doritos in der einen und eine Coladose in der anderen Hand, als sie aus ihrem Zimmer kam. »Früher wolltest du immer ein zusammengeklapptes Brot mit Erdnussbutter und Gelee nach der Schule.«

»Die Zeiten ändern sich. Ich brauche Kohlehydrate und Koffein für Mathe und für das Referat, das ich …« Ihr Blick durchdrang seine gute Laune. »Was ist los?«

»Komm, wir setzen uns hin, Harry.«

»Mom.«

»Bitte. Setz dich. Bringst du mir auch eine Coke?«

Er versuchte an nichts zu denken, mehr konnte er nicht tun. Er goss ihre Cola in ein Glas mit Eiswürfeln – so mochte sie sie am liebsten. Dann setzte er sich zu ihr an den Küchentisch.

»Ich war heute in der Röhre.«

»Was? Du hast mir gar nicht gesagt, dass du heute einen Termin hattest. Ich gehe doch immer mit dir.«

»Du hast Schule. Mags ist mit mir gekommen. Und ich habe es dir nicht gesagt, Baby, weil der Arzt mich sehen wollte. Er wollte ein CT machen … Schätzchen, die Chemo wirkt dieses Mal nicht.«

»Sie haben doch gesagt, dass sie wirkt. Das haben sie gesagt.«

»Kurze Zeit war das auch so, letzten Herbst bis in den Winter, aber dann nicht mehr, Harry.«

Er hatte es gewusst, oder nicht? Tief im Inneren hatte er es gewusst. Die Ringe unter ihren Augen waren tiefer gewesen, und ihre Energie war geschwunden wie das Fleisch auf ihren Knochen.

»Sie können es mit einer anderen Behandlung versuchen.«

»Harry.« Sie ergriff seine Hände. »Der Krebs hat sich ausgebreitet. Sie haben alles getan, was sie tun können.«

Ihre Hände fühlten sich an wie knochige Federn. So leicht, so dünn und scharfkantig. »Das glaube ich nicht. Du kannst es doch auch nicht glauben.«

»Ich möchte, dass du tapfer bist. Es ist nicht fair. Ich wünschte, ich bräuchte dich nicht darum zu bitten, tapfer zu sein. Nichts davon ist fair. Ich habe dir die Kindheit gestohlen, und ich hasse es, wirklich. Ich sage ja gar nicht, dass ich nicht kämpfen will, das sage ich ja gar nicht. Aber wir setzen die Chemo ab.«

»Mom, bitte …«

»Sie würde mir höchstens ein paar Monate mehr bringen, Monate, in denen es mir schlecht geht. Mehr nicht. Ich will die Zeit, die mir noch bleibt, mit dir verbringen als deine Mom, zumindest die meiste Zeit.« Sie drückte seine Hände fest. »Sechs Monate. Mit weiteren Behandlungen vielleicht acht oder neun. Ich würde die Chemo noch hundert Mal mehr machen, wenn sie bedeuten würde, dass ich zusehen kann, wie du ein Mann wirst, Harry. Wenn ich deinen Collegeabschluss miterleben könnte, wie du dich verliebst, eine Familie gründest. Aber es geht nicht. Mein Herz will all das – du bist mein Ein und Alles –, aber mein Körper lässt es nicht zu.«

»Du hast den Krebs früher schon besiegt.«

»Dieses Mal nicht mehr. Hilf mir, aus diesen sechs Monaten eine gute Zeit zu machen.«

»Du hast ihn vorher schon besiegt«, wiederholte er.

Als sie ihn in die Arme nahm, war er wieder ein Kind. Und das Kind drückte sein Gesicht an die Brust seiner Mutter und weinte.

3

Am letzten Schultag, in Harrys Vorstellung auf der letzten Seite eines zwölfjährigen Kapitels seines Lebens, drang hysterisches Gelächter aus den offenen Fenstern des Hauses. Neben der Haustür standen bemalte Töpfe mit blühenden Blumen.

Sie lachte jetzt mehr, seine Mutter, und sie sah so fröhlich und glücklich aus, dass er sich – beinahe – einreden konnte, sie hätten den Feind in ihr endlich besiegt. Sie pflanzte Blumen. Sie putzte Häuser, hörte laut Musik, ging einkaufen. Sie gönnte sich ein neues Kleid für seinen Abschluss.

Sie sagte, jeder Tag sei ein Geschenk, und er versuchte, es genauso zu sehen wie sie.

Aber manchmal in der Nacht, im Dunkeln, dachte er, dass jeder Tag, der verging, einer weniger war.

Heute hörte er sie lachen – kichern, dachte er, wie eine seiner Klassenkameradinnen. Ehemalige Klassenkameradinnen jetzt.

Als er hereinkam, saßen sie und Mags am Küchentisch und lachten sich schlapp.

Mags' kurzer Haarflaum strahlte saphirblau. Das überraschte ihn nicht wirklich, aber dass die neuen kurzen Haare seiner Mutter in Kaugummi-Pink leuchteten, haute ihn um.

Die beiden grinsten ihn an.

»Wie findest du es?«, fragte Dana.

»Ich ... ich finde, ihr zwei seht aus wie Ostereier. Wenn es die auf dem Mars gäbe.«

Seine Antwort bewirkte einen erneuten Lachanfall.

»Ich habe noch genug von beiden Farben, um deine Haare auch zu färben. Ich kann sie ja zu einem hübschen Violett mischen. Du siehst aus wie eine Mischung aus George Clooney und Caesar«, bemerkte Mags. »Violett würde dich einzigartig machen.«

»Schwer abzulehnen.«

Dana stand auf und holte ihm eine Coke aus dem Kühlschrank, bevor er es selbst tun konnte. »Für die Abschlussfeier wickele ich mir einen Schal darum. Keine Sorge.«

Er nahm die Cola und beugte sich zu ihr herunter, um sie auf die Wange zu küssen. »Das brauchst du nicht. Ich wette, niemand sonst hat eine Mom – und eine Tante – mit pinkem und blauem Haar.«

Sie schmiegte sich in seine Umarmung.

Sie war so dünn, so dünn. Er schob den Gedanken beiseite und rief sich in Erinnerung: Sie ist hier. Sie ist glücklich.

»Mags hat mich damit überfallen, als wir das Haus der Gobbles fertighatten. Und ich dachte, ach, was soll's. Und in all der Aufregung habe ich es ganz vergessen!« Sie umfasste sein Gesicht mit den Händen. »Heute war der letzte Schultag. Mein Baby, mein ein Meter achtundachtzig großes Baby, hatte heute seinen letzten Schultag auf der Highschool.«

»Oh, oh, ich werde wohl ein bisschen sentimentale Musik anmachen müssen.«

»Die habe ich schon im Kopf«, sagte Dana zu Mags. »Ich sehe dich immer noch vor mir, mein kleiner Mann, in deiner roten Jacke, mit deiner Scooby-Doo-Lunchbox, als ich dich an deinem ersten Tag zur Schule gebracht habe. Und als wir da waren, sagtest du einfach nur ›Tschüss‹ und gingst alleine hinein. Furchtlos. Du warst immer schon furchtlos.«

Auch er erinnerte sich daran, er erinnerte sich an alles. »Das habe ich von meiner Mom.«

»Ich mache dir was Kleines zu essen. Du willst bestimmt heute Abend auf eine Party gehen. Gehst du mit Alyson? Sie ist ein nettes Mädchen. So klug.«

»Sie ist ein nettes, kluges Mädchen, aber heute Abend bin ich mit jemand anderem verabredet. Eigentlich mit zwei anderen Frauen.«

Dana blieb stehen und drehte sich um. »Du willst doch nicht etwa die erste Nacht vom Rest deines Lebens mit mir und Mags verbringen?«

»Ich denke, ich kann selber entscheiden, mit wem ich die erste Nacht vom Rest meines Lebens verbringe, und ich habe Pläne gemacht.«

»Was für Pläne?«

»Meine Pläne. Es dauert noch ein bisschen, wir haben also Zeit genug, um etwas zu essen – mach für uns alle was. Dann werde ich noch den Rasen mähen.«

»Bei unserem Rasen brauchst du doch höchstens zehn Minuten.«

»Es ist eine Überraschung«, sagte Harry und nahm ihre Fragen vorweg. »Was ihr anhabt, ist in Ordnung. Aber nehmt euch vielleicht einen Pullover oder eine Jacke mit.«

»Ein Geheimnis«, sagte Mags. »Eine geheimnisvolle Überraschung. Mir gefällt es jetzt schon.«

Sie hatten keine Ahnung, als sie in den Zug stiegen, und er weigerte sich, ihnen irgendeinen Hinweis zu geben. Aber als sie näher kamen und immer mehr Leute mit Kappen und Trikots in den Zug stiegen, boxte Mags Harry leicht an die Schulter.

»Wrigley. Das Abendspiel gegen die Marlins.«

»Vielleicht.«

»Du magst doch Baseball gar nicht«, begann Dana. »Ich habe nie verstanden, was ich falsch gemacht habe, aber …«

»Ich finde Baseball ganz okay. Aber meine Ladys lieben es!«

»Das ist toll. Das ist großartig. Mann, ich müsste meinen Blutstein-Anhänger für Energie dabeihaben. Nein, nein, den schwarzen Onyx.« Mags kramte in ihrer Tasche. »Irgendwas muss ich doch dabeihaben. Meine Glücksbringer-Kappe habe ich zu Hause, aber ich kann sie mir ja vorstellen. Wer pitcht? Mir fällt der Name nicht ein.«

»Mitre«, sagte Harry.

»Okay, oh, gut. Ich werde es ganz fest visualisieren.«

Er genoss es, wie sie um ihn herum über das Spiel redeten, im Zug, auf dem Weg ins Stadion und unter dem großen roten Schild. Er liebte die aufgeregte Stimmung um sich herum.

»Ich bezahle«, sagte Dana. »Für den letzten Schultag.«

»Zu spät.« Harry zog Tickets aus der Gesäßtasche. »Schon erledigt, für die beiden Frauen, die mich durch die Schule gebracht haben.«

»Harry, das – das sind Logenplätze. Du kannst doch nicht …«

»Alles schon erledigt. Und es kriegt auch jeder eine neue Kappe.«

»Verdirb dem Jungen doch nicht die Freude.« Mags drückte Danas Hand. »Nimm das Geschenk an.«

»Du hast ja recht, du hast ja recht. Letzte Saison sind wir noch nicht mal zu einem einzigen Spiel gekommen, und jetzt? Logenplätze. Oh, Mags, sieh doch nur. Direkt hinter dem Dugout, bei der ersten Base.«

Harry kaufte ihnen die Kappen und auch eine für sich.

Er hörte seine Mutter andächtig seufzen, als sie ins Stadion gingen. Der grüne Rasen, die dunkelbraune Erde, die weißen Baselines reichten bis zu der mit Efeu bewachsenen Wand.

»Wir sitzen praktisch auf dem Spielfeld. Ich kann das Gras riechen! Mags, weißt du noch, wie wir früher die Spiele vom Dach aus beobachtet haben?« Sie wies zu den Gebäuden außerhalb der Wände.

»Klar weiß ich das noch. Onkel Silas hat uns mit nach oben genommen und uns mit Hotdogs und Malzbier bestochen. Ich habe dir doch schon von Onkel Silas erzählt, oder? Der Bruder deiner Großmutter.«

»Ich habe meinen mittleren Namen von ihm.«

»Ja, genau. Er hat sich in eine Frau verliebt, die ihn nicht liebte, und er hat sich nach ihr verzehrt, bis er gestorben ist. Hat nie geheiratet. Er hatte einen Herzinfarkt, als du noch ein Baby warst.«

Harry kannte die Geschichte. Mags' und Danas Vater war abgehauen, als Dana noch in den Windeln lag. Ihre Mutter hatte in der Metzgerei ihres Bruders gearbeitet und nebenbei ihre beiden Mädchen großgezogen. Sie war von einem Querschläger aus einer Autoschießerei getötet worden, als Harrys Mutter siebzehn war.

Im gleichen Alter wie er jetzt, dachte er.

»Sein Herz mag schwach gewesen sein, aber er war so lieb. Das waren gute Zeiten.« Mags tätschelte Danas Oberschenkel. »Echt gute Zeiten.«

»Ja.« Dana holte tief Luft. »Aber das hier ist sogar noch besser!«

Sie aßen Hotdogs, tranken Bier. Er mochte den Geschmack zwar nicht besonders, aber Harry trank trotzdem einen Schluck aus dem Becher seiner Mutter.

Solidarität.

Sie jubelten, buhten, bewerteten.

Seine Mutter strahlte – genau dieses Wort kam ihm in den Sinn. Sie sprang auf, um den Flug eines langen Passes zu beobachten, wenn der Zentrale Camper ihn erst knapp vor der Mauer fing, stöhnte, wenn es einen Strikeout gab.

Die Sonne ging unter; die Lichter gingen an.

Mehr zufällig als mit Absicht fing er einen Foul-Ball, der genau auf ihn zielte. Seine Mutter sprang auf und tanzte.

»Flinke Hände«, sagte Mags und warf ihm einen wissenden Blick zu. »Sehr gute Reflexe.«

Nachdem er seine Hand so lange geschüttelt hatte, bis er wieder etwas spürte, überreichte er den Ball Dana. »Ihr Souvenir, Ma'am.«

Ob es an den Glückskappen lag, am Hämatit, den Mags aus ihrer Tasche kramte, oder daran, dass die Cubs einfach einen guten Abend gehabt hatten, auf jeden Fall pitchte Mitre einen Shutout, und die Mannschaft ging mit vierzehn Runs vom Platz.

Harry hatte nicht so viel für das Spiel übrig wie seine Mutter, aber er wusste, dass ein Purist angesichts dieses Ergebnisses ins Schwärmen geraten würde. Seine Mutter lehnte ihren Kopf an seine Schulter, während die Leute um sie herum hinausströmten.

»Weißt du, was noch besser ist als ein Sommerabend in Wrigley?«

»Was?«

»Nichts.«

Sie stiegen eine Haltestelle früher aus, kauften Eis in der Waffel und brachten seine Tante Mags zu ihrer Wohnung.

Als sie die paar Blocks nach Hause gingen, legte er seiner Mutter den Arm um die Schultern, so wie sie es früher bei ihm gemacht hatte.

»Du bist bestimmt müde.«

»Ein bisschen«, gab sie zu. »Aber auf eine gute Art. Es war eine tolle Überraschung. Aber du warst schon immer meine beste Überraschung. Du fragst nie nach deinem Vater.«

»Was gibt es da zu fragen?«, erwiderte er und meinte es auch so. »Er spielt keine Rolle.«

»Doch, weil es dich ohne ihn nicht gäbe.« Seufzend schmiegte sie sich an ihn. »Ich sollte dir von ihm erzählen, weil du Bescheid wissen solltest. Wir waren jung. Ich war so traurig, als ich meine Mutter verlor. Mags war wütend, aber ich kam aus meiner Traurigkeit nicht heraus. Onkel Silas versuchte sein Bestes, aber auch er trauerte. Na ja, auf jeden Fall war da ein Junge, und er wollte mich. Ich wollte ihn, aber geliebt haben wir uns nicht. Du musst nicht glauben, dass er mir das Herz gebrochen hat. Es war einfach nicht so.« Vor der Haustür blieb sie stehen. »Komm, wir setzen uns eine Minute.«

Sie hockte sich auf die Treppe, die zu beiden Seiten von Blumentöpfen eingerahmt war.

»Wir waren nur ein paar Wochen zusammen, waren beinahe schon wieder auseinander, als ich merkte, dass ich schwanger war. Er wollte aufs College. Mags war zum Zirkus gegangen, und ich arbeitete in der Metzgerei. Es klingt komisch, aber ich geriet weder in Panik noch fragte ich mich, was ich tun sollte. Ich freute mich vom ersten Moment an. Ich war jung, dumm, aber ich freute mich. Und all das Traurige war auf einmal einfach weg. Ich musste es dem Jungen sagen, aber seine Reaktion hat mich nicht überrascht. Ich konnte ihm keinen Vorwurf daraus machen, und das habe ich auch nie.«

Sie blickte ihn an. Ihre Augen waren müde, aber offen. »Du solltest das auch nicht, deshalb erzähle ich es dir. Er war noch nicht mal achtzehn, sein Leben fing gerade erst an, wie deins jetzt. Wie gesagt, wie haben uns nicht geliebt. Natürlich hätte ich ihn zwingen können, seinen Teil dazu beizutragen, und vielleicht hätte ich das auch tun sollen. Aber ich wollte nicht. Du gehörtest mir, und warum sollte ich jemanden in mein Leben lassen, der dich nicht wollte? Er verabscheute dich und mich, so, wie wohl mein Vater meine Mutter, Mags und mich verabscheut hatte. Nein, das wollte ich dir nicht zumuten. Das tut einfach zu weh.«

»Ich würde es gar nicht anders wollen, wenn du mich fragst.«

»Gut. Das ist gut. Auf jeden Fall kehrte Mags ein paar Wochen vor deiner Geburt zurück, und sie war dabei, als du zur Welt kamst. Und sie war auch da, als Onkel Silas starb. Ich wünschte, du könntest dich an ihn erinnern, Harry, aber du warst ja noch ein Baby. Er vergötterte dich. Er hinterließ mir genug, um die Anzahlung für dieses Haus zu machen. Dann gründeten Mags und ich ein Geschäft, und es lief ziemlich gut, als du in der Schule warst. Und jetzt sitzen wir hier.« Sie schmiegte sich an ihn. »Aus all dem Traurigen ist für mich das beste Geschenk, die größte Liebe gekommen. Ich will, dass du dich daran erinnerst. Und«, sie gab ihm einen lauten Schmatzer auf die Wange, »heute Abend sind wir nicht traurig!«

»Ich weiß, dass ich mich an ihn – an Onkel Silas – nicht erinnere, aber ich kenne ihn durch dich und Mags. Ich weiß noch alle Geschichten, die ihr mir erzählt habt.«

Lächelnd tippte sie ihm an die Stirn. »Magische Erinnerung.«

»Ja.«

Und Harry wusste auch, dass er sich sein Leben lang daran erinnern würde, wie er mit seiner Mutter an einem Sommerabend auf der Vordertreppe zwischen ihren hübschen Blumen gesessen hatte.

Stolz trug sie ihre pinken Haare und ihr neues Kleid zu seiner Abschlussfeier, und mit Mags' Hilfe schmiss sie für ihn und seine Freunde eine Party.

Aber als der Juni in den Juli überging, bekam sie dunkle Ringe unter den Augen. Und viel zu oft sah er ihr an, wie groß ihre Schmerzen waren. Als sie kaum noch durchs Zimmer gehen konnte, ohne in Atemnot zu geraten, war er es, der zu ihr sagte, sie solle sich setzen, damit sie reden konnten.

»Ich habe eine Entscheidung getroffen.«

Sie trank einen Schluck von dem Tee, der laut Mags heilende Wirkung hatte. »Worüber?«

»Ich pausiere ein Jahr.«

»Harry …«

»Nein, hör mir zu.« Er wusste, dass sie nicht mit ihm streiten konnte, und ein Teil von ihm verfluchte das Wissen, dass sie zu schwach geworden war, um zu streiten.

»Viele Leute tun das, und ich tue es eben auch. Mags braucht mich im Geschäft. Du brauchst mich. Und ich muss einfach hier sein. Ich brauche das, Mom. Die Northwestern kann warten.«

»Dein Stipendium. Du hast so hart dafür gearbeitet.«

»Das kann ich auch noch in einem Jahr in Anspruch nehmen.«

»Es tut mir so leid.« Sie kniff die Augen zu. »Es tut mir leid, dass ich nichts dagegen machen kann. Dass ich nicht dafür sorgen kann, dass du gehst. Ich wollte dir zusehen, wie du aufs College gehst, so wie ich dir am ersten Schultag zugesehen habe. Ich wollte es so sehr. Ich hasse es. Ich hasse es zu wissen, dass ich nicht für dich da sein werde. Hör zu …«

Sie musste sich einen Augenblick ausruhen. Es war einer der schlechten Tage, und sie wussten es beide.

»Ich habe heute Morgen mit Anita im Hospiz gesprochen.

Sie war so großartig, und sie versteht, dass ich nicht dorthin gehen will. Ich möchte hierbleiben. Du wirst Hilfe brauchen.«

»Mags und ich können uns um dich kümmern.«

»Das habe ich mir schon gedacht. Aber wenn ihr Hilfe braucht, sind sie da. Ich habe Vorkehrungen getroffen und alles aufgeschrieben. Ich weiß, dass es dir schwerfällt, darüber zu sprechen, aber es muss sein.«

»Okay.« Er fühlte sich elend und hatte Angst, aber er nickte.

»Ich will verbrannt werden. Keine große Beerdigung. Du und Mags, ihr könnt entscheiden, wo ihr die Asche verstreuen wollt. Wo immer ihr wollt.«

Sein Magen zog sich zusammen, und ihm wurde heiß, aber er nickte wieder. »Okay, mach dir keine Sorgen.«

»Ich habe das Haus auf dich überschrieben, schon vor Monaten, es wird also dir gehören. Du solltest es verkaufen. Es ist schon so gut wie abbezahlt, und du solltest es wirklich verkaufen, damit du die Collegegebühren finanzieren kannst. Die Immobilienpreise steigen, und es gibt bestimmt viele Interessenten, die gerne ein Haus hier in der Gegend kaufen und umbauen möchten.«

Sie griff nach seinen Händen, und er spürte, wie sie zitterte.

»Vergeude nicht deine Intelligenz, mein Schatz. Du bist so wahnsinnig klug. Du musst aufs College gehen und deine Leidenschaft finden. Du musst forschen, reisen – an alle Orte fahren. An alle möglichen Orte. Du bist clever, Harry. Klug und stark, und du bist nett. Ich habe verdammt gute Arbeit geleistet.«

»Ja, das hast du.«

»Pass auf Mags auf. Sie mag deine verrückte Tante sein, aber sie hat uns nie im Stich gelassen.« Sie stellte ihre Teetasse weg. »Auch wenn sie ständig versucht, mir dieses Zeug einzutrichtern.«

»Wie wäre es mit einer Cola?«

Sie lächelte. »Schrecklich gerne.«

Mit dem Sommer verging auch ihre Kraft.

Mags zog aus ihrer Wohnung aus und verbrachte ihre Nächte auf der Luftmatratze neben dem Bett ihrer Schwester. Tagsüber putzte Harry Häuser mit Mags, und mit dem Geld seiner nächtlichen Arbeiten bezahlte er eine hauptberufliche Pflegekraft, die sich um seine Mutter kümmerte, wenn sie keine Zeit hatten.

Im Herbst gingen die meisten seiner Freunde aufs College. Der Stich, den er dabei empfand, kam und ging zu seltsamen Zeiten, beispielsweise wenn er den Müll hinausbrachte, sich die Schuhe zuband oder in die Bibliothek fuhr, um Bücher auszuleihen, die er seiner Mutter vorlesen konnte.

Sie kauften einen Rollstuhl, damit sie mit ihr in die Sonne und die frische Luft gehen konnten. Aber trotz des prächtigen Indian Summer wurde ihr kalt, wenn sie länger als eine Stunde draußen waren.

Im November konnte sich Dana nur noch in ihrem Schlafzimmer aufhalten. Sie aß wenig, schlief lange. Sie hatten ein Krankenhausbett gemietet und schoben die alte Kommode ins Wohnzimmer, damit sie Platz für zwei Betten und zwei Sessel hatten.

Freunde, Nachbarn und Kunden schickten Blumen, Essen oder beides. Er würde nie vergessen, dass Wills Mutter an drei oder vier Abenden in der Woche nach der Arbeit vorbeikam, um an ihrem Bett zu sitzen, auch wenn Dana die Besuche verschlief.

»Lad deine Tante auf einen Kaffee ein«, sagte sie zu ihm.

Also flohen sie aus dem Haus, in dem es zu sehr nach Blumen und Krankheit roch, und spazierten durch die schneidende Novemberluft.

Mags ergriff seine Hand. »Süßer, wir müssen sie gehen lassen.« Er versuchte, seine Hand wegzuziehen, aber Mags hielt sie fest umklammert. »Nur die Liebe hält sie noch hier, die Liebe zu dir und auch zu mir. Sie leidet. Die Medikamente lindern die Schmerzen, aber sie vertreiben sie nicht. Das Marihuana hilft gegen die Übelkeit, aber sie ist trotzdem immer da. Sie treibt von Minute zu Minute dahin, gefangen zwischen zwei Welten, und an dieser hängt sie nur noch wegen uns.«

Er hätte gerne geflucht, sie weggeschubst. Aber er starrte nur geradeaus. »Sie sagte, jeder Tag sei ein Geschenk. Als wir gegangen sind, hat sie Mrs. Forester gerade nach Will gefragt. Und sie hat sich für heute Abend ein neues Buch ausgesucht.«

»Sie hat einen starken Willen, und sie liebt dich so sehr. Es ist scheiße, dass ich das zu einem Jungen sagen muss, der gerade achtzehn geworden ist. Aber sie wird nicht gehen, bevor du ihr nicht sagst, dass du ohne sie zurechtkommst.«

»Du bist also bereit, sie sterben zu lassen.«

Jetzt ließ Mags seine Hand los. »Nein, dazu werde ich nie bereit sein. Aber ich weiß, dass sie dazu bereit ist.«

Für den Rest ihres Spaziergangs um den Block redeten sie nicht mehr darüber. Sie sagten gar nichts mehr, und in ihm brauten sich Gewitterwolken zusammen. Er hatte noch eine Menge zu sagen, aber er würde warten, bis Wills Mutter gegangen war und seine Mutter schlief.

Seine verrückte, dumme, selbstsüchtige Tante brauchte sich nicht einzubilden, ihm sagen zu können, was er tun und wie er fühlen und denken sollte. Und wenn sie es leid war, bei der Pflege ihrer eigenen Schwester zu helfen, sollte sie sich doch zum Teufel scheren.

Er würde das alles alleine schaffen.

Als sie wieder im Haus waren, ging Mags direkt in die Küche. »Ich mache Suppe für Dana warm. Willst du auch was?«

»Nein.«

Wills Mutter kam aus dem Schlafzimmer. »Wir haben uns nett unterhalten.« Sie umarmte Harry. »Reg dich nicht auf, wenn sie denkt, du wärst nur zu Hause, weil du Collegeferien hast. Sie ist ein bisschen müde und verwirrt.«

»Okay, ist schon okay. Mrs. Forester, ich bin Ihnen so dankbar, dass Sie sie besuchen und sich um sie kümmern.«

»Deine Mama und ich, wir waren schon befreundet, als Will und du noch in den Kindergarten gegangen seid.« Sie drückte ihn noch einmal. »Ich gehe nach Hause, Mags«, rief sie. »Sag mir Bescheid, wenn ihr irgendwas braucht.«

»Mache ich. Danke, Keisha.«

Sie tätschelte Harrys Arm. »Passt gut auf euch auf.«

Er würde sich um alles kümmern, dachte er. Und er würde seiner Tante sagen, wohin sie sich ihre Ratschläge stecken konnte.

Aber zuerst mussten sie noch zusammenarbeiten, damit seine Mom wenigstens ein bisschen aß. Er zog seine Jacke aus und wollte sie gerade aufhängen, als er die Stimme seiner Mutter hörte. Sie rief nicht nach ihm, sondern redete nur. Und lachte.

Mit der Jacke in der Hand ging er ins Schlafzimmer.

Sie lehnte mit dem Oberkörper gegen das Kopfteil des Betts, ihre Augen viel zu hell. Über ihrem blauen Nachthemd trug sie den roten Pullover, den Mags ihr gestrickt hatte. Und sie lächelte ihn an.

»Hi, mein Schatz! Willkommen zu Hause. Ich habe gerade Onkel Silas erzählt, dass du am Wochenende kommst. Er hat seine speziellen Schweinekoteletts fertiggemacht und bringt sie uns zum Abendessen.«

Er wusste nicht, was er sagen sollte, und blieb an der Tür stehen.

Mags huschte mit einem Tablett an ihm vorbei. »Hoffentlich gibt es Kartoffelpüree dazu und keinen Spinat.«

»Erbsen. Und Aufback-Brötchen.«

»Ich darf die Rolle an der Kante aufschlagen!«

»Immer du!«

»Ich bin ja auch die große Schwester.«

»Ich habe jetzt eigentlich keinen Hunger«, sagte Dana, als Mags ihr einen Löffel Suppe anbot.

»Auf Mrs. Cardinis Minestrone? Das ist doch deine Lieblingssuppe!«

Und Harry schämte sich – wie eine heiße Welle schlug die Scham über ihm zusammen, als er zusah, wie seine Tante ihrer Schwester einen Löffel voll Suppe in den Mund schob.

»Sie macht die beste.«

»Ja, wirklich. Und während du isst, liest Harry uns aus deinem neuen Buch vor. Worum geht es da?«

»Das ist die Geschichte der außergewöhnlichen Reise eines gewöhnlichen Mannes. Mit Abenteuer, Erlösung und Liebe!«

»Sex?«

»Ich lese meiner Mutter und meiner Tante nicht laut etwas über Sex vor!«

»Dein Sohn ist prüde, Dana. Aber er kann gut vorlesen.«

»Er studiert ja Literatur auf dem College, und er nimmt wohl auch wieder an Theateraufführungen teil. Ich kann nichts mehr essen, Mags.« Sie wandte den Kopf ab. »Meinen Koffer habe ich herausgeholt, oder? Habe ich schon alles gepackt? Ich muss zu Ende packen.«

Mags legte den Löffel weg und stellte das Tablett beiseite. Harry sah die Tränen in ihren blauen Augen. »Du hast alles schon fertig.«

»Oh, gut. Ach ja, jetzt sehe ich es auch.« Sie lächelte einen Gegenstand im Zimmer an, den nur sie sehen konnte. »Alles gepackt und fertig zur Abreise. Du wirst zu beschäftigt sein, um mich zu vermissen, Schätzchen, mit dem College und so.« Immer noch lächelnd, ihre Augen so hell und tief eingesunken, griff sie nach seiner Hand. »Ich schicke dir Ansichtskarten. Du kannst sie in ein Album kleben. Ich wollte immer schon ein Album machen. Du schaffst das schon alles, Harry, oder? Du bist ja erwachsen. Du kommst alleine zurecht, solange ich verreist bin.«

Er ergriff ihre Hand. Hinter seinen Augen brannten Tränen. »Ja, ich komme klar.«

»Du und Mags, ihr passt aufeinander auf.«

»Ja, natürlich. Du brauchst dir keine Sorgen zu machen.«

»Ich bin ein bisschen müde. Ich packe nachher zu Ende.«

Sie schloss die Augen und schlummerte ein.

Mags stand auf und nahm das Tablett. »Ich brauche einen Drink«, sagte sie und verließ das Zimmer.

Als auch er herauskam, hatte sie zwei Gläser eingeschenkt.

»Wein aus der Pappschachtel ist immer noch Wein, so wie billige Pizza immer noch Pizza ist. Wenn du nichts willst, trinke ich deinen Anteil mit.«

»Es tut mir leid.« Als sie den Kopf schüttelte, fuhr er fort: »Ich wollte mich für mein Benehmen entschuldigen, für das, was ich gesagt habe, und die noch schlimmeren Dinge, die ich gedacht habe.«

»Sie ist deine Mom.«

»Sie ist deine kleine Schwester.«

Mags kippte den Wein herunter, während ihr die Tränen über die Wangen liefen. »Ich bin so sauer, so verdammt sauer auf denjenigen, der das verbockt hat. Was für ein tieferer Sinn soll dahinterstecken, dass sie so viel durchmachen muss? Das ist doch alles unnötig. Mir ist egal, was irgendjemand sagt.« Sie ließ sich auf einen Küchenstuhl sinken und wischte sich mit den Handrücken über die Augen, wobei sie ihre Mascara verschmierte. »An den letzten Abenden hat sie ständig mit Onkel Silas oder unserer Mutter geredet. Und … und sie ist glücklich, wenn sie das tut. Du kannst ruhig glauben, dass sie sie wirklich sieht. Jeder darf glauben, was er will, solange er das einem anderen nicht aufzwingt. Ich glaube es jedenfalls. Ich glaube, sie warten auf sie.«

Er setzte sich und trank einen Schluck Wein. Eine Spur besser als schnödes Bier, dachte er. »Ich weiß nicht, was ich glauben soll. Aber es stimmt, sie kämpft wegen uns, und es bereitet ihr Schmerzen, es nimmt ihr alle Kraft. Du hattest recht. Sie musste erst wissen, dass ich alleine klarkomme.«

»Ich will sie nicht gehen lassen.«

»Ich weiß. Wir tun es für sie.«

»Ich muss dich bitten, nachts nicht mehr auszugehen, bis … ich könnte dich ja nicht erreichen, wenn …«

»Ich bleibe hier.«

Zwei Nächte später schlief sie ein, während er ihr vorlas und Mags an einem endlosen Schal strickte.

Sie hatte keine Beerdigung gewollt, also gab es auch keine. Die Leute schauten trotzdem bei ihnen zu Hause vorbei und brachten Blumen, Essen oder beides. Harry war überrascht, wie viele Kunden zu ihnen kamen oder Beileidskarten schickten.

An einem kalten, stürmischen Novemberabend überwand er die Alarmanlage im Wrigley Stadion und führte Mags zum Schlagmal.

»Ich habe mir schon gedacht, dass du so etwas Ähnliches machst – einbrechen und so –, aber ich wusste nicht, dass du so verdammt gut bist.«

»Leer und kurz vor dem Winter sieht es ganz anders aus. Aber es würde ihr gefallen, oder?«

»Sie fände es großartig. Es ist der richtige Ort für sie. Sie war durch und durch ein Mädchen aus Chicago.«

»Okay. Möchtest du irgendetwas tun oder sagen?«

»Ihr Geist ist schon davongeflogen. Lass den Rest auch los. Das ist genug.«

Er öffnete die Urne und hielt sie hoch. Und ließ die Asche mit dem Wind verwirbeln.

»Schau, wohin sie fliegt, Harry. Ein Teil von ihr wird immer hierbleiben und ihren Cubs zujubeln. Sie werden nie erfahren, was sie für ein Glück haben, dass sie sie haben. Aber wir, wir wissen es.«

»Ja.« Er sah zu, wie der Wind die Asche davontrug und sie mit sich nahm.

Als sie mit dem Zug nach Hause fuhren, tätschelte Mags sein Bein. »Was willst du mit dem Haus machen?«

»Du kannst dort wohnen bleiben, solange du willst.«

»Das kann ich nicht. Noch eine Weile, bis du dich entschieden hast, klar. Aber ohne sie will ich nicht hierbleiben. Ich will auch nicht ohne sie in Chicago bleiben, nicht, wenn du dich erst einmal entschieden hast. Du könntest eventuell schon nächsten Monat an der Northwestern anfangen.«

Er schüttelte den Kopf. »Nein, das kann ich nicht. Für mich gilt das Gleiche wie für dich. Ich will nicht hierbleiben, nicht ohne sie.«

»Und wohin willst du gehen?«

»Das weiß ich noch nicht. Vielleicht fürs Erste irgendwohin, wo es warm ist. Weg von dieser verdammten Kälte. Was ist mit dir?«

»Ich habe eine Anzahlung auf einen alten VW Bus gemacht.«

Er starrte sie an. Ihre Haare schimmerten neuerdings wie eine reife Aubergine. »Du machst Witze.«

»Nein. Ich fahre vielleicht in den Westen. Und ich kann auch wieder als Wahrsagerin am Telefon arbeiten. Madame Magdelaine weiß alles, sieht alles.«

»Ich kaufe dir ein vernünftiges Auto.«

»Der Bully von Volkswagen ist nicht ohne Grund ein Klassiker, Kumpel. Ich habe schöne Erinnerungen an frühere Begegnungen in ihm.«

»Dann kaufe ich dir eben den verdammten Bus und sorge dafür, dass er überholt und in guten Zustand gebracht wird. Ich will mir nicht vorstellen müssen, dass du irgendwo mitten in der Wüste liegen bleibst. Lass mich das für dich tun – von ihr. Sie würde das wollen.«

»Du wirst mich nicht in diesem Zug zum Weinen bringen. Hast du so viel Geld?«

»Ich habe genug, und außerdem werde ich das Haus verkaufen, dann habe ich noch mehr.«

»Sie wollte, dass du aufs College gehst, Harry. Das war ihr größter Wunsch.«

»Mach ich auch. Das ist ein Versprechen.«

Er wusste, dass er besser bis zum Frühjahr warten sollte – dann würde der Markt für Immobilien besser sein –, aber er inserierte das Haus trotzdem. In weniger als zwei Wochen brachte er es für fünftausend mehr an den Mann, als er verlangt hatte. Für sich kaufte er einen gebrauchten Volvo – wenig gelaufen, guter Zustand.

Am schwersten war es, das Haus auszuräumen – alle Dinge seiner Mutter. Aber als es getan war, stand er mit Mags in dem kleinen Vorgarten. Sie trug den roten Pullover und ein Paar Ohrringe, die seiner Mutter gehört hatten. Ihr VW-Bus – zweifarbig, rot und weiß – stand vor seinem schwarzen Volvo.

»Das ist aber ein langweiliges Auto, Kind.«

»Langweilige Autos fallen nicht auf. Bis du nach Iowa kommst, hast du schon jede Menge Strafzettel kassiert.«

»Wenn ich einen Bullen nicht mehr dazu bewegen kann, den Strafzettel zu zerreißen, dann gebe ich auf.« Sie wandte sich zu ihm. »Wir müssen einen Pakt abschließen.«

»Okay.«

»Einmal – gerne auch mehrmals, aber mindestens einmal im Jahr – treffen wir uns. Ich komme zu dir, du kommst zu mir, wir treffen uns irgendwo, ganz egal. Und wir verbringen ein paar Tage miteinander. Du bist alles, was mir von ihr noch geblieben ist, Harry. Du bist meine Familie.«

»Lass uns das erste Datum gleich festlegen – den Ort bestimmen wir noch. Früher geht auch, aber sagen wir erster April.«

»Der erste April?«

»Das kann man sich leicht merken. Wir treffen uns am ersten April. Du musst schwören.«

»Machen wir es lieber so.« Sie nahm ihn in den Arm. Er roch seine Mutter an ihr – das Lieblingsshampoo seiner Mutter – und vergrub sein Gesicht in Mags' Haaren.

»Es funktioniert. Der Pakt ist besiegelt. Versuch, nicht in Schwierigkeiten zu geraten.«

»Machst du Witze?« Sie trat zurück und umfasste sein Gesicht mit den Händen. »Du kannst mich jederzeit anrufen. Wenn jemand Kaution für dich stellen muss, wende dich an mich!«

»Dito. Bist du bereit?«

»Für Abenteuer? Immer. Such dir auch ein paar Abenteuer, Harry. Erster April«, sagte sie, als sie zu ihrem Bus ging. »Halt mich nicht zum Narren.«

»Nein, versprochen ist versprochen. Ich hab dich lieb, Mags.«

»Ich dich auch.« Sie kletterte auf den Fahrersitz und setzte eine grüne Sonnenbrille auf. Am Rückspiegel baumelten ein paar Kristalle und ein Peace-Zeichen. Sie nahm einen der Kristalle und reichte ihn ihm durch das offene Fenster.

»Weißer Mondstein, für sicheres Reisen.«

»Wo ist deiner?«

Sie zog eine Kette unter ihrem T-Shirt hervor. »Entspann dich, Kumpel.«

Sie startete das Auto – es lief super – und fuhr davon. Er wartete, bis er sie nicht mehr sehen konnte, dann stieg er in den Volvo.

Ach, zum Teufel, dachte er und hängte den Kristall an den Rückspiegel.

Er warf einen letzten Blick aufs Haus.

Dann fuhr er davon, ohne sich noch einmal umzusehen.

4

Harry nahm die Interstate 65 durch Indiana. Da neben Illinois Indiana der einzige Bundesstaat war, in dem er jemals gewesen war, zog es ihn auch von dort weg.

Er wollte irgendwo anders hin, irgendwohin, wo es warm war.

Er blieb auf der Autobahn und drehte das Radio als auch die Heizung bis zum Anschlag auf. Und seine Laune hob sich, als er nach Kentucky kam. Bei irgendeiner Ausfahrt würde er rausfahren, tanken und vielleicht einfach ein bisschen den Bundesstaat erkunden.

»Der Bluegrass Bundesstaat – eigentlich Commonwealth«, korrigierte er sich und rief Faktenwissen ab, das er gespeichert hatte. »Die Hauptstadt ist Frankfort. Ah, Pferde, Bourbon, gebratenes Hähnchen. Derby, Blues, Fort Knox.«

Bei Fort Knox überlegte er sich, was er wohl mit den Goldbarren tun würde, wenn er sie stehlen könnte. Damit könnte man richtig gut angeben, allerdings würde man dann auch schnell im Knast landen. Außerdem konnte man Goldbarren nicht im Rucksack verstauen.

Er hielt an, um zu pinkeln und den Volvo vollzutanken, kaufte sich Doritos – die mochte er immer noch am liebsten – und eine Coke.

Ihm gefiel der Blick auf die sanft wogende Hügelkette, die er bisher nur auf Fotos oder in Filmen gesehen hatte. Er stellte sie sich im Sommer vor, wie sie grün hinter Weiden mit grasenden Pferden anstiegen. Vielleicht würde es ihm ja gefallen, eine Weile auf dem Land zu leben. Vielleicht.

Aber obwohl die Luft nicht mehr eisig war, war sie ihm doch noch zu kühl.

Er fuhr weiter, Richtung Süden, und als er trotz der Doritos Hunger bekam, hielt er am Drive-in-Schalter eines McDonald's, um sich einen Big Mac und eine große Portion Fritten zu kaufen. Die Frau am Schalter, ungefähr im Alter seiner Mutter, reichte ihm die Tüte mit einem Lächeln. »Hier, mein Sohn. Lass es dir schmecken!«

Er fand ihren Akzent warm und wundervoll. »Ja, Ma'am.«

Und er ließ es sich schmecken. Den letzten Bissen schluckte er herunter, als er nach Tennessee kam.

»Whiskey, Elvis, Dolly Parton, Tabakfarmen, Barbecue und Blues und die Smoky Mountains.«

Für einen Jungen, der nie weiter als zweihundert Meilen von zu Hause weg gewesen war, kam es der Erkundung eines fremden Landes gleich. Eine völlig andere Welt.

Und sie schmeckte nach Freiheit.

Er überlegte, ob er in Memphis vorbeifahren und Graceland einen Besuch abstatten sollte. Er war zwar kein großer Elvis-Fan, aber der Mann war schließlich Kult. Ein anderes Mal, beschloss er und fuhr weiter nach Südosten.

Er hatte den vagen Plan entwickelt, ans Meer zu fahren. Er hatte noch nie den Ozean in echt gesehen. Warum sollte er sich den Wunsch nicht als Erstes erfüllen?

Als er die Great Smoky Mountains sah, blieb ihm der Mund offen stehen wie einem Touristen am Times Square. Da der Ozean noch weit weg war, fuhr er zuerst in die Berge. Vorher waren mit *weit* die Ebenen außerhalb der Stadt gemeint. Das endlose Flachland, wo immer ein kräftiger Wind wehte und Tornados wirbelten. Jetzt jedoch bedeutete es grüne Gipfel und

Täler. Wolken zogen sich hindurch. Ja, wie Rauch, durch den die Strahlen einer blassen Wintersonne drangen. Er machte seine ersten Erfahrungen mit Passstraßen, die er aber hauptsächlich deshalb langsam hinauffuhr, weil er alles auf einmal sehen wollte. Er kletterte immer höher, hielt in Parkbuchten, um auszusteigen und die Aussicht zu genießen. Mit dem Handy machte er Fotos, die er an Will und an Mags schicken würde.

Als der Tag in die Dämmerung überging, hielt er erneut an. Dieses Mal nahm er die kleine Flasche aus seinem Rucksack.

Er hatte Mags nicht erzählt, dass er etwas von der Asche seiner Mutter zurückbehalten hatte, bevor sie nach Wrigley gefahren waren. Er wollte sie eigentlich am Meer in den Wind streuen, aber ein bisschen würde er auch hierlassen, dachte er jetzt.

Er wollte diesen Anblick mit ihr teilen.

»Wir sind hier echt hoch, fast zweitausend Meter. Sieh doch nur, wie sie ineinander übergehen, als ob sie sich auf dem Weg nach North Carolina in Falten legen. Das war ein ziemlich guter erster Tag. Vier Bundesstaaten. Ich sollte mir wahrscheinlich langsam ein Motel suchen. Aber zuerst …«

Er entkorkte die Flasche und schüttelte etwas Asche heraus, die der Wind über die Berge verstreute. Im Dämmerlicht stieg er wieder ins Auto und stellte sich der Herausforderung, nachts durchs Gebirge zu fahren. Einmal wurde er zu einer Vollbremsung gezwungen. Schockiert riss er den Mund auf, als ein Bär – ein echter Bär – über die Straße schlenderte, als sei er nach einem harten Arbeitstag auf dem Heimweg.

Er beschloss, im nächsten Ort zu übernachten.

Am Fuß der Berge stieß er auf ein Motel. Der einstöckige Bau bestand aus rot gestrichenen Betonsteinen, einem Kies-Parkplatz und einem Diner, der den Ausschlag gab, da er schon wieder Hunger hatte.

Harry checkte bei einem Mann mit einem grau gesprenkelten Bart und einem beeindruckenden Bierbauch unter seinem weißen T-Shirt ein. Er bezahlte bar für eine Nacht, bekam einen Schlüssel und erfuhr auf Nachfrage, dass der Diner um zehn zumachte.

In seinem Zimmer befand sich ein Einzelbett mit einer grünblau geblümten Bettdecke und einer Kommode, auf der ein monströser Fernseher stand. Grüner Teppichboden, beigefarbene Wände. Auf den Nachttischen zu beiden Seiten des Betts standen Lampen, und er hatte ein winziges Badezimmer, das, für sein erfahrenes Auge, mehr als sauber war. Er zog die Jalousie am Fenster herunter, dann schaltete er den Fernseher an, zog sich aus und duschte ausgiebig.

Niemand wusste, wer er war oder wo er war, und das fand er faszinierend. Befreiend. Er würde es Mags schreiben und ihr die Fotos schicken, aber ansonsten war er niemand und alles zugleich.

Er zog sich wieder an und fuhr sich mit den Fingern durch die Haare. Sie waren schon wieder ordentlich nachgewachsen, und er fand es gut. Er kam sich vor wie in einer Filmkulisse, als er nach draußen trat. Die summende Eismaschine, die beiden Verkaufsautomaten, der Geruch nach Tannen in der kalten Luft – nicht so kalt wie in Chicago, aber immer noch zu frisch, um draußen zu übernachten. Die leisen Fernsehgeräusche hinter verschlossenen Türen.

Im Dinner wurde das Gefühl noch intensiver.

Das harte, helle fluoreszierende Licht ließ alles deutlich hervortreten. Die lange Theke mit Pasteten oder Kuchen und die offene Küche dahinter. Es roch nach Fett, Kaffee und gebratenem Fleisch. Die beiden Kellnerinnen, eine etwa in seinem Alter, die andere alt genug, um ihre Großmutter zu sein, trugen rosa Kleider mit weißen Schürzen. Die Bänke in den

Nischen, die Stühle und die runden Barhocker an der Theke waren mit orangefarbenem Vinyl bezogen. Auf weißen Resopaltischen standen Papierserviettenhalter, Gewürzcaddys und umgedrehte Kaffeebecher.

Ein Paar in einer Nische versuchte erschöpft, seine zwei kleinen Kinder im Zaum zu halten. Wahrscheinlich waren sie auf dem Weg in die Ferien. Die beiden Männer, die über Football diskutierten und dabei Hackbraten aßen, waren wahrscheinlich Einheimische. Das galt auch für die anderen Gäste. In einer Ecke blinkte ein Weihnachtsbaum aus Plastik neben einer Jukebox, aus der – oh ja, perfekt – Dolly Partons Stimme ertönte, die Jolene bat, sich nicht an ihren Mann heranzumachen.

»Such dir einen Platz aus, Schätzchen«, rief die ältere Kellnerin. »Wir sind gleich für dich da.«

Er wählte eine Nische und zog die laminierte Speisekarte aus dem Halter auf dem Gewürzständer.

»Möchtest du Kaffee, Hübscher?«

Vor seinem Tisch stand die großmütterliche Kellnerin. Laut ihrem Namensschild hieß sie MERVINE. Sie hatte roten Lippenstift und noch rötere Haare. Ihr Akzent war ein wenig anders als der von der Frau bei McDonald's. Mervine klang, als könnte sie singen wie Dolly.

»Nein, Ma'am, danke. Kann ich eine Coke haben?«

»Ja, klar. Du hast einen langen Weg hinter dir, nicht wahr?« Sie ergriff die Kaffeebecher. »Aus dem Norden?«

»Ja, Ma'am. Chicago.«

»Das ist weit. Willst du dir die Speisekarte noch ein bisschen länger angucken?«

»Ja, ich denke schon.«

Sie stemmte eine Hand in die Hüfte. An ihrem Daumen baumelte ein Kaffeebecher. Sie legte den Kopf schräg. »Ich kann dir sagen, was du willst.«

»Ja?«

»Ich verstehe was davon. Wenn ich falschliege und du Vegetarier oder sonst ein Tarier bist, musst du es mir sagen, aber ich denke, du willst Hühnchen und Soße, Kartoffelpüree und grüne Bohnen. Dazu gibt's bei uns Maisbrot, was wir selber backen. Und statt der Coke nimmst du einen schönen süßen Tee, und schon hast du dein Abendessen, mein Hübscher.«

»Das klingt ... echt gut.«

»Unter Garantie.« Sue zwinkerte ihm zu und ging. »Darcia, mach diesem hübschen jungen Mann einen süßen Tee. Herschal, gib ordentlich Soße über das Brathähnchen, reichlich Kartoffelpüree und Bohnen dazu.«

Er aß alles bis auf den letzten Bissen auf und trank zwei Gläser süßen Tee.

Als er fertig war, stellte Mervine ein großes Stück Apfelkuchen mit einer Kugel Vanilleeis vor ihn hin.

»Ma'am ...«

»Der Kuchen geht auf mich. Du musst ein bisschen auf die Rippen kriegen. Wenn es einen Mann auf dieser Welt gibt, der Apfelkuchen mit Eiscreme nicht mag, dann habe ich ihn noch nicht kennengelernt. Und ich kenne die meisten.«

»Sie sind ihm immer noch nicht begegnet«, sagte er und brachte sie zum Lachen.

»Du hast traurige Augen, mein Schöner. Versuch mal, ob dieser Kuchen sie zum Lächeln bringt.«

Er gab ihr zwanzig Dollar Trinkgeld und dachte, dass er bestimmt nicht der Erste war, der sich ein bisschen in sie verliebt hatte.

Zuerst überlegte Harry, ob er nach dem Kuchen noch ein bisschen spazieren gehen sollte, aber dann fiel ihm der Bär ein, und er ging direkt in sein Zimmer. Dort machte er ein paar Liegestütze. Ob er was auf die Rippen brauchte, wusste er nicht, aber er wollte endlich mal ein paar Muskeln kriegen.

Den Bettüberwurf zog er ab – wer weiß, wie viele nackte Ärsche schon darauf gesessen hatten –, und dann nahm er ein Buch aus seiner Reisetasche. Er schaltete den Fernseher wieder ein, um die ungewohnte Stille zu durchbrechen.

Schließlich schickte er Mags eine Nachricht und entspannte sich, als sie ihm berichtete, sie würde in Nebraska übernachten.

Er schob die klumpigen Kissen unter seinen Kopf und schlug das Buch auf.

Als er erwachte, war er immer noch angezogen, der Fernseher lief, und durch die Wand hörte er ein Kind heulen, es wolle Trickfilme sehen. Er brauchte ein bisschen, bis ihm wieder einfiel, wo er war. Während er verschlafen ans Fenster trat, fragte er sich, was zum Teufel ein Kind mitten in der Nacht vor seinem Zimmer machte. Als er die Jalousie zur Seite zog, blendete ihn die Sonne. Er schlug sich die Hand vor die Augen und ließ die Jalousie zurückfallen. Blinzelnd blickte er auf seine Uhr.

»Halb zehn?« Er hatte fast zwölf Stunden geschlafen und konnte sich nicht erinnern, wann er das letzte Mal acht Stunden, geschweige denn zwölf geschlafen hatte. Allerdings war er vorher ja auch noch nie länger als eine Stunde am Stück Auto gefahren, und schon gar nicht durch die Berge.

Er machte das Bett, räumte seine Sachen heraus und holte sich eine Coke und eine Tüte Chips – das Frühstück für Champions – aus dem Automaten. Um zehn war er auf dem Weg nach Osten.

Er rechnete damit, dass er sich auf der Stelle in den Ozean verlieben würde, wenn er dort war. Und es war eine Menge North Carolina zwischen der Grenze von Tennessee und dem

Atlantik. Er hatte ausgerechnet, dass die schnellste Route ihn in acht oder zehn Stunden dorthin bringen würde, je nachdem, wie oft und wie lange er anhielt. Aber er beschloss augenblicklich, dass er nicht besonders schnell fahren wollte. Er rechnete damit, dass er sich ins Meer verlieben würde, aber dass er sich in die Berge verlieben würde, hatte er nicht erwartet.

Die Smokies hatten die Saat gelegt, aber beim Anblick der Blue Ridge and Appalachians ging ihm das Herz auf. Statt auf der Autobahn zu bleiben, nahm er Seitenstraßen. Er genoss die Fahrt auf den Passstraßen, wo sich ihm hinter jeder Kurve ein neuer Anblick bot.

Eine Zeit lang blieb er am Lake Norman – es war zwar nicht der Lake Michigan, aber es war hübsch dort. Ihm gefielen die Bäume und die Ruhe im Dezember, während er ein Burrito verzehrte, das er sich in einem Mini-Markt gekauft hatte. Er studierte seine Karte und beschloss, einen Abstecher durch den Uwharrie National Forest zu machen, dann nach Chapel Hill zu fahren und sich den College-Campus anzuschauen. Wenn es dort vielversprechend aussah – irgendwann wollte er auf jeden Fall aufs College –, dann fand er vielleicht ein Motel in der Nähe, um ein Gefühl für die Gegend zu bekommen.

An die Küste konnte er auch noch morgen oder übermorgen fahren.

Der Wald war für ihn ein weiteres brandneues Wunder. Da er es bereits bedauerte, dass er sich nicht die Zeit genommen hatte, durch die Smokies zu wandern, parkte er an einer der gut ausgeschilderten Nationalpark-Routen. Er nahm sein Handy, seine Schlüssel, seine halbe Flasche Coke und einen Riegel KitKat mit, und dann machte sich der Chicagoer Junge in seinen Chucks zu einer Wanderung durch den Nationalpark auf. Es roch nach Pinien und Wildnis, und verglichen mit dem Dezember in Chicago fühlten sich die schattigen zehn Grad Celsius an wie Frühling. Die Stille machte ihn fassungslos. Er fand eigentlich, dass er in einer ruhigen Gegend aufgewachsen war, aber im Gegensatz zu der Stille im Wald kam sie ihm vor wie ein Tollhaus.

Er hörte Vögel zwitschern, sah ein Eichhörnchen einen Baum hinaufhuschen, und kam zu einem Bach, der über große Steine plätscherte. Harry fragte sich, ob er sich vielleicht in so einer Ecke niederlassen sollte. Nicht das ganze Jahr über, dachte er, während er dem Weg folgte. Aber vielleicht in den Ferien. Als Zuflucht. Er brauchte einen anderen Wohnort in oder in der Nähe von einem Stadtzentrum. Irgendwo. Schließlich musste er Geld verdienen.

Atlanta vielleicht oder Miami. Houston oder Raleigh.

Wahrscheinlich würde er es wissen, wenn er es sah. Und irgendwann, absolut irgendwann würde er nach Europa fliegen. Florenz, Paris und London. Madrid und Prag und all diese Städte. Einfach alle. Aber vor diesem Irgendwann musste er noch viel Geld verdienen und viel lernen. Jetzt im Moment wollte er nur im Wald herumwandern und ans Meer fahren. Er ging mehr als eine Stunde, bevor er etwas anderes hörte als diese Stille, diese ihm fremden Waldgeräusche, bevor er etwas hörte, das menschlich klang.

Motoren.

Das Wenige, das er über den Wald auf seinem Handy gelesen hatte, sagte ihm, dass er Off-Roaders hörte. Noch etwas, was er noch nie getan hatte und eines Tages versuchen würde. Jetzt allerdings fühlte es sich eher an wie ein Eindringen in seine Wanderung, also ging er wieder zurück. Als der Hirsch seinen Pfad kreuzte, blieb er erstaunt stehen. Das Tier blickte ihn hochmütig an. Ein anderes Wort dafür fiel ihm nicht ein, dachte Harry, als er vorsichtig sein Handy aus der Tasche zog und ein Foto machte. Er war fasziniert von den vielen spitzen Enden des Geweihs. Wenn der ausgewachsene Bambi – die Leute vergaßen immer, dass Bambi ein Junge war – beschloss anzugreifen, würde er voller Löcher sein.

»Alles gut. Wir bleiben ruhig, ja? Ich laufe nur diesen Weg entlang.«

Der Hirsch gab einen Laut von sich. Vielleicht meinte er es verächtlich, abfällig oder angewidert, auf jeden Fall ging er weiter und verschwand zwischen den Bäumen.

»Gut. Das ist gut. Alles gut.«

Den Rest des Weges zu seinem Auto legte Harry im Laufschritt zurück.

Er hatte den Wald erforschen wollen, rief er sich ins Gedächtnis, als er den Wagen startete. Er hatte Abenteuer gesucht. Nun, das war ihm gelungen. Er fuhr zur Universität und stieß auf einen weiteren Ort, in den er sich verliebte. Der Campus war groß und weitläufig, was ihm für seine Bildungspläne nur recht war. Er war wunderschön mit den klassischen, würdevollen Gebäuden, den grünen Anlagen, und auch das kam ihm entgegen.

Wie Will immer zu sagen pflegte, hatte Harry eine Sehnsucht in sich zu lernen, und er konnte sich gut vorstellen, dass er diese Sehnsucht hier stillen konnte. Für ein oder zwei Semester, dachte er, als er ausstieg, um ein bisschen herumzulaufen. Er fiel nicht weiter auf, war einfach nur ein College-Student unter vielen, mit seinen knöchelhohen Chucks, der zerrissenen Jeans und der zu großen Jacke. Tausende liefen hier herum, dachte er, überquerten die Rasenflächen, saßen in den Hörsälen während der Vorlesungen, eilten die Gänge entlang zu ihren Kursen. Er konnte einer von ihnen sein. Vielleicht im Frühjahr oder auch erst im Herbst, sofern er sich eine Auszeit von einem ganzen Jahr gönnte. Aber was sie hier anboten, wollte er.

Wissen.

Wie im Wald lief Harry über den Campus und sah sich alles an. Er mischte sich unter eine Gruppe, die zwischen zwei Kursen unterwegs war, und ging einfach so in ein Gebäude und eine Bibliothek. Er wanderte die Regalreihen entlang, roch die Bücher. Und niemand beachtete ihn. Als er seine Informationstour – die nur einen kleinen Teil des Campus abdeckte – beendet hatte, wusste er, dass er einen Teil seines Lebens auf dem College hier verbringen wollte. Um seinen Entschluss zu besiegeln, ging er in einen der Läden und kaufte sich ein UNC-Hoodie. Hier gab es viele Läden, stellte er fest, Restaurants, Clubs, College-Aufenthaltsräume. Und als er um die Universität herumfuhr, stieß er auf ein paar sehr schöne Häuser. Schöne Häuser, deren Bewohner sicher schöne Dinge hatten, die ein unternehmungslustiger junger Mann zu Geld machen konnte.

Er suchte sich wieder ein Motel, aß eine anständige Pizza mit Würstchen und schwarzen Oliven. Dann machte er sich mit seinem Laptop an die Recherche.

Er erstellte eine Liste von Kursen, die er belegen wollte. Nach vier Jahren High School war sein Spanisch ziemlich gut, also würde er für den Anfang einen Kurs in Französisch belegen. Englische Literatur natürlich, Kunstgeschichte, weil falls – nein, wenn – er sich darauf verlegte, Kunst zu stehlen, er wissen musste, worauf er sich zu konzentrieren hatte. Weiter Computer-Kurse. Mathematik. Auch ein bisschen Edelsteinkunde. Und er konnte es mit einem Abstecher ins Ingenieurwesen versuchen.

Er würde keinem Club, keiner Verbindung beitreten, keine ernsthaften Beziehungen haben. Er würde nicht im Studentenwohnheim wohnen. Er musste sich eine Wohnung außerhalb des Campus suchen.

Leute am Theater, dachte er, schlossen letztendlich immer enge Freundschaften. Deshalb würde er sich gar nicht erst fürs Theaterspielen interessieren, auch wenn er dann viel verpasste. Aber vielleicht könnte er ein Semester in Kulissenbau oder Maskenbildnerei hineinschnuppern.

Er aß draußen, beobachtete die Studenten, die vorbeiströmten, und gestand sich ein, dass er sie beneidete. Er lauschte auf die Stimmen. Die Einheimischen hatten einen fließenden Akzent, den er im Kopf einstudierte, als er um einen weiteren Campus-Abschnitt herumlief. Die Gesprächsfetzen, die er aufschnappte, reichten von bescheuerten Professoren über Partys im Wohnheim bis zum Durchkommen vor den Winterferien.

Er huschte in die Gebäude hinein und wieder heraus, und obwohl er ein schlechtes Gewissen dabei hatte, klaute er einem reich aussehenden Typen die Brieftasche. Ganz so schlecht war es allerdings auch nicht, zumal sein Opfer Air Jordans XX trug, die fast zweihundert Dollar kosteten. Schließlich konnte er einen Studenten-Ausweis nur fälschen, wenn er ein Muster besaß.

Er wartete bis zu einer Tankpause hinter Raleigh, bevor er die Brieftasche herausholte.

Carson Edward Wyatt III. Es war zwar nicht richtig, aber der Name und das blöde Grinsen auf dem Passbild ließen den letzten Anflug von Gewissensbissen schwinden. C. E. – Harry war sich ganz sicher, dass sie ihn so nannten – war im Besitz eines Führerscheins aus North Carolina, also kam er von hier. In seinem Portemonnaie befanden sich eine American Express Gold Card, eine Platin Visa, zwei Durex Gefühlsecht und hundertzweiundachtzig Dollar Bargeld.

Harry nahm eine Schere aus seinem Rucksack, zerschnitt den Führerschein und die Kreditkarten. Das Bargeld und die Kondome steckte er ein, und die Einzelteile der Kreditkarten und des Führerscheins verteilte er auf zwei Müllbehälter.

Die Brieftasche – eine Fendi aus schwarzem Leder – nahm er statt seiner eigenen. Er steckte den Studentenausweis und das Bargeld in den Rucksack. Nachdem er den Inhalt seiner alten Geldbörse in das neue Portemonnaie geleert hatte, kam auch das in den Rucksack.

Er fuhr bis nach Nags Head, mit dem Pamlico Sound hinter und dem Atlantik vor ihm. Er wusste, dass er sich ein Zimmer suchen musste, aber zuerst einmal ging er über die Dünen bis zum Strand und blieb dort stehen. Das tiefgrüne Wasser trug weiße Schaumkronen, die der Wind aufpeitschte. Er zerrte auch an ihm, an seinem T-Shirt, fuhr durch seine Haare. Weiter draußen wurde das Grün zuerst blassblau und nahm dann ein immer tieferes Blau an, so weit sich der Ozean erstreckte, bis ans Ende der Welt. Die Wellen schlugen auf den Strand, zogen sich zurück und kamen erneut. Immer und immer wieder. Möwen zogen schreiend ihre Kreise, und ein paar kleine Vögel mit dünnen Beinen tanzten über den nassen Sand. Leute gingen am Strand spazieren. Ein junges Paar mit einem großen, schönen Golden Retriever an einer roten Leine. Ein älteres Paar, das verliebt Händchen hielt, ein Vater mit einem grinsenden Kleinkind, das auf seinen Schultern saß, eine langbeinige Frau in Laufkleidung, die hier ihre Kilometer abspulte. Er sah die Überreste eines Lagerfeuers. Die verkohlten Holzscheite sahen aus wie Knochen. Und eine winzige durchsichtige Krabbe huschte in ein Loch im Sand.

Er setzte sich auf den kühlen Sand, beobachtete die Wellen, atmete die salzige Luft ein und ließ sich vom Wind umwehen. Als die Sonne im Westen unterging, wurde der Himmel im

Osten dunkel, wie auch das Meer. Als die ersten Sterne sichtbar wurden, stand er auf und ging am Wasser entlang. Er schob die Hand in die Tasche und umschloss die Flasche, in der sich die letzten Aschereste seiner Mutter befanden.

Er hatte nicht gedacht, dass es so schwer sein würde, sich von diesen letzten Überresten zu trennen. Schließlich war er ja extra deswegen ans Meer gefahren, oder? Aber der Kummer überfiel ihn auf einmal so heftig, dass er nur dastehen und trauern konnte.

»Junge?«

Er war so in seinem Elend befangen, dass er niemand hatte kommen hören. Als er sich umdrehte, sah er sich einem Polizisten gegenüber. Er versuchte, so lässig wie möglich zu bleiben, aber seine Stimme zitterte ein wenig. »Ja, Sir?«

»Man hat mir gesagt, dass du schon seit einer ganzen Weile hier draußen sitzt.«

»Ja, Sir. Ich war noch nie am Meer. Ich habe hier einfach nur gesessen und es mir angesehen.«

»Oh, oh.«

Er sah schon älter aus, mit grauen Haaren, einem verwitterten, rötlichen Gesicht und ernsten Augen.

»Wie alt bist du, Junge?«

»Achtzehn. Ich habe einen Ausweis.« Es war blöd von ihm, dachte Harry, dass er die neue Geldbörse herauszog. Damit würde er auffallen.

»Harrison Booth aus Chicago, Illinois.« Der Polizist nickte und reichte ihm das Portemonnaie zurück. »Weit weg von zu Hause, was? Bist du mit deiner Familie hier?«

»Nein. Ich bin alleine. Officer …«

»Deputy. Deputy Prince.«

»Deputy Prince, ich habe niemandem etwas getan. Ich wollte nur am Strand sitzen.«

»Oh, oh. Hast du Drogen dabei?«

»Nein, Sir.«

»Nun, ich möchte gerne mal sehen, was du da in der Tasche hast.«

»Deputy …«

»Dunkel hier draußen trotz Mond. Und kalt. Zeig mir einfach, was du in der Tasche hast, und wir lassen die Dunkelheit und die Kälte hinter uns.«

Er konnte sich weigern, dachte Harry. Aber jemand mit Augen wie Deputy Prince würde immer einen Vorwand finden, um ihn festzunehmen.

Er nahm die Flasche heraus.

»Und, was ist darin?«

»Es … es ist der letzte Rest von der Asche meiner Mutter. Sie ist gestorben. Sie hatte Krebs, und sie ist gestorben. Sie wollte immer schon das Meer sehen.«

Prince blickte Harry an. Harry wusste, dass ihm Tränen in den Augen standen, aber er wollte auf keinen Fall vor einem Polizisten weinen.

»Du bist den ganzen Weg hiergekommen, um ihr den Wunsch zu erfüllen?«

»Sie war meine Mutter.«

»Es ist schwer, die Mutter zu verlieren. Meine ist vor zwei Jahren gestorben, und ich trauere noch immer um sie, Harrison. Weißt du, wo du übernachtest?«

»Noch nicht. Ich werde mir ein Motel suchen und vielleicht ein paar Tage bleiben.«

»Fahr etwa einen Kilometer nach Süden, dann siehst du links das Gull's Nest. Sag ihnen, dass ich dich geschickt habe. Es ist ein gutes, sauberes Haus, und außerhalb der Saison haben sie Sonderpreise.«

»Ja, das mache ich. Danke.«

»Bleib nicht mehr zu lange hier. Es wird kälter.«

Der Deputy ging über den Strand zurück. Als Harry wieder allein war, stellte er sich mit dem Gesicht zum Meer und öffnete die Flasche.

»Wir haben es geschafft, Mom. Du fehlst mir, aber ich bin okay. Ich komme schon klar«, sagte er. »Tschüss.« Dann schüttelte er die Asche in den Wind.

5

Er blieb drei Tage und stellte sich jeden Morgen den Wecker, um den Sonnenaufgang am Strand zu erleben. Die majestätische Eleganz des Lichts, das sich in Rot, Gold und schimmerndem Rosa auf das Wasser legte, war so viel schöner als alle Fotos, die er bisher gesehen hatte. Er aß großartige Barbecues und entdeckte, wie gut Hush Puppies schmeckten.

Schließlich packte er und fuhr auf der 12 in den Süden nach Hatteras. Er machte Fotos vom Leuchtturm, weil … na ja, weil es ein Leuchtturm war. Er schaute sich die Strände an. Viel ruhiger als Nags Head oder Kitty Hawk. Wenn er zurück dieselbe Strecke nahm, konnte er sich vielleicht hier ein Cottage mieten oder sich eine Woche lang in einem Strandhaus erholen. Aber jetzt fuhr er erst einmal zum Ende der Insel und zur Fähre nach Ocracoke. Und schon wieder war es ein erstes Mal für ihn, als er mit seinem Auto auf einem Schiff über die Bucht tuckerte und an der Reling stand. Er beobachtete das Kielwasser, die Möwen, die über ihn hinwegflogen. Nachdem sie angelegt hatten, fuhr er zum anderen Ende der Insel und bestieg die große Fähre im Hafen, die nach Cedar Island übersetzte. Von Hatteras aus hätte er auch über Land dorthin gelangen können, aber auf der Fähre konnte er alles viel intensiver aufnehmen.

Zum ersten Mal seit Jahren hatte er keinen festen Plan, und er brauchte auch keinen. Er musste nirgendwo sein, nichts Wichtiges erledigen.

Natürlich musste das wieder anders werden, das war ihm klar, und er freute sich sogar darauf. Aber jetzt lebte er erst einmal von Augenblick zu Augenblick, und es gefiel ihm.

Auf dem Festland fuhr er, sooft es ihm möglich war, direkt an der Küste entlang, hielt an, wenn es ihm irgendwo gefiel oder er Hunger bekam. Ein anderes Motel, ein anderer Diner. In diesen paar Tagen in North Carolina lernte er, wie köstlich Maisklößchen schmeckten und wie vielseitig man sie einsetzen konnte. Frittiert fand er sie am besten.

An einem sonnigen Nachmittag im Dezember, warm genug, dass man das Fenster offen lassen konnte, überquerte er die Grenze nach South Carolina: Hauptstadt Columbia. Baumwolle, Ford Sumter, Clemson. Strände. Unzählige Strände.

Einen ganzen Tag lang erkundete er sie, aß gebratenes Hähnchen – sie hatten es echt drauf, wie man Hühnchen zubereitet. Er übte den regionalen Akzent und erfand eine Geschichte für die Kellnerin, als sie ihn fragte, wohin er fuhr.

»Nach Hause für die Ferien, Ma'am, aus dem College unten an der UF – ah, Universität von Florida.«

»Da bist du aber schon lange gefahren. Wo bist du zu Hause, Schätzchen?«

»Kill Devil Hills – die Wright Brothers?«

»Na, das ist ja toll. Nun, dann gute Fahrt und frohe Weihnachten mit deiner Familie.«

»Kann es kaum erwarten, sie wiederzusehen.«

Als er nach Georgia kam – Pfirsiche, Atlanta, Erdnüsse, Jimmy Carter –, beschloss er, ein paar Tage an einem Ort zu bleiben, und in Savannah gefiel es ihm auf Anhieb. Er liebte die knorrigen Bäume, die gepflasterten Straßen, den Strand, die hübschen Häuser und die seltsam leichtlebige Atmosphäre. Er nahm sich ein Zimmer im Thunderbird Inn, weil ihm der Name, das Haus und die Nähe zum historischen Viertel gefielen. Er streichelte ein Kutschpferd – schon wieder ein erstes Mal – und kaufte sich ein paar Empanadas auf seinen Spaziergängen unter silbrigem Spanischem Moos.

Am Weihnachtsabend aß er Pulled Pork und Nachos in seinem Zimmer, während er über ein sehr vielversprechendes Haus – eine Villa – in Laufweite recherchierte. Es zahlte sich aus, Augen und Ohren offen zu halten. Die Familie Carlyse gab eine große, ausgelassene Party, gefolgt von einem Weihnachtsbrunch für enge Freunde. Danach würden sie mit ihrem eigenen Jet in den jährlichen Ski-Urlaub nach Vermont fliegen, wo sie ebenfalls ein Haus besaßen.

Harry dachte, dass sie bestimmt nicht nur gut versichert waren, sondern es sich auch leisten konnten, ein bisschen was zu verlieren, um seine Reisekasse aufzubessern. Er las zahlreiche Artikel über Jeb Carlyse – ein reicher Geschäftsmann, die Familie seit vier Generationen in Savannah ansässig. Einige der Schiffe hier im Hafen schienen ihm zumindest teilweise zu gehören. Seine Frau, Jaylene, stammte ebenfalls aus einer wohlhabenden Familie. Sie hatten die Villa in Savannah, die Lodge in Vermont, ein Strandhaus auf den Cayman Inseln. Und dort hatten sie sicher auch einiges von ihrem Vermögen an der Steuer vorbei gebunkert, dachte Harry. Sie hatten drei Kinder, J. B., neunundzwanzig, verlobt mit einer reichen Erbin natürlich, Sohn Josuah, sechsundzwanzig, der im Familienunternehmen arbeitete, und eine Tochter, Juliet, zwanzig, die die University of Georgia in Athens besuchte.

Große Kunstmäzene, las Harry, während er seine Nachos kaute. Teure Kunstsammlung. Das Haus, ein historisches Gebäude, war jedes Frühjahr einen Tag lang teilweise für Besichtigungen geöffnet. Aus diesem Grund fand er jede Menge Fotos im Netz. Und auch Fotos von den Carlyses auf

Galas. Jaylene hatte einen wirklich guten Geschmack, was ihren Schmuck anging.

Harry beschloss, einen kleinen Spaziergang am Weihnachtsabend zu machen und sich das Haus einmal anzusehen. Wenn er nah genug herankommen konnte, konnte er vielleicht einen Blick auf die Alarmanlage und das Sicherheitssystem werfen. Er zog ein anständiges Hemd und seine neueste Jeans an. Während des Spaziergangs genoss er die weihnachtliche Beleuchtung, die Musik und die Stimmen, die bis auf die Straße drangen. Heute Abend fanden wohl zahlreiche Partys statt, dachte er, und seine Gedanken glitten zu den Weihnachtsfesten der Vergangenheit.

Der Baum im Fenster zur Straße – immer an derselben Stelle wie der Weihnachtsmann, den er für seine Mutter in der Grundschule gebastelt hatte. Strümpfe auf Kleiderhaken, Weihnachtslieder. *Jingle Bell Rock* bedeutete Tanzen. Springsteens *Santa Claus is Comin' to Town* bedeutete, den Refrain laut mitzusingen.

Er wollte jetzt nicht an all das denken, er wollte nicht darüber nachdenken, dass es sein erstes Weihnachtsfest alleine war. Er konnte seine Zeit besser nutzen, indem er sich auf einen nächtlichen Arbeitseinsatz vorbereitete.

Er hörte die Party schon von Weitem, auch die Lichter waren schon aus der Ferne zu sehen. Das elegante dreistöckige Backsteinhaus erstrahlte in weißem Licht, und auch die mit Moos behangenen Bäume waren voller Lichterketten. Livemusik ertönte, anscheinend hatten sie eine Band engagiert.

Leute strömten aus dem Haus auf die Veranda, die Balkone, sogar auf die Gartenwege, Champagnerflöten und Cocktailgläser in der Hand.

Und, Mann, sie funkelten auch. Diamanten, Rubine, Smaragde.

Das war wohl das beste Weihnachten aller Zeiten. Er konnte in fünf Minuten genug Geld machen, um sein Studium zu finanzieren.

Er blieb stehen, da er vermutete, dass auch andere schon auf die Idee gekommen waren. Prüfend musterte er das Anwesen.

Alle Fenster waren hell erleuchtet, und die Leute dahinter waren elegant gekleidet. Cocktailkleider, schicke Anzüge. Er zählte drei Weihnachtsbäume, einen auf jedem Stockwerk, reich geschmückt und glitzernd. Töpfe mit weißen Weihnachtssternen, ebenfalls mit Lichtern, flankierten den Weg und die Treppe. Um die Säulen der Veranda schlangen sich grüne Girlanden mit großen roten Schleifen und weiteren Lichterketten.

»Wie finden Sie es?«

Es war Juliet Carlyse, die in Natura noch besser als auf den Fotos aussah. Sie hatte die Haare kurz geschnitten, so ein Pixie-Schnitt, und es stand ihr gut, die goldblonde Haarkappe zu ihrem langen Hals und den großen blauen Augen.

»Es sieht wunderschön aus.«

»Nicht zu viel?«

»An Weihnachten ist nichts zu viel.«

Lächelnd trank sie einen Schluck aus ihrer Champagnerflöte. »Kenne ich Sie?«

»Ich glaube nicht. Möchten Sie gerne?«

Das brachte sie zum Lachen. »Vielleicht. Nun, kommen Sie herein.«

»Oh, ich bin nur zufällig vorbeigekommen. Ich bin nicht eingeladen.«

»Ich wohne hier, deshalb sind Sie jetzt eingeladen.« Sie streckte die Hand aus. »Juliet.«

»Silas.« Er entschied sich spontan. »Silas Harrison.«

»Kommen Sie herein, Silas Harrison. Besorgen wir Ihnen etwas Festliches zu trinken. Warum spazieren Sie an Weihnachten so alleine herum?«

»Ich bin ein bisschen durch die Stadt gelaufen. Ich bin zum ersten Mal hier.«

»Tatsächlich?« Sie ging mit ihm direkt ins Haus, in dem es nach Tanne, Parfüm und Kerzenwachs roch. Auf der geschwungenen Freitreppe in der Eingangshalle standen weitere Weihnachtssterne mit Lichterketten. Auf einem großen runden Tisch stand der größte Blumenstrauß aus roten und weißen Rosen, den er je gesehen hatte. Überall wuselten Leute herum.

Rechts öffnete sich ein breiter Durchgang auf weitere Räume. Er sah ein Kaminfeuer, mit Girlanden und Kerzen auf dem Sims, der hohe Baum, der im Fenster zur Straßenseite funkelte. Kellner in weißen Hemden, schwarzen Hosen und roten Fliegen trugen Tabletts mit Getränken und Fingerfood herum.

Juliet nahm sich im Vorbeigehen zwei Champagnerflöten herunter und stellte ihr fast leeres Glas ab. »Frohe Weihnachten!« Sie stieß mit ihm an.

»Frohe Weihnachten.«

»Hungrig?«

»Nein, ich habe gerade gegessen, danke. Sind hier alle so freundlich?«

»Gastfreundschaft ist in Savannah eine Religion. Woher kommen Sie?«

Da er seinen South-Carolina-Akzent benutzt hatte, musste er die Fassade wahren. »Florence.« Direkt über die 95, fiel ihm ein. »Ich bin auf dem Weg nach Jacksonville, um meine Großeltern zu überraschen. Eigentlich wollte ich heute Abend schon dort sein, aber es war mehr Verkehr, als ich gedacht habe. Deshalb bleibe ich bis morgen früh hier, damit ich nicht so spät dort ankomme. Damit würde ich sie eher erschrecken als überraschen.«

»Sie sind aber süß!« Sie warf ihm einen flirtenden Blick zu. »Reisen Sie allein?«

»Mit meinem Bruder. Er ist im Zimmer geblieben. Er ist sauer und redet mit seiner Freundin, weil ich ihn einfach mitgeschleppt habe.« Die Geschichte floss nur so aus ihm heraus. »Im Sommer haben wir unseren Daddy verloren. Unsere Mama ist schon seit Willys Kindheit tot, und jetzt haben wir nur noch uns.«

»Das tut mir leid.« Sie legte ihre Hand auf seine. »Es ist gut, dass Sie Ihre Familie besuchen wollen, und Ihr Bruder wird sich schon wieder beruhigen. Kommen Sie, ich bringe Sie ein bisschen in Feierstimmung. Oben wird getanzt.« Sie führte ihn zu der Treppe. »Und was machen Sie so in Florence?«

»Im Moment arbeite ich als Schreiner. Im Unternehmen meines Vaters. Ich habe ein Sabbatjahr genommen, aber Willy geht im Herbst wieder aufs College, so Gott will, und dann kann ich auch wieder nach Carolina zurück. UNC. Und Sie?«

»Ich bin für die Winterferien zu Hause. University of Georgia. Familientradition.« Sie ergriff seine Hand und führte ihn eine weitere Treppenflucht hinauf.

»Das Haus ist großartig.«

»Wir sind stolz darauf.«

Ursprünglich hatte er vorgehabt, irgendwie hereinzukommen, direkt ins Master-Schlafzimmer und zum Safe zu gelangen, den er sicher finden würde, und sich die Schlösser und die Alarmanlage anschauen, während Juliet ihn durch das Haus führte. Aber jetzt erschien es ihm einfacher und irgendwie auch höflicher, einfach ein Schmuckstück, ein Armband oder eine Halskette mitgehen zu lassen.

Allerdings nicht von ihr, dachte er, weil das wirklich unhöflich wäre, obwohl sie sehr hübsche Diamant-Armreifen am rechten und eine Uhr von Chopard am linken Handgelenk trug.

Sie winkte einem Mann in einem dunklen Anzug mit roter Fliege, den er als Jeb Carlyse erkannte. »Daddy! Ich habe einen Streuner auf der Straße gefunden und ihn auf ein Glas eingeladen.«

Carlyse legte seiner Tochter die Hand auf die Schulter und musterte Harry von Kopf bis Fuß. »Ach ja? Woher kommen Sie denn?«

»Aus Florence, Sir. Ich bin auf dem Weg nach Jacksonville zu meinen Großeltern. Wir übernachten hier in Savannah, und … ich bin einfach so eingedrungen.«

»Ich habe Sie eingeladen«, rief Juliet ihm ins Gedächtnis.

»Was machen Sie in Florence?«

»Schreiner. Ich habe zwar nicht so viel Erfahrung wie mein Vater, aber ich verstehe genug davon, um sagen zu können, dass die Holzarbeiten hier fantastisch sind.«

»Sein Daddy ist im Sommer gestorben, deshalb versorgt Silas seinen jüngeren Bruder, bis er aufs College geht. Dann kann auch er zurück auf die UNC.«

»Sie sind in Carolina?«

»Ja, Sir. Ich gehe im Herbst zurück, sobald Willy angefangen hat.«

»Und was studieren Sie?«

»Daddy, wie lange willst du den armen Silas denn noch verhören? Er ist bloß auf ein Getränk und einen Tanz hereingekommen.«

»Das ist meine letzte Frage.«

»Ich studiere Literatur im zweiten Jahr. Und wie die meisten in meinem Fachbereich will ich Lehrer werden, um Geld zu verdienen, während ich den großen amerikanischen Roman schreibe.«

Das entlockte Carlyse ein kleines Lächeln und ein Nicken. »Thriller, die im Süden spielen?«

Harry lachte. »Ja, Sir. Sieht man mir das an?«

»Ich mache das auch. Na gut, dann trinken Sie was und gehen Sie tanzen. Genießen Sie die Party.«

»Danke für Ihre Gastfreundschaft, Mister ... Entschuldigung, ich weiß nicht einmal, wo ich bin.«

»Carlyse. Probieren Sie die Shrimp Mousse. Sie schmeckt verdammt gut.«

»Nein, zuerst gehen wir tanzen.« Juliet zog ihn in einen toll dekorierten Ballsaal. Die Balkontüren standen weit offen, und die Live-Band spielte.

Also tanzte er. Das konnte er gut, da seine Mutter gerne getanzt hatte und er die meiste Zeit ihr Partner gewesen war. Er trank nicht mehr als ein halbes Glas, auch wenn er den Champagner viel leckerer fand als die Shrimp Mousse. Währenddessen suchte er sich ein paar Objekte aus, aber dann fiel ihm eines buchstäblich in den Schoß.

Sie stieß auf der Tanzfläche gegen ihn, eine Frau in den Vierzigern, schätzte er, die nicht nur ein halbes Glas Champagner getrunken hatte. Sie trug ein enges silbernes Kleid, das ihre eindrucksvollen Brüste betonte. Ihre kastanienbraunen Haare waren zerzaust, und ihre braunen Augen lachten ihn an.

»Upps!« Sie schlang ihre Arme um ihn. »Ich habe ihn gefangen, Juliet, also nehme ich ihn mir auch. Der Junge kann sich bewegen! Zeig mir ein paar Bewegungen, Süßer!«

Er hielt sie fest, damit sie nicht umfiel, und warf Juliet einen gespielt panischen Blick zu. Sie verdrehte nur ihre schönen blauen Augen.

»Na los, schwenken Sie Miss Mazie herum. Aber dann kriege ich ihn wieder zurück, Miss Mazie.«

»Wenn du ihn fangen kannst!«

Richtig betrunken war sie nicht, dachte Harry, als er mit ihr tanzte. Aber auf dem besten Wege dorthin. Während sie kicherte, sich flirtend an ihm festhielt, löste er den Sicherheitsverschluss ihres Armbandes und ließ die sehr hübsche Ansammlung von Diamanten und Saphiren in seine Tasche gleiten.

Als die Musik endete, sagte sie: »Wow! Sie haben es wirklich drauf! Wenn Sie mich fragen, vergeudet Juliet ihre Bewegungen auf der Tanzfläche.«

»So, Miss Mazie.« Juliet zog sie von Harry weg. »Sie sollten sich schämen, dass Sie meinen Gast so in Verlegenheit bringen. Jetzt nehme ich ihn mir zurück.«

»Vergeuden Sie ihn nicht, Kind.« Und damit schlenderte sie davon, auf der Suche nach dem nächsten Tanzpartner.

»Sie sollte wirklich ein bisschen an die frische Luft gehen.«

»Oh, das ist schon in Ordnung. Jedes Jahr das Gleiche.«

Er tanzte noch einmal mit Juliet, um sein Geheimnis zu wahren, aber auch, weil er es wollte.

»Ich muss jetzt wirklich wieder zurück. Ich hatte gar nicht vor, so lange wegzubleiben.«

»Wissen Sie was, wenn Willy noch wach ist und immer noch Trübsal bläst, bringen Sie ihn doch einfach mit. Wir treiben ihm seine trüben Gedanken schon aus, die Party geht sowieso die ganze Nacht durch.«

»Ja, vielleicht mache ich das sogar. Ich würde es gerne tun.«

Sie brachte ihn in den ersten Stock, bog aber vor der Treppe ab. »Bleiben Sie noch kurz.«

Sie führte ihn durch einen breiten Flur in ein Zimmer. Ihr

Schlafzimmer, stellte er fest, als sie ihn hineinschob, die Tür zumachte und sich dagegen lehnte.

»Ich wette, Willy kommt noch ein bisschen ohne dich aus, und diese Partys langweilen mich so. Hast du eine Idee, wie du mir die Langeweile vertreiben könntest?«

»Ah, vielleicht, jetzt, wo du es erwähnst.«

»Direkt hier.« Lächelnd schlüpfte sie aus ihrem Kleid und stand in einem winzigen Nichts aus schwarzem BH und Höschen vor ihm. »Und jetzt. Mach es mir gegen die Tür, Silas. Gut, hart und schnell.«

»Na, fröhliche Weihnachten.« Er dachte an das Armband in seiner Tasche und achtete darauf, dass es nicht herausfiel. Dann erfüllte er ihr ihren Wunsch.

Benommen ging er ins Hotel zurück. Wenn er nicht das Gewicht des Armbands in der Tasche spüren würde, hätte er schwören können, es sei alles nur ein Traum gewesen. In seinem Zimmer setzte er sich aufs Bett und durchlebte noch einmal den Abend. Vor allem den letzten Teil.

Sie hatte ihre Beine um seine Taille geschlungen und ihre Nägel in seine Schultern gegraben. Sein Orgasmus war wie eine Explosion gewesen. Er hatte nicht gewusst, dass es so schnell, so intensiv und so heiß sein konnte, und bedauerte nur, dass er nicht mehr zurückgehen und das alles noch einmal machen konnte.

Stattdessen zog er das Armband aus der Tasche, nahm seine Lupe und studierte die Steine unter dem Licht.

»O ja, frohe Weihnachten und glückliches neues Jahr.«

Er stellte sich den Wecker – am besten brach er im Morgengrauen auf – und legte sich ins Bett.

Er änderte seine Pläne, nach Süden zu fahren und sich Florida anzusehen, um dort ein, zwei Wochen an den Stränden zu verbringen und die Reise bis zu den Keys auszudehnen. Warum sollte er in Richtung Jacksonville fahren, wenn er das erwähnt hatte? Es konnte immerhin sein, dass jemand eine Verbindung zwischen einem fehlenden Armband mit Diamanten und Saphiren und einem Typen zog, der mit der betrunkenen Besitzerin getanzt hatte, und darüber reden wollte.

Stattdessen verbrachte er sein erstes Weihnachten alleine auf dem Weg durch Georgia nach Alabama. Da er keinen Wert auf Gespräche legte – was machst du denn hier ganz allein an Weihnachten, Junge? –, hielt er an einem Verkaufsautomaten und aß Chips, Erdnussbutter-Cracker, Oreos und Hershey Riegel, während er durch die sanft geschwungenen Hügel des Piedmont fuhr.

Vollgepumpt mit Kohlehydraten und Zucker, überquerte er den Chattahoochee und fuhr direkt durch nach Montgomery, wo er sich in einem heruntergekommenen Motel ein Zimmer nahm und zwölf Stunden schlief. Er dachte an Juliet mit ihrer blonden Haarkappe und ihren schlanken Beinen, die jetzt im Norden Skilaufen war. Bis er sich das Armband wieder anschaute, kam ihm alles wie ein Traum vor. Zwar war er jetzt seiner Meinung nach weit genug von Savannah entfernt, aber er wollte es nicht zu früh verkaufen.

Er lernte, den Süden zu lieben, das Lebensgefühl, das Essen, die Stimmen und das langsame, gemächliche Tempo auf den Seitenstraßen. Silvester verbrachte er in Mobile und sah im Fernsehen den Ball Drop am Times Square, während er kalte Pizza aß. Den Neujahrstag verbrachte er an einem Strand am Golf von Mexico. Er überlegte, ob er sich hier eine Zeit lang niederlassen sollte, sich vielleicht einen Job suchen, ein paar Einbrüche machen. Aber dann verkaufte er das Armband an einen Hehler in Biloxi und fuhr weiter.

Als Harry nach New Orleans kam, verliebte er sich. Hier

gab es alles: das Wasser, die Stimmen, das Essen, die Musik, die Architektur. Und Touristen mit dicken Geldbörsen, ganz zu schweigen von einer Altstadt voller Villen.

Es gab Tulane – kleiner, als ihm lieb war, um sich für ein paar Kurse am College einzuschreiben, aber es würde schon gehen.

Nach zwei Tagen im French Quarter wusste er, dass er noch im schäbigsten Lokal wie ein König essen konnte. Wenn er nach Einbruch der Dunkelheit über die Bourbon Street schlenderte, drang Musik aus jedem Türeingang, und bei den Touristen, die sich mit Hurricanes betrunken hatten, brauchte er einfach nur zuzugreifen, um sie um ihre Armbanduhren und Brieftaschen zu erleichtern.

Er mietete ein möbliertes Appartement auf der Burgundy Street, eröffnete ein Konto bei einer lokalen Bank und kaufte sich – obwohl es ziemlich teuer war – einen verdammt gut gemachten gefälschten Führerschein auf den Namen Silas Booth. Der Typ, ein gewisser Jacques Xavier, der ihm den Ausweis verkauft hatte, hatte eine Cousine, eine Kartenlegerin, die nachts in einer Bar arbeitete. Dauphine LeBlanc hatte große, seelenvolle Augen und eine Flut schwarzer Haare. Ihr war es egal, wenn er am Abend in der Bar herumhing, Coke oder Eistee trank und Ausschau nach Opfern hielt. Sie trug enge, bunte T-Shirts und Kristallketten. Und gerade die Kristallketten bewegten ihn dazu, ihr zu erzählen, sie erinnere ihn an seine Tante. Und dazu spielte die Band tiefen, dunklen Delta Blues.

Sie schürzte ihre hübschen, vollen Lippen und legte den Kopf schräg. »Du sitzt tatsächlich hier, *doudou*, und willst mir erzählen, dass du dich mit deinem guten Aussehen mit deiner *Tante* triffst?«

»Nein, so habe ich das nicht gemeint. Sie steht auf Kristalle, und sie arbeitet als Telefon-Wahrsagerin. Und sie ist großartig.«

Mags kam nicht in seinen feuchten Träumen vor, aber Dauphine war dort schon ein oder zwei Mal aufgetaucht. Mit ihren zweiundzwanzig Jahren behandelte sie ihn wie ein streunendes Hündchen, das ihr zugelaufen war. Freundlich, mit gelegentlicher vager Zuneigung und ohne jede Verpflichtung. Aber er war auch nicht auf Verpflichtungen aus.

Er trank seinen Eistee, genoss die Musik, während sie an der Bar arbeitete und nur ab und zu vorbeikam, um sein Glas aufzufüllen.

»Du solltest in den Laden kommen, damit ich dir die Karten legen kann.«

Sie würde es nicht umsonst machen. Ihr Vetter hatte ihm erzählt, dass Dauphine in dieser Hinsicht keinen Spaß verstand. Wenn man jemandem kostenlos die Karten legte, dann standen auf einmal Freunde und Familie da und wollten das ebenfalls.

»Vielleicht. Irgendwann mal.«

»Ich sehe jetzt schon, was ich sehe. Ich war früher auch bei einer Line, und wir wissen, was wir wissen. Man erlebt so einiges.« Sie beugte sich vor, und er genoss eine großzügige Aussicht auf ihre tollen Brüste, aber da er gut erzogen war, blickte er ihr ins Gesicht.

»Wie der Tisch da hinten mit dem Mann, der so weiß ist, dass er leuchtet. Er schwitzt sein schickes Hemd durch und trinkt einen Whiskey Sour nach dem anderen. Du siehst, genauso wie ich, die dicke, hässliche goldene Uhr, und die Frau, die bei ihm sitzt und deren Bein er unter dem Tisch streichelt, ist nicht seine Frau.«

»Seine Frau lebt irgendwo in der Gegend von Toledo, während er seine Geliebte hierhin auf die Messe mitgenommen hat, wo er auf Spesen den großen Macker markieren kann.«

Dauphine tippte mit dem Finger auf seinen Handrücken. »Du siehst auch, sehe ich. Aber warum Toledo?«

»Irgendwo in der Gegend auf jeden Fall. Sein Akzent.«

»Ah, *bien sûr*. Die Yankees klingen für mich alle gleich. Du hast gute Ohren, glaube ich.«

Harry kam eine Idee. »Wie viel würdest du nehmen, wenn du mir Französisch beibringst?«

Sie winkte ab und ging ans andere Ende der Theke, um Bestellungen auszuführen. Zwar kannte er sie noch nicht lange, hatte aber schon gelernt, einfach zu warten. Die Band spielte schneller, und die Leute trampelten mit den Füßen. Eine Gruppe von vier jungen Frauen – College-Studentinnen, schätzte er – kam herein und setzte sich an die Theke.

Dauphine würde ihnen allen die Karten legen, und wenn eine von ihnen einen gefälschten Ausweis hatte, dachte Harry, dann stammte er sicher von ihrem Cousin.

Dauphine kam zurück und stellte ungefragt einen Teller mit Crawfish-Frikadellen und kreolischer Senfsoße vor ihn hin. »Warum willst du Französisch lernen?«

»Ich lerne gerne.«

Sie musterte ihn, während sie die Theke abwischte. »Welches Französisch willst du denn lernen? Es gibt Französisch wie in Paris, es gibt Louisiana Kreolisch, es gibt Cajun Französisch und noch andere Varianten.«

»Alles, oder so viel du beherrschst.«

»Wir machen das. Ich gebe dir eine Stunde, fünfzig Dollar, und wenn ich dich für einen Idioten halte, *c'est tout*. Wenn ich feststelle, du vergeudest weder meine Zeit noch dein Geld, machen wir weiter, für fünfundzwanzig Dollar pro Stunde.«

»Abgemacht. Du wirst mich nicht für einen Idioten halten.«

Sie wirkte zwar nicht überzeugt, nickte aber. »Morgen Abend, um acht. Du hältst Abendessen und eine gute Flasche Wein für mich bereit. Eine Stunde, und kein Quatsch.«

Bevor er an jenem Abend zu Bett ging, legte er die goldene Uhr – eine Gucci – und das Geld aus dem Portemonnaie, das er hatte mitgehen lassen, in den Hohlraum unter den Bodendielen unter seinem Bett. Er würde die Uhr ein paar Wochen lang dort liegen lassen, zusammen mit einem Paar sehr hübscher Rubin-Ohrringe – jeder etwa zwei Karat –, einem Ohrstecker aus Regenbogen-Saphiren und einer TAG Heuer Aquaracer. Wenn er sie verkauft hatte – nicht alle auf einmal natürlich und auch nicht alle am gleichen Ort –, würde er das Geld auf sein Bankkonto einzahlen. Er wollte sich nie Sorgen darüber machen müssen, dass ihm jemand das Dach über dem Kopf wegnahm oder ob Mags genug zum Leben hatte.

Er machte es sich im Bett mit einem der Kunstgeschichtebücher gemütlich, die er sich in der Bücherei geliehen hatte – ordnungsgemäß, mit einem Bibliotheksausweis. Seiner Meinung nach kam der Tag, an dem er seine nächtliche Arbeit auf Kunstwerke ausdehnen konnte, rasch näher.

Er musste jemandem Geld dafür geben, dass er für ihn Wein kaufte, denn auch in seinem gefälschten Ausweis war er noch nicht volljährig. Er beschloss zu kochen. Er hielt sich gern in der Küche auf und stellte sich seine Mahlzeiten zusammen. Aber für sie sollte es ein bisschen besser sein – oder zumindest erwachsener als Käse-Makkaroni oder ein Burger. Da er noch nicht so weit war, um Cajun oder kreolische Rezepte auszuprobieren, entschied er sich für ein Essen, das seine Mutter gern für Gäste gekocht hatte.

In den Tagen, als sie noch Gäste zum Essen gehabt hatten.

Er ging auf den Markt, kaufte rote Kartoffeln, frühen Spargel, ein Baguette, etwas Hühnchen und einen kleinen Käsekuchen. Das würde sie nicht umhauen, dachte er, als er die Kartoffeln viertelte. Vielleicht lachte sie ihn ja aus – das wäre demütigend – oder weigerte sich, ihm weiter Unterricht zu geben. Und er wollte unbedingt Französisch sprechen. Also kochte er, und als der Duft der Mahlzeit seine Mutter in sein Appartement holte, tat es nicht so weh wie sonst. Es lag sogar etwas Tröstendes darin. Er deckte den Tisch und stellte die Blumen darauf, die er gekauft hatte. Er zündete keine Kerzen an, legte keine Musik auf – das wäre die falsche Botschaft gewesen. Als sie um Punkt acht anklopfte, schloss er daraus, dass Pünktlichkeit zu seinem Unterricht gehörte.

Sie trug ein eng anliegendes schwarzes Kleid und rote Pumps, in denen sie beinahe genauso groß war wie er. Fast ein Monat war seit seinem kurzen, intensiven Sex in Savannah vergangen, deshalb fand er es verzeihlich, dass ihn Lust durchzuckte.

»*Bonsoir*«, sagte er. »*Bienvenue.*«

Sie nickte. »*C'est bon.*«

Sie trat ein und blickte sich in dem kleinen Appartement rasch um. »Du hältst es sauber. Ich habe drei Brüder, alle sind schlampig. In ihren Zimmern riecht es nach dreckigen Socken und verschimmelten Brot. Bei dir riecht es nach gutem Essen. Hast du selber gekocht oder nur so getan?«

»Das Brot und den Kuchen habe ich gekauft. Den Rest habe ich selber gemacht.«

Sie ging die paar Schritte in die Küche. »Wo hast du kochen gelernt?«

»Bei meiner Mutter.«

Sie blickte ihn aus ihren seelenvollen Augen direkt an. »Sie hat uns verlassen? Ich habe auch gute Ohren«, fügte sie hinzu. »Ich höre Kummer.«

»Ja, letztes Jahr.«

»*Je suis désolée.*« Kurz legte sie die Hand aufs Herz. »Ich glaube, du hast sie mit diesem Essen stolz gemacht. Und jetzt schenk mir ein Glas Wein ein. *Divin* – Louisiana Französisch. *Du vin* in formellem Französisch.« Sie tippte sich ans Ohr. »Du musst genau hinhören, um den Unterschied zu hören.«

Er schenkte ihnen beiden ein Glas ein. »Das zweite ist, wie du gesagt hast, formeller. Das kann ich hören.«

»Dann hast du ein gutes Gehör.« Sie trat ans Fenster und zeigte hinaus. »Das Auto? *Un char,* Louisiana Französisch. *Une automobile* auf Französisch. Hier kannst du beides benutzen und miteinander verbinden, ohne aufzufallen – in Frankreich eher nicht, aber hier kannst du alles nach Belieben mischen. Es zeigt nur, dass du mehr als eine Sprache beherrschst. Wir hier springen hin und her zwischen Französisch, Englisch und Kreolisch, weil wir es können.«

»Aber zuerst einmal musst du es fließend sprechen.«

»*Mais oui.* Der Wein ist gut. *Le vin est bon.*«

Als er die Worte wiederholte, schürzte sie die Lippen und nickte. »Dein Akzent ist gut für einen Anfänger. Dann gib mir jetzt zu essen, was so gut riecht. Ich glaube, beim Essen zu reden, ist eine gute Art zu lernen.«

Er erwies sich nicht als Idiot, also willigte sie ein, nächste Woche für den halben Preis, ein Essen und guten Wein wiederzukommen. In der dritten Woche fand der Unterricht bei seinem ersten Versuch mit Crawfish étouffé statt.

»Du könntest dir einen Job als Koch besorgen. Ich kenne da ein paar Lokale.«

»Wenn man kochen *muss*, macht es keinen Spaß. Und ich bin zu langsam. Ich beherrsche nur ein paar Gerichte. Außerdem bin ich noch nicht auf der Suche nach einem Job. Ich habe meine Tante gebeten, über Mardi Gras herzukommen, und ich möchte genug Zeit für sie haben, um ihr alles zu zeigen.«

»*Tu as un bon coeur.*« Sie warf ihre Haare nach hinten, als sie sich im Appartement umschaute. »Du bist sauber, und du hast ein hübsches Gesicht. Ich habe dir gesagt, du sollst mir keine Avancen machen, und du tust es auch nicht. Du hast gute Manieren. Ich glaube, das kennst du aus dem Song, und so viel verstehst du auch schon. *Voulez-vous coucher avec moi?*«

Er ergriff sein Weinglas und trank einen Schluck. »Ich bin ein heterosexueller Mann. Du bist wunderschön, sexy, lustig, klug und hast diesen Körper. Du hast wirklich einen tollen Körper. Also: *Absolument.*«

»Ich will keine Liebesgeschichte. Dazu habe ich keine Zeit. Ich mag dich – du bist ein Freund, ein cleverer Freund. Wenn du dich in mich verliebst, breche ich dir dein gutes Herz. Das täte mir leid.«

»Ich will auch keine Liebesgeschichte. Ah … *Je ne suis pas prêt. Je vous aime.*«

»*Je t'aime bien*«, korrigierte sie ihn.

»*Je t'aime bien*«, wiederholte er. »Vielleicht verliebst du dich in mich, dann täte es mir leid, dir das Herz zu brechen.«

»Das passiert schon nicht.« Sie streckte die Hand aus. »*Amis.*«

»*Amis*«, willigte er ein.

»Ist dein Schlafzimmer so sauber wie die übrige Wohnung?«

»Ja.«

Sie stand auf und streckte ihm erneut die Hand entgegen. »*Montre-moi.*«

6

Mardi Gras, die lange, wilde Party, begann für ihn mit Mags' Ankunft. Es mochten nur wenige Monate vergangen sein – obwohl es ihm viel länger vorkam –, aber es machte ihn lächerlich glücklich, sie zu sehen.

Seine verrückte Tante mit den rosa gesträhnten braunen Haaren schloss ihn in ihre von der Wüstensonne gebräunten Arme. Auf der Innenseite ihres rechten Unterarms hatte sie ein neues Tattoo: einen Kompass mit einem roten Herz in der Mitte.

»Was ist das?«

»Das Symbol meiner Wanderlust.« Erneut umarmte sie ihn. »Nachdem du so weit gereist bist, möchtest du vielleicht langsam selber mal eins.«

Das hatte er nun wirklich nicht vor. »Ich lasse mir mein Krafttier tätowieren, wenn ich entschieden habe, welches das ist.«

»Ich dachte, das Krafttier sucht dich aus.«

Sie lachte nur und trat einen Schritt zurück, um ihm prüfend ins Gesicht zu sehen. »Du siehst gut aus, Junge. Himmel, du bist ja noch größer geworden. Bestimmt noch mal drei Zentimeter.«

»Vielleicht.«

»Vielleicht, du liebe Güte. Und ich hab gedacht, du wächst nicht mehr. So, und jetzt zeig mir mal deine Wohnung.« Sie stellte ihr Gepäck – zwei riesige, geblümte Reisetaschen – an der Tür ab und betrat seine Wohnung. »Nett, sehr nett für die erste Wohnung eines Jungen. Tolle Lage, schönes Licht. Die Kunstwerke gefallen mir, diese Straßenszenen aus dem französischen Viertel.«

»Sie sind von mir. Und damit meine ich nicht, dass ich sie gemalt habe«, sagte er, als sie sich umdrehte und ihm einen scharfen Blick zuwarf. »Die Wohnung war möbliert, aber ich habe ein paar Bilder aufgehängt, die ich mitgenommen habe. Gekauft«, erklärte er. »Hier im Viertel gibt es viele Künstler.«

»Sie zeigen deinen guten Geschmack, und du unterstützt damit die Künstler am Ort. Und sauber ist es hier.«

»Das liegt mir wohl in den Genen.«

»O ja. Sie fehlt mir so sehr.«

»Ich weiß. Mir auch. Ich habe es dir nicht erzählt, aber ich habe noch ein bisschen Asche von ihr mitgenommen. Einen Teil habe ich in den Smokies verstreut, und der Rest ist im Meer.«

Mags stieß einen Seufzer aus, dann zeigte sie auf sich. »Painted Desert, Pazifik.«

»Wirklich?«

»Ich glaube, wir sind uns ähnlicher, als wir geglaubt haben, Harry.«

»Hier bin ich Silas.«

»Okay.«

»Ich bringe deine Reisetaschen ins Schlafzimmer, dann zeige ich dir die Stadt und gehe mit dir essen.«

»Ich nehme die Couch.«

»Meine Mags nimmt nicht die Couch, die nehme ich.« Um das zu bekräftigen, ergriff er die Taschen und brachte sie ins Schlafzimmer.

»Okay, das ist lieb von dir. Die Dachschräge gefällt mir, und hier hast du sogar Drucke von Maxfield Parrish an der Wand.«

»Vom Flohmarkt, aus einem Kalender oder so.«

»Echt guter Geschmack.« Herumwandern konnte man in dem kleinen Zimmer nicht, aber sie drehte sich um die eigene Achse. »Und Narzissen auf der Kommode. Für mich. Jemand hat dich sehr gut erzogen, Silas.«

»Zwei Personen haben mich gut erzogen. Oder jedenfalls ziemlich gut.«

Sie streichelte ihm über die leichten Stoppeln auf seiner Wange. »Du zeigst mir jetzt besser die Stadt, bevor ich rührselig werde und mein Make-up ruiniere.«

»Bist du noch nie hier gewesen?«, fragte er, als sie hinausgingen.

»Nein, es ist das erste Mal. Ich glaube, das Universum hat beschlossen, ich sollte meine erste Erfahrung mit New Orleans – und Mardi Gras – mit meinem Neffen machen.«

»Wie ist es in Vegas?«

»Warm und trubelig. Aber ich werde Santa Fe mal ausprobieren. Dorthin fahre ich von hier aus.«

»Was macht deine Arbeit an der Hotline?«

»Die läuft super, mein Freund.« Sie sog die warme, feuchte Luft tief ein. »Solange es Funkmasten gibt, ist Madame Magdelaine im Geschäft.« Sie legte einen Finger auf ihr Tattoo. »Also fährt sie dorthin, wohin der Geist sie führt.«

»Offensichtlich in die Wüste.«

»Anscheinend. Und dich führt er in Hitze, Feuchtigkeit und ans Wasser.«

»Bis jetzt ja. Aber ich glaube, ich habe auch für Hügel und Berge was übrig. Und Städte interessieren mich. Ich möchte nach New York, Washington DC, San Francisco, und auch Santa Fe möchte ich mal sehen, aber das ist eigentlich gar keine Stadt, sondern eher eine Erfahrung.«

Touristen bevölkerten die Geschäfte, die Straßen, die Bars.

Sie warfen Münzen in die Hüte und Instrumentenkoffer der Straßenmusiker, während die Klänge von Trompeten, Akkordeons und A-Cappella-Gesang ertönten.

Sie schlenderten über das Kopfsteinpflaster unter den Balkonen entlang, durch deren schmiedeeiserne Gitter sich Blumengirlanden mit goldenen und tiefroten Perlen wanden. Er stellte Mags sein Lieblingskutschpferd vor und wartete auf sie, als sie sich in einem Laden umschaute, der Kristalle, Kerzen und Räucherstäbchen verkaufte, um ihre Sammlung, die schon beeindruckend genug war, aufzufüllen. Und er wartete, während sie sich ein Mardi-Gras-T-Shirt aussuchte.

Bevor sie ihn in einen weiteren Laden ziehen konnte, steuerte er ein schmales, duftendes Lokal an, das die meisten Touristen keines zweiten Blickes würdigen würden. Bei Mama Lou gab es ein Dutzend Tische und Theken-Service. Mittags war hier jeder Platz besetzt, aber er hatte einen Tisch reserviert.

Little Lou, Mamas Tochter, begrüßte ihn, als er eintrat.

»Wo bleibst du, *cher! Assis-toi, assis-toi.* Mama! Silas ist hier, *avec sa tante.*«

Sie eilte auf sie zu, eine knochige Frau in den Vierzigern mit schimmernder dunkler Haut und zu Zöpfen geflochtenen Haaren, während er Mags an den Tisch am einzigen kleinen Fenster bugsierte. Der beste Platz.

Little Lou stellte sich auf die Zehenspitzen, um ihn auf die Wange zu küssen. »Mama möchte Miz Mags kennenlernen. Sie ist ganz vernarrt in diesen Jungen.«

»Das beruht auf Gegenseitigkeit. Mags, das ist Little Lou, Mamas Tochter und die zweitbeste Köchin im Viertel.«

»Weil Mama die beste ist.« Sie lachte. »Ich hole euch gleich was zu trinken. Silas möchte seine Coke, *c'est vrai*?«

»*Merci. Vin Blanc pour ma tante, et une bouteille d'eau pour la table, s'il te plaît.*«

»*Bien, bien.*« Sie huschte davon.

Mags beugte sich über den Tisch und boxte ihn leicht an die Schulter. »Seit wann sprichst du Französisch?«

»Ich habe Unterricht genommen. Hier kommt Mama. Sie ist einzigartig.«

Mama Lou, eine Frau mit breiten Hüften, die kaum größer war als eins fünfzig, tänzelte in ihrer weißen Schürze und ihrem mit Stiefmütterchen bedruckten Kleid wie eine Königin um die kleinen Tische herum. Trotz ihrer sechzig Jahre war ihre braune Haut glatt, und mit ihren grünen Augen sah sie alles.

Silas stand auf, ergriff ihre Hand und drückte einen Kuss darauf, wie er es gemacht hatte, als er zum ersten Mal ihr Jambalaya probiert hatte.

Er blieb bei Französisch – dem formellen Französisch, weil er wusste, dass es sie freute und amüsierte. »Mama, *permettez-moi de vous presenter ma tante,* Magdelaine Booth. *Et merci, merci beaucoup de l'accueillir. Elle m'est chère.*«

Sie nickte ihm zu und tätschelte ihm die Wange. »*Bien, cher.*« Dann streckte sie Mags die Hand entgegen. »Das ist ein guter Junge«, sagte sie mit einer Stimme, die dahinfloss wie Ambrosia. »Meine Töchter sind schon zu alt und meine Enkelinnen noch zu jung, sonst würde ich ihn für eine von ihnen stehlen. Ich würde ihn ja auch selbst nehmen, aber *mon mari* würde ihm dafür das hübsche Gesicht zerschlagen.«

»Das geht natürlich nicht. Danke, dass Sie sich um ihn kümmern. Es freut mich zu wissen, dass er in so guten Händen ist.«

»Immer noch zu dünn.«

»Ja, aber nicht so dünn, wie er einst war.«

»Sie sind wegen Mardi Gras gekommen, also *laissez les bons temps rouler.*« Sie trat ein wenig zur Seite, damit ihre

Tochter die Getränke servieren konnte. »Nun, Tante Mags *möchte den Gumbo und Silas einen Shrimp Po'Boy*. Und Sie teilen sich die Gerichte, damit jeder etwas davon hat. Und zum Nachtisch Brotpudding. *Bon appétit.*«

Mags sah ihr nach, als sie zurück in die Küche tänzelte. »Einzigartig, hast du gesagt, und das trifft es. Schreibt sie einem immer vor, was man essen soll?«

»Nur, wenn sie dich mag.«

»Na gut.« Mags ergriff ihr Weinglas und trank einen Schluck. »Nicht übel. Und jetzt erzähl mir von deinem Französisch-Unterricht. Wie hast du es in den paar Wochen geschafft, dass du dich schon so gut unterhalten kannst?«

»Ich habe einen wirklich guten Lehrer.«

»Das habe ich mir schon gedacht. Ich weiß noch, dass du in Spanisch immer gute Noten hattest und alles heruntergerasselt hast. So ein Zaubergedächtnis ist praktisch. Nimmst du Unterricht auf dem College oder in der Erwachsenenbildung?«

»Nein, bei einem Privatlehrer. Eine Freundin. Du lernst sie heute Abend kennen.«

»Oh«, sagte Mags gedehnt. »Eine Freundin.«

»Ja. Sie wird dir gefallen. Sie legt Tarotkarten und liest aus der Hand. Und an ein paar Abenden in der Woche arbeitet sie in einer Bar.«

»Eine Freundin mit Zusatznutzen?«

Harry zuckte mit den Schultern. »Es ist nichts Ernstes, auf keiner Seite.«

»Gut. Du magst ja drei Sprachen sprechen und dein eigenes Leben führen, nach allem was ich hier sehe, aber für etwas Ernstes bist du noch zu jung. Ich muss dich fragen, das ist schließlich meine Aufgabe, ob du noch ans College denkst?«

»Ich überlege, ob ich in Vorlesungen gehe oder ein paar

Kurse in Tulane belege. Nach Mardi Gras und vielleicht nächsten Herbst, wenn ich noch hier bin.«

Little Lou brachte ihr Essen und stellte noch einen Korb mit Hush Puppies dazu.

»Du lieber Himmel. Das ist ja mal reichlich.«

»Bei Mama stehst du nie hungrig vom Tisch auf.«

Mags probierte das Gumbo. »Ah ja, das ist großartig.« Dann einen Bissen von ihrer Hälfte des Po'Boy. »Ebenso. Willst du in der nächsten Zeit weiterziehen?«

»Ich weiß nicht. Noch nicht gleich, jedenfalls. Ich habe mir die University of North Carolina angeschaut, als ich da oben war, und da hat es mir sehr gut gefallen. Ich werde mir sicher noch ein paar andere angucken. Ich habe nicht vor, einen Abschluss zu machen, Mags, ich will nur mehr über die Dinge lernen, die mich interessieren.«

»Ich will dir da nicht widersprechen. Du bist noch nicht glücklich – ich auch nicht. Es dauert so lange, wie es dauert. Aber ich würde sagen, hier bist du gut aufgehoben, und nicht nur von der Landkarte her. Ich auch. Also ist es gut für uns.«

Am Abend gingen sie die Route der Parade entlang. Sie fingen Perlen und warfen Perlen. Und da Mags war, wie sie war, tanzte sie mit völlig Fremden auf der Straße. Sie aßen Shrimp Kabobs und heiße Beignets, während sie dem Umzug zujubelten. Ein Mann, der nur eine Narrenmaske trug und violette Boxershorts, tanzte Boogie auf einem Balkon und erntete Applaus.

»Wo war das alles in meinem früheren Leben?«, schrie Mags über dem Lärm.

Er dirigierte sie in die Bar, wo Dauphine und ein weiterer Barkeeper Getränke mixten und ausschenkten. Eine Livekapelle spielte Zydeco.

Als Dauphine sie sah, rief sie sie zu sich.

»Tito, du hast jetzt den Hocker lange genug angewärmt. Steh auf und lass die Dame sitzen.«

Ein kräftiger Mann mit verschlafenen Augen stand auf und verbeugte sich vor Mags.

»Oh, danke, Sir.«

»Mags, das ist Dauphine, meine Freundin und Französischlehrerin.«

»Wenn Sie so gut Drinks mixen, wie Sie Französisch unterrichten, möchte ich gerne einen. Silas redet, als ob er hier geboren wäre.«

»Er ist sehr sprachbegabt, denke ich, aber er muss noch viel lernen. Was darf ich Ihnen machen?«

»Suchen Sie etwas aus. Es ist Mardi Gras in New Orleans, und ich bin zu allem bereit.«

»Ich mag Abenteurer.« Die beiden Frauen musterten sich einen Moment lang, dann nickte Dauphine. »Ich weiß, was Sie brauchen.« Sie rief dem anderen Barkeeper auf Französisch zu, sie mache eine kurze Pause mit ihren Freunden, dann nahm sie einen Cocktail Shaker, gab Zitronenschnitze und Pfefferminze hinein und schüttete etwas aus einer Flasche dazu. Zu guter Letzt mischte sie alles.

»Und, Miz Mags, gefällt es Ihnen in New Orleans?«

»Ich wäre ja verrückt, wenn es nicht so wäre. Sind Sie von hier?«

»Ja. Das hier ist mein Leben.«

»Diese Woche ist wahrscheinlich nicht so spaßig für Sie.«

»Aber einträglich.« Dauphine fügte einen Löffel gestoßenes Eis hinzu, etwas aus einer anderen Flasche, etwas Club Soda, und dann begann sie, den Shaker vor- und zurück zu bewegen. »Sie machen Readings, am Telefon?«

»Ja. Auch einträglich.«

Dauphine grinste. »Legen Sie Karten?«

»Ich lege sie aus, während ich mit der Kundin rede. Silas sagt, Sie verdienen mit Kartenlegen Ihr Geld.«

»Im Five Fold.« Sie goss den Drink in ein Whiskyglas und dekorierte ihn mit einem Zweig frischer Minze. »Probieren Sie. Wenn er Ihnen nicht schmeckt, mache ich Ihnen etwas anderes.«

Mags trank einen Schluck und lächelte. »Magisch! Was ist das?«

»Ein Creolo. Elegant und erfrischend, so wie Sie.«

»Oh, deine Freundin gefällt mir, Kumpel. Wollen wir nicht morgen Abend zusammen essen? Lad uns ein, Silas.«

»*Ähm*. Klar.«

Dauphine lächelte sie an und stellte ihnen eine frische Schale mit Nüssen hin. »Er kocht. Sehr gut sogar.«

»Das konnte er immer schon besser als ich. Koch uns was zum Abendessen, Süßer.«

Sie verstanden sich auf Anhieb.

An den nächsten drei Abenden feierte Mags jeden Abend und probierte zum Abschluss immer einen neuen Cocktail in der Bar.

An Mags' letztem Abend, dem ersten Tag der Fastenzeit, machte er Jambalaya für die beiden Frauen – und versuchte sich zum ersten Mal an Hush Puppies. Er brauchte nicht viel zur Unterhaltung beizutragen, wenn sie zusammen waren. Sie redeten über Filme, Bücher, Kunst, Mode und – obwohl er dabei war – über Männer. Wenn sie, was oft geschah, auf Sex zu sprechen kamen, machte er sich rar.

Es war einfach zu peinlich.

»Ich bringe den Müll runter«, sagte er zu den beiden Frauen, die an seinem kleinen Tisch die Köpfe zusammensteckten. »Und vielleicht mache ich noch einen Spaziergang.«

Als er zurückkam, stellte er überrascht fest, dass Dauphine Mags die Karten legte.

»Wie viel berechnest du ihr dafür?«

»Wir haben uns abgesprochen. Ich lege ihr die Karten und sie mir.« Dauphine griff nach Mags' Hand. »Sie passt auf dich auf. Siehst du? Ich glaube, das wird sie immer tun. Hier ist weibliche Stärke an der Wurzel, auch der Kummer der Vergangenheit, die Abschiede, die immer noch präsent sind. Aber sie ist bei dir. Und hier ist er, euer gemeinsamer Sohn. Ich habe im Moment einen kleinen Teil von ihm, aber du hast ihn für immer. Er blickt nach vorne, ehrgeizig, ruhelos. Und du auch, immer auf der Suche nach dem nächsten. Er wird sich eines Tages irgendwo niederlassen, aber du wirst herumwandern, bis die Liebe dich trifft. Aber selbst dann muss die Liebe mit dir gehen.« Sie lächelte und ließ einen Finger über eine Karte gleiten. »Liebe ist kein Ziel, sondern ein Wunsch. Ich empfinde auch so. Es ist ein Geschenk, das du öffnen oder in der Verpackung lassen kannst. Und du musst dich dafür entscheiden, sonst bleibt sie nicht bei dir. Reisen und Fahrten, und du musst am Steuer sitzen. Sicherheit? Wozu, so ohne Abenteuer?«

Harry trat zu ihnen, da er noch nie zugesehen hatte, wenn Dauphine Karten legte. Die Karten kannte er nur, weil Mags sich damit beschäftigte.

»Du kannst herumreisen und dabei körperlich alleine sein, aber deine Wurzeln nimmst du immer mit. Du verstehst es, sie zu verpflanzen, sie überall wachsen zu lassen, bis du wieder woanders hinwillst. Das ist Freiheit. Ich bewundere das. Und deine Belohnung? Dein Glas wird niemals leer. Die Liebe füllt es immer wieder.« Sie lehnte sich zurück. »Du bist eine glückliche Frau, Mags, und du bringst das Glück mit dir.«

»Meine Schwester hat mir ein Geschenk gemacht. Damals

wusste ich nicht, was ich damit anfangen sollte. Nicht, dass ich Babys und Kinder nicht mochte. Aber Dana war durch und durch Mutter, während ich wohl eher dazu geboren war, Tante zu sein. Es hat mich überrascht, wie viel von mir ich in Silas sehen konnte. Der scharfe Verstand? Woher er den hat, weiß ich wirklich nicht. Genauso wenig wie sein beängstigend gutes Gedächtnis.«

»Wenn ich dich nach Spielern der Cubs fragen würde, könntest du sie einfach so runterbeten.«

»Das ist kein beängstigend gutes Gedächtnis, Kumpel, das ist Baseball. Komm, Dauphine, wir trinken noch ein Glas Wein, und dann lege ich dir die Karten.«

Dauphine lächelte. »Ja, genau.«

Nachdem Mags in ihrem VW Bus nach Westen gefahren war, machte Silas sich auf den Weg nach Tulane. Seine Unterlagen – die er sorgfältig, ja sogar penibel zusammengestellt hatte – und die Vita von Silas Booth waren wasserdicht. Er wurde ohne Weiteres für die wenigen Kurse, die er belegen wollte, zugelassen – zumal er alle Gebühren bezahlte.

Die restliche Zeit von Ende Februar bis zum ersten April, den er mit Mags in Santa Fe verbrachte, verhielt er sich unauffällig und studierte englische Literatur, die Impressionisten und Programmieren. Fast fühlte er sich wie ein normaler Student, wenn er auf dem baumbestandenen Campus herumlief, vorbei an Azaleen, die in allen Farben explodierten. Obwohl niemand es von ihm verlangte, machte er Hausaufgaben, schrieb Referate. Und er lernte. Seine Französischstunden mit Dauphine erweiterten sich auf abendliche Gespräche und gelegentlichen Sex. Von Jacques Xavier – der Typ, der ihm den Führerschein verkauft hatte – lernte er zu hacken, und er stieß auf einen Online-Kurs in Italienisch. Das hatte ihm zu seinem Lebenslauf gerade noch gefehlt.

Und als der warme, feuchte Frühling sich zu einem heißen, nassen Sommer entwickelte, traf er Sebastien Picot.

Er saß auf einer Bank am Fly im Audubon Park, weg vom zähen Treiben in der Stadt, schaute auf den Fluss und die Raddampfer, die dort fuhren. Hinter ihm picknickten die Leute, warfen Frisbees oder machten einfach ein Nickerchen auf dem Rasen. Er trug sein Green Wave T-Shirt – ein ganz normaler College-Student an einem feuchtheißen Abend im Mai.

Er wartete auf Jacques, der sich mit ihm hier treffen wollte. Da er damit angefangen hatte, sich auf einen anderen Job vorzubereiten – die reiche Großmutter einer Studentin in seinem Literaturseminar, die gerne mit dem Schmuck ihrer Großmama angab –, wollte er mit seinem Lehrmeister im Fälschen über den Verkauf des mehrreihigen Diamanten-Colliers sprechen, auf dessen Erbe seine angeberische Kommilitonin (mit beträchtlicher Vorfreude) spekulierte.

Jacques ließ sich neben ihn auf die Bank fallen und hielt ihm die Hand für einen Low Five entgegen. »Mein Mann.«

Silas war schon dünn – auch wenn er regelmäßig mit seinen Hanteln trainierte –, aber Jacques war eine Vogelscheuche in Basketball-Shorts. Selbst wenn er still dasaß, strahlte er Energie aus. Silas dachte immer, dass Jacques wahrscheinlich mehr Kalorien während seines Mittagsschlafs verbrannte als die meisten Leute beim Joggen.

»Das ist aber nicht dein üblicher Platz, Bro.«

»Aber deiner.«

Das stimmte, und Silas nickte. Der breite braune Strom floss vorbei, und beim Sonnenuntergang war alles in magisches Licht getaucht.

»Da ist jemand, der dich kennenlernen möchte.«

Als Silas Jacques ansah, hob der grinsend beide Hände. Er

grinste eigentlich immer und zeigte dabei seine großen weißen Zähne, aber wenn er es tatsächlich so meinte, dann strahlte er förmlich.

»Würde ich dich jemals in Schwierigkeiten bringen? Ich kenne den Typ, seit ich die Geldwechselbude für Touristen aufgemacht habe. Er hat dir einen Vorschlag zu machen, *ami*, du kannst ihn annehmen oder es sein lassen. Ich bin nur hier, um zu bestätigen, dass er vertrauenswürdig ist.«

»Was zahlt er dir dafür?«

Jacques stieß einen Pfiff aus und schüttelte so heftig den Kopf, dass seine Rastalocken herumwirbelten. »Das hier ist von Freund zu Freund, *ça va*? Wenn du den Vorschlag annimmst und alles funktioniert, kriege ich Provision. Wenn du nicht willst, ist auch okay.«

Er schlief ab und zu mit Jacques' Cousine, und er wusste, dass das in Jacques' Code zählte. Also sagte er achselzuckend: »Ich höre es mir mal an.«

»*Bien.*« Jacques hob die Hand und drehte sie hin und her.

Silas beobachtete, wie ein Mann auf die Bank zugehumpelt kam. Sein rechter Fuß steckte in einem dieser dicken medizinischen Stiefel, und er benutzte einen Stock. Ansonsten wirkte er fit, um die fünfzig. Er hatte einen kleinen, struppigen krummbeinigen Hund an der Leine, der misstrauisch an Silas' Chucks schnüffelte.

»Er beißt nicht. *Assis*, Bluto, du alter *coullion.*« Sein Cajun Akzent war scharf und träge zugleich. »Hübsch hier, es geht sogar eine kleine Brise.«

»Ich muss mal weiter.« Jacques erhob sich. »Ihr zwei könnt euch ja mal bekanntmachen. *À bientôt.*«

Sebastien lehnte sich zurück, als habe er alle Zeit der Welt. »Dieser Junge strahlt eine Energie aus wie ein Raketenboot. Du wirkst ruhiger. Sebastien Picot«, stellte er sich vor, streckte aber nicht die Hand aus. »Ich bin ein Bewunderer deiner Arbeit.«

»Was für eine Arbeit meinen Sie?«

Sebastien lächelte nur und blickte auf den Fluss. Bluto hatte sich zwar gesetzt, schnüffelte aber immer noch an Silas' Schuhen. »Ein Mann in meiner Position, mit meiner Erfahrung, sollte die Konkurrenz, oder freundlicher ausgedrückt, einen Kollegen kennen. Wir haben gemeinsame Bekannte, *mon ami*. Jacques und Burdette oben in Baton Rouge, Michelle in Lafayette. Wie du weißt, sind sie sehr vorsichtig mit dem, was sie sagen und wem sie es sagen. Mich kennen sie schon sehr lange, also antworten sie mir, wenn ich frage.«

»Und was fragen Sie so?«

»*Mais*, ein paar hübsche Klunker wandern von einem Ort zum anderen. Auf einem klugen Weg. Das gefällt mir. Ich denke, ein junger Typ, der so klug ist, keine Brotkrümel zu hinterlassen, so klug, nur ein bisschen zu nehmen und nicht alles. Auch in diesen Reisen steckt viel Eleganz. Klunker, *c'est bon*. Ich habe zu meiner Zeit schon viele Klunker auf die Reise geschickt. Auch Kunst. Bargeld, das ist nichts als Papier. Keine Eleganz. Das nimmt man, *bien sûr*, wenn es da ist, aber die Klunker, die Kunst. Das ist Eleganz.«

Silas hatte nicht das Gefühl, dass er ihn hereinlegen wollte, schließlich war ja auch Jacques involviert, aber er schwieg, als Sebastien fertig war.

Ein, zwei Minuten lang saßen sie da, während der Strom träge dahinfloss und die Sonne tiefer sank.

»Ich habe da einen Kunden«, fuhr Sebastien fort. »Es gibt ein sehr hübsches Gemälde, das er gerne in seiner Sammlung hätte. Na ja, es ist aber in der Sammlung von jemand anderem, verstehst du? In einer privaten Sammlung, in die es damals aus einem Museum in London gelangt ist. Kennst du London?«

»Ich weiß, wo es liegt.«

Sebastien lachte, und das Geräusch klang wie eine rostige Säge auf altem Holz. »Ich war nicht dabei, aber ich wusste davon. Sehr elegant. Das war noch vor deiner Geburt, glaube ich. *Mais,* dieses Gemälde ist nicht mehr in London, sondern hier in New Orleans, in dieser Privatsammlung. Der Kunde will es haben, und ich habe eingewilligt, das für ihn zu arrangieren. Ich habe, wie du sagen würdest, eine Anzahlung auf die Arbeit genommen. Ich habe alles vorbereitet. Eine Herausforderung, aber ich bin gut in dem, was ich tue.«

»Okay. Na, dann viel Glück.«

»*Malchance*, das hatte ich.« Sebastien bückte sich und tippte auf seinen Stiefel. »Für den Job muss man geschmeidig sein, und ich stecke noch fünf Wochen in diesem Scheißding fest. Nächste Woche muss das Gemälde auf die Reise gehen. Dieser Klient bezahlt sehr gut, aber er ist … hart. Ich würde die Anzahlung ja zurückgeben, aber das würde ihm nicht reichen. Und wenn er nicht zufrieden ist, dann hätte ich mehr Probleme als nur einen gebrochenen Knöchel. Ich will aber keine weiteren Knochenbrüche, also brauche ich einen Partner.«

Silas sagte sich, er sei nicht interessiert, er sagte sich, er sollte weggehen. Stattdessen zeigte er auf den Stiefel.

»Nimm ihn ab, damit ich es sehen kann.«

»*Alors.*« Sebastien zischte leise, schnürte aber den Stiefel auf. Vorsichtig hob er seinen Fuß heraus. Er war dunkelblau angeschwollen. »Sie sagen, es ist ein Haarriss, und ich sage, scheiß drauf.«

»Wie ist es passiert?«

»Ich könnte ja behaupten, ich sei auf der Flucht vor einem eifersüchtigen Ehemann aus dem Fenster gesprungen, aber ich bin über den verdammten Hund gestolpert. Ein Mann muss nachts aufstehen, um zu pissen, weil er zu viel Wein getrunken hat, und dabei bin ich über den Hund gestolpert. Und jetzt brauche ich jemanden mit Köpfchen und Können, um dieses Gemälde auf die Reise zu schicken, sonst werden mir Beine, Arme, vielleicht sogar mein Hals gebrochen.«

»Zieh dein Hemd hoch.«

Sebastien seufzte, tat aber, was Silas von ihm verlangte. »Es ist klug von dir, so vorsichtig zu sein. Jemand Dummen kann ich nicht gebrauchen.« Ohne darum gebeten worden zu sein, entleerte er seine Taschen. »Jacques würde dich nie betrügen. Dein Herz kennt die Wahrheit, aber wir müssen auch unser Gehirn einschalten, *oui*?«

»Ich arbeite allein.«

»Das Gleiche gilt für mich, meistens jedenfalls. Wenn du einen Fehler machst, bist nur du schuld. Wenn du den Mund nicht halten kannst, ist es deine Sache. Du bekommst die Anzahlung. Aber diesen Job mit diesem Klienten kann ich dieses Mal nicht allein machen.«

»Wie hoch ist die Summe? Du überlegst gerade, wie viel du davon abzweigen kannst. Wie viel mich reizen könnte. Lass es. Ich tue das, was ich tue, schon mein halbes Leben lang.«

»*Non!*« Gleichermaßen erstaunt und beeindruckt riss Sebastien die Augen auf. »Du musst ja noch ein Baby gewesen sein!«

»Ich war neun. Die Umstände gehen dich nichts an. Versuch nicht, mich hereinzulegen.«

Sebastien stach mit dem Finger auf Silas' Brustkorb. »Du gefällst mir. Ich könnte weniger sagen, aber ich brauche dich. Ich habe eine Anzahlung von zehntausend – und die behalte ich auch, da der Kunde zu mir gekommen ist. Wenn das Gemälde seinen Weg zu ihm antritt und die Echtheit bestätigt ist – und darum kümmere ich mich auch, überweist er mir die vollständige Summe aufs Konto. Eine Million Dollar, amerikanische.«

Einen Moment lang bekam Silas keine Luft. Das Herz schlug ihm bis zum Hals. »Was zum Teufel ist das für ein Gemälde?«

»Es heißt *Sonnenaufgang über der Themse.* Turner hat es in seiner abstrakten Phase gemalt. Ein kleines Bild, sechzig mal sechzig. Es war schon viel unterwegs. Früher war es ebenfalls in einer Privatsammlung in Deutschland, bevor die Nazis es gestohlen haben. Nach etlichen Umwegen kam es dann schließlich in die Tate nach London. Und jetzt liegt es in einem Tresorraum in dieser privaten Sammlung.«

Silas wusste durch das Studium ein bisschen über Turner, schwor sich jedoch, mehr über ihn zu lernen. »Es wird mehr als eine Million wert sein.«

»*Mais oui*, aber das ist der Preis, und für jemanden wie mich ist er attraktiv genug. Ich behalte achtzig Prozent und die Anzahlung, da ich die ganze Vorbereitung gemacht habe und es mein Kunde ist. Außerdem muss ich dir noch einige Fähigkeiten beibringen, die du noch nicht ganz beherrschst. Von meinem Anteil bezahle ich Jacques tausend dafür, dass er dich mir vorgestellt hat.«

Er konnte sich diese große Summe kaum vorstellen. Zweihunderttausend aus einem einzigen Job. Aber das bedeutete noch lange nicht, dass er sich mit dem ersten Angebot zufriedengeben würde.

»Ich erledige den eigentlichen Job, trage das Risiko. Wir teilen gleichmäßig – du behältst die Anzahlung.«

Sebastien schnaubte. »Ich habe dreißig Jahre Erfahrung und schon fast ein Jahr Arbeit in die Sache investiert. Ich habe die Ausrüstung. Fünfundsiebzig zu fünfundzwanzig.«

»Ich habe zwei gesunde Knöchel, und dir läuft die Zeit davon. Sechzig zu vierzig.«

Er war mehr als bereit, sich auf siebzig zu dreißig einzulassen, zuckte jedoch nicht mit der Wimper, als Sebastien die Hand ausstreckte.

»Abgemacht.«

Silas ergriff sie, und der nächste Abschnitt seiner Reise begann.

7

Als er am nächsten Abend zum Essen zu Sebastien ging, hatte Silas *über* Turner ebenso gründlich recherchiert wie den Raub 1983, bei dem die Tate Gallery um *Sonnenaufgang über der Themse* erleichtert worden war.

Er hatte auch Jacques und Dauphine über Sebastien ausgefragt.

Jacques nannte ihn so solide, zuverlässig und aufrichtig, wie man als Dieb und Krimineller nur sein konnte. Dauphine bezeichnete ihn als charmanten Schurken, dem weder Frauen noch verschlossene Türen etwas entgegenzusetzen hatten.

Silas überlegte, was er mit einem Honorar knapp unter einer halben Million anfangen konnte. Er konnte aufs College gehen, er konnte reisen. Er konnte bessere Ausrüstung für seine nächtliche Arbeit kaufen. Und wenn der Volvo den Geist aufgab, konnte er sich ein neues Auto zulegen. Ein großes, schickes Haus wollte er nicht, aber er konnte Mags Geld geben, falls sie eines wollte.

Aber weil zehn Jahre Erfahrung ihn gelehrt hatten, nie mit etwas zu rechnen, was er noch nicht besaß, musste er sich zuerst einmal vorbereiten und lernen.

Er nahm eine Flasche Wein mit, weil sich das so gehörte, und dachte, wie froh er doch sein konnte, dass er niemanden dafür bezahlen musste, ihm eine mitzubringen.

Sebastien lebte im Bayou, aber nicht, wie Silas erwartet hatte, in einem kleinen Schuppen oder einer Hütte. Er hatte ein gemütliches Häuschen mit weißen Wänden und hellroten Fensterläden, umgeben von Blumen mit Blick auf das Wasser und die Zypressenstümpfe, die daraus ragten. An einem kurzen Steg schaukelte ein Boot. Das Cottage verfügte über eine Veranda mit zwei Schaukelstühlen an einem quadratischen Tisch. In der Brise klimperten Windspiele. Auf dem Kiesplatz zwischen Haus und Schuppen stand ein roter Pick-up. Aus den offenen Fenstern des Cottage drang laute Musik, und der Hund bellte sich die Seele aus dem Leib.

Einen Moment lang blieb Silas stehen, bewunderte das Wasser, die Schatten und das Licht. Der knotige Rücken eines Alligators glitt vorbei.

»Oh, Shit! Heilige Scheiße!« Er wich ein paar Schritte zurück, dann drehte er sich um, trat auf die Veranda und klopfte.

»Komm herein, putz dir aber vorher die Schuhe ab. *Ferme ta bouche,* Bluto.«

Der Hund hörte auf zu bellen, als Silas eintrat, kam aber sofort angerannt, um an seinen Schuhen zu schnüffeln und ihn feindselig anzustarren.

Er fand das Cottage gemütlich, seine Mom hätte es jedoch sicher als unaufgeräumt bezeichnet.

Die Wände waren sicher aus Zypresse und verziert mit Treibholzkunst, einer Kuckucksuhr sowie Bleistift-Aktzeichnungen. Vom Wohnraum aus mit seinem hellblauen Sofa und den hellroten Sesseln ging es direkt in die Küche, wo Sebastien stand, eine Schürze über seiner Baggy Jeans und seinem T-Shirt.

»Du hast Glück, *cher*. Ich habe vor einer Stunde ein paar schöne Welse gefangen. Ich brate sie uns. Sie passen bestimmt gut zu meinem Kartoffelsalat und dem gebratenen Okra.«

Der Hund rannte zu einem Körbchen voller Bälle, Kauknochen und den zerfetzten Resten von Kuscheltieren. Er nahm einen von den Kauknochen und sprang damit auf einen Stuhl. Dann starrte er Silas auffordernd an.

»Was hast du da?«

»Wein, einen Shiraz, aber ich glaube, zu Fisch muss man Weißwein trinken.«

»Das ist diesen Welsen egal. Bring die Flasche her, damit wir sie öffnen können.«

Er betrat eine Küche, in der Töpfe und Geräte an der Wand hingen. Auf offenen Regalen drängten sich Flaschen und Dosen. Teller und Gläser stapelten sich in Schränken mit Glastüren. Ein Strauß Wiesenblumen prangte auf dem quadratischen Küchentisch.

Sebastien bestrich die Filets mit Gott weiß was, aber der Duft stieg Silas in die Nase.

»Der Korkenzieher hängt da an der Wand, Gläser sind dahinten.«

Während Silas die Weinflasche öffnete, wusch Sebastien seine Hände in der tiefen Spüle, dann stellte er die Musik ein wenig leiser.

»Ich habe da draußen einen Alligator gesehen. Im Wasser, aber direkt an deiner Anlegestelle.«

»Wahrscheinlich Pierre. Er schwimmt abends gerne herum.«

Wie mochte jemand, der einem Alligator einen Namen gab, wohl als Partner sein?

»Der könnte deinen Hund mit einem einzigen Biss verschlucken.«

»Bluto eignet sich nicht als Futter. Und er hat ein Amulett am Halsband, das Krokodile abwehrt.«

»Okay.«

Sein komischer kleiner Hund lag ihm nicht, dachte Silas.

Und trotz der Tatsache, dass er ihn wahrscheinlich mit einem einzigen Tritt fünfzig Meter weit fliegen lassen könnte, wenn nötig, jagte ihm Bluto Angst ein.

»Hast du schon viele so große Jobs gehabt?«

»Hin und wieder.« Sebastien trank einen Schluck Wein, dann holte er zwei Eier aus einem schneeweißen Kühlschrank und begann, sie in einer Schüssel zu schlagen.

»Jacques sagte, du bist nie erwischt worden.«

»*Mais* …« Er begann, Okraschoten aufzuschneiden. »Nur einmal. Ich muss ungefähr in deinem Alter gewesen sein und habe mit meinem Cousin mütterlicherseits, Louie, zusammengearbeitet. Wir haben ein paar Klunker aus einem schicken Haus in Metairie auf die Reise geschickt. Louie ist nicht der Intelligenteste, aber er gehört zur Familie. Und dieser Junge wandert in dem schicken Haus herum und weckt den Mann, dem es gehört, und dieser Mann hat ein Gewehr.« Während er die Geschichte erzählte, wendete Sebastien die Okrascheiben in dem Ei. »Ich konnte abhauen. Der Gewehrmann schnappte Louie, und der Junge ist zwar nicht besonders schlau, aber er erwähnt mich mit keinem Wort. Doch ich kann ja nicht gut weglaufen und Louie den Bruch in die Schuhe schieben, also komme ich mit erhobenen Händen zurück. Louie und ich haben sechs Monate gesessen.« Erneut griff er zu seinem Weinglas. »Und das, *mon ami*, war das letzte Mal, dass ich mit einem Partner gearbeitet habe. Bis heute. Ich glaube allerdings, dass du ein besonders kluges Köpfchen hast.«

»Was ist aus Louie geworden?«

Sebastien lächelte, als er zwei gusseiserne Pfannen von der Wand nahm. »Der Junge hat geheiratet und einen Job auf einem Krabbenkutter gefunden. Er hat fünf Kinder und mittlerweile drei Enkel.«

»Wenn du solche Aufträge hast, warum wohnst du dann hier? Es ist hübsch hier, aber bei deinem äh Einkommen könntest du leicht irgendwo anders leben.«

»Vielleicht in einem großen, schicken Haus, in das jemand anderer gerne einbrechen würde?«

»Niemand kennt sich mit Sicherheitsanlagen besser aus als ein Dieb.«

Sebastien stieß einen Pfiff aus. »Du triffst den Nagel auf den Kopf. Hier ist mein Zuhause. Ich bin im Bayou geboren. Du kennst doch den Song.«

»Nicht, bis ich hierherkam.«

»Mein Blut ist hier. Mein Herz. Kein anderer Ort auf der Welt berührt mich so. Ich habe dieses Haus gebaut.«

»Im Ernst?«

»Mit meinen eigenen Händen. Die Familie hat mir dabei geholfen, wie es sich gehört, aber es ist so sehr mein Haus, wie es nirgendwo anders sein könnte.«

»Wirklich gute Arbeit. Ich habe einen Freund, dessen Vater Schreiner ist, deshalb verstehe ich ein bisschen was davon. Wenn du so bauen kannst, warum stiehlst du dann?«

»*Cher,* du bist so schlau und stellst so dumme Fragen. Ich habe den *envie*, genau wie du.«

»Bei mir geht es nicht um Neid.«

»*Non, non, envie*. Der Hunger. Ich verspüre ihn, wenn ich darüber nachdenke, die einzelnen Schritte plane, wie es sich anfühlt, wenn du dich durch die Dunkelheit bewegst. Du willst es nur aus Gier haben, einen anderen Grund gibt es nicht, und die Gier treibt dich an.«

Das kannte Silas auch, genau dieses Gefühl. *Envie,* dachte er. Er kannte den Hunger.

»Und ich habe drei Töchter. Meine süßen Mädchen, und die drei Ex-Frauen, mit denen ich sie gemacht habe. Ich sorge dafür, dass sie ein gutes Leben, eine gute Ausbildung bekommen.«

»Drei Ex-Frauen.«

Sebastien holte eine Schüssel heraus, gab Maismehl hinein und fügte Salz, Pfeffer und etwas aus einer seiner Dosen hinzu. »Ich liebe Frauen. Ich liebe alles an ihnen. Jede Größe, jede Figur, die Reichen, die Armen, die Klugen, die nicht so Klugen.« Während er redete, gab er Öl in eine Pfanne, schaltete den Herd an und zog die mit Ei durchweichten Okrascheiben durch das Maismehl. »Sie duften so gut, schmecken gut, fühlen sich gut an. Mmmmm ... Es gibt nichts Besseres als Frauen. *Elles sont belles*. Ich sage mir, diese wirst du nicht heiraten, Sebastien, aber dann tue ich es doch. Ich bin ein guter Liebhaber, ich habe meinen Teil zu diesen wunderschönen Mädchen beigetragen, und ich bin ein guter Daddy, aber ein *mari*?« Er hob eine Hand, die Finger bedeckt mit feuchtem Maismehl, und wackelte damit. »Aber wir bleiben Freunde, weil wir diese Schätze haben, die wir gemacht haben.« Er ließ die Scheiben in das heiße Öl gleiten. Ihr Brutzeln erfüllte den Raum mit Rauch. »Stell die Teller auf den Tisch. Das hier dauert nicht lange. Ich muss die Fische fertigmachen.«

Silas kam es komisch vor, auf diese Art Geschäfte zu machen, aber er deckte den Tisch. Auf Sebastiens Aufforderung hin holte er eine Schüssel mit Kartoffelsalat aus dem Kühlschrank. Als der Hund angerannt kam und aufgeregt auf der Stelle tanzte, füllte Sebastien eine rote Schüssel mit Hundefutter und schnitt eine Portion von dem geschwärzten Fisch ab, die er daruntermischte.

Sie saßen in der Küche, durch die offenen Fenster drangen die Geräusche des Bayou. Silas nippte noch an seinem ersten Glas Wein, während Sebastien schon beim zweiten angekommen war.

»Du bist vorsichtig mit dem Wein, oder?«

»Ich muss noch fahren.«

Sebastien tippte sich mit dem Finger an die Schläfe. »Es ist gut, klug und vorsichtig zu sein. *Mange.*«

Silas probierte zuerst den Fisch. Er war scharf, schmeckte aber verdammt gut. »*C'est bon. Très bon.*« Alles war scharf, entdeckte Silas, aber eben auch sehr lecker.

»Ein Mann ohne Frau, der nicht kochen kann, hat Hunger«, sagte Sebastien. »Ich habe nicht gerne Hunger. Jacques sagt, du machst gute Fortschritte beim Französisch, und du kannst auch Spanisch.«

»Highschool-Spanisch, aber mir reicht es. Im Moment lerne ich Italienisch.«

»Warum lernst du das alles?«

»Ich nehme an, ich habe einfach *envie* auf Sprachen. Und sie sind ein Werkzeug, mit dem du jemanden hereinlegen kannst.«

»Hereinlegen? Ah, *oui*, wie eine Verkleidung?«

»Ja, genauso.«

Sebastien trank, aß und musterte seinen potenziellen Partner. »Wie hast du mit dieser Arbeit angefangen?«

»Hat Jacques es dir nicht erzählt?«

»Er sagt, es ist deine Geschichte. Du kannst sie mir erzählen, wenn du willst. Wir haben einen *veiller.*«

»Was?«

»*Veiller* ist ... mit Freunden reden, einfach nur quatschen.«

Der Hund hatte aufgefressen und stieß die Hintertür auf, um nach draußen zu gehen. Silas dachte, dass er für ein Krokodil nicht nur ein Snack wäre.

»Meine Mom wurde krank, und die Rechnungen stapelten sich. Arztrechnungen, aber auch Hypothekenzahlungen und all das. Meine Tante und ich haben das Geschäft am

Laufen gehalten – sie hatten eine Reinigungsfirma –, aber nur wir zwei konnten nicht genug schaffen, und ich hatte Schule. Also.«

»Ein Sohn kümmert sich um seine Mama, sonst ist er kein Sohn. Geht es ihr besser?«

Silas schüttelte den Kopf. »Zuerst ging es ihr besser, dann wurde sie wieder krank, dann wieder besser, wieder krank. Sie ist letztes Jahr gestorben.«

Sebastien machte das Kreuzzeichen und legte eine Hand auf sein Herz. »Ich zünde eine Kerze für sie in der Kirche an.«

»Du gehst in die Kirche?«

»Manchmal gehe ich in die Kirche, manchmal ist der Bayou meine Kirche. Engel sind überall, wenn du genau hinsiehst. Womit hast du angefangen? Schlösser geknackt?«

»Taschendiebstahl.«

»Ha. Bist du gut darin?«

»Ja.«

»Ich kann das nicht. Ich bin gut in Schlössern.« Er klopfte sich auf die schmale Brust. »Ich kann jedes Schloss dazu überreden, dass es für mich aufgeht. Mittlerweile sind sie digital, aber das hält mich nicht ab. Der Mann mit dem Gemälde lebt in einem großen alten Plantagenhaus. Er hat Dienstboten und Leute, die den Rasen mähen und so. Er behandelt sie nicht gut, bezahlt sie nicht fair, so viel kann ich dir sagen. Betrügt seine Frau. Ich hatte drei Frauen, und ich habe keine von ihnen betrogen. Wenn du Frauen liebst, hast du Respekt. Ein Mann, der betrügt, ist kein Mann.«

»Spielt es für dich eine Rolle, ob das Opfer ein guter Mensch ist oder nicht?«

Sebastien zuckte mit den Schultern. »Der Job ist so, wie er ist. Aber es ist *lagniappe*, wenn es um ein Arschloch und einen Betrüger geht.«

»Ein kleines Extra.«

»*Mais oui.* Kannst du tanzen, *garçon*?«

»Tanzen. Ja. Warum?«

»Die Damen mögen einen Mann, der tanzen kann – das ist das eine. Tanzen hat viel mit Anmut, Rhythmus und Balance zu tun. *Tu saisis*?«

»*Oui.*«

Sebastien tippte mit seinem Stiefel auf den Boden. »Damit kann ich nicht tanzen, und für so einen Job braucht man Anmut, Rhythmus und Balance. Mit dem Schuh stampfe ich nur, ich gleite nicht. Dieser Mann, der seine Frau betrügt und hart zu denen ist, die für ihn arbeiten, hat ein Haus mit vielen Türen und Fenstern. Viele Schlösser und alle mit Alarmanlagen gesichert, *tu vois.*«

»Wenn ich weiß, welches System es ist, kann ich es knacken.«

»Es ist ein sehr gutes System, aber, wie wir wissen, ist nichts perfekt. *Mais,* drinnen, dieser Raum, in dem er das Gemälde aufbewahrt – und andere wertvolle Dinge –, ist auch alles gesichert. Es ist wie ein Tresorraum in dem großen Arbeitszimmer, das er dort hat. Es wird nur zum Putzen geöffnet. Und er ändert den Code jeden Tag – so hat man mir gesagt.«

»Man muss also in Einzelschritten vorgehen. Die Alarmanlage für das Haus – Kameras?«

»*Bien sûr.*«

»Okay. Die Anlage für das Haus, dann für das Arbeitszimmer und schließlich für den Tresorraum. Und alles wiederherstellen.«

»Wiederherstellen?«

»Ich verlasse einen Ort immer so, wie er vorher war. Ich stelle die Alarmanlagen wieder ein. Warum soll jemand sofort wissen, dass ich da gewesen bin?«

Sebastien lehnte sich zurück. »Das ist ja clever. Man braucht zwar etwas länger, gewinnt vielleicht aber auch Zeit. Alles so, wie es war. Außer einer Sache. Das Gemälde ist auf Reisen.« Mit einem Nicken erhob er sich. »Komm. Ich zeige dir, was wir haben.«

Er führte ihn durch einen kurzen Flur in sein Schlafzimmer, in dem auch Blutos Hundekörbchen stand. Auch hier hingen Bleistiftzeichnungen an den Zypressenwänden – Bayou-Szenen und Frauengestalten. In einer Ecke standen ein Holzsessel und eine Stehlampe. In den Regalen Bücher und Nippes.

Sebastien trat zu der Skizze einer üppig gebauten Frau, die hinter einem Vorhang aus Spanischem Moos stand. Sein Finger glitt hinter den Rahmen. Und die Wand schob sich zur Seite.

»Eine Taschenschiebetür. Das Scharnier siehst du nur, wenn du weißt, wo du hingucken musst.«

Beeindruckt betrachtete Silas den etwa sechs Quadratmeter großen Raum.

Auf einem schmalen Schreibtisch stand ein Hochleistungscomputer. Dahinter hing eine Tafel mit Schaubildern für den anstehenden Job, wie Silas vermutete. Ein Plan des Hauses, Zeitpläne, Namen, Daten, ein Foto des Gemäldes, weitere Fotos von dem Plantagenhaus, dem Grundstück und den Außengebäuden. Und, was faszinierend war, ein Foto von einer Tresortür.

»Wie bist du denn daran gekommen?«

»Das ist nicht seine Tresortür, nur das gleiche Modell.«

»Damit habe ich noch nie gearbeitet.«

»Es gibt immer ein erstes Mal.«

Er trat näher und stellte fest, dass auf den Regalen in dem verborgenen Raum Werkzeuge lagen, wie sie in ihrer Branche üblich waren. Dietriche, Bohrer, Stethoskope, Fernbedienungen und Handys, die für den Einsatz an digitalen Alarmsystemen konvertiert werden konnten – oder es schon waren. Dazu Handschuhe, Überziehschuhe aus Papier, Skimasken. Ein beängstigend aussehender Greifhaken. Nylonseil, Glasschneider.

»Gib mir den Stuhl«, sagte Sebastien, als er den Computer hochfuhr. »Ich habe schon viel zu lange auf diesem verdammten Fuß gestanden.«

Als Silas den Holzstuhl holte, kam Bluto herein, lief direkt zu seinem Körbchen, setzte sich und starrte Silas feindselig an.

»Normalerweise mögen Hunde mich.«

»Er mag dich auch, sonst würde er knurren. Er zeigt dir nur, wer hier der Hauptthund ist. Jeder Ort hat eine Schwachstelle«, begann er.

Zu Silas' Erstaunen erschien das Haus auf dem Monitor. Mithilfe der Maus drehte es sich um die eigene Achse.

»Das ist richtig cool.«

»Du musst dich dem Lauf der Welt anpassen. Siehst du das hier?« Er tippte mit dem Finger auf zwei Terrassentüren. »Hier gehst du hinein.«

Sie verbrachten zwei Stunden mit den Grundlagen, bevor Sebastien sagte, es sei Zeit für einen Kaffee und eine Pause zum Sonnenuntergang auf der Veranda.

Silas hatte nicht viel übrig für Kaffee, aber er genoss es, wie das rote und goldene Licht über dem Fluss hinter den Zypressen ineinander verschmolz. Eulen riefen, Insekten summten, Frösche quakten, im Wasser spritzte es auf.

»Der Bayou macht Musik, die ganze Nacht lang.«

Für einen Jungen aus der Stadt eine seltsame, aber anziehende Musik, musste Silas zugeben. »Besonders viel Sicherheit gibt es hier nicht.«

»Ich habe dieses wilde Tier.« Sebastien wies auf Bluto, der zu seinen Füßen schnarchte. »Und da drüben wohnen Pierre und seine Familie. Vielleicht ist dir ja auch dieser kleine Buckel aufgefallen, als du hergekommen bist? Das ist Druckalarm. Ich weiß immer, wenn jemand kommt. Aber ich bin hier geboren und aufgewachsen, meine Familie ist hier, und die Leute kennen mich. Hier im Bayou legt sich niemand mit mir an. Und auch die Bullen haben keinen Grund, hier herumzuschnüffeln. Und wenn, gibt es nichts zu sehen. Nur einen Mann mit seinem Hund, der Gemüse anbaut und ab und zu ein paar Jobs annimmt. Ich breche nie in ein Haus ein, für das ich arbeite.«

»Das habe ich auch nie getan, als ich noch geputzt habe.«

Nach der Pause arbeiteten sie noch bis Mitternacht und gingen die einzelnen Schritte durch, die Alarmanlagen, die Haushaltsabläufe. Sie hatten keinen Hund – immer ein Plus –, nur eine Katze. Oder eine *minou*, wie Sebastien sagte.

Neben der Katze gab es noch den Mann, seine Frau, zwei Kinder – ein zwölfjähriger Junge, ein achtjähriges Mädchen. Außerdem wohnten die Haushälterin und ihr Mann dort.

Als Silas nach Hause fuhr, den Kopf und die Augen weit offen von der Tasse Café noir, die Sebastien ihm aufgedrängt hatte, kannte er die Namen und Zimmer der Hausbewohner, die Entfernung vom Eingang zum verschlossenen Büro und die Entfernung von der Zimmertür zum Tresorraum. Er kannte das Sicherheitssystem des Hauses, und da er mit so einem schon einmal gearbeitet hatte, überkamen ihn keine Bedenken. Auch die verschlossene Bürotür bereitete ihm keine großen Sorgen. Aber der Tresorraum? Das war neu und komplex für ihn. Und er hatte nur ein paar Tage Zeit, um sich in seine Geheimnisse und komplizierten Abläufe einzuarbeiten.

Aufgeputscht vom Kaffee, arbeitete er noch weitere zwei

Stunden in seiner Wohnung, machte sich seine eigenen Notizen und Zeitplan, übte mit der gefälschten Fernbedienung, die Sebastien ihm geliehen hatte. Und er übte an seinem Kombinationsschloss.

Der Tresor verfügte maximal über eine Neun-Zahlen-Kombination, und er war sich mit Sebastien einig, dass das Opfer alle neun eingesetzt hatte.

Zeitraubend.

Eine Drei-Zahlen-Kombination schaffte er bei den meisten Jobs mittlerweile in weniger als fünfzehn Minuten. Neun Zahlen würden die Zeit nicht einfach verdreifachen, das war ihm klar. So ein komplexes Problem würde höchstwahrscheinlich mindestens noch eine weitere Stunde bedeuten. Es sei denn, er hätte echt Glück. Er plante zwei Stunden für den Einbruch in den Tresor ein. Herein und heraus in drei bis dreieinhalb Stunden, um auf der sicheren Seite zu sein, berechnete er.

Das war länger, als er jemals riskiert hatte, aber das war auch die größte Summe, die er jemals anvisiert hatte.

Als er schließlich ins Bett ging, träumte er von endlosen Zahlenkombinationen und dem befriedigenden Klick, Klick der Schließzylinder.

Seine wöchentliche Französischstunde und den Sex mit Dauphine ließ er ausfallen, um seine Zeiten weiter zu verbessern. In einer Stadt, in der Essen eine Religion war, ernährte er sich von Tiefkühlpizza, damit ihn nichts ablenkte. Mit Metallteilen, die er sich auf einem Schrottplatz besorgt hatte, baute er die Tresortür nach und verbrachte dann Stunden damit, das Kombinationsschloss immer wieder neu einzustellen. Nach zwei Nächten hatte er seine durchschnittliche Zeit auf siebenundsechzig Minuten, zwölf Sekunden heruntergeschraubt.

Er beschloss, noch besser zu werden.

Er kaute Doritos und studierte die Sicherheitsschemata.

Er stemmte Gewichte, trank Gatorade und ging jeden Schritt, jede einzelne Bewegung in seinem Kopf durch.

Als der Abend kam, sagte er sich, er sei bereit. Er rief sich ins Gedächtnis, dass ein Job nur ein Job war, eine Reihe von Schritten nach sorgfältiger, konzentrierter Vorbereitung.

Er ließ sein Auto an Sebastiens Cottage stehen und stieg zusammen mit dem Hund in den Pick-up.

»Ich setze dich an der Stelle ab, die ich dir im Vorbeifahren gezeigt habe, und du rennst hin. Um diese Uhrzeit ist kaum Verkehr auf der Straße, aber wenn du ein Auto kommen siehst, dann …«

»… gehe ich von der Straße runter«, ergänzte Silas den Satz. »Wenn ich fertig bin, schalte ich mein Handy wieder ein, schreibe dir, und du holst mich da ab, wo du mich abgesetzt hast.«

»Hast du einen kühlen Kopf, *mon ami*?«

»Ja, alles klar, ich weiß, was ich zu tun habe«, fügte er hinzu. »Wenn wir es zu oft durchgehen, bin ich übervorbereitet. Ich weiß Bescheid.«

Die feuchte, mondlose Nacht wirkte sich zu seinen Gunsten aus. Es würde zwar Sicherheitsbeleuchtung auf dem Grundstück geben, aber die konnte er leicht umgehen. Und so wie er es sah, würden bei der Hitze die Fenster geschlossen sein und die Klimaanlagen brummen.

Um ein Uhr morgens in einer heißen Sommernacht würde der gesamte Haushalt tief und fest schlafen. Und wenn nicht, musste er denjenigen einfach nur aus dem Weg gehen, die keine Nachtruhe fanden. Wenn er seine Übungszeit einhielt, würde er in zwei Stunden fertig sein. Und auch bei Komplikationen würde er immer noch wieder im Pick-up sein, bevor sich der erste Frühaufsteher regte.

Sie begegneten keinem anderen Auto auf der dreispurigen Straße.

Als Sebastien an den Straßenrand fuhr, warf er Silas einen langen, letzten Blick zu. »*Bonne chance!*«

Silas nickte, stieg aus, schaute auf die Uhr. Und rannte los.

Groß und trainiert, wie er war, ganz in Schwarz gekleidet, legte er die fünfhundert Meter rasch zurück, dann blieb er im Schutz der Bäume stehen, um das Haus zu betrachten.

Die erwarteten Sicherheitslampen beleuchteten den üppigen Rasen, tauchten das hängende Moos in silbriges Licht. Die Kutschenlampen zu beiden Seiten der breiten Eingangstür warfen ihren Schein über die lange Veranda mit ihren dicken Säulen.

Doch hinter den vielen Fenstern war es dunkel.

Im Schatten der Bäume und Sträucher behielt er die Fenster bei jedem seiner Schritte im Auge, als er um das Haus herum zur Seite huschte, wo sich die Schwachstelle befand, die Sebastien ihm gezeigt hatte.

Rosen, Lilien und der Sommerduft des üppigen Grüns parfümierten die Luft, als er das einfache Schloss unter dem schmiedeeisernen Türgriff knackte. Im Frühstückszimmer, wie sie es wahrscheinlich nannten, ging er direkt zur Alarmanlage. Der erste Test, dachte er, um zu sehen, ob Sebastien wusste, was er mit dem selbst gemachten Lesegerät anstellen konnte. Sekunden vergingen, während die Zahlen auf dem Display aufleuchteten. Im schlimmsten Fall würde er abhauen.

Aber der Code blinkte grün.

Leise schloss er die Tür wieder. Auch hier duftete die Luft. Nach Blumen und Zitronen. Er stand ganz still da, mit geschlossenen Augen, um sein Gehör zu schärfen.

Den Grundriss hatte er im Kopf, und so bewegte er sich aus

dem Zimmer, lief nach rechts und quer durch die Eingangshalle mit ihrer anmutig geschwungenen Freitreppe in der Mitte. Er bewegte sich schnell und leise, nach links, an einem weiteren Raum vorbei, dem Billardsalon, zur verschlossenen Tür des Arbeitszimmers.

Als er seine Dietriche herausholte, huschte etwas um seine Beine und erschreckte ihn so, dass er fast aus den Chucks sprang.

»Miau«, kam es von der orangefarbenen Katze. Obwohl sie süß aussah, fasste Silas sie nicht an. Er gab sich zehn Sekunden, um sein Gleichgewicht wiederzufinden, dann knackte er das Schloss.

Die Katze schlüpfte hinein, bevor er sie daran hindern konnte. Sie sprang auf das portweinrote Ledersofa und legte sich auf die Armlehne. Würde er sie rauswerfen, würde sie vielleicht an der Tür kratzen, miauen oder sonst etwas tun, um jemanden aufzuwecken.

Silas schloss die Tür und betrachtete den Tresor. In echt sah er beeindruckender aus, einen Meter breit und zweieinhalb Meter hoch, aus grauem Gussmetall. Von den Plänen wusste er, dass er fast dreißig Jahre alt war. Er trat näher und legte eine behandschuhte Hand auf die kühle Metalloberfläche. Dann schaltete er seine Stoppuhr ein und machte sich an die Arbeit.

Die Katze beobachtete ihn schnurrend. Er schätzte die Entfernung zum Fenster – die einzige Fluchtroute, wenn jemand hereinkam.

Doch dann blendete er alles aus.

Er arbeitete sorgfältig, genauso wie bei seinem ersten – und rückblickend unglaublich einfachen – Safe, den er geknackt hatte. Bei jedem Klicken verspürte er stille Befriedigung. Er hatte sich darauf trainiert, das Diagramm im Kopf zu sehen, stellte seine Berechnungen an und machte weiter. Er hielt inne, als er plötzlich ein Knacken hörte. Er wartete und wartete, aber es knackte nicht noch einmal. Alte Häuser hatten ihre nächtlichen Geräusche, das wusste er.

Als er den Hebel ergriff, hielt er den Atem an. Mathematik log nie, aber von Menschenhand angestellte Berechnungen konnten sich manchmal irren.

Der Hebel bewegte sich widerstandslos, und als er kräftig daran zog, öffnete sich die Tresortür. Er drückte auf die Stoppuhr. Genau fünfzig Minuten. Später, so versprach er sich, würde er seine persönliche Bestzeit feiern.

Mit der Taschenlampe leuchtete er in den Innenraum. Zweimal so breit wie die Tür, stellte er fest, und ausgestattet mit einem Ledersessel und einem Kommodentisch, auf dem eine Kristallkaraffe und ein Glas standen – sah alles antik aus. Der Raum war dekoriert mit Statuen – aus Bronze, Marmor, Stein –, die auf Podesten thronten. In breiten Regalen standen kleinere Statuen, Auslagekästen mit Edelsteinen und etwas, was er für Mondgestein hielt. Ein verziertes Ei – möglicherweise Fabergé –, ein Paar Duellpistolen. An den Wänden hingen Gemälde. Das Porträt einer jungen Frau im Profil, eine Landschaft mit Hügeln und Bäumen im Herbst, ein Aquarell, ein abstraktes Bild, das ihm nichts sagte.

Und der Turner, das kleine Juwel in Gold- und Rottönen, mit leichtem Anklang von Blau.

Er war ganz anders als auf den Fotos, die er studiert hatte. Er war so viel mehr. Er lebte, bewegte sich, atmete. Silas konnte *fühlen*, wie die Sonne über der Stadt, über dem Fluss zum Leben erwachte, und er gelobte sich, eines Tages dorthin zu fahren, damit er es selber sehen konnte. Es kam ihm so vor, als ob das Gemälde glühte, als er es ganz vorsichtig – andächtig – von der Wand nahm.

Eigentlich sollte er es aus dem Rahmen schneiden, die Leinwand aufrollen und verschwinden.

Aber das konnte er nicht, nicht mehr, wo er die Pinselstriche sehen, die Brillanz spüren konnte. Da er nicht genau wusste, wie er es am besten aus dem Rahmen herausnehmen sollte und auch keine Zeit hatte, um es sich zu überlegen, beschloss er, es so mitzunehmen, wie es war.

Obwohl er gerne die anderen Schätze im Tresorraum näher betrachtet hätte – er verspürte den *envie* –, widerstand er der Versuchung. Er trat aus dem Tresorraum und begann langsam, die schwere Tür zu schließen, als er bemerkte, dass die Katze nicht mehr auf der Couch lag.

»Scheiße.«

Er suchte sie, dann hörte er ihr Schnurren. Die Katze hatte es sich im Sessel ihres Herrchens in seinem privaten Museum gemütlich gemacht. Silas packte sie unter den Arm, schloss die Tür und stellte das Zahlenschloss wieder auf die Zahlen ein, die er vorgefunden hatte.

Vor dem Büro setzte er die Katze zu Boden und schloss die Tür, bevor sie wieder hineinhuschen konnte. Und schloss wieder ab. Er hörte sie hinter sich miauen, augenscheinlich ein wenig verwirrt.

Er stellte die Alarmanlage wieder an, schloss die Seitentür ab und lief zur Straße in den Schutz der Bäume, bevor er stehen blieb, um Sebastien eine Nachricht zu schicken. Dann lief er zurück zu der Stelle, wo der Pick-up ihn abholte.

Silas überprüfte die Zeit und lächelte. Rein und raus in zweiundsiebzig Minuten.

8

Er kannte das Geräusch von Sebastiens Pick-up, hielt sich aber im Schatten, bis er sah, dass er an den Straßenrand fuhr und anhielt.

»Schnelle Arbeit«, sagte Sebastien, als Silas die Beifahrertür öffnete. »Was bringst du da mit? Hast du es etwa im Rahmen gelassen?«

»Ich konnte die Leinwand auf keinen Fall mit dem Messer zerschneiden. Mann, sieh es dir doch an.«

Sebastien verdrehte die Augen. »Wir können es uns später ansehen. Und lass uns besser mal hoffen, dass uns keine Bullen begegnen, die mit uns plaudern wollen, während du das Ding da auf dem Schoß hältst.«

Er fuhr wieder auf die Straße, und Silas blickte auf das Gemälde.

»Verlieb dich bloß nicht. Das gehört jetzt meinem Klienten.«

»Ich kann mich verlieben und trotzdem meinen Job machen.«

»Gab es irgendwelche Probleme da drinnen?«

»Die Katze kam mir entgegen. Ich hätte sie fast im Tresor eingeschlossen, bevor ich gemerkt habe, dass sie hineingelaufen war. Nette Mieze.« Er rutschte ein wenig zur Seite, da Bluto – der offensichtlich die Katze roch – ihn intensiv beschnüffelte.

»Sonst war nichts. Du hattest recht mit der Seitentür. Ich

hätte wahrscheinlich mit einem Klebestreifen reingekonnt, und dein Lesegerät ist in Ordnung. Du musst mir unbedingt beibringen, wie man sich so was bastelt.«

»Mache ich. Jetzt gleich?«

»Ja. Mit ein bisschen Zeit könnte ich es selber herauskriegen, aber du weißt es ja schon. Ich werde auf jeden Fall noch mehr Elektronik- und IT-Kurse machen. Ich weiß schon, wie man hackt, aber ich muss meine Kenntnisse vertiefen.«

»Wie lange hast du gebraucht, um in den Tresorraum zu kommen?«

»Exakt fünfzig Minuten. Da werde ich auch noch besser werden. Sebastien, der Tresorraum ist voll von Kunst, Edelsteinen und Antiquitäten. Er hat einen fetten Ledersessel darinstehen, damit er dasitzen und alles bewundern kann. Alles weggesperrt, nur für ihn.«

»Leute wie er halten uns im Geschäft.«

»Wenn ich mir jemals so etwas kaufe, also richtig für mich, dann hänge ich es offen an die Wand. Dieser Klient von dir, hat der auch so einen Raum?«

»Mein Klient hat sich einen Raum bauen lassen, neben dem der Tresorraum, den du gesehen hast, aussieht wie eine Besenkammer.«

»Ich kapiere nicht, warum solche Leute etwas so Schönes haben wollen, und dann sieht es niemand außer ihnen.«

»Das brauchst du auch nicht zu verstehen. Wie ich sagte, sie halten uns im Geschäft.« Als er in den Bayou einbog, warf er Silas erneut einen Blick zu. »Sie haben keine Seele, *tu saisis*? Sie sehen nicht, was du in einem solchen Bild siehst. Sie wollen es nur besitzen, *c'est tout.* So als ob du eine Frau im Dunkeln vögelst, ohne sie zu kennen, sie zu sehen, sie zu fühlen oder etwas für sie zu empfinden. Es geht nur um den Besitz, nicht um die Seele.« Er hielt vor seinem Haus. »Alles

Geld dieser Welt – und sie haben das meiste – wird ihnen diese Seele nicht kaufen. *Mais*, sie wollen einfach die nächste Sache haben, weil sie nie das sehen, was du siehst.«

Sie stiegen aus, und Silas warf einen letzten Blick auf den Turner, bevor er ihn Sebastien reichte.

»Willst du noch einen Drink? Du hast ihn dir verdient.«

»Nein, es ist schon spät. Es gibt einen Sommerkurs, den ich gern belegen möchte.«

»Dieses Gehirn hört nicht auf zu denken. Ich rufe den Klienten morgen früh an und nehme das Gemälde auf den Rest seiner Reise mit. Also überweise ich dir morgen oder auch erst in einem oder zwei Tagen, wenn er noch nicht so weit ist, deinen Anteil auf die Konten, wie du es wolltest.«

»Okay.«

»Ich werde dich nicht betrügen.«

»Davon bin ich nie ausgegangen. Außerdem weiß ich ja, wo du wohnst.« Er blickte zu Bluto herunter. »Und auch dein kleiner Hund.«

Sebastien schlug ihm auf die Schulter. »Vielleicht arbeiten wir irgendwann noch einmal zusammen.«

»Vielleicht.«

»*Bonne nuit, mon cher ami.*« Sebastien humpelte zum Haus.

»*Bonne nuit.*«

Silas stieg in sein Auto und machte sich auf den Weg zurück in sein Viertel. Während er durch die heiße, stille Nacht fuhr, wurde ihm klar, dass der größte Kick der Nacht nicht die tolle Summe war, die er verdient hatte. Und auch nicht die Tatsache, dass er den Tresor in exakt fünfzig Minuten geknackt hatte.

Der wahre Kick war gewesen, dieses Wunder in den Händen gehalten und in sein Herz geschaut zu haben.

Um Viertel nach zehn wurde Silas vom Klingeln des Telefons geweckt.

Verschlafen tastete er danach. »Ja, was ist?«

»Steh auf und mach dich fertig, Junge. Du machst die Reise mit mir und dem Gemälde.«

Silas gähnte ausgiebig und versuchte, sein Gehirn in Gang zu bringen. »Warum?«

»Weil der Kunde dich kennenlernen will. Zieh dich an, komm vorbei und hol mich ab. Du fährst. Für mich ist es mit diesem kaputten Fuß sowieso zu weit.«

»Was heißt, zu weit? Wo müssen wir denn ...?«

Aber Sebastien hatte bereits aufgelegt.

»Mist.«

Er hatte eigentlich vorgehabt, so lange zu schlafen, bis er von selber wach wurde, da der Morgen schon fast gegraut hatte, als er endlich ins Bett gekommen war. Und dann hatte er sich eigentlich zu diesem Sommerkurs aufraffen wollen.

Silas hatte nicht die geringste Lust, diesen Kunden kennenzulernen, aber natürlich wollte er sein Honorar. Er nahm sich eine Coke und trank sie, während er duschte, um wach zu werden. Dann schlüpfte er in seine neueste – und sauberste – Jeans und überlegte, dass die meisten seiner T-Shirts nicht infrage kämen, da er seit über einer Woche nicht mehr gewaschen hatte. Also zog er eines seiner drei guten Hemden an und krempelte die Ärmel hoch. Bewaffnet mit einer weiteren Flasche Coke, seiner Brieftasche, seinen Schlüsseln und seiner Sonnenbrille, eilte er aus der Tür, wobei er ein Pop-Tart verschlang.

Als er bei Sebastien ankam, stellte er fest, dass auch Bluto mitfahren würde. Sebastien hatte die Leine an seinem Gürtel eingehakt, um die Hände frei zu haben für das Gemälde, das er in dickes braunes Packpapier eingewickelt hatte, sowie seinen Stock und einen Kaffeebecher.

Der Hund warf Silas einen finsteren Blick zu und sprang sofort auf den Rücksitz. Auch das Gemälde sicherte Silas hinten auf dem Sitz mit dem Gurt.

»Warst du schon mal in Lake Charles?«

»Nein.«

»Heute kommst du hin. Du fährst am besten auf die 10. Zwar nicht so hübsch wie die Nebenstraßen, aber dafür schneller.«

»Warum muss ich dabei sein?«

»Einen solchen Mann fragt man nicht nach dem Warum. Wir fahren hin, kassieren unser Geld, sagen *au revoir*, bis er das nächste Mal etwas will.«

Silas wendete den Wagen und fuhr los. »Du magst ihn nicht.«

»Das brauche ich auch nicht. Hast du damals jeden gemocht, bei dem du geputzt hast?«

»Nein.«

»Siehst du. Ich musste ihm offenbaren, dass ich einen jungen Partner habe, der die Arbeit übernommen hat, weil er meinem Fuß nicht genug Zeit gelassen hat, um zu heilen, damit ich es selber machen kann. Ich habe ihm gesagt, den Namen des jungen Mannes gebe ich ihm nicht, und er hat keinen Grund, mir nicht zu glauben. Solche Leute willst du nicht anlügen, *tu saisis?* Aber heute meint er zu mir, ich soll dich mitbringen. Er weiß, dass dieser Job Finesse und Können erfordert, und deshalb glaube ich, will er sich dich mal ansehen.«

»Gut. Dann soll er das tun.«

Eine Zeit lang blickte Sebastien stirnrunzelnd aus dem Fenster. »Jetzt wirst du seinen Namen kennen und sein Gesicht und eines seiner schönen Häuser. Vielleicht ist das gut für dich. Er hat viele Wünsche. Aber er ist kein guter Mann.«

»Das hast du bereits gesagt.«

»Wenn ich ihm das Bild nicht besorgt hätte, obwohl ich es gesagt habe, hätte er mich umgebracht. Hätte jemanden dafür bezahlt, dass er mich abknallt. Und wenn ich es nicht gekriegt hätte, weil ich einen Fehler gemacht und mich hätte erwischen lassen? Über so etwas macht er sich keine Gedanken, weil er weiß, dass ich nichts über ihn sage. Dazu ist mir mein Leben zu viel wert.«

»Er hätte dich getötet?«

»Das sagt mir mein Instinkt. Ich bin mir ganz sicher. Und auch mein Kopf sagt es mir, dazu habe ich schon zu viel über ihn gehört. Natürlich weiß ich es nicht *absolument*, aber mein Bauch und mein Kopf verraten es mir, und ich habe drei Töchter, die noch nicht erwachsen sind. Und jetzt sage ich zu dir, weil ich dich gut leiden kann: Pass auf, wie du mit ihm umgehst.«

»Wir bringen ihm das Bild vorbei, also gibt es doch kein Problem.«

»Dieses Mal nicht. Und ich, ich habe für ihn viele Jahre lang viele Dinge auf die Reise gebracht. Aber er will immer mehr und immer Größeres, *oui*? Spezielleres. Wenn ich ihm aufrichtig sage, dass ich das, was er will, nicht besorgen kann, ist alles okay. Aber eines Tages sagt er vielleicht nicht mehr okay, wenn ich es nicht besorgen kann. Für den Moment aber ist alles in Ordnung.«

»Wer ist er?«

»Carter LaPorte.«

»Das ist sein Name, nicht wer er ist.«

»Reich, schon so auf die Welt gekommen. Ein Mann, der ein privilegiertes Leben im Überfluss lebt. Mehr als im Überfluss«, setzte Sebastien nach kurzem Nachdenken hinzu. »*Exzess, oui?* Er trägt eine Maske vor sich her, *tu saisis?* Die

Maske des zivilisierten, klugen und eleganten Mannes. Aber unter der Maske ist er skrupellos und grausam.«

»Warum machst du überhaupt Geschäfte mit ihm?«

»Die Maskerade ist perfekt«, wiederholte Sebastien. »Und er bezahlt nach dem Job immer anstandslos. Ich habe drei Töchter.« Er zuckte mit den Schultern, als ob das alles beantworten würde. »Der Mann hält Rubine in der Hand, aber es ist nicht genug. Es ist nie genug. Jemand hat Smaragde, dann will er die haben. Er muss mehr als ein anderer haben, mehr als er hat, immer mehr. Und immer das Beste, das Größte, das Kostbarste.«

»Er ist also gierig. Eine meiner Regeln ist, niemals gierig zu sein. Sonst wird man leicht erwischt.«

»Männer wie LaPorte machen sich keine Gedanken darüber, ob sie erwischt werden. Sie haben genug Macht. Er sieht etwas, was er haben will, und nimmt es sich – so oder so. Er hat eine Frau – die schönste, begehrenswerteste –, aber er wird ihrer überdrüssig, oder er sieht eine andere, oder er sieht – eher das, glaube ich – einen anderen Mann, dessen Frau schön und begehrenswert ist, also muss er sie haben, sie besitzen. Eine Frau ist für ihn nur ein Besitz unter anderen Besitztümern.

Er heiratet nicht. Hüte dich vor einem Mann, der eine Frau – oder auch einen anderen Mann, wenn es so ist – nicht in seinem Leben behält. Keine Liebe. Ohne Liebe sind sie alle nur Dinge.«

Sebastien trommelte mit den Fingern auf seinem Oberschenkel, während er redete, und gab Silas dadurch einen ersten Hinweis. Sebastien hatte Angst vor LaPorte.

»Du hast Angst vor ihm.«

»Ich bin ein Mann mit Verstand. *Mais,* ich habe tatsächlich Angst vor ihm. Setz dein Gespür ein, *mon ami*. Ich sage mir immer wieder, das ist der letzte Job, den ich für ihn übernehme …«

»Sag nie, bei nichts, dass es der letzte Job ist. Feste Regel Nummer eins. Denn dann läuft alles Scheiße, und du wirst erwischt.«

»Du hast Regeln?«

»Ja. Sei nicht gierig. Sage nie, das ist das letzte Mal. Tu niemals so, als hättest du eine Pistole. Bestiehl niemanden, der es mehr braucht als du. Hau ab, wenn es sein muss – und hab immer eine gepackte Reisetasche, damit du auch abhauen kannst.«

»Ein Mann mit Verstand. Ich frage mich, was LaPorte wohl aus dir machen wird.«

»Solange er bezahlt, kann er machen, was er will.«

Sebastien dirigierte Silas von der Autobahn herunter an den See, damit er mit Bluto kurz Gassi gehen konnte, wie er erläuterte. Bluto musste im Auto bleiben, während sie im Haus waren.

Silas schaute über den See und fragte sich, wie es wohl sein mochte, in einem Haus mit so einer Aussicht zu wohnen. Er überlegte, was für ein Haus er haben würde. Viele Fenster, dachte er, damit er aus allen aufs Wasser blicken konnte. Vielleicht ein kleines Segelboot am Steg. Einen abgesicherten Raum, natürlich, größer als der von Sebastien.

Eines Tages, dachte er. Im Moment konnte er es sich nicht vorstellen, in einem Haus zu wohnen, geschweige denn in einem, was ihm gehörte.

Aber eines Tages.

Kurz darauf erfuhr er, dass LaPorte kein Haus besaß. Er würde es auch nicht als Villa bezeichnen. Was Silas sah, war ein Anwesen.

Mediterraner Stil, rote Dachziegel. Mauern aus goldenem Sandstein mit Balkonen und breiten Terrassen, eine lange, überdachte Veranda, von der aus man den See überblickte. Es sah aus wie ein exklusives Hotel mit perfekten Rasenflächen, üppigen Gartenanlagen, alten, hohen Bäumen. Das Sicherheitssystem hier stellte bestimmt eine riesige Herausforderung dar, und flüchtig wünschte er sich, er könne sich damit auseinandersetzen.

Aber es gab noch eine Regel: Bestiehl niemals einen Kunden.

Die schmiedeeisernen Tore glitten auf und gaben den Blick frei auf ein Tor- oder Kutscherhaus aus dem gleichen Sandstein, mit dem gleichen roten Ziegeldach wie das Haupthaus.

»Sicherheitspersonal – drei Männer. Bewaffnet«, sagte Sebastien zu ihm. »Rund um die Uhr.«

»Gut zu wissen.«

»Auch im Haus Sicherheitsleute. Der Butler ist ein Ex-Militär. Die Haushälterin war beim Mossad. Der Obergärtner? Kampfsport-Experte, und so weiter und so fort.«

»Clever. Technologie ist leichter zu knacken als Menschen.«

Er hielt am Kutscherhaus, als ein Mann in einem Anzug heraustrat und die Hand hob.

»Wir steigen aus. Öffnen den Kofferraum. Sie überprüfen das Auto und uns.«

»Weswegen?«

»Sie suchen nach Waffen, Geräten. Und einfach so, weil sie es können. Sie nehmen uns die Handys ab. Wir kriegen sie zurück, wenn wir fahren.«

»Im Ernst?«

»LaPorte ist ein vorsichtiger Mann.«

Es war wohl besser, nicht mit einem bewaffneten Mann zu

diskutieren, der aussah, als könne er ihn in Einzelteile zerlegen, ohne sich anzustrengen, dachte Silas.

Er reichte ihm sein Handy – und fühlte sich seltsam nackt. Dann breitete er die Arme aus, da der Mann ihn wie auf dem Flughafen abchecken wollte. Und er ließ sich abtasten.

Schnell und gründlich.

Für das Auto hatte der Wachmann ein anderes Gerät, mit dem er das Auto innen, außen und darunter überprüfte.

»Alles in Ordnung«, sagte er zu Sebastien.

»Macht er das mit allen Besuchern?«, fragte Silas, als sie wieder im Auto saßen.

»Keine Ahnung. Auf einer Abendgesellschaft war ich noch nie eingeladen. Park da drüben, an der Garage. Im Schatten.«

»Das ist eine Garage?«

»Er hat viele große Autos.«

Da die Garage größer war als das Haus, in dem er aufgewachsen war, hatte Silas keinen Grund, diese Aussage anzuzweifeln.

»Lass die Fenster ein bisschen auf, für Bluto. Du wartest hier.« Er tätschelte den Hund und zog einen kleinen Kauknochen aus der Tasche.

Als sie ausstiegen, nahm Sebastien das eingepackte Gemälde vom Rücksitz. »Wir gehen durch den Seiteneingang für die Dienstboten. Seiner Meinung nach sind wir Dienstboten.«

Als sie den breiten, golden gepflasterten Weg entlanggingen, trat eine Frau aus einer Seitentür. Sie war ganz in Schwarz gekleidet, und ihre Haare – ebenfalls schwarz – hatte sie im Nacken zu einem Knoten geschlungen, sodass nichts den Blick auf ihr schönes Gesicht verbarg. Ihre dunkelbraunen Augen ruhten kurz auf Silas.

Sie trug ein Tablett mit Gläsern, einem kleinen Eiskübel und einem Krug, der offenbar Limonade enthielt.

»Mr. LaPorte ist auf der Terrasse. Ich führe Sie hin.«

»*Merci.* Darf ich das für Sie tragen?«

»Das mache ich.«

Sie hatte einen ganz leichten Akzent, und Silas dachte, dass sie vielleicht die Ex-Mossad-Agentin war. Eines war sicher: Sie war richtig heiß.

Sebastien sah ihn an und wackelte mit den Augenbrauen, um ihm zu verstehen zu geben, dass er das auch fand.

Der Weg öffnete sich zu einer riesigen, u-förmigen Terrasse am Haupthaus. Dahinter lagen ein großer Pool mit glitzerndem blauen Wasser, ein weiteres kleines Haus, eine spektakuläre Gartenanlage und ein kleiner Wald aus Zitronen. Und Orangenbäumen.

LaPorte war ein schlanker Mann mit welligen, goldblonden Haaren, der an einem Tisch mit integriertem Sonnenschirm saß. Er trug einen weißen Anzug, weiße Schuhe und eine Sonnenbrille mit dunklen Gläsern.

Silas wusste, dass er sich einen Eindruck verschaffen musste, um sich an Details erinnern zu können. Aber es fiel ihm nicht leicht, da die andere Person am Terrassentisch eine außergewöhnlich attraktive Rothaarige war, die den winzigsten Bikini trug, den er je gesehen hatte.

Er war smaragdgrün und bedeckte nur einen ganz kleinen Teil ihres Körpers. Funkelnde Diamanten blitzten an ihrem linken Handgelenk auf, als sie die Sonnenbrille herunterschob und ihn aus Augen musterte, die die gleiche Farbe hatten wie der Bikini.

»Er hat eine Neue«, sagte Sebastien leise. »Die letzte war brünett.«

LaPorte tätschelte der Rothaarigen den Arm und murmelte ihr etwas zu. Sie zog einen Schmollmund – Silas musste sich bewusst zusammennehmen, damit er nicht anfing zu sabbern.

Dann stand sie auf und schlang sich ein durchsichtiges Tuch mit Blumenmuster um die Hüften. Es wirbelte um ihre endlosen Beine, als sie ins Haus ging.

Eine Schande, dachte Silas, aber als sie weg war, konnte er sich endlich auf LaPorte konzentrieren.

Trotz der dunklen Sonnenbrille spürte Silas, dass LaPorte ihn studierte und abschätzte. Allerdings ging er davon aus, dass der Mann sowieso schon über ihn Bescheid wusste.

Er würde wenig sagen und gut zuhören, beschloss Silas. Das war die beste Strategie.

»So, Sebastien, du hast also deinen jungen Freund mitgebracht.«

Seine Stimme klang nach dem Süden, dem reichen Süden.

»*Mais oui,* wie Sie es verlangt haben.«

LaPorte stand nicht auf, streckte nicht die Hand aus, sondern blieb sitzen, während die Haushälterin die benutzten Gläser, den Eisbehälter und den halben Krug Limonade durch frische ersetzte. Sie füllte drei Gläser mit Eis, das leise knisterte, als sie die Limonade eingoss.

Sebastien wartete, bis sie mit dem Tablett wieder gegangen war.

»Und den Turner.«

Ein Mann hielt der Haushälterin die Tür auf, dann kam er auf den Tisch zu.

Ob das wohl der Butler war?, fragte sich Silas. Er sah militärisch aus – die Haltung, wie er sich bewegte. Schweigend ergriff der Mann das eingepackte Gemälde und ging damit über die Terrasse ins Haus.

»Setzt euch«, forderte LaPorte sie auf. »Lasst uns Limonade trinken, während das Bild auf seine Echtheit überprüft wird.«

»*Merci.*«

»Ich habe bisher noch nichts von einem Einbruch gehört. Mein Bekannter würde zwar sicherlich einen Diebstahl nur äußerst ungern den Behörden melden, aber ich würde bestimmt davon erfahren.«

»Mein junger Freund ist sehr … gewissenhaft in seiner Arbeit. Er hinterlässt keine Spuren. Ich glaube, vielleicht ist Ihr Bekannter nur noch nicht in seiner Privatgalerie gewesen. Er wird überrascht sein, wenn er das nächste Mal hineingeht.«

»Hast du noch etwas anderes mitgenommen?« LaPorte blickte Silas direkt an.

»Nein, mein Auftrag war der Turner. Ich habe nur den Turner genommen.«

»Ich werde erfahren, ob das stimmt.«

»Dann werden Sie es wissen.«

»Sag mir, wie du es gemacht hast.«

»Nein.«

Sebastien legte unter dem Tisch eine Hand auf Silas' Knie und drückte es. LaPorte kniff die Lippen zusammen und lehnte sich zurück.

»Ich bezahle dich. Du hast mir zu antworten.«

»Sie bezahlen mich für den Turner. Sie bezahlen mich nicht für meine Methoden. Sie sind nicht käuflich.«

»Alles hat einen Preis.«

Nein, dachte Silas, und das war seine feste Überzeugung. Aber er sagte nichts.

»Du bist noch jung. Du wirst es schon noch lernen – wenn du lange genug lebst. Ich könnte die Polizei darüber informieren, dass du heute mit dem Turner hierhergekommen bist und versucht hast, ihn mir zu verkaufen. Sie würden dir viele Fragen stellen und niemals glauben, dass ein Mann wie ich etwas damit zu tun haben oder mit Leuten wie dir oder Picot in Verbindung gebracht werden könnte.«

»Das könnten Sie tun. Aber dann hätten Sie den Turner nicht.«

LaPorte stieß ein kurzes Lachen aus, das nicht nach Humor klang. »Oh, es gibt Mittel und Wege.«

Das Telefon auf dem Tisch läutete, und LaPorte nahm ab. Er hörte einen Moment lang zu, dann legte er wortlos auf.

Lächelnd trank er einen Schluck Limonade.

»Was, wenn ich euch jetzt sage, dass das Gemälde, das ihr mir gebracht habt, eine Fälschung ist?«

»*Monsieur*«, sagte Sebastien. »Das wurde bei diesem Anruf nicht gesagt. Sie wollen meinen jungen Freund nur necken.«

Ködern, dachte Silas, hielt aber den Mund.

»Sieh es mir nach. Was würdest du tun?«, fragte LaPorte Silas.

»Gehen. Und dann einen Weg finden, um es Ihnen zu stehlen. Es würde vielleicht Jahre dauern, aber ich würde daran arbeiten.«

Jetzt lachte LaPorte aus vollem Hals. »Er hat Rückgrat. Ich werde dafür sorgen, dass der Transfer wie vereinbart stattfindet. Sebastien, lass mich einen Moment mit dem Jungen allein.«

»*Monsieur.*«

»Nur einen Augenblick mit dem Jungen.« Seine Stimme klang jetzt eisig. »Anschließend schicke ich ihn zu dir heraus. Unverletzt.«

»Es ist in Ordnung«, meinte Silas. »Bis gleich am Auto.«

»Ich bin für ihn verantwortlich«, sagte Sebastien, als er aufstand. Er stützte sich auf den Stock, als er die Terrasse überquerte und auf den Weg abbog.

»Ein interessanter Mann, Sebastien, und klug dazu. Unsere Verbindung ist seit langer Zeit zu unserem gegenseitigen Nutzen.« Erneut trank LaPorte einen Schluck und blickte über den Pool in den Garten. »Aber er ist älter als früher und nicht mehr so flink auf den Beinen. Deswegen hat er sich ja auch an dich gewandt. Ich denke, bei dem Transfer sollte dein Anteil größer sein, als er mit dir ausgehandelt hat. Wie hoch ist dein Anteil?«

»Das geht nur Sebastien und mich etwas an.«

»Ich biete dir einen größeren Anteil. Ich denke an achtzig Prozent für dich, zwanzig für ihn. Lass mir deine Bankdaten hier.«

»Sie bezahlen Sebastien, und er bezahlt mich. Das haben wir so vereinbart.«

»Ich ändere die Bedingungen. Du kennst ihn kaum, und ich glaube, ich biete dir das Doppelte oder sogar mehr als das Doppelte von dem, was ihr vereinbart habt.«

»Ich danke Ihnen, aber Sie bezahlen Sebastien, und er bezahlt mich. So ist die Vereinbarung.«

LaPorte schob die Sonnenbrille herunter und betrachtete ihn aus kalten hellbraunen Augen. »Auch Loyalität ist käuflich.«

»Wenn man sie kaufen kann, ist es keine Loyalität.« Silas stand auf. »Danke für die Limonade. Erfreuen Sie sich an dem Turner. Er ist wirklich wunderschön.«

»Eines Tages wirst du es bedauern, dass du nicht den größeren Anteil genommen hast«, rief LaPorte ihm nach, als er wegging.

»Das glaube ich nicht.«

Silas verstand Sebastiens Angst jetzt, auch er fühlte sie tief und kalt in seinem Bauch. Die heiße Haushälterin, der stoische Butler oder der steife Wachmann im Kutscherhaus, jeder Einzelne von ihnen könnte ihm den Schädel einschlagen – und auch Sebastien – und ihre Leichen im See verschwinden lassen.

Niemand würde es jemals erfahren.

LaPorte wusste das wahrscheinlich auch.

Sebastien sagte nichts, als Silas ins Auto stieg und zum Kutscherhaus fuhr, wo sie ihre Handys abholten. Er wartete, bis Silas rechts ranfuhr, damit Bluto pinkeln konnte.

»Was wollte er?«

»Mir einen größeren Anteil geben – und dich auf zwanzig Prozent herunterschrauben.«

Sebastien nickte. »Und was hast du gesagt?«

Wut – die aus der Angst entstanden war – stieg in Silas auf. »Wofür hältst du mich? Wir haben eine Vereinbarung getroffen.«

Sebastien ließ Bluto schnüffeln und blickte auf den See. »Die meisten hätten trotz einer Vereinbarung das Angebot angenommen.«

»Ich bin nicht wie die meisten.«

»Nein, *cher,* das bist dunicht. Das wird ihm nicht gefallen haben.«

»Das ist mir klar. Niemand schlägt ihm etwas ab. Ich habe überlegt, ob ich einwilligen soll, und mir gedacht, dass wir zwei uns hinterher so einigen, wie wir es vereinbart hatten, aber das ist Scheiße, Sebastien. Der einzige Grund, warum er mich hier haben wollte – nein, es sind eigentlich zwei Gründe –: Er wollte mich reinlegen, und er wollte dich reinlegen.«

»Du bist neu und interessant für ihn. Ein Rätsel. Wahrscheinlich kontaktiert er dich direkt für einen anderen Job.«

»Vielleicht nehme ich ihn an, vielleicht nicht. Wird er die vereinbarte Summe so bezahlen wie ausgemacht?«

»Ja, auf jeden Fall. Es wird wieder etwas geben, was er besitzen will. Du bist ein reicher Mann, mein Freund. Und trotzdem lade ich dich zum Essen ein, wenn wir wieder zu Hause sind.«

»Sag mir zuerst eines noch. Wenn es umgekehrt gewesen wäre und er dir den neuen Deal angeboten hätte. Hättest du dich darauf eingelassen?«

Sebastien blickte ihm direkt in die Augen. »Nein, das hätte ich nicht. Ich hätte mich nicht darauf eingelassen. Freunde sind etwas Kostbares. Und auch ich bin nicht wie die meisten. Nein, jetzt lade ich dich zu einem Festmahl ein.«

Sie gingen mit dem Hund zurück zum Auto.

Als Sebastien auf dem Beifahrersitz saß, seufzte er. »Die Frau? Die Rothaarige? Olala.«

9

Als er neunzehn wurde, sprach Silas vier Sprachen und besaß rudimentäre Kenntnisse des Russischen. Da er Bedenken hatte, weil der Campus von Tulane so klein war, verlegte er sich auf Online-Kurse, und während er lernte, was er sich vornahm, entdeckte er, dass ihm das nicht wirklich was brachte.

Über Elektronik und wie man sie umging, erfuhr er mehr von Sebastien, und über Computer und Hacken lernte er wesentlich mehr von Jacques als in jedem Seminar.

Er dehnte seine nächtliche Arbeit aus, von New Orleans hoch nach Baton Rouge sowie New Iberia und Lafayette. Wenn man zu oft in einem Gebiet arbeitete, hatten die Bullen, wie Sebastien immer sagte, zu viel zu schnüffeln. An Weihnachten holte er sich einen kleinen Baum und schmückte ihn. Er hängte Lichter in die Fenster und wusste, es war Zeit weiterzuziehen.

Einen Teil des Weihnachtsabends verbrachte er mit Dauphine im Bett, und sie genossen es. Als sie träge und nackt da lagen, auf die Lichter um das Schlafzimmerfenster schauten und auf die Nachtschwärmer lauschten, die im Viertel noch feierten, ergriff sie seine Hand.

»Wann fährst du?«

Er tat erst gar nicht so, als ob er sie nicht verstehen würde. »Nach Mardi Gras, denke ich. Mags möchte dann gerne noch einmal herkommen, und ich bin nicht wirklich in Eile oder so.«

Sie setzte sich auf und warf ihre Haare zurück. Er liebte den Anblick der dunklen wogenden Wolke.

»Mein großzügiger Freund hat mir die hier zu Weihnachten geschenkt.« Sie tippte auf die Rubintropfen an ihren Ohren. »Aber er verliebt sich nicht in mich.«

»Das habe ich doch versprochen. Ich liebe dich, aber anders. Und es ist echt.«

Sie beugte sich über ihn und gab ihm einen zarten Kuss. »Ich empfinde auch Liebe für dich. Das werde ich immer tun.«

Als sie aufstand, setzte Silas sich auf. »Musst du schon gehen?«

»Nein, ich habe noch ein bisschen Zeit, ehe ich zu Mama muss. Du kannst ja mitkommen. Sie liebt dich auch.«

»Ich komme zum Weihnachtsfrühstück. Und dann habe ich Weihnachtsessen bei Sebastiens Mutter. Man hat mich gewarnt, dass ich danach einen Tag lang nichts mehr essen brauche.« Schweigend beobachtete er, wie sie sich anzog. »Es ist schön, an Weihnachten eine Familie zu haben. Ich habe das Gefühl, hier habe ich eine.«

»Die bleibt dir auch für immer. Und jetzt zieh dich an. Ich habe noch ein Geschenk für dich.«

»Noch eins? Ich fasse es nicht, dass du mir tatsächlich neue Chucks gekauft hast.«

»Die alten fallen ja schon auseinander. Du könntest ein bisschen von deinem Geld für dich ausgeben, *cher*.«

»Ja, ich denke darüber nach.«

»Wohin willst du denn, wenn du weggehst?«

»Zuerst wollte ich nach North Carolina und dort an die Universität, aber ich glaube, zuerst fahre ich Richtung Texas. Ich war noch nie da. Die A&M University soll ziemlich groß sein.«

»Wie viel klüger musst du denn noch werden?«

»Es gibt immer noch mehr zu lernen.«

»Wie das, was du von Sebastien und von Jacques lernst.«

»Genau. *Et de toi.*«

Sie lächelte ihn an, als er in seine Jeans schlüpfte. »Du bist nicht mehr so dünn, wie du mal warst.«

»Das Essen hier werde ich ernsthaft vermissen.«

»Du kommst ja zurück. Das weiß ich auch, ohne dir die Karten zu legen. Aber wir gehen jetzt nach draußen, setzen uns hin, und ich lege sie dir.«

Er war gerade dabei, sich das T-Shirt überzuziehen, und hielt inne. »Willst du das denn?«

»Du hast mich bisher nie darum gebeten.«

»Weil du so unheimlich gut bist.«

»Heute Abend lege ich sie dir. Ich berechne nichts dafür, weil Weihnachten ist. Das ist mein Geschenk.« Sie zeigte mit dem Finger auf ihn. »Ein Geschenk abzulehnen, ist unhöflich.«

Er zog sich weiter sein T-Shirt an und dachte, nein, eigentlich brauchte sie ihm nicht die Karten zu legen. Er wusste, wie es ablief, und setzte sich hin, um die Karten zu mischen, die sie aus ihrer Tasche zog. Dann hob er ab und sah zu, wie sie sie auslegte.

»Das überrascht mich nicht.« Sie tippte auf die Karte in der Mitte, die ihn repräsentierte. »Der Magier. Klug, kreativ, jemand, der neue Möglichkeiten sucht. Du bist mit den spirituellen Reichen verbunden. Du bist ein Mann der Erde, der weiß, dass mehr hinter den Dingen steckt. In dir ist Macht, deshalb suchst du das Wissen, um diese Macht zu gebrauchen. Und hier kreuzt dich die Stärke. Siehst du die Frau mit dem Löwen – du hast viele Frauen in den Karten.«

»Sie können mir nicht widerstehen.«

»Vieles von der Stärke in dir – Mut und Mitgefühl – kommt von den Frauen, die dich geprägt haben. Du hast Glück mit ihnen, denn auf deiner Reise wirst du Stärke, Energie und Freundlichkeit brauchen. Das weißt du im Inneren aber auch schon selber.

Über dir liegt der Bube der Münzen. Jugend, Ehrgeiz, der Wunsch nach Wissen und der Reise, die zu edleren Dingen führt. Er schaut nach vorne, siehst du. Er hält immer Ausschau nach dem, was als Nächstes kommt. So bald wirst du dich nirgendwo fest niederlassen. Und hier, unter dir, liegt die Königin der Kelche, eine Frau voller Liebe und einem gebenden Geist. Hier ist deine Mama, *cher,* und auch Mags, die dir die Basis gegeben haben.«

In ihren Augen stand ein Lächeln, ein liebevolles Lächeln – so wie es aus echter Freundschaft entstand.

»Wenn Frauen sich zu dir hingezogen fühlen, dann nicht nur wegen deines hübschen Gesichts. Weil du so gut aussiehst, hätte ich vielleicht mit dir geschlafen, aber ohne alles andere würde ich dich nicht als *mon cher ami* lieben.«

»Du hast mir geholfen, mein Leben zu ändern. Nicht nur durch die Französischstunden und den Sex, sondern durch deine Freundschaft.« Er ergriff ihre Hand. »Ich hatte gute Freunde in Chicago, aber ich musste sie verlassen. Ich weiß nicht, ob ich jemals wieder mit ihnen zusammenkomme. Bei dir weiß ich es.«

»Ja, wir werden wieder zusammenkommen. Etwas anderes lasse ich nicht zu. Hier hinter dir ist der Turm. Verlust, Verletzung und Trauer. Wir wissen, dass dies, obwohl es hinter dir liegt, immer ein Teil von dir sein wird. Es gehört auch zu deiner Stärke, deiner Basis, deinem Herzen. Und vor dir die Herrscherin.«

»Sie sieht reich aus. Schlafe ich mit ihr, oder bestehle ich sie? Es ist meine Regel, nicht beides zu tun.«

»Das ist Respekt. Aber nein, hier symbolisiert sie Kontrolle, ein Bedürfnis, deine Handlungen und noch mehr dein Herz zu kontrollieren. Du bist noch nicht auf der Suche nach der wahren, immerwährenden Liebe. Sie bedeutet Macht und List. Materiellen Reichtum, und zwar sowohl das Bedürfnis danach als auch das Erringen.«

»Das gefällt mir.«

»Und trotzdem willst du nichts, noch nicht einmal ein Paar Schuhe. Dein Wissen und der Verlust, der hinter dir liegt, beeinflussen in hohem Maße, was du für die Zukunft siehst und brauchst. Im Moment brauchst du vielleicht noch Schutz für deine Gefühle. Das hier ist im Moment deine Gefühlskarte.«

»Ja, die mochte ich noch nie. Tod.«

»Wie oft soll ich dir noch sagen, dass sie nichts mit dem physischen Tod zu tun hat? In dieser Legeweise, mit diesen Karten steht sie *für* deine Verlustgedanken – wenn du gehst – und auch für die Freiheit, die im Abschied liegt. Der Wandel, das Ende dieses Abschnitts, der Beginn des folgenden. Nein, in der nächsten Zeit wirst du dich nirgends niederlassen, und das, was bald kommt, wird nicht die einzige Veränderung sein. Nicht das einzige Ende oder der einzige Anfang. Du schaust nach vorne.« Erneut tippte sie auf den Buben der Münzen. »Und hier sind deine Einflüsse und deine Umgebung. Die Königin der Schwerter. Das ist wiederum deine Vorsicht, aber auch eine Frau, die kommt. Eine, die du verletzen wirst. Eine andere Art von Verlust und eine Trennung. Danach kommt das Vertrauen nicht leicht zurück, und keiner von euch vergisst.«

Dauphine blickte ihn an, und Silas dachte daran, warum er sie nie gebeten hatte, ihm die Karten zu legen. Unheimlich, dachte er wieder. Sie hatte etwas Unheimliches an sich.

»Manchmal schauen wir nach vorne und sehen nicht, was

direkt vor uns liegt. Deine Reise führt dich immer weiter – vielleicht, um sie zu schützen oder dich, aber das Schwert durchbohrt Herzen. Eine Wunde kann stark machen, so wie du schon von Wunden gestärkt worden bist. Und sie kann hart machen. Pass auf, *mon ami,* dass du nicht hart wirst.«

»Ich will niemanden verletzen. Das klingt blöd von einem Dieb, aber …«

»Nicht von dir. Hier haben wir deine Wünsche und Ziele. Wieder Münzen. Die Neun zeigt wieder eine Frau, und sie ist zufrieden. Du wünschst dir ihre Zufriedenheit, Errungenschaften, Erfüllungen und die Fähigkeit, sie zu erreichen. Reichtum, ja – im Materiellen und im Geist. Luxus ist für dich diese Zufriedenheit und Sicherheit. Und das kommt in der letzten Karte – das Ergebnis.«

Er sah die Liebenden und warf ihr ein lüsternes Grinsen zu.

»Hier geht's nicht um Sex.« Sie drohte ihm scherzhaft mit dem Finger. »Oder nicht nur jedenfalls. Es kann Liebe sein – echte Liebe – und Vereinigung, mit tiefem Gefühl. Aber die Karte symbolisiert auch Loyalität und Verständnis, die Entscheidung, beides zu geben, etwas Verlorenes zu überwinden und anzunehmen, was vorgefunden wird.

Ich glaube, *cher,* dass die Königin der Schwerter vielleicht zu dir zurückkommt oder du zu ihr, und dann müsst ihr beide eine Entscheidung treffen. Du hast, was du brauchst – was dir von starken, liebenden Frauen gegeben wurde. Du suchst, was du brauchst, auf den Reisen, denn du blickst immer nach vorne, Beginn und Ziel, Ziel und Beginn. Und wenn du alles benutzt, was du hast, alles, was du erringst, alles, was du bist, dann wirst du am Ende das haben, was du am meisten brauchst.«

Silas studierte die Karten, dann blickte er Dauphine an. »Das war ja nicht zu beängstigend. Eigentlich war es sogar ein wunderbares Geschenk. Danke.«

»Es gehört noch etwas dazu.«

Sie schob die Karten wieder zusammen, mischte sie und legte sie dann erneut aus. Auch das hatte er schon bei ihr gesehen. Er wusste, dass er jetzt eine wählen musste, die sie dann zu ihrer Legung hinzufügte. Sozusagen als Tüpfelchen auf dem i.

Also zog er eine Karte und hielt sie ihr hin.

Ihr Gesichtsausdruck wirkte auf einmal unheimlich.

»Jesus, welche ist es denn?« Er drehte sie um. »Okay. Der Teufel. Das kann nichts Gutes bedeuten.«

»Das ist ein Feind. Du wählst deine Freunde, deine Geliebten. Aber ein Feind wählt dich. Er ist skrupellos und grausam. Voller Gier. Wenn er dich in Versuchung führen will, wende dich ab. Lass nicht zu, dass er dich wählt, sonst wird er dich verletzen. Er nimmt alles, was du bist und was du haben kannst, also wende dich ab.«

»Kein Problem.«

»Versprich es mir.« Sie ergriff seine Hand und hielt sie fest. »Versprich es.«

»Ja, absolut. Mit dem Teufel will ich nichts zu tun haben.«

Entschlossen nahm sie die Karte und steckte sie in das Deck zurück. »Manche erkennen den Teufel erst, wenn der Handel geschlossen worden ist. Halt deine Augen offen, *mon ami.*«

Als Mags zum Mardi Gras kam, hatte er die meisten seiner Sachen bereits gepackt. Nicht, dass er viel zu packen gehabt hätte. Er dachte, dass er vielleicht gar nicht so viel Wert auf Dinge legte, weil zu viel Gepäck ihn nur am Weiterziehen hinderte.

Mags hatte sich für neonviolette Haare entschieden, die in glatten Strähnen mit Ponyfransen um ihren Kopf lagen.

Jeder andere hätte damit seltsam ausgesehen, sie hingegen sah fantastisch aus.

Und ihre Umarmung, mit der sie ihn fast erdrückte, fühlte sich nach Zuhause an.

»Ich glaube, du bist jetzt ausgewachsen. Eins dreiundneunzig?«

»Fast eins vierundneunzig. Ja, ich glaube, größer werde ich nicht mehr.«

»Und sieh dir das an.« Sie drückte spielerisch auf seinen Bizeps. »Du kriegst ja richtig Muskeln. Und was noch besser ist, du wirkst glücklich.« Sie tippte mit dem Finger auf seine Wange.

»Dich zu sehen macht mich glücklich.«

Das brachte ihm eine weitere Umarmung ein. Dann wies sie mit dem Kinn auf die Reisetasche in der Zimmerecke. »Du willst wirklich aufbrechen?«

»Ich schreibe mich in zwei Wochen an der Texas A&M ein. Offiziell wechselt Lee Harrington aus Florida State die Uni, um näher bei seinen Eltern zu sein, da sein Vater krank ist. Ich kann mir die Studiengebühren leisten, warum also nicht?«

»Du hast dir bestimmt alles genau überlegt.«

»Ja, es ist beschlossene Sache. New Orleans war gut für mich, aber ich bin wild darauf zu sehen, was als Nächstes kommt.«

»Weißt du schon, wo du wohnst?«, fragte sie, als er ihre Reisetaschen ins Schlafzimmer trug.

»Ich habe mir online ein paar Wohnungen angeschaut. Studentenwohnheime würden nicht funktionieren, aber ich kann eine Wohnung in der Nähe des Campus kriegen. Er ist riesig.«

»Ich habe auf dem Weg hierhin einen kleinen Umweg gemacht, um es mir anzuschauen. Da kannst du dich ja verlaufen.«

»So ist es gedacht. Wenn du dich richtig bewegst, machst du keine Wellen. Was hältst du von einem Spaziergang, bevor wir Dauphine und Sebastien zum Abendessen treffen?«

»Da bin ich dabei. Ich kann es kaum erwarten, Sebastien kennenzulernen.«

Er hatte erwartet, dass Mags und Sebastien sich gut verstehen würden. Dass sie sich so gut verstehen würden, hatte er nicht erwartet. Er wusste nicht, was er davon halten sollte, dass seine Tante und der Mann, der so etwas wie eine Vaterfigur für ihn geworden war, direkt vor seiner Nase offen miteinander flirteten. Und der Hund – Sebastien hatte nämlich Bluto mitgebracht – saß daneben und himmelte Mags an.

Es verdarb ihm den Appetit an seinem Gumbo.

Silas versuchte, es zu ignorieren, als immer mehr Leute um sie herum waren, die Atmosphäre ausgelassener wurde, die Musik heißer. Er schnappte Perlen, wie er damals den fehlgeleiteten Ball in Wrigley gefangen hatte. Er trank ein bisschen von Dauphines mitgebrachtem Daiquiri – der einfach nicht nach seinem Geschmack war – und wechselte wieder zu Coke.

Wahrscheinlich war es eine ganz eigene Erfahrung, in einer Menge voller beschwipster und betrunkener Menschen stocknüchtern zu sein. Das war sein zweites Mardi Gras in New Orleans und wahrscheinlich sein letztes als Bewohner der Stadt, also wollte er es auch genießen. Es störte ihn nicht, als Mags und Sebastien zu tanzen anfingen. Viele Leute tanzten – allein, in Gruppen, wie auch immer. Viele stampfende Füße, sich bewegende Schultern und Hüften.

Aber dann wurde der fröhliche, weinselige Boogie zu einem unmissverständlich sexy Tanz. Körper, die sich aneinander rieben, Hände, die Finger ineinander verflochten – Gott! Und was noch schlimmer war, sie waren echt gut darin. Rhythmisch, sinnlich, mit fließenden Bewegungen.

»Meine Augen! Das brennt mir in den Augen.«

»Dann solltest du sie besser schließen, *doudou*«, schlug Dauphine vor. »Es sieht nämlich so aus, als fingen sie gerade erst an.«

Sie hatte nicht unrecht. Er wusste, dass sie sich beide bewegen konnten. Mit Mags war er aufgewachsen, und er war im Haus von Sebastiens Mutter bei *Fais-dodos* dabei gewesen. Aber mitansehen zu müssen, wie sich die beiden in ihren Bewegungen vereinten, veränderte alles. Und was noch schlimmer war: Bald waren sie umringt von Zuschauern, die zustimmende Sexualgeräusche von sich gaben und eindeutige Gesten machten.

Wie peinlich!

Und dann hörten sie plötzlich auf, beendeten den Tanz in einer engen Umarmung und versanken in einen tiefen Kuss, der die Umstehenden zum Jubeln und Pfeifen brachte. Als Dauphine in die Rufe einstimmte, fühlte sich Silas alleine auf einer felsigen Schockinsel.

Es regnete Perlen, und Süßigkeiten fielen herab wie golden eingewickelter Hagel. Und als Sebastien Mags etwas ins Ohr flüsterte, lachte sie ihr verrücktes, offenes Lachen. Und kniff ihm in den Hintern.

Als er sie aus den Augen verlor, wurde es noch schlimmer. Es war seine Schuld, das musste er zugeben, weil er den Blick abgewendet hatte, als er die ständigen Küsse nicht mehr ertragen konnte.

»Wohin sie wohl gegangen sind?« In aufrichtiger Panik versuchte er, sie in der Menschenmenge zu entdecken. »Wo mögen sie bloß hin sein?«

Dauphine zuckte mit den Schultern. »Das ist doch ihre

Sache. Du brauchst dir keine Sorgen zu machen, *cher.* Sie ist doch mit Sebastien zusammen.«

»Genau deswegen mache ich mir ja Sorgen.«

Lachend schlang sie den Arm um seine Taille. »Glaubst du etwa, eine Frau so voller Leben und Leidenschaft wie Mags hätte keinen Sex?«

»Darüber denke ich gar nicht nach. Ich muss auch nicht darüber nachdenken, weil sie im Westen, weit weg von mir lebt. Aber hier mit Sebastien, das ist ganz nahe.«

»Wäre es dir lieber, sie würde mit einem Fremden knutschen?«

»Das ist eine Fangfrage.« Durch seine Größe hatte er einen kleinen Vorteil, als er über die wogenden Menschenleiber blickte. »Ihre Haare müssten doch zu erkennen sein! Dieses Neonviolett!«

»Komm, ich spendiere dir ein Glas Wein und für mich gleich auch eins, und dann gehen wir weiter. Schieb deine Sorgen beiseite, *cher.* Sebastien bringt sie schon sicher nach Hause.«

Das tat er auch, morgens um siebzehn Minuten nach drei. Silas wusste die genaue Zeit, weil er vor der Wohnungstür Mags' Kichern – du lieber Himmel, Kichern – und Sebastiens tiefes Lachen hörte. In den darauffolgenden Minuten hörte er nichts, und er musste sich zwingen, sich nicht vorzustellen, was gerade passierte.

Er hatte Dauphine gegen zwei nach Hause gebracht und hatte sich dann noch mal alleine auf die Suche gemacht, bis er schließlich aufgegeben hatte und nach Hause gegangen war. Dort hatte er sich in Sportshorts auf die Couch gelegt und gewartet.

Endlich kam Mags herein und schloss die Tür. Sie schüttelte ihre zerzausten lila Haare zurück.

Und sah ihn.

Grinsend schaute sie ihn an und riss die Augen auf. »Oh, oh, komme ich zu spät nach Hause?«

»Sehr komisch. Ich habe mir Sorgen gemacht. Du bist nicht ans Handy gegangen.«

»Wahrscheinlich, weil es im Schlafzimmer am Ladegerät hängt.« Sie ging in die Küche und schenkte sich ein großes Glas Wasser ein. Dann setzte sie sich in den Sessel ihm gegenüber und trank durstig.

»Wo warst du überhaupt?«

»Oh, hier und da. Wir sind eine Zeit lang aus der Menge weg, haben uns in eine Bar gesetzt, etwas getrunken und Musik gehört. Ein bisschen getanzt. Und ein bisschen Zitronenkuchen gegessen.«

»Du weißt hoffentlich, dass Sebastien drei – in Worten, drei – Ex-Frauen hat.«

Mags musterte Silas über den Rand ihres Glases und trank noch einen Schluck. »Und von jeder hat er eine wundervolle Tochter. Hast du Angst, dass er mich zur Nummer vier macht oder dass er mein zweiter Ex-Mann wird?«

»Ich wollte nur, dass du Bescheid weißt.«

»Kumpel, ich wusste schon vor deiner Geburt, wie es geht. Denkst du deshalb, dass ich zu alt bin, um Sex mit einem interessanten Mann zu haben?«

»Nein.« Nicht wirklich jedenfalls.

»Gut. Ich gehe jetzt ins Bett – was für eine Nacht. Sebastien holt mich morgen Mittag ab. Wir essen bei ihm zu Hause, und dann machen wir eine Ausfahrt in seinem Boot.«

»Da sind Alligatoren. Echte Alligatoren!«

»Ich freue mich schon darauf, mal einen zu sehen. Gute Nacht«, sagte sie. Dann ging sie ins Schlafzimmer und schloss die Tür.

Silas fand seine letzten Tage in New Orleans echt seltsam. Seine Tante und sein Freund waren – um es mit einem Ausdruck seiner Mutter zu sagen – ineinander verschossen. Es so auszudrücken, fand er ein bisschen harmloser als den Ausdruck *heiß aufeinander.*

Er konnte noch nicht einmal behaupten, dass Mags keine Zeit mit ihm verbrachte. Sie frühstückten jeden Morgen zusammen. Sie gingen spazieren, genossen ihre Freizeit. Und weil er bald aufs College gehen würde, bestand sie darauf, dass er sich neue Klamotten zulegte. Das bedeutete, sie mussten einkaufen gehen.

Zwar konzentrierte er sich hauptsächlich auf Jeans und T-Shirts, aber auf ihren Wunsch hin entschied er sich auch für zwei Hemden, die er als Anzughemden ansah, weil sie Kragen und Ärmel hatten. Als sie ihm jedoch eine Lederjacke hinhielt, wehrte er sich.

»Ich brauche keine …«

»Hier geht es nicht ums Brauchen. Zieh sie mal an.«

Da es sinnlose Zeitverschwendung war, mit ihr zu streiten, schlüpfte er hinein. Okay, sie fühlte sich großartig an, aber er brauchte trotzdem keine.

»Ja, genau das habe ich gemeint.« Sie packte ihn bei den Schultern und drehte ihn zum Spiegel. »Schick und sexy.«

Vielleicht. Ja.

Schwarz, mit spitzem Kragen und schrägen Taschen, sie reichte ihm bis zur Hüfte. Und die Ärmel – bei ihm oft schwierig, da er lange Arme hatte – passten auch.

»Du siehst verdammt gut darin aus, Kumpel, und du weißt es auch.«

»Ja, sie sieht tatsächlich gut aus.« Das hatte er nicht erwartet. Auch nicht, dass sie ihm so ein gutes Gefühl gab.

Dann blickte er auf das Preisschild. »Ach du liebe Scheiße!«

»Das ist verdammt gutes Leder! Die Jacke ist ihren Preis wert. Schön weich. Du wirst die jahrelang tragen. Ich kaufe sie dir.«

»Nein.« Empört drehte er sich zu ihr um. »Auf gar keinen Fall. Hör mal, ich habe genug Geld.«

»Das weiß ich, aber darum geht es gar nicht. Ich kaufe dir deine erste Lederjacke.« Sie umfasste sein Gesicht mit beiden Händen. »Es sollte nicht deine letzte sein.« Dann trat sie einen Schritt zurück. »Du machst mich stolz.«

»Oh, Mags.«

»Du machst mich stolz«, wiederholte sie. »Und das tut mir gut, weil du alles bist, was ich habe. So, und jetzt kaufst du dir noch zwei anständige Gürtel. Einen schwarzen und einen braunen.«

»Meiner ist doch in Ordnung.«

Aber das wollte sie nicht gelten lassen. Und sie wollte keine Widerworte hören, als sie ihn drängte, sich ein paar dünne Pullover und schwarze Lederstiefel zu kaufen.

Und auch nicht, als sie seine Reisetasche auspackte, ein paar Kleidungsstücke aussortierte, und dann säuberlich seine neuen Sachen hineinlegte.

»So.« Sie rieb sich die Hände. »Ich habe meine Pflicht getan. Und jetzt lass uns feiern gehen, damit wir unseren letzten Abend in New Orleans angemessen verbringen.«

»Ich habe nicht gesagt, dass ich morgen fahre.«

»Wer weiß das schon? Dein Kopf ist doch schon gar nicht mehr hier. Aber dein Herz braucht diesen letzten Abend.«

Er verabschiedete sich von den Leuten, die ihm wichtig waren. Von Dauphine – in einer langsamen, süßen Stunde in ihrer Wohnung an einem Nachmittag, den Mags mit Sebastien verbrachte. Von Jacques, von Mama Lou und Little Lou und allen anderen, mit denen er sich verbunden fühlte.

Heute Abend würde er sich noch von Sebastien verabschieden.

»Ich habe erst überlegt, ob ich morgen vielleicht nach dir abreise und dir eine Zeit lang nach Westen folge.«

Sie holte ihren Lippenstift heraus und zog sich perfekt die Lippen nach, ohne in einen Spiegel zu schauen. Er würde diese Fähigkeit nie begreifen. »Aber ich fahre morgen nicht. Ich bleibe noch ein paar Tage länger.«

»Oh, ich dachte – ich kann dem Vermieter Bescheid geben. Ich …«

»Ich brauche die Wohnung nicht, Süßer.«

»Aber … Oh. Oh. Wirklich? Willst du bei Sebastien wohnen?«

»Für ein paar Tage. Ich möchte sagen können, dass ich mal im Bayou gelebt habe. Sie trat zu ihm und hakte ihn ein. »Party-Time. Ich vermisse dich jetzt schon, also lass uns ordentlich feiern.«

Wenn er später an diese letzte Nacht dachte, dann war es ein einziger Wirbel aus Bewegung, Farbe und Geräuschen, aus Mags und ihrem violetten Haar und ihrem verrückten Lachen, aus Sebastien, der zu Zydeco tanzte, Bluto, der mit den *Muris* heulte. Und Dauphine in einem roten Kleid.

New Orleans hatte ihm viel beigebracht. Und es hatte ihn aufgenommen, als er es gebraucht hatte, hatte ihm Welten eröffnet und Freundschaft geboten. Er würde die Stadt vermissen, die träge, feuchte Hitze, die langsamen Stimmen, das ständige Wummern der Musik und die Menschen, die ihn hier willkommen geheißen hatten.

Er würde einen Weg zurückfinden, das wusste er mit Bestimmtheit.

Doch jetzt, zu Beginn seiner Reise nach Westen, schaute er nicht zurück, sondern blickte nach vorne.

Texas sprach ihn nicht so an wie New Orleans, aber die Universität gefiel ihm. Sie verschluckte ihn, genau wie er es gewollt hatte. Und er lernte. Er verhielt sich unauffällig, freundete sich vorsichtig mit einer Handvoll Leuten an. Er ging mit ein paar Frauen aus, die genauso wenig wie er etwas Ernstes wollten. Er dehnte seine nächtlichen Jobs aus, zahlte das Geld auf sein Bankkonto ein – und kaufte sich noch eine Lederjacke. An Mardi Gras ging er nicht nach New Orleans zurück. Sein Herz war noch nicht bereit dazu. Aber er traf sich mit Mags in den Semesterferien und buchte für sie beide eine Hotelsuite am Strand von San Diego.

Im zweiten Universitätsjahr hatte er sein winziges Appartement gegen eine Drei-Zimmer-Wohnung eingetauscht. Das dritte Zimmer benutzte er als Büro. Er arbeitete sich in Finanzbuchhaltung ein, um sein Geld selbst verwalten zu können, und besuchte einen Drehbuchkurs, weil er glaubte, das vielleicht interessant zu finden. Das war auch so, aber er lernte auch – trotz der Träume seiner Mutter für ihn –, dass er nicht wirklich schreiben konnte. Zumindest konnte er nicht lange genug still sitzen, um zu schreiben.

Als er wusste, dass es an der Zeit war weiterzuziehen, fälschte er Scheine und Papiere, wobei er den Namen Booth Harrison verwendete. Er blickte nicht zurück, als er Texas verließ, hatte es aber auch nicht eilig, nach Carolina zu kommen. Er hatte den ganzen Sommer über Zeit, um sich einzuleben, sich die Gegend anzusehen und vielleicht sogar ein kleines Haus zur Miete zu finden. Er konnte es sich leisten, und er war es leid, in Wohnungen zu wohnen. Er wollte einen Garten, wollte den Rasen mähen und Platz um sich herum haben.

Er hatte Zeit und hatte beschlossen, dass er bereit war zu sehen, was Carolina ihm bieten konnte.

10

Chapel Hill sprach ihn mit seinem Anblick, den Geräuschen, dem Gefühl ähnlich an wie New Orleans. Und obwohl er es sich weder zeitlich noch finanziell leisten konnte, sich ein Haus am See zu mieten, fand er genau das, was er suchte.

Es erinnerte ihn ein bisschen an das Haus, in dem er aufgewachsen war. Er musste es erst noch einrichten, aber wozu gab es Flohmärkte. Schließlich sollte es nicht schick oder dauerhaft sein, sondern nur bewohnbar. Und es hatte einen Garten mit ein paar Bäumen und Sträuchern. Den Rasenmäher legte er sich zu, noch bevor er sich ein Bett kaufte.

Er konnte zu Fuß zum Campus laufen, wenn er den Zwei-Kilometer-Marsch nicht scheute. Eigentlich machte ihm das auch nichts aus, aber er kaufte sich trotzdem lieber ein Fahrrad.

Die Nachbarn zu seiner Rechten, ein Paar in den Dreißigern, hatten ein vierjähriges Kind, ein weiteres war unterwegs. Links von ihm wohnte ein Ehepaar in den Sechzigern. Sie hatten zwei erwachsene Kinder, ein paar Enkelkinder und einen Golden Retriever namens Mac. Er war freundlich zu allen, mähte regelmäßig den Rasen und hörte keine zu laute Musik.

Hier war er Booth Harrison, der ursprünglich aus Chicago stammte, was ihm ungefährlich vorkam. Senior auf der Carolina, Hauptfach Literatur, Nebenfächer Theater und Romanische Sprachen.

Er arbeitete genügend Wahrheit in seine Vita ein, um sie so einfach wie möglich zu halten. Er hatte seine Mutter verloren, eine Tante lebte im Westen, und er wollte in einer ruhigen Gegend wohnen, damit er sich auf sein Studium konzentrieren konnte.

Er kochte gerne und tauschte mit Miz Opal, der Großmutter von nebenan, Rezepte aus. Er half Jackson, dem Typ auf der anderen Seite, ihre schwarze Veranda zu verglasen. Jackson hatte kürzlich erst die Zulassung als Anwalt erhalten, konnte aber einen Hammer nicht von einem Schraubenzieher unterscheiden.

Als das Semester begann, war er bereits tief in seine neue Identität eingetaucht. Mit seinem eigenen Werkzeug installierte er einen Gewehrschrank in seinem unfertigen Keller. Dort, gegenüber von der alten Heizungsanlage, bewahrte er seine Werkzeuge für die Nachtarbeit und die daraus resultierende Beute hinter dicken Türen mit einem guten digitalen Sicherheitsschloss auf. Über den Sommer hatte er nachts reichlich zu tun gehabt – natürlich nicht in seiner eigenen Gegend –, deshalb taten ihm die Studiengebühren nicht allzu weh.

An einem warmen, windigen Morgen fuhr er zum ersten Mal mit seinem Fahrrad zur Uni. Und er fühlte sich sofort angekommen, als er es abschloss und sich unter die anderen Studenten mischte. Wenn er kein Dieb wäre, dachte er, hätte er wohl ganz normal studiert. Vielleicht wäre er sogar Lehrer geworden – obwohl es sicher mehr Arbeit bedeutete, Unterricht zu geben als zu studieren.

Sein erster Theaterkurs machte ihm ungeheuren Spaß, und er gratulierte sich selbst zu seiner Wahl. Hier würde er noch mehr über Make-up und Kostüme erfahren, als er schon in Texas und New Orleans gelernt hatte, und Monologe zu halten und Szenen zu schauspielern, würde nur seinen Fähigkeiten zugutekommen, der zu werden, der er gerade sein musste.

Er lernte schnell, dass die strenge Professorin in seinem Französischkurs eine Herausforderung darstellte – in ihrem Kurs durfte kein Wort Englisch geredet werden. Alle Lektüre und alle schriftlichen Aufsätze fanden *en français* statt. Gleich am Anfang mussten sie *Le Savon* lesen, ein Gedicht über Seife von Ponge – einem toten französischen Dichter – und es in einem Referat Zeile für Zeile analysieren. Er konnte nicht gerade behaupten, dass es ihn begeisterte, ein Gedicht über Seife zu analysieren, aber es war das Französische, was zählte.

Zwischen den Kursen blieb ihm genügend Zeit, um sich ein Stück Pizza und eine Coke zu kaufen, und sein erstes Mittagessen aß er alleine auf einer Bank, wobei er das Treiben auf dem Campus beobachtete.

Er wollte nicht unbedingt Freundschaften schließen, und er hatte auch nicht vor, viele Partys zu besuchen. Ein paar Partys, ein paar Verabredungen mit Frauen – sonst gab es nur unnötiges Gerede. Und er wollte so wenig wie möglich hervorstechen.

Aus einem Impuls heraus meldete er sich für den Shakespeare Club an, weil er interessant klang und sein nächster Professor ihn leitete. Zwei Stunden, ein Abend in der Woche, dachte er. Auf diese Art würde er sich, wie bei den Theaterkursen, ein paar kleine Kreise schaffen. Leute, mit denen er die Mittagspause verbringen oder ein Bier trinken gehen konnte.

Er ging in den Kursraum, der im Vergleich zu seinem kleinen Französischkurs eher einem Hörsaal glich, und wählte einen Platz – nicht vorne, nicht hinten, nicht genau in der Mitte, aber doch nahe dran. Als die anderen nach und nach hereinkamen, holte er sein Tablet, seinen Mini-Rekorder und seinen Notizblock heraus. Er nahm immer alles mit. Es gefiel ihm, wenn die anderen sich unterhielten oder sich einfach hinsetzten, er mochte den Geruch des Latte macchiato, den einer mitgebracht hatte, eines Kaugummis – definitiv Kirsche.

Ein Typ mit einem dicken braunen Haarschopf, der ihm in die Stirn bis auf den Rand seiner Hornbrille fiel, schob sich neben ihn auf den Platz.

»Ich hab dich heute früh in Jones' Kurs gesehen, oder? R.J. Doyle.«

»Ja, wie geht's? Booth Harrison.«

»Läuft, Bro.«

Wie er *Bro* sagte, kennzeichnete ihn als Geek. Booth mochte Geeks. Und sein Akzent klang einheimisch – allerdings mehr in Richtung der Küste von North Carolina.

»Hauptfach Literatur?«, fragte Booth ihn.

»Nö. Theater im Hauptfach, aber wenn du Shakespeare machen willst wie ich, dann ist Professor Emerson dein Mann. Na ja, das weißt du ja, wenn du im Hauptfach Literatur hast.«

»Ich bin von der Texas A&M hierher gewechselt. Heute ist mein erster Tag.«

Der Typ schob die Haare zurück und rückte seine Brille zurecht. »Kein Scheiß? Großer Sprung in deinem Senior-Jahr, oder?«

»Ja, vermutlich schon. Aber ich wollte wechseln. Ich musste letztes Jahr eine längere Pause machen und wollte etwas Neues. Bis jetzt gefällt's mir hier echt gut.«

»Du bist an den richtigen Ort gekommen.« R.J. hob die Hand und winkte jemandem zu. Er sagte »Yo!«, und Booth musste ein Grinsen unterdrücken.

Der totale Geek.

Der Typ, der auf das Winken hin näher kam, hatte milchkaffeebraune Haut, kastanienbraune Augen und Rastalocken. Mit seinen scharfen Wangenknochen, den vollen Lippen und den geschwungenen Augenbrauen war sein Gesicht wie gemacht für Zeitschriften-Cover, fand Booth. Wegen seines schönen Gesichts war ihm der Typ schon in seinem ersten Kurs aufgefallen.

»Zed Warron, Booth Harrison, Hauptfach Literatur, hat gerade gewechselt.«

»Na, herzlich willkommen. Wo kommst du her?«

»Ich war auf der Texas A&M.«

»Du klingst nicht nach Texas.«

»Chicago.«

Und Zed, dachte er, kam aus Mid-Atlantik. Maryland vielleicht oder Northern Virginia, DC.

»Ich habe Cousins in Chicago – furchtbar kalte Winter. Cubs oder Socks?«

»Cubs.«

»Dann halt dich von meinen Cousins fern, wenn du zurückgehst. Die machen dich nieder. Die sind Socks-Fans.«

»Leben und leben lassen ist meine Devise.«

»Vertrau mir, bei Baseball verstehen die keinen Spaß.« Er holt sein MacBook heraus und fuhr es hoch. »Seid ihr bereit?«

»Schon bereit geboren«, erklärte R.J. Er war richtig süß, der Geek.

Der Professor kam herein, nahm seinen Platz am Podium ein und blätterte seine Notizen durch.

Booth beschloss auf der Stelle, dass er, sollte er jemals als College-Professor auftreten, die Rolle anlegen würde wie Bennet Emerson. Sehr dicke Haare – sie spielten ins Kastanienbraune wie Zeds Augen, aber mit reichlich Silber an den Schläfen. Ein perfekt gestutzter Bart, kurz und gepflegt, auch mit silbernen Strähnen. Sanfte grüne Augen hinter den Gläsern einer Brille mit dünnem Metallrahmen.

Booth nahm die Details auf und speicherte sie, dann blickte er sich im fast vollen Hörsaal um. In diesem Moment kamen noch ein paar Nachzügler.

Und dann sah er sie.

Er hatte unzählige Male in seinem Leben an diesen einzigartigen Moment gedacht. Der Moment, in dem sie den Raum betrat, in sein Leben trat und ihm fast den Atem raubte. Sie war schön, aber nicht so aufsehenerregend und lasziv wie Dauphine oder so perfekt wie die Barbiepuppe, mit der er in Texas ausgegangen war. Groß, aber nicht zu groß, vielleicht eins dreiundsiebzig, schätzte er, und in ihren schwarzen Leggings und der blau-weißen Bluse, die ihr bis zu den Hüften reichte, sehr schlank. Ihre zu einem Zopf geflochtenen Haare hatten die Farbe, die Tizian berühmt gemacht hatte – dieses Goldrot, das nur ein Meister erschaffen konnte. Ihre Haut war Milch und Rosenblätter. Die Farbe ihrer Augen konnte er nicht genau erkennen, da sie sich auf einen Platz am Gang setzte und einem anderen Mädchen, das ihr den Platz offensichtlich freigehalten hatte, etwas zumurmelte. Aber als sie das Mädchen anlächelte, konnte er sehen, dass ihr Mund voll und perfekt geschwungen war.

»Guten Tag«, begann der Professor. »Und willkommen in der Welt von Shakespeare.«

Booth nahm die Stimme wahr – ein attraktiver Bariton, der gut trug und den Professor als Einheimischen kennzeichnete –, aber er musste sich zwingen, seine Augen von dem Mädchen abzuwenden. In seinen Ohren rauschte das Blut. Er schaltete seinen Rekorder ein und bemühte sich um Konzentration, während Professor Emerson einen Überblick über den Kurs gab. Er hätte gerne eine Flasche Coke oder Wasser oder so gehabt, weil sein Mund und seine Kehle auf einmal staubtrocken waren. Sein Herz schlug schmerzhaft gegen seine Rippen.

Verrückt, sagte er sich, das ist verrückt. Er hatte noch nie so auf eine Frau reagiert. Interesse, Attraktion, ein bisschen Lust, klar, aber nie etwas, das ihn innerlich so aufgewühlt hatte.

Er sagte sich, er solle sich besser von der Rothaarigen fernhalten. Das konnte kein gutes Ende nehmen.

R. J. beugte sich zu ihm und flüsterte: »Ich hab deinen Blick gesehen, Bro. Miranda Emerson, die Tochter vom Prof.«

Booth gab irgendeinen Laut von sich, machte sich Notizen, die er später nie mehr entziffern könnte.

Auf jeden Fall würde er sich von ihr fernhalten, gelobte er sich. Sich mit der Tochter des Professors einzulassen war ein sicherer Weg, um aufzufallen. Im Geiste stellte er sich vor, wie er ihr Bild in eine Schachtel legte und den Deckel schloss. Es half ihm zumindest so weit, dass er sich konzentrieren und ein paar lesbare Notizen machen konnte.

Nach dem Kurs gönnte er sich zum Tagesabschluss mit R. J. und Zed Nachos und Bier. Er dachte, der Lärm, die Gerüche und die Gesellschaft würden ihm vielleicht dabei helfen, die Rothaarige aus dem Kopf zu kriegen.

»Weiß einer von euch über den Shakespeare Club Bescheid?«

R. J. zeigte mit dem Daumen erst auf sich, dann auf Zed. »Veteranen. Wir vertiefen uns in ein Stück, und der Prof lässt uns darüber reden, weißt du? Und einmal im Monat findet der Kurs in seinem Haus statt, mit Pizza und so. Das ist das Beste.«

»Nimmst du auch teil?«, fragte Zed.

»Ich habe mich eingeschrieben. Ich weiß einfach nur noch nicht genau, ob ich genug Zeit dafür habe.«

»Schaff dir Zeit.« Zed belud seine Nachos mit Käse und Guacamole. »Es passt gut zu den anderen Kursen, aber es ist lässiger, freier. Was machst du mit dem Theaterkurs?«

»Den habe ich mehr aus Vergnügen belegt. Ich mag Theater einfach, und meine anderen Kurse sind ziemlich lernintensiv. Apropos, ich sollte langsam mal los.«

»Wir haben als Gruppe ein Haus auf dem Campus. Wir feiern ab und zu. Du bist herzlich eingeladen.« R.J. prostete ihm mit seinem Bierglas zu.

»Das wäre toll. Bis später.«

Ein verdammt guter erster Tag, dachte er, als er nach draußen ging. Bis jetzt gefielen ihm seine Kurse gut – bei dem Seminar über französische Literatur behielt er sich sein Urteil noch vor –, und er hatte ein paar Kontakte geknüpft, mit denen er bestimmt ab und zu gerne mal feiern würde.

Der Campus war perfekt, das Wetter unglaublich, und genau wie er gehofft hatte, glitt er mühelos in den Rhythmus hinein.

Dann begegnete er ihr erneut. Was für beängstigende Umstände führten dazu, dass er sie auf einem so großen Campus zum zweiten Mal sah? Aber da stand sie an einem der Brunnen mit drei anderen Mädchen und ein paar Jungen.

Sie trug jetzt eine Sonnenbrille, deshalb konnte er ihre Augen immer noch nicht sehen. Aber er wusste, er wusste es einfach, dass sie wundervoll waren.

Er haderte mit sich, weil er die Gruppe – und sie – nicht einfach im großen Bogen umrundete. Stattdessen ging er so nahe an ihnen vorbei, dass er ihre Stimme hören konnte. Warm und fließend, wie ein Sommerregen und mit rauchigem Lachen am Ende des Satzes. Sie sagte: »Ich glaube nicht, dass das jemand tun würde.« Ihre Stimme, ihr Lachen grub sich in sein Gedächtnis ein wie ihr Gesicht. Und dabei hatte er sich doch gerade erst bemüht, sie daraus zu verbannen.

Er ging einfach immer weiter. Und weil er nicht auf den Weg achtete, musste er zu seinem Fahrrad die doppelte Strecke zurücklaufen.

Die Fahrt nach Hause nutzte er, um sie erneut zu löschen. Er überlegte sogar, ob er Sebastien nicht bitten sollte, ihm einen *gris-gris* zu schicken, damit er den Zauber brechen konnte. Es fühlte sich nämlich genauso an wie ein Zauber. Er kannte sie doch noch nicht einmal. Sie konnte eine richtige Bitch sein, eine total versnobte Bitch. Um den Zauber endgültig zu bannen, beschloss er, sie sich so vorzustellen. Miranda Emerson. Ihr Dad hatte sie bestimmt nach *Der Sturm* so genannt – das würde passen. Aber statt unschuldig, lieb und naiv war sie eher kalt, grausam und selbstgefällig.

Als er zu Hause ankam, hatte er sich all das beinahe schon eingeredet. Miz Opal und Papa Pete, wie er sie nennen sollte, saßen auf ihrer kleinen Veranda und tranken Eistee. Er fand, es sah aus wie eine Szene aus einem Film. Einem guten, herzerwärmenden Film ohne zu viel Kitsch.

Als er ihn erblickte, kam Mac angerannt. Booth hockte sich hin, um mit ihm zu spielen, und musste dabei an Bluto denken.

»Du bist ein richtiger Hund«, murmelte er. »Nicht so ein komischer kleiner Mutantenköter.«

»Wie war es an deinem ersten Tag?«, rief Miz Opal.

»Gut. Es war ein echt guter Tag.«

»Komm her und erzähl uns davon. Du kriegst auch etwas Kaltes zu trinken.«

»Danke, aber ich habe ganz schön viel zu lernen heute Abend.« Weil er wusste, dass sie das gut finden würden, fügte er hinzu: »Ich muss ein Gedicht über Seife auf Französisch lesen und es analysieren.«

»Über Seife?« Papa Pete johlte. »Junge, das wirst du doch noch schaffen.«

»Mit Sicherheit. Das bringe ich gleich als Erstes hinter mich.«

»Ich mag Seife; sie ist glitschig und rutschig. Und wenn du schmutzig bist, reinigt sie dir den Pelz.«

Lachend tätschelte Booth Mac ein letztes Mal. »Miz Opal, Sie sind als Dichterin doppelt so gut wie dieser Franzose.« Mit einem Winken ging er ins Haus.

Er fand das Gedicht interessanter und klüger, als er sich vorgestellt hatte, und eigentlich gefiel ihm die Herausforderung, seine Analyse auf Französisch zu verfassen. Er begann auch noch mit dem Aufsatz für den Shakespeare-Kurs, aber dabei musste er an die Rothaarige denken, deshalb unterbrach er die Arbeit, um sich etwas zu essen zu machen und wieder einen klaren Kopf zu bekommen.

Die Struktur fand er gut. Hausaufgaben, Abendessen zubereiten, spülen, wieder Hausaufgaben. Und dann ein bisschen entspannen mit Fernsehen oder Musik, während er Gebiete für seine nächtliche Arbeit recherchierte. Gegen eins zog er sich um und überprüfte sorgfältig die Werkzeuge, die er für den Job ausgesucht hatte. Er liebte seine ruhige Nachbarschaft, aber der Nachteil war auch, dass jemand ihn hören konnte, wenn er sein Auto anließ.

Dafür hatte er sich eine Geschichte zurechtgelegt – wenn ihm zu viel durch den Kopf ging und er nicht schlafen konnte, dann fuhr er mit dem Auto herum. Aber er wollte die Geschichte eigentlich nicht erzählen müssen, deshalb ließ er den Wagen den Block herunterrollen, bevor er ihn startete.

Das Haus, das er sich ausgesucht hatte, über fünfzehn Kilometer weit entfernt, würde leer sein. Das wusste er, weil die Bewohner Jack und Elaine Springer Fotos von ihrer Reise nach Italien – hauptsächlich Essen – gepostet hatten.

Social Media musste man lieben.

Und während die Spanische Treppe in Rom im Morgenlicht lag – Jack und Elaine konnten sie von ihrem Hotelzimmer aus sehen –, parkte Booth einen Kilometer entfernt von ihrer Villa seinen Wagen.

Es war ein großes, langweiliges Haus im Kolonialstil mit einem ganz anständigen und leicht zu umgehenden Sicherheitssystem. Da seine Beute aus den Briefmarken bestehen sollte, die Jack im Internet beschrieben und in einigen Foren mit anderen Sammlern diskutiert hatte, betrachtete Booth den Job als Rückkehr zu seinen Wurzeln.

Fast zehn Jahre Erfahrung führten dazu, dass er wesentlich schneller in dem Haus unterwegs war als sein jüngeres Ich, aber das Staunen und der Kick, als er drinnen war, waren immer noch die gleichen.

Er war vorher zwar noch nie dort gewesen, hatte aber die Pläne, die er im Internet gefunden hatte, im Kopf. Er ging direkt in den ersten Stock zu Jacks Arbeitszimmer, wo der Philatelist seine Briefmarkensammlung in Ledermappen in einer Vitrine aufbewahrte. In einem Album steckte eine Penny Black von 1840 – die erste selbstklebende Briefmarke der Welt. Nicht gestempelt, laut Jacks Aussagen in seinen online geführten Diskussionen, aber mit vier glatten Rändern. Er würde das selber entscheiden, nachdem er sie angeschaut hatte. Wenn Jack, wie so viele in den Social Media, übertrieb, dann konnte er sich ja etwas anderes aussuchen.

Sie zu finden war leicht, da Jack ein gut organisierter Sammler war. Definitiv nicht gestempelt, dachte Booth, als er die Briefmarke unter der Lupe betrachtete. Und drei der vier Ränder waren zwar unbeschädigt, aber der vierte war fraglich.

Und das verringerte den Wert – und seinen Gewinn – beträchtlich. Trotzdem, schlecht war sie nicht, dachte er. Er begann, ein anderes Album durchzusehen, um sich noch eine zweite auszusuchen, als sein Blick auf das Gemälde über dem kleinen Gaskamin fiel.

Das Kunstwerk gefiel ihm nicht – harte Farben und Formen, aber als er mit der Taschenlampe darüber leuchtete, erblickte er die Scharniere.

»Ein Klassiker.«

Er schob das Gemälde beiseite und lächelte, als er den kleinen Safe mit dem vierstelligen digitalen Schloss sah.

»Ich meine, ich stehe nun mal gerade hier. Es wäre falsch, nicht mal wenigstens einen Blick hineinzuwerfen?«

Er griff in seine Werkzeugtasche. Er war nie bei den Pfadfindern gewesen, schätzte jedoch ihr Motto. Allzeit bereit. Er nahm den Magnet heraus, der in einer guten Sportsocke steckte. Er hatte zwar auch andere Methoden, aber diese hinterließ keine Spuren, und wenn sie funktionierte, dauerte sie für gewöhnlich weniger als eine Minute. Oder, in diesem Fall, achtzehn Sekunden, in denen der eingepackte Magnet über die Safetür glitt.

Drinnen lagen viele Papiere, aber die, die ihn interessierten, waren ausnahmslos grün. Zehn Stapel Fünfzig-Dollar-Scheine mit Banderole, tausend Dollar der Stapel. Er überlegte, ob er lieber zweimal so viel für die Briefmarke – oder Briefmarken – bekommen oder den Spatzen in der Hand nehmen wollte. Er konnte auch beides nehmen – Bargeld und Briefmarken –, aber das würde die Gier-Regel brechen. Also ersann er spontan eine neue Regel.

»Nimm immer das Bargeld.«

Er packte das Geld in seine Tasche, schloss den Safe und schob das hässliche Bild wieder an seinen Platz zurück. Dann verabschiedete er sich von der Penny Black und steckte sie wieder in das Album. In weniger als einer Stunde war er wieder geräuschlos vors Haus gerollt und hatte zehn Riesen in seinem Kellersafe verstaut.

Als er ins Bett ging, überlegte er, wie er die Beute am besten ausgeben sollte. Dann dachte er über das Referat über *Henry V* und den politischen Vergleich zur heutigen Zeit nach, das er zu schreiben begonnen hatte. Er fand, er hatte gute Ansätze für das Thema gefunden, was er erforschen wollte, und ging sie in Gedanken noch einmal durch, bevor er einschlief.

Und letztendlich träumte er von der Rothaarigen.

Booth hätte wissen müssen, dass sie auch noch in einem anderen seiner Literaturkurse sein würde. Er hatte sich die Universität ja nicht nur wegen der Fächer ausgesucht, sondern weil sie so groß war.

Und dort saß sie, in seinem Kurs über zeitgenössische Literatur, die Haare wieder zu dem schicken Zopf geflochten, und dieses Mal so nahe bei ihm, dass er ihre Augenfarbe erkennen konnte – meergrün mit einem auffälligen dunklen Ring um die Iris.

Er musste sich anstrengen, um sie zu ignorieren. Schließlich war er hierhergekommen, um zu lernen, um über Bücher zu diskutieren und in sie einzutauchen. Nicht, um wie besessen an eine andere Studentin zu denken.

Dann drehte sie den Kopf und schaute ihn an. Vielleicht hatte ja sein Bemühen, sie nicht zu beachten, irgendeinen inneren Schalter umgelegt, auf jeden Fall drehte sie sich um und blickte ihn zehn schmerzhafte Sekunden lang direkt an.

Sie lächelte, nur ein bisschen, gerade so viel, dass sich sein

Herz zusammenzog, bevor sie sich wieder abwandte. Den Rest des Kurses bekam er nicht mit. Er würde sich auf seinen Rekorder verlassen müssen und die ganze Stunde einfach noch einmal abspielen. Er achtete zwar darauf, dass er ihr am Kursende aus dem Weg ging, entspannte sich jedoch erst wieder, als er im Kurs über Bühnen-Make-up saß … der auch auf Film, Fernsehen … und Nachtarbeit anzuwenden war.

Am Ende des Tages stand Tanzunterricht an, auch nützlich für die nächtliche Arbeit. Man musste anmutig und flink auf den Beinen sein, um Bewegungsmelder zu umgehen. Und er würde mit Sicherheit auf welche treffen, wenn er sich größere Jobs vornahm.

Abgesehen von der Rothaarigen – und die würde er schon wegstecken –, bewertete Booth seine erste Woche auf der UNC als die beste, die er je erlebt hatte. Freitag Abend gönnte er sich eine Pause und feierte mit R. J., Zed und ein paar anderen von der Theatergang.

Am Samstag mähte er den Rasen, putzte das Haus – lebenslange Gewohnheit. Dazwischen warf er einen Frisbee für Mac und rettete seinen anderen Nachbarn, indem er ihm half, die Verandaschaukel aufzuhängen, die er für seine Frau zum Hochzeitstag gekauft hatte. Ehrlich, der Typ war nicht nur jämmerlich schlecht, sondern eine Gefahr für die Umwelt, wenn er ein Werkzeug in der Hand hielt.

In diesen ersten paar Wochen fand Booth einen Rhythmus, wobei er die Anforderungen höherer Bildung mit lockerer Freundschaft und den schlichten Freuden, die sie boten, verband. Und auch das, was er wirklich als seinen Job betrachtete, fand seinen Platz. Er vertiefte sich ins Studium, schrieb Referate, las die aufgegebene Lektüre, machte jedoch gleichzeitig auch alle nötigen Recherchen und Vorbereitungen für eine erfolgreiche Laufbahn als Dieb. Er beschloss, nicht mehr als einen nächtlichen Job pro Monat anzustreben – höchstens zwei, wenn ihm etwas in den Schoß fiel.

Und da er nach vorne blickte, wie die Karten gesagt hatten, begann er auch schon einmal, Pläne für die Frühjahrsferien zu machen.

Er wollte nicht mit anderen College-Studenten an den Strand, sondern mit Mags nach Italien. Vielleicht hatten ihn Jack und Elaine inspiriert – oder auch diese Nacht mit den leichtverdienten zehntausend Dollar –, aber er wollte unbedingt nach Florenz, und Mags sollte es auch sehen.

Da er in den Lokalnachrichten bisher keinen Pieps über das gestohlene Geld gehört hatte, fragte er sich, ob Jack es vielleicht nicht so ganz legal erworben hatte. So oder so, das meiste davon war jetzt sorgfältig investiert und würde ausreichen, um zwei Erster-Klasse-Flüge und eine Suite mit zwei Schlafzimmern in einem erstklassigen Hotel zu buchen. Er konnte ausprobieren, wie gut sein Italienisch im Ursprungsland funktionierte, er konnte all diese Kunstwerke sehen und dieses wunderbare Essen genießen. Und wäre es nicht großartig, einen kleinen nächtlichen Job in einem Ort zu versuchen, an dem Englisch nicht die erste Sprache war?

Das war sicher eine Überlegung wert.

Allerdings war diese Reise noch Monate entfernt, und er musste sich erst einmal auf das Hier und Jetzt konzentrieren. Er hatte vor, aus dem Shakespeare Club wieder auszusteigen – vor allem, nachdem er erfahren hatte, dass das erste Treffen in Professor Emersons Haus stattfinden würde. Höchstwahrscheinlich würde sie auch da sein, und dort würde es ihm nicht so leichtfallen, ihr aus dem Weg zu gehen wie bisher.

Aber R. J. und Zed vereitelten seinen Plan.

»Auf gar keinen Fall, Bro, du musst mitkommen.« R. J. wedelte mit der letzten Hälfte seines Panini, während ihm die

Haare ins Gesicht fielen. »Da kriegst du alles – Einsichten, Kameradschaft und hervorragendes Essen. Beim Prof gibt es immer erstklassiges Essen!«

»Und wenn du dich eingeschrieben hast – und das hast du getan«, erinnert Zed ihn, »warum willst du dann nicht hingehen? Er wird dich nach dem Grund fragen.«

»Warum sollte ihn das interessieren?«

»Der Mann interessiert sich dafür«, versicherte Zed ihm.

»Ich habe echt viel zu tun, und ich muss noch ein Referat fertigschreiben über *Das letzte Gefecht* von Stephen King. Und ich muss eine Analyse über einen weiteren toten französischen Dichter schreiben. Warum habe ich mir bloß diesen Kurs ausgesucht?«

»Hast du nicht gesagt, du hättest für den letzten Aufsatz, über diesen Seifen-Typ, eine Eins bekommen?«

»Ja, aber ...«

»Du musst dein Leben ausgeglichener führen. Zed sagt, du hast Zen.« Er wischte eine Fritte durch einen kleinen Senftümpel – eine Abweichung von der Norm, aus der Booth nicht schlau wurde. »Hast du Angst vor der Tochter vom Prof?«

»Wie? Was? Warum sollte ich?«

»Digger, du guckst sie so eindringlich an, dass du genauso gut aufstehen und ihr am Ohrläppchen knabbern könntest.«

»Ach, komm, Mann, das ist Quatsch.«

»Die Wahrheit.« R. J. vertilgte den letzten Rest von seinem Panini. »Du kannst uns am Wohnheim abholen kommen. Du hast das beste Auto. Wir beschützen dich vor *the legs* Emerson.«

»The legs?«

»Du hast anscheinend nicht eindringlich genug hingesehen, sonst hättest du erkannt, was für lange Beine sie hat«, erwiderte Zed. »Komm so gegen sechs vorbei, und dann bist du für den Abend in Sicherheit.«

Nichts zu trinken war kein Problem, aber dass sie trotz seiner Blicke keine Notiz von ihm genommen hatte, war eins. Zeit, das in Ordnung zu bringen.

»Gut. Aber wenn ich diesen Französisch-Aufsatz vermassle, dann seid ihr schuld.«

TEIL II
DER DIEB

Alle Menschen lieben es,
sich die Besitztümer anderer anzueignen.
Das ist ein universelles Verlangen;
Der Unterschied liegt nur in der Art,
wie sie es tun.

Alain René Lesage

So muss ich wohl noch von der Nacht
eine dunkle Stunde borgen.

William Shakespeare

11

Die Rothaarige – er bemühte sich wirklich sehr, nicht mit ihrem Namen an sie zu denken – war nicht nur da. Sie machte ihnen die Tür auf. Dabei trug sie eines dieser luftigen Sommerkleider – die Art, bei der die meisten Typen gar nicht auf das Kleid achteten, sondern nur die Tatsache bemerkten, wie dünn und luftig es war und wie viel Bein und Arm es zeigte. Heute Abend hatte sie keinen Zopf, sodass dieses Sonnenuntergangshaar in lockeren Wellen auf die Schultern fiel. Fast nackte Schultern. Diese meergrünen Augen lächelten; die vollen, ungeschminkten Lippen bogen sich.

»Hi. Ihr seid R.J. und Zed – ich kenne euch noch vom letzten Jahr.«

Gott, sie hatte eine tolle Stimme. Er hatte sie zwar schon ein paar Mal im Unterricht gehört, aber das hier war etwas anderes. Viel intimer und direkt vor ihm.

Und wie bei diesem einen Mal im Kurs fiel ihr Blick auf ihn.

»Und wer ist euer Freund?«

»Das ist Booth Harrison, von der Texas A&M hierher gewechselt. Hauptfach Literatur, Nebenfach Theater.« R.J. klopfte Booth kameradschaftlich auf die Schulter.

»Willkommen, Booth. Miranda.«

Als sie die Hand ausstreckte, dachte er: Oh Jesus, jetzt muss ich sie berühren.

Er brachte es schnell hinter sich, auch wenn ihm der feste

Händedruck gut gelang. »Freut mich, dich kennenzulernen.«

»Ich glaube, wir haben einige Kurse gemeinsam. Na, dann kommt mal rein. Die meisten sind schon da.«

Er versuchte, sich auf das Haus zu konzentrieren und nicht auf die Art, wie sie sich bewegte. Ihre Bewegungen waren fließend wie ihre Stimme.

Er fand das Haus würdevoll und künstlerisch zugleich. Aus der Umgebung – Seeblick –, der Größe und dem gepflegten Zustand schloss er, dass der Professor aus einer vermögenden Familie kommen musste. Es war nicht so wie bei Jack und Elaine – keine McVilla, sondern ein altes, schönes, verschnörkeltes viktorianisches Haus.

Er strich es von jeder potenziellen Liste für seine nächtliche Arbeit. Vielleicht war es sogar die Art von Haus, in der ein Mann seines Schlags ein oder zwei hübsche Schätzchen finden konnte, aber er brach nicht bei seinen Lehrern ein. Das wäre einfach zu unhöflich. Er registrierte die Kunstgegenstände – interessant und anspruchsvoll. Die Möbel von der Eingangshalle bis zum Wohnbereich sahen nach Antiquitäten aus. Geerbte Dinge.

Mindestens ein Dutzend Leute tummelte sich schon im sehr großen Wohnzimmer, was ihn auf den Gedanken brachte, dass wahrscheinlich mehrere Wohnräume irgendwann einmal zu einem einzigen Raum zusammengefasst worden waren. Aber die hervorragende Holzvertäfelung und die Deckenmedaillons waren erhalten geblieben. Ein alter Kamin war weiß verputzt, flankiert von deckenhohen Glasschränken voller Bücher, Fotos, Erinnerungsstücke.

»Magst du alte Häuser?«, fragte sie ihn.

»Was? Ja, sehr.«

»Ich auch. Ich bin die vierte Generation von Emersons,

die hier leben. So, wisst ihr noch, wo die Küche ist? Da stehen Getränke und etwas zu essen. Es kommen noch ein paar Leute, also lasst euch ruhig Zeit.«

Sie hatte es noch nicht ganz ausgesprochen, als es schon wieder an der Haustür läutete. Sofort wandte sie sich ab und ging hin, um aufzumachen.

Er verliebte sich in das Haus. Sie hatten alle Räume geöffnet, aber die viktorianischen Merkmale trotzdem erhalten. Bis hin zur Küche, wieder ein großer Raum mit Wänden so hellbraun wie Toast, breiten Glastüren, die zur Terrasse, dem Rasen und der Gartenanlage führten. Dahinter lag der See.

In einer riesigen Zinkwanne voller Eis auf einem Tisch befanden sich die Getränke – Bier, Wein, Wasser, Coke. Pizza und andere leicht zuzubereitende Speisen stand auf der breiten Kochinsel.

R. J. nahm sich einen Teller. »Hervorragendes Essen. Habe ich zu viel versprochen?«

Booth begnügte sich mit einer Coke. Es gefiel ihm nicht, wie nervös sich sein Magen gab – er war doch sonst nie nervös. Aber da er sich so fühlte, wollte er lieber nichts essen.

Er kannte ein paar Leute aus anderen Kursen und ein paar vom Sehen. Er rief sich selbst ins Gedächtnis, warum er sich für diesen Kurs angemeldet hatte. Um zu lernen, um ein bisschen Spaß zu haben. Und um ein paar lockere Beziehungen zu knüpfen.

Einsame Wölfe fielen zu sehr auf.

Die Rothaarige saß auf dem Boden und unterhielt sich mit der Sportskanone, mit der er sie schon auf dem Campus gesehen hatte, und mit dem Mädchen, das ihr am ersten Tag den Platz freigehalten hatte. Die drei waren definitiv ein Trio, dachte er. Als die Rothaarige lachte und der Sportskanone einen freundschaftlichen Stoß mit dem Ellbogen versetzte, fragte er sich, ob sie wohl ein Paar waren. Die Möglichkeit hätte ihn eigentlich erleichtern müssen. Stattdessen verspürte er einen kurzen, hässlichen Stich. Anscheinend war er eifersüchtig.

Noch ein Gefuhl, das er nicht mochte.

Der Professor hockte auf der Sofalehne. Selbst in Jeans und T-Shirt – ohne Jackett –, mit einer Flasche Amstel Light in der Hand, sah er aus wie ein Collegeprofessor. Auf der anderen Seite des Zimmers standen ein paar Klappstühle, und dorthin ging Booth. Damit war er zwar weiter Teil der Gruppe, hielt sich aber doch ein bisschen abseits. Das war ihm nur recht.

Das Geplauder hörte nicht auf, als der Professor aufstand, aber es wurde leiser.

»Willkommen zu unserem ersten Treffen des Jahres. Manche von Ihnen sind hier, weil sie Shakespeare-Fans sind, andere hoffen, ihre Noten zu verbessern, und wieder andere, weil sie von dem kostenlosen Essen gehört haben. Alles einwandfreie Entscheidungen. Ich sehe ein paar vertraute Gesichter und ein paar neue. Noch kenne ich nicht alle eure Namen, aber ich werde sie bald wissen.

Es gibt nur wenige Regeln. Haltet euren Bereich sauber, recycelt alle Flaschen und Dosen, und wenn ihr das nicht tut, müsst ihr sie bezahlen. Ansonsten sind alle Meinungen und Interpretationen zulässig. Und lebhafte Diskussionen müssen nicht beleidigend werden.« Er setzte sich wieder hin und fuhr fort: »Die Diskussionen werden sich in diesem Jahr auf die Liebesbeziehungen in Shakespeares Werk erstrecken, auf den Humor und Konflikt in ihnen, auf Witze und Worte, und wie diese Beziehungen die Zeit charakterisieren, in der sie geschrieben wurden, wie ähnlich oder wie unterschiedlich sie von den heutigen Gefühlswelten sind. Heute Abend werden wir uns Beatrice und Benedikt anschauen, vor allem im Gegensatz zu Hero und Claudio.« Er schwieg kurz. »Und wenn ihr diese Namen nicht kennt, wenn ihr *Viel Lärm um nichts* nicht gelesen habt, müsst ihr euren Shakespeare auffrischen.«

»Schlag nach bei Shakespeare«, sang R.J. mit überraschend starker Stimme. »Denn da steht was drin.«

Ben lachte und machte eine Handbewegung. »Und wenn ihr *das* nicht kennt, leiht euch den Film aus. Obwohl, wenn wir zu Petruchio und Kate kommen, öffnen wir die Fenster, um den Rauch aus Mirandas Augen zu vertreiben. Wenn der Dichter heute leben würde, wüsste sie viele, viele andere Wörter für ihn, die besser passen würden als widerspenstig.«

»Sexistischer Tyrann quält eine starke Frau gewalttätig und psychologisch, bis er sie zu einem gefügigen Fußabtreter gemacht hat.«

»Und noch andere Ausdrücke«, beendete Ben mit einem Grinsen zu seiner Tochter den Satz. »Aber darüber reden wir ein anderes Mal. Lassen Sie uns mit Beatrice anfangen, einer weiteren starken Frau – klug, gewitzt, sarkastisch, mit einem scharfen Blick auf die männliche Spezies. All das sehen wir an dem, was sie sagt.«

»Mir wäre es lieber, mein Hund verbellt eine Krähe, als dass ein Mann mir ewige Liebe schwört.«

»Und das soll nicht sexistisch sein?«, warf die Sportskanone ein.

Und, stellte Booth fest, sie waren mitten in der Diskussion.

Es gab viele Wortbeiträge, Einwürfe, Gegenargumente. Die Gruppe warf mit Zitaten um sich wie mit buntem Konfetti. Er hatte nicht vor, in dieser ersten Runde allzu viel zu sagen. Seiner Meinung nach zahlte es sich aus zu wissen, wer wer war und worum es ging, bevor man teilnahm. Durch Zuhören und Beobachten lernte man viel mehr. Die Rothaarige hatte eine Menge zu sagen und hielt damit nicht hinter dem Berg. Nach kaum zwei Minuten wusste er schon, dass sie beängstigend klug war – zumindest auf diesem Gebiet.

Zed hatte sich in einen Sessel neben ein Mädchen namens Jen gezwängt – schwarz gerahmte Brille, glatter, klassischer schwarzer Bob. Der Sportler, Phil, ging alle Teilnehmer an, aber auf eine harmlose Art und Weise. Die dritte im Bunde – Hayley – musste im Debattierclub sein, denn sie nahm jede Ansicht auseinander und verfolgte sie bis zum Ende. Der Professor schaltete sich nicht allzu oft ein, sondern ließ das Gespräch einfach laufen. Booth fand, dass das einen guten Lehrer und selbstbewussten Anführer ausmachte.

R.J. ging hinaus und kam mit einer weiteren Schüssel Chips zurück. Er reichte Booth noch eine Coke.

»Danke.« Und weil er, als er sie öffnete, der Diskussion zuhörte, begann er zu reden, ohne weiter nachzudenken. »Claudio liebt sie eigentlich gar nicht.«

Ben warf ihm einen Blick zu und legte den Kopf schräg. »Warum?«

»Was? Oh, Entschuldigung, ich habe nur laut gedacht.«

»Führen Sie den Gedanken aus.«

Verlegen rutschte Booth auf seinem Stuhl hin und her. »Ich meine, wie soll das Liebe sein? Er wird durch eine Intrige von Don John – und jeder weiß, dass Don John ein Arschloch ist – auf den Gedanken gebracht, dass Hero mit einem anderen Mann schläft. Warum geht er nicht sofort hin und spricht mit ihr? Stattdessen wartet er bis zur Hochzeit, verurteilt sie – sagt aber nicht, was los ist. Und es wäre ihm egal, wenn sie stirbt. Selbst ihr Vater findet das in Ordnung. Aber niemand sagt, was mit dem Typ los ist, der mit ihr geschlafen hat. Niemand sagt, er ist zu verurteilen. Und das soll Liebe sein? Klar, sie ist nur eine Frau, hübsch anzusehen zwar, aber er kann sich auch einfach eine andere nehmen. Benedikt und Beatrice begegnen sich auf Augenhöhe. Hero und Claudio nicht.«

Er wünschte, er hätte nicht bemerkt, dass die Rothaarige ihn anlächelte, als er fertig war.

»Er dachte, sie würde ihn in der Nacht vor ihrer Hochzeit betrügen«, kam es von der debattierfreudigen Hayley.

»›Dachte‹ ist das wichtige Wort hier, oder? Er fragt nicht, er verlangt keine Erklärung. Und er glaubt ihr nicht, als sie es abstreitet. Er ist passiv, aber Hero auch. Sie sind nur Vorlagen für Benedikt und Beatrice.«

»Hero hätte Claudio in den Wind schießen sollen. Danke für nichts, du Idiot«, warf Jen ein.

»Genau. Und vielleicht hätte sie lieber Dogberry heiraten sollen. Er weiß wenigstens, dass er ein Arsch ist.«

Überraschenderweise fand Booth es befriedigend, dass ihm das Gelächter einbrachte.

Ein paar der Theaterkursteilnehmer fingen an, ein paar Zeilen von Dogberry und der Wache nachzuspielen.

»Noch schnell eine Frage, bevor wir zum Ende kommen: Entschuldigung, Sie sind in meinem Montags- und Donnerstagskurs.«

»Booth. Booth Harrison.«

»Genau. Sehr solider Aufsatz über *Henry V.* Schaffen diese beiden Paare, diese vier verrückten Kinder, es denn?«

»Klar, das glaube ich schon. Benedikt und Beatrice sind verrückt nacheinander, sie haben beide Verstand und werden sich nie miteinander langweilen. Claudio und Hero werden passiv durch alles hindurch treiben, Traditionen befolgen, keine Regeln brechen, und damit sind sie zufrieden.«

»Ich stimme Ihnen zu, und jetzt nehmen Sie Ihren Müll mit und verlassen mein Haus. Nächste Woche wieder auf dem Campus, um dieselbe Zeit. Dann besprechen wir die

Beziehungen im *Sommernachtstraum.* Shakespeare fügt ein bisschen magischen Unfug hinzu, da sich eine weitere Hochzeit nähert.«

Die Leute standen auf, sammelten ihren Abfall ein, und damit stieg auch der Lärmpegel. Aus alter Gewohnheit begann Booth, alles zusammenzutragen, was andere zurückgelassen hatten.

»Ich hoffe, wir haben Sie nicht abgeschreckt.«

»O nein, Sir. Es war gut. Sie haben sogar mit meiner Lieblingskomödie angefangen.«

»Ich mag sie auch besonders gern. Sie leisten exzellente Arbeit in meinem Kurs. Es wäre schön, wenn Sie sich mehr beteiligen würden.«

Mist – er war aufgefallen.

»Ich denke, im Moment nehme ich eher nur auf.«

»Warten Sie nicht zu lange. Ich liebe es, die Stimmen meiner Studenten zu hören.«

Booth warf den gesammelten Abfall weg und nahm die angebrochene Flasche Coke für die Fahrt mit. Und da die Rothaarige mit dem Sportler zusammenhockte – da lief offensichtlich doch was –, gelang es ihm, das Haus zu verlassen, ohne ihr noch mal zu begegnen.

Ein paar Leute standen draußen noch auf dem Rasen oder dem Bürgersteig. Einige stiegen in ihre Autos, andere aufs Fahrrad, und manche würden sicher die zwei Kilometer zum Campus zu Fuß gehen.

»Hey Booth, kannst du Jen nach Hause fahren?«

Zed hatte ihr den Arm um die Schultern gelegt, aber Booth fand, es sah eher freundschaftlich als romantisch aus. Na, egal.

»Klar, steig ein.«

»Danke. Das war dein erstes Treffen hier, oder?«

»Ja. Hat mir gut gefallen.«

»Wir haben einen Drama Club, der sich jeden ersten Dienstag im Monat trifft. Du solltest mitmachen. Wieso habt ihr ihn eigentlich noch nicht zum Drama Club überredet?«

»Er hat's abgelehnt«, erwiderte R.J.

»Eins nach dem anderen. Ich habe dieses Semester einen vollen Stundenplan.«

»Irgendwo musst du ja mal entspannen.«

Jen plauderte auf der Rückfahrt so entspannt, dass Booth den Eindruck gewann, die drei würden einander gut kennen.

»Ich kann dich an deinem Wohnheim absetzen«, sagte Booth zu ihr. »Kein Problem.«

»Kein Wohnheim, danke. Ich lebe mit diesen Jungs zusammen. Keine Sex-Eskapaden, nur eine platonische Gemeinschaft von fünf Leuten. Bist du liiert?«

»Äh, nein.«

»Schlimme Trennung in Texas«, warf R.J. hilfreich ein.

»Habe ich gehört. Ich würde dich ja fragen, ob du mit mir ausgehst, weil du wirklich süß bist, aber du bist nicht mein Typ.«

Er warf einen Blick in den Rückspiegel. »Okay, und warum?«

»Ich bin eine zierliche asiatische Göttin mit meinen eins fünfundfünfzig. Und du bist eine lange, schlanke Maschine. Wie groß bist du? Eins neunzig?«

»Eins vierundneunzig.«

»Wir sähen blöd miteinander aus bei dem Größenunterschied. Deshalb lieber platonisch.«

»Du könntest ja hohe Absätze tragen.«

Sie lachte und schlug Zed aufs Knie. »Ich mag ihn. Du hast es mir ja vorausgesagt.«

Er mochte sie auch, ihre unbekümmerte Art, und nachdem

er die drei abgesetzt hatte, fuhr er, zufrieden mit dem Abend, nach Hause. Jetzt, wo er die Rothaarige mit dem Sportstyp zusammen gesehen hatte, konnte er sie sich einfach aus dem Kopf schlagen.

Doch gleich am nächsten Tag überfiel sie ihn. Er hatte nicht damit gerechnet und lief direkt in sie hinein.

Sie wartete vor dem Kurs auf ihn und blockierte ihm den Weg.

»Hey. Hi.«

»Hey. Hi. Lass uns einen Kaffee trinken«, schlug sie vor.

Es traf ihn so unvorbereitet, dass ihm nicht sofort eine Erwiderung einfiel. »Eigentlich muss ich …«

»Du hast anderthalb Stunden Zeit bis zu deinem nächsten Kurs. Ich auch. Ich lade dich auf einen Kaffee ein.«

Seine Mutter hatte ihn gut erzogen. »Okay. Brauchst du was?«, fragte er, als sie ihn am Arm ergriff und mitzog.

»Ja, Kaffee. Ich habe heute früh verschlafen – ich hasse es, wenn das passiert – und hatte kaum Zeit, eine Tasse herunterzuschütten.«

»Nein. Ich meinte, von mir.«

»Ja. Mir brennt eine Frage auf der Zunge.«

Sie hatte auch keine Zeit gehabt, sich die Haare zum Zopf zu flechten, dachte er, sondern hatte sie nur zu einem Pferdeschwanz zusammengebunden. Sie warf ihn zurück, als sie ihn anblickte.

»Okay.«

»Glaubst du an Reinkarnation? Du weißt schon, wir müssen viele Leben leben, bis alles richtig läuft.«

Mit so einer Frage hatte er überhaupt nicht gerechnet. Aber da sie ihn immer noch mit sich zog – offensichtlich wusste sie, wo sie ihren Kaffee trinken wollte –, dachte er über die Frage nach: an seine Mutter, wie kurz ihr Leben gewesen war, wie schwer sie es oft gehabt hatte.

»Ja, es muss mehr als nur eine Runde geben.«

»Das glaube ich auch. Deshalb frage ich mich – zweite wichtige Frage –, ob ich in irgendeinem vergangenen Leben etwas falsch gemacht habe und du mich deshalb nicht magst. Normalerweise mögen mich die Leute ziemlich gern, aber vielleicht habe ich in einem vergangenen Leben deinen Hund erwürgt.«

»Ich glaube nicht, dass du irgendeinen Hund erwürgt hast, geschweige denn meinen.«

Sie warf ihm aus ihren wunderschönen Augen einen langen, wissenden Blick zu. »Vergangene Leben können kompliziert sein.«

»Ich kann jedenfalls nicht behaupten, dass ich dich nicht mag. Ich kenne dich ja gar nicht.«

»Dann hast du jetzt die Chance, mich kennenzulernen.« Sie steuerte das Café an, machte große Schritte mit ihren langen Beinen. »Mir hat gefallen, was du über Hero und Claudio gesagt hast, deshalb gebe ich dir eine Chance.«

Das Café war voller Studenten und Angestellter, die Kaffee, Muffins und Plätzchen so groß wie Dessertteller genossen.

»Ich trinke eigentlich nicht viel Kaffee.«

Sie starrte ihn aus ihren erstaunlich grünen Augen an. »Und doch stehst du aufrecht, atmest und funktionierst.« Sie trat an die Theke. »Miranda für beide. Café Americano, extra stark.«

Er nahm an, dass das genug Espresso war, um Tote wieder zum Leben zu erwecken.

»Treten deine Augen aus den Höhlen wie bei einer Comic-Katze unter Strom, wenn du den getrunken hast?«

»Das werden wir herausfinden.«

»Für mich einen Vanilla latte.«

»Ah, ein Kaffee-Weichei«, meinte sie neckend.

»Ertappt.«

Sie bezahlte, und sie traten beiseite, um zu warten. Im Café roch es durchdringend nach Kaffee – ein Duft, der seiner Meinung nach das eigentliche Getränk übertraf. Aber ihren Duft nahm er trotzdem wahr.

Leicht, frisch.

Genau deshalb rief er sich ins Gedächtnis, dass sie mit dem Sportler zusammen war. Phil. Phil, die Sportskanone.

»Und … wo ist Phil?«

Sie zog eine Augenbraue hoch – die linke. Dieser Tick war ihm schon früher aufgefallen. Und sie zog ihr Handy aus der Tasche, um nach der Uhrzeit zu sehen.

»Ich glaube, er ist jetzt in seinem Filmstudien-Seminar. Warum?«

»Einfach so. Ich dachte nur, ihr zwei hättet was … am Laufen.«

Sie lächelte ihn an, dann wandte sie sich zur Theke, um die Getränke zu nehmen, weil ihr Name aufgerufen wurde. »Lass uns rausgehen, weg von dem Lärm hier. Am Laufen«, wiederholte sie, als er ihr die Tür aufhielt. »Ja, wir haben was am Laufen. Man nennt es Freundschaft. Wir haben uns im Sophomore-Jahr gefunden. Sophomore, weil ich auf der Highschool und in Sommerkursen genügend an College-Level gesammelt habe, um als Sophomore einzusteigen. Er ist wirklich klug, lustig, sportlich – er wird dieses Jahr Quarterback. Und er ist zurzeit schwer verliebt in einen Studenten namens Chad.«

»Oh.«

»Er ist nicht mein schwules Maskottchen, nur mein Freund. Hast du ein Problem damit?«

»Nein. Himmel, nein.« Außer dass es ihn wieder in Schwierigkeiten brachte.

»Gut. Ich habe nämlich für Bigotterie absolut nichts übrig. Und du«, fuhr sie beim Gehen fort, »hast also in deinem Senior Jahr gewechselt. Warum?«

»Wenn du auch nur zwei Minuten in der Nähe von R.J. verbracht hast, weißt du das eigentlich.«

Sie lachte und wies auf eine freie Bank. »Schlimme Trennung. Die meisten von uns haben das schon erlebt, aber wir ziehen für gewöhnlich dann nicht in einen anderen Bundesstaat.«

Spontan mischte er seine Geschichten. »Ich wollte eine Veränderung. Den Campus hatte ich mir schon vorher angesehen, und er hat mir wirklich gefallen, aber ... Meine Mutter ist gestorben.«

»Oh, Booth, das tut mir so leid.«

Sie meinte es aufrichtig, er spürte es, als sie ihre Hand auf seine legte.

»Es war ziemlich hart, und meine Tante – die Schwester meiner Mutter, sie hat alles mit uns zusammen durchgemacht –, na ja, wir wollten beide von Chicago weg. Sie schaute sich in New Mexico um, und ich zog nach Texas, weil das auf meiner Liste stand. Es ist eine tolle Uni, aber als ich einen Vorwand zum Wechseln hatte, habe ich ihn ergriffen. Und hier fühlt es sich richtig an.«

»Damit rennst du bei mir offene Türen ein. Ich bin hier praktisch großgeworden. Was ist mit deinem Vater?«

»Den hat's nie gegeben. Dein Dad ist großartig.«

»Der beste von allen.«

Er musste unbedingt mehr erfahren. Er wollte es eigentlich nicht, aber er musste es. »Und deine Mom?«

»Mmm. Lange Geschichte. Willst du die Kurzfassung

hören? Sie liebt uns nicht mehr, wollte jemand anderen woanders, also ist sie gegangen.«

»Jetzt tut es mir leid für dich.«

»Nein, eigentlich ist es so am besten für alle. Sie lebt ihren Traum auf Hawaii – auf Big Island – mit Biff.« Sie hatte sich eine Sonnenbrille aufgesetzt und schob sie jetzt herunter, um ihn über den Rand hinweg anzuschauen. »So heißt er tatsächlich.«

Mist, Mist, Mist. Er mochte sie. »Na, damit muss er klarkommen.«

»Das tut er. Sie beide tun es. Und mein Vater und ich stecken – wie sie es sieht – tief im akademischen Sumpf fest. Ich glaube aber, uns gefällt der Sumpf.« Sie trank einen Schluck Kaffee und legte den Kopf zurück, um in den Himmel zu schauen. »Und, Booth Harrison, aus Chicago via Texas, was willst du mit deinem Leben anfangen?«

»Im Moment? Lernen. Ich lerne gerne.«

»Ich auch. Was stimmt bloß mit uns nicht? Und was machst du zum Spaß, wenn du mal nicht lernst?«

In Häuser einbrechen, dachte er, Safes knacken, mit Hehlerware dealen. Es mochte sein Job sein, aber es bedeutete nicht, dass es ihm keinen Spaß machte.

»Ich mag Musik, und ich spiele gern mit dem Hund von nebenan. Mac, ein Golden Retriever. Er ist großartig. Und ich koche gerne.«

Wieder zog sie die Brille herunter. »Du kannst kochen?«

»Ja. Ich habe es gelernt, als meine Mom krank war, und ich habe Freunde in New Orleans, wo ich eine Zeit lang gelebt habe. Sie haben mir viel beigebracht.«

»Mein Dad und ich sind nicht so bewandert in der Küche. Wir haben jemanden eingestellt – Suzanna –, die zweimal in der Woche kommt und uns Mahlzeiten vorbereitet, damit wir nicht verhungern. Nun, jetzt, nachdem wir festgestellt haben, dass ich deinen Hund in einem vergangenen Leben nicht erwürgt habe, kannst du mir ja mal deine Kochkünste zeigen. Und jetzt muss ich mich auf meinen nächsten Kurs vorbereiten.« Dieses Mal zog sie ihre Brille hoch und tippte sich mit dem Finger aufs Auge. »Sind sie hervorgetreten?«

»Nein, sie sind wunderschön.«

Sie setzte ihre Brille wieder auf. »Glück in der DNA-Lotterie. Gutes Gespräch«, sagte sie, als sie aufstand. »Sehen wir uns?«

»Ja, klar. Danke für den Kaffee.«

»Das gilt eigentlich kaum als Kaffee, aber gerne.«

Sie ließ ihn auf der Bank zurück. Nachdenklich blickte er in das Getränk, das kaum als Kaffee galt.

Und er wusste, dass er verloren war.

Da es ihm jetzt blöd vorkam, sie zu meiden, tat Booth sein Bestes, um ihre Begegnungen kurz und beiläufig zu halten. Er war auf die UNC gekommen, um zu lernen und die beste Erfahrung zu machen, die er in seinem letzten Collegejahr finden konnte. Allerdings hatte er bereits angefangen, sich ein paar Postgraduierten-Kurse anzuschauen. Wenn er mit dem College aufhörte, brauchte er schließlich tagsüber einen Job als Cover für seine eigentliche Karriere. Er konnte ein Reinigungsunternehmen aufmachen, damit hatte er weiß Gott genug Erfahrung. Und an der A&M hatte er ein paar Kurse in Buchhaltung und Finanzwesen belegt, also war er in dieser Hinsicht auch gut gerüstet. Aber dieses Jahr war vorgesehen für die reine Freude, das zu lernen, was ihm Spaß machte.

Nach zwei Monaten hatte er in allen Fächern solide A, einen kleinen Freundeskreis und einen Tagesablauf, die ihn zufriedenstellte.

Dann schleppten R. J. und Zed ihn zu einem Football-Spiel

mit. Er verabscheute Football nicht, aber er stand dem Sport total neutral gegenüber. Seine Mutter und Mags waren für die Bears gewesen, aber nicht mit der gleichen Begeisterung, die sie für Spiele der Cubs empfanden. Sport hatte einfach nie zu seinen Interessen gehört, aber – vor allem in Texas – hatte er gelernt, dass ein Junge, wenn er nicht auffallen wollte, am besten zu Football ging und seine Heimmannschaft anfeuerte. Und wenn die Tar Heels im heimischen Stadion auf die Cavaliers trafen, zeigte man sich im Kenan Stadion in den College-Farben. Er machte seinen Job, trug ein Schul-Hoodie, jubelte dem Maskottchen zu – einem lebendigen Widder namens Ramses. Er aß ein sehr anständiges Sandwich mit Pulled Pork, schrie, buhte oder fluchte zum richtigen Zeitpunkt zusammen mit fünfzigtausend anderen Zuschauern.

Und dachte voller Bedauern an all die leeren Häuser, in die man an diesem kühlen, klaren Oktoberabend hätte einbrechen können.

Er verstand genug von Football, um zu sehen, dass Sportler Phil zwar sein Bestes gab, aber die Verteidigung jämmerlich versagte. Das Ergebnis war ein Vorsprung der Cavaliers im ersten Viertel von sieben Punkten. In der Halbzeit lagen sie schon zehn Punkte vorne, was die heimische Mannschaft ordentlich unter Druck setzte.

Da Zed mit seinem Date flirtete und R. J. und Jen überraschend leidenschaftlich darüber stritten, ob die Tar Heels zu Recht in den letzten Minuten der Halbzeit verwarnt worden waren, beschloss Booth, sich die Beine zu vertreten.

Und da war sie. Er rannte direkt in sie hinein, in einem Stadion mit fünfzigtausend Besuchern.

Sie trug Jeans, ein College-Hoodie, und die Haare hingen ihr offen über den Rücken. Um sie herum wimmelte es von

Menschen, während sie an einer Wand lehnte und gerade eine Textnachricht in ihr Handy tippte. Als sie fertig war, steckte sie es in die Bauchtasche ihres Hoodies.

»Footballfan?«

Er wollte gerade bejahen, aber da kam die Wahrheit schon aus ihm heraus. »Nein, nicht im Entferntesten. Freundschaftsdienst.«

Sie legte ihre Handfläche auf ihre Brust. »Auch aus Freundschaft. Na ja, und wegen der Familie. Wenn mein Dad sich vor einem Heimspiel gegen Virginia den rechten Arm abhacken würde, dann würde er den Sanitätern sagen, sie sollten ihn zuerst hier vorbeifahren. Sie hob einen Finger und zog ihr Handy heraus. »Das ist er. Er bittet mich, ein paar Fritten zu besorgen, bevor ich nach Hause fahre. Er isst bei diesen Spielen immer ziemlich viel Junkfood. Ein Freund von ihm war auf der University of Virginia, und sie schließen bei jedem Spiel Wetten ab.«

»Wirklich?« Der Professor hatte auf ihn gar nicht wie ein Spielertyp gewirkt. »Wie viel?«

»Ein glänzender Vierteldollar. Immer der gleiche – der Glücksbringer. Seit über siebzehn Jahren ein begehrter Preis.« Sie wies auf einen der Stände. »Leiste mir Gesellschaft bei meiner töchterlichen Pflicht. Ich habe gehört, du gibst Ken Fisher Nachhilfe – er spielt rechten Angriff, oder linken. Oder irgendwie so. Phil hat mir erzählt, du hilfst ihm bei seinem Französischkurs.«

Um sie herum strömten die Leute, aber Booth merkte nichts.

»Ja, er braucht einen Schein in einer Fremdsprache, und er tut sich schwer damit. Professorin Relve hat mich gebeten, ihm zu helfen. Er hat bei ihr Französisch belegt.«

»Phil sagt, es nützt wirklich was. Ken muss seine Leistungen verbessern, um sein Stipendium zu behalten und von der Ersatzbank runterzukommen. Hast du noch Zeit für jemand anderen?«

Sein Herz machte einen kleinen Satz. »Brauchst du Hilfe?«

»Ich, nein. *Je parle français très bien. Mais j'écris français très mal.* Konversation ist kein Problem, aber Französisch zu schreiben? Ich bin nicht gut genug, um Hayley zu helfen, und sie hat Schwierigkeiten.« Sie bestellte die Pommes frites und drehte sich wieder zu ihm. »Hast du Zeit? Und was nimmst du?«

»Ich kann's versuchen. Ken bezahlt zwanzig pro Sitzung.«

»Klingt in Ordnung. Sag mir Bescheid, ja? Sie hat ihre letzte Hausarbeit total versemmelt, und sie macht sich ziemliche Sorgen.«

Vielleicht hatte er ja schon seinen Tagesjob gefunden. »Montags habe ich Zeit zwischen den Kursen – von halb zehn bis halb elf, und mittwochs von eins bis zwei. Donnerstag das Gleiche wie Montag. Wenn sie mit einem dieser Termine was anfangen kann.«

»Ich reserviere schon mal für sie.«

»Okay. Wenn sie ihre Meinung ändert …«

»Das macht sie nicht. Zu viel Schiss. Hayley versemmelt keine Hausarbeiten. Gib mir dein Handy.« Sie drückte ihm die Tüte Fritten in die Hand, als sie es nahm. »Ich schreibe meine Nummer in deine Kontakte. Sag mir Bescheid, wenn sich bei dir irgendwas ändert.«

»Mache ich.« Eigentlich wollte er nicht fragen, er wusste, dass es ein Fehler war, eine schreckliche Idee, aber er fragte trotzdem. »Sollen wir mal zusammen eine Pizza essen?«

Sie lächelte und zog ihre eine Augenbraue hoch. »Ja. Aber ich käme auch wirklich mal gerne zum Essen zu dir, um zu sehen, ob du tatsächlich kochen kannst.«

Das war ein noch größerer Fehler. Viel größer. Aber … »Klar. Äh …«

»Wie wäre es mit morgen Abend? Sieben Uhr?«

»Könnte hinhauen.«

»Großartig.« Erneut zog sie ihr Handy heraus. »Ich brauche deine Adresse.«

Benommen gab er sie ihr. »Nun … irgendwelche, du weißt schon, Allergien oder Sachen, die du nicht gerne isst?«

»Keine Allergien, und ich esse alles, was du kochst.« Sie nahm die Fritten wieder in die Hand und schüttelte die Schachtel durch. »Ich muss zurück, bevor sie kalt werden. Wegen Montag sage ich Hayley Bescheid. Und wir sehen uns morgen.«

»Ja, bis morgen. Ich hoffe, dein Dad gewinnt seinen Vierteldollar.«

Sie warf ihm einen blitzenden Blick über die Schulter zu. »Nicht so sehr wie er.«

Immer noch benommen ging Booth zu den Plätzen zurück.

Was zum Teufel hatte er getan? Und was zum Teufel sollte er kochen?

12

Es brachte seine gesamte Samstagsroutine durcheinander, was ihm sagte, dass er sich vielleicht schon zu bequem in seinem Tagesablauf eingerichtet hatte.

Schließlich war es ja nicht so, dass er noch nie für ein Mädchen – eine Frau – gekocht hätte. Dauphine mochte die erste außerhalb der Familie gewesen sein, aber sie war nicht die letzte gewesen. Allerdings hatte er sich diesen Schritt hauptsächlich für den Zeitpunkt vorbehalten, wenn beide wussten, dass der Abend im Bett enden würde. Hier würde das nicht passieren – das hatte er sich fest vorgenommen. Außerdem war es lediglich ein erstes Date. Wenn es überhaupt ein Date war, und er musste zugeben, dass Miranda ihn ständig aus dem Gleichgewicht brachte.

Vielleicht waren sie ja einfach nur Kumpel. Platonisch. Das wäre die beste Lösung, immerhin war ihr Vater einer seiner Professoren.

Trotzdem wollte er sie mit dem Essen beeindrucken. Aber nichts zu Raffiniertes, dachte er, während er im Geiste ein halbes Dutzend Menüs verwarf. Zu raffiniert war nur Angeberei.

Nett musste es sein, etwas Nettes.

Schließlich entschied er sich für Pasta al Pesto mit gegrilltem Hühnchen. Er würde Farfalle nehmen, damit niemand wickeln oder schlürfen musste. Außerdem sahen Farfalle so fröhlich und lässig aus. Pasta war lässig.

Alles war lässig.

Samstags war immer sein Putztag, also stand er früh auf und gab sich große Mühe, während der Teig für das italienische Brot ging. Er erledigte alle seine üblichen Samstagspflichten, backte das Brot und ging dann einkaufen, was er fürs Essen brauchte.

Danach zwang er sich, sich hinzusetzen und an einem Aufsatz für seinen Französischkurs zu arbeiten. Anschließend ging er in den Keller, stellte sich den Timer und verbesserte seine persönliche Bestzeit an Kombinationsschlössern. Es half ihm, seine Hände beschäftigt und seinen Geist fokussiert zu halten. Und trotzdem musste er zugeben, dass er ein Wrack war, als er sich unter die Dusche stellte.

Er hätte besser Yoga machen sollen. Mags schwor darauf, und es hatte ihn bisher immer noch beruhigt, wenn er es versucht hatte. Außerdem hielt es den Körper geschmeidig, und jemand mit seiner Berufswahl musste geschmeidig bleiben.

Doch jetzt war es zu spät, dachte er. Stattdessen überlegte er, ob er ein paar Kerzen anzünden und etwas Musik auflegen sollte. Oder ob das zu viel war.

Er entschied sich für Kerzen. Sie würden wohl funktionieren, weil der mittlerweile eingesetzte Regen alles dunkel machte. Sie würden eine fröhlichere Stimmung verbreiten, wie die Farfalle.

Um zwei Minuten nach sieben – nicht, dass er die Uhr beobachtete – klopfte es an der Tür. Und sein Magen zog sich zusammen. Nicht nur leicht, sondern so, als würde man ein nasses Handtuch gründlich auswringen.

Sie trug eines dieser Kleider mit einer kurzen Jeansjacke darüber. Kleine Regentropfen schimmerten in ihren Haaren. Er hatte noch nie in seinem Leben jemanden so sehr begehrt.

Sie streckte ihm einen kleinen Blumenstrauß entgegen. »Ich

wollte dir zuerst Wein mitbringen, aber da ich nicht wusste, was du kochst, wusste ich nicht, welche Flasche ich aus dem Vorrat meines Vaters stehlen sollte.«

Und schon wieder registrierte er alles nur benommen, als er den Blumenstrauß nahm. Auch ein erstes Mal, dachte er. Noch nie hatte ihm jemand Blumen mitgebracht.

»Danke. Komm herein.«

»Das ist aber ein schönes Haus. Und wow«, fügte sie hinzu. »Es funkelt ja förmlich vor Sauberkeit.« Als er lachte, zog sie fragend eine Augenbraue hoch.

»Das ist ein Familienwitz. Meine Mutter und meine Tante hatten eine Reinigungsfirma. Die Funkelschwestern.«

»Toller Name.« Sie trat ins Wohnzimmer.

Ein bisschen karg, dachte er jetzt, wo sie darin stand. Aber absolut sauber.

»Ich bin mit dem Putzen von Häusern aufgewachsen, deshalb ist es … so etwas wie Gewohnheit.«

»Er kocht, er putzt. Du lebst wahrscheinlich gerne allein, weit weg vom Campus.«

Er zuckte mit den Schultern und sagte den Satz, den er den ganzen Sommer über gesagt hatte: »Mir gefällt es, Platz zu haben – einen Garten – und die Ruhe, wenn ich arbeite. Lerne.«

»Das hast du hier. Willst du mir nicht zeigen, was hier so gut riecht?«

Er ging mit ihr in die Küche, wo sie auch alles begutachtete. Nicht viel zu sehen, dachte er, abgesehen von der alten Resopal-Küchenarbeitsplatte, den klobigen Schränken. Er hatte eine Drahtwand aufgestellt und wie Sebastien seine Küchengeräte mit Haken daran gehängt.

»Hier hältst du dich mehr auf als im Wohnzimmer.«

»Ja, wahrscheinlich schon.«

»Und es gibt italienisches Essen.« Sie wies auf einen Teller mit Antipasti, der auf der Küchentheke stand. »Immer ein Top-Favorit.«

»Ich habe Wein, wenn du welchen dazu möchtest.«

»Rein theoretisch ist es noch bis April illegal, aber ich nehme gerne ein Glas.«

Er hatte keine Vase, aber ein Glas für Eistee ging auch. Er stellte die Blumen hinein, anschließend schenkte er ihr ein Glas Wein ein.

»Okay, du bist nicht perfekt.«

»Nein?«

»Du weißt nicht, wie man Blumen arrangiert.« Sie ergriff das Weinglas, stellte es aber sofort ab, um sich mit den Blumen zu befassen. »Hayley ist übrigens begeistert. Ken hat ihr gesagt, du wärst ein Hammer-Lehrer, was hohes Lob von Ken ist.«

»Ich habe in der Highschool ab und zu Nachhilfe gegeben. Ken ist motiviert, aber die Grammatik ist seine Achillesferse. Wir arbeiten daran.«

»Zu blöd, dass du nicht Mathe als Hauptfach hast. Ich kenne ein paar Leute, die dort ernsthafte Probleme haben.«

»Ich habe früher Mathe-Nachhilfe gegeben.«

Sie blickte auf, nahm eine Peperoni vom Teller und biss hinein. »Also Infinitesimalrechnung und höhere Algebra.« Als er nur mit den Schultern zuckte, zog sie wieder ihre Augenbraue hoch. »Wirklich.«

»Mathe ist auch nur Zahlen, Formeln und Logik.«

»Ich kann nicht behaupten, dass ich das jemals so gesehen habe. Aber ich muss auch in meinem Leben keinen Mathekurs mehr belegen.« Sie probierte eine Olive. »Oh, die sind gut. Na ja, wenn du also mehr Nachhilfe geben willst, ich kenne da ein paar Leute.«

»Klar, mache ich.«

Sie lehnte sich gegen den Küchentresen, während sie ihren Wein trank. »Überlegst du, ob du Lehrer werden willst?«

»Nein, eigentlich nicht. Im Moment geht es mir nur ums Lernen. Und du?«

»Vielleicht. Ich würde gerne schreiben, aber dann kommt automatisch die Frage, ob man damit auch Geld verdienen kann.«

»Was schreiben?«

»Dicke, unterhaltsame, spannende Romane.« Sie lächelte ihn an. »Dazu braucht man Zeit, Talent und wahrscheinlich auch Glück, also werde ich am Ende eher die dicken, spannenden Romane aus der Feder anderer Leute unterrichten.«

Vielleicht, dachte er, aber sie kam ihm äußerst motiviert und ehrgeizig vor.

»Aber du wirst so oder so schreiben.«

»Das tue ich einfach am liebsten. Du liest wahrscheinlich auch andere Sachen als Shakespeare.«

»Alles, was gedruckt ist. Eines Tages werde ich *Dick, unterhaltsam und spannend* von Miranda Emerson lesen.«

Lachend warf sie die Haare zurück. »Möchte nicht jeder, der Literatur im Hauptfach hat, insgeheim schreiben? Du nicht?«

»Meine Mutter hat es gehofft. Ich mache es ganz gern, aber es treibt mich nicht um, weißt du?«

»Ja. Was treibt dich denn um?«

Dunkle, stille Häuser, dachte er. Schlösser, die man aufbrechen, Tresore, die man knacken konnte. »Vielleicht zu viel, ich kann mich nicht auf eines beschränken. Ich komme gerne dahinter, wie etwas funktioniert. Auch Menschen. Wie ticken sie? Ich lerne gerne Sprachen. Theater. Wie kommt es, dass genau diese Geschichte, dieses Setting, diese Leute zusammenpassen und funktionieren?«

»Noch mal zurück.« Sie ließ ihren Finger in der Luft kreisen. »Sprachen? Mehr als Französisch?«

»Ja, na ja, Spanisch und Italienisch. Russisch und Portugiesisch kann ich mittlerweile ganz gut. Vielleicht versuche ich mal, Farsi zu lernen.«

Er erzählte ihr zu viel, merkte er. Es war aber auch alles so leicht.

»Hast du Hunger?«

»Ich schlage gerade eine Schneise in die Antipasti, also muss es wohl so sein.«

»Ich setze das Wasser für die Pasta auf.«

Er hatte den Topf schon auf den Herd gestellt, jetzt brachte er das Wasser zum Kochen.

Sie trank ihren Wein und lehnte sich über den Tresen. »Wie sagt man denn auf Italienisch ›Pasta kochen‹?«

»*Buttare la pasta.*«

»Das hättest du natürlich erfinden können, aber es hört sich richtig an.«

Er hatte das Brot in ein Tuch gewickelt, nahm es jetzt heraus und legte es auf ein Schneidebrett.

»Wo hast du das Brot her?« Sie stieß sich die Hüfte an, als sie um die Kochinsel herumkam, um daran zu schnuppern. »Das hast du doch *nicht* selbst gebacken.«

Er wusste nicht, ob er sich blöd vorkommen oder stolz sein sollte. »Brot zu backen ist so ein Zen-Ding für mich.«

»Ach, hör auf!«

Als er begann, es zu schneiden, schnappte sie sich eine Scheibe vom Brett und biss hinein. »Oh, mein Gott! Das ist großartig. Vielleicht solltest du eine Bäckerei aufmachen.«

»Machst du Witze? Weißt du eigentlich, wie früh Bäcker jeden Morgen aufstehen müssen? Und wenn man mit Backen Geld verdienen muss, dann ist es mit dem Zen vorbei.«

»Ja, wahrscheinlich. Aber du könntest es, und darum geht es doch. Dad und ich backen vor Weihnachten immer zusammen Plätzchen. Und du kannst mir glauben, wir könnten keine Bäckerei aufmachen.«

Sie sah ihm zu, wie er die Nudeln in das kochende Wasser gab, ein Sieb herausholte, große Schüsseln.

»Du bist der erste Mann, der jemals für mich Abendessen gekocht hat – außer meinem Vater.«

»Wirklich?«

»Wirklich. Ich würde ja fragen, ob ich dir helfen kann, aber ich komme dir besser nicht in die Quere.«

Und daran hielt sie sich auch, während er die Kirschtomaten, die er schon halbiert hatte, das selbst gemachte Pesto, frisches Basilikum und ein Stück Parmesan aus dem Kühlschrank nahm.

Sie naschte von dem Antipasti-Teller, während er das gegrillte Hühnchen, das er im Backofen warm gehalten hatte, aufschnitt, die Nudeln mit Hühnchen, Pesto und Tomaten in einer Schüssel mischte.

»Hast du das Pesto tatsächlich aus Basilikum gemacht?«

»So macht man das.«

Er zupfte die Blättchen ab und streute sie über die Portionen, die er in tiefen Tellern angerichtet hatte. Dann rieb er den Parmesan darüber.

Er goss ein wenig Balsamico über das Olivenöl, das er zum Dippen in kleine Schälchen gefüllt hatte. Dann stellte er alles, auch das Brot, auf den Esstisch.

Es sah gut aus, fand er. Verdammt gut. Und sie sah einfach perfekt aus.

»Okay, *buon appetito*.«

»Das habe ich verstanden.« Sie setzte sich und aß sofort von den Nudeln. »Okay. Nun, wow. Weißt du, als ich mich selbst zum Abendessen eingeladen habe, habe ich gedacht, du legst was auf den Grill und machst vielleicht gebackene Kartoffeln dazu. Aber das hier ist wundervoll. Und köstlich.«

»Du bist die erste Person, die ich zu einem richtigen Abendessen eingeladen habe.«

»Gibt es noch eine andere Art von Abendessen?«

»Ja, man kann auch mit einer Schüssel Cajun-Kartoffelsalat zum Grillabend eines Nachbarn gehen oder die restlichen Spaghetti mit dem Kind von nebenan teilen.«

»Jetzt muss ich fragen, was Cajun-Kartoffelsalat ist.«

»Schon wieder was anderes. Ein Freund von mir in New Orleans hat mir sein geheimes Rezept für seine Cajun-Gewürzmischung verraten.«

»Ich war noch nie in New Orleans. Ist es so schön, wie es in Filmen immer aussieht oder sich in Büchern anhört?«

»So schön wie nirgendwo anders. Ich habe mich dort leicht und ausgeglichen gefühlt, als alles schwierig war. Du solltest irgendwann einmal hinfahren. Es ist nicht nur ein Ort. Es ist eine Erfahrung.«

»Ich setze es auf meine Liste. Wo bist du sonst noch gewesen?«

»Ich war früher nie irgendwo, deshalb bin ich den ganzen Weg nach New Orleans mit dem Auto gefahren. Von da aus dann nach Texas. Und durch die Smoky Mountains. Chicago ist, na ja, du weißt schon …« Er deutete eine flache Linie mit der Hand an. »Deshalb hatte ich so etwas noch nie gesehen, und ich war auch noch nie am Meer, deshalb bin ich dann ans Meer gefahren, zu den Outer Banks. Wasser zieht mich an. Wasser und Berge.«

»Wir haben vor ein paar Jahren mal für eine Woche im Sommer Ferien in einem Haus auf Hatteras gemacht. Es ist wunderschön da.«

»Wo warst du sonst noch?«

»England.« Sie riss sich ein Stück Brot ab und dippte es. »Mein Dad steht darauf. Shakespeare und so. In Irland waren wir wegen Yeats, Joyce und so weiter. Tolles Land und so grün. Und in Maine. Wenn du das Meer liebst, solltest du es von einem dieser felsigen Strände in Maine sehen.«

»Das setze ich auf meine Liste. Wohin möchtest du gerne, wo du noch nicht gewesen bist?«

»Am allerliebsten? Nach Florenz – die Kunst, die Architektur, das Essen, die Sonne. Und Shopping.«

Er war mittlerweile nicht mehr nervös und verlegen. Er hatte aufgehört, sich Gedanken darüber zu machen, was er sagen sollte – und was nicht. Er fühlte sich wohler als jemals zuvor in seinem Leben an dem kleinen Tisch mit ihr, während es draußen regnete.

»Das ist auch eines meiner Lieblingsziele. Mags und ich fahren in den Frühlingsferien tatsächlich dorthin.«

»Mags?«

»Meine Tante.«

»Du Glücklicher! Du verstehst dich bestimmt gut mit deiner Tante. Was macht sie? Hat sie die Reinigungsfirma nach New Mexico mitgenommen?«

»Nein, sie …« Er hätte alles Mögliche sagen können, entschied sich aber für die Wahrheit. »Sie legt Karten, am Telefon.«

Er wartete auf ihre Reaktion, erwartete Lachen, vielleicht sogar Spott. Stattdessen schlug sie ihm leicht auf die Schulter und riss die Augen auf.

»Was? Im Ernst? Liest sie aus der Hand? Ach nein, am Telefon kann man nicht aus der Hand lesen, oder? Tarot-Karten?«

»Ja, genau, und Schwingungen und so.«

»Das ist toll. Warte.« Sie zeigte auf ihn. »Du glaubst nicht dran.«

»Du müsstest Mags kennen, um ... Aber du? An Wahrsager?«

»›Es gibt Dinge zwischen Himmel und Erde, Horatio ...‹ Wir waren in Stonehenge, als wir in England Urlaub gemacht haben, und diesem kleineren Steinkreis in Irland. Es ist unglaublich. Wenn du das dort nicht spürst, dann nirgendwo.«

Sie redeten und redeten, und alles war so leicht. Er hätte den Moment nicht benennen können, in dem seine Nervosität einfach weg war. Alles glitt mühelos ineinander.

Bücher, die sie gelesen hatten, Filme, die sie gesehen hatten, Musik, die sie mochten, und so weiter, während sie Pasta und Brot aßen, und später noch Eiscreme. Sie redeten, während sie – sie bestand darauf – ihm beim Abwasch half, und sie redeten immer noch, als sie danach noch zusammensaßen, sie mit einem Mineralwasser, er mit einer Coke.

Kurz nach Mitternacht seufzte sie. »Ich muss gehen. Das war wirklich ein perfekter Abend. Ich wünschte, ich könnte die Einladung erwidern, indem ich auch für dich koche, aber ich mag dich, deshalb kann ich dir diesen Horror nicht zumuten.«

»Wir könnten uns ja eine Pizza kommen lassen. Oder du kommst einfach noch mal zu mir.«

»Klingt beides gut. Lass uns das mal versuchen: Du suchst einen Film aus, und ich lade dich ins Kino ein, ohne dass du Gefahr läufst, dir eine Lebensmittelvergiftung zuzuziehen. Auf diese Art kann ich mich bei dir wieder zum Abendessen einladen, ohne ein schlechtes Gewissen zu haben.«

»Okay. Wie wäre es mit morgen Abend?«

Sie stand auf und zog sich ihre Jacke an. »Montag wäre mir lieber. Ich muss am Montagmorgen eine Hausarbeit abgeben, und sie braucht noch ein bisschen Überarbeitung.«

»Montag ist gut.« Jeder Montag, dachte er, als er sie zur Tür brachte. Jeder Tag, jederzeit. Immer.

»Such dir den Film aus und schick mir eine Nachricht.« Sie warf ihre Haare zurück und sah ihm direkt in die Augen. »Danke für das Abendessen. Es war wundervoll.«

Als sie die Tür öffnete, sah er, dass der Regen nachgelassen hatte. Nebel hing in der Luft, leicht, kühl und wunderschön. Sie stand in der offenen Tür, ihm zugewandt, und der Anblick raubte ihm einfach den Atem.

»Ich muss dir eine Frage stellen.«

»Okay.«

»Ich glaube, ich besitze eine ganz anständige Menschenkenntnis, und ich glaube, dass du in mich verliebt bist.«

»Wer wäre das nicht?«

»Viele«, erwiderte sie leichthin. »Aber ich denke, du bist es. Ich habe dir ein paar Gelegenheiten geboten, und du hast sie nicht wahrgenommen, also lade ich mich selbst ein. Und wir waren gute fünf Stunden allein in deinem Haus. Gutes Essen, gute Gesellschaft – wieder meinem Urteil nach. Aber du machst keinen Schritt auf mich zu.«

Und schon wieder hatte sie ihn aus dem Gleichgewicht gebracht.

»Ich war nicht sicher, ob du …«

»Ich hätte auf dich zukommen können – ich habe überhaupt nichts dagegen. Gleiches Recht für alle und so. Ich habe mich gefragt, ob du über diese schlimme Trennung noch nicht hinweg bist.«

»Die …was? Oh, nein, nein. Nein«, wiederholte er. »Das liegt hinter mir.«

»Gut zu wissen. Vielleicht kannst du dich ja auch gar nicht bewegen.«

So überrumpelt er auch war, sein Stolz regte sich. »Ich kann mich sogar verdammt gut bewegen.«

»Vielleicht solltest du es mir mal zeigen. Nur einen einzigen Schritt«, fügte sie hinzu und hob einen Finger. »Muss ja nicht dein bester sein. Ich drücke auch ein Auge zu, wenn du ein bisschen eingerostet bist.«

Sie hatte es sicher darauf angelegt, ihn zu irritieren. Er trat auf sie zu, packte sie an den Hüften und ließ seine Hände ganz langsam hinaufgleiten, wobei er sie unverwandt ansah. Er zog sie fest an sich. Und erst dann senkte er seine Lippen auf ihre.

Es war schwer, nicht zu viel zu nehmen, nicht zu leidenschaftlich zu werden, obwohl er es so sehr wollte. Doch er ließ seinen Kuss fließen, so wie der Dunst sie fließend einhüllte. Und in dieser Leichtigkeit schmeckte und fühlte er sie, roch ihren Duft, nahm alles überdeutlich wahr.

Nicht zu viel nehmen, die Keine-Gier-Regel befolgen und einfach nur die Bewegung genießen. Sie schlang die Arme um ihn, erwiderte seinen Kuss, brummte wohlig tief in der Kehle.

Ihre Hände glitten in seine Haare, während der Kuss andauerte. Und weil seine Hände sie so sehr berühren und nehmen wollten, umfasste er ihr Gesicht, veränderte ganz leicht die Haltung ihrer Köpfe. Und der Tanz begann aufs Neue.

Als er sich schließlich von ihr löste, blickte er in ihre meergrünen Hexenaugen.

»Das war ein guter Schritt«, stieß sie hervor.

»Ich dachte, ich fange mal damit an.«

Er drehte sie, drückte sie mit dem Rücken gegen den Türrahmen und nahm sich noch ein bisschen mehr. Jetzt konnte er fühlen, wie ihr Herz pochte, ihr Puls raste, und er spürte, wie sie ein Zittern durchrann.

»Auch eine gute Wahl.«

Es gefiel ihm, dass ihre Stimme ein wenig bebte, und auch die Hand, mit der sie versuchte, ihn ein bisschen auf Abstand zu halten, war nicht mehr so überzeugt. »Zehn von zehn Punkten, keine Nachbesserung nötig. Aber jetzt muss ich wirklich gehen.«

»Du könntest auch bleiben.« Er berührte ihre rotgoldenen Haare.

»Ich möchte es gerne, mehr als ich gedacht habe, und deshalb muss ich jetzt gehen. Ich habe eine Regel über erste Dates, und ich kann sie nicht brechen.«

»Beim ersten Mal haben wir Kaffee getrunken.«

Lachend schüttelte sie den Kopf. »Das zählt definitiv nicht. Regeln sind Regeln«, sagte sie und trat an ihm vorbei. »Lass uns ins Kino gehen, und hinterher vielleicht Pizza oder was auch immer.«

»Regeln verstehe ich. Ich habe selbst welche.« Und eine davon war in Stein gemeißelt. Die Entscheidung einer Frau musste man respektieren. »Montagabend.«

»Montagabend.«

Er blickte ihr nach, als sie durch den Dunst zu ihrem Auto ging, sah ihr nach, als sie davonfuhr.

Und er dachte: Das ist es, wovon sie alle reden. Was in allen Büchern steht. Das ist, was sie meinen. So ist es, wenn man sich verliebt.

Als sie nach Hause kam, hängte Miranda sehr vorsichtig ihre Jacke auf. Ganz leise ging sie die Treppe hinauf.

Sie wusste, dass im Zimmer ihres Vaters noch Licht war, weil sie es gesehen hatte, als sie in die Einfahrt eingebogen war. Aber häufig schlief er beim Lesen im Bett ein, seine Brille schief auf der Nase, das Buch aufgeschlagen im Schoß.

Heute Abend nicht.

Er saß im Bett in einem Tar-Heels-T-Shirt und klappte sein Buch zu, als sie den Kopf zur Tür hereinsteckte.

»Hör mal«, sagte sie, »ich bin zu alt dafür, dass du wachbleibst, bis ich heimkomme.«

»Dafür wirst du nie zu alt sein. Außerdem habe ich nicht auf dich gewartet. Ich lese ein sehr gutes Buch an einem verregneten Samstagabend. Wie war das Essen?«

Sie durchquerte das Zimmer und setzte sich ans Fußende des Vierpfostenbetts, das der Großmutter ihres Vaters gehört hatte. »Er hat Brot gebacken.«

Ben runzelte die Stirn. »Du meinst, mit Hefe und Mehl?«

»Ja. Er sagt, es ist ein ›Zen Ding‹. Und er hat eine wundervolle Pasta gemacht – mit Pesto, auch selbst gemacht.«

»Geht das überhaupt?«

»Er hat es auf jeden Fall gemacht. Sein Haus – es ist süß – und es ist so sauber, dass ich das Gefühl habe, ich müsste mein Zimmer morgen mit dem Schlauch ausspritzen. Seine Mutter und seine Tante hatten eine Reinigungsfirma, und er hat beim Putzen der Häuser geholfen. Oh, oh, seine Tante – er nennt sie Mags – sie ist Telefon-Wahrsagerin! Ich kann es nicht fassen. Du merkst ihm an, dass er sie liebt, nicht nur so, wie man sagt, klar, ich liebe meine Tante, sondern er liebt sie wirklich.« Sie stand auf, trat ans Fenster und blickte hinaus in die neblige Nacht. »Und er hat früher auch Mathe-Nachhilfe gegeben, deshalb kann ich Nate sagen, er soll ihn anrufen. Und er spricht nicht nur Französisch, sondern auch Italienisch, Spanisch, Russisch und Portugiesisch.«

Ben rutschte in eine andere Position. »Bist du sicher, dass er nicht ein bisschen dick aufträgt, Baby?«

»Nein. Du musst ihm quasi alles aus der Nase ziehen. Er ist zwar nicht schüchtern, aber vorsichtig. Ich musste ihn praktisch verführen, damit er mich küsste.«

»Oh, Miranda, ich brauche nicht noch mehr graue Haare.«

Sie kam wieder zum Bett zurück und drückte ihm einen Kuss auf die Wange. »Als mein Vater wird es dich freuen, dass er die Situation nicht ausgenutzt hat – obwohl er es gekonnt hätte. Entschuldigung, da ist schon wieder ein graues Haar. Er hat nicht gedrängt, nicht geschmollt. Er hat das, was du immer so wichtig findest.«

»Einen soliden Kern.«

»Genau. Er ist etwas Besonderes, Dad. Irgendwas ist anders an ihm, und ich möchte gerne mehr über ihn herausfinden. Ich gehe am Montagabend mit ihm ins Kino.«

Er ergriff ihre Hand und rieb sie zwischen seinen Händen. »Sei bitte vorsichtig.«

»Du weißt, dass ich das bin. Ich bin schließlich gut erzogen.«

»Ich mag ihn. Er ist außergewöhnlich intelligent, hat gute Manieren, ist dabei aber nicht steif oder aufdringlich. Irgendwann laden wir ihn zum Essen ein. Suzanna kocht uns was, und ich werde ihn grillen wie einen Fisch.«

»Das kommt mir fair vor.« Erneut küsste sie ihn auf die Wange. »Lies nicht mehr zu lange. Du weißt, dass du dann einschläfst, und dann tut dir wieder der Nacken weh.«

»Wo du recht hast, hast du recht. Gute Nacht, Süße.«

Er wartete, bis sie die Tür hinter sich geschlossen hatte, dann legte er das Buch beiseite.

Er hatte eigentlich nicht auf sie gewartet. Er hatte gelesen. Aber erst jetzt, wo der Mittelpunkt seiner Welt sicher wieder zu Hause war, konnte er schlafen. Vielleicht hatte er sich zuerst ein wenig Sorgen gemacht, wegen des verträumten Blicks seiner Tochter, als sie von dem Jungen erzählt hatte, aber er konnte schlafen.

»Sechs Sprachen?«, murmelte Ben, als er das Licht ausschaltete. »In seinem Alter? Das wollen wir doch erst mal sehen.«

13

Bis Montag hatte Booth drei weitere Nachhilfeschüler. Er würde sich seine Zeit gut einteilen müssen, aber darin war er schon immer gut gewesen.

Er begann in einem der studentischen Lernzentren mit Mirandas Freundin Hayley. Rasch stellte er fest, dass sie seinen Französisch-Unterricht ernster nahm als der Football-Spieler. Sie wollte unbedingt ihre Noten verbessern, und als er mit ihr an ihrem Textverständnis arbeitete, erfuhr er, was ihr Lieblingswort war.

Merde.

»Okay, es ist Zeit. Unterhalten kannst du dich ganz gut, aber du musst deine Übersetzungen und dein Textverständnis verbessern. Also gibt es Hausaufgaben.«

»*Merde.*«

»Ja, trotzdem. Mach so etwas wie einen Tagebucheintrag. Such dir einen Tag aus oder erfinde ihn. Ich weiß das ja nicht. Aber wenn du etwas aufschreibst, fällt es dir leichter, längere Textpassagen zu lesen. Und geh in die Auslandsabteilung der Bibliothek und leih dir die französische Übersetzung eines Liebesromans oder eines Krimis aus.«

Sie kniff die Augen zusammen. »Liebesroman, weil ich ein Mädchen bin?«

»Wäre es dir lieber, wenn ich sagen würde, lies Cervantes oder Dumas?«

»Hab ich alles schon gemacht. Das hat genervt.«

»Siehst du. Ich will nur, dass du etwas liest, was aus dem Englischen ins Französische übersetzt worden ist.«

»Hab ich verstanden. Ich hab mich auch nicht wirklich aufgeregt. Und ich kapiere jetzt auch, warum Miranda auf dich steht.«

Sein Herz machte einen Satz. »Tut sie das?«

»Bitte.« Hayley verdrehte dramatisch die Augen, während sie ihre Sachen zusammenpackte. »Ich würde es nicht sagen, wenn du es nicht schon wüsstest. Viel Spaß im Kino heute Abend.«

»Danke. Bis nächste Woche.«

Er nahm seinen Rucksack und beschloss, sich eine Coke zu holen, damit er bis zum nächsten Kurs durchhielt. Auf dem Weg dahin begegnete er Ben.

»Booth, haben Sie eine Sekunde Zeit? Miranda hat mir gesagt, dass Sie Italienisch sprechen.«

Er nickte, weil er nur daran denken konnte, dass Miranda mit ihrem Dad über ihn sprach. War das gut oder schlecht?

Wahrscheinlich etwas von beidem, dachte er.

»Können Sie es auch lesen?«

»Ja, ich …«

»Großartig. Ich nämlich nicht.« Ben griff in seine Tasche und holte einen Zettel heraus. »Können Sie das für mich übersetzen?«

Booth nahm das Blatt Papier und überflog es. »Ja, das ist Dante, aus dem *Inferno*. Sie kennen es bestimmt auf Englisch, weil es oft zitiert wird. ›Hab keine Angst; unser Schicksal kann uns nicht genommen werden; es ist ein Geschenk.‹«

»Ah, natürlich. Allerdings«, sagte Ben, während er den Zettel wieder nahm, »wünschen sich die meisten Menschen manchmal, sie könnten das Geschenk zurückgeben.«

»Wenn das ginge, würde sich dadurch etwas anderes ändern.«

»Das ist wohl wahr. Ich habe gehört, Sie geben Nachhilfe. Französisch, Mathe, ausländische Autoren – Jane Austen.«

»Ja, Sir. Das ist irgendwie so gekommen.«

»Mathematik und Austen. Das ist vielleicht eine Kombination. Darf ich Sie etwas fragen, Booth?«

Er erstarrte nicht gerade, wappnete sich aber. Er war nicht so im Hintergrund geblieben, wie er es hätte tun müssen. Wenn man herausragte, merkten die Leute es und stellten Fragen.

»Fotografisches Gedächtnis oder einfach nur breit gefächerte Interessen?«

Das war definitiv nicht die Frage, die er erwartet hatte. »Könnte beides sein.«

»Es könnte. Ich dachte, ich hätte das Gedächtnis entdeckt.«

»Das ist auch etwas, was einfach so gekommen ist.«

»Es ist selten und sehr wertvoll. Definitiv ein Geschenk, das Sie nicht zurückgeben sollten.«

»Manchmal ist es kein großer Vorteil, sich an jedes Detail zu erinnern.«

Ben musterte ihn und nickte. »Da haben Sie wahrscheinlich recht. Kommen Sie morgen Abend zum Essen.«

»Entschuldigung?«

»Zum Abendessen, Booth. Morgen. Um sieben. Danke für die Übersetzung.«

Ben ging weiter, aber Booth blieb wie angewurzelt stehen.

Er sollte die Verabredung ins Kino besser absagen. Überhaupt sollte er am besten nach Hause gehen, packen und abhauen. Es gab andere Orte, andere Colleges. Irgendwo konnte man immer hineinschlüpfen.

Aber er erinnerte sich eben an jedes verdammte Detail. Er erinnerte sich daran, wie es sich angefühlt hatte, mit Miranda dazusitzen und zu reden, sie lachen zu hören. Was er empfunden hatte, als er sie küsste.

Er wusste, wie es sich anfühlte, wieder irgendwohin zu gehören, wieder Freunde zu haben, etwas, was er seit New Orleans vermieden hatte. Er wollte nicht aufgeben. Er wollte sie nicht aufgeben. Er würde einfach ein bisschen wachsamer sein, vielleicht auch mehr als ein bisschen. Aber er würde schon damit klarkommen, er würde es hinkriegen.

Dante behauptete, das Schicksal sei ein Geschenk? Gut. Er würde herausbekommen, wie man es benutzte.

Eine Kino-Verabredung, sich das Popcorn zu teilen, dem Mädchen einen Abschiedskuss zu geben, mochte für die meisten Jungs etwas völlig Normales sein, aber für Booth stand es ganz oben auf seiner Liste.

Er wusste Bescheid über Chemie, Biologie, Endorphine. Und er wusste auch, dass das, was ihn zu ihr hinzog, keineswegs so grundlegend und elementar wie Wissenschaft war. Wenn sich herausstellen sollte, dass es ein Fehler war, sie in sein Leben zu lassen, dann würde er die Konsequenzen tragen.

Das Abendessen mit ihrem Vater betrachtete er als erste Konsequenz. Er bereitete sich so darauf vor, wie er sich auch auf einen komplizierten Job vorbereitete. Er suchte nach Artikeln über Treffen mit den Eltern. Natürlich kannte er Professor Emerson schon, aber das Konzept blieb trotzdem das gleiche.

Er las Bens Biografie, las die Aufsätze, die er veröffentlicht hatte. Noch als er sich auf den Job vorbereitete, den er sich für Donnerstagabend vorgenommen hatte, überlegte er, was er am Dienstag anziehen sollte, welche Gesprächsthemen geeignet waren und wie seine eigene persönliche Erzählung aussehen sollte.

Er traf pünktlich um sieben ein und wünschte sich, der Abend wäre schon vorüber.

Dann machte sie die Tür auf und rief ihm ins Gedächtnis, warum er sich auf die Folter vorbereitet hatte. Sie trug dunkle Jeans und einen Pullover, der ihn an die Kiefern auf den Hügeln in den Smokies erinnerte.

Als sie lächelte, wurde alles in ihm hell.

»Und er kommt mit Geschenken. Ich denke, die Blumen sind für mich, der Bourbon für meinen Vater.«

Sie nahm die Blumen. Er hatte sich für rote Rosen entschieden, um es ganz klassisch zu halten.

»Komm mit nach hinten, während ich sie ins Wasser stelle.« Sie ergriff seine Hand und drückte sie. »Es wird nicht allzu schlimm werden. Versprochen.«

Das glaubte er nicht eine Minute lang, aber das Haus bezauberte ihn wie schon beim ersten Mal, und er stellte sich vor, wie es sein mochte, so einen Ort als Zuhause für Generationen bezeichnen zu können.

Ben stand in der Küche und wetzte ein Messer.

»Keine Sorge. Es gilt nicht Ihnen.« Er zog eine Augenbraue hoch, wie seine Tochter. »Es gibt gebratenes Hähnchen heute Abend.«

»Es riecht großartig. Danke für die Einladung. Ich habe gehört, Sie mögen guten Bourbon.«

»Ja.« Ben legte das Messer beiseite und ergriff die Flasche. »Woodford Reserve. Eine gute Wahl. Trinken Sie ein Glas mit mir?«

»Ich bin mit dem Auto da, deshalb …«

»Korrekte Antwort. Ich hoffe, Sie haben Appetit mitgebracht. Suzanna hat sich selbst übertroffen. Ich habe gehört, Sie können gut kochen?«

»Ich koche gerne.«

»Meine Tätigkeit in der Küche beschränkt sich darauf, dass ich außergewöhnlich gut zerteilen kann. Miranda kann sehr gut rühren.«

»Und klein schneiden«, ergänzte sie, während sie die Blumen in einer Vase arrangierte. »Ich bin eine exzellente Kleinschneiderin und eine mäßig gute Schälerin.«

»Für alle Gerichte muss man rühren, klein schneiden oder schälen können.«

»Wahrscheinlich hat Suzanna das alles gemacht. Warum probieren wir nicht einfach mal die Ergebnisse?«

Das Hühnchen lag auf einer Platte aus Wedgwood Porzellan, wie Booth erkannte. Ben zerteilte es geschickt, und da der Tisch bereits für drei gedeckt war – in elegantem Stil –, setzten sie sich ins Esszimmer.

Vor ihm stand ein Glas für Wasser – still oder mit Kohlensäure – und eines für Wein. Er nahm ein halbes Glas Wein, eine Menge, die er vertretbar fand.

Ben erhob sein Glas. »Auf das Ende des Semesters. Wie ist es für Sie gelaufen, Booth? In meinem Kurs haben Sie mit einer Eins abgeschnitten, das weiß ich ja. Das war eine exzellente Hausarbeit über die Geschlechterrollen in *Macbeth*.«

»Danke. Es klingt wahrscheinlich so, als wolle ich schleimen, aber ich genieße Ihren Kurs sehr.«

»Gegen ein bisschen Schleimerei habe ich gar nichts einzuwenden, aber ich habe Ihnen angemerkt, dass es Ihnen gefällt. Was hat bei Ihnen das Interesse an Shakespeare geweckt?«

»Wir haben *Heinrich V* im Fernsehen gesehen – der Film mit Laurence Olivier –, als ich ein Kind war. Da gab es all diese Schlachten, den inneren Konflikt, die Erlösung. Eigentlich hauptsächlich die Schlachten. Also habe ich mir in der Bücherei die Gesammelten Werke ausgeliehen.«

»Wie alt waren Sie da?«

»Elf.«

»Shakespeare ist bei mir in den Gutenachtgeschichten vorgekommen.«

Ben lächelte seine Tochter an. »Dazu ist man nie zu jung.«

»Die Sprache, der Rhythmus sind wahrscheinlich beruhigend.«

Ben gestikulierte mit seiner Gabel zu Booth hin. »Genau. Wenn ich Schlaflieder singe, gilt das nämlich leider nicht. Was zieht Sie an Sprache an, Booth?«

»Es ist nicht nur die Kommunikation. Ich meine, das ist das Wichtigste, klar, aber es ist auch die Kultur. Und Sprache ist etwas Persönliches, sogar Intimes. Wie sie benutzt wird, wie sie klingt oder aussieht.«

»Aussieht?«

»Auf dem Papier oder als Zeichen.«

»Kannst du Zeichensprache?«

»So einigermaßen.«

»Zeichensprache zu lernen steht auf Dads Liste. Aber er scheint nie Zeit dafür zu haben.«

»Vielleicht könnten Sie es mir beibringen. Der Trainer hat mir gesagt, dass Ken in seiner letzten Französisch-Klausur ein B hat. Vorher hat er immer nur C minus geschrieben. Sie sind anscheinend als Lehrer sehr begabt.«

»Es geht vor allem darum, die Schwachstellen zu entdecken und sie aufzufüllen. Und Ken ist wirklich motiviert. Er will Profi werden.«

»Mögen Sie Football?«

»›Mögen‹ wäre zu viel gesagt.«

Kopfschüttelnd aß Ben einen Bissen von seinem Hähnchen. »Traurig. Miranda toleriert Football.«

»›Tolerieren‹ wäre zu viel gesagt.« Sie blickte ihren Vater mit hochgezogener Augenbraue an.

»Das wird ja immer trauriger. Als sie zwölf war, hat Miranda genörgelt und gebettelt, sich Ohrlöcher stechen zu lassen.«

»Er hatte die Grenze völlig willkürlich bei dreizehn angesetzt.«

»Dann wärst du Teenager gewesen. Also habe ich mich zu einer Bestechung herabgelassen. Wenn sie mit mir sonntagsnachmittags das Spiel guckt, erlaube ich ihr Löcher in den Ohrläppchen.«

»Und als ich mich darauf eingelassen habe, habe ich auch beim Durchstechen nicht geweint, wie er mir vorausgesagt hatte.«

»Ich habe ein bisschen geweint.«

Lachend beugte Miranda sich zu ihrem Vater und streichelte ihm über die Hand. »Das stimmt wirklich.«

Sie sahen so richtig miteinander aus, dachte Booth. Sie passten einfach gut zueinander. Kurz wurde ihm die Kehle eng, weil er daran denken musste, wie richtig er und seine Mutter zueinander gepasst hatten.

»Und, sagen Sie mir, Booth, was sind Ihre Pläne? Was wollen Sie mit all diesen Sprachen anfangen? Lehren, als Dolmetscher arbeiten, ein international gesuchter Juwelendieb werden?«

Er überspielte seinen Schreck bei den letzten Worten, indem er ein Stück Karotte in den Mund steckte. »Ich habe mich noch nicht entschieden, aber ich könnte alle drei kombinieren. Das Lehren als Tarnung benutzen und Politiker mit meinen Sprachkenntnissen unterstützen, während ich um die Welt reise und Diamanten stehle.«

»Nur Diamanten?«, wunderte sich Miranda.

»Ich könnte mich spezialisieren. Es gibt sie ja in allen möglichen Farben, Formen und Schliffen. Aber im Moment denke ich eher an ein Universitätsstudium.«

»Welcher Fachbereich?«

Weil das mit der Universität stimmte, blieb er bei der Wahrheit. »Das ist das Problem, weil es alles so einschränkt. Ich mag Schule. Ich mag die Struktur und den Zweck, aber es ist ein großes Menü, und deshalb fällt es mir schwer, mir ein oder zwei Dinge herauszusuchen.«

»Wenn Sie sich für ein Studium hier an der Carolina entschließen – ich kann immer einen guten wissenschaftlichen Mitarbeiter brauchen. Sie bekämen einen Vorgeschmack und könnten besser abschätzen, ob Ihre Begabung tatsächlich für Sie erfüllend ist.«

Wissenschaftlicher Mitarbeiter. Und bei dem Vater der Frau, mit der er schlafen wollte?«

»Ich weiß nicht, ob ich mich gut eignen würde. Bisher habe ich nur Einzelunterricht gegeben. Dabei kann man sich wirklich auf eine Person konzentrieren.«

»Denken Sie mal drüber nach. Viele mit Hauptfach Literatur hoffen darauf, Schriftsteller zu werden.«

»Darin bin ich nicht so gut. Etwas zu erschaffen ist etwas anderes, als etwas zu analysieren, was jemand anderer erschaffen hat. Meine Mutter …« Er schwieg gedankenverloren, fuhr dann aber fort: »Sie hat gehofft, dass ich eines Tages schreiben würde. Sie las so gerne. Ich habe auch ein paar Kurse belegt, aber …«

»Aber?«, fragte Ben nach.

»Da gibt es all diese Regularien. Und je nach Lehrer können sie ziemlich unerbittlich darin sein. Dann liest du etwas, und mir kommt es so vor, als ob die wirklich guten Bücher, die, die einen hineinziehen, all diese Regularien nicht befolgen. Dann habe ich versucht, mit all diesen Regularien im Kopf zu lesen, und das hat mir keinen Spaß gemacht.«

»Offensichtlich hat es Sie aber nicht davon abgehalten, weiter Bücher zu lesen und sich daran zu erfreuen.«

»Nein, ich habe bloß diese Regularien aus meinem Kopf verbannt. Ich glaube, man muss einfach nur wissen, wie man eine Geschichte auf seine Art erzählt. Ich habe diesen Antrieb nicht.«

Ben warf seiner Tochter einen Blick zu. »Er gibt gute Antworten.«

»Hast du endlich aufgehört, ihn zu grillen?«

»Baby, ich habe ihn ja noch nicht einmal filetiert. Grillen werde ich ihn zum Dessert.«

Und tatsächlich wurde es beim Apfelkuchen ein bisschen anstrengender. Ben wollte alles Mögliche über sein Leben in Chicago wissen, über seine Zeit in New Orleans, in Texas, über seine Reisen.

Da er sich vorbereitet hatte, hatte Booth sich bereits zurechtgelegt, was er sagen wollte und was nicht.

Als sie beim Kaffee – eine Coke für Booth – zu Mags kamen, war Ben fasziniert.

»Sie ist mit einem Wanderzirkus herumgereist?«

»Eine Zeit lang, ja.«

Sie saßen im Wohnzimmer, das Feuer im Kamin war heruntergebrannt.

»Nach dem Tod der Eltern hatte ihr Onkel sie zu sich genommen. Dann zog Mags mit dem Wanderzirkus los, und meine Mom hat in der Metzgerei ihres Onkels gearbeitet. Dann kam ich auf die Welt, und Mags kehrte zurück, um zu helfen. Ihr Onkel starb, und sie gründeten ein Reinigungsunternehmen.«

»Die Funkelschwestern«, warf Miranda ein.

»Ja. Manchmal sagte Mags, das Haus eines Kunden hätte eine schlechte Ausstrahlung, deshalb brachte sie Kristalle und weißen Salbei mit und *chantete*. Das macht sie immer noch.«

»Und jetzt legt sie Karten am Telefon.«

Da Ben es voller Freude sagte, grinste Booth ihn an. »Sie ist einzigartig.«

»Wenn sie zu einem unserer Besucher-Wochenenden kommt, dann stellen Sie sie mir hoffentlich vor. Es ist eine persönliche Frage, aber Ihren Vater erwähnen Sie gar nicht.«

»Er hat sich aus dem Staub gemacht, bevor ich geboren war.«

»Ah, nun, ich kann aufrichtig sagen, das ist sein Verlust.« Wieder warf er Miranda einen Blick zu. »Ich bin einverstanden. Und jetzt werde ich mir noch zwei Fingerbreit von diesem exzellenten Bourbon eingießen und mich nach oben begeben. Booth, du bist jederzeit hier willkommen.«

Booth stand auf, als Ben sich erhob. »Danke, Professor, für das Essen und für alles.«

»Ben. Hier zu Hause bin ich Ben für dich. Und denk über die Assistenten-Stelle nach. Ich glaube, du hast ein Talent dafür.« Er beugte sich herunter und drückte Miranda einen Kuss auf den Scheitel. »Gute Nacht, Baby.«

»Nacht, Dad.«

Als er gegangen war und Booth sich wieder hingesetzt hatte, wandte Miranda sich zu ihm, umfasste sein Gesicht mit beiden Händen und küsste ihn, bis sich alles vor seinen Augen drehte.

»Lade mich am Freitagabend zum Essen ein.«

»Komm Freitagabend zum Essen.«

»Schrecklich gerne.« Sie küsste ihn wieder. »Ich sage Dad, er soll nicht auf mich warten.«

Es fühlte sich an wie die längste Woche seines Lebens. Er hatte viel zu tun, zumal sein Stundenplan als Nachhilfelehrer sich ziemlich herausfordernd entwickelt hatte, und auch seine Haushaltspflichten konnte er nicht einfach ignorieren.

Zu alledem musste er auch noch die letzten Vorbereitungen treffen für einen Job in einem hübsch renovierten alten Haus im Kolonialstil, in dem es ein Collier mit Diamanten und Smaragden gab. Protzig und überladen zwar, aber da er nur wegen der Steine einbrach, spielte Geschmack keine Rolle. Er hatte ein Zeitfenster von reichlich drei Stunden, um einzubrechen, den Safe zu knacken, die Klunker zu nehmen und abzuhauen. Da das Paar am Probeessen für die Hochzeit der Tochter teilnahm, war die Alarmanlage nicht eingeschaltet, und er brauchte für die ganze Sache – die er zwei Wochen lang geplant hatte – weniger als fünfundvierzig Minuten.

Das gab ihm genug Zeit, die Steine herauszubrechen und sie für FedEx zu verpacken – in einer Dose Nivea Creme. Er würde sie zu Sebastien schicken, der sie für eine kleine Provision an einen Kontakt weiterleiten würde.

Das System funktionierte.

Und mit dem Erlös konnte er das Graduiertenstudium finanzieren.

Endlich war der Freitag gekommen. Ein frischer Wind fuhr durch die Bäume. Booth wünschte sich, er hätte einen Kamin, einfach nur wegen der Atmosphäre. Er beschloss, sollte er jemals ein eigenes Haus haben, musste es unbedingt über einen Kamin verfügen.

Da er Miranda einen Geschmack auf New Orleans geben wollte, hatte er Jambalaya – eine Art Eintopf – und Maisbrot vorbereitet, was zum Warmhalten im Backofen stand. Und dieses Mal würde er sich nicht blöd vorkommen, wenn er Kerzen anzündete. Auf seinem iPod spielte leiser Blues.

Er war weniger als aufgeregt, als sie endlich an der Tür klopfte.

Sie trug Jeans, Stiefel und einen blaubeerblauen Pullover. Statt Wein oder Blumen hatte sie eine kleine Reisetasche dabei.

»Wenn es nicht klappt, nehme ich sie wieder mit ins Auto.« Sie stellte die Tasche direkt neben die Tür. »Was riecht hier so gut?«

»Jambalaya.«

»Wirklich? Das habe ich noch nie gegessen. Ich würde ja sagen, ich kann es kaum erwarten, es zu probieren, aber … Hält es sich noch eine Weile?«

»Ja, klar.«

Er hätte sie gerne geküsst, aber sie wanderte in seinem Wohnzimmer umher.

»Toll, weil ich vorher wirklich gerne wissen möchte, ob es bei uns beiden klappt.« Sie wandte sich zu ihm. »Ich bin ein bisschen nervös – besser kann ich es nicht beschreiben. Ich bin mir nicht sicher, ob ich etwas essen könnte, ohne es vorher zu wissen.«

Dieses Mal, dachte er, war sie nervös. Also trat er zu ihr, nahm sie in die Arme und küsste sie. Sie versanken beide in den Kuss.

Sie legte eine Hand auf seine Wange und blickte ihm in die Augen. »Ich glaube, es wird alles ganz wunderbar funktionieren.«

»Wenn du deine Meinung änderst …«

»Ich werde meine Meinung nicht ändern.«

»Ich wollte sagen«, fuhr er fort und zog sie an der Hand zum Schlafzimmer, »wenn du deine Meinung änderst, werde ich nie wieder Jambalaya oder Maisbrot essen können.«

»Das kann ich nicht verantworten.«

Er küsste sie wieder. »Licht an, Licht aus?«

»Oh. Nun …«

»Lass es uns mit Kerzen probieren.« Er hatte ein paar bereitgestellt, voller Vorfreude und Hoffnung. Als er sie anzündete, fuhr ihm ein Gedanke durch den Kopf. Panik stieg in ihm auf, und er blickte sie an.

»Es ist doch nicht dein erstes Mal, oder?«

»Nein. Zwei halbwegs ernsthafte Freunde, also nicht mein erstes Mal.« Die hochgezogene Augenbraue und das Lächeln zeigten ihm, dass ihre Nervosität nachließ. »Und bei dir?«

»Nein.«

»Du schmeißt nicht mit Zahlen um dich?«

»Nein«, sagte er entschieden.

»Dann darf ich mich bei dir wohl in guten Händen fühlen.«

»Dieses Mal fühlt es sich anders an.«

»Ja.«

Und richtig, dachte er, als er sie an sich zog. Einfach in jeder Hinsicht richtig.

Er würde sich Zeit lassen, schließlich erlebte er von Moment zu Moment sein eigenes kleines Wunder. Wie sich ihr Mund an seinem bewegte, ihre Zungen, die umeinander glitten, ihr Atem, der sich vereinte. An all diese kleinen Wunder würde er sich erinnern. Der Duft ihrer Haare, das Gefühl ihrer Haut, das Rascheln des Windes in den Bäumen vor dem Fenster.

Sie zerrte an seinem Pullover, er an ihrem.

Dann trat sie lachend einen Schritt zurück. »Ich muss meine Stiefel ausziehen.«

»Dazu kommen wir noch.« Er zog sie wieder an sich, zog ihr den Pullover über den Kopf. »Du bist wunderschön. Gott, du bist einfach wunderschön.«

Er hob sie hoch, legte sie aufs Bett. Sein Kuss wurde fordernder, seine Hände glitten über ihren Körper.

Ganz langsam, obwohl langsam eine Qual war. Ganz leicht, obwohl auch das schwer errungen war.

Snooks Eaglins *Teasin' You* lief leise im Hintergrund, ein ruhiger stetiger Rhythmus, als er seine Lippen auf ihr Herz drückte.

Bei der Berührung bäumte sie sich auf, und sie waren beide wild und schwach zugleich. Sie hatte einen schnellen Ansturm erwartet – war mehr als bereit gewesen, bei seinem Tempo mitzuhalten –, und diese lange, gründliche Erforschung kitzelte jeden Nerv in ihrem Körper.

Gute Hände, dachte sie. Sie war in sehr guten Händen.

Sie konnte sich fallenlassen, dahingleiten wie ein Fluss, während sie das Geschenk entgegennahm und ihr Bestes tat, um es zu erwidern. Er hatte so einen langen Oberkörper, schlank und fest. Glatte Haut, überraschend viele Muskeln, die sich unter ihren Händen dehnten und beugten. Sie begehrte ihn, mehr als sie für möglich gehalten hatte, und zerrte ihm endlich den Pullover über den Kopf.

Er öffnete die Schließe an ihrem BH mit einer Hand, brachte sie zum Erschauern.

»Guter Trick«, stieß sie hervor, dann bog sie sich ihm stöhnend entgegen, als sein Mund ihre Brust umschloss.

Mit Zunge, Zähnen und Lippen brachte er sie an den Rand des Wahnsinns. Dann glitt seine Hand tiefer, und er öffnete ihre Jeans mit derselben Geschicklichkeit. Er brauchte bloß mit einer Hand gegen ihre Mitte zu drücken, und sie stürzte in den Abgrund.

»Ich ziehe dir jetzt die Stiefel aus.«

Seine Lippen wanderten tiefer und entzündeten zahllose Feuer.

»Ist mir egal, ist mir egal, hör bloß nicht auf.«

»Doch, ich muss dich ausziehen.«

Selbst als er ihr die Stiefel von den Füßen zerrte, glitt seine Zunge über sie, drang leicht in sie ein. Der Orgasmus schoss durch sie hindurch, eine heiße, nasse Kugel, die sie benommen und rasend zurückließ.

Mit den Händen, mit dem Mund hatte er nicht nur ihre Kleider ausgezogen, sondern alles von ihr bloßgelegt.

Und es war ihr egal.

Als er begann, seine Jeans aufzuknöpfen, griff sie nach ihm.

»Lass mich. Lass mich.« Sie fummelte ein wenig und lachte atemlos auf. »Meine Hände zittern. Es ist verrückt.«

Nein, dachte er. Es war perfekt. Ihre Hände auf ihm, ihre Haare, die im Feuerschein des Kerzenlichts schimmerten, wie sie zitterte, weil sie ihn begehrte, wie er sie begehrte. Dann lag er über ihr, und wieder trafen sich ihre Lippen, hungrig und gierig. Sie öffnete sich ihm, schlang ihre langen Beine um ihn, ihre Herzen klopften schneller.

Er würde immer daran denken, wie ihre Haare über seine einfache weiße Bettwäsche geflossen waren und wie sie ihn mit ihren magischen Augen angesehen hatte. Er würde sich daran erinnern, wie ihr der Atem stockte, als er endlich in sie eindrang.

Und er würde sich daran erinnern, wie sie sich zusammen bewegten. Was ihn erfüllte, war mehr als Lust, mehr als Verlangen, mehr als Triumph.

Es war, als habe er einen Schatz gefunden, etwas unendlich Kostbares, Unbezahlbares. Etwas, von dem er immer nur geträumt hatte.

14

Er wünschte, er könnte dichten, Musik machen oder malen. Ganz bestimmt würde er ein Epos schreiben, einen herzergreifenden Song komponieren, ein Meisterwerk erschaffen mit dem, was jetzt in ihm lebte.

Sie lag mit ihrem Kopf auf seinem Herzen, und er wusste, selbst wenn er hundert Jahre alt würde, würde es nie für ihn einen schöneren Moment geben.

»Es hat wirklich geklappt.«

Sie brachte ihn zum Lachen, und mit dem Lachen fühlte sich auf einmal alles in ihm frei an. »Ich weiß nicht. Wahrscheinlich sollten wir es noch mal, noch ein paar Mal probieren, um sicherzugehen, dass wir uns nicht geirrt haben.«

»Sehr vernünftig.« Sie rieb über seine Brust. »Weißt du, du versteckst all das ziemlich gut.«

»Meine erstaunlichen sexuellen Talente?«

»Die auch. Die Muskeln. Für so einen dünnen Typ bist du ziemlich muskulös. Als ich dich am ersten Tag im Kurs meines Dads gesehen habe, habe ich gedacht, der Typ hat ein wirklich hübsches Gesicht. Und wenn ich dich auf dem Campus sehen würde, würde ich denken, groß, klassisch, schlaksige Figur. Ich dachte, du wärst Tänzer.«

»Was? Warum?«

»Wie du dich bewegst, ein bisschen wie eine Katze, athletisch, aber nicht auf die sportliche Art. Wie ein Tänzer eben.«

»Das liegt an meiner natürlichen und erstaunlichen Anmut. Ich wollte dich nicht mögen.«

»Jetzt bin ich an der Reihe.« Sie hob den Kopf, um ihn zu mustern. »Was? Warum?«

»Weil in der Minute, als ich dich sah, alles stehen blieb und verblasste. Und dann drehte sich meine Welt um hundertachtzig Grad, wurde von unten nach oben gekehrt. Ernsthaft, ich war stinksauer.«

Lächelnd warf sie ihre Haare zurück. »Das ist das größte Kompliment in der Geschichte der Komplimente.«

»Ich beschloss, dass du eine versnobte, arrogante Zicke bist, damit ich nicht mehr an dich denken musste. Aber dann warst du gar nicht so, also musste ich umdisponieren.«

»Tut es dir leid?«

Er schüttelte den Kopf. »Nein.«

»Mir auch nicht. Ich habe auch viel über dich nachgedacht. Dieser geheimnisvolle Typ mit den dunkelblauen Augen huscht auf dem Campus herum wie ein Schatten.«

»Ich bin nicht geheimnisvoll.«

»Ein bisschen schon. Und ich mag Rätsel. Mein Dad würde sagen, du bist vielschichtig. Sehr interessante Schichten. Wahnsinnig klug, und das sagt dir jemand, die selbst wahnsinnig klug ist. Kommt gut mit Nerds aus – und da klickt es wirklich, obwohl du selbst kein Nerd bist. Aber du wohnst gerne alleine, weit weg vom Campus, weg von der Action. Älter, hier und hier, als die meisten.« Sie tippte auf sein Herz und seine Schläfe.

»Bist du sicher, dass du nicht eigentlich Psychologie im Hauptfach machen willst?«

»Ich bin nur eine Möchtegern-Schriftstellerin, die gerne etwas über Personen herausfindet. Schließlich will ich ja mal über Leute schreiben. Und da wir nackt im Bett liegen, ist es wichtig, dass ich alles über dich herausfinde.«

»Ich bin mit ziemlicher Sicherheit in dich verliebt, falls du das noch nicht herausgefunden haben solltest.«

Sie legte ihren Kopf wieder auf sein Herz. »Da bin ich mit ziemlicher Sicherheit bei dir. Es macht einem Angst.«

»Ja. Aber es ist … es ist auch wirklich toll, weil ich noch nie bei jemandem so empfunden habe. Und ich habe noch nie jemanden gefragt, ob wir einfach miteinander allein sein können.«

Er fühlte, wie sich ihre Lippen verzogen, als sie sich umdrehte, um ihn auf die Brust zu küssen. »Das ist für mich schon eine Voraussetzung.«

»Du machst mich durch und durch glücklich. Es ist schon eine Weile her, seit das Glücklichsein es durch alle Schichten geschafft hat.« Glücklich, zufrieden, hoffnungsvoll. Er streichelte ihr über den Rücken. »Hunger?«

»Total.«

»Dann lass uns essen. Vielleicht können wir danach einen Spaziergang machen und dann alles noch einmal versuchen, du weißt schon, wegen Irrtum und so.«

»Ich bin für alles.«

»Nur noch eins«, sagte er, als sie sich aufsetzten. »Wenn sich herausstellen sollte, dass du Jambalaya nicht magst, ist alles vorbei.«

»Das ist aber sehr streng.«

»Jemand hat mir kürzlich gepredigt, dass Regeln Regeln sind.«

Es stellte sich heraus, dass ihr das Essen schmeckte.

Mit acht, bevor seine Welt zusammenbrach, schrieb Booth eine Geschichte – einen Schulaufsatz – über einen Jungen, der sich eine Woche voller Samstage wünschen durfte. Die Geschichte, für die er mit der bestmöglichen Note belohnt wurde, überzeugte seine Mutter davon, dass er eines Tages Schriftsteller werden würde.

Zwar würde diese stolze mütterliche Hoffnung in Booths realistischerer Sicht nie in Erfüllung gehen, doch die Geschichte und die Freude des Jungen daran blieb sein persönlicher Höhepunkt reiner Freude.

Das kurze Wochenende mit Miranda toppte alles. Sie gingen spazieren, tauschten verträumte Küsse im Schein des Herbstmondes. Und obwohl es schon Nachmittag war, bevor sie an diesem magischen Samstag aus dem Bett kamen, machte er ihr Frühstück. Er willigte sogar ein, sich eine Kaffeemaschine zu kaufen, wenn sie den Tag mit ihm verbrachte.

Mit ihrer Zustimmung entschied er sich für eine französische Druckkanne. Sie redeten davon, in eine Nachmittagsvorstellung zu gehen, liehen sich stattdessen aber einen Film aus und schauten ihn zusammengekuschelt auf seinem Sofa im Wohnzimmer. Und noch während der Nachspann anlief, liebten sie sich dort.

Und sie blieb, bewies ihm ihre Künste im Kleinschneiden, als er Fajitas zum Abendessen machte.

Als er am Sonntagmorgen neben ihr lag, dachte er an den Jungen in dieser Geschichte und an die perfekte Freude, schon wieder an einem Samstag aufzuwachen.

»Wir könnten so tun, als sei es wieder Samstag.«

Ihr Kopf lag auf seinem Herzen. Er war sich nicht sicher, ob er jemals wieder ohne dieses Gefühl entspannt im Bett liegen könnte.

»Können wir so tun, als müssten wir bis morgen keine Hausarbeit über den *Kaufmann von Venedig* fertigmachen? Dieser Professor Emerson kann die Peitsche herausholen. Und ich muss noch einen Blick auf meine Rachegeschichte für meinen Schreibkurs werfen. Außerdem …«

Sie hob den Kopf und blickte ihn mit zusammengekniffenen Augen an. »Du hast die Shakespeare-Arbeit fertig, oder? Du Bastard!«

»Sie muss noch mal endgültig überarbeitet werden.«

»Ich könnte dich hassen! Ich habe gerade mal den ersten Entwurf fertig, und, Mist, es ist schon fast Mittag. Ich muss wirklich gehen.«

»Du könntest ja hier arbeiten.«

Sie rutschte hoch, um ihn zu küssen. »Ich mag deine Bartstoppeln«, murmelte sie. »Und ich glaube nicht, dass wir viel getan kriegen, wenn ich hierbliebe – außerdem habe ich all meine Unterlagen zu Hause.« Träge wickelte sie eine Strähne von seinem Haar um ihren Finger. »Denkst du, das hier, all das mit uns, lässt irgendwann mal nach?«

»Ich hoffe nicht.«

»Ich auch nicht. Ich muss jetzt wirklich gehen. Aber vorher dusche ich noch.«

Da er mit ihr zusammen duschte, fuhr sie erst gegen zwei nach Hause.

Und er, ein Mann, der seine Einsamkeit so hochhielt, fühlte sich komplett allein.

Er hatte viel zu tun, um seine Zeit totzuschlagen, bis er sie am nächsten Tag wiedersah. An dieser Hausarbeit musste er noch einmal feilen, und er musste Arbeitspläne für seine Nachhilfestunden aufstellen. Dazu die Hausarbeit und Recherche für einen Nachtjob.

Er machte Musik an und legte los. Und bei jeder Aufgabe dachte er an sie. Sie füllte den Raum, den er eigentlich hatte leer lassen wollen. Er dachte fast genauso viel an sie, wie er sie begehrte. Booth überlegte, ob sie wohl mit ihm zusammenziehen würde. Natürlich ginge das alles viel zu schnell, aber in ein paar Wochen vielleicht … Dann dachte er an seine eigentliche Laufbahn, an seine Werkzeuge, seinen Arbeitsraum im Keller.

Wie sollte sie mit ihm zusammenleben, wenn er diese geheimen Orte hatte? Sie würden das schon irgendwie hinbekommen. So machten es verliebte Leute doch, dachte er. Sie überlegten sich, wie sie es hinbekommen sollten.

Er konnte vielleicht aufhören. Das könnte er. Oder zumindest eine Pause machen. Wie ein Test. Er hatte noch nie darüber nachgedacht, seine wahre Arbeit aufzugeben, Arbeit, die er jetzt schon über die Hälfte seines Lebens machte.

Aber er konnte es versuchen. Für Miranda konnte er alles versuchen.

Sie schrieb ihm und erhellte damit seinen ganzen Tag.

Ich mache gerade eine Pause zwischen Portia und Rache. Habe beschlossen, ich hasse dich tatsächlich.

Er schrieb zurück. *Nimm das Pfund Fleisch in deine Rachegeschichte mit hinein. Du fehlst mir.*

Zu spät für das Pfund Fleisch. Eher ein Eimer voll Blut. Du fehlst mir auch. Morgen Abend Musik im Caro Club. Hast du Lust?

Klingt gut.

Wir sehen uns morgen früh.

Ich sehe dich überall. Es ist merkwürdig. Mir gefällt's.

Sie schickte ihm ein Herz und zum Kuss gespitzte Lippen. Und war offline.

Er konnte wirklich eine Pause machen, sagte er sich. Er konnte seine Arbeit mal für eine Zeit lang beiseitelegen. Vielleicht sogar mal einen bürgerlichen Beruf ausprobieren.

Als er mit der Arbeit für die Schule wie auch für die Nachhilfestunden fertig war, sein Haus in Ordnung war, dachte er an seine Arbeit im Keller und die Recherche über eine Münzsammlung, mit der er begonnen hatte.

Wenn er das alles ruhen lassen wollte, konnte er auch jetzt gleich damit anfangen. Er konnte einen Spaziergang machen, ein Buch lesen. Er konnte R. J. schreiben und fragen, was er und Zed vorhatten.

Als es an der Tür klopfte, dachte er, es sei einer seiner Nachbarn.

Es traf ihn völlig unvorbereitet, Carter LaPorte und den großen, bulligen Typen, der einen Schritt hinter ihm stand, zu sehen.

»Hallo, Silas. Oh nein, jetzt heißt du ja Booth, nicht wahr?«

»Was machen Sie hier?«

»Wenn du gute Manieren hast, solltest du mich hineinbitten. Wir besprechen das.«

»Ich wollte gerade gehen.

LaPorte verzog den Mund zu einem Lächeln, das seine Augen nicht erreichte. »Dann änderst du eben deine Pläne.«

Booth bemerkte die dunkle Mercedes-Limousine am Straßenrand. Er würde sich eine Geschichte ausdenken müssen, wenn die Nachbarn danach fragten. Und das würden sie.

Aber er konnte keine Auseinandersetzung auf der Türschwelle gebrauchen. Vor allem, da der Bodyguard ihn zweifellos in der Mitte durchbrechen konnte.

»Beeilen Sie sich.« Er trat einen Schritt zurück. »Meine Freunde warten.«

»Freunde. Ja, du hast dir ja hier einen kleinen Kreis geschaffen, nicht wahr?« In seinem stahlgrauen Anzug und der sorgfältig gebundenen Krawatte stand LaPorte im Zimmer und schaute sich um. »Von einem jungen Mann mit deinen Talenten hätte ich mehr erwartet. Es ist recht … gewöhnlich, nicht wahr?«

»Ich bin College-Student.«

LaPorte bedachte Booth mit einem langen Blick. »Wir wissen doch beide, dass du viel mehr als nur das bist. Du hast gut für dich gesorgt, seit wir uns das letzte Mal gesehen haben.« LaPorte ging zu einem Stuhl und setzte sich. Breitete die Hände aus. »Ich habe Verbindungen. Und meine Verbindungen haben wieder Verbindungen. Ich möchte einen Kaffee.«

Booth dachte an die französische Druckkanne, die er mit Miranda gekauft hatte. Für Miranda. Er wollte verdammt sein, ehe er sie für LaPorte benutzte.

»Ich trinke keinen Kaffee. Was wollen Sie?«

LaPorte strahlte eisige Wut aus. Sie konnte mehr Schaden anrichten, dachte Booth, als Feuer und Flammen.

»Du kannst für den Anfang ein bisschen Respekt vor Älteren zeigen. David hier ist ein Experte darin, Leute davon zu überzeugen, sich respektvoll zu verhalten. Soll ich ihn bitten, es dir zu zeigen?«

Weil er kein blaues Auge, gebrochene Finger oder Schlimmeres haben wollte, setzte Booth sich auf die Couch. »Sie sind doch hier, weil Sie etwas wollen. Da draußen warten Leute auf mich, und Ihre Zeit ist zu kostbar, um sie zu vergeuden.«

»Besser. Ich habe dir einen geschäftlichen Vorschlag zu machen.«

»Sebastien …«

»Ist dafür nicht ausgerüstet. Unterbrich mich nicht. Es gibt eine kleine, exquisite Bronzeskulptur, eine Frauenfigur, die einfach nur *Bella Donna* heißt. Sie ist kürzlich in New York bei Christie's versteigert worden und ist jetzt Teil einer privaten Sammlung. Mit anderen Stücken aus dieser Sammlung wird sie im Hobart Museum in Baltimore ausgestellt werden. Der Sammler ist ein Sohn der Stadt. Die Ausstellung läuft vom ersten November bis Ende Januar. Ich brauche dich, damit du dieses Stück für mich besorgst. Für diesen Dienst wirst du eins Komma fünf Millionen Dollar erhalten.«

Vorsichtig, mahnte Booth sich. »Ich danke Ihnen für Ihr Angebot, Mr. LaPorte, aber ich bin hier in North Carolina Vollzeit-Student. Außerdem habe ich noch nie etwas aus einem Museum gestohlen. Nur aus Privathäusern. Ich bin nicht die richtige Person für diesen Job.«

»Da bin ich anderer Meinung. Das Hobart ist ein privates Museum. Im Wesentlichen ein privates Heim. Du hast mehrere Wochen Zeit, um dich vorzubereiten.«

»Ich lebe hier, gehe hier zur Schule.«

»Die Dinge ändern sich, wie du sehr wohl weißt.« LaPorte gestikulierte mit einer Hand, dann lehnte er sich in seinem teuren Anzug wieder in den Flohmarkt-Sessel zurück. »Nun, es ist zwar bewundernswert, dass du nach einer höheren Bildung strebst, aber natürlich wissen wir beide, dass sie nirgendwohin führt. Und ich könnte dein Streben mit Leichtigkeit beenden. Eine interessante Information in die richtigen Ohren. Wer ist dieser Booth Harrison wirklich? Wie bezahlt er sein Schuldgeld? Warum hat er die Universität von Texas verlassen? Ah, warte mal, das war gar nicht so, denn die Zeugnisse sind gefälscht. Was würden dein kleiner Freundeskreis und diese äußerst attraktive Rothaarige denken, wenn sie erfahren, wer und was du wirklich bist? Ein Streuner, ein Dieb, ein Lügner, der sie als Tarnung benutzt?«

»Ich benutze sie nicht als Tarnung. Wenn Sie mich bedrohen, bin ich für diesen Job nicht geeignet. Und Tatsache ist, ich kann diese Art von Arbeit nicht mehr leisten. Ich habe einen vollen Stundenplan. Ich gebe Nachhilfe. Wir bereiten die Aufführung eines Stückes vor. Ganz gleich, wie viel Sie mir bieten, ich kann die Skulptur in Baltimore nicht stehlen.«

LaPorte beugte sich vor. »Glaubst du, du kannst den Schalter einfach nach Belieben umlegen?« Er schnipste mit den Fingern. »Du bist, was du bist. Du gehst nach Baltimore, wirst zu dem, der du sein musst, wie früher auch. Und du wirst *Bella Donna* besorgen.«

»Ich kann nicht. Sehen Sie, niemand lehnt so viel Geld ab, wenn er die Wahl hat, aber …«

»Wie geht es eigentlich deiner Tante?« LaPorte faltete die Hände und lehnte sich zurück. »Ist sie nicht deine letzte lebende Verwandte?«

Booth kannte den Geschmack von Furcht, und jetzt spürte er ihn im Mund. Wut durchzuckte ihn, als er aufsprang. »Sie hat damit nichts zu tun. Sie sollten jetzt gehen.«

Der Bodyguard drückte ihm eine Hand auf die Schulter. Booth versuchte, sie abzuschütteln, aber der eiserne Griff des Mannes zwang ihn, sich wieder zu setzen.

»Vielleicht möchtest du sie gerne … wie heißt sie noch einmal? Mags, oder? Charmant. Vielleicht möchtest du sie gerne anrufen. Bei ihr ist eingebrochen worden, auf sehr zerstörerische Art. Zum Glück war sie nicht zu Hause, als es passiert ist. Dieses Mal«, fügte er hinzu. »Es würde mich nur ein Wort kosten. Ein einziges Wort, um sie ins Krankenhaus zu bringen. Um sie zu zerschmettern.«

Seine Wut kam gegen die Angst nicht an. »Warum sollten Sie das tun? Sie können doch einfach jemand anderen engagieren.«

»Wenn ich jemand anderen wollte, würden wir nicht dieses Gespräch führen. Du bist doch Student, Booth, also lerne das gefälligst. Ich bin die Macht, du bist das Werkzeug. Du hast eine Funktion. Erfülle deine Funktion und kassiere die Belohnung. Wenn du versagst, musst du die Konsequenzen tragen.«

»Warum gerade jetzt?«

»Du hast Eindruck auf mich gemacht. Bis jetzt habe ich deine Dienste nicht gebraucht. *Bella Donna,* das Hobart Museum. Ich erwarte, dass du sie mir spätestens am 1. Februar bringst.«

LaPorte nickte dem Bodyguard zu, der ein paar umwickelte Geldscheine auf den Wohnzimmertisch warf. »Zehntausend, ich glaube, mehr als genug für deine Reise- und Lebenshaltungskosten. Das Geld wird natürlich von deinem Schlusshonorar abgezogen, wegen deines ungebührlichen Betragens.« Er stand auf. »Ich ziehe mich jetzt zurück. Du willst sicher bald schon auf dem Weg nach Maryland sein.«

»Wenn Sie Mags etwas tun, bringe ich Sie um.«

LaPorte warf dem Bodyguard einen Blick zu.

Der Rücken seiner Hand traf ihn blitzschnell. Später würde Booth denken, dass er noch Glück gehabt hatte, nicht mit seiner Faust Bekanntschaft gemacht zu haben, aber als er am Boden zusammenbrach und seine eine Gesichtshälfte wie Feuer brannte, kam er sich nicht besonders glücklich vor.

»Achte auf deine Manieren.«

Sie ließen ihn einfach auf dem Boden liegen, und er rührte sich nicht, bis er wieder atmen konnte, bis die hässliche Übelkeit in seinem Magen verging.

Er holte sein Handy heraus und rief Mags an.

»Hey, Kumpel.«

Als er ihre Stimme hörte – ein bisschen rau, ein bisschen atemlos –, kniff er die Augen zusammen. »Hey, Mags, wie läuft es so?«

»Beschissen. Ich bin vor einer Stunde nach Hause gekommen. Jemand ist hier eingebrochen – am hellichten Tag – und hat mein süßes kleines Haus verwüstet.«

»Geht es dir gut?«

»Ja, ja. Es sieht nicht so aus, als hätten sie irgendwas mitgenommen. Sie haben einfach nur alles kaputt gemacht. Die Polizei denkt, dass vielleicht jemand nach Drogen gesucht hat – aber ich habe keine. Nur ein bisschen Hasch, aber das habe ich dem sehr süßen Polizisten natürlich nicht gesagt. Vielleicht war es auch jemand, der sauer auf mich ist, aber ich schwöre beim kleinen Jesuskind, dass ich in der letzten Zeit niemandem Grund dazu gegeben habe. Ab und zu mache ich auch persönliche Sitzungen, also haben vielleicht irgendjemandem die Karten nicht gefallen. Ich weiß nicht. Sie haben die Vase zerbrochen. Du weißt schon, die hübsche blaue Vase deiner Mutter mit den Kolibris drauf.« Sie begann zu weinen.

»Es tut mir leid. Es ist okay. Alles kommt wieder in Ordnung. Soll ich zu dir kommen?«

»Nein, nein, es sind ja nur Sachen, mehr nicht. Entschuldigung, dass ich hier rumheule. Die einzelnen Stücke von der Vase habe ich ja noch. Ich mache schon irgendetwas damit. Ich hätte mich an das halten sollen, was du mir gesagt hast, und mir eine Alarmanlage anschaffen sollen. Da ist nur nichts … Na ja, jetzt tue ich das. Erzähl mir etwas Schönes. Muntere mich auf.«

Er versuchte, sich etwas Gutes auszudenken, obwohl alles falsch war. Er erzählte ihr von Miranda und spürte dabei, wie sein Herz brach. Es zerbrach ihm einfach im Körper, weil er auf einmal wusste, dass das perfekte Wochenende alles gewesen war.

Er würde es nie wieder erleben. Sie nie wieder erleben. Nie wieder so etwas erleben.

Als er das Handy weglegte, blieb er einfach auf dem Boden sitzen. Er wusste, was er zu tun hatte. Wenn er tat, was er tun musste, würde Mags nichts mehr passieren. Also stand er auf und tat es. Er packte seine Sachen, seine Werkzeuge, räumte seinen gesamten Arbeitsbereich aus. Am Kiefer und am Wangenknochen war er blauschwarz angeschwollen, was er sorgfältig und gründlich mit Make-up verdeckte.

Er konnte nicht einfach abhauen – sie würden nach ihm suchen. Und über ihn recherchieren.

Er schrieb an R. J., nachdem er sein Gepäck ins Auto geladen hatte.

Familiärer Notfall. Ich muss auf der Stelle abreisen. Weiß nicht, wann ich zurückkomme – vielleicht nie mehr. Die Miete ist bis Mai bezahlt. Benutz das Haus, wenn du willst, ich lasse die Schlüssel bei Miz Opal. Wenn ich nicht zurückkomme, kannst du die Möbel nehmen. Es ist nicht viel, aber vielleicht kann sie jemand brauchen.

Die Antwort kam, als er auf dem Weg zur Nachbarin war.

Wtf, bro? Was ist passiert? Du haust einfach ab?

Ja, ich muss. Meine Tante braucht mich. Ich muss los, und es sieht so aus, als würde es lange dauern, also nimm das Zeug, ich werde wahrscheinlich mindestens für ein paar Monate weg sein. Ich muss jetzt wirklich los. Beim Fahren kann ich nicht schreiben.

Er schickte den Text ab, dann schaltete er das Handy aus und klopfte an der Tür der Nachbarn.

Dort spulte er seine Geschichte herunter, fügte noch einen Unfall hinzu, seine Tante musste operiert werden, anschließend in die Reha und so weiter. Miz Opal traten die Tränen in die Augen, aber sie nahm die Schlüssel.

Und sie umarmte ihn und drückte ihm eine Tüte mit Erdnussbutterplätzchen in die Hand.

Er stieg ins Auto, winkte Miz Opal, Papa Pete und Mac zu, dann fuhr er los.

An Miranda dachte er nicht. Er konnte es nicht zulassen, dass er an sie dachte.

Er fuhr einfach, versuchte, an gar nichts zu denken, und fuhr einfach immer weiter, von North Carolina nach Virginia, von Virginia nach Maryland.

Er empfand nichts von der freudigen Faszination, die er bei seinen früheren Fahrten empfunden hatte. Er freute sich auf nichts. Das Leben, das er sich gerne aufbauen wollte? Eine Fantasie. Das sah er jetzt.

LaPorte war ein verlogener, arroganter Mann, aber eine Wahrheit hatte er gesagt: Was für einen Namen er auch benutzen mochte, Harry, Silas, Lee oder Booth – er war, was er war.

Als Harry Williams – ein Gedenken an seine Kindheit und seinen alten Freund – checkte er in einem Motel ein, ließ sich von seiner Erschöpfung überwältigen und schlief tief und fest bis zum Morgen.

Und als er spät am Morgen aufwachte und sein Telefon einschaltete, sah er die ganzen Nachrichten, die Mailbox. Mirandas erste Sprachnachricht war von acht Uhr achtundzwanzig. Er hörte sie sich nicht an – er konnte es nicht. Ihm war nur allzu klar, wie sie jetzt im Kurs nach ihm Ausschau hielt und R. J. ihr sagte, dass er weg sei und warum.

Sie schrieb ihm eine Nachricht.

Booth, das mit deiner Tante tut mir so leid! Ich hoffe, es geht ihr gut. Schreib oder ruf mich an, sobald du kannst. Ich mache mir solche Sorgen. Ich schicke dir ganz viel Liebe.

Danach waren noch zahlreiche andere Nachrichten gekommen, aber er las sie nicht alle. Er wusste, was er zu tun hatte.

Ich habe es gerade erst gelesen, schrieb er zurück. *Mags hält sich tapfer, aber es wird ein langer Weg werden.*

Dabei beließ er es, mehr schrieb er nicht, und da er wusste, was als Nächstes kam, ging er unter die Dusche, um das Klingeln des Telefons nicht zu hören.

Er zog sich an – guter Pullover, Lederjacke, gute Jeans. Sorgfältig klebte er sich einen Bart an. Ein stylishes zerzaustes Bärtchen, dunkelblond, damit es zur Perücke passte. Er band sie hinten zu einem kleinen Pferdeschwanz zusammen, dann probierte er mehrere Brillengestelle aus, bis er sich schließlich für eines mit Metallrand entschied. Seinen Rucksack tauschte er gegen eine Umhängetasche aus.

Wieder schaltete er das Handy aus – am besten ließ er sich nicht ablenken – und ging hinaus, um einen ersten Blick auf das Hobart zu werfen.

Dann wollte er sich eine gut möblierte Wohnung in der Nähe suchen, oder ein kleines Haus, falls er feststellen sollte, dass der Job länger als vier oder fünf Wochen dauern würde.

Harry Williams war freiberuflicher Autor, ein vermögender Erbe aus Baton Rouge, der in Baltimore wegen einer Geschichte recherchierte. Ein Einzelgänger, ein ernsthafter Dreiundzwanzigjähriger. Wohlhabend, privilegiert und ein kleiner Scheißkerl.

Er fuhr zum Inner Harbor, wobei er sich die Verkehrsmuster merkte – schrecklich. Die Gegend wirkte touristisch. Er parkte auf einem öffentlichen Parkplatz und ging einige Blocks in dem eisigen Novemberwind zu Fuß. Wegen des Windes kaufte er sich in einem Laden einen marineblauen Schal und legte ihn gleich um. Es verlieh ihm einen leichten Künstlertouch, was gut zu seiner Rolle passte.

Das Hobart lag zwischen hochpreisigen Läden und Restaurants und war, wie LaPorte gesagt hatte, ein Privathaus. Aus rotem Backstein, weiß abgesetzt, zwei Stockwerke und wahrscheinlich ein Keller. Doppelflügelige Eingangstür, glänzende Fenster, die Messingplakette, alles sehr würdevoll. Er registrierte die Sicherheitskameras, die Lichter und das kleine, diskrete Schild, das warnte, dass die Anlage von Guardian Security geschützt wurde.

Danke für den Tipp, dachte er und ging hinein.

Breite Holzdielen, Sicherheitskameras, Bewegungsmelder – klug. Ein offenes Konzept, um die Kunst an den Wänden, in Vitrinen, auf Podesten auszustellen.

Er bezahlte den Eintritt – ziemlich hoch – und ging mit etwa fünf weiteren Leuten durch die Ausstellung.

Ein uniformierter Sicherheitsmann war sichtbar. Ein weiterer, nahm er an, saß an den Monitoren der Kameras. Es gab wahrscheinlich mindestens eine Nachtwache, daran musste er also auf jeden Fall denken.

Bei verschiedenen Gemälden, Skulpturen und Keramiken machte er sich Notizen, wie es ein Schriftsteller tun würde. Er warf einen ersten Blick auf die fragliche Figur und fand sie wunderschön. Geschmeidig, dachte er, sinnlich mit ihrem langen Körper, dem Kopf, den fließenden Haaren, die über ihrer linken Schulter lagen.

Sie hielt die linke Hand ausgestreckt, den Arm am Ellbogen gebeugt, die Handfläche nach oben. Als ob sie sagen wollte: Nimm es, nimm mich. Wenn du dich traust.

Er musste sich trauen.

Nachdem er sich ein paar Notizen gemacht hatte, schlenderte er weiter und verbrachte fünfundsiebzig Minuten damit, jeden Zentimeter des Raums zu erkunden, dann ging er hinaus, um sich die benachbarten Gebäude, die Straße, Fluchtwege anzuschauen.

Am Nachmittag suchte er ein Internet-Café auf, um eine Mietwohnung zu finden, und entdeckte ein unauffälliges Reihenhaus, etwa einen Kilometer vom Ziel entfernt. Er handelte einen Dreimonatsvertrag aus, bezahlte die heftige Kaution und die vollen drei Monate Miete – was Bestandteil seiner Verhandlung gewesen war.

Er kaufte ein paar Lebensmittel und zog sofort ein.

Das Haus musste ein bisschen renoviert werden, dachte er, aber es war ihm egal. Es war sauber, und er gestattete sich sogar ein wenig Freude darüber, dass es einen funktionierenden Kamin besaß. Er räumte alles weg, baute seine Werkzeuge und seine Ausrüstung im zweiten Schlafzimmer auf. Dann schob er eine Tiefkühlpizza in den Backofen, nahm sich eine Coke und schaltete sein Handy ein.

Es klingelte fast sofort.

»Es tut mir leid, es tut mir leid«, sagte Miranda, kaum dass er drangegangen war. »Ich weiß, dass ich deine Mailbox vollspreche und dich mit Nachrichten zutexte, aber ich mache mir solche Sorgen.«

»Ja.«

»Wie geht es deiner Tante, wie geht es dir? Was kann ich tun?«

»Ihr Zustand ist stabil.« Er hielt seine Stimme neutral und ein bisschen kühl. »Mir geht es gut. Ich bin nicht von so einem Arschloch angefahren worden, das beim Autofahren mit dem Handy rumspielt. Du kannst nichts tun.«

»Ist das passiert? Oh, Booth. In welchem Krankenhaus ist sie denn? Wir können ihr doch Blumen schicken.«

»Sie kennt dich doch gar nicht.« Er ließ seine Stimme kalt klingen und hasste sich dafür. »Hör mal, ich muss jetzt wieder zu ihr.«

»Kannst du mich später anrufen und mich auf dem Laufenden halten? Wir denken alle an sie und an dich. Wenn …«

»Das ist nett von euch, okay? Ich habe wirklich viel zu tun, und ich habe keine Zeit, ständig mit dir darüber zu reden. Sie wird monatelang in die Reha müssen, wenn sie hier heraus ist.«

Auch ihre Stimme änderte sich, und er hörte, wie verletzt sie war. Es schnitt ihm tief ins Herz.

»Wir wollen doch nur helfen, Booth, so wie wir es können. Auch wenn es nur ums Reden geht. Ich könnte für ein paar Tage zu dir fliegen und ...«

Er drückte sich die Hand aufs Gesicht und kämpfte gegen seine Emotionen an, gegen sein Bedürfnis, gegen ihr Gesicht in seinem Kopf.

Kalt und scharf fuhr er sie: »Himmel, kapier es doch endlich. Wir hatten Spaß, oder? Wir hatten ein tolles Wochenende und alles. Aber mehr auch nicht. Ich stecke hier tief in der Scheiße, und ich habe keine Zeit, um aus ein paar Verabredungen und gutem Sex mit dir einen Liebesroman zu machen.«

»Das ist ... es sieht dir gar nicht ähnlich, so etwas Schreckliches zu sagen.«

»Vermutlich kennst du mich nicht gut genug. Ich muss jetzt.«

Er legte auf, dann beugte er sich vor, um den Kopf zwischen den Beinen hängen zu lassen.

Sie würde ihn jetzt hassen. Dann würde sie ihn vergessen. Er würde einfach nur ein Arschloch sein, in das sie sich auf dem College kurz verliebt hatte. Ein Fehler. Eine Lektion, die sie gelernt hatte.

Für beide Seiten ein Fehler, sagte er sich. Eine Lektion, die beide gelernt hatten. Er würde nie wieder jemanden so nahe an sich herankommen lassen. Zeit, sich auf die Aufgabe zu konzentrieren, die vor ihm lag. So wie immer.

Als der Timer klingelte, nahm er die Pizza aus dem Backofen.

Damit und mit der Coke ging er nach oben und fuhr seinen Computer hoch.

Und machte sich an die Arbeit.

Booth stahl die Figur an Weihnachten.

Er war noch einmal zurückgegangen, dieses Mal mit einem anderen Look – lange, glatte braune Haare, Vollbart, getönte Brille, ein abwaschbares Tattoo eines Peace-Zeichens auf der rechten Hand. Und er war durch die Menge geschlendert und hatte weitere Details herausgefunden.

Was an ihm nagte, wenn er zu verschiedenen Tages- und Nachtzeiten durch die Umgebung lief, war die Tatsache, dass LaPorte für den Job gar nicht ihn speziell gebraucht hätte.

LaPorte hatte sein Leben ruiniert, das Leben, das er sich vorgestellt hatte, einfach nur, weil er es wollte. Weil Booth einmal Nein zu einem Mann gesagt hatte, der absoluten Gehorsam verlangte.

Schon wieder eine Lektion gelernt.

Um zwei Uhr morgens am Weihnachtsmorgen, als die Kinder vom Weihnachtsmann träumten, huschte Booth durch Dunkelheit und Licht außerhalb des Kamerabereichs. Er legte das System für zweiunddreißig Sekunden lahm. Wer am Monitor saß, würde es für eine kleine Störung halten, und wenn sie herauskämen, um nachzusehen, würde er sich verstecken.

Er studierte die dünnen roten Balken des Bewegungsmelders, wartete geduldig, ob er etwas hörte.

Er glaubte, Stimmen zu hören, bereitete sich darauf vor, schnell abzuhauen, aber dann erkannte er George Bailey auf der Brücke mit Clarence. *Ist das Leben nicht schön?* Das Wachpersonal schaute sich einen Weihnachtsfilm an, wer konnte es ihnen verdenken?

Auf dem Weg zur Skulptur tanzte Booth über rote Lichter,

besprühte Kameralinsen mit schwarzer Farbe. Sie war schwer, aber das Gewicht hatte er natürlich zuvor recherchiert.

Er hörte tatsächlich die Sicherheitsbeamten kichern und rufen: »Lauf, George, lauf!«

Kopfschüttelnd verstaute Booth die Statue in seinem Rucksack, bevor er den Rückweg antrat. Eine weitere kurze Störung, und dann war er auf dem Bürgersteig und ging rasch zu seinem Auto.

Er hatte bereits seine Sachen gepackt – er war einfach ein Typ, der an Weihnachten nach Hause fuhr.

15

Die Sonne schien durch die Fenster, als er am Nachmittag des ersten Weihnachtstages in LaPortes beeindruckendem Büro in dem beeindruckenden Haus in Lake Charles stand.

Getrieben von Wut, von Hass, war er direkt durchgefahren. Seit sechsunddreißig Stunden hatte er nicht mehr geschlafen. Aber er war nicht müde, eher aufgedreht.

»Du überraschst mich. Ich hatte nicht erwartet, dich so bald zu sehen, und dann auch noch an Weihnachten. In einer Stunde hättest du mich nicht mehr zu Hause angetroffen.«

Booth erwiderte nichts und stellte seinen Rucksack auf den großen Mahagoni-Schreibtisch neben ein antikes Tintenfass.

Er würde sich an diesen Raum erinnern, dachte er, und an alles, was darin war. Die Georgia O'Keeffe über dem Kamin, der Bücherschrank hinter dem Schreibtisch, der eher mit Schätzen als mit Büchern gefüllt war. Das Jadepferd, die Ming-Vase, der Daum-Pfau.

Alle Schätze.

Denn eines Tages … vielleicht eines Tages.

Doch für den Moment nahm er die Statue aus seinem Rucksack und stellte sie vor LaPorte ab.

»Ah, da ist sie.«

Booth sah es ihm an – die Gier, die Befriedigung des Besitzens –, als LaPorte seinen Finger über das Bronze-Gesicht und den Körper gleiten ließ. »Sie ist reizend, nicht wahr. Stark, sexy, beinahe wild. Eine Frau, die, glaube ich, die Bedürfnisse der Männer kennt und sie erfüllt, wenn sie will.« Er trat zu einer zehneckigen Glasvitrine – ein viktorianisches Möbelstück, wie Booth von seinen Antiquitätenstudien wusste – und nahm eine Karaffe heraus. »Einen Drink, um auf den Moment anzustoßen?«

»Nein.« Booth zog ein Blatt Papier heraus und legte es neben die Statue. »Überweisen Sie das Geld darauf.«

»Deine Manieren werden auch nicht besser.«

»Es ist nur ein Geschäft. Sie haben, was Sie wollten. Und Sie brauchten mich nicht für den Job. Sie mussten nicht für diesen Job mein Leben auf den Kopf stellen.«

»Da bin ich anderer Meinung.« LaPorte goss den Bourbon in ein niedriges Kristallglas. »Und letztendlich habe ich dir einen großen Gefallen getan, glaube ich. Deine Fähigkeiten sind immer noch beeindruckend, und es freut mich, so ein gut geöltes Werkzeug in meinem äußerst exklusiven Werkzeugkasten zu haben.« Er prostete Booth zu und trank einen Schluck. »Die Bronzeskulptur muss natürlich erst überprüft werden, bevor ich dir das Geld überweise. Da ich heute Abend verabredet bin und dich nicht erwartet habe, kümmere ich mich morgen erst darum.«

»Dann überweisen Sie das Geld eben morgen.« Booth wandte sich zum Gehen.

»So vertrauensselig. Ich könnte die Statue behalten und dein Honorar auch.«

»Das tun Sie nicht. Ich weiß, wo Sie wohnen.«

»Das Gleiche könnte ich auch sagen. Aber mach dir keine Sorgen, du bekommst dein Geld. Ich bezahle immer meine Schulden.« Erneut prostete er ihm zu. »Bis zum nächsten Mal. Und fröhliche Weihnachten.«

»Überweisen Sie einfach das Geld.«

Als Sebastien nach Mitternacht von einem langen, ausgelassenen Weihnachtsfest bei seiner Mutter nach Hause kam, stand Booths Auto vor seinem Haus.

Und Booth schlief auf seiner Couch.

»Du bist in mein Haus eingebrochen, *mon ami*?«

Als Booth aufwachte, starrte der Hund Löcher in ihn, und Sebastien stand mit breitem Grinsen und zwei voll beladenen Papiertüten vor ihm.

»Entschuldigung. Ich brauchte Schlaf.«

»Warum hast du mir nicht Bescheid gesagt, dass du kommst?«

»Ich wusste es vorher nicht genau.«

Als Booth sich aufsetzte, sich mit den Händen durchs Gesicht rieb und sie nicht mehr wegzog, erlosch Sebastiens Grinsen.

»*Cher,* du siehst aus, als hättest du Probleme. Ist ein Job schiefgelaufen?«

»Nein, nichts in der Art.«

»Ich wette, du brauchst was zu essen. Ich habe genug Essen von der Familienfeier dabei, um das gesamte Bayou zu verpflegen. Komm und setz dich. Ich bau dich wieder auf.«

»Danke.«

Sebastien packte die Tüten aus, und der Geruch nach Essen traf Booth wie ein Faustschlag in die Magengrube. Er nahm den Teller, den Sebastien mit Schinken, gebratenem Hühnchen und Plätzchen gefüllt hatte.

»Ich wärme dir die roten Bohnen mit Reis auf und ein paar von diesen Kartoffeln. Und du erzählst mir, warum du in meiner Küche sitzt und isst, statt mit diesem Mädchen zu kuscheln, von dem du mir erzählt hast. Die Rothaarige.«

Booth schüttelte nur den Kopf, und Sebastien brauchte keine Worte, um zu verstehen.

»Ah. Manchmal wendet sich die Liebe von uns ab.«

»Ich habe mich abgewandt. Ich musste. Ich musste dafür sorgen, dass sie mich hasst.«

»Warum?«

»LaPorte«, sagte Booth und erzählte Sebastien alles.

»*Picon!* Er soll verdammt noch mal in der Hölle schmoren! Ich habe nicht mehr für ihn gearbeitet, sehr lange schon nicht mehr. Aber er hat andere. Für ihn bist du wie die Statue. Er will dich besitzen.«

»Ja, das habe ich auch begriffen.«

»Wir werden uns was überlegen, *tu saisis*? Du gehst zurück an dein College, zu deinem Mädchen und bringst die Sache mit ihr in Ordnung.«

»Das kann ich nicht. Er wird sie benutzen, Mags, dich, jeden, der mir etwas bedeutet, um an mich heranzukommen. Und beim nächsten Mal wird er sich nicht damit zufriedengeben, ein paar Möbel kurz- und klein schlagen zu lassen.«

»Was willst du tun? Ich bin dabei, ganz gleich, was du vorhast.«

»Ich habe ein paar Prepaid-Handys gekauft. Eins schicke ich Mags und eins lasse ich bei dir. Ich gebe dir meine Nummer. Mein anderes Handy habe ich schon entsorgt. Wahrscheinlich war es überflüssig, aber er hat einen langen Arm. Wenn er mich nicht findet, kann er mich auch nicht benutzen. Und es hat keinen Sinn, Leute zu verletzen, die mir etwas bedeuten, wenn er mich nicht findet.«

»Wohin willst du gehen?«

»Ich fahre nach Atlanta und verkaufe mein Auto. Es ist sowieso an der Zeit. Ich ändere meinen Namen noch einmal und verwende einen Teil dieses verdammten Geldes, um mir einen Privatjet zu mieten. Dann durchleuchten sie dein Gepäck und deine Sachen nicht. Ich werde mir ein paar gute

Koffer kaufen. Ein paar lässige Designer-Klamotten und so, damit ich so aussehe wie jemand, der es sich leisten kann, im Privatjet von Atlanta nach Paris zu fliegen. Ich fange in Paris an, und dann sehen wir weiter.«

»Reicher junger Franzose – reiche Familie. Du musst aus Paris kommen, also lass den Snob heraushängen. Gepäck von Louis Vuitton, und kauf dir italienische Schuhe und Sonnenbrillen.«

»Ich verstehe.«

»Sag mir Bescheid, wenn du dort bist. Ich werde mir Sorgen um dich machen.«

»Tu es nicht. Ich komme schon durch. Sag Mags Bescheid, ja? Sag ihr, ich rufe sie in ein paar Tagen auf dem neuen Handy an. Ich komme schon durch«, wiederholte er. »Ich wollte immer schon mal nach Europa. Warum also nicht jetzt?« Er erhob sich und kramte in seinem Rucksack nach dem Handy. »Meine Nummer ist gespeichert, ebenso wie die Nummer, die ich Mags schicken werde. Ich muss jetzt los. Danke für das Essen.«

»Dafür brauchst du mir nicht zu danken. Wir sind doch eine Familie.« Er packte Booth an den Schultern. »Du kannst jederzeit herkommen, hörst du? Und wenn du denkst, dass es sicher ist, komme ich zu dir. Mags und ich kommen zu dir.« Sebastien umarmte ihn und schlug ihm auf den Rücken. »Ich habe drei hübsche Mädchen. Und ich habe einen gut aussehenden Jungen. Warum bleibst du nicht über Nacht, schläfst dich richtig aus?«

»Es ist besser, nachts zu fahren. Er wird sich denken, dass ich hierherkomme, also bleibe ich besser in Bewegung. Sag Dauphine … sag ihr, es tut mir leid, dass ich sie nicht besucht habe.«

Am 30. Dezember stieg Henri Metarie in Atlanta in einen Privatjet. Er hatte sonnengesträhnte, hellbraune, gewellte Haare. Er trug eine hüftlange bronzefarbene Lederjacke über einem marineblauen Kaschmir-Pullover, eine Armani-Sonnenbrille – obwohl die Sonne bereits unterging – und enge schwarze Jeans. Seine Piaget– eine Fälschung, aber gut gemacht – hatte ein schwarzes Lederarmband.

Er redete wenig und wenn, dann in perfektem Englisch mit leichtem Pariser Akzent. Der Flugbegleiter, der ihm zugewiesen war, erzählte dem Piloten, er wirke gelangweilt und hochnäsig.

Das hätte ihm gefallen.

Er landete in Paris an einem nebligen Wintermorgen und schlüpfte durch den Zoll, wie es die Reichen und Privilegierten tun. Die zahlreichen Stempel in seinem Pass wiesen ihn als internationalen Vielflieger aus.

Hier in Paris kam sein erster legaler Stempel dazu.

»*Bienvenue,* Monsieur Metarie.«

Er nickte beiläufig. »*Merci.*«

Er ließ alles, was ihm etwas bedeutete, hinter sich und flanierte durch den Flughafen hinein in die neue Welt.

Den Großteil seiner Zwanziger verbrachte er in Europa, forschte, arbeitete, wanderte sogar und fuhr Fahrrad. In Frankreich konzentrierte er sich auf das, was Sebastien als Klunker bezeichnete, und zog von einer Wohnung in Paris in ein Landhaus in der Provence und schließlich in ein Schlosshotel im Loiretal.

Er nahm Unterricht bei einer Studentin des Cordon Bleu, einer internationalen Kochschule, und teilte mit ihr das Bett, nachdem er gelernt hatte, perfekte Macarons zu backen.

In Italien ging es um Kunst, die er bewunderte und stahl,

während er das prachtvolle Licht in Florenz, die Magie der Kanäle in Venedig, die antiken Stätten in Rom genoss. Er reiste nach Griechenland und lernte die Sprache, nach England und Irland, nach Sizilien und in die Toskana. Er lernte, so beiläufig durch Europa zu reisen, wie er einst mit seinem Fahrrad durch sein altes Viertel in Chicago gefahren war.

Er hielt sein Versprechen und verbrachte ein Mal im Jahr ein paar Tage mit Mags. Er mietete etwas – eine Villa in der Toskana, ein Haus in Bar Harbor, was immer ihm gefiel. Oft reiste sie mit Sebastien an, und in diesen wenigen Tagen erfuhr er, wie ihr Leben in den vergangenen Monaten verlaufen war.

Mit siebenundzwanzig war er reich, weit gereist, sprach zehn Sprachen, acht davon fließend. Er hatte die Welt gesehen oder zumindest einen großen Teil davon. Und abgesehen von diesen wenigen Tagen jedes Jahr war er allein.

Er saß auf der Terrasse einer hübschen Villa an der italienischen Küste, trank Wein, blickte auf das Mittelmeer und die Schiffe, die darüber glitten.

Mags saß neben ihm. Sie war alleine gekommen, da Bluto im vergangenen Winter in die große Hundehütte im Himmel gegangen war. Sebastien hatte gerade einen neuen Welpen bekommen, der noch nicht stubenrein war, und er wollte ihn noch nicht allein lassen.

»Er ist ganz verrückt nach dem Hund«, sagte Mags. »Ich weiß, dass Wiley ihm hilft, den Verlust zu verwinden.«

»Wie Coyote, was? Wile E. Coyote. Er nennt seine Hunde nicht nur nach Comicfiguren, sondern immer nach den Bösen. Also, so eine Art böser Junge vermutlich.«

Mags ergriff seine Hand und hielt sie, während sie dasaßen.

Er hatte ihr gesagt, sie sähe fantastisch aus, und das war

nicht übertrieben. Sie trug ihre Haare immer noch lang und wild, und jetzt flammend rot mit großzügigen goldenen Strähnen.

»Ich habe Neuigkeiten«, begann sie.

»Gute oder schlechte?«

»Ich glaube sehr gute, für mich jedenfalls. Ich ziehe um.«

»Schon wieder?«

Als er die USA verlassen hatte, hatte sie Santa Fe den Rücken gekehrt und hatte es mit Sedona probiert.

»Schon wieder. Ich ziehe nach New Orleans.«

»Aber doch nicht zu Sebastien ins Haus, oder? Ich weiß, dass ihr zwei … Ich weiß Bescheid, und ich liebe den Mann, wirklich, aber er wohnt im Bayou und das ist …«

»Sebastien und ich haben gerne unseren Freiraum. Durch mein Geschäft und die Tatsache, dass du mich mit Geld überschüttest …«

»Du bist meine Familie.«

»Und du meine, Kumpel. Auf jeden Fall kaufe ich mir ein Haus. Dieses Mal miete ich nicht. Es ist an der Zeit, etwas Eigenes zu haben. Dauphine und ihr Mann haben mir geholfen, eins zu finden. Und da Luc praktisch veranlagt ist, hilft er mir bei der Renovierung. So wie ich es gerne hätte. Es ist ein hübsches kleines Haus, und ich will im Erdgeschoss einen kleinen Laden aufmachen. Es ist gerade groß genug. Groß genug, dass du zu Besuch kommen und bleiben kannst. Ich weiß, dass du schon seit Jahren nicht mehr in New Orleans warst, also ist es vielleicht bald einmal Zeit.«

»Vielleicht.«

»Und willst du noch mehr wissen? Dauphine ist in Hoffnung.«

»Auf was hofft sie denn?«

Mags lachte so heftig, dass sie Schluckauf bekam und sich

die Rippen halten musste. »Sie bekommt ein Baby, du Blödmann!«

»Was? Wirklich? Heilige Scheiße! Ist sie glücklich? Ist alles in Ordnung? Geht es ihr gut?«

»Sie ist außer sich vor Freude, und es geht ihr sehr gut. So gut, dass Luc sie endlich überreden konnte, ihn zu heiraten. Nächsten Monat. Sie hofft sehr, dass du dabei bist, kann es aber auch verstehen, wenn es nicht geht.«

Schiffe glitten über das weite blaue Meer.

»Ich wünschte, ich könnte. Wirklich! Aber es ist genau das Ereignis, auf das er lauert.«

»Oh, Liebling, dieser Scheißkerl kann doch nicht immer noch nach dir suchen. Ich schwöre bei Gott, dass mich niemand belästigt hat. Ich würde es dir sagen, wenn es anders wäre.«

»Ich weiß, aber dieser Typ akzeptiert einfach kein Nein. Und wenn er es doch tut, dann lässt er dich dafür bezahlen. Und letzten Herbst in Prag hat er mich beinahe gerochen. Ich bin ihm entwischt, aber er hat trotzdem seine Fühler ausgestreckt.«

»Davon hast du gar nichts gesagt.«

»Er war mir nur beinahe auf der Spur, mehr nicht.« Er küsste die Hand, die seine hielt. »Sag Dauphine, ich wünsche ihr nur das Allerbeste. Mit dem Baby, mit Luc. Und ich werde zurückkommen. Hier wird es mir sowieso langsam zu heiß.«

»Du meinst aber nicht das Wetter, oder?«

»Sie haben mir einen Namen gegeben. Die Leute, die nach Leuten wie mir Ausschau halten. Das Chamäleon. Das gefällt mir«, gab er zu, »aber wenn sie dich so weit identifiziert haben, dass sie dir einen Namen geben, dann wird der Boden zu heiß.«

»Du könntest ja aufhören.«

Er gab einen unbestimmten Laut von sich. »Ich habe daran gedacht, mir Rio einmal anzuschauen, Südamerika, den Amazonas. Vielleicht ein oder zwei Jahre dort oder in den Staaten. Nur mal so als Überlegung. Oder Australien, Neuseeland. Vielleicht einen schönen Urlaub.«

»Ich glaube, die Unruhe hast du von mir.«

Er blickte sie an, seine verrückte Tante Mags, seine Familie, seine Konstante. Niemand kannte ihn so gut wie sie. Niemand sonst erinnerte sich an den Jungen, der er gewesen war, an seine Mutter, an ihr Leben.

»Komm, wir zwei unruhigen Geister gehen ein bisschen im Ort spazieren. Du hattest bisher noch nicht einmal Gelegenheit zum Bummeln.«

»Du kennst mich.« Aber sie drückte noch einmal seine Hand. »Wer hätte gedacht, dass wir jemals hier so sitzen, in einer Villa in Sorrent, das Mittelmeer zu unseren Füßen.«

»Die Welt ist eine Auster, Mags. Du musst sie nur aufbrechen und die Perle herausnehmen.«

Ein paar Wochen in Rio brachten ihm Rubine ein. Danach reiste er wegen Smaragden nach Peru und machte eine Kreuzfahrt auf dem Amazonas. In Peru beglich er eine Rechnung und fand einen Weg, um eines der weniger raffinierten und brutaleren Werkzeuge von LaPorte hinter Gitter zu bringen.

Es war ein gutes Gefühl. Es fühlte sich … gerecht an.

Und es brachte ihn von Südamerika in den Südpazifik. Drei Monate in Australien – er ging im Great Barrier Reef tauchen – trugen ihm Opale ein und einen interessanten kleinen monochromen Seurat. In Neuseeland war er mit dem Kajak und zu Fuß unterwegs. Dort stieß er auf die stets zuverlässigen Briefmarken.

Mit Mags und Sebastien verbrachte er eine Woche auf Fidschi.

Neun Jahre nachdem er zum ersten Mal in Paris gelandet war, kehrte er dorthin zurück. Willem Dauphine, ein Kunsthändler mit Sitz in London. Dieses Mal stieg er in der Art Nouveau Pracht des Peninsula im Herzen der Stadt ab.

Willem war ein konservativer Mann, trug maßgeschneiderte Anzüge, für gewöhnlich mit Krawatte und Einstecktuch von Hermès. Seine dunkelblonden Haare waren kurz geschnitten und zurückgekämmt, er bevorzugte Schildpattbrillen und war glatt rasiert. Am Kinn hatte er eine kleine Narbe, und er wies einen deutlichen Überbiss auf. Er hatte auch eine kleine, möblierte Wohnung in einem anderen Stadtteil, die ihm als Arbeitsraum diente. Er besuchte Museen und Galerien, aber sein Ziel waren das Musée National d'Art Moderne und ein exquisites Stillleben von Matisse.

Dort machte er die Bekanntschaft der stellvertretenden Direktorin, einer eleganten Frau im mittleren Alter in einem strengen schwarzen Anzug, die ihm einen Kaffee anbot.

Obwohl er ihn so stark fand, dass er glaubte, er würde seinen Zahnschmelz zerstören, trank er ihn schwarz.

Sie führten ihr Gespräch in fließendem, formellem Französisch.

»Danke, Madame Drussalt, dass Sie sich mit mir treffen. Ich weiß, Ihre Zeit ist kostbar.«

»Wie alle Zeit.«

»Natürlich. Ich vertrete einen Klienten, der eine Kunstsammlung geerbt hat, eine private Sammlung, Sie verstehen. Ich habe den Klienten überredet – oder damit begonnen –, diese Sammlung mit der Welt zu teilen.«

»Und wer ist dieser Klient?«

»Ich bin noch nicht berechtigt, seinen Namen preiszugeben, sondern nur zu erklären, dass die Sammlung zwar klein ist, meines Erachtens jedoch bedeutende Werke des Fauvismus enthält. Insgesamt sechs Stücke, die sich seit zwei Generationen in dieser privaten Sammlung befinden.«

»Mir ist von einer solchen Sammlung nichts bekannt.«

»Das ist nicht verwunderlich, Madame. Sie befindet sich in einem privaten Raum in einem Privathaus. Und dies, so glaube ich, ist nicht der Zweck von Kunst, und deshalb dränge ich meinen Klienten, an die Öffentlichkeit zu bringen, was so lange weggeschlossen war. Ich bin sozusagen befugt, hier ein Gespräch zu führen, wie auch in London, in Rom sowie in New York und meinem Klienten weitere Details zu nennen, die zu einer dauerhaften Leihgabe der Sammlung führen könnten.«

»Sie möchten, dass wir diese Sammlung ausstellen, können mir aber nichts darüber oder über Ihren Klienten sagen.«

»Ich möchte meinen Klienten überreden. Das ist das erste Hindernis. Darf ich offen sprechen?«

Sie wedelte mit der Hand. »Bitte.«

»Meine Klientin ist nicht wirklich an Kunst interessiert. Ich möchte sie davon abhalten, die Bilder zu verkaufen, bei einer Auktion, wo sie wieder in Privatbesitz gelangen würden. Meine Klientin ist auf den Erlös nicht angewiesen, wissen Sie. Ich spreche mit ihr nicht über den Zweck von Kunst, sondern über das Prestige einer Plakette in einem großartigen Museum, einer Plakette, die ihren Namen als Spenderin aufweist. Die Publicity, die sie dadurch bekommt und so weiter. Und mit dieser Aussicht ist meine Klientin damit einverstanden, mir zu erlauben … das Terrain zu sondieren.«

»Ich verstehe.«

»Ich lebe und arbeite in London, Madame, aber ich bin Franzose. Wenn ich wählen könnte, käme die Sammlung hierher. Allerdings ist es mir das Wichtigste, dass diese Werke der Welt zugänglich gemacht werden. Es gibt andere, denen es wichtiger ist, sie zu verkaufen oder sie zu behalten, so wie jetzt. Aber ich möchte meiner Klientin nahebringen, dass eine solche Schenkung nur Vorteile für sie hat.«

»Sie möchten Bedingungen an ein Geschenk knüpfen?«

»Ich bin mir bewusst, dass das nicht üblich ist, aber wenn diese Sammlung ausgestellt wird, sollte eine Plakette dabei sein.« Er schloss kurz die Augen. »Es muss eine Plakette sein, und um die Schenkung muss ein wenig Pomp gemacht werden.« Als ob er mit Stress zu kämpfen hätte, rieb er sich den Nacken. »Ich darf eigentlich nichts darüber verlauten lassen, aber Sie erinnern sich sicher an die Ausstellung im Salon d'Automne von 1905, an die Kontroversen dort. Van Dongen hat doch daran teilgenommen, nicht wahr?«

Interesse flackerte in ihren Augen auf. »Ja, in der Tat.«

»Mit Matisse, Marquet und anderen. Damals wurden diese Künstler mit ihren kühnen, leuchtenden Farben zum ersten Mal als Fauves bezeichnet. Die wilden Tiere der Kunst. Van Dongen, so wissen wir, zog auf den Montmartre, war mit Picasso befreundet. Und er wurde mit seinen Porträts ein Liebling der französischen Gesellschaft. Es ist vielleicht von Interesse für Sie, dass die Großmutter meiner Klientin ebenfalls auf dem Montmartre lebte. In ihrer Zeit eine äußerst schöne Frau.« Er machte eine dramatische Pause. »Ich habe ihr Porträt gesehen.«

»Ah.«

»Wenn ich Ihnen versichern kann, dass diese Kollektion so bedeutende Werke enthält, könnten Sie dann meiner Klientin im Gegenzug versichern, wie sie aufgenommen würden? Das ist natürlich im Moment nur eine rein hypothetische Frage.«

Das Gespräch brachte ihm eine VIP-Besichtigung des Museums ein, und wegen des großen Kunstdiebstahls im Mai 2010 bekam er »Zusicherungen« in Bezug auf Sicherheitsbedenken.

Er machte sich direkt in seiner Wohnung an die Arbeit. Am nächsten Tag checkte er aus dem Hotel aus und flog nach Rom, wo er die Geschichte in der Galleria Nazionale d'Arte Moderna e Contemporanea wiederholte. Dort verkündete er, seine Klientin habe ihn nach London zurückbeordert.

Er flog nach London, dort ließ er Willem Dauphine sterben, verwandelte sich in Jacques Picot und fuhr in seinem neu gekauften Mini zurück zu seiner Wohnung in Paris.

Dort arbeitete er mit einem zotteligen Bart, langen dunklen Haaren, einer John-Lennon-Brille, einem Silberknopf im linken Ohr und einer gewaltigen Nase zwei volle Wochen an den Plänen für den Raub.

Und er stellte fest, das LaPorte mehr als nur einen Duft in der Nase hatte.

Später malte er sich aus, was passiert wäre, hätte er nicht an einem schönen Herbstnachmittag in Paris einen Spaziergang gemacht, sich ein Gebäckstück gegönnt und wäre damit am George V vorbeigegangen. Wenn er nicht gesehen hätte, wie LaPorte aus der Limousine stieg und, begleitet von seinem Bodyguard und begrüßt vom Hoteldirektor, das prächtige alte Hotel betrat.

Das Hotel, das nur wenige Gehminuten entfernt vom Museum lag. Nur wenige Gehminuten von seiner Wohnung entfernt. Und dort hatte er eingecheckt, nur Tage, bevor er den Matisse stehlen wollte.

Die Welt konnte klein sein, aber nicht so klein.

Er rannte nicht los, sondern schlenderte weiter und verfluchte sich, dass er nach Paris, nach Europa zurückgekehrt war. Er hätte es von seiner Liste streichen sollen – und das würde er jetzt auch tun. In der Wohnung packte er seine Ausrüstung zusammen und wischte alle Oberflächen gründlich ab. Um keine losen Enden zu hinterlassen, kontaktierte er den Vermieter und berichtete ihm unter Tränen, dass seine Großmutter in Nizza gestorben sei, plötzlich und unerwartet.

Als er aus Paris herausfuhr, dachte er an die wochenlange Arbeit, die Planung, die Reisen, den verdammten Matisse, alles für nichts, weil ein Mann beschlossen hatte, dass er ihm gehörte.

Er musste wohl irgendwo ein paar Krümel fallengelassen haben, dachte er. Gerade genug, dass LaPorte ihm gefolgt war. Und hätte er sich kein Pain au Chocolat gekauft, wäre er ihm wahrscheinlich wieder in die Arme gelaufen. Er kehrte nicht nach London zurück, fuhr nicht nach Nizza, sondern nach Calais, wo er den Mini für einen Spottpreis verkaufte, einen Zug bestieg – ein anderes Aussehen, ein anderer Name – und weiter nach Belgien fuhr.

Von dort aus ging es weiter nach Deutschland, er schlüpfte immer wieder in neue Rollen, bis er sicher war, den Atem LaPortes nicht mehr im Nacken zu spüren.

Ein paar Tage vor Weihnachten traf er in New York ein und verlor sich einen kalten, einsamen Winter lang in der Stadt.

An Mardi Gras tanzte Mags mit Sebastien auf der Straße. Schließlich musste man Traditionen Respekt zollen. Der Abend war noch jung, aber Dauphine und Luc hatten ihr Baby dabei und mussten nach Hause, und Mardi Gras war ja noch den ganzen Tag über. Sie hätten auch auf dem Balkon ihres hübschen Hauses tanzen und das Treiben beobachten können, ihre Perlen in die Menge werfen.

Aber nicht an Mardi Gras.

Sie und Dauphine hatten die ganze Woche in der Kristallkugel gearbeitet, dem esoterischen Laden mit einem Raum zum Kartenlegen, den sie unter diesem Balkon betrieben. Das Leben, dachte Mags, während die Musik dröhnte und die Perlen flogen, war fast perfekt. Ganz perfekt wäre es gewesen, wenn sie von Harry oder Booth oder Silas gehört hätte, ganz gleich, welchen Namen er zurzeit trug.

Sie hatte zur Sicherheit immer das Handy dabei, aber es hatte seit sechs Wochen weder geklingelt noch vibriert. Also trug sie auch eine nagende Sorge mit sich.

Und dann geschah es. Es vibrierte in ihrer Tasche, als die Trompeten erschallten. Sie zerrte es heraus, musste sich ins Gedächtnis rufen, keine Namen zu nennen – nur zur Sicherheit. Deshalb sagte sie lediglich »Hallo«.

»Hi, Mags. Fröhlichen Mardi Gras.«

»Oh, Junge, es ist so schön, deine Stimme zu hören.« Sie ergriff Sebastiens Hand, und der tränenumflorte Blick, den sie Dauphine zuwarf, sagte alles.

»Deine auch.«

»Kannst du mir sagen, wo du bist?«

»Ich stehe in deinem Haus auf dem Balkon. Ihr seht alle großartig aus.«

»Oh, mein Gott, du bist hier! Er ist hier!« Sie blickte nach oben und sah ihn. »Wir kommen! Wir kommen sofort!«

Sie nahm Wiley auf den Arm, wobei sie Sebastiens Hand fest umklammert hielt.

»Er geht nicht weg, *cher*«, sagte Sebastien zu ihr. »Wir gehen jetzt einfach nach Hause.« Er zog ihre Hand an die Lippen und küsste sie. »Wir gehen ganz langsam nach Hause.«

Sie verlangsamte ihre Schritte, obwohl sie wusste, dass er nie hierhergekommen wäre, wenn es nicht sicher gewesen wäre.

Dauphine schloss die Tür zum Laden auf. Und dann rannte Mags los. Sie drückte Sebastien den Hund in die Hand und stürzte zur Haustür des Wohnhauses, an der er sie bereits erwartete.

Er kam ihr entgegen.

»Da bist du ja!« Sie schlang die Arme um ihn. »Endlich bist du hier.«

»Du hast mir gefehlt«, murmelte er in ihre wilden, wundervollen Haare. »Und du auch«, fügte er hinzu und blickte auf Sebastien, der hinter ihr stand. »Du suchst dir immer hässliche Hunde aus.«

»Der hier hat Charakter.«

»Das muss er auch, bei der Schnauze.«

Sein Blick wanderte zu Dauphine, ruhte einen Moment auf ihr, bevor er Luc anblickte. Ein wenig kleiner als er, aber breiter in den Schultern. Seine Haare waren kurz und lockig, und auf Booth wirkte er außergewöhnlich geduldig.

»Luc, wie schön, dich endlich kennenzulernen. Bitte, schlag mich nicht!«

Er ließ Mags los, um Dauphine an sich zu ziehen und zu küssen. Dann blickte er auf ihren kleinen, aber bereits sichtbaren Bauch. »Ihr beide. Es tut mir leid, dass ich es nicht zur Hochzeit geschafft oder Giselle kennengelernt habe.«

Sie rieb über seinen Stoppelbart und fuhr ihm durch die dicken Haare, die ihm über den Kragen fielen. »Du siehst sie ja jetzt.«

»Ich habe die Fotos und Videos gesehen. Sie hat deine Augen und dein Verhalten.«

»Ja, ihr Verhalten ganz bestimmt«, bestätigte Luc.

Dauphine trat kopfschüttelnd einen Schritt zurück. »Immer noch dieses hübsche Gesicht. Ich bin froh, dich endlich mal wieder persönlich zu sehen.«

»Lass uns nach oben gehen. Dann können wir uns setzen, etwas trinken und alles erzählen.« Mags wischte sich über die Augen. »Wann bist du gekommen?«, fragte sie, als sie die Treppe hochgingen.

»Vor zwei Tagen.«

»Vor zwei Tagen!«

»Ich wollte sichergehen, und jetzt bin ich sicher. Mir gefällt dein Haus, auch der Laden. Gute Alarmanlage.«

»Nicht gut genug.«

Booth grinste Sebastien an. »Für die meisten schon.«

»Du bleibst hier.«

Er nickte Mags zu. »Ich möchte gerne, eine Zeit lang jedenfalls. Du hast das Haus renoviert«, sagte er zu Luc. »Gute Arbeit.«

»Nur, wo es sich lohnt.«

Sie gingen in Mags' buntes Wohnzimmer mit seinen vielen Kissen, dem Kristallregen. Draußen vor der Tür tobte Mardi Gras.

Wiley, von der Leine befreit, kuschelte sich in sein Hundekörbchen und schaute Booth gutmütig an.

»Der hier mag mich aber. Er sieht nicht so aus, als ob er mit seinen Gedanken mein Hirn zum Platzen bringen möchte.«

»Ich öffne mal den Champagner, den du aufgehoben hast, *cher*. Und dir gebe ich auch so viel.« Sebastien hielt für Dauphine zwei Finger eng beieinander. »Und den Rest fülle ich mit Orangensaft auf.«

Dauphine tätschelte ihren Bauch. »Damit kommt er klar.«

»Ein Junge.«

Sie lächelte Booth an. »So sagen die Karten.«

Sie kuschelte sich mit Luc in einen übergroßen hellroten Sessel, woraus Booth schloss, dass sie immer hier saßen. Sie sahen gut zusammen aus, fand er. Genau richtig. Das Gleiche hatte er gedacht, als er die Hochzeits- und Familienbilder gesehen hatte, aber sie jetzt persönlich zu sehen, bestätigte seinen Eindruck noch einmal.

Er hörte das laute Plopp aus der Küche und Sebastiens Jubelruf.

»Kannst du nicht einfach bleiben?«, fragte Mags. »Dich hier niederlassen und bleiben? New Orleans bekommt dir doch.«

»Ja, das war immer so. Aber hier bin ich ihm zu nahe, und er hat einen langen Arm.«

»Ich könnte mich verfluchen.« Sebastien brachte die Flasche, Gläser und einen Krug Saft auf einem Tablett herein. »Jeden verdammten Tag verfluchen, an dem ich dir den Job angeboten habe.«

»Schicksal. Wenn es das nicht gewesen wäre, wäre es etwas anderes gewesen. Er ist schuld, nicht du. Alles ist er schuld.«

»Was hast du vor?« Mags ergriff erneut Booths Hand. »Wohin willst du gehen? Wenn du zurück nach Europa gehst …«

»Nein, dorthin nicht, jedenfalls die nächsten paar Jahre nicht.« Wenn überhaupt jemals wieder. »Ich habe ein paar Ideen, ein paar Pläne, ein paar Orte, an die ich denke.« Er lächelte sie beruhigend an. »Es ist an der Zeit für dieses Sabbatical.«

»Darauf trinke ich.« Sie reichte ihm ein Glas, nachdem Sebastien eingeschenkt hatte, und wartete, bis jeder eins hatte. »Auf ein nettes, langes, glückliches Sabbatical.«

Obwohl er an Glücklich im Moment nicht glaubte, trank er.

Zwei Attribute von dreien waren ja auch schon mal nicht schlecht.

16

Er war von New York nach New Orleans in einem neuen Volvo gefahren, den er aus sentimentalen Gründen ebenso wie wegen seiner Effizienz gekauft hatte. Von Sentimentalität geleitet, hatte er noch einmal die Smokies und die Outer Banks besucht, und die Landschaften hatten ihn genauso fasziniert wie beim ersten Mal.

Zwar fuhr er nicht genau die gleiche Strecke wie als Achtzehnjähriger, sondern benutzte mehr Nebenstraßen als Autobahnen und hielt in Motels und Diners, wo bei Barzahlung nicht sofort die Augenbrauen hochgingen. Obwohl es ihn immer noch wärmte und willkommen hieß, begriff er, dass New Orleans nicht mehr seine Stadt war. Es war – und würde es immer sein – ein Rückzugsort, ein Treffpunkt mit Familie und Freunden und vielleicht seinem jüngeren, unschuldigeren Ich.

Er empfand sich zugleich als eingewoben, aber auch als getrennt, wenn er die offensichtliche Verbindung und Zuneigung zwischen Sebastien und Mags sah. Sie teilten mittlerweile fast zehn Jahre einer Geschichte, die er nur in Stücken kannte. Und Dauphine mit ihrer frechen kleinen Tochter zu sehen, schwanger mit einem weiteren Kind, bescherte ihm die gleichen Gefühle.

Er hatte zu lange nicht an ihrem täglichen Leben teilgenommen, um nahtlos wieder hineinzuschlüpfen. Vielleicht konnte sich das ändern – wenn er Zeit hätte. Aber LaPortes

Hauptquartier in Lake Charles war zu nah, als dass er sich hätte wohlfühlen können.

Um die Menschen zu schützen, die er liebte, musste er mehr Distanz zu ihnen schaffen. Und Distanz schaffen bedeutete, sich wieder einmal selbst zu erfinden. Seine Vergangenheit, seine Gegenwart, seine Zukunft.

»Ein Lehrer?«, sagte Mags, als sie in der kühlen Februarsonne auf ihrem Balkon saßen.

»Die Rolle habe ich früher schon einmal benutzt. Und ich kann mit Englisch auf Highschool-Level und Theaterkursen punkten.«

»Daran habe ich keine Zweifel. Aber wird es ausreichen?«

»Weiß nicht, aber ich habe zwei potenzielle Kandidaten. Eine private Highschool außerhalb von Atlanta und eine öffentliche in Virginia, unter zwei Stunden Fahrt von DC entfernt.«

»Georgia ist näher an Louisiana.«

»Ja, das stimmt.« Vielleicht zu nahe, und das spielte eine Rolle. »Jedenfalls habe ich mich um die Stelle beworben und ein paar Gespräche online und am Telefon geführt. Das nächste Gespräch findet persönlich statt. Ich trete als Sebastian auf, Sebastian Xavier Booth, ursprünglich aus Chicago. Hauptfachstudium in Englischer Literatur und Pädagogik, im Nebenfach Theater an der Northwestern. Bisher war ich sehr erfolgreich.«

»Darauf hätte ich wetten können.«

Er streckte seine langen Beine aus. »Den Master in beiden Fächern habe ich hier unten in Tulane gemacht – wo meine Tante lebt. Hier habe ich auch meinen Master in Theater abgelegt. In den Semesterferien bin ich immer mal wieder in Europa gewesen. Ich habe Geld geerbt, weißt du.«

»O ja.« Sie kicherte. »Wir Booths sind total die Erben. Hast du überhaupt jemals unterrichtet?«

»Klar. In New York. Ich dachte erst, es wäre nur eine Übergangslösung, weil ich eigentlich am Broadway schauspielern wollte, aber dann entdeckte ich, dass es meine wahre Bestimmung war. Nur New York war nicht meine Stadt. Ich möchte ein ruhigeres Leben, eins, wo ich mehr Kontakt zu den Studenten habe.«

Sie streichelte ihm über den Arm. »Möchtest du das, mein Junge?«

»Ja, das ruhigere Leben scheint gerade das richtige zu sein. Das mit dem Unterrichten kriege ich noch heraus. Ich habe gerne Nachhilfe gegeben, aber das wird etwas anderes sein als dieser Einzelunterricht. Hauptsächlich geht es mir darum zu verschwinden. Ich glaube nicht, dass LaPorte – oder irgendjemand, der dem Chamäleon hinterherschnüffelt – sich bei Highschool-Lehrern in irgendeiner kleinen bis mittelgroßen Stadt umschaut.«

»Und was ist mit deiner Nachtarbeit?«

»Das werden wir sehen. Ich kann sehr vorsichtig sein und die Sachen von zu Hause weghalten. Außerdem, Sabbatical, ruhiges Leben, Unterrichtspläne und Aufführungen auf die Beine stellen – all das hält mich davon ab, das große Ding zu planen.«

»Ich kenne dich, Kumpel. Du bekommst den Job, wenn du ihn willst. Wie zum Teufel willst du das Vorstellungsgespräch überstehen? Sie werden dich überprüfen.«

»Computer. Technologie.« Er wackelte mit seinen Fingern. »Magie. Ich lasse dir noch ein anderes Telefon hier, und ein bisschen von der Magie werde ich bei deinem Computer einsetzen. Du kannst damit rechnen, dass dich beide Schulen kontaktieren. Du bist Dr. Sylvia Fine, die Direktorin der Robinwood Academy in New York. Wir gehen das alles noch mal genau durch, aber du kennst das Vorgehen ja. Sebastien übernimmt alle Anfragen an die Tulane, und um die Northwestern kümmere ich mich selbst. Sie werden nicht allzu tief bohren. Sie haben meine Zeugnisse, meine Empfehlungsschreiben, aber wir decken alles ab.«

»Bedauerst du all den ganzen Aufwand?«

»Nein.« Er schüttelte den Kopf, zuckte mit den Schultern. »Das hat ja keinen Zweck. Ich habe getan, was ich tun musste, und dann hat es mir gefallen. Zum Teufel, Mags, es hat mir immer Spaß gemacht.«

Sie nickte und lehnte sich zurück, blickte von ihrem Balkon auf die Nachbarschaft, die jetzt nach Mardi Gras besonders ruhig war. »Hast du kürzlich irgendwelche guten Bücher gelesen? Wie zum Beispiel einen Thriller aus dem Süden, der in der akademischen Welt spielt?«

Es tat weh, mehr als nur ein bisschen. »*Der Verleger* von Miranda Emerson. Ja, habe ich gelesen. Er ist gut, echt gut. Keine Überraschung. Und ja, ich habe mich selbst in dem opportunistischen Scheißkerl und zweitem Opfer erkannt. Ich habe meinen viel zu frühen, brutalen Tod verdient.«

»Nein, hast du nicht.« Bei ihrem leicht scheltenden Tonfall kam er sich auf einmal wieder vor wie zwölf. »Du hast getan, was du tun musstest.«

»Es kann beides sein. Das mit Miranda tut mir leid«, gab er zu. »Ich schwanke zwischen dem Bedauern, mich überhaupt mit ihr eingelassen zu haben und sie verletzt zu haben, weil ich mich mit ihr eingelassen habe. Ich glaube, es kann auch beides sein.«

»Es hat auch dich verletzt.«

»Darüber bin ich hinweg.« Wasser unter der Brücke, sagte er sich und versuchte immer, es zu glauben. »Wir waren ja noch halbe Kinder.«

»Oh, Mann, du musstest aufhören ein Kind zu sein, bevor

du zehn Jahre alt warst.« Sie warf ihm einen Blick zu. »Wann fährst du?«

»Das Gespräch in Georgia ist am Dienstagnachmittag.«

»Okay. Dann lass uns das Beste aus der Zeit machen, die uns noch bleibt.«

Sie nutzten sie mit Musik und Essen. Er verbrüderte sich mit Luc über heimischen Reparaturarbeiten und erlag dem Zauber der lebhaften Giselle. An seinem letzten Tag saß er mit Sebastien auf der Veranda des Bayou-Hauses, und Wiley schlief, alle viere von sich gestreckt, über Booths Schuh.

»Dieser Hund ist hässlich, aber er hat einen exzellenten Geschmack.«

»Der alte Bluto hat nie versucht, ein Stück aus dir herauszureißen, also hat er dich auf seine Weise auch gemocht. Wiley ist jung, er mag alle. Er muss erst noch unterscheiden lernen. Du solltest dir einen Hund anschaffen, *mon ami.*«

»Einen Hund kann ich nicht in den Rucksack stopfen, wenn ich abhauen muss.«

»Du willst es nicht hören, aber ich denke oft an diesen verdammten Job, meinen blöden Knöchel und diesen verdammten LaPorte.« Er schüttelte den Kopf und seufzte, während er auf den träge dahingleitenden Fluss blickte. »Du hast den Job so glatt erledigt! Du warst noch ein Junge, aber schon so geschickt. Du bist mit diesem Talent auf die Welt gekommen, und warum sollte man nicht nutzen, was einem in die Wiege gelegt wird?«

»Der Job war nicht das Problem. Das Problem war, dass ich ihn zu gut gemacht habe.«

»Scheiß LaPorte. Dieses verdammte Gemälde.«

»Eine wunderschöne Arbeit. Ich sehe das Bild immer noch vor mir, fühle immer noch das Staunen und die Bewunderung. Eines Tages werde ich es mitsamt der Statue zurückstehlen.«

»Du hältst dich fern von diesem Schwein!«

»Oh, das tue ich. Aber eines Tages wird er nach Hause kommen und feststellen, dass die Dinge verschwunden sind. Und er wird wissen, dass ich ihn hereingelegt habe. Er hat mir eine mögliche Zukunft gestohlen. Und ich werde ihm nehmen, was er am meisten liebt. Besitztümer.«

Sebastien blickte schweigend auf den Fluss. Dann nickte er wieder. »*Maintenant, mon ami,* wenn du Hilfe dabei oder bei etwas anderem brauchst, ruf mich an. Ich bin immer für dich da.«

»Das weiß ich. Du kümmerst dich um Mags, und das nimmt mir viel Arbeit ab.«

»Ich liebe diese Frau. Liebe sie so sehr, dass mir manchmal fast das Herz aus der Brust springt. Deshalb heirate ich sie auch nicht. Sie wird nie meine vierte Ex-Frau sein.«

So konnte man es auch sehen, dachte Booth. Für Sebastien und Mags funktionierte es offenbar so. Und nur das war wichtig.

Als er am Montagmorgen aus New Orleans abfuhr, wusste er, dass die Menschen, die ihm etwas bedeuteten, sich umeinander kümmerten.

Er beabsichtigte, an der Schule zu bleiben, die ihn wenigstens für ein Jahr – hoffentlich zwei – einstellte, also trug er keine Verkleidung. Er ging so in das Gespräch, wie er sich jetzt sah. Sebastian Booth trug einen guten steingrauen Anzug – einen Hugo Boss – und hatte eine Aktentasche aus Leder dabei. Schließlich kam er aus einer wohlhabenden Familie, so wie die meisten Schüler der Akademie.

Diese Schüler trugen Uniformen, ebenfalls grau, Blazer mit dem Schul-Logo in Rot auf der Brusttasche. Sich die Haare zu färben war nicht erlaubt, und der Haarschnitt der Jungs endete über dem Kragen. Nur klarer Nagellack, keine sichtbaren Tattoos oder Piercings außer Ohrlöchern. Aber auch da waren nur zwei Stecker erlaubt.

Er hatte nicht gedacht, dass die strenge Kleiderordnung ihn stören würde. Er mochte Struktur und Organisation und verstand, dass die Schule glaubte, solche Abweichungen von der »Norm« lenkten von der Ausbildung ab. Aber sie störte ihn doch, ebenso wie die selbstgerechte Aura, die in den Gängen zu spüren war.

Trotz der Uniformen erkannte er die Jocks, die Nerds, die Mobber und die Gemobbten.

Vielleicht konnte er ja etwas bewirken – was er sowieso versuchen wollte, ganz gleich, wo er landete. Aber obwohl er den Campus hübsch fand und die Bauweise der Schule interessant, wusste er innerhalb von zehn Minuten, dass er hier nicht bleiben wollte. Natürlich würde er den Job nehmen – und sich einfügen –, wenn der in Virginia nicht funktionieren sollte. Aber er würde ihn mit Blick auf einen möglichst schnellen Wechsel annehmen.

Er hatte vorgehabt, in der Gegend zu übernachten, ein bisschen herumzufahren, herumzulaufen, um ein Gefühl für die Gemeinschaft zu bekommen. Stattdessen fuhr er weiter nach Norden und kam zwei Tage zu früh in der interessanten Stadt Westbend an – der Name leitete sich, so las er, davon ab, dass der Ort auf einer westlichen Biegung eines Nordzipfels des Rappahannock lag. Die Stadt hatte Charme, mit ihren vielen bunten Geschäften auf der Hauptstraße in der Innenstadt, mit ihrem kleinen Hafen, den Ausblicken auf Wasser, Wald und Berge. Genügend Charme, um Touristen anzuziehen sowie ein paar Wanderer, Kajakfahrer und Segler. Ein paar Einwohner fehlten ihr zur Großstadt. Tappahannock im Süden erfüllte diese Rolle, so wie die Städte am Wasser entlang der

Chesapeake Bucht und den vornehmeren Wasserlagen am Potomac.

Aber ihm gefiel die Atmosphäre. Groß genug, um einzutauchen, aber nicht so groß, dass sie ihn verschlingen konnte. Und wenn er abrupt verschwinden müsste, war er schnell auf der 95.

Er fuhr an der Highschool vorbei: In Westbend gab es nur eine, was ein kleines Problem darstellen konnte, aber unüberwindbar war es nicht. Sie wirkte nicht so würdevoll und anmutig wie die Privatschule in Georgia, aber der solide rote Backstein und die ausgedehnte Anlage mit kleinen Baumgruppen und weiten Rasenflächen gefiel ihm. Er sah sich den Sportplatz an, das Football Stadium – Heim der regionalen Champs, der Westbend Catfish. Er musterte den Parkplatz – für Schüler und Lehrer – und fuhr durch den Campus an der kleineren Mittelschule, der Grundschule vorbei.

Es fühlte es sich alles sehr normal an, dachte er.

Zurück an der Main Street, parkte er. Er würde ein bisschen herumlaufen, um ein Gefühl dafür zu kriegen. Und er würde sich vielleicht einen Burger gönnen.

Ein Geschenkladen, eine Buchhandlung – und natürlich stand Mirandas Buch im Schaufenster. Nicht ganz alleine, aber es stand dort. Das Foto auf der hinteren Klappe konnte er nicht sehen, aber er hatte sowieso bereits jeden Millimeter davon studiert. Die prachtvollen Haare, die sie für die Porträtaufnahme offen getragen hatte, die meergrünen Augen, der großzügige Mund, zu einer leisen Andeutung eines Lächelns verzogen.

Er trat ein, weil er keiner Buchhandlung widerstehen konnte, und es gefiel ihm, dass es direkt auf der Hauptstraße eine gab, falls er die Stelle bekam. Er kaufte einen anderen Thriller – ihren hatte er bereits –, den er am Abend in seinem Hotelzimmer anfangen wollte zu lesen. Die äußerst freundliche Buchhändlerin empfahl den Main Street Grill für den Burger – nur einen Block entfernt.

Er ging dorthin, blieb aber auf dem Weg am Westbend Maklerbüro stehen.

Er hatte vorgehabt – für den Fall, dass er die Stelle bekam –, für einen oder zwei Monate etwas zu mieten und sich dann zu überlegen, ob er etwas kaufen sollte, wenn er das Gefühl hatte, es zwei Jahre aushalten zu können. Aber er hatte nicht mit dem Haus auf dem Foto im Schaufenster gerechnet. Die Größe war stimmig; es war nicht riesig, aber sicherlich größer, als er es brauchte. Nicht im Ort, also nicht in Laufnähe zur Schule, und das hatte eigentlich auf seiner Liste gestanden. Und mit einem Hektar Land, viel mehr, als er geplant hatte.

Er betrat das Maklerbüro. Eine Frau – die einzige Anwesende im Moment – drehte sich an ihrem Computer um und lächelte ihn strahlend an.

»Guten Tag. Was kann ich für Sie tun?«

Sie war ungefähr in seinem Alter, schätzte er, und trug einen roten Pullover, der ihre Kurven betonte. Ihre welligen honigblonden Haare umrahmten ein hübsches Gesicht.

»Das Haus am Waterside Drive – im Fenster – hat mein Interesse geweckt.«

»Ein großartiges Anwesen. Es ist gerade erst diese Woche auf den Markt gekommen. Vier Schlafzimmer, dabei eines im Erdgeschoss, das als Homeoffice oder Arbeitszimmer dienen könnte. Master-Schlafzimmer mit En-suite-Bad, erst kürzlich renoviert. Ein weiteres Badezimmer im ersten Stock, ein geräumiges Duschbad im Erdgeschoss. Zusätzlich noch eine Außendusche. Im ganzen Haus Hartholzdielen, in gutem Zustand. Die Küche ist, meiner Meinung nach, das Herzstück des Hauses.« Wieder lächelte sie ihn strahlend an. »Können Sie oder jemand aus Ihrer Familie kochen?«

»Ich ziehe alleine ein, und ich kann kochen.« Aber es war zu groß für ihn, dachte er. So viel Platz brauchte er nicht.

»Sie werden es lieben. Doppelwandiger Backofen, eingebaute Mikrowelle und Eiswürfelmaschine. Eine kleine Speisekammer, mit Spüle und Weinkühlschrank. Na ja, Sie sollten es sich auf jeden Fall ansehen, statt mich hier reden zu lassen. Wie wäre es mit gleich?«

»Ich … klar, wenn Sie jetzt können.«

»Heute bin nur ich hier. Mein Partner ist nicht im Büro. Ich hänge ein Schild in die Tür und fahre mit Ihnen hinaus.«

»Ich möchte es mir gerne anschauen, aber ich möchte nicht Ihre Zeit verschwenden. Ich bin wegen eines Bewerbungsgesprächs hier, und wenn ich die Stelle nicht bekommen …«

»Nun, willkommen in Westbend.« Sie stand auf und schlüpfte in ihre Jacke. »Tracey Newman.« Sie streckte ihm die Hand entgegen.

»Sebastian Booth.«

»Willkommen, Sebastian, und viel Glück mit dem Job. Ein Haus zu zeigen ist nie vergeudete Zeit. Mein Auto steht direkt hinter dem Büro.« Sie zeigte ihm den Weg und ging voraus. »Was für einen Job?«

»Lehrer. An der Highschool.«

»Der neue Englischlehrer?«

»Und Theater.« Vielleicht, dachte er, war die Stadt letztlich doch zu klein.

»Ja, genau. Mein Onkel ist stellvertretender Direktor, deshalb habe ich gehört, dass sie jemanden suchen.« Sie führte ihn nach hinten auf einen Parkplatz zu ihrem kompakten SUV. »Beim Preis ist noch Spielraum zum Verhandeln – das ist immer so –, aber für ein Lehrereinkommen ist es ziemlich teuer.«

»Ich habe andere Einkommensquellen. Familienvermögen«, fügte er nach einer kleinen Pause hinzu, die hoffentlich leicht verlegen wirkte.

»Schön für Sie, denn es ist ein hübsches Anwesen. Zufällig ist es Ms. Hubbard – das Haus gehört Gayle und Robert Hubbard –, die Sie ersetzen werden, wenn Sie die Stelle bekommen. Ich glaube an positives Denken.« Sie bog vom Parkplatz ab in eine Seitenstraße. »Sie geht in Pension und zieht nach Kentucky, um näher bei der Tochter und den Enkeln zu sein. Ihre Tochter hat da unten einen Pferdetrainer geheiratet. Auf jeden Fall unterrichten in ihren Klassen seit den Winterferien schon Vertretungslehrer.« Sie warf ihm einen Blick zu. »Ich gebe Ihnen einen Tipp: Wenn Sie sofort anfangen können, werden sie zu Ihnen tendieren.«

»Ich dachte, die Stelle ist ab August ausgeschrieben.«

»Ist ja auch nur ein Hinweis. Ich schätze mal, es macht Ihnen nichts aus, ein bisschen außerhalb zu wohnen?«

»Überhaupt nicht. Außerdem liegt es am Wasser.«

»Tolle Aussicht auf den Fluss, die Hügel, den Wald. Hinten ist eine kleine Anlegestelle – das Haus liegt an der Straße, dahinter fließt der Fluss. Mr. Hubbard ist ein eifriger Gärtner, deshalb ist der Garten besonders schön. Möchten Sie sich ein Boot zulegen?«

»Vielleicht ein Kajak. Ich paddle gerne.«

»Rick's Water Sports, am Nordende der Hauptstraße. Wir glauben an *buy local.*«

»Okay.«

»Woher kommen Sie, Sebastian?«

»Ursprünglich aus Chicago, aber ich habe an einer Privatschule in New York unterrichtet. Ich wollte eine Veränderung.«

»Von einer Privatschule in New York an die Westbend High?« Sie lachte. »Na, das nenne ich mal eine Veränderung.«

Sie bog auf einen Kiesweg ein, der quer durch den Wald auf das Haus zuführte.

Zwei Stockwerke, mit silbrigem Lärchenholz verkleidet, über einem Steinfundament. Nach Süden hin hatte es einen Anbau – wahrscheinlich erst später errichtet. Eine Vorderveranda und, das wusste er von dem Foto, nach hinten eine Terrasse im ersten Stock. Viele Fenster, stellte er fest, also viel Licht.

Das Haus sah solide und schlicht aus, warm und gepflegt, mit einem Rasen, den er mähen, und Sträuchern und Bäumen im Formschnitt, um die er sich kümmern konnte.

Er dachte: *Mist. Mist. Es ist perfekt.*

Vielleicht spürte Tracey seine Gedanken, denn sie strahlte ihn schon wieder an. »Lassen Sie mich die Erste sein, die Sie zu Hause willkommen heißt, Sebastian.« Sie stieg aus und wies auf das Haus. »Wie Sie sehen, wurde das Anwesen gut gepflegt. Das Interieur – Sie werden feststellen, dass Mrs. Hubbard starke Farben mochte – müsste hier und da ein bisschen aufgefrischt werden. Und einige dieser starken Farben möchten Sie vielleicht auch ein bisschen dämpfen.« Sie gingen die drei Stufen zur Veranda hinauf. »Das Dach ist erst fünf Jahre alt. Diese Veranda braucht dringend eine Schaukel. Sie haben ihre mitgenommen. Mr. Hubbard hat sie zusammen mit seinem ältesten Sohn gebaut, deshalb hatte sie sentimentalen Wert für sie.«

Sie gab einen Code in die Türbox ein – den er aus Gewohnheit sofort speicherte – und nahm die Schlüssel heraus.

»Keine Alarmanlage?«

»Nein, und sie haben hier sechsunddreißig Jahre ohne jeden Zwischenfall gelebt. Aber wenn Sie möchten, kann ich Ihnen ein paar Anbieter empfehlen.«

Sie drehte den Schlüssel um – Standardschloss. Missionsstil in mattem Schwarz, keine Verriegelung. Die Tür öffnete sich zu einem großen, offenen Bereich – mit Kamin und Blick zur Küche, was ihm sagte, dass die Besitzer wahrscheinlich in den letzten zehn Jahren ein paar Wände eingerissen hatten.

Mit dem Licht hatte er recht gehabt, es strömte nur so hinein, und die Maklerin hatte mit den starken Farben nicht gelogen.

Mrs. Hubbard hatte eine Vorliebe für eine Art Terrakotta gehabt, das sich mit den türkisfarbenen Einbauschränken biss, die den Kamin flankierten.

»Eine kühne Wahl«, kommentierte Tracey.

»Mutig. Erinnert mich an meine Tante.«

»Auf gute Art oder auf schlechte?«

»Bei meiner Tante gibt es keine schlechte Art.«

»Das ist so süß. So. Sie können sehen, dass die Böden in sehr gutem Zustand sind, und das ist im ganzen Haus so. Mr. Hubbard ist Bauunternehmer, und über die Jahre haben sie immer wieder renoviert. Es ist gute Arbeit.«

»Das sehe ich.«

Er ließ sie reden – Duschbad, Schlafzimmer im Erdgeschoss oder Homeoffice, voll modernisierte Küche, wo sich die kühne, mutige Mrs. Hubbard mit einem helleren Blau für die Schränke und zahlreichen Glasfronten, einer Insel aus weißem Granit und einer Rückwand begnügt hatte, deren blaues und terrakottafarbenes Muster ihn an Italien erinnerte. Was er jedoch sah, wirklich sah, war der Blick durch die Flügeltüren auf eine Schieferterrasse und dahinter auf den Fluss, der träge dahinglitt.

»Wäsche Schrägstrich Schmutzraum ist hier, und hier ist

der Essbereich. Ich habe versucht, sie zu überreden, dass ich das Haus vor dem Verkauf einrichte, aber sie haben abgewunken.«

Sie öffnete die Glastüren, und sie traten hinaus, redeten über den Garten, das Grundstück, die kleine Anlegestelle. Er hörte ihre Daten über die Heizung, den Warmwasserboiler und so weiter. Aber er wusste, dass er von dem Moment an verloren gewesen war, als er das Foto im Schaufenster gesehen hatte.

Es hing alles vom Job ab.

Er stellte die richtigen Fragen, die Fragen, die ein Mann stellen würde, der sich nicht bereits ausmalte, wie er in den nächsten ein oder zwei Jahren den Ausblick genießen würde, und besichtigte mit ihr den ersten Stock.

Ihm gefiel das Master-Schlafzimmer, dessen Atriumtüren auf den großen Balkon führten, mit seinem mehr als großzügigen begehbaren Kleiderschrank, der Potenzial für einen privaten Arbeitsraum bot. Dass die Wände lavendelfarben waren, damit musste er eben eine Zeit lang leben, aber, du lieber Himmel, er hatte einen Kamin im Schlafzimmer. Einen kleinen Gaskamin mit einem klobigen Holzregal darüber als Umrandung.

Wenn er es für sicher hielt, dass Mags ihn besuchen konnte, hatte er ein Gästezimmer für sie und für Sebastien. Und immer noch ein weiteres Zimmer mit einem begehbaren Kleiderschrank. Nicht so großzügig wie das Master-Schlafzimmer, aber genug, um seine vagen Pläne zu befördern. Der gesamte Raum konnte durchaus für ihn funktionieren.

Kein Keller und ein Carport statt einer Garage, aber Raum auf dem Dachboden. Eine weitere Möglichkeit.

»Möchten Sie ein Angebot machen?«, fragte Tracey ihn.

»Dazu muss ich zunächst die Stelle kriegen. Wenn das klappt, ja, dann freue ich mich darauf.«

»Sind Sie bereit für das Bewerbungsgespräch?«

»Ja, durchaus. Es ist aber erst übermorgen.«

»Wie wäre es mit jetzt gleich?«

»Wie bitte?«

»Onkel Joe – stellvertretender Direktor. Und ich bin im Buchclub mit Lorna – Direktorin Lorna Downey. Soll ich nicht mal schnell anrufen und Sie gleich dorthin fahren?«

»Ich ... ich bin eigentlich für ein Bewerbungsgespräch nicht richtig angezogen.«

»Hier in der Gegend doch. Warten Sie eine Sekunde.«

Sie zog ihr Handy heraus und ging nach draußen. Er hörte sie sagen: »Hallo, Lorna, ich bin's, Tracey. Rate mal, wer sich gerade das Haus der Hubbards anschaut?«

Er hatte vorgehabt, sich einen Burger zu kaufen und ein bisschen durch die Gegend zu fahren. Impulsive Entscheidungen versuchte er eigentlich zu vermeiden, da sie oft zu Fehlern führten, und Fehler führten zu fünf bis zehn Jahren in staatlichen Unterkünften.

»Aber ...«

Tracey kam wieder herein, schloss und verriegelte die Türen hinter sich. »Direktorin Downey würde sich sehr freuen, Sie jetzt kennenzulernen.«

»Na ja, wow. Danke.«

»Ich sage Ihnen was. Wenn Sie den Job bekommen, laden Sie mich zum Essen ein. Wenn Sie den Job bekommen und das Haus kaufen, lade ich Sie zum Essen ein.«

Er blickte sie an, ihr hübsches Gesicht, ihre zupackende Art. »Klingt für mich, als könne ich nicht verlieren.«

Er spürte, dass die Stadt für einen zeitweiligen Rückzug für ihn geeignet war. Und das Haus war mehr als geeignet für sein Bedürfnis nach Privatsphäre und Umgebung.

Als er die Schule betrat, konnte er das letzte Kästchen ankreuzen. Die Kinder sahen aus wie Kinder. Zerrissene Jeans, weite Hoodies, Pullis, ab und zu ein kurzer Rock. Viele Haarfarben, die man in der Natur vergeblich suchte. Er kam zwischen zwei Unterrichtsstunden hinein, die Korridore füllten sich mit Lärm. Stimmen, knallende Schließfächertüren, Handygeräusche.

Er bemerkte eine Vitrine mit Trophäen und Preisen. Football, Fußball, Softball, Leichtathletik, Lacrosse, Cross-Country, Basketball. Sport, Sport und noch mehr Sport. Einen Preis sah er für den Chor – Bezirkssieger – und einen weiteren für den Debattierclub – regionale Meisterschaften. Aber Sport dominierte, und Football dominierte alle anderen Sportarten.

Er folgte der Wegbeschreibung, die Tracey ihm gegeben hatte, bog rechts ab und dann links ins Verwaltungsgebäude. Die gehetzt aussehende Frau am Empfang warf Booth einen Blick zu, dann sagte sie zu dem mürrischen Jungen, der auf der anderen Seite der Theke stand: »Du kannst jetzt wieder in deine Klasse gehen, Kevin.«

Der Junge schlurfte hinaus, und im Vorbeigehen nahm Booth den leisen Hauch von Hasch wahr, der in seinem Hoodie hing.

»Guten Tag.« Er trat an die Empfangstheke. »Ich habe einen Termin mit Direktorin Downey. Sebastian Booth.«

»Ich weiß. Sie hat sie eingeschoben und dadurch den gesamten Plan für heute durcheinandergebracht.« Sie drückte auf einen Knopf. »Direktorin Downey, Ihr unangemeldeter Termin ist hier.«

»Okay, Marva. Schick ihn herein.«

Marva zeigte auf eine Tür, in deren satinierte Glasscheibe *Direktor* eingeätzt war. »Sie können vermutlich lesen, wenn Sie wegen der Lehrerstelle hier sind.«

»Ja, Ma'am, danke. Tut mir leid mit dem Terminplan.«

»Hmphh«, erwiderte Marva nur.

Bevor er klopfen konnte, öffnete sich die Tür.

Er hatte Lorna Downey recherchiert und wusste, dass sie auf der Schule, die sie jetzt leitete, ihren Abschluss gemacht hatte. Danach hatte sie an der University of Maryland studiert. Er wusste, dass sie drei Kinder und zwei Enkel hatte. Er wusste, dass sie seit neunundzwanzig Jahren mit Jacob Po verheiratet war. Er wusste, dass sie genauso alt – zweiundfünfzig – wie die Direktorin in Georgia war. Aber soweit er sehen konnte, endete damit auch die Ähnlichkeit.

Sie war klein und drahtig mit ihren kurzen, gesträhnten braunen Haaren. Braune Augen musterten ihn, als sie ihm die Hand entgegenstreckte. Sie trug ein Basketball-Trikot in den Schulfarben Rot und Weiß. Auf ihrem sehnigen linken Bizeps hatte sie ein Tattoo, in Mandarin.

»Mr. Booth, danke, dass Sie gleich gekommen sind! Bitte entschuldigen Sie meinen Aufzug und die Unordnung. Das Basketball-Team hat ein Spiel.«

»Ich bin Ihnen sehr dankbar, dass Sie mich eingeschoben haben.«

»Kein Problem, kein Problem.« Sie wies auf einen Stuhl, bevor sie sich wieder an ihren Schreibtisch setzte – der tatsächlich sehr unordentlich war. »Kaffee?«

»Nein, danke.« Er fühlte sich immer bemüßigt, es zu erklären. »Ich trinke so gut wie keinen Kaffee.«

Sie nickte und schenkte sich Kaffee aus einer Kanne ein, die auf einer Warmhalteplatte stand. »Und von welchem Planeten sind Sie noch einmal?«

»Planet Coke.«

Sie hob einen Finger und öffnete die Klappe einer kleinen Kühlbox. An ihrem Handgelenk trugt sie eine hellrote Stoppuhr.

»Ich habe nur Pepsi.« Sie reichte ihm die Flasche.

»Ich werde es ertragen, ohne mich zu beklagen.«

Sie setzte sich, lehnte sich zurück und musterte ihn über den Rand ihres Bechers. Sie trank ihren Kaffee schwarz. »Ihre Bewerbung ist eindrucksvoll. Lediglich der Lebenslauf ist ein bisschen dünn bei all den Reisen, die Sie gemacht haben.«

»Die Welt zu sehen, in Länder zu reisen, in denen Englisch die Hauptsprache ist, ist eine andere Form der Bildung.« Er nickte in Richtung ihres Tattoos. »Lehrer öffnen die Tür, aber hindurchgehen musst du selbst. Ich wollte so viele Türen wie möglich ausprobieren.«

»Sie können Mandarin lesen?«

»Ein bisschen.«

»Das habe ich auf Ihrer Liste gar nicht gesehen.«

»Ich kann nicht behaupten, es fließend zu beherrschen.«

»Aber in einigen anderen Sprachen sind Sie fließend. Trotzdem haben Sie sich als Lehrer auf Englisch und Theater konzentriert.«

»Ich habe in der Highschool und auf dem College Nachhilfe gegeben, deshalb wusste ich genau, worauf ich mich spezialisieren wollte. Eigentlich wusste ich gar nicht, dass ich überhaupt unterrichten wollte. Ich habe es als eine Art Rückversicherung empfunden.«

»Ein Mann in Ihrer finanziellen Lage braucht keine Rückversicherung.«

»Reisen bildet. Es ist aufregend und befriedigend, aber es ist kein Lebenszweck. Ich habe einige Zeit gebraucht, bis ich schließlich gemerkt habe, dass ich Türen öffnen wollte.«

»Das ist eine gute Antwort.« Sie trank noch einen Schluck Kaffee. »Ich habe eben mit der Direktorin Ihrer Schule in New York telefoniert.«

»Wie geht es ihr?«

»Sie scheint wohlauf zu sein, bedauert es aber sehr, Sie zu verlieren. Sie hat sich sehr lobend über Ihren Intellekt geäußert, aber das konnte ich ja bereits selbst feststellen. Sie sagte mir, Sie hätten einen guten Draht zu den Schülern und besäßen die Fähigkeit, die Klasse zu lesen. Und Sie empfänden tiefe Liebe für Bildung und Künste.«

Gute Arbeit, Mags, dachte er.

»Das ist sehr liebenswürdig. Meine Mutter und meine Tante haben die Liebe zu Büchern in mir geweckt, die Liebe zu Geschichten. Bücher und Theater erzählen Geschichten und können Studenten in diese offenen Türen hineinziehen, zu Fragen ermutigen, zu Teilnahme, Selbstbewusstsein aufbauen.«

»Da stimme ich Ihnen zu. Und doch ist Westbend weit entfernt von New York, nicht nur in Kilometern, sondern auch kulturell und im Tempo. Und Westbend ist keine schicke Privatschule.«

Direktorin Downey redete Klartext, dachte er. Und ihm wurde klar, dass er den Job haben wollte. Er wollte *diesen* Job genauso haben wie das Haus. Aber er würde sich nicht mit seinem Charme einschmeicheln, nicht bei dieser Frau. Sie hatte wahrscheinlich ein sicheres Gespür für dummes Gerede.

Also die nackte Wahrheit.

»Genau deshalb bin ich hier. Ich hatte vor ein paar Tagen ein Gespräch an einer Privatakademie, und mir wurde sofort klar, dass das nicht passte. Ich dachte, wenn sie dir den Job anbieten, Sie aber nicht, dann nehme ich den nur, weil ich unterrichten will, aber es wäre nicht meine erste Wahl. Ich will in einer Struktur unterrichten, die nicht so starr und privilegiert ist, in der die Schüler aus der Gegend kommen. Wo sie leben und wo sie lernen. Ich möchte Gemeinschaft und Verbindung spüren. Und Sie haben keinen Shakespeare Club.«

Downey zog die Augenbrauen hoch. »Nein, das haben wir nicht.«

»Sie haben den Drama Club, und das ist wichtig für die Schüler, die diese Leidenschaft haben. Vermutlich ganz unten in der Bedeutung, weil, wie ich gesehen habe, Football und Basketball und so wesentlich wichtiger sind. Das verstehe ich. Aber Shakespeare kann junge Leute ansprechen, wenn Sie ihnen die Tür auf die richtige Art öffnen. Und wenn sie einmal hindurchgegangen sind, dann erschließen sich ihnen Welten. Ich würde hier gerne einen Shakespeare Club gründen, wenn ich die Stelle bekomme.«

»Ich muss Sie warnen. Das ginge von Ihrer Zeit ab, und die Gruppe wäre klein.«

»Ich habe genug Zeit, und klein anzufangen ist kein Problem.«

Sie lehnte sich wieder zurück und drehte sich mit ihrem Stuhl hin und her. »Lassen Sie uns ein bisschen über Ihre Philosophie als Lehrer und die Regeln der Straße sprechen – so wie sie an der WHS sind.«

Sie redeten eine weitere halbe Stunde, in der er merkte, dass er die Frau auf einer persönlichen Ebene mochte; und er wollte mindestens ebenso gerne, wie er die Stelle und das Haus haben wollte, mit ihr zusammenarbeiten.

»Sie sind jung«, fügte sie hinzu, »und sehen verdammt gut aus. Bitte drehen Sie mir aus dieser Bemerkung keinen Strick. Die Kinder werden denken, sie können Sie zum Frühstück verzehren.«

Er lächelte. »Sie werden herausfinden, dass ich schwer zu kauen und noch schwerer verdaulich bin.«

Erneut drehte sie sich hin und her. »Wie schnell können Sie anfangen?«

»Echt?«

»Sie machen gerade Hackfleisch aus den Vertretungslehrern in Hubbards Klassen, einfach weil sie es können. Das Frühlings-Musical ist wichtig und beliebt, und sie haben noch kein Stück ausgesucht und noch nicht mit den Proben begonnen.«

»*Grease*. Es erzählt von der Highschool, und Kostüme und Maske sind nicht kompliziert. Die Choreografie kann man auf die Fähigkeiten zuschneiden. Ich muss mir den Raum ansehen, die Technik, aber das wäre eine leichte Wahl, vor allem, wenn die Zeit drängt.«

Sie stellte den Kaffeebecher ab und rieb sich leicht über die Augen. »*Grease* hatten wir schon mal, das muss zehn oder zwölf Jahre her sein. Ich habe damals noch unterrichtet und war noch nicht in der Verwaltung. Es war ein großer Erfolg. Deshalb frage ich noch mal, wann können Sie anfangen?«

Er beschloss, mit Traceys Worten zu antworten. »Wie wäre es mit gleich?«

17

Ganz so einfach war es nicht, aber fast.

Innerhalb von zwei Wochen kaufte er das Haus und zog direkt ein, weil er bereit war, es bis Vertragsabschluss zu mieten. Er lernte seine Kollegen kennen, besuchte sein erstes Basketballspiel und machte sich mit seinen zukünftigen Schülern vertraut. Instagram und TikTok erwiesen sich als wahre Fundgruben, und Facebook füllte die Lücken in Bezug auf Eltern und Großeltern auf. Er erledigte den Papierkram, zahlte die Gebühren, damit die Schulaufführung von *Grease* stattfinden konnte, und postete eine Notiz für die Rollenbesetzung. Eine weitere Notiz kündigte den Shakespeare Club an. Er musste das Haus einrichten, die Küche ausstatten, und er kaufte alles vor Ort. Langsam und vorsichtig begann er sich in den Stoff der Gemeinschaft einzuweben. Wenn Sebastian Teil des Ganzen war, dann fiel er nicht mehr so auf.

Nur Außenseiter stachen heraus.

Vorne in einem Klassenzimmer zu stehen machte ihm nichts aus, aber ein Highschool Musical zu produzieren erfüllte ihn mit leiser Angst. Manche versuchten gleich, ihn fertigzumachen, aber darauf war er vorbereitet. Es begann schon am ersten Tag in der ersten Klasse. Das grinsende Kind hinten im Klassenraum seiner Literaturklasse hatte leichte Akne und ein schlechtes Benehmen.

Da die Vertretung in der Woche vorher der Klasse aufgegeben hatte, *Wer die Nachtigall stört* zu lesen, begann er den Unterricht mit der Diskussion. Das feixende Kind rief dazwischen.

»Warum soll man überhaupt Zeug von toten weißen Männern lesen? Das hat doch mit uns überhaupt nichts zu tun.«

»Eigentlich ist Harper Lee eine tote weiße Frau, und ich nehme an, Kirby – du bist doch Kirby, oder?«

Der Junge wirkte überrascht, dass er ihn mit Namen anredete. »Ja, und?«

»Ich nehme an, du hast in das Buch gar nicht hineingeschaut, sonst würdest du wissen, dass die Geschichte sehr viel mit heute zu tun hat. Da du es also nicht gelesen hast, kannst du gerne der Diskussion zuhören, in der wir heute die Erzählung von Scout, einem jungen weißen Mädchen, erkunden werden und die rassistischen Stereotype, auf die sie sich in der Geschichte bezieht. Rassismus und rassistische Ungerechtigkeit kommen heute noch genauso vor.«

Kirby zuckte mit den Schultern, verschränkte die Arme vor der Brust und schloss die Augen, als wolle er ein Nickerchen machen. In der Klasse wurde gekichert.

»Und, Kirby, nachdem du das Buch dann gelesen hast, wirst du einen Aufsatz schreiben – fünfhundert Wörter –, in dem du entweder deine oder meine Behauptung unterstützt. Das kannst du dir aussuchen.«

Er riss die Augen wieder auf. »Sie können mich nicht dazu zwingen, diesen Scheiß zu schreiben, wenn es sonst keiner muss.«

»Schreib den Aufsatz oder lass es bleiben. Wenn du ihn nicht schreibst, kannst du dir einen anderen Kurs suchen, denn diesen hier leite ich. Du hast eine Behauptung aufgestellt, und jetzt wirst du sie in einem Fünfhundert-Wörter-Aufsatz widerlegen oder stützen. Du bist ein Schüler in einem Kurs mit vierundzwanzig anderen, Kirby, und du hast bereits genug von der Zeit der anderen verschwendet, indem du dich beschwert hast. Ich hänge sie hinten an.«

Er schwieg und wartete, bis das Gemurmel und Gekicher abgeflaut war.

»Viele der Bücher, die ihr lesen sollt, scheinen oberflächlich betrachtet mit der heutigen Zeit nichts zu tun zu haben. Und nicht alle werden einige von euch interessieren, vielleicht gilt das sogar *für* die meisten. Deshalb könnt ihr euch alle vier Wochen selbst ein Buch aussuchen, das ihr lesen wollte. Ihr lest, was ihr wollt, und schreibt einen Aufsatz darüber.«

»Deadpool!«, rief einer.

»Klar. Graphic Novels werden akzeptiert.«

Der Junge – Ethan, erinnerte sich Booth – starrte ihn geschockt an. »Echt?«

»In diesem Kurs respektieren wir das geschriebene Wort. Wir sind vielleicht nicht einverstanden mit dem Schriftsteller, uns gefallen die Figuren oder die Geschichte nicht, aber wir respektieren das geschriebene Wort, und es steht uns frei, unsere Meinung zu einem Buch zu äußern – positiv oder negativ. Und jetzt, zurück zu Scout.«

Er überstand den ersten Tag, dann den zweiten. Er ließ Schüler mithilfe der Musik- und Chorlehrer für Rollen vorsprechen, und überstand auch das – mit ein paar sehr angenehmen Überraschungen. Er konnte mit einigen sehr starken Stimmen arbeiten. Auch auf der schauspielerischen Seite gab es ein paar Talente und außerdem noch einige Schüler mit Potenzial.

Und viel Energie.

Er schwitzte beim Casting, weil er sich daran erinnerte, wie es war, für ein Highschool-Stück ausgesucht zu werden, dann darauf zu warten, dass die Namen, das Team, die Zweitbesetzungen bekannt gegeben wurden. Aus einer Woche wurden zwei, aus zwei Wochen ein Monat voller Stundenpläne, Proben, Club-Treffen – insgesamt alleine fünf Treffen für den Shakespeare Club –, Lehrerkonferenzen, Korrigieren und Benoten von Arbeiten.

Natürlich hatte er gewusst, dass Unterrichten viel mehr umfasste als nur den Unterricht, aber jetzt erfuhr er es am eigenen Leib.

Er ließ sich Zeit damit, ein Sicherheitssystem zu installieren, und ein zusätzliches im Schlafzimmer oben, in dem er seine Werkzeuge und Garderobe und den Rest der Ausrüstung für seine nächtliche Arbeit aufbewahrte. Obwohl es ihn ab und zu in den Fingern juckte und ihn mehr als einmal echte Sehnsucht danach überfiel, in einem dunklen Haus zu stehen, das jemand anderem gehörte, hielt er sich für den Rest des Schuljahres an die Regeln seines Sabbaticals.

Er besuchte die Abschlussfeier, bei der einige seiner Schüler Talar und Doktorhut trugen, und fand, es diente auch ihm als eine Art Abschluss. Er hatte ein paar Türen geöffnet, hatte mehr als nur ein paar Probleme jongliert, und er hatte ein verdammt gutes Stück auf die Beine gestellt. Mehr noch, es hatte ihm alles riesigen Spaß gemacht.

Jetzt standen die Sommerferien vor der Tür, er würde ein wenig auf seinem Fluss paddeln, faule Vormittage und Abende auf seiner Terrasse und am Steg verbringen, zu seinem eigenen Vergnügen lesen und vielleicht ab und zu mal einen Grillabend für seine Kollegen veranstalten. Und wenn er in dem langen Sommer einen Ausflug in die reichen Vororte DCs mit ihren schönen alten Häusern voller schöner Dinge machen würde? Ein Mann musste etwas zu tun haben.

Er hatte für ein, möglicherweise zwei Jahre vorausgeplant als Sebastian Booth, eifriger Paddler, Theater-Enthusiast und

Shakespeare-Kenner. Er gefiel sich in der Rolle und genoss es mehr, als er sich hatte vorstellen können, den Funken in Schülern zu entzünden.

Er besuchte seine zweite Abschlussfeier und dann die dritte. Bei der dritten beobachtete er, wie Kirby – aus dem ursprünglich Aufsässigen war ein solider B-Schüler geworden – die Bühne in Talar und Doktorhut betrat. Es machte ihn stolz, auf den Jungen und auf sich selbst, weil er den Schlüssel zu Kirbys speziellem Schloss gefunden hatte. In diesem dritten Sommer wog er die Pros und Kontras gegeneinander ab – Bleiben oder Gehen.

Die Pros waren leicht. Er mochte sein Haus, die Gegend, die Leute, die Arbeit. Und all das an einem Ort, der gerade abgelegen genug war, um LaPorte anderswo suchen zu lassen. Eigentlich war es nahezu unmöglich, dass LaPorte weiterhin Zeit und Ressourcen verschwenden würde, um einen einzelnen Dieb zu suchen.

Aber auch nahezu unmöglich war gewichtig.

Er fühlte sich wohl in Sebastian Booths Haut, und das spielte eine große Rolle. Die Tatsache, dass er auf lange Sicht in dieser Haut bleiben konnte, spielte ebenfalls eine Rolle.

Auf der Kontraseite: Wie komfortabel diese Haut auch sein mochte, sie ließ es nicht zu, dass er eine ernsthafte persönliche Beziehung entwickelte. Es gab viel zu viele Gründe, um dieses grundlegende menschliche Bedürfnis zu meiden. Freundschaften? Hier war alles gut. Gelegentlicher, einvernehmlicher Sex war kein Problem. Aber echte Intimität oder eine dauerhafte Verbindung konnte er nicht riskieren. Andererseits sah er auch nicht, wie sich das ändern sollte, wenn er hier kündigte und woanders das Spiel wieder von vorne losging.

Hier hatte er den Wechsel der Jahreszeiten, und er hatte sie inzwischen alle schon gesehen. Die Blütenpracht im Frühjahr, der schwülheiße Sommer, die herzzerreißenden Farben des Herbstes und die Stille des schneereichen Winters. Wo auch immer er hingehen würde, er würde etwas finden müssen, das ihm das gleiche Gefühl von Frieden und Lebenszweck vermittelte.

Gegen Ende des Sommers stand er wieder in einem Klassenzimmer. Er blickte in die frischen, jungen Gesichter, die gelangweilten Augen, die eifrigen.

»Guten Morgen, ich bin Sebastian Booth und dies ist der Sprachkunst-Kurs. Wir werden unterschiedliche Literatur-Genres untersuchen, euer kritisches Denken und eure Schreibfähigkeiten. Nächste Woche beginnen wir mit der Diskussion über das erste Buch, mit dem wir uns befassen, William Goldings *Herr der Fliegen*. Ihr findet es in der Schulbücherei, in der Stadtbücherei, bei Books auf der Hauptstraße und möglicherweise auch im Bücherregal bei euch zu Hause.«

Er sah, wer alles mitschrieb, wer aus dem Fenster starrte oder an die Decke schaute. Und er sah auch die beiden Schüler, die nur durch den Gang getrennt nebeneinandersaßen und sich ständig Texte schickten.

»Ich kann euch dazu zwingen, diese Texte laut vorzulesen, bevor ich euch die Handys wegnehme«, sagte er beiläufig. »oder ihr steckt die Handys einfach weg.«

Die Geräte verschwanden in den Taschen.

»Gute Entscheidung.«

Er beschloss, vielleicht doch noch ein Jahr zu bleiben, traf also auch eine gute Entscheidung.

Seine Unterrichtsabläufe führten ihn rasend schnell in die Winterferien. Klassenarbeiten, Vorbereitungsarbeit, Club-Treffen. Vorsprechen, dann Proben für *Vier Hochzeiten und ein Todesfall*, das Stück für die Abschlussklasse, die verschiedenen Sketche und Monologe für seine Theaterstudenten.

Dazu die Diskussionen und Debatten über *Wie es euch gefällt* in seinem Shakespeare Club, der mittlerweile zwölf Mitglieder zählte.

Kulissen bauen, Verstand aufbauen.

Er hatte einen Weihnachtsbaum im Fenster, Lichterketten an der Dachrinne der Vorderveranda und mit Zuckerguss verzierte Zuckerplätzchen in einer Dose, die er zu Lornas – Direktorin Downeys – Weihnachtsfeier mitnehmen wollte.

Sebastian verließ das Haus in festlicher Stimmung, die durch die kühle Luft und einen riesigen Vollmond noch erhöht wurde. Er freute sich auf den Abend mit Kollegen, Freunden und anderen Personen, aus denen Lornas breit gestreuter Kreis bestand. Die meisten Abende verbrachte er zu Hause, aber an Lornas Weihnachtsfeier hatte er immer teilgenommen, und er selber hatte jedes Jahr im Sommer ein Barbecue veranstaltet. Ab und zu aß er eine Pizza in der Stadt, und er war ein regelmäßiger Kunde der Buchhandlung auf der Hauptstraße geworden – ging allerdings nicht so weit, selbst einen Buchclub zu gründen oder Mitglied in einem zu werden.

Er überlegte ernsthaft, ob er sich einen Hund anschaffen sollte, aber entschied sich dann aus gesundem Menschenverstand dagegen.

Vor dem Haus von Lorna und Jacob, ihrem Mann, parkten bereits zahlreiche Autos in der Einfahrt und auf der Straße. Die Downeys hatten nicht an der Dekoration gespart. Das gesamte zweistöckige Haus mit angebauter Garage blinkte vor Lichtern, ebenso wie der große Ahornbaum, der im Vorgarten stand. Elfen standen darunter, und Santa fuhr mit seinem von Rudolph gezogenen Schlitten auf dem Dachfirst.

Weihnachten war zwar vorbei und es ging mit Riesenschritten auf Silvester zu, aber hier lebte Weihnachten noch und leuchtete hell.

Er musste weder klopfen noch läuten. Eine Einladung zu Lorna bedeutete immer: Komm einfach herein.

Also ging er hinein, in die Lichterpracht und die Weihnachtslieder. Im Wohnzimmer drängten sich die Leute, und er ging gleich durch in die Küche mit ihrer langen Insel, die mit Essen vollstand. Er kannte das Prozedere: Er grüßte und wurde begrüßt, während er zur Abstellkammer ging, um seine Jacke dort abzulegen, und dann weiter in die Küche, wo er seine Plätzchen auf den bereits übervollen Dessert-Tisch stellte.

Tracey, ganz in Weihnachtsrot, trat zu ihm, um ihn auf die Wange zu küssen.

Sie waren ein paar Mal miteinander ausgegangen, hatten zweimal miteinander geschlafen, waren dann aber übereingekommen, dass Freundschaft bei ihnen besser funktionierte. Im vergangenen Frühjahr war er auf ihrer Hochzeit gewesen.

»Frohe Weihnachten. Du hast diese verdammten Plätzchen mitgebracht, nicht wahr?«

»Schuldig.«

»Meine Hüften werden schon breiter, wenn sie nur daran denken.« Trotzdem nahm sie sich eines.

»Du siehst großartig aus, wie immer.«

»Ich fühle mich auch großartig. Ich habe etwa einen Kilometer von dir entfernt ein Haus vermietet. Für sechs Monate, jetzt im Winter. Und an eine Prominente.«

»Wow! Sag mir, dass es Jennifer Lawrence ist. Ihr gehört mein ganzes Herz.«

Lachend stupste sie ihn mit dem Ellbogen an. »Das wäre schön. Aber es ist eher deine Art von Prominenz. Du musst sie kennenlernen.« Sie schaute sich suchend in der Menge um. »Ihre Patentante ist vor ein paar Jahren hierhergezogen, nach ihrer Scheidung, um Abstand zwischen sich und ihren Ex zu legen, sozusagen. Sie ist eine alte Freundin von Lorna. Und unsere Prominente hier ist bei ihrer Patentante zu Besuch, um sich die Gegend anzuschauen. Ah, da ist sie ja! Wie geht es? Sebastian, hier ist jemand, den du kennenlernen musst.«

Er drehte sich um, und die Welt fiel auseinander.

Sie hielt ihre Haare mit zwei kleinen Zöpfen über den Ohren zurück, während der Rest ihr wie sonnengetränkte Herbstblätter über den Rücken fiel.

Ihre hexengrünen Augen blickten direkt in seine. Er sah den Schock.

»Miranda Emerson, Bestseller-Autorin, das ist Sebastian Booth. Sebastian stillt seine Liebe zu Büchern und Theater an der Westbend High.«

»Sebastian«, sagte sie, sehr langsam, sehr entschlossen.

Sie konnte mit einem einzigen Wort alles zerstören, und er hätte ihr noch nicht einmal einen Vorwurf daraus machen können. Ein Wort, und er würde gehen, seine Tasche nehmen und verschwinden.

Es schien keine Rolle zu spielen. Nichts spielte eine Rolle. Aber er streckte die Hand aus, ergriff ihre. »Schön, Sie kennenzulernen. Ich mag Ihre Romane sehr.«

»Ach ja?«

Er fragte sich, ob nur er ihren spitzen Tonfall hörte. »Ja. *Kontrapunkt* habe ich schon halb durch.«

»Sebastian hält die Buchhandlung an der Hauptstraße fast alleine am Laufen. Und Sie beide sind Nachbarn, oder werden es sein, wenn Sie eingezogen sind.«

»Nachbarn.« Dieses Mal kein spitzer Tonfall, dachte er, sondern eher eine Art amüsiert.

»Sebastians Haus liegt etwa einen Kilometer von Ihrem entfernt am Fluss. Oh, ich sehe gerade, Marcy Babcock bedrängt schon wieder meinen Nick. Ständig will sie irgendjemanden verklagen. Ich muss ihn retten gehen.«

Er wartete eine Sekunde, dann sagte er ihren Namen, nur ihren Namen. »Miranda.«

»Nicht. Ich werde keine Szene machen und meine Patentante oder Lorna nicht in Verlegenheit bringen. Nicht hier und nicht jetzt.«

Sie ging, und ihr Duft hing in der Luft.

Er konnte nicht einfach verschwinden, nicht ohne dass es eine Vielzahl von Fragen nach sich gezogen hätte. Stattdessen schenkte er sich ein halbes Glas Wein ein. Für eine Stunde konnte er ihr aus dem Weg gehen, aber er glaubte nicht, dass er es länger als eine Stunde durchhalten würde.

Er trat zu einer Gruppe und unterhielt sich mit ihnen. Tauchte in der Gruppe unter, während sein Inneres sich verknotete und brannte.

Er würde gehen müssen, keine Frage. Wie er das anstellen sollte, hing von Miranda ab. Wenn sie ihm genug Zeit ließ, würde er einen Notfall erfinden, das Haus von Tracey verkaufen, Lorna ein bisschen Zeit geben, um ihn zu ersetzen oder Vertretungen einzuplanen. Wenn nicht, würde er einpacken, was er brauchte, sich von Sebastian Booth verabschieden und verschwinden.

Vielleicht würde er dieses Mal nach Westen fahren. Vielleicht wäre Alaska weit genug weg, damit das Schicksal ihn nicht schon wieder einholte.

Ihm nicht schon wieder vor Augen *führte*, wie erneut alle alten Gefühle wieder hochkamen, die er versucht hatte wegzusperren. Einfach nur durch ihr Dasein hatte sie die Kombination geknackt. Diese Gefühle waren das Einzige, das sich in zwölf Jahren nicht geändert hatte.

Er liebte sie immer noch.

Er redete, lachte sogar. Er umarmte Lorna und vollzog mit Jacob die Männervariante davon. Er nippte eine volle Stunde an diesem halben Glas Wein. Ein paar Mal sah er sie – diese Haare, die sich über den Rücken ihres waldgrünen Kleides ergossen.

Einmal trafen sich ihre Blicke, als sie mit Andy und Carolyn Stipper zusammensaß, den Inhabern der Buchhandlung. Und dieser Blick ließ ihn beinahe in die Knie gehen.

Er holte seinen Mantel und verließ das Haus wie ein – nun ja, wie ein Dieb.

Wie auf Autopilot fuhr er nach Hause, mit seiner festlichen Stimmung war es vorbei, und dann saß er einfach nur in seinem Wagen. Legte den Kopf zurück, schloss die Augen, und alles, was sie geweckt hatte, strömte durch ihn hindurch. Sein Leben – das Leben hier, das er eigentlich behalten wollte, wie er sich jetzt eingestand, war vorbei. Und er akzeptierte das.

Aber wie konnte er akzeptieren, dass er nie ein echtes Leben – irgendwo, unter irgendeinem Namen – führen würde, weil er sie nicht haben konnte? Was für eine Welt war das, die verlangte, dass er all das fühlen und empfinden sollte für die eine Frau, an die er nicht herankam?

»Realität«, murmelte er und stieg aus dem Auto, schlug die Tür hinter sich zu. »Es ist einfach die scheiß Realität.«

Er hatte es fast bis zur Haustür geschafft, als er die Scheinwerfer sah. Ein weiteres Mal wurde seine Welt auf den Kopf gestellt, als das Auto hinter seinem hielt.

Sie hatte keine Zeit verloren.

Er wartete, während sie ausstieg, während ihre Absätze auf den Platten klickten. Er wollte etwas sagen, hatte aber keine Ahnung, was. Und ihre Faust landete mit beachtlicher Wucht direkt in seinem Magen.

Einen Moment lang bekam er keine Luft mehr. Keuchend atmete er ein und langsam wieder aus.

»Das habe ich verdient.«

»Du verdienst eine Faust mitten ins Gesicht, du absoluter Scheißkerl, aber wenn ich dir ein blaues Auge schlage, gäbe es viel zu viele Fragen.«

»Du hast recht, beides zählt. Es ist kalt. Willst du hereinkommen?«

»Will ich nicht, aber ich komme trotzdem mit.«

Er schloss die Tür auf und stellte die Alarmanlage wieder an, als er drinnen war. »Gib mir deinen Mantel.«

»Fass mich nicht an.« Sie zog sich den Mantel aus und trat ins Wohnzimmer, um ihn dort über einen Sessel zu werfen.

»Okay. Möchtest du etwas trinken?«

»Oh, bitte.«

Sie sah aus wie eine Kriegerin, bereit für den Kampf, den sie bestimmt gewinnen würde. Er sah Teile des Mädchens, das er gekannt und geliebt hatte, aber die Frau vor ihm besaß eine Toughness, die das Mädchen nicht gehabt hatte. Sie vibrierte förmlich vor Selbstbewusstsein und gerechter Wut.

»Sebastian Booth? Was für ein Schwachsinn ist das denn? Und du unterrichtest? Hast du überhaupt einen Abschluss? Wie zum Teufel heißt du wirklich?«

»Hier und jetzt heiße ich Sebastian Booth. Zwing mich nicht, Shakespeare über Namen zu zitieren. Ich werde es dir nicht sagen, weil es besser für uns beide ist.«

»Du bist ein Lügner, und glaub nur ja nicht, dass ich dir auch nur irgendeine Lüge abkaufe, wie ich es mit zwanzig getan hab. Beantworte meine Fragen, oder ich gehe sofort zu Lorna, und dein kleines Spiel hier ist vorbei.«

»Es ist kein Spiel, nicht so, wie du meinst. Aber ich werde

gehen. Ich verlasse den Ort. Wenn du mir ein paar Tage Zeit lassen könntest, werde ich …«

Die Wut brachte ihre Wangen zum Glühen. »Ach, du willst schon wieder abhauen wie damals? Lorna im Stich lassen, die Kinder alleine zurücklassen, die du so kreativ unterrichtest, wie sie mir erzählt hat? Das sieht dir ähnlich.« Sie drehte sich heftig um, wirbelte wieder zurück. »Wird deine mythische Tante wieder einen Autounfall haben?«

»Sie ist nicht mythisch. Sie hatte keinen Unfall, aber sie ist auch kein Mythos.«

»Jemand, der erfindet, dass seine Mutter an Krebs gestorben ist, lügt auch bei allem anderen.«

»Stopp.« Seine Stimme wurde kalt, und er spürte, wie auch sein Temperament mit ihm durchging. »Ich war neun, als meine Mutter das erste Mal Krebs hatte, das erste Mal, als sie alle Untersuchungen und Behandlungen durchmachen musste und noch kränker davon wurde. Du kannst über mich denken, was du willst, das ist dein gutes Recht. Aber mach nicht klein, was sie durchgemacht hat. Beim ersten Mal war sie noch nicht einmal dreißig, und sie ist keine vierzig geworden.«

»Warum dann all die Lügen, Booth? Du hast mir verdammt noch mal das Herz gebrochen, und hast mich dazu gebracht, mich wegen meiner Gefühle für dich zu schämen. Du hast alles so billig gemacht. Ich kam mir so billig vor.«

»Das wollte ich. Ich wusste nicht, was ich anderes tun sollte. Da war jemand, der etwas von mir wollte, der mir keine Wahl gelassen hat. Und um die Sache für ihn zu erledigen, musste ich gehen, einfach verschwinden. Und ich dachte – ich glaubte –, wenn du mich hasst, wäre es besser für dich.«

»Das ist nicht gut genug, noch nicht einmal im Entferntesten. Ich habe mir die Seele aus dem Leib geheult. Du hast mich so sehr verletzt, Booth, wie kein anderer vor dir oder nach dir. ›Jemand‹? ›Etwas‹? Nicht gut genug. Du stehst hier in einem Haus, das sich kein Highschool-Lehrer leisten kann, du benutzt einen anderen Namen, und laut Lorna hast du deinen Abschluss auf der North Western gemacht, was ebenfalls eine Lüge ist. Und Betrug dazu. Du warst in North Carolina.«

»Du willst also wissen, wer, was und warum.«

Sie hockte sich auf eine Sessellehne – setzte sich nicht hin, dachte er, weil das zu entspannt und freundlich gewesen wäre. Sie hockte dort und gestikulierte in seine Richtung.

»Ich höre jetzt die Wahrheit, oder ich schwöre bei Gott, meine Faust landet in deinem Gesicht, bevor ich mich zu einem ernsthaften Gespräch mit Lorna aufmache.«

Er sah etwas, was er nicht erwartet hatte. Unter der Wut in ihren Augen lauerte immer noch die Verletzung. Aus ihnen würde nie wieder ein Paar werden, rief er sich ins Gedächtnis. Dann konnte er ihr auch die Wahrheit sagen.

»Sein Name ist LaPorte, und er wollte, dass ich eine Bronze-Skulptur stehle. *Bella Donna* – damals war sie mehrere Millionen wert. Seit dem Raub damals wahrscheinlich das Doppelte.«

Sie legte den Kopf schräg und zog die eine Augenbraue hoch. »Warum zum Teufel sollte jemand von dir verlangen, dass du eine Statue stiehlst?«

»Weil es das ist, was ich tue. Ich stehle Dinge.« Er setzte sich, teilweise weil ihm eine Last von den Schultern gefallen war, als er es ausgesprochen hatte.

18

Ganz offensichtlich glaubte sie ihm nicht. Statt Schock löste seine Enthüllung eher Spott bei ihr aus.

»Dann wurdest du also mit zwanzig von diesem LaPorte gezwungen, ein wertvolles Kunstwerk zu stehlen. Erfolgreich, nehme ich an?«

»Ich bin gut in dem, was ich tue.«

»Okay.« Sie stand auf. »Ich denke, wir sind jetzt fertig.«

»Du kannst es nachschauen. Nimm dein Handy. Google es. *Bella Donna,* Bronze, Künstlerin Giulietta Castletti, gestohlen aus dem Hobart, einem privaten Museum in Baltimore. Nur ein paar Wochen, nachdem ich gegangen bin.«

Sie zog ihr Handy heraus, und während sie die Details eingab, fuhr er fort.

»Ich brachte es ihm in sein Haus in Lake Charles, Louisiana – an Weihnachten. Dann änderte ich meinen Namen – und erneut mein Aussehen. Auch darin bin ich gut. Und ich charterte einen Jet nach Paris. Ich musste Abstand von ihm halten, denn er würde das Gleiche immer wieder tun. Für ihn ist es ein Machtspiel.«

Sie blickte von ihrem Handy auf. »Dass du ein paar Details über diesen Kunstraub weißt, heißt noch lange nicht, dass du die Skulptur gestohlen oder dass auch nur etwas von dem, was du mir erzählst, die Wahrheit ist.«

»Du liebe Güte.« Er stand ebenfalls auf, trat an den Kamin und streifte sie dabei. »Ich mache mal Feuer. Wie spät ist es?«

Sofort blickte sie auf ihre Uhr – eine sehr hübsche Baume & Mercier. Aber sie war nicht mehr da.

Er hielt sie hoch. »Gehört die dir?«

Jetzt erkannte er zwar immer noch keinen Schock in ihrem Gesichtsausdruck, aber Überraschung.

»Ich habe geklaut, seit ich ein Kind war, ein Kind in Chicago mit einer kranken Mutter und einem Haufen Schulden.«

Er reichte ihr die Uhr, dann zündete er den Anzünder unter den Holzscheiten an. »Ich habe den Job für LaPorte gemacht, weil er mir drohte, Mags etwas anzutun. Meine Tante. Er hatte jemanden geschickt, der ihr Haus verwüstet hatte, als sie nicht da war, um mir zu beweisen, dass er an sie herankam. Er hätte ihr etwas angetan, vielleicht auch dir, meinen Freunden, jedem, der mir etwas bedeutete. Darin ist er gut.« Der Feuerschein glitt über sein Gesicht, als er aufblickte und sie ansah. »Deshalb bin ich gegangen, und deshalb habe ich dich verletzt.«

»Du bist ein Dieb.«

»Das stimmt.« Er richtete sich wieder auf. »Schmuck und Kunst hauptsächlich. Briefmarken und Münzen auch, aber das ist nicht so befriedigend.«

»Befriedigend?« Sie starrte ihn an. »Du bestiehlst Leute. Du bist ein Krimineller, und es ist *befriedigend.*«

»Ich versuche, dich nicht anzulügen.«

»Du … du brichst Türen auf und …«

»Nein, das tue ich nicht. Ich knacke Schlösser und Alarmanlagen. Ich breche nichts auf. Keine Gewalt gegen Menschen oder Besitz. Wichtigste Regel.«

»Du hast Regeln?«

»Ja, ich habe Regeln. Eine ziemlich lange Liste sogar. Ich hole mir einen Wein. Wenn du willst, kannst du gerne auch einen haben.«

Er ging in die Küche und suchte einen Chianti aus dem Weinregal aus.

»Du dringst in die Privatsphäre von Leuten ein und nimmst, was dir nicht gehört. Wegen Geld.«

Er zog den Korken heraus, nahm zwei Gläser aus dem Schrank. Er blickte sie an, als er den Wein einschenkte. Kühl.

»Du musstest dir niemals, nicht ein einziges Mal, Sorgen darüber machen, ob das Dach dieses großen, schönen Vier-Generationen-Hauses über deinem Kopf bleibt. Nicht einmal musstest du dich fragen, ob genug Geld im Haus war, um Essen zu kaufen. Du hast nie deine Mom nachts weinen gehört, wenn sie glaubte, du schläfst, weil die Rechnungen einfach nicht aufhörten. Krankenhausrechnungen, Arztrechnungen, Hypothekenzahlungen, Versicherungen, die einen Scheiß abdeckten, wenn es darauf ankam. Du bist privilegiert aufgewachsen, also halt mir keinen Vortrag darüber, was ich für Geld getan habe.«

»Wie ich aufgewachsen bin, hat nichts damit zu tun.«

»Bei mir hat alles damit zu tun«, fuhr er sie an. »Sie hat alles richtig gemacht. Wir haben nicht über unsere Verhältnisse gelebt, alle Rechnungen wurden bezahlt. Sie machte sich selbstständig und arbeitete rund um die Uhr. Sie sparte, was sie konnte – ein Polster, sagte sie immer. Sie wollte genug haben, damit wir in den Ferien mal eine Woche an den Strand fahren konnten. Sie wollte so gerne das Meer sehen. Aber dann war auf einmal alles egal. Dass sie immer alles richtig gemacht hatte, bedeutete einen Scheißdreck. Eine Zeit lang ging es ihr wieder besser – Remission. Ja. Dann kam der Krebs zurück und noch ein bisschen schlimmer. Rechnungen, Rechnungen, Rechnungen, und schon wieder fielen ihr die Haare büschelweise aus. Dann wieder Remission, und das Ganze von vorne. Den dritten Schlag überlebst du nicht.

Hast du schon einmal jemanden, den du liebst, an Krebs sterben sehen?«

Miranda schüttelte den Kopf, ergriff das Glas. Trank.

»Halt mir keinen Vortrag über die Entscheidungen, die ich getroffen habe.«

»Warum bist du hier? Warum unterrichtest du an einer Highschool in Westbend, Virginia?«

»LaPorte kam mir ein bisschen zu nah, als ich noch in Europa gelebt und gearbeitet habe. Vielleicht war ich zu sorglos geworden oder hatte mich zu wohl gefühlt. Ich weiß nicht, jedenfalls ist er mir zu nahe gekommen. Also habe ich dort meine Zelte abgebrochen, bin noch ein bisschen mehr gereist, und dann bin ich zurück in die Staaten gekommen. Unterrichten ist eine gute Tarnung.«

»Eine Tarnung.«

»Du hast die ärgerliche Angewohnheit entwickelt, zu wiederholen, was ich sage.«

»Nun, entschuldige mal. Ich stehe hier, und du erzählst mir, du bist ein internationaler Kunstdieb. Juwelendieb. Briefmarken und Münzen und Taschendieb.«

»Du wolltest die Wahrheit hören, du hörst sie. Ich bin hierher, an diese Schule, gekommen, weil sie mich angesprochen hat. Das Haus hat mich angesprochen. Ich bin länger geblieben, als ich vorhatte, weil es mir hier gefällt. Es gefällt mir hier, ich unterrichte gerne, inszeniere gerne Highschool-Stücke, sehe, wie die Kinder Spaß haben. Ich bin ein guter Lehrer. Also habe ich mein Sabbatical ausgedehnt.«

»Sabbatical.«

»Schon wieder.«

Ihre Augen blitzten wütend auf, aber sie trank langsam einen Schluck Wein. »Du hast also ein Sabbatical von deinen Diebstählen genommen.«

Auch er trank einen Schluck, stieß die Luft aus. »Hauptsächlich.«

»Und das bedeutet?«

»In den Schulferien mache ich vielleicht eine Reise. Wie klingt ›Arbeitsurlaub‹ für dich?«

»Himmel, Booth.«

»Ich bestehle die Leute hier nicht. Es gibt sicher auch hier nicht nur wertlosen Schmuck und Kunstwerke, aber ich tue es einfach nicht.«

»Eine weitere Regel?«

»Eine der ersten. Ich habe nie vorgehabt, länger als zwei Jahre zu bleiben, aber es wird mir leidtun, wenn ich gehe. Ich versuche, es zu bedauern, dass ich dich wiedergesehen habe, aber ich kann es nicht. Ich habe es nie geschafft, dich zu vergessen.«

Dieses Mal kein zorniges Aufflackern, nur kalter Stahl. »Hör lieber auf. Am Ende fängst du dir doch noch ein blaues Auge ein.«

»Okay. Aber denk dran, dass Wonder Woman mich mit ihrem goldenen Lasso eingefangen hat, deshalb muss ich die Wahrheit sagen.«

»Wie ist dein wirklicher Name?«

»Wenn ich es dir nicht sage, muss ich auch nicht lügen.«

»So funktioniert das mit dem goldenen Lasso aber nicht.«

»Da hast du recht. Ich kann noch ergänzen, dass ich immer noch Leute zu beschützen habe.«

Sie trat an den Kamin, schaute ins Feuer. »Ich frage mich, ob ich eine Idiotin bin, denn ich glaube zumindest das meiste von dem, was du mir gesagt hast.«

»Nachdem ich einmal angefangen habe, gibt es keinen Grund mehr zu lügen.«

»Das mit deiner Mutter tut mir leid, Booth. Es tut mir leid, dass das Leben als Kind für dich so hart und traurig war, aber es rechtfertigt für mich nicht, dass du dir deinen Weg durchs Leben stiehlst.«

»Ich habe auch nicht erwartet, dass es so ist. Es ist meine Wahl. Was wirst du jetzt damit anfangen?«

»Ich weiß nicht.« Sie drehte sich zu ihm um. »Hast du eine Waffe?«

»Eine Waffe? Nein, warum sollte ich.«

»Bei deinen Diebstählen.«

»Du lieber Himmel, nein. Ich habe keine Waffe. Ich habe noch nie eine in der Hand gehalten. Ich will es auch nicht. Ich stehle Gegenstände, Miranda. Es sind Gegenstände – klar, schöne Gegenstände. Sogar wichtige Gegenstände. Aber es sind keine menschlichen Wesen. Sie sind nicht aus Fleisch und Blut.«

»Was tust du, wenn du bei einem Diebstahl erwischt wirst?«

»Das ist bisher noch nicht passiert.«

»Noch nie?«

»Nein, ich bin gut darin. Sieh mal, ich weiß, worauf du hinauswillst. Nein, ich habe noch nie jemanden zusammengeschlagen, erschossen, erstochen, erwürgt oder sonst wie körperlich verletzt. Gegenstände, Miranda. Menschen sind viel wichtiger als Gegenstände.« Er ging auf und ab. »Weißt du, ich setze keine Maske auf und breche in jemandes Haus oder in einen Juwelierladen ein. Ich mache nichts kaputt, um an die Dinge zu kommen, so arbeite ich nicht.« Es fühlte sich merkwürdig und ein bisschen peinlich an, aber er fuhr fort: »In Europa haben sie begonnen, mich das Chamäleon zu nennen. Das ist ein weiterer Grund, warum ich mich zurückgezogen habe. Wenn jemand deinen Stil, deine Methode benennt, dann bedeutet das, dass er dir auf den Fersen ist. Du kannst auch das nachschauen – es ist zwar nur Spekulation, aber du kannst es trotzdem nachschauen.«

»Das mache ich. Ich werde heute Abend nicht mit Lorna reden, aber …«

»Falls doch, dann könntest du mir vierundzwanzig Stunden Vorsprung geben. Nur einen Tag.«

»Wenn ich damit einverstanden bin, bist du dann morgen früh noch hier?«

»Ja. Das Lasso fesselt mich noch. Mein Leben liegt in deiner Hand. Ich denke, das hast du verdient. Du willst sechs Monate hierbleiben. Ich werde nicht gehen, bevor du nicht sagst, dass es Zeit ist. Ich könnte das Schuljahr zu Ende machen. Du wirst es vielleicht nicht glauben, aber das ist mir wichtig. Es gibt ein paar Kinder, die … Ich würde sie gerne durch das Schuljahr bringen.«

»Wenn du morgen früh noch hier bist, bin ich mit den vierundzwanzig Stunden einverstanden. Wenn du weg bist, verständige ich die Polizei und sage ihnen alles, was du mir erzählt hast.«

»Hart, aber fair. Ich werde hier sein.«

Sie ergriff ihren Mantel. »Ich werde über alles nachdenken, was du mir erzählt hast. Dann lasse ich dich wissen, wie ich mich entscheide. Wenn du noch hier bist.«

Sie schlüpfte in ihren Mantel und wandte sich zur Tür.

»Ich liebe deine Bücher wirklich«, sagte er zu ihr. »Obwohl du mich in *Der Verleger* ziemlich grausig umgebracht hast.«

Sie warf ihm einen Blick über die Schulter zu. »Es fühlte sich gut an. Befreiend.«

»Darauf könnte ich wetten«, murmelte er, als sie die Tür hinter sich zuzog.

Er setzte sich an den Kamin, vergrub den Kopf in den Händen. Er konnte abhauen. Zusammenpacken, was er brauchte, im Haus keine Spur hinterlassen. In die Schule eindringen, das Gleiche mit dem Klassenzimmer machen. Es wäre das Vernünftigste. Nichts hinterlassen, wieder verschwinden.

Aber dieses Mal würde er nicht das Vernünftigste machen. Er würde sein Leben in ihre Hände legen und warten.

Miranda saß mit brennenden Augen bei ihrer ersten Tasse Kaffee in der süßen kleinen Küche ihres süßen kleinen gemieteten Hauses. Sie hatte nicht gut geschlafen, dazu war sie zu aufgewühlt, und außerdem hatte sie die vage Angst vor einem möglichen Einbruch verfolgt.

Offensichtlich kannte sie ja jemanden, der dazu in der Lage war.

Sie glaubte ihm. Sie wollte ihm nicht glauben, weil es so bequem gewesen war, an Booth als einen verlogenen Scheißkerl zu denken. Und das war er ja auch, rief sie sich ins Gedächtnis, also konnte sie ja bei der Meinung auch bleiben. Aber sie glaubte ihm, dass er ein Dieb war – und durch die Welt gereist war und als Dieb gearbeitet hatte. Tief im Inneren musste sie zugeben, dass sie gerne gewusst hätte, wie er die Uhr von ihrem Handgelenk bekommen hatte, ohne dass sie auch nur das Geringste gespürt hatte.

Das mit seiner Mutter glaubte sie ihm ganz bestimmt. Sie konnte sehr gut erkennen, wie ihn dieses lang anhaltende Kindheitstrauma geformt hatte. Aber wenn sie zuließ, ihm auch in Bezug auf diesen LaPorte zu glauben, dann änderte sich alles. Das klang viel zu unbehaglich.

Sie glitt vom Hocker an der Küchentheke, ging ins Wohnzimmer – nur ein paar Schritte –, und schaltete den Gaskamin ein. Das gemütliche kleine Haus mit Blick auf den Fluss traf für kurze Zeit genau ihre Bedürfnisse, aber es war weit entfernt von dem großen, weitläufigen Haus, in dem sie die meiste Zeit ihres Lebens verbracht hatte.

Sie hatte ihrer Patentante versprochen, sie zu besuchen, und da ihr Vater sich in den nächsten Monaten seinen Traum als Gastprofessor in Oxford erfüllte, schien es der richtige Zeitpunkt zu sein. Hinzu kam die Idee, einmal aus ihrer Komfortzone auszubrechen, um ihr neues Buch außerhalb ihres Heimatorts spielen zu lassen. Cesca, ihre Patentante, besaß auch ein süßes kleines Haus direkt in der Stadt. Weil sie jedoch mehr Raum und Privatsphäre wollte und brauchte, um zu arbeiten, hatte sie Cescas Angebote, bei ihr zu wohnen, liebevoll abgelehnt.

Das funktionierte. Alles schien perfekt zu funktionieren. Bis sie sich ein paar Tage, nachdem sie Weihnachten mit ihrem Vater zu Hause verbracht, am zweiten Weihnachtstag in den Flieger gesetzt, keine vierundzwanzig Stunden später das Haus gemietet hatte und eingezogen war und sich auf den Weg zu Lornas Weihnachtsparty gemacht hatte.

Und er war da gewesen, der Junge, der ihr das Herz gebrochen hatte.

»Was willst du jetzt tun, Miranda? Was zum Teufel willst du jetzt tun?«

Sie wusste es nicht, und dabei hatte sie schon den Großteil der schlaflosen Nacht über diese Frage nachgedacht. Was wusste sie? Er arbeitete ohne Abschluss als Lehrer. Unter einem Namen, der nicht seiner war. Oder wahrscheinlich nicht, woher sollte sie das wissen? Vielleicht bildete er ja wie Fagin leicht beeindruckbare Kinder zu seiner persönlichen Diebesbande aus.

Weit hergeholt, aber man konnte es ja nie wissen.

Miranda tat, was sie immer tat, wenn sie ein Problem anging. Sie nahm sich eine zweite Tasse Kaffee und setzte sich mit ihrem Notizblock hin. Sie machte eine Liste.

Vergewissern, dass der Scheißkerl nicht einfach abgehauen ist.

LaPorte – Lake Charles, LA – Recherche.

»Chamäleon« (Europa) – Recherche.

Über Sebastian Booth – vorsichtig – mit Cesca/Lorna/Tracey sprechen.

Highschool besuchen. Beobachten.

In Buchhandlung gehen, Fragen stellen – vorsichtig.

Sie würde noch mehr auf die Liste setzen, aber für den Anfang war es schon ganz gut. Und sie beschloss, sofort damit anzufangen, die Liste abzuarbeiten.

Sie zog sich an, flocht ihre Haare und schminkte sich sorgfältig, um die Spuren der schlaflosen Nacht zu vertuschen. Mit der Schule musste sie warten bis nach den Weihnachtsferien, aber ein paar Dinge konnte sie schon einmal abchecken.

Obwohl es nicht auf dem Weg in die Stadt lag, fuhr sie zunächst zu Booths Haus. Sein Auto stand unter dem Carport, und aus dem Schornstein stieg Rauch auf. Kein absoluter Beweis, dachte sie, aber Beweis genug, dass er nicht abgehauen war.

Sie wendete und fuhr in die Stadt.

Ihr gefiel die Gegend, die Straße am Fluss entlang, der Blick auf die Berge, die ausgedehnten Wälder. Vor diesem Hintergrund konnte sie eine solide Geschichte entwickeln, dachte sie. Sich von ihrem Heimatort lösen und einfach sehen, was passierte.

Die Stadt funktionierte auch. Nicht so klein, dass man ständig jemandem über den Weg lief, den man kannte, aber klein genug, dass man oft auf freundliche, vertraute Gesichter traf. Der kleine Hafen trug zur Atmosphäre der Wasserstadt bei, ebenso wie die Main Road mit ihren Seitenstraßen. Ihr gefielen die Lichter und Dekorationen an den meisten Geschäften, den meisten Häusern, und sie fragte sich, wie es hier wohl aussehen mochte, wenn es schneite. Richtig schneite.

Sie fand einen Parkplatz und schlenderte in der frischen Brise umher, die vom Wasser kam. Auf der Party war es ihr gelungen, Anfragen für eine Signierstunde zu umgehen. Sie konnte sich zwar nicht vorstellen, dass jemals eine Zeit kommen würde, in der sie sich nicht dankbar darüber freute, dass Menschen ihr Buch signiert haben wollten, aber sie wollte sich zuerst ein bisschen eingewöhnen.

Und sie wollte wirklich in die Geschichte eintauchen, die sie kaum zu schreiben begonnen hatte.

Ohne Frage würde der Besuch in der Buchhandlung sie festnageln, aber diesen Preis musste sie bezahlen. Sie freute sich, als sie ihren Roman im Schaufenster sah – noch ein Gefühl, das bestimmt niemals vergehen würde. Sie bewunderte, wie die Bücher im Schaufenster mit Nebenartikeln wie Kerzen und Einkaufstaschen dekoriert waren, und sie wusste jetzt schon, dass sie mit einem T-Shirt aus dem Laden gehen würde, auf dem stand:

Ich genieße lange, romantische Spaziergänge durch die Buchhandlung.

Sie trat ein, und sofort, wie es so oft auf romantischen Spaziergängen vorkam, verliebte sie sich ein bisschen. Es gab einen gemütlichen Sessel mit einem Stapel Bücher auf dem Tisch daneben. Bücherregale, natürlich, und ein Extra-Aufsteller mit Bestsellern. Auch ihr Buch stand dort – zu ihrem Erstaunen. Ihr zweiter Roman hatte ganz kurz einen unteren Platz auf der Bestsellerliste erobert, und ihr dritter hatte sogar ein paar Wochen lang auf einem mittleren Platz gestanden. Jetzt befand er sich seit sieben Wochen auf Platz dreizehn, offensichtlich eine Glückszahl.

In Sekunden nahm sie den Laden auf: Kochbücher und Kerzen auf einem alten Küchentisch, Weihnachtsbücher neben einem geschmückten Baum – die Kugeln waren zehn Prozent günstiger. Es roch nach Büchern und Kaffee – das perfekte Parfüm. Hinter der Theke aus einem alten Bücherschrank klatschte Carolyn Stipper in die Hände.

»Miranda! Willkommen! Willkommen! Ich freue mich so, dass Sie hergekommen sind!«

»Was für eine wundervolle Buchhandlung.«

»Oh, Sie haben ja noch gar nicht alles gesehen. Ich zeige sie Ihnen.«

Plaudernd führte Carolyn sie herum, und Miranda fand die Atmosphäre der mittelgroßen Buchhandlung in dieser charmanten mittelgroßen Stadt warm und einladend.

Sie blieb an einer Bücherwand stehen, über der ein Banner verkündete:

Westbends Schüler empfehlen

»Schüler?«

»Ja. Von der Grundschule, der Mittelschule und der Highschool. Die Lehrer machen jeden Monat eine Umfrage und schicken uns eine Liste der Top-Ten, die die Schüler aussuchen. Wenn wir den Titel nicht vorrätig haben, bestellen wir ihn.«

»Was für eine großartige Idee. Das lockt bestimmt Kinder in den Laden und zu den Büchern.«

»So ist es. Ich wünschte, ich wäre auf die Idee gekommen, aber Sebastian hat es vorgeschlagen.«

Miranda wandte den Kopf und bemühte sich, ihre Stimme neutral zu halten. »Sebastian?«

»Sebastian Booth, er unterrichtet Englisch und Theater an der Highschool Ich dachte, Sie hätten ihn bei Lorna kennengelernt.«

»Ach ja, stimmt. Er ist wohl ein kreativer Lehrer mit guten Ideen?«

»Ich kann ihm nur beste Bewertungen geben. Unser ältester Enkel ist im ersten Jahr an der WHS, und man sollte ja meinen, dass er ein begeisterter Leser ist, wo Oma und Opa eine Buchhandlung besitzen, aber das war bis vor Kurzem überhaupt nicht der Fall. Robby verschlingt immer noch keine *Bücher,* aber er liest. Und er beschwert sich nicht besonders über die Pflichtlektüre, seit er in Sebastians Klasse ist. Jeden Monat dürfen sich die Schüler ein Buch selbst aussuchen – das ist das, was sie hier größtenteils sehen.« Sie tippte auf eines der Bücher, und glücklicher Stolz schwang in ihrer Stimme mit. »Das hier ist Robbys Buch – er schwärmt davon. Es geht um Teenager und Zombies in London. Ich habe es gelesen, damit wir darüber reden konnten. Ich hatte tatsächlich eine Buchdiskussion mit meinem Enkel. Das reicht für mich beinahe schon aus, um Andy sitzen zu lassen und mit Sebastian nach Aruba durchzubrennen.« Carolyn lächelte Miranda an. »Und da wir gerade von Büchern sprechen …«

Miranda willigte in die Signierstunde ein, kaufte das T-Shirt, drei Bücher und ein halbes Dutzend Kerzen. Anschließend ging sie zum Immobilienbüro. Tracey zog sich gerade den Mantel aus.

»Hi! Ich bin gerade hereingekommen. Derrick ist unterwegs zu einem Kunden. Wie läuft es in Ihrem neuen Haus?«

»Ich liebe es!« Miranda reichte ihr eine kleine Geschenktüte. »Danke.«

»Danke!« Tracey warf neugierig einen Blick hinein. »Oh, ich liebe Kerzen, und nach diesem Jasminduft bin ich ganz verrückt.«

»Das hat Carolyn auch gesagt.«

»Haben Sie Zeit für eine Tasse Kaffee?«

»Ich habe heute früh schon drei Tassen getrunken, aber danke für das Angebot. Ich wollte mich nur rasch bei Ihnen dafür bedanken, dass Sie das perfekte Haus für mich gefunden und alles so schnell abgewickelt haben.«

»Cesca ist ganz aufgeregt, dass Sie eine Zeit lang hierbleiben. Außerdem ziehen hier nicht jeden Tag Bestseller-Autoren hin, noch nicht einmal für ein paar Monate. Hat Carolyn Sie zu einer Signierstunde überredet?«

»Ja. Eine Abendveranstaltung – Signieren, Konversation, mit den Leuten zusammen sein. Mitte März.«

»Großartig. Ich kann sie verstehen. Das schafft viel Aufmerksamkeit für ihre Buchhandlung, die Hauptstraße und die Stadt, und das direkt vor dem Frühjahrs-Musical. Die Highschool wird überall Flyer verteilen. Ich habe gehört, dieses Jahr führen sie *Bye Bye Birdie* auf.«

»Das macht, äh ... der Lehrer, den Sie mir gestern Abend vorgestellt haben. Booth?«

»Sebastian Booth, er leitet den Theaterkurs. Das Frühjahrs-Musical ist für uns eine große Sache, und er macht es toll. Er hat mal versucht, am Broadway in New York aufzutreten, hat es aber nicht geschafft. Ich finde ehrlich gesagt, dass sie da was verpasst haben.«

»Dann war er also Schauspieler?«

»So wie er es erzählt, wollte er immer gerne einer sein. Aber vor allem hilft er den Kindern dabei zu glänzen. Er ist übrigens Single, falls Sie sich das gefragt haben.«

»Nein.« Miranda zwang sich zu einem Lachen. »Deswegen bin ich wirklich nicht hier. Das ist ein weiterer Grund, warum das Haus so gut für mich funktioniert. Dort habe ich viel Ruhe zum Schreiben. Aber ich werde mir das Musical bestimmt anschauen. Jetzt muss ich noch rasch zu Cesca, bevor ich in diese Ruhe eintauche.«

Miranda fuhr die paar Blocks zu Cescas Haus und parkte in der Einfahrt hinter der Limousine ihrer Patentante. Sie empfand leise Schuldgefühle, weil sie vorhatte, die Frau auszuhorchen, die ihr für die meiste Zeit ihres Lebens die Mutter ersetzt hatte, aber es musste sein.

Cesca, die aschblonden Haare hochgesteckt, öffnete ihr in Trainingshose. Der Duft nach Orangenschalen, der sie umgab, deutete darauf hin, dass sie gerade sauber gemacht hatte. Sie stemmte eine Hand in die Hüfte.

»Habe ich dir nicht einen Schlüssel gegeben und dir gesagt, dass du bei mir niemals zu klopfen bräuchtest?«

»Ja, aber ich war nicht sicher, ob du schon auf bist.«

»Es ist elf, mitten am Tag. Ich habe Nachmittagsdienst in der Bücherei, aber das bedeutet noch lange nicht, dass ich bis mittags im Bett liege.«

Sie zog Miranda in die Arme und drückte sie an sich.

»Du weißt gar nicht, wie viel es mir bedeutet, dich eine Zeit lang hierzuhaben, zu wissen, dass du jederzeit vor der Tür stehen kannst, wie damals zu Hause.«

Miranda erwiderte ihre Umarmung. »Sagst du immer noch Zuhause?«

Cesca seufzte. »Ich arbeite daran. Ich mag mein kleines Haus, und es fühlt sich so langsam auch an wie mein kleines Haus. Und Lorna, sie ist für mich ein Fels in der Brandung.«

»Es freut mich, dass ich sie kennenlernen kann. Die Party gestern Abend war sehr schön. Ich bin froh, dass du mich dazu überredet hast.«

»Du warst der große Hit. Jetzt komm herein, damit wir einen Kaffee trinken können. Ich habe extra Kaffeekuchen gebacken, in der Hoffnung, dass du dann vorbeikommst.«

»Dein Kaffeekuchen würde mich aus Timbuktu hierherlocken.«

Sie setzten sich in die Küche, so wie früher immer, als Miranda noch ein Kind war. Die alte Küche war groß und schick gewesen mit glänzendem Edelstahl. Diese hier jedoch, winzig im Vergleich dazu, hatte hellgelbe Wände, salbeigrüne Schränke und einen Tisch, der gerade groß genug war für zwei.

Sie wusste, dass die Scheidung Cesca bis ins Mark erschüttert hatte, und auch sie konnte nicht verstehen, warum ein Mann nach dreißig Jahren Ehe plötzlich beschloss, nicht mehr verheiratet sein zu wollen. Sie hatten keine Kinder, deshalb hatte Cesca nach dem Ende ihrer Ehe in der Luft gehangen. Der Umzug, dachte Miranda, während Cesca den Kuchen aufschnitt und Kaffee einschenkte, hatte ihr wieder Stabilität gegeben.

»Du bist glücklich hier. Ich musste mich mit eigenen Augen davon überzeugen, aber ich sehe es ganz deutlich.«

»Ja, das stimmt. Weißt du, ich habe direkt vom College weg geheiratet. Nicht ein einziges Mal habe ich allein gelebt. Ich genieße die Unabhängigkeit mehr, als ich mir jemals hätte vorstellen können. Ich vermisse dich, deinen Dad und meine Freunde von da – deswegen spreche ich auch immer noch von meinem ›Zuhause‹, wenn ich an Chapel Hill denke. Aber Lorna sorgt dafür, dass ich auch hier Freunde finde. Wie gefällt es deinem Dad in Oxford?«

»Er ist wie ein Kind, das jeden Morgen an Weihnachten aufwacht.«

»Und wie fandest du, dass Deborah mit ihm gegangen ist?«

Miranda stützte ihr Kinn in die Hand. »Ich mag sie. Wirklich. Ich glaube, weder Dad noch ich hätten je gedacht, dass er sich noch einmal auf eine ernsthafte Beziehung einlässt. Aber sie hat die letzten beiden Jahre eine Art Leichtigkeit in sein Leben gebracht. Und auch Abenteuerlust. Ich bin mir nicht sicher, ob er das Angebot aus Oxford tatsächlich angenommen hätte, wenn sie ihn nicht zu einem Sabbatical von der Carolina ermutigt hätte.«

Schon wieder dieses Wort, dachte sie.

»Und dich allein zu lassen. Sie war sehr nett zu mir, nachdem Marty weg war, und das werde ich ihr nicht vergessen. Du bist flügge geworden, Miranda, und wir sind alle so stolz auf dich. Aber ich glaube nicht, dass du wirklich hierhergekommen wärst, wenn er nicht nach England gegangen wäre.«

»Da hast du wahrscheinlich recht.« Komfortzonen, dachte sie wieder. Sie hatte sich in ihrer eingegraben. »Die Emersons neigen dazu, Wurzeln zu schlagen. Ich habe heute Morgen einen kurzen, aber interessanten Rundgang über die Hauptstraße gemacht. Ich bin in der Buchhandlung vorbeigegangen.«

»Damit hast du Carolyn und Andy den Tag gerettet.«

»Ich gebe im März dort eine Signierstunde. Ich glaube, am liebsten hätten sie mich für morgen schon verpflichtet, wenn ich einverstanden gewesen wäre.« Sie schüttelte den Kopf.

»Dafür bist du jetzt das Highlight des Jahres. Ich kann es kaum abwarten.«

»Der Laden hat mir gut gefallen, die Atmosphäre. Ich war aufrichtig beeindruckt von dem Regal mit den Empfehlungen der Schüler. Carolyn hat mir erzählt, das sei die Idee eines Highschool-Lehrers gewesen, Sebastian Booth?«

»Ja, die Bücherei hat er zu etwas Ähnlichem überredet, und ich finde es eine schöne Sache. Ich kenne ihn kaum – seit ich hierhergezogen bin, haben sich unsere Wege noch nicht gekreuzt. Aber Lorna lobt ihn in den höchsten Tonen.«

»Ach ja?«

»Ja, und sie ist nicht leicht zu beeindrucken. Ich habe ihn gestern Abend kennengelernt.« Cesca zog die Augenbrauen hoch. »Attraktiv und alleinstehend, wie mir gesagt wurde.«

»Hör auf.«

»Ich sage es ja nur. Claudette, meine Vorgesetzte in der Bücherei, sagt, seit er hier ist, haben mehr Schüler Shakespeare ausgeliehen als in den zehn Jahren davor. Das muss dir doch gefallen.«

»Das tut es auch.«

»Er hat einen Shakespeare Club gegründet.«

»Ach ja?«, murmelte sie.

»Ich bezweifle zwar, dass er so fundiert ist wie der deines Vaters, aber für eine kleine Highschool? Da ist es eine Errungenschaft. Ich muss dich warnen. Lorna wird versuchen, dich zu überreden, dass du in die Schule kommst und den Schülern etwas übers Schreiben erzählst.«

»Oh, nun …«

Cesca tätschelte Miranda die Hand. »Ich warne dich nur. Lorna kriegt meistens, was sie will.«

Miranda gab der vierten Tasse Kaffee am Vormittag die Schuld an ihrem plötzlichen Energieausbruch.

Sie umarmte Cesca zum Abschied, dann fuhr sie mit dem Auto durch die Stadt, hinaus auf die andere Seite und zurück am Fluss entlang. Ab und zu hielt sie an, um Fotos zu machen.

Um auf dieser Leinwand in ihrem Buch ein Bild entwerfen zu *können,* musste sie die Leinwand kennen.

Da Kochen nicht besonders weit oben auf der Liste ihrer Fähigkeiten stand, hielt sie an, um sich eine Suppe mitzunehmen, die sie später aufwärmen konnte. Und um sicherzugehen, fuhr sie noch einmal an Booths Haus vorbei – er war immer noch da –, bevor sie nach Hause fuhr.

Was machte er dort den ganzen Tag, fragte sie sich, wenn er keine Schule hatte? Plante er seinen nächsten Raubzug, nahm er Kontakt zu seinem Hehler auf? Hatte er überhaupt einen Hehler? Funktionierte das so?

Ob er immer noch kochte? Das war nämlich keine Lüge gewesen. Der Mann konnte kochen. Oder der Junge jedenfalls.

Vielleicht backte er ja Brot und machte Suppe, während er seinen nächsten Coup plante?

Sie bog in ihre Einfahrt ein, doch dann kam ihr ein Gedanke und sie blieb im Auto sitzen.

»Das war aber nicht die Idee«, mahnte sie sich, während sie die Tüte mit der Suppe nahm und zum Haus ging. »Es ist eine Geschichte über Geheimnisse in der Kleinstadt, und dahinter verbirgt sich ein Mörder.« Aber ein Dieb zu sein war eben auch ein verdammtes Geheimnis, oder etwa nicht? Ein Dieb, der kocht … vielleicht für ein Restaurant. Einen Englischlehrer konnte sie ja nicht gut aus ihm machen. Das kam der Wahrheit viel zu nahe.

Sie stellte die Suppe fürs Abendessen in den Kühlschrank, dann machte sie sich ein Sandwich mit dem Schinken, den Lorna ihr gestern Abend reichlich mitgegeben hatte. Damit und mit einer Flasche Wasser ging sie in das zweite Schlafzimmer, das sie bisher kaum eingeräumt, geschweige denn als Arbeitszimmer benutzt hatte. Sie starrte auf ihren Laptop, auf ihr Notizbuch, das bereits ihre sorgfältig strukturierten Notizen enthielt. Sie dachte an die Seiten des ersten Entwurfs, die sie schon geschrieben hatte und die mit dem Mord an einer untreuen Ehefrau begannen.

Sie konnte das Script ändern. Sie konnte es anpassen.

Was wäre zum Beispiel, wenn die untreue Ehefrau noch leben würde, aber entdeckte, dass das Diamantencollier – nein, das Collier aus Rubinen und Diamanten, ein Familienerbstück – nicht mehr da war?

Nein, nein, kein Collier, dachte sie, als sie sich setzte und den Laptop hochfuhr. Ein Kunstobjekt, ein unbezahlbares Kunstobjekt, ebenfalls ein Familienerbstück. Ein Kristallvogel, der in seinem Nest auf dem Ast eines goldenen Baums saß. Ein Nest mit einem Diamantenei.

Die untreue Ehefrau hatte sich so leicht von dem attraktiven Dieb und Koch verführen lassen. Sie war die Frau, die es ihm leicht gemacht hatte, den Vogel zu stehlen. Und sein Verlust würde sie das Leben kosten.

»Okay, das könnte funktionieren. Dann wollen wir es mal herausfinden.«

19

Sie schrieb den ganzen restlichen Tag über, wobei sie den Entwurf so bearbeitete, wie sie es brauchte. Die Figur der Frau funktionierte immer noch genauso, wie sie es geschrieben hatte – nur dass sie am Ende von Kapitel eins schon tot war.

Aber der Mann, den sie ursprünglich als ihren Mörder besetzt hatte, war jetzt ein Dieb und *nicht* der Mörder. Auf eine sehr reale Art, jedenfalls sah sie es so, wurde er ebenfalls zum Opfer. Nicht, dachte sie, weil sie ihn ganz locker an Booth anlehnte, sondern weil es für sie nicht funktionierte, wenn er gleichzeitig Ursache und Wirkung war.

Am nächsten Tag hatte sie die erste Fassung der ersten beiden Kapitel fertig.

Sie speicherte sie, wollte den Text erst mal ruhen lassen, während sie einen weiteren Punkt von ihrer Liste strich.

Der erste Artikel, den sie über das Chamäleon fand, kam von der französischen Presse – ein Klatschblatt. Sie konnte ihn zwar lesen, aber es kostete sie viel Zeit und war mühsam, also suchte sie weiter und fand tatsächlich einen in einer Londoner Boulevardzeitung.

Sie las den Artikel über den Diebstahl eines Smaragdanhängers mit Diamanten – achthunderttausend Pfund wert – aus dem Tresor auf dem Anwesen einer Lady Stanwyke im Lake District. Sie nahmen an, der Diebstahl habe sich während einer Hausparty ereignet, irgendwann bevor Lady Stanwyke den Tresor persönlich öffnete, weil sie den Anhänger auf dem Ball, den sie am Abend gab, tragen wollte.

Die Polizei nahm Kontakt zu allen Gästen auf bla bla, verhörte das Personal, durchsuchte alle Räumlichkeiten gründlich. Keine Zeichen eines Einbruchs, kein Schaden am Tresor, kein anderes Schmuckstück fehlte – obwohl die Lady für ihre beeindruckende und wertvolle Schmuckkollektion und – ha – Sammlung von Kunstwerken berühmt war.

»Manche spekulieren«, las Miranda laut vor, »dass der clevere, einträgliche Diebstahl das Werk des Chamäleons ist, so genannt, weil Quellen behaupten, er oder sie verkleide sich, um seine – oder ihre – Identität zu verbergen. Die Arbeitsweise des Chamäleons, so behaupten die gleichen Quellen, sei, keine Spuren zu hinterlassen und nur ein oder vielleicht auch zwei wertvolle Gegenstände zu nehmen.«

Sie las den ganzen Artikel, obwohl er ziemlich sensationslüstern und reißerisch verfasst war. Anschließend ging sie noch einmal zu diesem Absatz zurück.

»Ein oder zwei Gegenstände, genau, wie er es mir erzählt hat.«

Sie druckte aus, was sie haben wollte, dann machte sie mit LaPorte weiter. Zwar wusste sie seinen Vornamen nicht, aber er tauchte sofort auf, als sie den Nachnamen und Lake Charles googelte. Sie las ein halbes Dutzend Artikel über ihn, die alle das Wenige, was Booth über ihn berichtet hatte, bestätigten. Ein reicher und mächtiger Mann – und vielleicht brachte das, was Booth über ihn berichtet hatte, sie dazu, aber sie erkannte die Grausamkeit in seinen Augen. Ein eifriger Kunstsammler – und ein großzügiger Wohltäter der Künste. Ein Mann, der nie geheiratet hatte, aber häufig mit einer attraktiven Frau am Arm zu sehen war.

Sie druckte einige Artikel aus und beschloss, ihn als Vorlage für ihren Mörder zu nehmen. Sein Aussehen passte, und er wurde immer wieder mit Adjektiven wie *charmant, charismatisch* sowie *mächtig* tituliert.

»Du hast mich Jahre meines Lebens gekostet, Arschloch. So wirst du dafür bezahlen, und zwar auf meine Art.«

Sie verbrachte den Silvesterabend mit Cesca und übernachtete dort, da sie mit viel Champagner gefeiert hatten. Aber früh am nächsten Morgen klopfte sie an Booths Tür.

Er machte auf – nachdem ihr Klopfen zum Hämmern geworden war. Er trug ein uraltes Sweatshirt der Tulane University, eine Flanellschlafanzughose und hatte nichts an den Füßen. Sein Gesicht war so voller Bartstoppeln, dass er sich mindestens ein paar Tage nicht rasiert haben musste, und er hatte die zerzausten Haare und schläfrigen Augen eines Mannes, der gerade aus dem Bett gestiegen war.

»Jesus, Miranda. Es ist doch höchstens erst acht Uhr morgens.«

»Fast halb neun.« Sie ließ ihre Stimme besonders süß klingen. »Hast du verschlafen?«

»Das hatte ich vor. Gestern war eine Party – Silvester. Teufel.«

Er drehte sich um, winkte sie herein und ging einfach voraus.

»Manche von uns haben vor, das neue Jahr mit Arbeit zu beginnen.«

»Ich muss erst übermorgen wieder arbeiten.«

Sie folgte ihm nach hinten in die Küche – tadellos sauber natürlich. Der Ausblick war atemberaubend.

Er nahm sich eine Coke aus dem Kühlschrank und wies vage auf die schicke Kaffeemaschine. »Ich mache keinen Kaffee. Du kannst dir selber einen machen, wenn du möchtest.«

»Wie gnädig von dir. Ich nehme lieber auch so etwas.«

Sie öffnete den Kühlschrank – auch er tadellos sauber und mit Vorräten bestückt, die ihr sagten, dass er immer noch kochte – und nahm sich eine Coke.

Er holte eine Flasche Motrin aus einem Schrank und schüttelte drei Tabletten heraus, die er mit der Coke herunterspülte.

»Kater?«, fragte sie süß.

Er starrte sie nur blöde an und nippte weiter an seiner Cola. »Wenn ich noch zwei Stunden hätte schlafen können, hätte ich keinen Kater gehabt. Wenn du hier bist, um mir zu sagen, dass ich vierundzwanzig Stunden Zeit habe, um zu verschwinden, dann nimm die Coke mit, damit ich anfangen kann zu packen.«

Doch sie setzte sich auf einen seiner Hocker, die an der Theke standen, schlüpfte aus ihrem Mantel und wand sich den Schal vom Hals.

Vielleicht war es kleinlich von ihr, aber sie freute sich insgeheim ein bisschen, dass sie sich Zeit mit ihren Haaren, ihrem Make-up und ihrer Garderobe genommen hatte. Denn sie sah verdammt gut aus, im Gegensatz zu ihm.

»Ich bin hier, um dir einen Deal anzubieten.«

Er fuhr sich durch die Haare und lehnte sich an die Küchentheke. Unter seinen dunkelblauen Augen waren tiefe Schatten. »Was für einen Deal?«

»Zunächst, ich habe ein paar diskrete Nachforschungen in Westbend über Sebastian Booth angestellt. *Bye Bye Birdie*?«

»Das ist richtig. Ich habe mich noch nicht entschieden, ob ich es moderner gestalten soll oder einfach die Retro-Fassung übernehme.«

»Retro, das trägt zu seinem Charme bei. Na ja, jedenfalls überrascht es mich nicht, dass man dich mag. In Carolina hat man dich auch gemocht. Aber ich muss dir zugestehen, dass du deinen Job, deine Pflicht deinen Schülern gegenüber, ernst nimmst. Allerdings hast du ja auch dein eigenes Studium ernstgenommen.«

»Das war damals mein Leben. Das ist heute mein Leben. Wie sieht der Deal aus?«

»Ich habe auch über Carter LaPorte einiges gelesen. Er gefällt mir nicht.«

»Willkommen im Club.«

»Und das Chamäleon. Die Boulevardzeitungen in Europa lieben ihn – oder sie. Was hast du mit Lady Stanwykes Anhänger gemacht?«

»Ich habe die Steine herausgenommen und sie und das Platin verkauft. Ich habe ... so um die dreihundertfünfzehntausend Pfund dafür bekommen. Englische Pfund.«

»In dem Artikel stand, das Collier sei über doppelt so viel wert gewesen.«

Er rieb sich die Schläfen, und sie stellte sich vor, wie ihm der Kopf wehtat. »Und wenn ich versucht hätte, es als Ganzes zu verkaufen, hätte ich ungefähr die Hälfte von dem erzielt, was ich bekommen habe. Einzelne Steine? Etwa die Hälfte des ursprünglichen Werts ist ein guter Schnitt.«

Faszinierend, dachte sie. Und ein seltsames Geschäft. »So funktioniert das – etwa die Hälfte?«

»Für gewöhnlich ein bisschen weniger, je nachdem wo und wie du es verkaufst. Warum?«

»Was machst du mit dem Geld?«, fragte sie, holte ihren Notizblock heraus und begann zu schreiben.

»Ich bringe es zur Bank – Nummernkonto oder Offshore, investiere es. Warum?«, fragte er noch einmal. »Schreibst du etwa ein Buch?« Als sie lächelnd weiterschrieb, stieß er sich von der Theke ab. »Nein. Einfach nur nein.«

Sie legte den Block beiseite, ergriff die Coke-Flasche. Ja,

ganz gleich, wie kleinlich und niederträchtig es sein mochte, sie genoss jede einzelne Sekunde. »Das ist der Deal, Booth – Sebastian werde ich dich nie nennen, du hast also Glück, dass du das als Nachnamen genommen hast. Der Deal. Ich soll kooperieren, damit du hierbleiben kannst, zumindest für jetzt. Ich werde unter folgenden Bedingungen kooperieren. Erstens, du bist nur Lehrer, während ich kooperiere. Keine Einbrüche.«

»Woher willst du denn wissen, wenn ich dagegen verstoße?«

»Weil du dich auf den Deal einlässt, und wenn ich herausfinden sollte, dass du ihn nicht einhältst, ist es Essig mit den vierundzwanzig Stunden.« Sie schwieg einen Moment. »Und ich konnte LaPorte nicht leiden – das spricht für dich. Zweitens erzählst du mir alles, was ich wissen muss und will, über diesen ... über deinen Beruf, weil ich einen Roman schreibe.« Sie hob einen Finger, bevor er widersprechen konnte. »Die Figur, die ich erschaffe, basiert zwar in groben Zügen auf dir, hat aber keinerlei Ähnlichkeit mit dir und klingt auch nicht wie du. Er ist Koch, hat ein Restaurant in einer Kleinstadt wie Westbend. Ich habe gesehen, dass du immer noch kochst, deshalb musst du mir auch in dieser Hinsicht helfen, denn ich kann es immer noch nicht.«

»Du rührst und schneidest klein«, murmelte er.

»Das ist richtig. Wenn ich über einen Koch schreiben will, dann über einen erfolgreichen. Seine Motivationen sind nicht die gleichen wie deine, und ich kann auch seinen Stil ändern. Auch da kannst du mir helfen.« Sie hob die Coke-Flasche und prostete ihm zu. »Du bist mein neuer Recherche-Assistent, Booth, und das verschafft dir mindestens sechs Monate. Wenn ich abreise, verhandeln wir erneut.«

»Du darfst auf keinen Fall meine Mutter verwenden.«

Ihr fröhliches Lächeln erlosch. Wie konnte sie ihn hassen, wenn seine erste Sorge dem Schutz seiner Mutter galt? Und für wie zynisch hielt er sie, dass er auf den Gedanken kam, sie könne seine Mutter und ihren Tod benutzen, um ein Buch zu verkaufen?

»Nein, das werde ich nicht. Das kann ich dir versprechen. Ich sage dir das, obwohl du es nicht verdient hast. An dem Abend hast du in einem recht gehabt: Ich habe diese Art von Verlust nie erlebt, ich musste mir niemals Sorgen darüber machen, wo oder wie ich leben würde. Abgesehen davon, dass meine Mutter uns im Stich gelassen hat, und ich weiß, dass es für uns beide besser so war, war meine Kindheit ziemlich perfekt. Und die Sache mit dir? Auch der Rest meines Lebens war okay. Ich werde diesen Verlust nicht im Buch verarbeiten.«

Er trat an die Glastüren, blickte hinaus.

Sie fragte sich, warum er bei diesem Angebot nicht direkt zugriff. Sie war zweifellos im Vorteil, konnte aber auch für ihn keinen Nachteil erkennen.

»Du musst meinen Terminplan respektieren. Wenn ich wieder unterrichte, ist er voll.«

»Ich bin die Tochter eines College-Professors«, erinnerte sie ihn. »Ich weiß, wie zeitaufwendig Lehren ist. Wir erarbeiten einen Terminplan, der für uns beide passt. Wir könnten zum Beispiel per E-Mail kommunizieren oder …«

»Du lieber Himmel, glaubst du etwa, ich schreibe das auf? Es wird auch nichts aufgenommen. Notizen sind in Ordnung, aber keine Sprachaufnahmen, keine E-Mails, keine Telefongespräche über das Thema.«

»Okay, das kann ich verstehen. Nur persönlich.«

Er blickte weiter aus dem Fenster, sah zu, wie der Fluss träge dahinfloss, weil genau das das große Problem für ihn war. Ein äußerst großes Problem. Aber um ein halbes Jahr Zeit zu gewinnen, würde er damit umgehen können.

Er drehte sich um und trat wieder auf sie zu. »Abgemacht.«

»Toll. Du knackst bestimmt Schlösser. Kannst du mir zeigen, wie?«

»Du machst wohl Witze. Ich muss dringend duschen. Ich habe mir noch nicht einmal die Zähne geputzt. Und jetzt habe ich Hunger.«

»Okay, dann erledige das alles. Ich komme in zwei Stunden wieder.« Sie ergriff ihren Mantel, glitt vom Hocker.

»Ich habe ganz vergessen, wie fordernd du bist.«

»Das glaube ich nicht. Du vergisst nichts.«

Sie nahm die Coke mit. Er blickte auf seine Flasche, als sie hinausrauschte.

Nein, er vergaß nichts. Und jetzt hatte er wieder Wochen oder Monate voller Erinnerungen an sie, die in seinem Kopf festsaßen.

Für sie war der Deal wesentlich besser.

Sie kam zurück und stellte jede Menge Fragen. Er beschloss, sich abzulenken, während er sie beantwortete, und kochte eine Tortilla-Suppe. Außerdem hatte er so genügend Reste, wenn sein Terminkalender erst einmal wieder voll war.

Anscheinend lenkte er sie jedoch mit dem Kochen ab.

»Du verwendest gar kein Rezept.«

»Ich weiß es auswendig.«

»Du misst auch gar nichts ab.«

»Augenmaß.«

Amüsiert stellte er fest, dass sie selbst das tatsächlich aufschrieb.

»Wie zum Teufel willst du über einen Koch schreiben, wenn du keine Ahnung vom Kochen hast?«

»Du hast ja Ahnung. Die Leute, vor allem Leute, die nicht schreiben, denken immer, man muss über etwas schreiben, was man kennt. Seltsamerweise weiß ich eigentlich nicht, wie man jemanden umbringt, da ich es selber nie getan habe. Noch nie.« Sie lächelte. »Aber auf dem Papier habe ich – lass mich mal nachzählen – bereits sieben Menschen auf unterschiedliche Weise um die Ecke gebracht. Ich war auch nie eine alleinerziehende Mutter oder eine Tierärztin, habe aber trotzdem darüber geschrieben.«

Sie sah zu, wie er Gefrierbeutel aus dem Gefrierfach holte und aus jedem mehrere grüne Würfel nahm, die er in den Suppentopf warf.

»Was ist das?«

»Kräuter. Ich baue Kräuter an, dann hacke ich sie klein und friere sie in Eiswürfelbehältern ein, damit ich sie im Herbst und Winter verwenden kann. Willst du etwas über Stehlen oder über Kochen wissen?«

»Der Protagonist macht beides, also beides.«

Booth legte die Beutel wieder ins Gefrierfach zurück und rührte die Suppe um. »Weißt du, in einem Restaurant zu kochen ist kein Nebenjob.«

»Unterrichten auch nicht«, erwiderte sie. »Aber bei dir funktioniert es. Ich will wissen, wie.«

»Während des Schuljahrs liegt der Schwerpunkt auf dem Unterricht.«

»Dann stiehlst du also von Ende August bis Juni nichts?«

»Dazu sind Schulferien da.«

»Okay. Gerade sind Winterferien. Was hast du gestohlen?«

»Nichts.«

»Schlappschwanz.«

Booth sagte nichts und holte eine Pfanne heraus. Er sah so

irritiert aus, so verärgert. Miranda konnte nicht behaupten, dass ihr das etwas ausmachte.

»Du scheinst in den letzten Jahren deinen Sinn für Humor verloren zu haben.«

Er nahm das Hühnchen, das er schon mariniert hatte, aus dem Kühlschrank und begann es zu zerteilen. »Du setzt mich unter Druck, Miranda.«

»Komisch, aus meiner Perspektive sieht es eher so aus, als ob ich dir eine Entlastung verschaffe. Warum also hast du deine freie Zeit letzte Woche nicht genutzt?«

»Es gibt einen hervorragenden achtkarätigen rosa Diamanten, der gemütlich in einem Juwelensafe in einem Herrenhaus in Potomac, Maryland, herumliegt. Er ist gestern Abend nicht in meine Taschen gewandert, weil eine gewisse Person beschlossen hat, ihre Patentante zu besuchen.«

»Ich verstehe.« Sie notierte sich rosa Diamant, weil es romantisch, sexy und wertvoll klang. »Aber du warst gestern Abend auf einer Party. Wie wärst du denn da weggekommen?«

»Das hätte ich gar nicht gemusst. Ich wäre kurz nach Mitternacht nach Hause gegangen, nach Potomac gefahren, hätte den Job erledigt, wäre wieder nach Hause gefahren und ins Bett gegangen.«

Er sagte es so, dachte sie, wie jemand erwähnte, dass er nach der Arbeit noch einen Liter Milch kaufen musste. »Einfach so?«

»Abgesehen von den Arbeitsstunden, die es mich gekostet hat, den Job zu recherchieren und zu planen, ja, einfach so.«

»Wie hast du denn überhaupt etwas über den Diamanten herausgefunden? Kanntest du die Leute?«

»Nicht persönlich. Sie ist ein bisschen zu viel in den sozialen Medien unterwegs.« Er gab Öl in die Pfanne, stellte sie auf den Herd. »Ihr Mann hat ihr das Collier letztes Jahr zum Hochzeitstag geschenkt.« Während das Öl heiß wurde, presste er auf einer kleinen Glaspresse eine halbe Zitrone aus. »Tiffany's, New York. Wenn man das erst einmal weiß, muss man den Kauf überprüfen, die Alarmanlage checken. Das Internet macht es einem leicht.«

»Ach ja?«

»Sie haben vor vier Jahren ein Fünfhundert-Quadratmeter-Haus im Kolonialstil gekauft. Ein Kind – ein Junge, drei Jahre –, keine Haustiere. Sie hat eine Allergie. Ein bellender Hund ist zuverlässiger als eine Alarmanlage.«

Sie machte sich Notizen, als er das Hühnchen anbriet und es großzügig mit einer Gewürzmischung bestreute, die er offensichtlich selbst gemacht hatte.

»Er ist Schönheitschirurg, sie ist Immobilien-Anwältin – große Immobilien. Sie haben ein Sommerhaus in den Hamptons und machen Winterurlaub in Vail. Sie laufen gerne Ski. Er nimmt Flugstunden, und sie sind beide eifrige Tennisspieler.« Er gab den Zitronensaft und einen Schluck Tequila in die Pfanne. »Sie waren schon seit Monaten auf meinem Radar.«

»Und das hast du alles über die sozialen Medien herausgefunden?«

Sie machte sich eine Randnotiz darüber, sich ihre eigenen Posts einmal anzuschauen und sie, falls nötig, zu zensieren.

»In diesem Fall ist es das Sprungbrett. Sie führt ihren Arbeitgeber auf, das ist ein weiteres Recherchegebiet.«

Nichts in dem ganzen Prozess lief so ab, dachte sie, wie sie es sich vorgestellt hatte.

»Dann bist du also noch nicht einmal persönlich dort aufgetaucht, um die Verbindung herzustellen?«

Er hätte die Augen verdreht, aber es war ihm zu anstrengend. »Natürlich bin ich dort gewesen. Zweimal. Um mir die

Gegend anzuschauen. Aber du findest im Internet Fotos von jedem Gebiet als Luftansicht.«

»Woher weißt du, dass sie einen Schmucktresor haben?«

»Weil er einen gekauft hat, nachdem das Kind auf der Welt war und er ihr zur Geburt ein Armband mit Saphiren und Diamanten geschenkt hat – blaue Steine, weil es ein Junge war. Burmesische Saphire, Doppel-A-Reinheit und weiße Diamanten – G auf der GIA-Skala.«

Stirnrunzelnd schrieb sie auch das in ihr Notizbuch. »Ein G-Grad klingt nicht gerade toll – und was ist GIA?«

»Gemological Institute«, antwortete er. »Und G auf der Skala bedeutet, dass die Steine nahezu farblos sind, und IF bedeutet lupenrein.«

»Dann sollten sie doch besser benotet werden, mit einem A oder einem B.«

»Die Skala beginnt bei D, da musst du dich bei der GIA beschweren. Du kannst das alles nachschauen.«

»Gut.« Das würde sie auch tun. »Und du weißt das alles aus den sozialen Medien?«

»Das mit dem Armband, ja, weil sie ein Foto von sich gepostet hat, auf dem sie es trägt, während sie das Baby im Arm hält. Alles andere weiß ich, weil ich seinen Account gehackt habe.«

»Ich verstehe, okay, du musst mir erklären, wie das funktioniert.« Sie schrieb *Hacking* auf und kreiste das Wort ein. »Frage. Das Armband klingt so, als könntest du es genau wie das Stanwyke-Collier auseinandernehmen. Aber das wolltest du nicht stehlen?«

»Er hat es ihr geschenkt, nachdem sie nach fünfzehn Stunden Wehen ein Kind auf die Welt gebracht hat.«

Verblüfft und fasziniert zugleich musterte sie ihn. Er goss gerade Flüssigkeit mitsamt Huhn in einen großen Topf. »Dubist ein Rätsel, Booth. Es ist verführerisch, meinen Protagonisten genauso sentimental zu machen, aber …«

»Es geht weniger um Sentimentalität als um Zielobjekte. Mein Zielobjekt ist der rosa Diamant.«

»Das hast du jetzt nicht in der Vergangenheitsform gesagt.«

»Nein, ich werde ihn mir auch holen.«

Sie tippte mit dem Bleistift auf ihren Block, während er in der Suppe rührte. »Ich glaube, das macht mich zum Mitwisser.«

Er zuckte mit den Schultern, als wolle er sagen: *Dein Problem.*

»Hmm, darüber muss ich erst einmal nachdenken. Lass uns in der Zwischenzeit über das nicht kriminelle Leben meines Protagonisten reden. Was für eine Suppe ist das?«

»Eine Tortilla-Suppe, wenn sie fertig ist.«

»Und die Zutaten schmeißt du einfach so zusammen in einen Topf, aus dem Gedächtnis.«

»Wenn dein Typ in einem Restaurant arbeitet, dann hat er eine kommerzielle Küche, einen Sous-Chef, einen Beikoch, Hilfskräfte und so weiter. Er schmeißt nicht irgendetwas zu Hause alles in einen Topf.«

»Deshalb werde ich mir auch Restaurantküchen anschauen und weitere Fragen stellen. Aber du bist jetzt hier. Was für ein Restaurant hättest du?«

»Gar keins.« Ohne zu zögern, ohne nachzudenken. »Viel zu viel Arbeit. Ich koche gerne, aber ich muss es nicht. Und du solltest auch einen guten Barbereich erfinden – die Gewinnmargen in Restaurants sind klein. In Bars sind sie besser. Mit Drinks kann man Geld verdienen.«

»Woher weißt du das?«

»Ich hatte Freunde in New Orleans, die ein Restaurant

hatten, und in Frankreich habe ich eine Köchin gedatet, die ihr eigenes Lokal haben wollte.«

»Hat sie es bekommen?«

»Ich weiß nicht. Ich bin weitergezogen.«

Miranda nickte und klappte ihr Buch zu. »Das muss ich jetzt auch und das alles hier verarbeiten. Was ist für dich der beste Abend in dieser Woche für eine weitere Runde?«

»Die erste Woche nach den Ferien ist nie gut. Ende der Woche sind die Abschlussklausuren für dieses Schuljahr.«

»Okay, dann bleiben wir vorläufig bei Sonntag. Sagen wir, am Nachmittag, gegen zwei?« Sie stand auf und zog ihren Mantel an. »Oh, und ich rede möglicherweise mit einigen von deinen Schülern. Lorna will ankündigen, dass ich in die Schule komme und Fragen zum Schreiben beantworte.«

»Toll. Großartig.«

Sein saurer Tonfall munterte sie auf. »Bis nächsten Sonntag. Dann kannst du mir zeigen, wie man ein Schloss knackt.« Sie wickelte sich den Schal um den Hals. »Oh, noch was. Wie öffnest du denn eigentlich einen Safe oder einen Tresor? Mit einem Schlüssel?«

»Das ist hauptsächlich Mathe.«

»Wirklich. Darüber müssen wir unbedingt reden.«

Als sie das Haus verließ, blickte er stirnrunzelnd auf die Suppe. Er glaubte nicht, dass sie ihre Abmachung brechen würde. Natürlich könnte sie das, dann wäre er wirklich am Arsch. Aber er glaubte nicht, dass sie es tun würde.

Und trotzdem verblüffte ihn der Gedanke, dass sie überhaupt eine Abmachung hatten.

Sie kam am nächsten Sonntag wieder und am Sonntag danach.

Er versuchte, diese ... Zwischenspiele wegzupacken, sie

beiseitezulegen und nur an den Sonntagnachmittagen herauszuholen. Er machte Castings, erstellte Unterrichtspläne, benotete Arbeiten. Und ließ, im Moment jedenfalls, seine Nachtarbeit komplett ruhen. Das konnte er nicht riskieren.

Obwohl der pinke Diamant ihn reizte.

Sie kam tatsächlich in die Schule, um mit den Schülern zu sprechen, aber es blieb ihm zumindest erspart, dass sie direkt vor einer seiner Klasse ihren Vortrag hielt. Trotzdem spürte er die Begeisterung über ihren Besuch bei Lehrern und Schülern.

Wie umgänglich sie doch war! Wie gut sie erzählen konnte! Wie lustig auch!

Er ließ seine Kinder Kulissen bauen, Szenenbilder malen, an Kostümen arbeiten. Er musste sich um Choreografie und Inszenierung kümmern. Er hatte einen Schüler, dessen Noten schlechter wurden, als seine Eltern sich scheiden ließen, und eine andere Schülerin, die fand, ihr Leben sei vorbei, als ihr Freund sich von ihr trennte. Er sprach den Jungen nach der letzten Stunde an und stieß auf die typische Mauer von Teenager-Elend in der Form von »Ist mir doch egal«.

»Ich weiß, dass es dir schwerfällt, dich gerade jetzt zu konzentrieren.«

»Woher wollen Sie das denn wissen? Haben Ihre Eltern auch beschlossen, dass sie einander bis aufs Blut hassen? Hat Ihr Dad Ihre Mom auch eine Schlampe aus der Hölle genannt?«

»Nein, weil sie nie geheiratet haben. Mein Vater ist abgehauen, bevor ich auf der Welt war.«

Der Junge zuckte mit den Schultern und verzog mürrisch das Gesicht. »Dann waren Sie wahrscheinlich besser dran. Sie brauchten sich nicht ständig anzuhören, dass es gar nichts mit Ihnen zu tun hat.«

»Es hat alles mit dir zu tun.«

Das Elend verwandelte sich in aufgebrachtes Schuldgefühl. »Es ist nicht meine Schuld.«

»Das habe ich auch nicht gesagt, Barry.« Er saß bei diesem Gespräch nicht hinter seinem Schreibtisch, sondern hatte zwei Klappstühle gegenüber aufgestellt. »Deine Familie, in der du aufgewachsen bist, verändert sich, und das hat Auswirkungen auf dich. Du hast ein Recht darauf, verletzt, wütend und unglücklich zu sein. Aber Tatsache ist, dass sie verletzt, wütend und unglücklich *miteinander* sind.«

»Wollen Sie mir etwa damit sagen, dass ich das nicht ändern kann, dass ich nur meine *Reaktion* darauf ändern kann?«

In der Klasse hätte er Barry den aggressiven Tonfall nicht eine Sekunde lang durchgehen lassen. Aber hier ließ er ihn einfach reden. »Ich bin nicht sicher, wie du deine Reaktion ändern kannst, wenn es immer so weitergeht und du mittendrin im Krieg steckst.«

Tränen brannten in Barrys Augen. Heiß, wütend und verzweifelt.

»Er ist ausgezogen, aber sie gehen trotzdem immer noch bei jeder Gelegenheit aufeinander los. Meine Schwester rastet aus, aber sie hören einfach nicht auf. Meine Mom sagt ständig so einen Scheiß wie: Du bist jetzt hier der Mann im Haus, Barry, oder sie sagt zu meiner Schwester, sie müsse brav sein und mehr helfen.«

Booth fragte sich, wie Erwachsene nur so kurzsichtig während einer Krise sein konnten. »Hier kommt die Standardfrage: Hast du versucht, mit ihnen darüber zu reden?«

»Sie hören mir nicht zu! Jetzt werde ich angemacht wegen meiner Noten, und meine Mom sagt, ein weiteres Problem kann sie nicht auch noch bewältigen, und mein Dad sagt, ich wäre faul.«

Barry stand kurz davor, in Tränen auszubrechen, dachte Booth. Er wünschte sich verzweifelt, dass seine Eltern aufhörten, sich zu zerreißen und endlich wieder Eltern wären statt erbitterter Feinde. »Pass auf, ich möchte, dass du Folgendes versuchst.«

»Fangen Sie jetzt nicht auch noch mit Familienberatung an.« Die Worte schossen scharf und schnell aus dem Mund des Jungen. »Sie sind zweimal zur Eheberatung gegangen. Es ist nie besser geworden.«

»Wenn sie zur Beratung gegangen sind, dann haben sie es zumindest versucht.« Booth hob die Hand, bevor Barry etwas erwidern konnte. »Lass mich ausreden. Ich weiß nichts über die Ehe deiner Eltern. Aber ich kenne dich. Du bist ein guter Schüler. Ich sage dir noch einmal, du hast ein Recht auf alles, was du fühlst. Ich möchte, dass du alles aufschreibst.«

»Ach, kommen Sie, Mr. Booth.«

»Schreib es auf, auf deine Art. Schreib die Sätze auf, denen sie nicht zuhören wollen. Ich nehme das und benote es statt des Tests, bei dem du gerade durchgefallen bist.«

»Wenn ich es auf meine Art schreibe, kriege ich einen Verweis wegen meiner Ausdrucksweise.«

»Nein, kriegst du nicht. Gib es mir nach dem Unterricht am Donnerstag ab.«

Zumindest konnte der Junge sagen, was ihn bedrückte, dachte Booth, als er zum Theater eilte, um die Probe abzuhalten. Danach würden sie weitersehen.

Am Sonntag kam sie schon wieder, und vielleicht hasste er sich ein bisschen dafür, dass er begann, sich darauf zu freuen.

Wie gewöhnlich fand ihre »Sitzung« in der Küche statt. Einen Blick in seinen Arbeitsraum hatte er ihr noch nicht gewährt, ihr lediglich ein paar Werkzeuge gezeigt. Und wie immer köchelte irgendwas auf dem Herd, aber bis jetzt hatte er sie noch nicht zum Essen eingeladen. Er hatte ihr außerdem demonstriert, wie man ein einfaches Schloss knackte und wie man eine einfache Kombination herausbekam.

Miranda wollte natürlich mehr wissen.

»Okay, aber Leute mit Wertgegenständen in einem Safe haben nicht einfach nur eine Verriegelung.«

»Die Formel bleibt die gleiche.«

Er hatte eine kleine Kassette mit einem Kombinationsschloss auf den Tisch gestellt und einen Notizblock und ein Stethoskop dazugelegt.

»An einem richtigen Safe wird es jedoch komplizierter.«

Er brachte Miranda mit der gleichen Geduld und Hartnäckigkeit alles Wissenswerte über Diebstahl bei, wie er seine Schüler in Sprachen und Theater unterrichtete.

»Die gleiche Formel, allerdings mehr Schritte. Die einzelnen Schritte hängen, wie ich dir bereits gesagt habe, von der Zahl in der Kombination ab. Ich habe dieses Schloss bereits auf eine einfache Kombi mit drei Zahlen eingestellt.«

»Wenn du die Zahl schon weißt«, entgegnete sie, »was bringt es denn dann?«

»Nicht ich werde das Schloss knacken, sondern du.«

»Ich?« Fasziniert starrte sie auf die Zahlenscheibe, dann griff sie nach hinten, um ihre Haare, die sie offen trug, zu flechten.

»Erinnerst du dich an die Schritte?«

»Ich glaube schon, aber ich habe sie sowieso aufgeschrieben.« Sie blätterte in ihrem Notizbuch zurück. »Ich bin ziemlich sicher – nein, absolut sicher –, dass ich den Mathe-Teil der Aufgabe nicht kann.«

»Ich helfe dir dieses Mal noch dabei.«

Offensichtlich erfreut ergriff sie das Stethoskop und legte

es an. Die ganze Küche duftete nach dem Rindfleischeintopf, der im Backofen stand.

Es läutete an seiner Tür.

»Mist.« Er ergriff die Kassette und trug sie und die anderen Gegenstände in den Schmutzraum. »Wir sprechen über die Möglichkeit, dass du vor meiner Klasse einen Vortrag hältst«, sagte er, als er zurückkam.

»In Ordnung.«

Er öffnete den Laptop auf der Küchentheke und schaltete auf die Ansicht der Kamera an seiner Veranda.

»Du hast eine Kamera da …«

»Es ist Barry Kolber, einer meiner Schüler. Warte mal kurz.« Er schaltete die Kamera wieder aus, bevor er zur Tür ging. »Hey, Barry.«

»Äh, Mr. Booth, ich …« Er sah Miranda und trat von einem Fuß auf den anderen. »Entschuldigung, Sie sind nicht allein. Ich sehe Sie ja morgen im Unterricht.«

»Das ist schon okay. Komm herein.«

Miranda stand auf. »Ich muss mir mal die Nase pudern.«

Als sie weg war, bot Booth Barry einen Platz an. »Es ist kalt. Ist alles in Ordnung?«

»Nicht wirklich okay, aber besser. Ich weiß, dass Sie meine Eltern am Freitag nach der Schule zu sich bestellt haben. Sie haben Ihnen vorgelesen, was ich für Sie geschrieben habe. Auf jeden Fall ist Dad gestern gekommen, und sie haben mit mir und Becs – das ist meine Schwester – geredet. Sie können einander immer noch nicht leiden, Mr. Booth, aber sie haben gesagt, es tut ihnen leid.« Seine Stimme brach, deshalb schwieg er, um Luft zu holen. »Sie haben sich bei mir und Becs entschuldigt, und das war komisch. Sie haben gesagt, sie wollten versuchen, es besser zu machen, und miteinander nur noch über Becs und mich reden. Sie würden uns beide lieben und all so was. Auf jeden Fall haben wir alle ziemlich viel gesagt, hauptsächlich ohne zu schreien. Und ich wollte mich bei Ihnen bedanken. Ich wollte das nicht in der Schule tun, wissen Sie. Ich wollte nur Danke sagen, dass Sie mich das haben aufschreiben lassen. Sie haben mir ein A gegeben.«

»Du hast es verdient.«

»Ich muss jetzt gehen. Sie haben versprochen, mich nicht mehr so niederzumachen, weil sie sich ganz schlecht gefühlt haben.« Er grinste Booth an. »Danke auf jeden Fall.«

»Gerne.«

»Ah, war es schwer, nie einen Dad zu haben?«

»Ich glaube, für meine Mom war es schwerer als für mich. Deswegen darfst du nicht ganz so streng mit ihnen sein, wenn sie sich wieder schlimmer benehmen.«

Der Junge lachte. »Ja, genau. Danke.«

Booth schloss die Tür und rief Miranda zu, sie könne jetzt herauskommen, um weiter am Kombinationsschloss zu arbeiten.

»Kann ich fragen, oder war es vertraulich?«

Er zuckte mit den Schultern und holte zwei Flaschen Coke aus dem Kühlschrank. »Einer meiner Schüler, die Eltern stecken mitten in einer hässlichen Scheidung und benutzen ihn und seine Schwester als Waffen. Ich habe ihn aufschreiben lassen, wie es ihm damit geht, dann habe ich seine Eltern einbestellt und ihnen vorgelesen, was er geschrieben hat. Sie sind sofort aufeinander losgegangen, Jesus.«

Booth rieb sich den Nacken, als er daran dachte.

»Er dies, sie das, bis ich nicht allzu diplomatisch bemerkt habe, dass sie sich gerade genauso verhalten würden, wie der Junge es aufgeschrieben hat. Vielleicht sollten sie es sich noch einmal anhören. Dann habe ich es ihnen noch einmal vorgelesen.« Er gab einen ungeduldigen, angewiderten Laut von sich, bevor er sich wieder hinsetzte. »Mir stand der Schweiß auf der Stirn, das kann ich dir sagen, weil es zuerst so ausgesehen hat, als ob ich für die Kinder alles noch schlimmer gemacht hätte, aber die zweite Lesung ist zumindest so weit zu ihnen durchgedrungen, dass sie sich danach nicht wieder in der Luft zerrissen haben. Barry sagte, sie hätten sich gestern alle zusammengesetzt und richtig geredet. Das ist ja schon mal was.«

»Ja, das ist was«, sagte Miranda leise.

Ganz gleich, wie oft er so etwas schon gesehen hatte, dachte Booth, er bekam jedes Mal einen Kloß im Hals. »Ich verstehe, dass Menschen sich hassen können oder sich verletzen wollen, weil sie wütend und fertig sind. Aber ich verstehe nicht, wie Eltern so entschlossen sein können, sich gegenseitig so heftig zu bekriegen, dass sie nicht mitbekommen oder es ihnen egal ist, wenn ihre Kinder daran zugrunde gehen.« Er dachte an jenen langen Sommerabend nach dem Baseballspiel, als sie mit seiner Mutter auf der Vordertreppe gesessen hatten. Er sah sie vor sich – so dünn, so dünn, mit der Fielder's-Kappe über ihren kurzen, rosa gefärbten Haaren. »Mein Mom hat nie ein böses Wort über meinen biologischen Vater verloren. Nicht ein einziges, sondern eher im Gegenteil. Sie hätte einen Scheißkerl aus ihm machen können, aber das hat sie nie getan.«

Einen langen Moment lang schwieg sie.

»Dafür liebte sie dich viel zu sehr. Wir haben Glück, dass der Elternteil, der uns liebte, nicht das Bedürfnis hatte, den anderen schlechtzumachen.«

»Ja. Die meisten haben dieses Glück nicht.«

»Nein, aber du hast Barrys Gefühle geachtet«, sagte sie zu Booth. »Und das gibt ihm Schutz und Unterstützung. Mehr noch, er weiß, dass du seine Eltern zum Zuhören gebracht hast, sie dazu gebracht hast, seine Stimme zu hören, was sie vorher nicht konnten, weil sie zu laut waren. Das wird er dir nie vergessen.«

»Es ging nicht um mich.«

»Nein, aber er wird nie vergessen, dass jemand ihm zugehört hat, als er gehört werden musste. Und vielleicht wird er eines Tages derjenige sein, der zuhört, weil er sich daran erinnert.« Sie ergriff das Stethoskop und drehte es in den Fingern. »Es ist schwer für mich, Booth, diese kleinen Momente wieder zu entdecken, in denen ich dich mag. Mich daran zu erinnern, warum ich einmal Gefühle für dich hatte. Also, wenn ich dieses Schloss öffne, krieg ich dann was von dem ab, was auf dem Herd so verdammt gut riecht?«

»Das ist Rindfleischeintopf – eine Art von nicht so schickem französischen Boeuf Bourguignon.« Auch für ihn war es schwer, sie wieder in seinem Leben zu haben. Sie einfach hier sitzen zu haben. »Wenn du das Schloss knackst, kriegst du eine Portion.«

20

Booth wusste, dass es dumm war, aber er freute sich wirklich auf ihre Sonntagnachmittage.

Nach einigen Unterrichtsstunden im Überlisten von Schlössern war er sich sicher, dass sie niemals damit zurechtkommen würde – am Mangel an Training lag es nicht. Wenn er – auf ihre Bitte hin – Tresorknacken mit Kochen kombinierte, kam er, was ihre Talente in der Küche betraf, zum selben Schluss.

Beim Tresorknacken war die Mathematik ihr Verhängnis. Beim Kochen war sie darauf angewiesen, exakte Maßangaben zu haben. Sie besaß einfach für beides kein Händchen.

An diesem Sonntag im Februar, an dem der Schnee draußen in dicken Flocken fiel wie in einem kitschigen Weihnachtsfilm, das Feuer im Wohnzimmerkamin knisterte, saß sie in seiner Küche und arbeitete unermüdlich daran, ein ganz normales Bolzenschloss zu knacken, das er zur Übung für sie in ein Brett eingebaut hatte.

Er überließ sie der Arbeit – es würde eine Weile dauern – und knetete den Brotteig, den er hatte gehen lassen. Dann ließ er ihn noch ein paar Minuten ruhen und beobachtete ihre Fortschritte.

»Du musst die Spannung mit dem Schraubenschlüssel aufrechterhalten.«

»Ja, ja, ja.«

In seiner Küche roch es dank einem Hühnchen en Cocotte, das er auf dem Herd hatte, wie in einem Bauernhaus in der

Provence. Sie roch sogar noch besser, musste er zugeben, als er sich über ihre Schulter beugte.

»Wie viele Bolzen hast du schon angehoben?«

»Einen. Keine abfälligen Bemerkungen.«

Da sie schon seit fast zehn Minuten an dem Schloss saß und noch vier Bolzen lösen musste, würde sie – bei diesem Tempo – in etwa einer Stunde fertig sein.

Er legte Backpapier auf ein Backblech, hob den Teig auf ein Brett und schnitt ihn in zwei Teile. Mit den Händen formte er zwei Kugeln, deckte ein Tuch darüber und schob sie wieder in den Backofen, damit sie ein zweites Mal gehen konnten.

»Zwei! Jetzt habe ich zwei! Ich habe es kapiert! Ich hab's kapiert! Mich lenkt nur dieser unglaubliche Geruch ab.«

Er hatte ihr gesagt, sie solle früh kommen, da sie die beiden Berufe ihres Protagonisten – Kochen und Diebstahl – miteinander kombinieren konnten. Er hatte sie das Gemüse schälen, waschen und schneiden lassen.

Darin war sie sehr gründlich, dachte er. Methodisch. Unglaublich langsam. Als sie das Hühnchen anbriet, hatte er im letzten Moment verhindert, dass sie es verbrannte, aber es war knapp gewesen.

Er spülte die Schüssel, in der er den Teig angesetzt hatte, und dachte, wenn sie erst einmal ihren Rhythmus gefunden hätte, würde sie wahrscheinlich auch ganz gut kneten können. Aber das war auch etwas Körperliches.

Wie Rühren und Hacken.

Trotz ihrer mangelnden Fähigkeiten, was seiner Meinung nach von einem erstaunlichen Mangel an Selbstbewusstsein herrührte, genoss er es, dass sie diese Sonntage mit ihm verbrachte, auch wenn es aus seiner Sicht ein dummer Fehler war.

Ihr langer Zopf faszinierte ihn. Heute war er ein bisschen

schicker, in einem Fischgrätmuster. Brauchte man dazu nicht auch geschickte Finger? Warum dieselben Finger mit einfachen Schlössern nicht zurechtkamen, verwirrte ihn.

»Ich hab's! Ich hab's! Wie ist meine Zeit?«

»Einundvierzig Minuten, zwölf Sekunden.«

»Gott!« Sie sank in ihren Stuhl zurück und beugte ihre verkrampften Finger. »Wie lange brauchst du?«

»Als ich noch gelernt habe, habe ich länger gebraucht.« Er nahm einen netten Pouilly-Fuissé aus dem Weinkühlschrank im Abstellraum.

»Wie lange?«

Achselzuckend entkorkte er die Flasche, aber er wusste, sie wollte es unbedingt wissen. »Acht vierundzwanzig.«

»Wie alt warst du da?«

»Zehn. Fast zehn. Du hast noch nicht gesagt, in welchem Alter dein Protagonist angefangen hat.«

»Jung. Sein Vater war ein Dieb, wie auch sein Großvater.«

»Familienunternehmen.«

Sie ergriff ihr Weinglas. »Genau. Er denkt auch so darüber, für ihn ist es dasselbe, als ob er in einer Familie von Klempnern oder Anwälten großgeworden wäre. Ich mache ein paar Rückblicke, um das zu zeigen. Er ist kein schlechter Mensch, wirklich nicht. Moralisch instabil, aber …«

»Instabil.«

»Du sollst nicht stehlen, Booth.«

Dem konnte er leicht begegnen. »Du sollst eine ganze Menge Mist, den Leute regelmäßig tun, nicht machen.«

»Instabil«, wiederholte sie und trank einen Schluck Wein. »Er hat kein Problem damit, Allison Reed zu verführen, um sich Zugang in ihr Haus zu verschaffen, damit er sich überlegen kann, mit welcher Methode er den Covington-Vogel, das kostbare Familienerbstück, stehlen kann.«

»Das klingt irgendwie berühmt, so leicht wiedererkennbar.«

»Absolut, es ist einzigartig. Der Urgroßvater des mordenden Ehemannes hat es für seine Braut erworben. Es ist ein Waterford Kristallvogel mit Saphir-Augen, der auf einem Nest auf einem goldenen Ast in einem mit Juwelen besetzten Baum sitzt. Das Ei ist ein achtundzwanzigkarätiger russischer weißer Diamant – D auf der Reinheitsskala. Und, ach ja, lupenrein.«

»Oh, oh.« Damit wäre ja der Diamant allein mehrere Millionen wert, schätzte er. Vom Rest und der Geschichte ganz zu schweigen.

»Und was macht er damit, wenn er es hat?«

»Er verkauft es. Selbst wenn er nur die Hälfte des Werts bekommt, wie du mal gesagt hast, sind das mindestens fünf Millionen. Sein größter Coup, sein letzter, weil er dann … Warum lächelst du?«

»Berühmte letzte Worte, ›letzter Coup‹. Für gewöhnlich die letzten, weil man geradezu darum bettelt, geschnappt zu werden.«

»Das klingt abergläubisch.«

»Wenn du unter einer Leiter hergehst, auf der ein Mann steht, um ein Haus zu streichen, könnte dir ein Farbeimer auf den Kopf fallen. Also geh nicht unter einer Leiter durch.« Damit nahm er das Brot aus dem Backofen und schaltete ihn ein, um ihn vorzuheizen.

Ihr gefiel die Idee, wie ihr Protagonist seinen letzten Coup, seinen größten Job plante, und wie dann alles auseinanderbrach, seit sein Opfer umgebracht wurde.

»Das Restaurant beansprucht einen Großteil seiner Zeit, und ihm gefällt es da. Er will sich in Ruhe irgendwo niederlassen. Auf jeden Fall hat er vor, den Vogel zu verkaufen.«

»Wer ist der Käufer?«

»Ich dachte an eine Auktion im Darknet.«

Booth nickte und schaute nach dem Eintopf. »Könnte funktionieren, da er auf jeden Fall erwischt wird.«

Irritiert blickte sie ihn an. Wer schrieb denn eigentlich das verdammte Buch?

»Er wird nicht erwischt. Darum geht es doch.«

»Dann braucht er einen Käufer. Er ist die dritte Generation, also wird er wissen, dass man so etwas nicht einfach auf gut Glück anbietet. Er braucht jemanden mit viel Geld, der es haben will – aus welchen Gründen auch immer –, um es in einen netten, geheimen Raum zu stellen, wo er es bewundern kann. Das Objekt ist viel zu bekannt, und wenn man es in Einzelteile zerlegt, zerstört man es und damit seinen Wert.«

Ihre Irritation wandelte sich in Interesse. Das waren ja ganz neue Gesichtspunkte. »Kennst du solche Leute? Wer würde denn Millionen bezahlen, um so etwas Schönes einfach wegzupacken?«

»Klar. Der erste – und ich dachte, letzte – Job, den ich für LaPorte gemacht habe, war, einen Turner von einem Mann zu stehlen, der ihn ebenfalls gestohlen hatte, damit er in seinem Tresorraum – in dem sich auch andere gestohlene Objekte befanden – sitzen, seine Zigarre rauchen und seine Sammlung bewundern konnte.«

»Du hast also etwas schon Gestohlenes gestohlen, damit dieser LaPorte damit in seinem eigenen geheimen Tresorraum sitzen konnte?«

»Ja, so ähnlich.«

Sie lehnte sich mit ihrem Glas Wein zurück. Ihr Plot entwickelte sich auf einmal in eine ganz andere Richtung. »Das ist ein interessanter Aspekt. Damit werde ich ein bisschen herumspielen.«

»Gut. Und jetzt kannst du ein bisschen herumspielen, um die Eiweißglasur für die Kugeln aus Sauerteig vorzubereiten.«

»Eiweißglasur? Ich weiß nicht mal, was das ist.«

Er bedeutete ihr aufzustehen und holte drei kleine Glasschüsseln aus dem Schrank. »Es ist nur Eiweiß und ein bisschen Wasser. Du trennst das Eiweiß und das Eigelb, dann schlägst du das Eiweiß mit dem Wasser auf und streichst es über die Kugeln.« Er nahm einen Karton mit Eiern aus dem Kühlschrank. »So.« Er schlug ein Ei auf und ließ das Eigelb von einer Hälfte in die andere gleiten, damit das Eiweiß in die Schüssel fließen konnte. Dann gab er das Eigelb in die zweite Schüssel.

»Das sieht machbar aus. Wofür ist die dritte Schüssel?«

»Um das Eiweiß aufzuschlagen.«

Eine Herausforderung! »Zwanzig Dollar, wenn ich es nicht schaffe.«

Er lächelte sie an. »Wie wäre es mit einem glänzenden Vierteldollar?«

Sie erwiderte sein Lächeln nicht. Er hätte sich gewünscht, sie hätte es getan.

»Du erinnerst dich aber auch an alles. Okay, ein glänzender Vierteldollar.« Sie schlug das Ei auf, und das Eigelb floss heraus. »Verdammt.«

Er reichte ihr ein weiteres Ei. »Versuch es noch einmal.«

Dieses Mal fiel das Eigelb nicht sofort heraus, aber sie beschädigte die Schale so sehr, dass alles in die Schüssel fiel.

»Das ist in Ordnung. Ich mache mir morgen früh ein Omelett zum Frühstück. Versuch es noch einmal.«

»Es muss doch ein Gerät für so etwas geben.«

»Klar. Für Dilettanten.«

Sie brauchte vier Anläufe, aber schließlich klappte es.

Nachdem sie das Eiweiß aufgeschlagen und verstrichen hatte, reichte er ihr eine Dose mit Mohnsamen.

»Wie viel?«

»Bis es so aussieht, wie du es haben möchtest.«

Sie hätte am liebsten zu allem die genaue Maßangabe gehabt. »Warum kann es nicht eine präzise Antwort geben?«

»Die Antwort ist doch präzise.«

Sie begann, den Mohn über die Brote zu streuen. »Weißt du, ich kann nachvollziehen, was Nathan am Stehlen findet, aber ich verstehe nicht, warum er so gerne kocht. Er liebt es – es ist seine wahre Berufung. Er ist genauso glücklich – eigentlich auf lange Sicht sogar glücklicher –, wenn er in einer heißen, lauten, chaotischen Restaurantküche steht und Essen kocht, wie wenn er in einem dunklen, stillen Haus Diamanten aus dem Safe klaut.« Sie machte eine Pause und betrachtete ihr Werk. »Sieht das jetzt richtig aus?«

»Es geht um dich und deine Sichtweise«, erinnerte Booth sie.

»Ich glaube, es ist richtig.«

»Dann ist es so.« Er schob das Backblech in den Backofen und programmierte den Timer.

Als er sich wieder umdrehte, stand sie an der Küchentür und blickte in das Schneetreiben. Er akzeptierte, wie sich sein Herz zusammenzog. Was sollte er auch machen?

»Ich habe mich schon gefragt, wie all das hier im Schnee aussehen würde, und es enttäuscht mich nicht. Es schneit nicht mehr so heftig, aber morgen hast du vielleicht einen freien Tag. Oder wenigstens einen Aufschub.«

»Das Pop-Quiz, das ich für das erste Halbjahr geplant habe, muss wohl bis Dienstag warten.«

Lachend drehte sie sich um, und ihre Blicke trafen sich.

Für ihn war es ein Schlag in den Magen, eine warme Umarmung, ein Versprechen, eine Weigerung, alles auf einmal.

»Miranda …«

»Ich möchte deinen Arbeitsraum sehen«, sagte sie rasch.

Er wies auf die Glastür, den Schreibtisch mit dem Laptop, die Regale voller Bücher dahinter.

»Nicht, wo du deinen Unterricht vorbereitest. Es sei denn, du hast keinen separaten Raum dafür.« Sie tippte auf das Bolzenschloss.

»Oben, zweites Gästezimmer.«

»Ich komme jetzt seit über einem Monat hierher, Booth. Ich möchte ihn gerne sehen. Nathans Arbeitsraum ist im Keller seines Hauses. Ich möchte einfach nur sehen, ob ich ein Gefühl dafür bekommen habe.«

»In dem Haus in Chapel Hill habe ich auch den Keller benutzt. Aber hier gibt es keinen Keller.«

Er gab sich geschlagen und führte sie die Treppe hinauf.

Sie stand in der Tür und schaute in ein attraktives, angenehm eingerichtetes Gästezimmer. Eine weiße Steppdecke lag über einem breiten Bett, die Kissen aufgeschüttelt, eine Leselampe und eine Stehlampe, eine alte, glänzend polierte Kommode mit einem Spiegel darüber. An den Wänden gerahmte Straßenszenen aus Paris.

»Verschließt du die Tür nicht?«

»Die Leute wundern sich immer über verschlossene Türen. Ich habe nicht viele Leute zu Besuch, aber im Sommer veranstalte ich immer ein großes Essen, und vor den Winterferien bewirte ich meine Club-Schüler. Offen ist es einfach nur ein Zimmer. Verschlossen ist es eine Frage.«

Ja, natürlich. Sie würde Nathans Kellertür auch unverschlossen lassen.

»Keine Übernachtungsgäste?«

»Meine Tante und Sebastien ein paar Mal.« Aber er verstand sie richtig. »Keine Frauen, nein. Das macht Probleme.«

Er trat zum Schrank und öffnete ihn.

»Ich sehe einen Schrank. Voll mit Kostümen, Garderobe, Perücken – Theatersachen, so ordentlich eingeräumt wie alles bei dir. Und ohne eine einzige Staubfluse. Ich weiß, dass du immer noch selber sauber machst, weil ich Patti gefragt habe, die mein Haus jede Woche putzt.«

»Die Leute, die bei dir sauber machen, wissen mehr über dich als die meisten anderen. Glaub mir. Auf jeden Fall sehen Leute, die hier hinaufkommen, genau das. Der Rest ist in meinem Schlafzimmer.«

Er ging hinüber zum Master-Schlafzimmer.

Sauber, dachte sie, aufgeräumt, attraktiv mit den hellgrauen Wänden und der cleveren Street Art – und natürlich dem fantastischen Blick durch die Glastüren auf die tief verschneite Terrasse.

Nicht spartanisch, nicht schlicht, dachte sie, und wirklich schön mit dem dunkelgrauen Steppbett, den leuchtend blauen Akzenten in dem gemütlichen Lesesessel, einer Decke, die aussah wie handgestrickt. Der Sekretär und die Kommode waren liebevoll restaurierte Antiquitäten.

Vielleicht für ihren Geschmack ein bisschen zu minimalistisch. Sie würde hübsche Kissen auf das Bett legen, ein paar interessante Kerzen oder Flaschen auf den Sekretär stellen, und an den Glastüren würde sie eine große Zimmerpflanze in einem bunten Übertopf platzieren.

Um den geistigen Ausrutscher zu kaschieren, wies sie auf die Türen. »Es muss wundervoll sein, morgens aufzuwachen und diese Aussicht zu haben.«

»Ja, man sieht sich nicht satt daran«, stimmte er ihr zu und öffnete einen Wandschrank.

Er war so gut ausgestattet, dass Neid in ihr aufstieg.

Ein extra Platz für Schuhe – den er allerdings mit seinen drei Paar Chucks, ein paar Anzugschuhen und Stiefeln nicht annähernd ausfüllte. Zwei eingebaute Kommoden, in denen er – wie sie Booth kannte – höchstwahrscheinlich Winter- oder Sommersachen aufbewahrte. Und an den Stangen hing seine Kleidung – Hemden, Hosen, Anzüge, Jacketts, streng nach Farben sortiert.

»Du hast diesen Schrank gar nicht verdient. Das müsste meiner sein. Du bist obsessiv ordentlich, und du kämst auch mit einem halb so großen Schrank hin.«

Er hätte sie gerne berührt – hätte am liebsten seine Hand über ihren Zopf gleiten lassen, mit dem Finger über ihren Arm gestreichelt. Stattdessen steckte er die Hände in die Taschen.

»Den vorhandenen Platz auf organisierte – nicht obsessive – Art und Weise zu benutzen, bedeutet, dass man keine Zeit verliert, um ein weißes Hemd oder eine schwarze Hose zu finden.«

»Du hast doch sowieso nur drei weiße Hemden. Die sind so leicht zu zählen, weil sie obsessiv als Trio da hängen.«

»Drei ist das Maximum, was jeder braucht.« Er warf ihr einen raschen, mitleidigen Blick zu. »Wie viele hast du?«

»Ich habe keine Ahnung, deshalb bräuchte ich diesen Schrank und du nicht.«

»Andererseits …« Er nahm sein Handy heraus und gab einen Code ein. Ein leises Piepsen ertönte. »Elektronisches Schloss.« Er drückte mit einer Hand auf die Seitenwand des Schranks.

Sie öffnete sich wie eine Tür – es war eine Tür, korrigierte sie sich. So nahtlos eingebaut, dass sie zur Wand wurde.

Drinnen standen ein Schreibtisch und ein Stuhl, ein Laptop, drei Monitore, ein Gewehrsafe, Regale mit Schlössern, elektronischen Geräten, von denen sie nichts verstand, und eine Reihe von Fernbedienungen, einige Handys und Dietriche. Eine lange, schmale Theke – ein Arbeitstisch, nahm sie an, verlief unter den Regalen.

»Warum so viele Handys?«

»Es sind nicht alles nur Handys oder überhaupt Telefone. Ich baue sie in erster Linie um, um digitale und elektronische Alarmcodes auszulesen, elektrische Schlösser und so etwas zu umgehen.«

»So etwas«, murmelte sie. »Wie hast du das gelernt?«

»Ich habe ein paar Kurse belegt, und ich habe einen Freund mit einem Talent dafür, der mir mehr beigebracht hat, als ich in den Kursen gelernt habe.«

In dem engen Raum drehte sie sich zu ihm um, und ihre Körper streiften sich. »Kein Ort ist wirklich absolut sicher, oder?«

»Nicht, wenn jemand sich genügend Zeit nimmt, um herauszufinden, wie er hineinkommen kann. Ein Einbruch in einem großen Museum – dem Louvre, dem Smithsonian – erfordert allerdings sehr viel Planung und ist leichter zu bewerkstelligen mit einem Mann drinnen oder einem Team.«

»Hast du das schon mal gemacht?«

»Darauf kann ich nicht mit Ja oder Nein antworten.« Er steckte wieder die Hände in die Taschen. »Ich bin in den Louvre eingebrochen. Ich habe nichts gestohlen. Ich wollte nur sehen, ob ich es kann.«

Sie starrte ihn an, diesen Mann mit seinem dichten Haarschopf, der dringend mal zum Friseur gemusst hätte, den Wochenend-Stoppeln auf diesem attraktiven Gesicht, den dunkelblauen Augen, die bei der Erinnerung jetzt ein wenig verträumt blickten.

Und dieser Mann, der früher der Junge gewesen war, den sie geliebt hatte, war in eines der berühmtesten Museen der Welt eingebrochen.

Einfach nur, um zu sehen, ob er es konnte.

»Wenn sie dich erwischt hätten ...«

»Sie haben mich aber nicht erwischt. Es ist magisch dort ohne die Menschenmengen, ohne Wachpersonal, Bewegungsmelder, Kameras. Es ist ganz anders, die pure Magie.«

Das erkannte sie in diesem Moment auch in seinen Augen. Er erinnerte sich an die Magie. »Wie anders?«

Wenn er zurückblickte, konnte er es wieder sehen und spüren.

»Die Kunst atmet. Die Leinwände und die Gemälde darauf, der Marmor, der Granit, die Bronze, das Porzellan. All diese Figuren, Landschaften, Stillleben, alles, was gebraucht wurde, um sie zu erschaffen.«

»Und das zu sehen und zu spüren war das Risiko wert?«

»O ja. Du denkst, du kennst, sagen wir mal, die *Mona Lisa*. Das Bild ist überall, das ikonische Gesicht, das Lächeln, alles. Du kannst sie mit der Menge sehen, im Licht, mit Lärm und Bewegung um sie herum, und sie ist so viel mehr, als du dachtest. Du verliebst dich. Aber wenn du alleine dort stehst, in der Stille, nur mit ihr, stockt dir der Atem und dein Herzschlag setzt aus. Sie lebt. In der Stille ist sie lebendig. So als ob du Stonehenge im Mondlicht summen hörst.«

»Du bist ein Romantiker, Booth.«

»Vielleicht.« Er hatte sich befohlen, es nicht zu tun, aber jetzt fuhr er doch mit der Hand über den Zopf, der über ihrer Schulter lag. »Ich kann nicht malen, ich kann kein Stück Stein zum Leben erwecken, aber ich kann die Ergebnisse bewundern und das Genie, das sie geschaffen hat. Wenn du zum Beispiel bei Cartier in der Dunkelheit stehst ...«

»Warst du dort schon mal?«

Er winkte ab. »Der Schmuck ist aufsehenerregend, sogar atemberaubend. Man muss kunstfertig sein, um diese Schmuckstücke aus Edelsteinen und Metall zu erschaffen, aber es ist nicht dasselbe. Für mich«, erklärte er.

»Warum nicht?«

»Weil du diese Steine herausbrechen und etwas anderes, genauso Aufsehenerregendes, erschaffen kannst. Aber aus der *Mona Lisa* kannst du nichts ähnlich Großartiges erschaffen.«

Plötzlich, so dachte sie, verstand sie ein wesentliches Element dieses Teils von ihm.

»Du stiehlst mehr Juwelen als Kunst. Und das liegt daran, dass Juwelen nur schöne Steine und Metall sind. Nathan ist nicht so feinfühlig wie du.«

»Nur genauso moralisch instabil.«

Sie blickte ihn an. Ihre Augen verhexten ihn. Er fand, dass der Duft ihrer Haare, ihrer Haut, den ganzen Raum einhüllte. Und ihn auch.

Wenn er sich nahm, was er wollte – nur eine weitere leichte Berührung, nur ein kleiner Geschmack –, dann würde sie vielleicht weggehen und nie mehr wiederkommen. Das wäre eine Gnade.

Zögernd streckte er die Hand erneut nach ihrem Zopf aus, als unten der Backofen laut piepte.

»Das ist das Brot.« Er trat zurück, in seiner Vorstellung weg von einem sehr steilen Abgrund. »Ich hole es heraus.«

Er bewegte sich schnell, stellte sie fest, fast geräuschlos.

Sie stieß die Luft aus, die sie unwillkürlich angehalten hatte, und lehnte ihre Stirn an die Wand, bis das Summen in ihrem Kopf nachließ.

Sie durfte nicht zulassen, dass sie sich in dieser Weise ihm zuwandte, dem nachgab, was mit ihr in seiner Nähe passierte.

Es hatte keine Zukunft, noch nicht einmal eine wirkliche Gegenwart, rief sie sich ins Gedächtnis. Nur die schmerzhafte Vergangenheit.

Für den Augenblick hatte sie alles, was sie von ihm brauchte, dachte sie, als sie aus seinem geheimen Raum trat. Sie fuhr mit dem Finger über die Anzüge, die Jacken, die zerschlissenen Jeans, die gebügelten Kakihosen.

Sie musste nicht ihre Sonntagnachmittage in seiner Küche verbringen. Wenn beim Schreiben eine Frage aufkam, konnte sie ihn ja anrufen und um ein Treffen bitten.

Sie wünschte sich, nicht daran zu glauben, dass sie den wahren Booth gesehen hatte, als er von Kunst und seinem Staunen darüber gesprochen hatte. Oder als er ihr so geduldig beigebracht hatte, ein blödes Ei zu trennen. Sie wünschte, diese fragwürdige Moral würde nicht immer weniger eine Rolle spielen, je länger sie Zeit mit ihm verbrachte. Und sie wünschte, sie wäre nicht bereit gewesen, ihm um den Hals zu fallen, als sie gerade eben das Verlangen und die Absicht in seinen Augen gesehen hatte.

Sie würde nicht mehr herkommen. Sie würde alles nehmen, was er ihr gesagt, gezeigt und zu bedenken gegeben hatte und es in das Buch einarbeiten. Und wenn sie wieder zu Hause war, würden ihr Herz und ihr Stolz noch intakt sein.

Als sie herunterkam, fügte der Duft des frisch gebackenen Brots eine weitere Duftnote hinzu. Er hatte den Tisch gedeckt – nicht nachlässig, sondern für zwei … Freunde, die an einem verschneiten Sonntag zusammen aßen.

Ihre Schuld, dachte sie. Sie hatte damit angefangen. Das Essen, der Wein, das Gespräch außerhalb der Abmachung, die sie getroffen hatten.

Er würde seine Seite der Abmachung einhalten und sie ihre. Und nichts weiter, auf keiner Seite.

»Es hat aufgehört zu schneien.« Sein Tonfall war beiläufig, so als ob dieser Moment oben – und sie wusste genau, dass es für sie beide ein Moment gewesen war – nicht gewesen *wäre*.

»Ich habe den Pflug vorbeifahren hören«, fuhr er fort, »die Straße müsste also frei sein, wenn du nach Hause fahren willst.«

Am besten sollte sie jetzt gleich fahren, aber er hatte den Tisch gedeckt und ihr Wein nachgeschenkt.

Jetzt tippte er mit einem Finger auf das Brot, das auf dem Rost auf der Küchentheke abkühlte. »Gute Arbeit.«

»Meine berühmte Eiweißglasur.«

»Du hast beim Teig geholfen und ihn fast alleine geknetet.« Er holte eine Platte und begann, den Inhalt des Topfes auf dem Herd darauf zu schaufeln.

»O mein Gott.« Der Duft zog sie magisch an. »Das sieht großartig aus.«

»Auch daran hattest du einen Anteil.«

»Wo hast du gelernt, so zu kochen? Bei der französischen Köchin?«

»Nein, eigentlich bei einer Frau in der Provence. Ich habe einmal für ein paar Wochen dort gewohnt. Eine Art Großmutter«, fügte er hinzu. »Ich habe sie überredet, mir ihre Rezepte beizubringen.« Er trug die Platte zum Tisch, dann legte er einen Brotlaib und ein Messer auf ein Brett.

Sie trat ebenfalls an den Tisch. »Ich habe das Gefühl, ich müsste ein Foto machen und es in den sozialen Medien teilen.« Lachend setzte sie sich, als er ihr einen warnenden Blick zuwarf. »Aber ich tue es nicht.«

Sie nahm sich etwas Hühnchen, gab Karotten, Kartoffeln, Sellerie und Zwiebeln auf ihren Teller. Es roch alles himmlisch. Und sie sagte sich, dass sie den Schalter wieder umlegen würde, ganz gleich, was da oben zwischen ihnen gewesen war. »Erzähl mir, wie die Proben so laufen.«

»Nicht schlecht. Nicht wirklich gut, aber auch nicht schlecht. Wir haben ein paar starke Stimmen, und Kim – Alicia Rohan spielt Kim – kann richtig gut tanzen. Unser Hugo – Jonah Wyatt – kann es überhaupt nicht, aber ich benutze einfach seine Ungelenkigkeit. Mit Jonah funktioniert das.«

Sie genoss es, ihm zuzuhören, wie er von »seinen Kindern« erzählte, ihren Stärken, ihren Schwächen, wie eng Besetzung und Mannschaft schon zusammengewachsen waren.

»Ohne Textbuch schafft es noch keiner, aber da kommen wir auch noch hin. Und, Jesus, Matt – er spielt Conrad Birdie – ist echt der Hammer. Er übertreibt es total. Die Kulissen sind schon fast fertig, bei der Technik hapert's noch – und du solltest mich lieber unterbrechen, ich rede sonst immer weiter.«

»Nein, ich habe in der Schule auch zweimal beim Frühjahrs-Musical mitgemacht. Ich weiß, wie wild und wundervoll das ist. Aber lass mich noch einmal darauf zurückkommen – du hast gesagt, eine französische Großmutter hat dir das beigebracht. Bist du sicher, dass sie ein Mensch war? Und nimmst du nicht ständig zu, wenn du dein eigenes Essen isst?«

»Ihr Name ist Marie-Terese.«

Er sah sie vor sich, in ihrer großen, bunten Küche, die steingrauen Haare zu festen Löckchen gedreht, mit ihren Augen, so blau wie das Ei eines Zaunkönigs, die funkelten, wenn ihr Mann mit seinem Gartenschlapphut den breiten Säulengang entlangkam, einen Blumenstrauß in der Hand.

»Das ist schön, oder, eine Familie, die seit Jahrzehnten Bestand hat. Das hatte keiner von uns.«

»Du hast deinen Dad. Ich habe Mags. Wie geht es deinem Vater in Oxford?«

»Er liebt es. Er und Deborah versuchen, sich jedes Wochenende Zeit zu nehmen, um die Umgebung zu erkunden.«

»Wer? Wer ist Deborah?«

»Oh. Sie ist ... seine ... Freundin klingt irgendwie doof. Sie sind jetzt schon seit zwei Jahren zusammen. Sie ist mit ihm nach England gegangen.«

»Na, das sind ja große Neuigkeiten. Gute?«

»Ja.« Sie aß von dem Brot, immer noch verblüfft darüber, dass sie mitgeholfen hatte, es zu backen. »Sie ist wundervoll, und sie gehen gut miteinander um. Sie ist verwitwet, zwei erwachsene Kinder, auch sehr nett. Sie ist Künstlerin, Malerin. Dad war zufällig auf einer ihrer Ausstellungen, und ...« Miranda spreizte die Finger.

»Er hat sie gefragt, ob sie mit ihm ausgehen will.«

»Sie hat ihn gefragt, ob er einen Kaffee mit ihr trinken will, und ich glaube, er war zu verwirrt, um einen Vorwand zu erfinden, wie er es sonst immer gemacht hat. Ich mag sie sehr, vor allem deshalb, weil sie ihn wirklich glücklich macht. Bevor sie abgereist sind, hat er mich gefragt, wie ich es fände, wenn sie zu ihm zieht.«

»Und wie findest du es?«

»Mehr als gut. Und Mags? Macht sie immer noch Telefonberatung als Wahrsagerin?«

»Zum Teil. Sie und eine andere Freundin von mir haben einen esoterischen Laden im Quarter. Kartenlegen und magisches Zeug.«

»Ein esoterischer Laden. Ich muss deine Tante wirklich einmal kennenlernen.«

»Sie ist mit diesem Cajun-Typ zusammen. Die Verbindung ist so ähnlich wie bei deinem Vater und der Künstlerin, denke ich.«

»Magst du ihn?«

»Sebastien, klar. Er ist, wie Mags, einzigartig. Er … er hat mich für diesen LaPorte-Job an Land gezogen, weil er über seinen hässlichen kleinen Hund gestolpert ist und sich den Knöchel gebrochen hat. Der Hund, Bluto, hat höchstens fünf Pfund gewogen und er hatte einen starren Blick drauf, mit dem er *cocodrils* einschüchtern konnte.«

»Ist Sebastien ein Dieb?«

Booth griff nach seinem Weinglas und stellte fest, dass er sich schon mal wieder viel zu wohl mit ihr fühlte. »Ja, genau.«

»Und er arbeitet für diesen LaPorte?«

»Nein, so funktioniert das nicht. Es ist wie … wie bei einer Baufirma. Er hat den Job angenommen, dann ist er über den Hund gestolpert und konnte den Job nicht mehr zu Ende bringen. LaPorte lässt eine Verletzung aber nicht gelten, deshalb hat Sebastien mich angeheuert.«

»Woher wusste er, dass er dich ansprechen kann?«

Seine Vorsicht kam wieder, wenn auch ein bisschen zu spät. »Über einen gemeinsamen Freund.«

»Auch ein Dieb? Kennt ihr euch untereinander?«

»Nein, kein Dieb, und nein, wir kennen uns nicht.«

»Nimmst du es Sebastien nicht übel, dass er dich mit La-Porte zusammengebracht hat?«

»Ich wusste, worauf ich mich einließ. Oder dachte es zumindest – es war ein Job. Wenn Sebastien vorher gewusst hätte, wenn ich vorher gewusst hätte, dass LaPorte beschließt, mich in seine Sammlung von Besitztümern einzureihen, dann hätten wir einen anderen Weg gefunden.« Sein Tonfall änderte sich, wurde kühl und endgültig. »Sieh mal, Sebastien ist für mich so etwas wie ein Vater, okay? Es ist nicht seine Schuld. Es ist einfach nicht deine Welt, Miranda.«

»Für das Buch doch. Also gibt es keinen Club der Diebe, wo ihr alle abhängt und mit euren großen Coups prahlt?«

»Definitiv nicht. Wenn du prahlst, wirst du erwischt. Du musst unter dem Radar bleiben, nie gierig werden, nie eine Waffe dabeihaben, weder Freunde noch Partner bestehlen. Nur die Klugen leben in Freiheit.«

»Warum glaubst du, dass LaPorte so entschlossen ist, dich zu besitzen?«

»Das ist eine Frage, die ich mir selbst Tausende von Malen gestellt habe. Hauptsächlich deshalb vor allem, weil ich Nein zu ihm gesagt habe. Er wollte mich gegen Sebastien ausspielen, und ich habe abgelehnt. Zu LaPorte darf man nicht Nein sagen.«

»Ja, den Eindruck habe ich auch gewonnen, als ich die Artikel und Berichte über ihn gelesen habe. Und warum noch?«

Sie mochte zwar kein Händchen dafür haben, einen Safe zu knacken, aber sie war sehr gut darin, ihm Informationen zu entlocken. Es konnte nicht schaden, wenn er ihr die Wahrheit sagte. Sie wusste sowieso so viel von ihm.

»Vielleicht, weil ich den Job zu glatt erledigt habe. Es war ein verdammt guter Tresor, und ich habe einfach ein Gespür dafür. Rückblickend hätte ich ihn vielleicht anlügen sollen, ihm sagen sollen, ja, ich habe auch noch ein paar andere Sachen genommen, weil es ihn fasziniert hat, dass ich es nicht getan habe.«

»Warum nicht?«

»Weil das nicht mein Auftrag war«, erwiderte Booth. »LaPorte ist ein Mann mit einem langen Arm, und er hat genug über mich herausgefunden, um zu wissen, wie ich arbeitete. Ich war noch jung, achtzehn, und gut in dem, was ich tat, mit dem Potenzial, noch besser zu werden. Er muss einfach das Beste, das Wertvollste, das Begehrenswerteste, was auch immer, besitzen. Er beschloss, ich würde gut in seine Sammlung passen. Und ich sagte Nein.« Booth dachte an die Vergangenheit, an die Zukunft und ergriff sein Glas. »Das Gemälde und die Skulptur werde ich mir eines Tages zurückholen.«

Und in diesem Moment sah sie, was ihr vorher nicht aufgefallen war. Unter der Oberfläche glühte ein Feuer. »Warum willst du das tun?«

»Mit dem Gemälde hat alles begonnen, und die Skulptur hat mir alles genommen, was mir wichtig war. Ich wollte meinen College-Abschluss machen, vielleicht sogar studieren. Ich wollte mit Freunden zusammen sein, auf der Veranda meiner Nachbarn sitzen und Eistee trinken.« Sein Blick glitt zu ihr, ruhte auf ihr. »Ich wollte dich.« Dann zuckte er mit den Schultern. »Er hat gewonnen, ich habe verloren. Aber das Spiel ist noch nicht vorbei.«

College-Abschluss, Universität. Sie hatte gedacht – oder es sich eingeredet, wie sie zugeben musste –, dass er das alles nur als Tarnung benutzt hatte. Aber sie merkte, dass er die Wahrheit sagte, und sie sah es ihm auch an. Und weil sie es merkte und sah, durchzuckte sie auf einmal heiße Sorge um ihn.

»Du solltest die Vergangenheit ruhen lassen, Booth. Lass ihn in Ruhe. Du hast dir hier einen guten Platz geschaffen. Wenn du planst, es ihm heimzuzahlen, wenn du eine Art Rache nehmen willst, brichst du damit nicht die Regel, unter dem Radar zu bleiben?«

»Ausnahmen bestätigen die Regel, oder?« Es ging ihm selbst nach all diesen Jahren immer noch so unter die Haut, dass er sagte, was er damals vorgehabt hatte. »Ich wollte dich fragen, ob wir zusammenziehen. Nach dem Examen, wenn ich so lange hätte warten können. Ich hätte nachts nicht mehr gearbeitet, wäre einfach Booth Harrison gewesen, hätte vielleicht versucht, zu unterrichten oder mir sonst etwas überlegt. Vielleicht hätte ich ein Haus gekauft und dir ein Studio eingerichtet, in dem du schreiben konntest. Alles lag glasklar vor mir. Dann stand er vor der Tür, und das Glas zerbrach. Er ist ein geduldiger Mann, aber ich auch. Und ich bin nicht mehr zwanzig. Ich habe keine Angst mehr vor ihm.«

»Ich wäre mit dir zusammengezogen«, sagte sie nach einem Moment. »Aber wir waren zwanzig, Booth, und wir können nicht wissen, ob wir zusammengeblieben wären. Ob das, was wir mit zwanzig füreinander empfunden haben, gehalten hätte.«

»Wir hatten auch nie die Chance, es herauszufinden.«

Ihre Augen wurden weich, und obwohl sie nicht die Hand nach ihm ausstreckte, fühlte er ihre Berührung.

»Ich glaube, Sebastian Booth hat eine Wirkung auf junge Menschen und hat sich einen soliden Platz in der Gemeinschaft geschaffen. Das wäre so nicht geschehen. Da du nicht ändern kannst, was war, ist es klüger, auf dem aufzubauen, was ist. Und jetzt habe ich noch eine Frage.«

»Was?«

»Was ist ein *cocodril*?«

Es überraschte ihn, dass er noch lachen konnte. »Das ist Cajun für Alligator.«

»Ich dachte, Cajun sei Französisch, oder eine Art Französisch.«

»Ist es auch. Es hat seine eigenen Idiome, seinen Slang und seinen Rhythmus. Du könntest mir einen Gefallen tun, und in diesem Buch auf keinen Fall irgendetwas davon verwenden.«

»Es passt sowieso nicht hinein.« Sie stand auf und begann, den Tisch abzuräumen, wie sie es sich an den letzten Sonntagen angewöhnt hatte. »Sprichst du Cajun?«

»*Mais, cher,* wenn du nächsten Sonntag vorbeikommst, mache ich eine Einkaufsliste. Vielleicht bringst du ein paar *bons amis* mit, und wir machen uns ein *fais-dodo* und amüsieren uns.«

Lachend schüttelte sie den Kopf. »Das ist ein weiteres Talent von dir. Nicht nur die Sprachen, sondern auch der Akzent. Du hörst dich an, als wärst du im Bayou geboren.«

»Das stimmt zum Teil auch. Sebastien hat ein Häuschen im Bayou. Er hat mir viel beigebracht.«

Sie räumte die Spülmaschine ein, während er die Reste aufteilte. Ein Teil für sie, ein Teil für ihn.

»Wohnt deine Wahrsager-Tante auch in dem Haus im Bayou?«

»Nein. Sie wohnt über dem Laden im Quarter. Sie brauchen beide ihren eigenen Raum, und für sie funktioniert es so. Zuerst dachte ich – und es war mir schrecklich peinlich –, sie hätten nur guten Sex mit einer Dosis Zuneigung. Aber sie lieben einander.«

»Sollte ich jemals beschließen, ein Buch in New Orleans spielen zu lassen, würden sie mir alles zeigen und mir die Atmosphäre vermitteln?«

»Klar. Sie mögen deine Bücher.«

Es überraschte sie immer wieder, wenn sie das hörte. Und machte sie verlegen und stolz. »Ja?«

»Sie lesen beide gern – ein weiterer Anziehungsfaktor. Ich habe Mags nie ohne ein Buch in ihrer Tasche erlebt. Dazu kommen noch ein Haufen Kristalle, fünf verschiedene Lippenstifte, ein Tarot-Deck und – seit Sebastien – eine Tüte mit Hunde-Leckerli.«

»Ich muss Mags wirklich mal kennenlernen.«

Sie drehte sich um und stieß leicht gegen ihn. Statt zurückzuweichen, legte Booth ihr die Hände auf die Schultern.

»Ich kann nicht«, sagte sie, trat einen Schritt zurück und begann, ihre Sachen einzupacken. »Danke – wie immer – für ein großartiges Essen. Für mehrere großartige Essen, weil du mir das Abendessen für morgen auch schon mitgibst.«

»Kein Problem. Ich koche gerne für jemand anderen. Du stellst viele Fragen, und das ist die Abmachung, aber ich habe auch eine Frage.«

Sie schlüpfte in ihren Mantel, wickelte sich den Schal um den Hals. »Okay.«

»Ist da noch was zwischen uns?«

»Ja.« Sie wahrte Distanz, blickte ihm aber in die Augen und sagte die Wahrheit. »Es war immer noch etwas da, und deshalb kann ich nicht. Wir sehen uns nächste Woche.«

TEIL III
DIE ROTE GÖTTIN

»Schau mit dem Ohr; sieh, wie jener Richter auf jenen
einfältigen Dieb schmält. Horch – unter uns –
den Platz gewechselt und die Hand gedreht:
Wer ist Richter, wer Dieb?«

William Shakespeare

Wie manchem Schloss die Schönheit auch verfalle,
die Liebe mit dem Dietrich bricht durch alle!

William Shakespeare

21

Miranda hatte nicht vor, ins Theater zu gehen. Mit Lornas Erlaubnis wollte sie für eine Szene nach dem Unterricht durch die Schule laufen.

Aber als sie die Musik, die Stimmen hörte, schlüpfte sie durch die schweren Doppeltüren.

Ein Dutzend Teenager stand auf der Bühne, und Booth stand links von ihnen.

Starke Stimme, hatte er gesagt, und sie stimmte ihm zu, als sie sich auf einen Platz in der hintersten Reihe setzte. Sie identifizierte das Mädchen, das die Hauptrolle spielte. Auch mit ihren Tanzfähigkeiten hatte er recht gehabt. Sie wirkte nicht besonders zurückhaltend, aber schließlich spielte sie auch einen wütenden Teenager, der sich für eine Nacht voller Rebellion aus dem Haus schlich.

Ein paar der Tänzer waren nicht im Takt, und eine drehte sich in die falsche Richtung.

»Musik aus.«

»Entschuldigung, Mr. B!«

»Kein Problem, Carlene, dafür sind ja Proben da. Jeder Einzelne von euch muss daran denken, wo ihr seid. Es ist die Eisbahn, auf der ihr euch austobt, und verdammt, ihr habt eine Menge Leben nachzuholen. Mark, ich will diese Jazz-Hände sehen, und Alicia, ein bisschen schärfer bei dem Pas de Bourré. Da ist nichts Flüssiges, scharf muss es sein.«

Als er es demonstrierte, zog Miranda die Augenbrauen hoch.

»Von vorne. Jeder an seinen Platz. Musik.«

Ein paar Fehltritte, stellte Miranda fest, die Booth zweifellos sah und sicher noch korrigieren würde. Aber alles in allem schon ganz gut. So gut, dass sie dem Drang, am Ende der Nummer zu applaudieren, widerstehen musste.

Sie sah noch weitere zehn Minuten lang zu, während Booth mit ein paar Tänzern einzeln arbeitete und die anderen eine Pause machten. Es war schon nach fünf, und er hatte schon über acht Stunden Unterricht hinter sich. Und wenn er dann nach Hause kam, musste er Klassenarbeiten korrigieren oder Stunden vorbereiten.

Sie war ihrem Vater aus gutem Grund nicht in die Lehre gefolgt, dachte sie jetzt. Um ein guter Lehrer zu sein, brauchte man Bildung und die richtige Ausbildung, aber man musste auch Leidenschaft besitzen. Ihr Vater besaß sie, und nach allem, was sie sehen konnte, Booth ebenfalls.

Still und heimlich verließ sie den Saal.

Kim und ihre Freunde mochten viel Leben nachzuholen haben, aber Miranda wurde klar, dass sie noch über einiges nachdenken musste.

Obwohl sie sich vorgenommen hatte, es nicht zu tun, ließ Miranda sich überreden, an einem Buchclub-Treffen teilzunehmen. Sie konnte ihrer Patentante einfach nicht widerstehen, und Cesca war es offensichtlich nicht möglich, dem Druck von Carolyn Stipper etwas entgegenzusetzen. Nur ein Treffen, nahm sie sich vor, als sie vor Cescas Haus parkte. Um Fragen zu ihrem ersten Buch zu beantworten – das sie schlau diesen Monat ins Programm genommen hatten – und mehr Interesse für ihre bevorstehende Signierstunde zu wecken.

Der Wind Anfang März war scharf, und sie wünschte sich

mit jedem Millimeter ihrer durchgefrorenen Knochen, sie könnte es sich zu Hause im Pyjama mit einem Glas Wein und dem Buch eines anderen Schriftstellers gemütlich machen und dem Klappern der Fensterläden lauschen. Stattdessen schlüpfte sie in ein Ensemble, das sie als ihre Berufskleidung ansah. Ein schwarzer Kaschmirpullover, unter dem Kragen Manschetten und Unterteil ihrer weißen Bluse hervorblitzten, einer steingrauen Hose und schwarzen Ankleboots mit kleinem Absatz. Sie hatte ihre Haare zu einem französischen Zopf geflochten, schlichte Ohrstecker angelegt und eine Kette mit einem Mondsteinanhänger, die sie in der Schatztruhe, einem Laden auf der Hauptstraße, entdeckte hatte.

Sie wollte klopfen, aber als sie über dem Wind Stimmen und Lachen hörte, trat sie einfach ein.

»Da ist sie ja!« Cesca sprang von einem ihrer Esstischstühle auf – sie hatte noch ein paar Klappstühle dazugestellt – und eilte zu ihr, um sie in die Arme zu schließen.

»Es tut mir leid, bin ich zu spät?«

»Nein, nein. Komm, gib mir deinen Mantel. Du kommst genau richtig. Du kennst noch nicht alle hier, deshalb alle: Das ist Miranda.«

Ein Chor weiblicher Stimmen antwortete: »Hi, Miranda!«

Manche hatten ein Weinglas vor sich stehen, andere tranken Kaffee oder Tee. Alle Altersgruppen von zwanzig bis achtzig waren vertreten. Und alle musterten sie eifrig und neugierig.

Erneut dachte sie sehnsüchtig an ihren Schlafanzug.

»Komm, setz dich. Wir haben dir einen Stuhl freigehalten. Tracey, Liebes, hol Miranda ein Glas Wein.«

»Nein, ich kann …«

»Bin schon dabei.« Tracey sprang auf.

»Wir plaudern gerne ein bisschen, bevor wir zu unserer

Diskussion kommen. Du kennst ja Lorna und Tracey – danke Tracey«, fügte Cesca hinzu, als die Maklerin mit dem Glas Wein kam. »Und Margo.«

»Die Kette steht Ihnen großartig.« Margo, die Inhaberin der Schatztruhe, strahlte.

»Und Carolyn natürlich und Layla – du hast letzten Monat mit einigen ihrer Schüler gesprochen.« Sie begann ihr die übrigen Mitglieder vorzustellen und einen Namen nach dem anderen herunterzurattern.

Sie hasste es, dachte sie. Sie hasste diesen Teil des Schreibens. Aber sie setzte ihr freundlichstes Autorengesicht auf.

Seltsamerweise wurde es leichter, als sie anfingen, sie mit Fragen zu bombardieren. Es machte sogar Spaß, als sie sich während der Diskussion zurücklehnte. Wer hätte nicht großes Vergnügen daran zuzuhören, wie zwei Frauen mit beträchtlicher Leidenschaft über eine ihrer Figuren diskutierten? Jener Figur, die – ganz grob – auf Booth beruhte.

»Er war ein Mistkerl«, beharrte Margo. »Ein blöder Macho.«

Miranda unterdrückte ein Kichern, da sie genau das beabsichtigt hatte.

»Er war noch so jung«, widersprach Lorna. »Kaum dem Teenageralter entwachsen.«

»Er hat Fiona benutzt«, warf eine der anderen Frauen ein. »Hat seinen Charme benutzt, diese Schüchterner-Junge-Pose, um sie zu verführen. Nur um Sex mit ihr zu haben.«

»Jungs in diesem Alter denken alle nur mit den Schwänzen.«

»Hört das denn jemals auf?«, fragte Cesca dazwischen. Lorna tätschelte ihr leicht die Schulter.

Das älteste Mitglied – Esther, eine pensionierte Bibliothekarin – kicherte. »Ich gebe euch Bescheid, wenn es aufhört.«

»Er hat sie benutzt.« Das kam von Layla. »Und dann hat er sie kalt abserviert. Aber er hat auch so einen schrecklichen Preis dafür bezahlt.«

»Was sagen Sie, Miranda? Mistkerl oder Opfer?«

Sie lächelte Lorna an. »Es kann beides sein. Und Sie haben alle recht. Er war ein Mistkerl, er hat sie benutzt – und wie er sie abserviert hat, spielte lange Zeit in ihrem emotionalen Leben und ihren Entscheidungen eine große Rolle. Aber er hatte nie die Chance, sich zu rehabilitieren, sich überhaupt dafür zu entscheiden.«

Weil, das konnte Miranda sich eingestehen, weil sie nicht gewollte hatte, dass er es wiedergutmachte. Sie hatte ihn abschreiben wollen, und indem sie dieses Ende geschrieben hatte, hatte sie mit ihren Gefühlen abgeschlossen.

Es hatte gewirkt, jedenfalls für sehr lange Zeit.

Das Treffen machte ihr mehr Spaß, als sie erwartet hatte, und ihr wurde klar, dass ihr Kreis von Freundinnen seit der College-Zeit so verstreut war, dass der Kontakt sich nur auf gelegentliche – und zu seltene – Essen oder häufiger Nachrichten und E-Mails beschränkte. Die beiläufige Intimität von Frauen, die zusammenhockten, hatte ihr gefehlt.

Als der Abend vorbei war und Cesca an der Haustür die Gäste verabschiedete, räumte Miranda mit Tracey zusammen Gläser und Dessertteller ab und brachte sie in die Küche.

»Ich bin wirklich froh, dass du gekommen bist. Es macht was aus, wenn die Person, die das Buch geschrieben hat, beim Treffen dabei ist.«

»Für den Autor macht es auch etwas aus. Und ich fand es schön, Cesca mit guten Freundinnen zu sehen. Es war ein großer Schritt für sie, hierherzuziehen.«

»Ja, das war wirklich tapfer von ihr. Wir lieben sie.«

»Das konnte man spüren. Ich bin froh, dass ich Gelegenheit hatte, es mit eigenen Augen zu sehen.«

»Apropos Umziehen: Wie gefällt es dir, gegenwärtig am Fluss zu leben?«

»Es ist toll. Das Haus ist perfekt für meine momentanen Bedürfnisse. Ich habe die Ruhe, alle Bequemlichkeiten und die Aussicht.«

»Und einen sexy Nachbarn«, ergänzte Tracey. »Ich hatte letzten Sonntag eine Hausbesichtigung in der Nähe, und mir ist aufgefallen, dass dein Auto vor Sebastian Booths Haus stand.«

Upps, dachte Miranda, behielt aber ihren beiläufigen Tonfall bei. »Oh, er hilft mir bei der Recherche. Ich arbeite an einer Figur, die Koch in einem Restaurant ist.«

»Und der Mann kann kochen. Wir sind ein paar Mal miteinander ausgegangen – lange her –, aber ich habe eine Kostprobe bekommen.« Sie grinste, als sie es sagte. »Er ist ein guter Typ.«

»Sieht so aus«, stimmte Miranda zu. »Ich habe für ein paar Stunden in der Küche bei Renalo's gesessen, da habe ich einen ganz guten Eindruck davon bekommen, wie eine Restaurantküche funktioniert. Booth gibt mir mehr ein Gefühl für die Kunst, würde ich sagen, ein Essen zuzubereiten. Meine Vorstellung vom Kochen besteht nur darin, eine Dose zu öffnen und beim Chinesen anzurufen.«

»Ich bin ganz bei dir. Nick und ich versuchen gemeinsam zu lernen, wie man richtiges Essen zubereitet, statt irgendetwas zu bestellen. Es macht Spaß, zusammen zu kochen. Es ist auch sexy. Ich sag's ja nur.«

Sexy wollte sie nicht, dachte Miranda, als sie am nächsten Sonntag die kurze Fahrt zu Booth antrat. Nicht in diesem

Bereich des Buches, und auch nicht in ihrem persönlichen Leben.

Was sie hingegen wollte, war die Sinnlichkeit des Kochens, bei dem alle Sinne aktiviert waren – Gerüche, Strukturen, das Brutzeln und Köcheln, der Akt des Schneidens, Rührens und Vermischens. Und der Geschmack.

Sie parkte neben Booths Wagen, wobei ihr klar wurde, dass jederzeit jemand vorbeifahren und ihr Auto erkennen könnte. Und dann würde es Gerüchte geben. Das spielte keine Rolle, dachte sie dann. Sie würde in ein paar Monaten wieder nach Hause fahren. Und Booth? Er würde hierbleiben oder gehen.

Die Eiszapfen an der Dachrinne tauten, und das leise Plopp Plopp erinnerte sie daran, dass der Frühling vor der Tür stand. Irgendwie war es März geworden – und die Signierstunde rückte näher.

Statt darüber nachzudenken, bewunderte sie den Schnee.

Booth hatte die Einfahrt und den Gehweg zur Haustür freigeschaufelt, aber der Rest lag unter einer dicken weißen Decke, die mit einem dünnen Eisschimmer vom Wechsel zwischen Tauwetter und Frost überzogen war.

Aus dem Schornstein stieg Rauch auf, deshalb wusste sie, dass sie drinnen ein Feuer im Kamin erwartete.

Und auch er erwartete sie.

Es ist eine Gratwanderung, dachte sie, jede Woche hierherzukommen, so viele Stunden mit ihm in all diesen Düften, Gerüchen und Strukturen zu verbringen. Aber es diente ja ihrer Arbeit, rief sie sich ins Gedächtnis. Und, wie sie zugeben musste, um sich selbst zu beweisen, dass sie diese Gratwanderung hinbekam, ohne abzurutschen. Auch wenn sie immer noch Gefühle für ihn hatte, sie konnte damit umgehen.

Sie läutete an der Tür, wischte sich die Stiefel an der Fußmatte ab und bereitete sich innerlich auf ihren Besuch vor.

Er machte auf – eine Jeans mit einem Loch am Knie, ein Sweatshirt, uralte Chucks – seine übliche Sonntagsuniform.

»Ich habe dir doch gesagt, dass du nicht zu klopfen brauchst.«

»Ich habe geläutet, aber so oder so, ich bin eben zu gut erzogen.«

Im Haus roch es nach Orangen und Vanille. Das Feuer knisterte; die Fußböden glänzten.

»Hast du den Boden gebohnert?«

»Gestern.«

Sie zog ihren Mantel als auch Schal aus und brachte die Sachen in den Schmutzraum, weil er es tun würde, wenn sie es nicht tat. Er war in ihren Augen so hoffnungslos ordentlich. Sie hängte den Mantel neben eine Arbeitsjacke. Wahrscheinlich zum Schneeschaufeln oder so.

»Ich habe auch Holzböden. Muss ich das auch?«

»Holz muss auch gereinigt werden. Außerdem wird es mit der Zeit durstig. Und es sieht besser aus. Ihr habt doch zu Hause diesen schönen Holzboden. Hat die Putzfrau ihn nie gereinigt und gebohnert?«

»Doch, jetzt wo du es erwähnst.« Im Geiste setzte sie eine weitere Pflicht auf die Liste für ihr gemietetes Haus. Statt ihn zu fragen, wie es ging, würde sie es einfach googeln. Das war weniger erniedrigend.

»Also, ich plane einen Diebstahl.«

»Okay.« Er holte ihnen Cokes. »Was möchtest du stehlen?«

»Inspiriert von diesen privaten Sammlerräumen, möchte ich, dass er in einen einbricht, ein Gemälde nimmt – welcher Maler, muss ich mir noch überlegen –, eine antike Netsuke-Plastik aus Elfenbein, denke ich, und eine französische Porzellanvase aus der Barockzeit.«

»Das ist ein ziemlicher Fischzug. Beschränkt er sich auf Kunst?«

»Das ist sein Ding. Also, wie macht er es?«

»Sag du es mir.«

Sie setzte sich neben ihn auf den Hocker. »Es ist ein Herrenhaus auf einem Familienanwesen …«

Sie beschrieb das Haus, das Grundstück und vermittelte ihm damit ein gutes Bild. Er konnte sich gut vorstellen, wie er die Schwachstellen, die blinden Flecken fand und über die Mauer kletterte, und das erzählte er ihr auch. In der ersten Stunde nahm er sie durch alle Schritte mit, erklärte ihr mögliche Stolperfallen, die Werkzeuge, die man brauchte, während sie sich Notizen machte.

Sie würde das Drama, die Spannung, Risiken und Auflösungen hineinbringen, dachte sie, aber er vermittelte ihr das praktische Wissen.

»Sagen wir mal, in diesem Raum ist auch noch ein Tresor. Würde er versuchen, ihn ebenfalls zu knacken?«

»Das hängt davon ab, wie viel Zeit er hat und wie gierig er ist. Wahrscheinlich ist Geld darin, Inhaberschuldverschreibungen vielleicht, Schmuck oder lose Steine. Er ist hauptsächlich Kunstdieb, deshalb würde er eher mehr von dem nehmen, was in dem Raum ist.«

Miranda runzelte die Stirn. »Du würdest den Tresor also nicht knacken?«

»Nein, es sei denn, das, was darin ist, ist von Anfang an mein Ziel. Sonst nicht. Aber Nathan ist nicht ich.«

»Nein, das ist er nicht. Ich denke, er wird es versuchen, weil für ihn Stehlen eine Sucht ist. Für ihn wäre es, als wenn ein Alkoholiker das Angebot für einen weiteren Drink ablehnt.«

»Es ist ein Wunder, dass er noch nicht erwischt worden ist.«

Vielleicht, dachte sie, aber … »Er hat Glück gehabt, das kommt vor, und das unterstützt seine Sucht noch. Für ihn ändert sich erst alles, als die Frau ermordet wird, die er benutzt hat. Er mochte sie gerne, aber er hat vor allem deshalb mit ihr geschlafen, weil er an den Vogel herankommen wollte. Das gelingt ihm auch, und sie wird umgebracht. Es sieht so aus, als ob derjenige sie getötet hat, der den kostbaren Vogel entwendet hat. Aber er hat ihn nur gestohlen und sie nicht umgebracht. Jetzt ist es für ihn wie in *Das verräterische Herz*. Der Vogel verfolgt ihn, und herauszufinden, wer sie umgebracht hat, wird für ihn wichtiger als die Sucht.«

»Dann findet also dieser Beutezug vor dem Vogel und dem Mord statt.«

»Ich will damit eröffnen.« Sie würde noch mehr daran feilen müssen, noch mehr neu schreiben müssen, aber es war die Mühe wert, dachte sie. »Ursprünglich wollte ich das nicht, aber dann wurde mir klar, dass ich ihn von Anfang an für den Leser einführen muss. Ich will direkt diese Wirkung, diese Spannung, zeigen, wer er ist. So haben die Veränderungen, die Wiedergutmachung – sozusagen – und das Ergebnis letztlich eine stärkere Wirkung. Das hoffe ich jedenfalls«, fügte sie hinzu. »Und erst danach kommt die Nebenlinie, in der gezeigt wird, wie er kocht, wie er sein Restaurant und sein anderes Leben führt.«

»Vor etwa zehn Jahren ist ein Renoir aus einem Haus in Houston gestohlen worden. Damals war er ungefähr eine Million wert. Das könnte eine gute Wahl sein. Die meisten Leute kennen Renoir, wenn auch vielleicht nicht das Bild. *Madeleine mit Blumen im Haar stützt sich auf den Ellbogen.* Du kannst es googeln.«

»Das mache ich. Hast du es gestohlen?«

»Nein. Das war ein bewaffneter nächtlicher Überfall. Ich bin nie bewaffnet und erschrecke auch keine Leute.«

»Er soll sympathisch wirken – und ich sehe ihn ziemlich deutlich vor mir –, deshalb richte ich mich in dieser Beziehung nach dir. Er verletzt niemanden, und das macht sein Schuldgefühl über den Tod der Frau noch schlimmer, weil der Diebstahl ihren Tod verursacht hat.«

Booth stand auf, während sie redete, nahm eine große Tüte aus dem Kühlschrank, dann holte er eine Schüssel, einen Topf und etwas Zeitungspapier. Er schüttete Garnelen aus der Tüte auf das Papier.

»Du hast mich letztes Mal auf New Orleans gebracht, deshalb machen wir heute Shrimp Étouffée.«

Sie legte ihr Notizbuch beiseite, aber doch so nahe, dass sie sich etwas aufschreiben konnte. »Das habe ich bisher weder gemacht noch gegessen.«

»Das ändern wir heute.« Er musterte sie prüfend. »Das ist ein hübscher Pullover, ich würde an deiner Stelle die Ärmel aufrollen. Wir müssen nämlich die Garnelen zuerst schälen. Die geschälten Garnelen kommen in die Schüssel, die Schalen in den Topf, damit machen wir den Fond.«

»Wir machen Fond aus Schalen?«

»So wird es gemacht.«

Als er ungefähr zehn schaffte, während sie noch an der ersten herumschälte, zischte sie: »Ich habe sie bisher immer nur nach dem Kochen geschält – scharfe Garnelen zum Beispiel.«

»Du kriegst den Dreh schon noch raus.«

Und tatsächlich wurde sie ein bisschen schneller. Danach wusch sie sich gründlich die Hände.

Booth holte eine Zwiebel, Sellerie und eine grüne Paprika. »Achtung, die Heilige Dreifaltigkeit der Küche von New Orleans.«

»Beten wir sie an?«

»Nein, wir schneiden die halbe Zwiebel, eine Scheibe Sellerie und Spitze und Boden der Paprika für den Fond.«

Sie musste all das aufschreiben. »Wie wird daraus Fond?«

»Indem man Wasser hinzufügt, ein bisschen Knoblauch hackt, ein paar Lorbeerblätter hineingibt und es ungefähr eine Dreiviertelstunde köcheln lässt.«

Er zerteilte die Zwiebel und begann, die eine Hälfte zu schneiden, also übernahm sie den Sellerie.

»Warum tränen dir nicht die Augen, wenn du Zwiebeln schneidest?«

»Das liegt an meinem eisernen Willen.«

Er führte sie durch die übrigen Arbeiten, dann stellte er den Topf auf den Herd. Danach musste sie wieder einmal Brotteig kneten.

Während sie ihr Bestes gab, warf sie ihm einen Blick zu. »Kaufst du überhaupt jemals Brot?«

»Kennst du den Unterschied zwischen einem im Laden gekauften französischen Brot und einem selbst gebackenen? Da liegen Welten dazwischen. Du hast ein gutes Händchen zum Kneten. Form deine Kugel, und dann lassen wir sie gehen, während wir uns an die Roux machen.«

»Ich kenne den Ausdruck, aber was ist das eigentlich genau?«

»Mehl und Fett.«

»Lecker.«

Er grinste sie an. »Da hast du verdammt recht, *cher*. Braunes Roux fürs Étouffée.« Er gab Öl – ohne es abzumessen – in einen anderen Topf, nahm einen Schneebesen und gab Mehl hinzu. »Du musst es beim Erhitzen ständig rühren. Schließlich willst du keine Klumpen haben.«

»Niemand mag klumpiges Roux.«

»Und es soll auch nicht anbrennen.«

Man bekam auch Essen, dachte sie, indem man den Lieferdienst anrief oder sich ein Butterbrot machte. »Wie lange muss man rühren?«

»Zehn, fünfzehn Minuten. Es wird dann ganz seidig.«

Sie dachte, dass sie sich die Oberkörper-Übungen sparen konnte, wenn sie mit Booth kochte. Ihr Bizeps, Trizeps und ihre Schultern bekamen jeden verdammten Sonntag ein solides Work-out. »Und nachdem dein Arm abgefallen ist?«

»Du bekommst ein schönes, geschmackvolles Roux. Versuch es.«

»Mein Dieb hat ein Spezialitätenrestaurant«, sagte sie, als sie sich ans Rühren machte. »Ich kann mir vorstellen, dass er so etwas kocht.« Sie beugte sich vor, um in den anderen Topf zu schauen. »Ich finde, das sieht langsam schon aus wie Fond.«

»Weil es so ist. Rühr weiter.«

»Ja, klar. Ich werde einen ordentlichen Muskelkater von all dem Kneten und Rühren bekommen. Ach, übrigens, ich habe letzte Woche zufällig ein bisschen von deiner Probe gesehen.«

Er hatte sich hingehockt, um eine Flasche Wein aus seinem Weinkühlschrank auszusuchen. Jetzt hielt er inne und blickte sie an. »Ach ja?«

»Ich habe mir diese Szene in der Schule angeschaut, nach dem Unterricht, und wollte ein Gefühl dafür kriegen. Da habe ich den Gesang gehört. Ihr habt gerade *Viel Leben vor uns* geprobt. Sie sind wirklich gut, Booth.«

»Es wird langsam.«

»Ich habe ganz hinten gesessen, etwa so lange, wie ich dieses Roux rühren muss, und es hat mir wirklich gut gefallen. Mir war gar nicht klar, dass du auch die Choreografie machst.«

»Wir können es uns nicht leisten, jemanden dafür zu bezahlen, und ich habe das Glück, dass ein paar Schüler und Mitglieder des Teams tanzen können. Sie haben ganz gute Ideen gehabt.«

»Es sah auf jeden Fall gut aus. Als ob die Kinder Spaß hätten.«

»Sonst macht es ja auch keinen Sinn. Sie arbeiten hart, deshalb ist Spaß wichtig.« Er öffnete den Wein und nahm zwei Gläser aus dem Schrank. »Ich übernehme mal, dann kannst du dich ein bisschen ausruhen, bevor wir uns an das Gemüse machen.«

»Noch mehr Kleinschneiden.«

»Die restliche Zwiebel, die grüne Paprika, ein paar Chilis, noch mehr Sellerie und Knoblauch.«

Sie ergriff das Weinglas und lehnte sich gegen die Küchentheke, während er weiter in dem Roux rührte. »Ich war vor ein paar Tagen im Buchclub – Cescas Buchclub. Das hat mehr Spaß gemacht, als ich erwartet hatte. Ich sitze eigentlich wirklich nicht gerne in der Gegend rum und analysiere Bücher, vor allem nicht meine eigenen. Aber die Frauen waren alle nett und interessant.«

»Lorna hat schon mal versucht, mich dafür zu begeistern. ›Wir brauchen einen Mann, Booth. Sei ein Mann!‹«, sagte er sehr überzeugend in Lornas Tonfall. »Ich rede gerne über Bücher, aber diese ganze Pflichtlektüre? Dafür habe ich die Schule.«

»Tracey ist auch im Buchclub. Sie hat erwähnt, dass sie letzten Sonntag mein Auto hier gesehen hat.«

Er warf ihr einen Blick zu. »Ist das ein Problem?«

»Nein, ich habe ihr gesagt, dass du mir bei der Recherche hilfst.« Sie wies auf die Töpfe. »Bei so etwas. Ich wusste gar nicht, dass ihr zwei was miteinander hattet.«

»Das war auch nicht wirklich so. Wir mochten uns, mögen uns immer noch. Wir waren einfach nur ein paar Mal zusammen. Ist das ein Problem?«

»Natürlich nicht.«

»Gut. Dann fang an zu schneiden.«

Sie schnitt das Gemüse klein. »Weißt du, manche dieser Arbeiten sind seltsam beruhigend. Nicht gerade Zen, aber beruhigend. Es ist alles viel mehr Arbeit, als ich jemals in ein Essen für mich allein investieren würde, aber ich könnte mir schon vorstellen, mal etwas Einfaches auszuprobieren und Dad und Deborah zu mir zum Essen einzuladen.«

»Zu dir? Ich dachte, ihr lebt zusammen im Haus?«

Sie musste lachen. »Gott, Booth, ich bin über dreißig. Ich habe mein eigenes Stadthaus. Meinen eigenen Raum. Ich sehe Dad zwar dauernd, aber ich bin schon vor Jahren ausgezogen. Eigentlich habe ich – etwa fünf Minuten lang – mit dem Gedanken gespielt, dem Beispiel von Zed und R. J. zu folgen und nach New York zu ziehen. Wusstest du, dass sie im Sommer nach dem Abschluss nach New York gezogen sind?«

»Ich habe Zed vor ein paar Jahren am Broadway gesehen.«

»Oh, wirklich? Hast du mit ihm geredet?«

Er schüttelte den Kopf. »Es ist besser, peinliche Fragen zu vermeiden. Aber er war echt gut – er hat Billy Flynn in einer Neuauflage von *Chicago* gespielt. Hast du noch Kontakt?«

»Ab und zu. Ich weiß, dass R. J. sich gerade verlobt hat. Er ist nicht so erfolgreich wie Zed, aber er hat Off Broadway und in regionalen Theatern gespielt.«

»Wie geht es Hayley?«

»Sie ist in L. A. und schreibt Drehbücher. Sie liebt das Leben dort. Und sie hat letztes Jahr geheiratet.«

»Habe ich schon einmal was von ihr gesehen?«

»Sie macht hauptsächlich Serien zum Streamen. *Cold Play*. Zweite Staffel.

Es wirkte normal und beruhigend, über das Leben von Leuten, die sie beide kannten, zu sprechen. Oder gekannt hatten, in seinem Fall.

»Ich schaue es mir mal an. Ich brauche jetzt das Gemüse. Halt den Knoblauch noch zurück, aber alles andere ...«

Er nahm einen Holzlöffel und rührte um, während sie das Gemüse hinzugab. Und dicht bei ihm in der Hitze stand, die aus den Töpfen aufstieg.

»Das kocht jetzt ein paar Minuten, dann geben wir den Knoblauch dazu und lassen es noch ein bisschen weiterköcheln.«

»Ist es in deinem Kopf eigentlich nicht zu voll?«

»Dort gibt es viele Kammern und Schachteln. Knet das Brot noch mal durch – weißt du noch, wie?«

»Das ist außer dem Essen mein Lieblingsteil.«

»Knet es durch, dann teil es in zwei Hälften, leg ein Geschirrtuch darüber und lass es auf dem Brett ruhen.«

Es war ... interessant, dachte sie, und befriedigend – zumindest so sehr, dass sie sich in ihre Figur hineinfühlen konnte.

»Ich werde es nie lieben, aber mittlerweile kann ich verstehen, warum manche so gerne kochen. All die Gerüche, die Farben, das Gefühl von Brotteig in deinen Händen.«

Er zeigte ihr, wie sie den Fond in den Topf geben und wie sie den Brotlaib vor dem nächsten Gehen formen musste.

Sie setzte sich mit ihrem Weinglas. »Das ist ein arbeitsintensives Gericht.«

»Aber es lohnt die Mühe. Deine Signierstunde steht übrigens bevor.«

»Ja, viel zu bald schon.«

Er nahm sich einen Moment Zeit, um sich neben sie zu setzen. »Machst du das nicht gerne?«

»Es geht nicht ums Mögen. Ich fühle mich einfach nur ein bisschen komisch dabei, zumindest am Anfang. Es ist wirklich toll, Leser zu treffen, Leute, die sich tatsächlich hinsetzen und lesen, was du geschrieben hast. Nach so einer Veranstaltung fühle ich mich immer belebt und ausgelaugt zugleich. Ich mag eben lieber Stille«, sagte sie seufzend. »Das ist noch seltsamer, aber letztendlich ist das der Grund. Ich bin ja auch nicht nach New York, nach L. A. oder sonst wohin gezogen. Reisen ist wundervoll. Sich alles anzusehen, alles zu erfahren, das ist toll. Aber ich brauche das Wissen, dass ich danach wieder in die Stille zurückkann. Warum bist du zum Beispiel nicht nach New York gegangen? Dort wärst du in der Masse untergetaucht, wenn das der Grund für dein Sabbatical war.«

»Ich habe es auch lieber ruhig.« Er schaute aus den Terrassentüren in seiner Küche. »Mir ist ein solcher Ausblick lieber als Verkehr oder eine Straße, auf der Leute umherlaufen.«

Seltsamerweise ging es ihr genauso.

»Wie sind wir nur so langweilig geworden? Obwohl ich eigentlich nicht sagen kann, dass deine Arbeit langweilig ist.«

»Es ist ein Job, eine Arbeit, die Entscheidung für eine Laufbahn.« Er tat es achselzuckend ab. »Und man braucht dazu viel Ruhe. Wie beim Schreiben.«

»Das ist wohl die einzige Ähnlichkeit, auf die du verweisen kannst.«

»Ich weiß nicht.« Er rückte mit dem Stuhl so, dass er seine Beine ausstrecken konnte. »Du planst, du entwirfst, du hast ein Ziel, du bearbeitest, und du arbeitest allein. Und jetzt machst du noch einmal eine Eiweißglasur.«

»O Gott.«

»Und wir geben die Garnelen hinein, kochen Reis, backen das Brot. Dann haben wir eine echt leckere Mahlzeit.«

22

Booth hatte nicht gelogen.

Miranda probierte, hob einen Finger, probierte noch einmal.

»Das schmeckt großartig. Und es sieht hübsch aus.« Sie aß ein Stück Brot, seufzte. »Okay, vielleicht hast du recht, dass es etwas ganz anderes ist als gekauftes Brot.«

»Du hast es gebacken.«

»Ich habe dabei geholfen.«

»Nein, ich habe dabei geholfen«, korrigierte er sie. »Du hast bei jedem Schritt des Essens mitgearbeitet. Jetzt müsstest du in der Lage sein darzustellen, wie dein Koch ein solches Essen zustande bringt.«

Während sie aß, dachte sie an ihren Protagonisten, an seine Fehler und seine fragwürdige Moral. »Die Sinnlichkeit des Kochens zieht ihn an. Selbst im Chaos einer kommerziellen Küche gehört sie für ihn dazu. Rauch, Dampf, Brutzeln, Düfte. Das Stehlen, das ist die Firma – das Familienunternehmen – und eine Sucht. Vielleicht beschließe ich ja, dass er sich am Ende vom Geschäft zurückzieht – es zumindest versucht. Ich bin mir noch nicht sicher.« Sie blickte Booth an. »Denkst du jemals darüber nach? Es ist kein Familienunternehmen, aber man könnte trotzdem sagen, du bist damit großgeworden.«

»Ich habe auf dem College darüber sinniert. Jetzt dehne ich diese Pause länger aus, als ich vorhatte, und ich lebe dieses Leben.«

Eigentlich wollte sie es nur fürs Buch wissen, doch sie konnte nicht leugnen, dass es sie auch generell interessierte.

»Ist es nicht schwer, von einem Leben ins andere zu driften? Verliert man dabei nicht manchmal die Orientierung?«

»Ich weiß nicht.« Er konnte nicht behaupten, dass er jemals intensiv darüber nachgedacht hätte, aber … »Im Grunde genommen ist es Schauspielerei, und um eine Rolle zu verkörpern, um die Figur wirklich darstellen zu können, wirst du einfach zu ihr. Und manchmal ist es befreiend. Eine Art von Tabula rasa, und danach kannst du deutlich sehen, was auf der nächsten Seite steht.«

»Das ist interessant.« Sie gestikulierte mit ihrer Gabel. »Ich glaube, an irgendeinem Punkt möchte jeder einfach abschließen, von vorne anfangen, etwas anderes haben, jemand anderer sein.« Nachdenklich nahm sie sich noch *Étouffée*. »Das war wahrscheinlich bei meiner Mutter so.«

»Tut es immer noch weh?«

»Nein, nein, eigentlich nicht. Ich kann es meistens bis auf eine wunde Stelle zurückverfolgen«, gestand sie. »Und ich mache das auch, wenn ich böse darüber bin. Aber letztlich ist es wirklich nur Teil meiner Geschichte.«

»Ist sie immer noch auf Hawaii?«

»Ja, allerdings nicht mit dem Typ, wegen dem sie uns verlassen hat.«

»Biff«, erinnerte er sich und brachte sie damit zum Lachen.

»Biff gibt's nicht mehr. Das ist vor fünf, sechs, sieben – ich weiß es gar nicht mehr genau – Jahren den Bach runtergegangen. Anscheinend hat er ihr genau das Gleiche angetan, was sie Dad angetan hat, aber er hat auch noch ihr Geld mitgenommen.«

»Netter Typ.«

»Nun, man bekommt immer, was man verdient, sozusagen. Ich weiß das auch nur, weil sie sich tatsächlich bei Dad gemeldet und um ein Darlehen gebeten hat. Ich war dagegen, aber er hat mich überstimmt.«

»Immerhin hat sie ihm dich geschenkt.«

Miranda nickte und biss ein Stück Brot ab. »Genau das hat er auch gesagt und meine Einwände abgelehnt. Auf jeden Fall hat er ihr das Geld geschickt – und zwar nicht nur geliehen –, damit sie wieder auf die Füße kam. Sie hat jetzt ein Tätowier-Studio, ist selber auch tätowiert, hat sich die Brüste machen lassen und sich einen jungen Kerl zugelegt – er sieht aus, als ob er in meinem Alter wäre.« Sie trank einen Schluck Wein und blickte ihn lächelnd über den Rand des Glases an. »Social Media. Ich konnte nicht widerstehen.«

»Dann hat sie also eine neue Seite aufgeschlagen.«

»Es muss schwer sein, alle paar Jahre so unzufrieden mit seinem Leben zu sein, dass du nie Erfüllung findest. Sie müsste mir eigentlich leidtun, aber ich kann einfach nicht so großzügig sein.«

»Das wäre ihr sowieso egal«, erwiderte Booth. »Warum also die Mühe?«

»Exzellenter Einwand. Bei dir ist es nicht so. Für dich gehört es zu deinem Leben. Du bist sichtlich glücklich mit dem Leben, was du jetzt führst.«

»Klar. Ein Teil davon ist das Glück mit diesem Ort, dass ich das Haus gesehen habe, noch bevor ich überhaupt den Job hatte. An manchen Tagen ist es auch mühsam, wenn du dich zum Beispiel mit einem Kind auseinandersetzen musst, das entschlossen ist, sich das Leben zur Hölle zu machen und deins gleich mit. In solchen Momenten denke ich, hey, ich könnte in einer Villa auf Korfu sitzen, auf das Ionische Meer blicken und einen Ouzo trinken.«

Und seltsamerweise konnte sie ihn trotz des Sweatshirts

und der zerrissenen Jeans auch dort sehen. »Aber du gehst trotzdem am nächsten Tag wieder hin.«

»Weil am nächsten Tag vielleicht der Funke überspringt und du sehen – richtig sehen kannst, wie es im Kopf des Kindes Klick macht und eine Tür aufgeht. Und du weißt, dass manche Kinder darauf dann auch reagieren.« Er zuckte mit den Schultern. »Und das Ionische Meer läuft mir nicht weg.«

»Ich war noch nie in Griechenland. Meinst du, es würde mir gefallen?«

»Mir hat's gefallen. Die Kultur, die Kunst, die Antiquitäten, das Essen, einfach alles.«

»Ich wette, du hast die Sprache gelernt.«

»Zumindest so viel, dass ich mich verständlich machen konnte.«

»Sag etwas auf Griechisch.«

Er blickte in ihre meergrünen Hexenaugen. »*Écheis ta mátia mias thalássias mágissas.*«

»Das klingt nach mehr als nur verständlich machen.«

»Ich habe gesagt«, log er, »es ist schön, bei einem guten Essen Gesellschaft zu haben.«

»Ja, das stimmt. Zu Hause mache ich an einem solchen Tag vielleicht eine Dosensuppe auf und nehme mir eine Portion aus der Tüte mit gemischtem Salat.«

Er zuckte zusammen. »Das tut weh.«

Sie zog eine Augenbraue hoch. »Wenn ich es ganz gut mit mir meine, esse ich auch ein paar Cracker mit Cheez Whiz.«

»Hör auf.«

»Ein schnelles, praktisches, schmackhaftes Essen. Na ja, erzähl mir von deinen Jobs. Nein, nicht von irgendwelchen«, beschloss sie. »Von deinem ersten. Vom ersten Mal, als du in ein Haus eingebrochen bist.«

Er merkte, dass sie wieder aufs Buch zurückkommen

wollte, und sagte sich, dass er das akzeptieren müsse. »Das war tatsächlich ziemlich gut. Die Nachbarin einer Kundin kam vorbei, während ich im Haus sauber machte, und sie unterhielten sich in der Küche bei einer Tasse Kaffee. Ich putzte den Küchenboden, und die Nachbarin beklagte sich im Scherz über die Briefmarkensammlung ihres Mannes. Er sei davon besessen, erklärte sie, und hätte für eine einzelne Marke ein Vermögen ausgegeben.« Er nahm sein Weinglas in die Hand. »Ich hatte noch nicht viel über Briefmarken nachgedacht, aber das weckte mein Interesse.«

»Wie alt warst du?«

»Ungefähr zwölf. Ich dachte also darüber nach, während sie über irgendeine Wohltätigkeitsveranstaltung redeten, die sie machten. Und dann bot ich der Nachbarin an, ihr dabei zu helfen, die Sachen für die Auktion aus ihrem Haus zum Auto zu tragen.«

»Du bist also direkt in ihr Haus gegangen?«

»Ich habe ihr mit den Kisten geholfen und dabei einen guten Eindruck von der Alarmanlage bekommen. Damit würde ich fertigwerden, habe ich gedacht. Und ich habe sogar das Arbeitszimmer des Mannes gesehen. Es ist mir alles in den Schoß gefallen.«

»In den Schoß eines Zwölfjährigen sozusagen.«

»Ja. Ich habe einfach abgewartet. Die Nachbarn wollten verreisen, deshalb war ich geduldig, bis ich sicher sein konnte, dass das Haus leer war. Es war nicht besonders schwierig, die Schlösser und die Alarmanlage zu knacken.« Er schwieg einen Moment. Der Abend stand ihm auf einmal wieder deutlich vor Augen, jedes Detail. »Es fühlte sich unglaublich an. Es hat ja keinen Zweck, etwas anderes zu behaupten. Dort in diesem dunklen, stillen Haus zu stehen, wo ich nichts zu suchen hatte. Ich hätte die Möglichkeit gehabt, alles zu durchsuchen, alles zu nehmen, was ich wollte, und niemand würde jemals etwas davon erfahren.«

»Und, hast du es gemacht?«

»Was? Nein.«

»Warum nicht? Du bist zwölf, und alles liegt vor dir.«

»So funktioniert es aber nicht, zumindest nicht bei mir. Zu wissen, dass ich es konnte, das war die Magie. Die Briefmarken waren der Job. Auf jeden Fall habe ich in seinem Arbeitszimmer die Alben durchgesehen. Er hatte sie alle gut katalogisiert. Ich nahm mir, was ich recherchiert hatte, und … Auf einmal ging das Licht an, und Musik dröhnte im ganzen Haus.«

Miranda zuckte tatsächlich zusammen, dann lachte sie über sich. »Sie waren gar nicht in Urlaub?«

»Doch, sie waren weg, aber ich konnte ja nicht ahnen, dass ihr Sohn aus dem College gekommen war, um eine Party zu feiern. Ich hockte also unter dem Schreibtisch in dem Arbeitszimmer des Mannes, und der College-Sohn stand in Boxershorts in der Küche – nur durch Glastüren von mir getrennt. Und er hatte ein Mädchen dabei. Sie trug nur ihre Unterwäsche. Sie tranken Wein und tanzten sexy.«

Miranda lachte so sehr, dass sie sich den Bauch halten musste. »O Gott. Was hast du gemacht?«

»Na ja, ich habe zugeschaut – und versucht, mir zu überlegen, wie ich am besten mit den Briefmarken rauskomme –, aber die meiste Zeit kauerte ich einfach da im Dunkeln und habe zugeschaut. Dann fing das Mädchen an, sich auszuziehen, während sie tanzten, und, na ja, ich hatte eine starke Reaktion.«

Unwillkürlich fing Miranda wieder an zu lachen. »Das kann ich mir denken.«

»Ich hatte noch nie ein nacktes Mädchen gesehen. Ein echt

lebendiges nacktes Mädchen. Er zog seine Boxershorts runter und dann lagen sie übereinander, direkt vor mir in der Küche. Ich wusste theoretisch, wie es ging, aber ich hatte es noch nie live gesehen.«

Grinsend stützte sie sich mit den Ellbogen auf den Tisch und ließ den Kopf auf die Hände sinken. »Briefmarken oder Live-Porno. Was soll ein pubertierender Junge da machen?«

»Schwere Wahl, aber ich musste verschwinden, während sie noch abgelenkt waren. Also nahm ich die Briefmarken, kroch die ganze Strecke bis zur Haustür, stellte den Alarm wieder an und haute ab.« Er stand auf, um den Tisch abzuräumen. »Sie haben den Einbruch nie der Polizei gemeldet, weil sie glaubten, dass einer der Partygäste sich bedient hat. Und ich habe einen Haufen Rechnungen mit diesen Briefmarken bezahlt und konnte weiter zur Schule gehen.«

Mit zwölf, dachte sie, während sie ihm beim Abräumen half. »War das dann der Übergang vom Taschendieb zum Einbrecher?«

»Das würde ich nicht sagen. Ich habe mich nur breiter aufgestellt.«

Sie begann, die Spülmaschine einzuräumen, das Signal, dass ihr Sonntagstreffen sich dem Ende zuneigte. Sie bedauerte es zwar, aber es schien der natürliche Ablauf zu sein.

»Kannst du mir zeigen, wie du das mit meiner Uhr gemacht hast? Wie hast du sie vom Handgelenk gekriegt, ohne dass ich etwas gemerkt habe?«

»Dazu braucht es nur eine leichte, schnelle Berührung.« Er fuhr mit der Hand über ihr Handgelenk. »So ungefähr.«

Sie hob den Arm. »Die Uhr ist noch da.«

»Aber das hier nicht mehr.« Er hielt ihre Kette hoch. »Ein hübscher Mondstein. Ablenkung«, ergänzte er, »und eine leichte, schnelle Berührung.«

Geschockt öffnete sie den Mund, dann lachte sie. »Das ist lächerlich. So abgelenkt war ich doch gar nicht.«

»Aber genug. Du möchtest sie wahrscheinlich wiederhaben.« Er legte ihr die Kette wieder um, und als er den Verschluss zumachte, glitten seine Finger über ihren Nacken.

Es war normal, dass sie bei der Berührung ganz kurz die Augen schloss.

»Ja, danke. Sie ist mein neuer Lieblingsschmuck.«

»Und das hier?«

Sie drehte sich um. Die Uhr baumelte an seinen Fingern. »Booth! Okay, das ist nicht lächerlich, das ist unheimlich.« Sie schnappte sich ihre Uhr und legte sie wieder an. »Du könntest als Zauberer auftreten.«

»Das liegt mir nicht. Aber das hier gefällt mir …« Er zog ihre Kette aus dem Ärmel.

Ihre Augen funkelten, erheitert und verwundert zugleich. »Wenn ich demnächst die Straße entlanggehe, werde ich zusehen, dass ich allen anderen im weiten Bogen aus dem Weg gehe. Und das hat dir deine Tante beigebracht?«

»Die Grundlagen, ja.« Er bedeutete ihr, sich wieder umzudrehen, und lächelte, als sie entschlossen die Hand um ihr Handgelenk mit der Uhr legte. »Zu ihrer Verteidigung muss ich sagen, sie hat es als Unterhaltung gemeint und nicht als Anleitung. So, alles wieder da. Mondstein, die hübsche Baume & Mercier. Die hier behalte ich als Honorar für den Unterricht.«

Er hielt ihre Ohrringe hoch und grinste, als sie sich mit den Händen an die Ohrläppchen fasste.

»Ach, Mann!«

»Französischer Verschluss. Leicht zu lösen.«

»Das werde ich mir merken.« Sie streckte die Hand aus.

Er trat einfach näher und steckte ihr beide wieder an. »Sie stehen dir gut.«

»Danke.« Ihr Herz stolperte, und sie spürte ein Ziehen im Bauch. »Du stehst im Weg, Booth.«

»Entschuldigung.« Er wich zurück und steckte die Hände in die Taschen. »Ich räume alleine weiter auf. Ich gebe dir nur rasch etwas für zu Hause mit, damit du nicht auf Cracker mit Käsesoße zurückgreifen musst.« Er trat an die Kücheninsel und holte eine Vorratsdose heraus.

Miranda blieb stehen. »Das ist auch so was mit dir. Du lässt ein Nein gelten und bedrängst mich nicht. Obwohl wir beide gerade jetzt wissen, dass ein kleiner Schubs zu deinem Vorteil wäre.«

»Ich will nicht schubsen.« Er blickte ihr in die Augen. Direkt in sie hinein. »Nicht bei dir.«

»Ich kann einen Fehler nicht wiederholen.«

Seine Augen glühten, als sei ein Funke entzündet worden. »Es war kein Fehler, und du sollst es nicht so nennen. Du kannst sagen, es war falsch, wie ich damit umgegangen bin, das ist okay, auch wenn ich nicht weiß, was ich sonst hätte machen sollen. Aber diese Zeit mit dir damals, diese letzten Tage, das war das beste Wochenende meines Lebens. So etwas habe ich weder vorher noch hinterher jemals gehabt. Es war perfekt. Verdammt noch mal, es war kein Fehler.«

»Du hättest mir die Wahrheit sagen sollen, das hättest du machen können.«

»Wirklich? In deinem Szenario sage ich also dem Mädchen, mit dem ich gerade ein großartiges Wochenende verbracht habe, dessen Vater nicht nur einer meiner Lieblingsprofessoren ist, sondern der mich auch in seinem Haus empfangen hat, ich sage also: ›Hey, Miranda, ich muss dir was Lustiges über mich erzählen. Ich bin ein Dieb, außerdem, all diese Empfehlungen, durch die ich an die Uni gekommen bin, sind gefälscht. Und jetzt will so ein reicher Typ, für den ich vor ein paar Jahren etwas geklaut habe, dass ich wieder einen Job für ihn übernehme, sonst tut er meiner Tante etwas an, vielleicht auch dir und vielleicht den paar Freunden, die ich gefunden habe.‹ Und dann?« Er schob die Dose weg und ging durch die Küche. »Hätten wir die Polizei rufen sollen? Das FBI? Was hätten wir ihnen sagen sollen? Dieser Mann will, dass ich diese Statue stehle? Oh, warum gerade ich? Ach, das ist mein Beruf. Mein Name? Oh, gut, welcher?«

»Vielleicht hast du recht. Ich weiß nicht. Vielleicht hätte ich dir helfen können. Das weißt du doch gar nicht.«

»Du weißt es nicht, ich weiß es nicht. Aber eines weiß ich genau: Wenn ich es dir gesagt hätte, hätte er mehr Grund gehabt, dir etwas anzutun. Aus dem gleichen Grund habe ich es auch Mags erst erzählt, als es erledigt war.«

Sie stoppte abrupt mit ihren Vorwürfen. »Du hast es deiner Tante nicht erzählt?«

»Erst als es vorbei und ich schon auf dem Weg nach Frankreich war. Besonders glücklich war sie auch nicht darüber, aber zumindest war sie in Sicherheit.«

Sie wusste nicht, warum das ihre Einstellung änderte, zumindest ein bisschen. Aber es war so, dachte sie, weil er seine Tante liebte und sie eine Konstante in seinem Leben gewesen war.

»Wie hast du es ihr denn gesagt, wenn du weg warst?«

»Prepaid-Handys. Ich habe für sie und Sebastien Prepaid-Handys besorgt. Keine E-Mails, keine Briefe, keine andere Kommunikation. Ich habe sie erst ein Jahr später wiedergesehen. Sie fuhr zum Mardi Gras, und ich arrangierte einen Privatjet für sie, der sie zu mir brachte. Wir haben einander versprochen, dass wir einmal im Jahr ein paar Tage miteinander verbringen – ohne Ausnahme. Entweder am oder vor dem 1. April.«

Seine einzige Familie, dachte sie. Seine einzige Verbindung zu seinem Zuhause.

»Und ihr habt beide Wege gefunden, um euer Versprechen zu halten.«

»Ja, wir finden Wege. Also.«

Er trat wieder an den Küchentresen und füllte die Vorratsdose. Sein Tonfall war jetzt ruhig, als ob es den Gefühlsausbruch nie gegeben hätte.

Er beherrscht sich, wurde ihr klar. Er hält sein wahres Ich zurück.

»Du hast mittlerweile sicher genug Stoff für dein Buch.«

»Wahrscheinlich.«

»Es wäre leichter für uns, wenn wir mit diesen Sonntagen aufhören.«

»Wahrscheinlich«, wiederholte sie.

Er reichte ihr den Behälter. Sie nahm ihn, stellte ihn dann aber auf den Tisch. Genug, dachte sie. Genug Vorwände, genug Filter, genug Leugnung, auf beiden Seiten.

»Warum fragst du nicht, was ich will?«

»Was willst du?«

»Vielleicht wollte ich dich ein bisschen anschubsen, damit ich nicht die volle Verantwortung trage, aber dieser Moment ist vorbei.«

Sie trat zu ihm, legte ihre Hände auf seine Wangen und berührte seine Lippen leicht mit ihren.

Und ihr Herz setzte einen Schlag aus, als er sie genauso ansah wie damals an jenem ersten Tag im Kurs, vor tausend Jahren.

Intensiv, misstrauisch, ein bisschen angesäuert.

»Vielleicht will ich das zurückhaben, wenn auch nur für heute, was er uns gestohlen hat. Ich habe dich so geliebt, wie man mit zwanzig lieben kann. Ohne Einschränkungen, überwältigend, und die Zukunft lag in leuchtenden Farben vor uns. Vielleicht will ich ein bisschen davon zurück, auch wenn es nur für heute ist.«

»Ich …«

»Ich glaube, du bist es mir schuldig. Ich glaube, du willst mich dafür entschädigen, dass diese Farben so blass geworden sind.« Erneut küsste sie ihn, spürte, wie er sich zurückhielt und zurückzog. »Mach es wieder gut, Booth«, murmelte sie.

Sie schlang die Arme um seinen Hals, sprang an ihm hoch und schlang die Beine um seine Taille. »Trag mich nach oben.« Ihre Küsse wurden drängender. »Bring mich ins Bett, sonst muss ich dich hier auf dem Küchentresen nehmen.«

»Du darfst es nicht bedauern. Du darfst es keinen Fehler nennen.«

»Wir sind jetzt erwachsen.« Sie küsste ihn auf den Hals, als er sie aus der Küche trug. »Es ist doch nur Sex.«

Er blieb stehen und blickte sie an. »Ja, wir sind erwachsen, aber es ist nicht nur Sex.«

Sie ließ ihre Stirn an seine sinken. Es war zwar kein Fehler, es zuzugeben, aber ein Risiko. Sie ging das Risiko ein. »Nein, das ist es nicht.« Dann tat sie, was sie schon seit Wochen tun wollte und fuhr mit den Fingern durch seine Haare. »Ich bitte dich nur noch um eines.«

»Ich bin geneigt, es dir zu gewähren.«

»Geh nicht einfach wieder weg. Ich werde das auch nicht tun. Falls der Zeitpunkt für einen von uns gekommen sein sollte, dass wir gehen müssen, sagen wir einander Bescheid.«

»Abgemacht.« Im Schlafzimmer stellte er sie auf die Füße, dann griff er in ihre Haare, um ihren Zopf zu lösen. »Wenn du deine Meinung änderst … dann stürze ich mich aus dem Fenster.«

»Dafür kannst du mich nicht verantwortlich machen.« Sie zog ihm das T-Shirt aus, dann fuhr sie mit den Händen über seine Brust. »Du hast dich wirklich gut in Form gehalten.«

»Ein Dieb mit Bauch ist ein langsamer Dieb. Gott, deine Haare.« Als sie ihr lose über die Schultern fielen, vergrub er sein Gesicht darin. »Ich habe es so vermisst, sie zu sehen, sie zu berühren.« Er blickte sie an und zog ihr den Pullover über den Kopf. »Dich zu sehen, dich zu berühren.«

Er schlang die Arme um sie, zog sie an sich, und ihre Lippen fanden sich endlich zu einem leidenschaftlichen Kuss.

Was er wollte, alles, was er wollte. Ein wahr gewordener Traum, ein Traum, den er mit allen Sinnen aufnahm, bis er gesättigt war.

Mit langsamen, sinnlichen Küssen, die sie erwiderte, vermischten sich Vergangenheit und Gegenwart in etwas Neues, das nur ihnen gehörte.

Eine Blume, die lange geschlafen hatte, entfaltete sich.

Er drückte sie aufs Bett, verschlang seine Finger mit ihren. Um den Moment auszukosten, bedeckte er ihre Stirn mit zarten Küssen, ihre Augenlider, ihre Wangen. Dann, als sich ihre Lippen wieder trafen, sank er über sie.

Alles in ihr erwachte und streckte sich ihm voller Sehnsucht entgegen. Sie hatte nicht geschlafen, dachte sie. Sie hatte ein Leben gehabt, Liebhaber, Arbeit. Aber mit diesem Kuss fühlte es sich so an, als sei ein wesentlicher Teil von ihr wieder erwacht.

Er hielt ihre Hände fest umschlossen, während seine Lippen über ihren Körper wanderten, und das Gefühl, hilflos zu sein, überwältigte, verführte und lockte sie, sich zu ergeben.

»Ich habe von dir geträumt.« Seine Zunge glitt unter ihren BH, fand sie, erregte sie. »Von dir, hiervon, und als ich aufwachte, hüllte mich der Duft deiner Haare ein.« Sein Mund glitt an ihrem Hals hinauf. »Und jetzt bist du da. Du hast mich gequält, als du in meiner Küche gesessen und all diese Fragen gestellt hast.«

»Ich weiß.« Sie war außer Atem, er raubte ihr wundervoll den Atem. »Das wollte ich auch.«

»Mitten ins Schwarze.« Er hob eine ihrer Hände, knabberte an den Knöcheln. »Dafür darf ich mich auch ein bisschen rächen.«

Sie bog ihm ihre Hüften entgegen. »Bedien dich.«

»Das tue ich.«

Er ließ ihre Hände los und öffnete blitzschnell ihren Büstenhalter. Sie griff nach ihm, als er ihn abzog, aber er hielt wieder ihre Hände fest. Dieses Mal drückte er ihr die Arme über den Kopf.

»Ich bediene mich.«

Ihr Herz stolperte unter den trägen Forderungen seines Mundes. Wie hatte sie nur vergessen können, wie er nehmen und nehmen und ihr solche Lust bescheren konnte?

Die Lust baute sich langsam auf, bis sie zu zittern begann und sich hin und her wand. Nur mit dem Mund brachte er sie zum Höhepunkt.

Er spürte, wie sie kam, und er spürte, wie es nachließ, und erst dann ließ er ihre Hände los, damit er sie berühren konnte. Ihre zarte Haut, die jetzt ein wenig feucht war von der Hitze, die sie einander gaben.

Diese süßen Rundungen und langen Gliedmaßen, die er endlich, endlich wieder berühren, erforschen und besitzen konnte.

Ihre Hände glitten drängend über ihn, während ihr Körper sich unter seinem bewegte und ihm alles darbot, was er begehrte.

Dann knieten sie auf dem Bett und rissen sich hastig die Kleidung vom Leib.

Sie lachte atemlos. »Zieh diese verdammten Schuhe aus und beende, was du angefangen hast.«

»Ich sehe dich immer noch an.«

»Du kannst mich später ansehen, mach jetzt weiter. Booth, Booth«, wiederholte sie und schlang ihre endlos langen Beine um ihn, um ihn aufzunehmen. Ihre Fingernägel gruben sich in seine Schultern, als ihr Kopf zurücksank. Und immer noch schaute er sie an, ihre Haare, das Verlangen in ihren Augen, als sie einander nahmen.

Alles, was er wollte, war um ihn herum. Ein Traum, der so lange unerreichbar gewesen war, lag jetzt warm und bebend in seinen Armen. Und was es auch kosten würde, er gab sich ihr hin.

Ohne Bedauern.

Sie kuschelte sich nicht an ihn, wie sie es damals getan hatte. Sie war nicht mehr das naive junge Mädchen von einst, und ganz gewiss glaubte sie auch nicht mehr, dass Liebe ein Allheilmittel war.

Und auch er war nicht mehr der süße, schüchterne Junge, in den sie sich Hals über Kopf verliebt hatte, sondern ein komplexer, komplizierter erwachsener Mann.

Als sie im Bett neben ihm lag, konnte sie zugeben, dass der Mann sie faszinierte.

Zu der aufrichtigen Prüfung – und auf Aufrichtigkeit legte sie Wert – kamen Erregung und Anziehung hinzu. Aber alle diese Reaktionen ergaben zusammen nicht Liebe, die sich zwar einen Weg gebahnt hatte, der aber trotzdem noch voller Schlaglöcher, Gefahren und Hindernisse war.

Also, dachte sie, alles gut.

Dann verschränkte er seine Hand mit ihrer. Sie schloss die

Augen und suchte nach Abwehrmechanismen, die sie sonst immer parat hatte.

»Es ist nicht nur Sex«, sagte er. »Und wir sind okay.«

»Ich bin nicht auf der Suche nach einer Liebesgeschichte oder einer Beziehung, Booth.«

»So etwas kommt für jemanden wie mich auch nicht infrage. Und trotzdem sind wir okay. Zwischen uns ist etwas, Miranda, und es ist immer da gewesen. Ich bin bereit, mich für jetzt hiermit zufriedenzugeben.« Er setzte sich auf und blickte zu ihr herunter. »Als ich dich wiedergesehen habe, bin ich nicht sofort weggelaufen, und zwar wegen meiner Schüler. Aber das war nicht der einzige Grund. Du bist nicht gleich zu Lorna oder zur Polizei gegangen, weil du Antworten wolltest, und du brauchtest sie auch. Aber auch das ist nicht der einzige Grund.«

Sie setzte sich ebenfalls auf und musterte sein Gesicht. »Nein, ist es nicht. Ich bin nur bis Juli hier.«

»Siehst du, dieses Glas ist halb leer. Ich habe also drei Monate mit dir. Lass es uns angehen.«

»Ich denke immer, wenn das Glas halb leer ist, dann kann man auch noch ein bisschen mehr einschenken.« Nachzugeben war doch nicht schlimm, dachte sie. Sie fuhr ihm mit der Hand durch die Haare. »In Ordnung, Booth, wir gießen noch etwas ein.«

Er beugte sich gerade so weit vor, dass seine Lippen ihre streiften. »Bleib.«

»Das könnte gleichbedeutend sein mit zu viel ins Glas gießen, sodass es überläuft und alles auf den Fußboden tropft.«

»Wir fangen langsamer an. Bleib zum Kaffee und zum Dessert.«

»Du trinkst doch gar keinen Kaffee.«

»Ich mache mir eine Latte.«

»Wenn du das Kaffee nennst.« Sie legte den Kopf schräg. »Was für ein Dessert?«

»Es gibt heiße Fudge Sundaes.«

»Das hast du nicht im Tiefkühler.«

»Nein, aber ich habe Eiscreme im Tiefkühler, eine Flasche Karamellsoße in der Speisekammer und Schlagsahne im Kühlschrank. Wenn du das zusammen servierst, hast du heiße Fudge Sundaes.«

»Schlagsahne. Was ist denn so schlecht an dem Zeug, das man in einer Dose oder einer Tube kaufen kann?«

»Reg mich nicht auf!«

Bevor sie sich anziehen konnte, reichte er ihr einen Morgenmantel und zog sich eine Trainingshose an. Miranda überlegte ein bisschen, beschloss aber dann, dass man, wenn man wusste, dass man manipuliert wurde, eigentlich nicht manipuliert wurde.

Sie machte den Kaffee, während Booth die Sahne schlug. Dann saß sie auf seiner Küchentheke, in seinem Morgenmantel, und aß heißes Fudge Sundae.

»Ich dachte, ich komme nächste Woche zu deiner Signierstunde.«

»Das brauchst du aber nicht.«

»Ich unterrichte Literatur«, erwiderte er. »Wir haben eine Bestseller-Autorin im Haus. Wie würde das aussehen, wenn ich nicht dort erscheine? Und du kannst dich revanchieren, indem du zu einer Vorstellung von *Birdie* kommst.«

»Das hatte ich sowieso vor. Wirklich, es fällt niemandem auf, ob du zur Signierstunde kommst oder nicht.«

Amüsiert tippte er mit seinem Löffel in die Luft. »Da irrst du dich nach drei Monaten in Westbend. Du machst das einfach nicht gerne – das Signieren.«

»Das habe ich nicht gesagt.«

»Dein ganzer Körper hat es gesagt. Warum nicht?«

Sie seufzte und rührte mit ihrem Löffel in der Sahne. »Die Leute geben mir immer das Gefühl, ich sei jemand, der ich nicht bin. Schreiben ist eine einsame Tätigkeit, du bist mit der Geschichte ganz allein. Und dann ist sie fertig, und die Leute wollen, dass du rausgehst und, na ja, auftrittst.«

»Lampenfieber?«

»Mir hat es noch nie etwas ausgemacht, auf einer Bühne zu stehen. Ich habe in der Schule gerne Theater gespielt. Aber in einem Stück musst du auch jemand anderer sein, das ist der Unterschied.«

»Jeder Schauspieler legt etwas von sich selber in seine Rolle. In diesem Fall ist eben die Buchhandlung deine Bühne.«

»Ich treffe gerne Leser. Ich bin dankbar dafür, dass die Leute sich die Zeit nehmen, meine Bücher zu lesen. Es holt mich nur aus meiner netten kleinen Komfortzone.«

»Wo es nur um dich und die Geschichte geht.«

»Ja. Andererseits bin ich gerade deshalb in Westbend, um die Komfortzone zu erweitern. Man kann tatsächlich zu bequem werden, und dann wird aus Routine – und ich bin ein Fan von Routine – ein festgefahrenes Gleis.« Sie leckte die Schlagsahne von ihrem Löffel und gestikulierte dann damit. »Für dich sind festgefahrene Gleise kein Problem, weil du Routinen, Orte, einfach alles änderst, wenn es dir passt.«

»Das entscheide ich nicht immer autark, manchmal ist es einfach nur nötig.«

»Mein Protagonist steckt zu tief in seinem Restaurant, um Dinge ändern zu können. Hmm. Bestiehlst du Frauen, mit denen du schläfst?«

»Nein. Jesus!« Entsetzt fuhr er sich mit den Händen durch die Haare. »Das ist ja eine teuflische Frage, wenn du hier im Morgenmantel sitzt.«

»Er tut es. Das ist ein Hauptpunkt im Plot. Er hat mit dem Opfer geschlafen, und sie ist nicht die Erste, die er nach dem Beischlaf bestohlen hat. Nur die Erste, die danach ermordet wird. Warum nutzt du Intimität nicht als Zugang?«

»Erstens ist es einfach nur unhöflich.«

Sie lachte, dann legte sie den Löffel weg und lachte weiter. Sie beugte sich vor und umfasste sein Gesicht mit den Händen. »Genau das würdest du denken und fühlen. Das macht dich so unwiderstehlich, dieser seltsame Moralkodex.«

»Instabil.«

»Seltsam, instabil, aber echt. Und zweitens? Wenn es ein Erstens gibt, gibt es meistens auch ein Zweitens.«

»Zweitens ist es eine direkte Verbindung. Wenn du nicht schon unter Verdacht stehst, hat die Polizei zumindest ein paar Fragen an dich.«

»Ja. Diesen Teil werde ich verwenden.« Sie ergriff wieder ihren Löffel und lächelte ihn an. »Du machst ein verdammt gutes Hot Fudge Sundae.«

»Ich mache auch ein verdammt gutes Käseomelette. Du könntest es probieren, wenn du über Nacht bliebest. Du hast bereits einen Anteil daran, weil ich es aus den Eiern mache, die du für die Eiweißglasur zerbrochen hast.«

Anstatt eine Augenbraue hochzuziehen, runzelte sie die Stirn. »So viele habe ich auch nicht zerbrochen.«

»Ich habe noch mehr Eier.«

Sie musterte ihren Löffel mit Eiscreme und Karamellsauce, bevor sie ihn in den Mund steckte. »Ist Bacon dabei?«

»Und getoastetes französisches Brot.«

»Nun … ich denke, wir könnten aufwischen, was aus dem Glas auf den Fußboden überläuft.«

»Ich habe zufällig einen Aufnehmer.«

Sie blieb.

23

Mitten in der Woche, nach der Probe, blieb sie noch einmal über Nacht und fand es seltsam entspannend, am Kamin zu sitzen und zu lesen, während er Klassenarbeiten korrigierte.

Das war keine Routine, versicherte sie sich, noch nicht einmal geplant. Einfach nur eine zufällige Einladung, nach der Probe auf eine selbst gemachte Pizza mitzukommen. Und zu bleiben.

Am Abend der Signierstunde zog sie ein schlichtes hellgraues Kleid an, über dem sie eine Lederjacke in Knallblau trug. Sie ließ die Haare offen und schlüpfte in Pumps, die farblich zur Jacke passten. Elegant, professionell, urteilte sie, aber nicht übertrieben.

Als sie aus dem Schlafzimmer trat, blinzelte sie verwirrt. Auf ihrer Küchentheke stand eine viereckige Glasvase mit Tulpen in allen Farben.

Sie ergriff die Karte, die an der Vase lehnte.

Toi toi toi.

Booth natürlich. Anscheinend war der Dieb hereingekommen und hatte, statt etwas mitzunehmen, etwas dagelassen. Sie wünschte, sie würde es nicht so charmant finden.

»Ich sollte nicht so hingerissen sein«, murmelte sie, steckte aber die Karte als eine Art Glücksbringer in die Tasche.

Im Ort ging sie, wie man ihr gesagt hatte, zum Hintereingang der Buchhandlung. Carolyn stand bebend vor Aufregung an einer Theke, auf der ihre Bücher gestapelt waren.

»Ich hätte Ihnen besser gesagt, Sie sollten eine Stunde früher kommen und nicht nur eine halbe. Wir nehmen den ganzen Tag schon Kartenbestellungen entgegen! Die Leute stehen bereits Schlange, und sogar ein Fernsehteam aus DC ist draußen. Ich habe rasch ein Interview gegeben, und sie reden jetzt mit einigen Kunden. Natürlich wollen sie auch mit Ihnen sprechen.«

Miranda setzte ein enthusiastisches Lächeln auf, aber ihr rutschte das Herz in die Hose. »Toll.«

»Sie brauchen sich überhaupt keine Sorgen zu machen. Für solche Events haben wir ein gut funktionierendes System. Und ich stehe Ihnen zur Seite. Was kann ich Ihnen denn zu trinken anbieten?«

Einen Whiskey, dachte Miranda, sagte aber: »Einfach nur Wasser, bitte.«

»Ich bringe es sofort!«, zwitscherte Carolyn. »Ich kann es kaum glauben, dass unsere Buchhandlung in *Nachrichten um elf* vorgestellt wird. Vielleicht werden wir auch am Morgen noch einmal erwähnt.«

Immer noch lächelnd, nahm Miranda das Wasserglas entgegen und meinte: »Yippie!«

Andy hatte sie wegen der Verbindung zu Cesca als »beinahe Einheimische« angekündigt, und es funktionierte, ebenso wie sein ausgiebiges Social-Media-Marketing. Als sie in den Eventbereich hinaustrat, sah sie auf ein beeindruckendes Meer von Gesichtern. Auch Booth war dort, er stand mit Cesca und Lorna zusammen.

Der Frage- und Antwortteil eines solchen Events hatte ihr noch nie Probleme bereitet. Sie wusste, wie man Fragen beantwortete, und nutzte diese Fähigkeit auch, als sie dem DC-Reporter ein – zum Glück – kurzes Interview gab.

Sie saß am Tisch, signierte Bücher, machte Fotos mit Kunden, plauderte, und schließlich ließ das Rauschen in ihren Ohren nach, bis sie sich fast normal fühlte.

Als Cesca an den Tisch trat, schüttelte Miranda den Kopf. »Du hast doch schon ein signiertes Buch.«

»Und du wirst sehen, dass das hier nicht für mich ist, sondern für eine meiner Freundinnen. Ronda gibt ständig an mit ihrer Tochter, der Ärztin, ihrem Sohn, dem Richter. Wir wollen doch mal sehen, ob wir das nicht übertreffen können! Oh, ich bin so stolz auf dich!« Dann winkte sie Booth heran. »Bitte machen Sie ein Foto von mir und meiner berühmten Patentochter.«

Als das erledigt war, reichte auch er Miranda ein Buch.

»Ich dachte, du hättest es gelesen.«

»Das habe ich auch. Das hier kommt in meine Sammlung signierter Bücher. Du warst gut bei den Fragen und Antworten.«

»Das ist für mich immer der leichteste Teil.«

»Ich bin froh, dass ich es mir ansehen konnte. Ich muss jetzt los. Ich habe heute Abend Tonprobe. Wahrscheinlich komme ich erst gegen neun nach Hause.«

Sie verstand die Frage in seiner Aussage.

»Ich muss noch auf einen Umtrunk mit dem Buchclub. Ich glaube, ich bin etwa um die gleiche Zeit zu Hause.«

»Viel Spaß.«

Und den hatte sie tatsächlich, sogar überraschend viel. Normalerweise wäre sie danach direkt nach Hause gefahren, hätte sich einen Trainingsanzug oder ihren Pyjama angezogen und sich aufs Sofa gelegt, um mindestens eine Stunde lang stumm an die Decke zu schauen.

Stattdessen fuhr sie zu Booth.

»Gutes Timing«, sagte er, als sie klopfte. »Ich bin vor fünf Minuten nach Hause gekommen.«

Er zog sie in die Arme. Der Kuss tat wesentlich mehr für ihr Gleichgewicht, als stumm an die Decke zu starren.

»Ich habe Champagner.«

»Cesca auch, aber ich habe nur ein Glas getrunken.«

»Jetzt kannst du zwei trinken.« Erneut zog er sie an sich. »Du hast toll ausgesehen, siehst immer noch toll aus.«

»Mein Ziel war es, nicht zu übertreiben.«

»Das hast du mehr als erreicht. Ich glaube, du hast Carolyns Jahr gerettet.« An der Hand zog er sie in die Küche. Die Flasche, die er gerade aus dem Kühlschrank genommen hatte, stand in einem Eiskübel. »Mithilfe von Cesca wird sie dich überall aufspüren.«

»Sie hat schon damit angefangen.« Sie schlüpfte aus den hochhackigen Schuhen und stieß einen lustvollen Laut aus, den nur Frauen verstehen konnten, die stundenlang auf ähnlich hohen Absätzen gestanden hatten.

»Setz dich. Ich mache die Flasche auf.«

»Ich habe stundenlang gesessen. Du bist in mein Haus eingebrochen.«

»Ich habe nichts kaputt gemacht.«

Sie stupste ihn an den Arm. »Du hättest klopfen können.«

»Dann wäre die Überraschung nicht so groß gewesen«, sagte er, als der Korken herausploppte.

»Da hast du recht, und die Blumen sind wunderschön. Danke.«

»Gerne.« Er reichte ihr ein Glas und ergriff sein eigenes. »Herzlichen Glückwunsch zu einem erfolgreichen Abend mit Miranda Emerson.«

Sie trank einen Schluck, bewegte ihre Schultern und seufzte. »Und ich bin so froh, dass es vorbei ist.«

»Mir hat es gefallen, dich im Scheinwerferlicht zu sehen. Ich fand es ganz wunderbar.«

»Du meinst das ernst«, murmelte sie.

»Warum sollte ich nicht?«

»Ich weiß nicht, ich weiß nicht. Ich denke ... für dich müsste das doch etwas Kleines sein, eine Signierstunde in einem Ort wie Westbend.«

»Nein. Das ist der Ort, in dem ich lebe. Und es geht um dich. Vielleicht könntest du mal einen Abend nicht an das denken, was *ich* tue.«

»Ich finde, ich bin um dieses Thema gut herumgekommen. Und ich habe es nicht als Beleidigung oder Nachfragen verstanden.« Sie setzte sich und trank noch einen Schluck. »Ich habe dich auch beobachtet. Bei dir ist nicht alles Schauspielerei. Du tust nicht nur so, als hättest du eine Beziehung zu Leuten, sondern du hast sie wirklich. Du benutzt auch das Frühlings-Musical nicht als Teil deiner Tarnung. Du willst, dass diese Schüler glänzen.«

»Da kann ich wieder nur fragen: Warum nicht?«

Wie sollte sie ihm erklären, überlegte sie, was für ihn so einfach war, für sie aber eine Straße mit vielen Kurven? »Für dich ist das alles normal, aber ich zum Beispiel brauche ein bisschen länger, um es normal zu finden. Als ich dir zum ersten Mal begegnet bin, habe ich gedacht: Oh, er ist ein bisschen schüchtern. Und natürlich hat mich das umso entschlossener gemacht, zu dir durchzudringen. So bin ich eben. Aber was ich als Schüchternheit gesehen habe, war in Wirklichkeit eher Vorsicht. Für dich notwendig. Ich kann also zurückblicken, und ich weiß ja auch, dass du alles ernst gemeint hast, was du zu mir gesagt hast, aber es war alles nur durch deinen Filter von Normal.«

Er konnte ihr nicht widersprechen. Er erinnerte sich ja an alles. »Ich kann nicht zurückgehen und reparieren, was geschehen ist.«

»Nein, das meine ich ja auch nicht. Überhaupt nicht. Es ist nur ... Für jemanden, der sich seinen Lebensunterhalt auf unaufrichtige Weise verdient, bist du eine unglaubliche aufrichtige Person. Und hast du nicht vorhin selbst zu mir gesagt, ein Schauspieler legt immer etwas von sich selbst in eine Rolle hinein? Ich sehe, dass du deinen Namen, sogar dein Aussehen änderst, deine Lebensumstände, alles, aber trotzdem bist du immer noch du.«

»Na ja, ich komme damit klar.«

»In Ordnung. Und jetzt setz dich doch und erzähl mir, wie es bei dir mit der Technik gelaufen ist.«

»Willst du das wirklich hören?«

»Ja, wirklich. Vor allem, weil es mir einen Grund gibt, ein zweites Glas Champagner zu trinken und herunterzukommen, bevor ich dich nach oben locke und dich verführe.«

Er nahm die Flasche. »Ich fasse mich kurz.«

In der Mittagspause fuhr Booth rasch am Theater vorbei. Die Vorbereitungen waren in vollem Gange. Hammer und Nagelpistolen machten einen Heidenlärm, und er hörte das Jaulen eines Bohrers. Als er durch den Mittelgang zur Bühne lief, roch er die frische Farbe. Einige Schüler arbeiteten dort am Bahnhof für die *Wir lieben dich, Conrad*-Nummer.

Jill Bester, die Mutter des Schülers, der sich um die Lichttechnik kümmerte, und die selber beim Aufbau der Kulissen mithalf, stand neben einem Schüler, der gerade eine Schraube in eine der unteren Kabinen für die Eröffnungsnummer drehte.

»Gut gemacht, Chuck. Wir sind fertig.« Sie tippte sich an ihre Fielder's-Kappe und rief Booth zu: »Was meinen Sie?«

Er musterte die verschieden langen und breiten Kabinen und konnte sich jetzt schon vorstellen, wie die Schüler darin mit Telefonen standen, lagen oder saßen. »Es ist perfekt.«

»Warten Sie ab, bis wir es erst einmal gestrichen haben.« Sie trat zu einem Klapptisch, auf dem ihr Tablet lag, und rief das Design auf den Bildschirm. »So ist es richtig, oder?«

Er blickte auf den Bildschirm, auf die bunten, leuchtenden Farben. Lichtsignale, das Scheinwerferlicht würden sie noch hervorheben. »Ebenfalls perfekt. Ich weiß nicht, was wir ohne Sie machen würden, Jill.«

»Am Frühlings-Musical zu arbeiten, liebe ich ganz besonders.«

»Sie werden mich nicht verlassen, wenn Tod seinen Abschluss macht, oder?«

»Sie können ja versuchen, mich loszuwerden. Für die nächsten zwanzig Minuten habe ich nur die paar Leute hier, aber Missy hat ein paar von ihren Kunstschülern dazu gebracht, beim Anstreichen zu helfen. Sie können die Kabinen und die Küche heute Abend für die Probe benutzen.«

»Sie sind beinahe fertig mit den Kulissen. Genau auf den Termin.«

»So mögen wir es am liebsten. Sie haben viel Zeit investiert.« Sie stemmte die Hände in die Hüften und studierte das, was manche als Chaos ansehen würden. »Die Vorhänge müssten bis Ende der Woche fertig sein. Und wir bedanken uns bei Ihnen, dass Sie sie nicht zu zeitintensiv gestaltet haben.«

»Schon wieder eine spitze Bemerkung über meine künstlerischen Fähigkeiten.«

»Was Zeichnen und Malen angeht, haben Sie gar keine.«

»Nur zu wahr. Gehen Sie Mittagessen, Jill. Ich komme später noch mal vorbei.«

Er holte sich einen Apfel und eine Coke aus der Lehrerkantine, überprüfte die Garderobe und bereitete sich dann auf seinen nächsten Kurs vor. In den nächsten Wochen würde es hektisch werden, aber das war in Ordnung. Er dachte an die Ferien und fragte sich, was Miranda wohl von Wandern oder Kajakfahren hielt. Er hatte sie noch nie gefragt.

Sollten sie formell zusammen sein? Essen oder ins Kino gehen, eine Fahrt nach DC ins Konzert? Wie konnte es sein, dass er sie so liebte und nicht über die einfachen Dinge nachgedacht hatte?

Sie würden darüber reden, dachte er, als es nach der letzten Stunde läutete und die Schüler lärmend zum Ausgang stürmten.

Außer Louis, der nach dem letzten Läuten immer noch eine Frage zu haben schien.

»Hey, Mr. Booth.«

»Was gibts, Louis?«

Es dauerte keine zehn Minuten, bis ihm klar war, dass Louis sich vor dem bevorstehenden Test über *Julius Caesar* fürchtete. Louis war aus Pennsylvania hergezogen und im ersten Jahr an der Schule. Er musste erst noch seine Gruppe finden, seine Komfortzone oder auch nur seine Füße.

»Weißt du, Louis, ich könnte wirklich noch eine Hilfe auf der Bühne brauchen.«

»Ach, von dem Zeug verstehe ich doch nichts.«

»Wir können dir zeigen, was du machen musst.« Nichts tat einem ängstlichen Kind nach Booths Erfahrung so gut wie Theater. Ob jetzt auf oder hinter der Bühne. »Frag doch einfach deine Eltern, ob es in Ordnung ist, wenn du bei der Probe zuschaust.«

Louis' Vorsicht und Angst sickerte durch wie Wasser durch einen Riss im Glas. »Einfach nur zuschauen?«

»Wenn du willst. Wir beginnen um vier. Ich bin gerade auf dem Weg dorthin.«

Booth stand auf, packte seine Aktentasche. »Du kannst mit mir zusammen dorthin gehen. Du fährst doch nicht mit dem Bus, oder? Du läufst zur Schule.« Und beide Eltern arbeiteten, erinnerte sich Booth. Keine Geschwister.

»Ja. Es sind nur ein paar Blocks.«

Booth ging los, damit der Junge neben ihm herlaufen konnte.

»Wir arbeiten noch am Bühnenbild, aber die meisten Kulissen sind fertig, und wir haben alle Requisiten schon an Ort und Stelle.«

»Sind alle Bühnenarbeiter Schüler?«

»Ja. Die Bühnenarbeiter, die Techniker, der Hausmeister, der Bühnenmanager, die Schauspieler. Auch die Bühnenbilder werden von Schülern gebaut und gemalt.«

»Woher können sie das denn?«

»Wir bringen es ihnen bei – manche können es schon von zu Hause, aber den meisten bringen wir alles bei und passen auf, dass sie es richtig machen.«

Ein paar Schüler standen noch in den Fluren herum, flirteten an den Schließfächern oder schrieben sich Nachrichten, obwohl sie sich vor zwei Minuten erst gesehen hatten; aber in der Schule herrschte bereits die stille Atmosphäre eines Gebäudes, das die Arbeit des Tages hinter sich hatte.

Er bog ins Theater ab, das jetzt verlassen dalag, bevor die Mitglieder des Ensembles eintrafen. Booth sah, dass Jill die Kabinen fertig hatte. Sie standen leuchtend bunt mitten auf der Bühne.

Er schaltete das Licht an. »Das haben die Schüler gebaut, und Mrs. Bester – sie ist die Mom von einem Schüler – hat ihnen alles gezeigt.«

»Wofür ist das?«

»Guck einfach zu und sieh es dir an. Ruf deine Mutter an.«

»Ich kann ihr nur eine Nachricht schicken.«

»Dann tu das.«

»Okay, aber was macht ein Bühnenarbeiter?«

»Manche Teile so wie die hier sind auf Rollen montiert. Sie sind blockiert, damit sie nicht herumrollen. Die Bühnenarbeiter kommen zwischen den Szenen, rollen diese Kulissen weg und stellen die nächsten auf die markierten Positionen.«

»Was für Positionen?«

Booth zeigte es ihm, ging dann den Mittelgang entlang. »Schreib deiner Mom eine Nachricht.«

Ich hab dich, dachte Booth, als Louis ihn mit Fragen überschüttete und noch im Gehen anfing, seiner Mutter zu textem.

Um Viertel nach vier positionierte Booth alle Mitglieder des Ensembles in den Kabinen.

»Joley, lehn dich an die Wand, rechte Bühne. Streck ein Bein aus und stütz den Fuß an die gegenüberliegende Wand. Ja, genauso. Handy in die andere Hand, du verdeckst sonst dein Gesicht.« Er gab auch den anderen Schülern Anweisungen, dann trat er einen Schritt zurück. »Na, wie findest du es, Louis?«, fragte er den Jungen, der in der ersten Reihe saß.

»Es sieht wirklich gut aus.«

»Das finde ich auch. Vorhang geht hoch. Haltet eure Positionen während des Beifalls. Haltet sie bis zum ersten Musikeinsatz.«

Er spielte die Musik an und startete den Durchlauf. Er hatte ein gutes Gefühl. Mit lauter Stimme gab er noch ein paar neue Anweisungen, nickte, als die Kinder darauf reagierten. Als die Nummer endete, klatschte Louis spontan Beifall.

»Mann, tut mir leid.«

»Niemand auf der Bühne hat was gegen Applaus, Kumpel.«

Um fünf schleppte Louis auf der Bühne Szenenbilder und Requisiten. Um halb sieben sah der Junge aus, als hätte er die Schlüssel zum Königreich bekommen.

»Kann ich wirklich Bühnenarbeiter sein, Mr. Booth?«

»Solange deine Eltern es dir erlauben. Du hast schnell gelernt.«

»Es macht Spaß.«

»Ja, das stimmt.«

»Hey, Louis! Du hast denselben Heimweg wie ich, oder?«

Louis blinzelte den Jungen an, der ihn angesprochen hatte. »Ja, ich glaube schon.«

»Dann lass uns gehen.«

Als alle gegangen waren und Booth das Licht ausgeschaltet hatte, dachte er, dass Theaterkinder etwas ganz Besonderes waren.

Seine Schritte hallten in dem leeren Gebäude.

Draußen wehte ein kühler Märzwind, aber die Bäume hatten bereits die ersten grünen Knospen, und auch ein paar hoffnungsvolle Narzissen steckten schon die Köpfe heraus. Es wird Frühling, dachte er. Eltern, die ihre Kinder abgeholt hatten, fuhren an ihm vorbei. Ein Paar hupte, und er winkte ihnen zu.

Er blieb auch nicht stehen, als er die Limousine neben seinem Auto sah. Ein Mann stieg aus.

Nicht der, an den er sich von vor zwölf Jahren erinnerte, aber der gleiche Typ. Breite Schultern, unbewegtes Gesicht, harte Augen.

Ein zweiter Mann stieg aus – ein bisschen älter, ein bisschen größer.

Er fühlte nichts, realisierte er. Keine Panik, keine Trauer, nichts. Schließlich hatte er gewusst, dass der Tag früher oder später kommen würde.

»Steig ins Auto.«

»Ich habe einen Wagen.«

»Gib mir deine Schlüssel. Ich fahre dein Auto.«

Halt ihm jetzt stand, dachte Booth, sonst überwältigt dich alles und du hast verloren.

»Ich behalte meine Schlüssel, fahre meinen Wagen selber.«

»Du willst doch hier keinen Ärger haben.«

»Keinen Ärger. Ihr Freund kann mit mir fahren. Aber ich fahre mein Auto selbst. Sagen Sie LaPorte, Sie können mir nach Hause folgen. Wohin soll ich sonst fahren?«

Nach einem kurzen Blickwechsel nickte der Bodyguard seinem Partner zu.

Booth stieg ein, ließ den Wagen an. Er schaltete das Radio aus, da Musik ihm nicht angebracht schien, solange dieser Knochenbrecher mit der Pistole an der Hüfte neben ihm saß.

Er fuhr schweigend und bedachte seine Möglichkeiten. Er hatte einen Spielraum, das hatte er immer. Vielleicht änderte Miranda etwas daran, aber einen Spielraum hatte er trotzdem.

Erste Regel. Halt LaPorte von ihr fern. Halt ihn von Mags und Sebastien, von Dauphine und ihrer Familie fern. Und von den Leuten in Westbend.

Die zweite Regel? Vermeide Knochenbrüche oder Schusswunden.

Danach hatte er verschiedene Szenarien.

LaPorte wollte etwas. Er wollte Booth mit Haut und Haaren, aber vor allem wollte er, dass Booth ihm etwas besorgte. Damit konnte er arbeiten, ganz gleich, was es war.

Er blickte nicht zu Mirandas Haus, als er daran vorbeifuhr, sah aber aus den Augenwinkeln, dass das Licht hinter ihren Fenstern an war, da es langsam dunkel wurde.

Er hatte ihr gesagt, er würde ihr eine Nachricht schicken, sobald er zu Hause war. Das musste warten.

Er bog in seine Einfahrt ein und stieg wortlos aus.

Statt durch den Schmutzraum zu gehen – Freunde benutzten diesen Eingang –, nahm er die Haustür, dicht gefolgt von seinem Begleiter. Als er die Tür aufschloss, hörte er den zweiten Bodyguard aussteigen. Er ignorierte das Geräusch, ging hinein und stellte die Alarmanlage ab. Und nutzte seine erste Möglichkeit, indem er die Aufnahmegeräte und Kameras einschaltete, die damit verbunden waren.

»Durchsuch das Haus, Angelo«, sagte der erste Bodyguard zu Booths Mitfahrer.

»Hier ist niemand.«

»Durchsuch das Haus. Haben Sie irgendwelche Waffen, Mr. Booth?«

»Ihr Boss hat Ihnen sicher gesagt, dass ich nie Waffen benutze, aber ich habe ein echt gutes Messerset in der Küche. Ich koche gerne.«

Der Mann wies auf einen Stuhl. »Setzen Sie sich.«

»Ich ziehe erst einmal meine Jacke aus und hänge sie dort drinnen auf.«

Er wies auf den Wandschrank, und der Bodyguard öffnete die Tür, schaute hinein und durchsuchte seine anderen Jacken auf nicht vorhandene Waffen.

Booth wartete geduldig, dann hängte er seine Jacke auf. Er setzte sich und stellte die Aktentasche neben den Stuhl.

Der zweite Bodyguard kam die Treppe herunter. »Alles sauber.«

»Sag Mr. LaPorte Bescheid, und dann kannst du draußen warten.«

Booth spekulierte darüber, wie LaPorte ihn gefunden

hatte – er hatte da so eine Ahnung. Doch was er für LaPorte stehlen sollte, fiel ihm nicht ein.

Der Mann kam lässig hereingeschlendert. Er trug einen grauen Nadelstreifen-Anzug mit einem hellgrauen Hemd und einer blau-grau gestreiften Krawatte.

Geschäftsmodus, natürlich.

Seine Haare waren immer noch eine goldene Mähne, ohne eine einzige graue Strähne. Da LaPorte bereits Mitte fünfzig war, färbte er sich wohl die Haare. Und auch im faltenlosen Gesicht hatte er mit Sicherheit etwas machen lassen.

Aus Eitelkeit natürlich. Alles bei ihm beruhte auf Eitelkeit.

»Es ist eine Weile her, seit wir geplaudert haben.« Bevor er sich setzte, blickte LaPorte sich im Raum um. »Ein bisschen rustikal, finde ich, für einen Mann mit deiner großen Erfahrung.«

»Für den Moment erfüllt es seinen Zweck.«

»Ja, für den Moment, das ist das entscheidende Wort. Du lebst wie ein Nomade, doch jetzt bist du hier, spielst den Highschool-Lehrer in einem – na ja, ich sage mal, Kaff mit drei Seelen. Du musst ja unaussprechlich gelangweilt sein.«

»Noch nicht. Ich habe die Pause genossen. Was soll ich für Sie stehlen?«

»Oh, dazu kommen wir noch. Ich habe dich bei deinen Abenteuern in Europa in Ruhe gelassen und auch bei deiner Wahl von diesem merkwürdigen Ort hier, deinem Leben in den letzten Jahren. Ich hätte dich natürlich jederzeit besuchen können, aber ich bin geduldig.«

Lügen, stellte Booth fest. Er hatte Südamerika, Australien, Neuseeland, New York und einige andere Orte ausgelassen. Bis jetzt hatte er nichts von ihm gewusst. Und die Lügen – LaPortes Eitelkeit – verbesserten Booths Position.

»Und«, fuhr LaPorte fort, »mir wurde klar, dass du besser für mich arbeitest, wenn du mehr Erfahrung hast. Und jetzt, wo du deine Zeit gehabt hast, können wir das nächste Projekt besprechen.«

»Ich habe kein Interesse daran, für Sie zu arbeiten.«

Selbstbewusst wedelte LaPorte mit der Hand. »Dein Interesse interessiert mich nicht. Aber ich könnte mir vorstellen, dass dich deine Tante immer noch interessiert. Und Sebastien vielleicht, auch wenn du ihn nicht mehr besuchst. Bin ich dafür verantwortlich?«

Er warf die Köder aus, aber Booth fiel nicht darauf herein. »Ich hatte viel zu tun.«

»Ja, wie das so oft mit Freunden und Familie ist. Ich höre, du kommst sehr gut mit deinen Schülern aus – die Bildung junger Köpfe liegt dir am Herzen. Sie haben alle noch das ganze Leben vor sich.«

»Wirklich?« Booth stieß ein kurzes, verächtliches Lachen aus. »Bedrohen Sie jetzt schon Kinder?«

»Unfälle passieren überall, selbst in den ruhigsten Orten, oder?«

»Ich hätte ja gesagt, dass das unter Ihrer Würde ist, aber ich sehe, das ist es nicht.«

»Ich könnte auch gleich zu der Frau gehen. Wie wundervoll muss es sein, dass du eine alte Liebe wieder in deinem Leben hast.«

Damit hatte Booth gerechnet. Gleichmütig erwiderte er LaPortes Blick. »Eigentlich nicht, nein. Wir sind nicht mehr zwanzig. Aber sie hat mich erkannt. Ich wusste nichts von ihrer Patentante hier.« Booth zuckte mit den Schultern. »Aber ich weiß, wie man die Glut wieder entfacht, wenn es sein muss, um einen Vorteil daraus zu ziehen. Sie ist empfänglich für eine traurige Geschichte und einen guten Fick.«

Er bemerkte das Interesse und das Misstrauen in LaPortes Augen.

»Sie weiß nicht, wer du bist?«

»Wofür halten Sie mich? Wenn sie es wüsste, würde sie wohl kaum den Mund halten. Meine Tante, wissen Sie, war leider drogenabhängig, was zu Problemen mit der Polizei führte. Ich musste ihr helfen, musste es zumindest versuchen, aber es lief nicht gut und so weiter. Schließlich änderte ich meinen Namen, schloss meine Ausbildung ab und schämte mich viel zu sehr, um wieder Kontakt zu Miranda aufzunehmen.«

»Und deine Tante?«

»Nun, sie ist tot – tragische Überdosis – für den Zweck dieses Spiels. Jetzt tritt meine alte College-Flamme wieder in mein Leben, und diese Gefühle von früher erwachen aufs Neue. Für eine kluge Frau, und sie ist wirklich klug, ist sie ein leichtes Opfer.« Booth verzog spöttisch das Gesicht und fügte achselzuckend hinzu: »So ist das bei den meisten, man muss nur ihre schwache Stelle finden. Es täte mir leid, wenn ihr etwas zustoßen würde – ich mag keine Gewalt. Es erregt nur Aufsehen. Aber sie ist einfach nur eine Frau, ein Opfer. Möglicherweise hatten Sie einen Anteil daran, dass ich mich nicht mehr binde, aber ich bin echt geheilt.«

LaPorte legte seine Hände übereinander. Sein interessierter Blick kam Booth nicht besonders angenehm vor. Eher wirkte er wie jemand, der einen seltsamen Fleck unter einem Mikroskop betrachtet. »Aber du hast deine Ausbildung nicht beendet. Du hast keinen Abschluss, ganz bestimmt kein Diplom. Alles Lügen, alles gefälscht. Deine Vorgesetzte an der Schule, die Gemeinde, die Eltern, die Behörden würde das wahrscheinlich sehr interessieren, wenn ich sie davon in Kenntnis setzen würde.«

»Zweifellos, aber das werden Sie nicht tun.«

»Ach nein?«

»Sie wollen etwas, und diese Tarnung funktioniert für Sie ebenso gut wie für mich. Wenn Sie mich auffliegen lassen, beginnt die Polizei zu schnüffeln.«

Der Dieb streckte behaglich die Beine aus.

»Sie wollen mich, LaPorte, weil Sie bei mir sicher sein können, dass sie nicht schnüffeln. Dafür habe ich gesorgt, seit ich neun war. Sie haben andere, an die Sie sich wenden und die Dinge für Sie besorgen können. Aber keiner von ihnen kann das von sich behaupten.« Entspannt, leicht amüsiert lehnte Booth sich zurück. »Sie können die Bullen auf mich ansetzen, und wenn sie mich erwischen, können sie mich ins Gefängnis bringen. Aber das bringt Ihnen nicht das, weswegen Sie hier sind. Also, sparen wir uns den Bullshit. Sagen Sie mir, was ich für Sie stehlen soll.«

»Du hast immer noch keine Manieren.« LaPorte warf dem Bodyguard einen Blick zu.

»Seien Sie vorsichtig.« Booth sprach sehr leise, und LaPorte hob den Finger. »Sie haben einen neuen Wachhund, und Sie können ihm sagen, er soll mich verprügeln wie der andere, aber das motiviert mich nicht, Ihnen das zu besorgen, was Sie haben wollen. Und Sie brauchen meine Motivation. Sie haben nichts gegen mich in der Hand.« Booth beugte sich vor. Sein Blick war hart und kalt. »Dafür habe ich gesorgt.«

»Du willst Motivation? Drei Millionen Dollar. Das bezahle ich dir.«

Booth lehnte sich wieder zurück und schlug die Knöchel übereinander. »Die Summe ist nicht so gewaltig für mich wie damals, als ich zwanzig war. Ich nenne meinen eigenen Preis, und ich nenne ihn erst, wenn ich weiß, worum es geht.«

»Ich hätte gerne einen Brandy.«

»Ich hätte gerne, dass oben zwei heiße Blondinen auf mich warten. Sagen Sie mir einfach, was ich Ihnen besorgen soll, und die Chance, dass Sie heute Abend bekommen, was Sie haben wollen, ist für Sie größer als für mich.«

»Die Rote Göttin.«

Booths gelangweilte Maske verrutschte für einen Moment.

LaPorte lächelte, als er seine verblüffte Reaktion sah. »Jetzt hätte ich gerne meinen Brandy.«

»Die meisten halten die Rote Göttin für einen Mythos.«

»Die meisten sind Idioten. Sie wissen eben nicht genau, wo sie ist. Ich bin kein Idiot, und ich weiß es. Wenn du es auch gerne erfahren möchtest, bring mir einen Brandy.«

24

Weil er einen Moment brauchte – vielleicht sogar mehrere –, um wieder einen klaren Kopf zu bekommen, erhob sich Booth und trat an seine Hausbar. Er hätte zwar lieber eine Coke gehabt, aber sie passte nicht zu der Figur, die er spielte. Nicht nur einen Dieb, sondern einen harten, zynischen Typen, der alle benutzte. Selbstbewusst, herzlos, egozentrisch.

Er schenkte LaPorte einen Brandy ein und nahm sich selbst einen doppelten Whiskey.

Die Rote Göttin, um die sich Legenden über Blut, Tod und Verrat rankten.

Niemand aus seiner Branche hatte nicht wenigstens ein oder zwei Mal von ihr geträumt. Er war da keine Ausnahme. Aber, rief er sich ins Gedächtnis, die Leute träumten auch von Drachen und Zaubermünzen. Deshalb waren sie noch lange nicht real.

Er reichte LaPorte den Brandy und setzte sich wieder.

»Was bringt Sie auf den Gedanken, Sie wüssten nicht nur, dass es die Rote Göttin wirklich gibt, sondern sogar, wo sie sich befindet?«

»Weil sie letztes Jahr auf einer Auktion für wenige ausgewählte Bieter versteigert worden ist.«

Er war schon zu lange aus dem Spiel heraus, gestand sich Booth ein. Er hatte nichts davon gewusst.

»Sie haben ihre Echtheit überprüft.«

»Hätte ich sonst mitgeboten?«

»Sie haben sie gesehen.«

»In einem Sperrbereich. Ich habe sie in den Händen gehalten.« LaPorte schwenkte den Brandy im Glas und blickte darauf, als sähe er den Stein vor sich. »Der Name passt zu ihr. Nichts ist wie sie. Nichts kommt ihr gleich. Sie ist auf der ganzen Welt einzigartig.«

»Warum haben Sie sie nicht auf der Auktion gekauft?«

Kurz zuckte Wut über LaPortes Gesicht, dann trank er einen Schluck Brandy. »Das letzte Gebot lag bei drei Millionen pro Karat, und sie, der größte rote Rohdiamant, der je gefunden wurde, wiegt noch einmal mehr wie der Moussaieff. Neunzehn Komma acht Karat, reines Rot. Absolut rein, ohne eine Spur von Braun, Blau oder Grün.« Erneut trank er einen Schluck. »Warum sollte ich sechzig Millionen zahlen, wenn ich dir drei geben kann, damit du sie mir verschaffst?«

»Für drei bekommen Sie sie nicht.« Booth rollte lässig mit den Schultern. »Fünf vielleicht, je nachdem. Wer hat sie gekauft? Wo ist sie?«

»Du könntest auf die Idee kommen, sie für dich zu nehmen. Mit ihr zu verschwinden. An deiner Stelle würde ich gut darüber nachdenken. Ich werde dich auf die schmerzhafteste Art töten, wenn du die Rote Göttin nicht bei mir ablieferst.«

Eiskalt erwiderte Booth seinen Blick. »Wenn ich einen Job übernehme, liefere ich auch. Es ist ärgerlich genug, dass Sie hier vor meiner Tür stehen und mir drohen. Ich habe absolut keine Lust, mich mit dem Stein zu belasten. Ich könnte ihn nie verkaufen – das Risiko wäre viel zu groß. Wenn ich den Job annehme, sind Sie der Kunde. So arbeite ich, und das wissen Sie auch. Ansonsten wäre ich nicht schon so lange im Geschäft. Aber ich übernehme keinen Job, über den ich nichts weiß.«

Booth trank einen Schluck von seinem Whiskey und wartete. Er fühlte, wie sich das subtile Machtgleichgewicht verschob, als LaPorte als Erster das Schweigen brach.

»Sie ist in Georgetown. Washington, DC. Ich finde, das ist Schicksal, da es die Sache angenehm für dich macht. Alan C. Mountjoy hat sie gekauft.«

»Es war doch sicher eine blinde Auktion«, sagte Booth. »Niemand kannte die Identität der anderen Bieter oder die des höchsten Bieters.«

»Natürlich. Aber es gibt Wege.«

In dem gleichen gleichmütigen Tonfall fragte Booth: »Wen haben Sie umbringen lassen?«

»Ich bringe niemanden um. Der Mann, der die Rote Göttin besaß, hat seinen eigenen Vater dafür getötet. Einen Unfall zu arrangieren, kommt mir wie ein Akt der Gerechtigkeit vor. Und sein Tod half demjenigen, der die Auktion geleitet hat, zu erkennen, dass es nur klug war, auf meine einfache Frage zu antworten.«

»Was ist mit ihm passiert?«

»Er gilt anscheinend als vermisst.« Ein weiterer Schluck Brandy. »Das kommt häufig vor. Wenn du versuchst, den Job abzulehnen, jetzt, da du die Informationen hast, wirst du allerdings nicht als vermisst gelten. Edward hier wird dich zu Tode prügeln, und Angelo wird einen Einbruch vortäuschen. Eine Tragödie am Fluss.«

»Ich habe nicht vor abzulehnen. Warum sollte ich die Gelegenheit ablehnen, eine Legende zu stehlen? Aber mein Honorar beträgt fünf Millionen. Versuchen Sie nicht, mich runterzuhandeln, LaPorte. Möglicherweise muss ich jemanden zu Hilfe holen. Die Hälfte vorweg.«

»Eine Million vorweg.«

»Nein.« Er musste die Bedingungen und den Tonfall diktieren. »Die Hälfte. Ich bin der Beste, den es gibt. Ich bin der

Champion, sonst wären Sie nicht hier. Die Hälfte vorweg, die Hälfte bei Lieferung.«

»Ich will sie innerhalb von sechs Wochen haben.«

»Nein«, sagte Booth wieder. So langsam begann er die eisige Wut in LaPortes Zügen zu genießen. »Sie engagieren mich, und ich stelle die Bedingungen. Ich muss ein Musical auf die Bühne bringen.« Booth hob die Hand, bevor LaPorte aufspringen konnte. »Wenn ich vorher abbreche, vor dem Ende des Schuljahres, dann wird es Fragen geben. Wenn ich verschwinde, werden sie nach mir suchen. Ich bin seit drei Jahren hier, und ich bin Teil der Gemeinde. Es ist nicht wie die paar Monate auf dem College. Ich bin mit dem Polizeichef befreundet, mit dem Bürgermeister. Sie werden Nachforschungen anstellen.« Er drehte die Hand, die er hochhielt, hin und her, als ob er nachdächte. »Einiges kann ich aus der Ferne recherchieren, und nach der Aufführung kann ich ein oder zwei Wochenendreisen unternehmen. Daran wird niemand etwas Seltsames finden, schließlich kann ich Ferien machen, wenn das Schuljahr vorbei ist. Dann kann ich auch in Ruhe ausarbeiten, wie ich am besten an den Stein rankomme. August, würde ich sagen. Und es ist wahrscheinlich besser, wenn ich für ein weiteres Jahr hierher zurückkehre. Hier kann ich mich nach diesem großen Job ein weiteres Jahr verstecken. Danach«, murmelte Booth und deutete Freude an, »danach kann ich diesen Ort endlich hinter mir lassen. In Europa wird der Boden mittlerweile nicht mehr heiß sein. Auch nicht anderswo auf der Welt.«

Er legte Aufregung in seinen Blick und hob sein Glas. »Das sind meine Bedingungen. Fünf Millionen, die Hälfte vorweg, die Hälfte bei Lieferung. Und halten Sie sich fern von mir, während ich arbeite. Ich habe keine Lust, Ihren Atem im Nacken zu spüren.« Er trank einen großen Schluck. »Im August.

Ich übergebe sie im August in Ihre gierigen Hände. Das ist nicht der Beginn einer wunderbaren Freundschaft, LaPorte, aber es ist ein äußerst lukrativer Vertrag für beide Seiten. Und jetzt trinken Sie Ihren Brandy aus und hauen Sie ab. Ich habe viel zu tun.«

»Hältst du deine Arroganz und deine Unhöflichkeit etwa für charmant?«

»Ich glaube, Sie verwechseln das mit Selbstbewusstsein. Und da Sie mich an meinem Arbeitsplatz gekidnappt und mir gedroht haben, mich entweder zu zermalmen oder zu töten, ist es mir scheißegal, ob Sie mich für unhöflich halten.«

Booth wartete, um zu sehen, ob er zu weit gegangen war, ob Edward mit dem unbewegten Gesicht ihm die Arroganz aus dem Leib prügeln würde, aber LaPorte setzte sein Glas ab.

»Ich hinterlasse dir, wie du mich erreichen kannst.«

»Wirklich?« Booth zeigte mit seinem Glas auf ihn. »Sie erwarten von mir, dass ich die Rote Göttin stehle, glauben aber nicht, dass ich Ihre persönliche Handynummer herausfinde? Ich sage Ihnen Bescheid, wohin Sie die Vorauszahlung überweisen sollen. Kommen Sie nicht wieder hierher zurück. Wenn jemand Sie sieht, gibt es Fragen. Wenn jemand Sie erkennt, ist der Deal geplatzt. Und jetzt lassen Sie mich an die Arbeit gehen.«

Der Bodyguard öffnete LaPorte die Tür.

»Wenn du scheiterst und abhaust, finde ich dich. Und dann werde ich nicht so geduldig und zuvorkommend sein.«

Booth wartete, bis er das Auto wegfahren hörte und die Scheinwerfer nicht mehr sah. Dann ging er nach oben, zog sich ein langärmliges schwarzes T-Shirt, schwarze Jeans und schwarze Stiefel an.

Nur zur Sicherheit.

Wenn LaPorte sein Haus beobachten ließ, um seine erste Reaktion, seine ersten Schritte zu sehen, würde er nichts sehen.

Er schaltete das Licht in seinem Büro an, ließ die Rollläden herunter. Das Licht würde dahinter zu sehen sein, aber niemand konnte hereinsehen. Er überprüfte das Aufnahmegerät auf seinem Laptop, und was er dort sah, bestätigte seinen Verdacht.

Wie ein Schatten schlüpfte er durch die Hintertür hinaus, und innerhalb weniger Sekunden war er zwischen den Bäumen verschwunden.

Er kannte den Weg, war in den letzten drei Jahren unzählige Male durch den Wald gewandert. Das blasse Mondlicht erhellte den Pfad kaum, aber er brauchte es auch nicht. Er hatte Fluchtrouten im Kopf. Vielleicht war er zu entspannt gewesen, um zu glauben, dass er sie jemals brauchen würde, aber die Route, die er jetzt haben wollte, stand ihm sofort klar vor Augen.

Das Mondlicht tauchte die nahe Umgebung in einen silbrigen Schein, während es im Unterholz stockdunkel blieb. Eine Eule stieß ihre seltsamen Laute aus, und etwas spritzte in den Fluss links neben ihm.

Er sprang über einen langen, dicken Ast, der während des Sturms im März heruntergekommen sein musste, und lauschte auf Geräusche eines Autos auf der Straße, auf ein Rascheln, das sich eher menschlich als tierisch anhörte.

Ihre hellen Fenster leuchteten durch die Dunkelheit.

Am Waldrand blieb er stehen, blickte die Straße entlang, dann noch einmal zurück.

Er konnte sie deutlich durch ein Küchenfenster sehen. Ihr Zopf fiel über den Rücken eines weiten grauen Sweatshirts.

Er wartete zwei volle Minuten, aber es kam kein einziges

Auto vorbei. Trotzdem schlug er einen weiten Bogen um ihr Haus, sah sich nach Anzeichen um, ob jemand sie beobachtete, bevor er zur Hintertür schlich.

Sie hatte laute Musik an, und er sah, wie sie eine Schale mit Popcorn aus der Mikrowelle nahm. Statt zu klopfen, drehte er einfach den Türknauf. Die Tür war nicht verschlossen, und kopfschüttelnd trat er ein.

»Miranda.«

Sie schrie nicht, gab lediglich einen erstickten Laut von sich, als sie herumwirbelte. Die Schale mit Popcorn flog durch die Luft.

Er fing sie auf und stellte sie auf den Küchentresen. Dann schloss und verriegelte er die Hintertür.

»Booth! Was zum Teufel? Du hast mich zu Tode erschreckt!«

»Wir müssen reden. Sofort!« Er ließ die Jalousien in der Küche herunter. »Übernimm die Jalousien im Wohnzimmer.«

»Was?«

»Die Jalousien, Miranda. Geh einfach und lass die Jalousien herunter. Ich glaube nicht, dass jemand dein Haus beobachtet, aber mach sie einfach zu.«

»Wer? Und was?«

»LaPorte. Wenn du die verdammten Jalousien heruntergelassen hast, erkläre ich dir alles. Mach sie einfach zu, so als wolltest du zu Bett gehen.«

So hatte sie ihn noch nie erlebt – kühl, gefährlich, ungeduldig. Das Herz schlug ihr bis zum Hals.

»Wenn du mir Angst einjagen willst, dann gelingt dir das gut.«

»Gut. Und vergewissere dich, dass deine Haustür abgeschlossen ist.«

Sie ging ins Wohnzimmer und ließ die Rollläden herunter.

Als sie an die Tür trat und er das Schloss klicken hörte, kam er aus der Küche.

»Ich halte dir später einen Vortrag über ein ungesichertes Haus. Du solltest dich hinsetzen.«

»Ich setze mich erst, wenn du mir gesagt hast, was los ist. Was ist mit LaPorte?«

»Er hat mich gefunden. Er und zwei seiner Schläger haben vor der Schule auf mich gewartet, als ich von der Probe kam.«

»Booth.« Ihre Irritation wich tiefer Besorgnis. »Haben sie dich verletzt?«

»Nein. Das würde er im ersten Schritt nie tun. Er beginnt mit Einschüchterung, Drohungen, Forderungen. Man soll denken, dass er alle Trümpfe in der Hand hält. Aber er hat einen Fehler gemacht.« Booth konnte nicht stillstehen und ging hin und her. Jetzt, wo sie in Sicherheit war, wich seine Angst. Mit seiner Wut würde er später umgehen. Jetzt musste er erst einmal das Gesamtbild betrachten, die einzelnen Schritte sehen, den Plan ausarbeiten. »Er hat gelogen. Gleich am Anfang hat er mir erzählt, er hätte die ganze Zeit über gewusst, dass ich hier war. Das ist Ego, Eitelkeit, ein Machtspiel und ein Fehler.«

»Woher weißt du, dass er gelogen hat?«

»Wenn er es gewusst hätte, hätte er nicht gewartet. Das Fernsehteam an der Buchhandlung. Sie haben die Wand mit den Empfehlungen der Schüler von Westbend aufgenommen, und Carolyn hat meinen Namen erwähnt. Er hatte seine Fühler ausgestreckt, vielleicht hatte er auch ein Programm laufen. Sebastian Booth – solche Namen. Und du. Er hat sich alles zusammengereimt und ein bisschen nachgeforscht. Deshalb denke ich, dass er gelogen hat, weil er mich in Wirklichkeit gerade erst gefunden hatte.«

»Weil ich diese Signierstunde gemacht habe. Weil ich …«

»Nein, Miranda.« Er unterbrach sie. »Nicht wegen irgendetwas, was du getan hast. Er lauert wie eine Katze vorm Mauseloch, und mich sieht er als die Maus. Aber da irrt er sich.«

»Was will er? Was willst du tun? Was …?«

»Hol mal Luft. Setz dich. Bitte.«

Sie setzte sich, verschränkte die Hände, holte tief Luft. Und sie spürte, wie diese vernarbte Wunde in ihrem Herz wieder aufbrach. »Du musst wieder gehen, wieder verschwinden. Du wolltest es mir dieses Mal nur zuerst sagen.«

»Ich gehe nirgendwohin. Ich muss ein Frühlings-Musical auf die Beine stellen, und direkt danach kommen die Abschlussprüfungen.«

»Ich verstehe nicht.«

»Damals bin ich weggelaufen, weil ich nicht wusste, was ich sonst tun sollte. Er hatte alle Macht, und ich hatte Angst vor ihm. Wegen Mags, wegen dir, wegen mir. Er wiederholt das Muster, genauso wie damals, aber er hat nicht mehr mit derselben Person zu tun. Und er hat gelogen.«

Booth lächelte ein wenig, weil er begriff, dass all die Angst, mit der er gelebt hatte, sich in Rauch aufgelöst hatte.

»Er hat gelogen, damit ich glauben sollte, er könnte mich jederzeit benutzen. Aber das kann er nicht, und ich bin der bessere Lügner.« Booth setzte sich ebenfalls, an den Couchtisch ihr gegenüber. »Und dieses Mal werde ich dir alles erzählen. Er weiß nicht, dass Mags und ich immer noch eng miteinander sind. Er denkt, wir hätten uns seit Jahren nicht gesehen – und das habe ich ihm auch so erzählt. Ich habe behauptet, sie bedeute mir rein gar nichts. Auch du nicht. Es war Pech, dass du in die Gegend gekommen bist, noch größeres Pech, dass du mich gesehen und erkannt hast. Aber ich habe auf die alten Gefühle gebaut und dir eine traurige Geschichte aufgetischt. Ich habe das ganze Gespräch aufgenommen, deshalb kannst du es dir selber anhören.«

»Aufgenommen.«

»Ein Fernbedienungsschalter an meiner Alarmanlage. Das Ganze ist auf meinem Laptop. In der Kurzfassung: Ich habe dir erzählt, dass Mags – meine einzige Familie – in Schwierigkeiten geraten ist. Drogensucht, Polizei, Verzweiflung. Ich musste irgendwie damit klarkommen. Ich habe mich geschämt, und so weiter. Sie ist gestorben.«

»O mein Gott, Booth.«

»Du hattest Mitleid mit mir und hast mir geglaubt, dass ich deshalb meinen Namen geändert habe. Auf jeden Fall bin ich damit bei dir gelandet und habe dich ins Bett gekriegt.«

Ihre Gedanken überschlugen sich, aber einer hatte sich festgesetzt. »Du hast mich zu einer hirnlosen Idiotin gemacht.«

»Das ist richtig, aber das ist mir egal. Für den Moment ist es einfach praktisch so. Du kannst ruhig sauer sein, wenn du willst«, fügte er hinzu, als ihre Augen hart wurden.

»Oh, davon kannst du ausgehen.«

»Gut, aber lass mich zu Ende erzählen. Er hat kapiert, dass ich das Schuljahr zu Ende bringen muss, damit niemand nach mir sucht oder Nachforschungen anstellt. Darauf hätte er auch selber kommen können, schließlich war ich drei Jahre hier und habe Kontakte geknüpft. Es ist nicht so wie ein paar Monate auf dem College. Also habe ich statt weniger Wochen monatelang Zeit.«

»Zeit für was?«

»Für das, was ich für ihn stehlen soll. Die Rote Göttin«, sagte Booth feierlich.

»Was ist die Rote Göttin? Eine Statue? Ein Gemälde?«

Er blickte sie an. »Es ist ein roter Diamant, roh, ungeschliffen, fast zwanzig Karat und vollkommen rein. Für jemanden wie mich ist es der heilige Gral. Und die meisten, die schon einmal davon gehört haben, halten den Stein für den Stoff, aus dem Mythen und Legenden stammen, genau wie der Heilige Gral. Aber er hat ihn gesehen, seine Echtheit überprüft, ihn sogar in der Hand gehalten.«

»Wenn das so ist, warum braucht er dich dann?«

»Er braucht mich nicht. Er ist bei einer Auktion überboten worden. Das habe ich alles aufgenommen. Die Göttin hat eine blutige Geschichte. Sie ist der größte rote Diamant auf der Welt. Menschen haben für sie getötet. Ich denke, er überlegt, ob er mich töten kann, wenn ich sie ihm besorge. Auf jeden Fall wird er mich töten, wenn ich es nicht schaffe.«

Miranda bekam einen trockenen Hals bei dem beiläufigen Tonfall, in dem er von Mord sprach. »Du musst zur Polizei gehen, zum FBI oder welche Behörde sich sonst um solche Fälle kümmert.«

»Das werde ich ganz bestimmt nicht tun. Wenn ich es täte, säße ich am Ende im Gefängnis oder wäre tot – dafür würde er sorgen.«

»Dann musst du abhauen, du musst weglaufen. Was bleibt dir sonst übrig?«

»Ganz einfach: Ich werde die Rote Göttin stehlen.«

»Du willst für ihn stehlen? Du willst dich wieder von ihm benutzen lassen?«

Er warf ihr einen so unendlich nachsichtigen Blick zu, dass sie ihm am liebsten eine Ohrfeige gegeben hätte.

»Ich werde sie nicht *für* ihn stehlen, Miranda. Ich werde sie stehlen, dann werde ich sie benutzen, um ihn bezahlen zu lassen. Ich habe mir genug Zeit erkauft, um mir zu überlegen, wie ich es am besten mache. Und ich werde es herausfinden. Dieses Mal ist er nicht mein Kunde. Er ist das verdammte Opfer.« Er ergriff ihre Hände. »Du könntest vielleicht Zeit mit deinem Dad in Oxford verbringen. LaPorte denkt, ich bin wie er, Miranda. Alle anderen wären mir gleichgültig. Wenn du in England bist, wird er sich nicht mit dir befassen.«

»Ich gehe nicht nach England.«

»Lass mich ausreden.«

»Nein.« Sie stand auf. »Nein. Ich lasse mich nicht von jemandem, den ich noch nie im Leben gesehen habe, dazu zwingen, etwas zu tun, was ich nicht will. Er hat mein Leben schon einmal zerstört. Nicht schon wieder! Und jetzt will ich was zu trinken.« Sie marschierte in die Küche. »Du bist nicht mehr die gleiche Person«, fuhr sie fort und zog den Korken aus einer Flasche Sauvignon Blanc. »Ich auch nicht. Willst du auch ein Glas?«

»Ja. Es wäre nur bis August, vielleicht September. Vielleicht sogar früher, ich muss es ausarbeiten.«

»Nein. Ich wusste noch nicht einmal, dass Diamanten rot sein können, und jetzt wollen dieser gierige Scheißkerl und irgendein großer roter Stein mir mein Leben vorschreiben? Nein.«

»Diamanten gibt es in allen Farben, und rot ist die seltenste, also noch einmal wertvoller pro Karat als die anderen. Die meisten sind klein. Wichtig ist auf jeden Fall, dass er darauf fixiert ist. Damit kann ich arbeiten, und ich werde es gegen ihn verwenden. Ich will aber auf keinen Fall, dass du irgendeinen Schaden dabei nimmst.«

»Warum sollte ich?« Sie warf ihren Zopf zurück und trank einen Schluck Wein. »Du hast ihm doch gesagt, dass ich dir gleichgültig bin. Du benutzt mich nur als Tarnung. So wie du Mags in der Geschichte benutzt hast, die du mir damals erzählt hast. Hat er dir geglaubt oder nicht?«

»Doch, doch, er hat es geglaubt. Warum auch nicht?« Er trank einen Schluck Wein und stellte das Glas dann ab, um erneut auf und ab zu gehen. »Er versteht Liebe nicht. Er liebt niemanden. Er hat keine Gefühle für andere Menschen. Ihn treibt nur das, wie soll ich sagen … das Besitzenwollen an, nicht Gefühle. Er liebt noch nicht einmal seine Besitztümer. Das, was ich früher für dich empfunden habe, hat er benutzt, weil er es als Schwäche angesehen hat. Er dachte, er könne es jetzt wieder benutzen, aber das lasse ich nicht zu. Er wird dich und was ich für dich empfinde, nie wieder als Waffe einsetzen können.«

Er drehte sich um und sah, wie sie im hellen Licht der Küchenbeleuchtung dastand und ihn anschaute.

»Gott, Miranda, du musst es wissen. Das, was ich für dich empfinde, habe ich für niemanden sonst empfunden. Nicht vor dir und nicht nach dir. Du warst es immer nur. Nur du.«

»Wie kannst du so etwas zu mir sagen und mir dann erklären, ich solle meine Sachen packen und nach Oxford fliegen?«

»Außer meinen Gefühlen kann ich dir nichts bieten. Das wissen wir beide. Jetzt, in diesem Moment, muss ich mir überlegen, wie ich das Problem löse, weil du nie ganz von LaPortes Radar verschwunden sein wirst, bis es gelöst ist. Das gilt auch für Mags. Ihr seid die wichtigsten Menschen auf der Welt für mich, deshalb werde ich das Problem lösen.«

Das Herz schlug ihr nicht mehr bis zum Hals, ihr Puls hatte sich etwas beruhigt. Sie blickte nachdenklich auf ihr Weinglas, dann nickte sie. »In Ordnung. Wie kann ich dir helfen, das Problem zu lösen?«

»Ich weiß nicht …«

»Du solltest jetzt nicht zu mir sagen, du willst meine Hilfe nicht, brauchst sie nicht, und du willst mich Tausende von Kilometern entfernt in einem Turm verstecken wie eine hilflose, nutzlose, schwache Prinzessin im Märchen.«

Sie war auf ihn zugetreten, während sie redete, und akzentuierte jedes ihrer Worte, indem sie ihren Finger in seine Brust bohrte.

»Ich halte dich nicht für hilflos, nutzlos oder schwach – das habe ich noch nie. Du bist entscheidungsfreudig, entschlossen und direkt. Das warst du immer schon, deshalb habe ich eigentlich nicht an die Märchenprinzessin im Turm gedacht.«

»Und du solltest auch nicht sagen: Aber, Miranda, ich mache mir Sorgen und bin abgelenkt, bis ich dich in Sicherheit weiß.«

Er konnte nicht anders. Er streckte die Hand aus und strich über ihren Zopf. »Vielleicht habe ich daran gedacht.«

»Meine Gefühle zählen auch. Außerdem habe ich einen Verstand. Du bekommst also eine weitere Chance. Wie kann ich dir helfen, das Problem zu lösen?«

»Darauf muss ich mich erst einstellen.« Er ließ seine Stirn an ihre sinken.

»Beeil dich.«

Das Lachen löste die Verspannung in seinen Schultern. »Beginnen wir damit: Pack eine Tasche mit allem, was du für den Moment brauchst. Dein Haus ist nicht sicher. Ich kann das ändern, wenn du willst. Aber wenn du das Nötigste zusammenpackst und eine Weile bei mir wohnst, muss ich mir deswegen keine Gedanken machen, werde nicht abgelenkt und kann mich besser konzentrieren. Und«, fügte er hinzu, bevor sie widersprechen konnte, »es könnte mir auch dabei helfen, Ideen von dir zu übernehmen. Schließlich kannst du gut Szenarien entwickeln.«

»Das ist besser. Damit bin ich einverstanden. Ich brauche einen Platz, an dem ich arbeiten kann.«

»Dafür kannst du das Gästezimmer nehmen, oder wenn

das nicht funktioniert, räume ich meine Schulsachen nach oben, und du nimmst mein Büro.«

»Das Gästezimmer ist gut. Gib mir eine Viertelstunde Zeit.« Sie wandte sich zum Gehen, aber an der Tür drehte sie sich noch einmal um und musterte ihn aus ihren meergrünen Augen. »Du wirst dich daran gewöhnen müssen, Booth. Bei diesem besonderen Projekt arbeitest du nicht alleine.«

Nein, das ging dieses Mal nicht, gab er zu, während er in ihrer Küche auf und ab ging. Zu viele Faktoren, zu viele Risiken, zu viel, was auf dem Spiel stand. Während Miranda packte, zog er sein Handy heraus und rief Sebastien an.

Als sie fertig war und er die ersten Schritte in die Wege geleitet hatte, lud er ihr Gepäck – mehr, als er gedacht hatte – in ihr Auto. Dann fuhren sie los.

»Wir bringen dein Auto morgen früh zurück«, sagte er zu ihr. »Bis ich weiß, wen er abgestellt hat, um mich im Auge zu behalten, ist es klüger, es so aussehen zu lassen, als ob du hin und her fährst.«

»Also nur Stippvisiten?«

»Im Moment ja.«

»Das ist in Ordnung. Wie willst du herausfinden, wer dich beobachtet – falls er jemanden geschickt hat?«

»Er wird jemanden schicken. Er hat nicht damit gerechnet, dass ich darauf bestehe, hier zu bleiben, deshalb hat er im Moment noch niemanden hier. Aber spätestens morgen wird einer da sein. Das herauszufinden ist nicht schwer. Der, den er schickt, braucht einen Platz zum Wohnen, entweder in der Nähe meines Hauses oder in der Nähe der Schule. Und wer kennt jeden, der in Westbend und Umgebung auf der Suche nach einem Haus ist?«

»Tracey. Natürlich.« Sie parkte ihr Auto neben seinem. »Das kann ich übernehmen. Wir wollen uns schon seit Längerem zum Mittagessen treffen, also verabrede ich mich mit ihr. Ich kann sie unauffällig danach fragen.«

Zögernd stimmte er zu. »Es wird wahrscheinlich ein Haus zur Miete sein, aber möglicherweise lässt LaPorte ihn auch kaufen.«

»Ich hab's schon begriffen, Booth.«

»Okay.« Er nahm den Koffer, die Laptoptasche, eine Aktentasche und wollte gerade eine nicht gerade kleine Handtasche nehmen, als sie ihm zuvorkam.

»Ich brauche Schlüssel und den Alarmcode«, sagte sie zu ihm, als sie ihre Sachen nach oben trugen.

Gewöhn dich dran, mahnte er sich.

»Morgen früh richte ich meinen Arbeitsplatz ein. Laptop und Aktentasche kommen hier herein. Ich brauche dein WLAN-Passwort.« Damit ging sie in sein Schlafzimmer und öffnete den Koffer. »Und eine eigene Schublade, Platz im Schrank. Außerdem wenigstens einen Schminktisch und ein bisschen Platz auf dem Regal im Badezimmer.« Lächelnd drehte sie sich zu ihm um. »Gewöhnst du dich dran?«

»Ja.«

»Tut es weh?«

»Ein bisschen. Hast du schon einmal mit jemandem zusammengelebt?«

»Außer mit meinem Vater, nein. Aber ich finde, es ist klar, dass ich viel flexibler bin als du. Ich brauche Raum – für mich persönlich und zum Arbeiten. Ich bin nicht schlampig, aber so obsessiv ordentlich wie du bin ich auch nicht.«

»Ich würde es nicht als ›obsessiv‹ bezeichnen.«

»Weil du derjenige mit der Obsession bist«, erwiderte sie. »Es ist ein guter Zug an dir, aber ich werde deine furchterregend hohen Standards nie erreichen. Du gewöhnst dich einfach dran, und ich tue mein Bestes, um respektvoll damit umzugehen. Und wenn wir diese Dinge erst einmal aus dem Weg geschafft haben, können wir uns darauf konzentrieren, das Problem zu lösen.«

Er zog eine Schublade auf, holte T-Shirts – viele sorgfältig gefaltete T-Shirts – heraus und legte sie in eine andere Schublade.

»Reicht das?«

Wohl kaum, dachte sie, nickte aber. »Für den Moment.«

Er trat an den Schrank, verschob ein paar Sachen. Zögerte kurz und verschob dann weitere Kleidungsstücke.

»Hier ist bereits viel Platz. Kleiderbügel, Fächer. Und in der Badezimmerkommode brauche ich nur zwei Schubladen. Sie hat sechs.«

»Wunderbar. Ich nehme die übrigen vier.«

Auch wenn er sich wunderte, warum sie so viele Schubladen nötig hatte, fragte er nicht. »Brauchst du Hilfe?«

»Nein.«

»Gut. Ich mache uns was zu essen. Ich hatte noch kein Abendessen. Möchtest du etwas Bestimmtes?«

»Ich hatte auch noch kein Abendessen.«

»Du hast doch gerade schon Popcorn gemacht.«

»Zum Abendessen.«

Er schloss einfach nur kurz die Augen. »Damit kann ich überhaupt nichts anfangen. Ich werde so tun, als hättest du es nie gesagt. Ich bin unten.«

Nun allein, räumte Miranda ihre Sachen ein. Als sie ihr Make-up, ihre Hautcremes, ihr Shampoo, ihr Duschgel auspackte, lachte sie leise.

Es war eine absolut schreckliche Situation, sehr real und sehr gefährlich. Und doch konnte sie nicht leugnen, dass sie sich auf vielen verschiedenen Ebenen darüber freute.

Oh, sein Gesicht, dachte sie, als sie sich im Badezimmerspiegel betrachtete. Dieser erschreckte, leere Gesichtsausdruck, als sie ihre Bedürfnisse für Raum in *seinem* Raum aufzählte.

Er war so daran gewöhnt, für sich zu sein, nach seinem eigenen Terminplan zu leben. Und jetzt musste er ihr Platz einräumen, seine Pläne, seinen Raum mit ihr teilen, ja sogar – jedenfalls für den Moment – sein Leben.

»Die Dinge ändern sich, Booth«, murmelte sie. »Und dieses Mal nicht nur dein Name.«

Im Flur warf sie einen Blick ins Gästezimmer – ihr zeitweiliges Büro – und ging dann nach unten. Unwillkürlich musste sie lächeln, als sie sich vorstellte, wie er sich an die Tatsache gewöhnen musste, dass ihr Arbeitsstil den Raum innerhalb von vierundzwanzig Stunden in ein Chaos verwandeln würde. Dann würde sie eben einfach die Tür schließen, dachte sie. Er hatte wichtigere Sorgen. Und sie jetzt auch.

Ob es ihm gefiel oder nicht, sie war dabei. LaPorte hatte ihre Hoffnungen, ihre Träume schon einmal zerstört. Das würde sie nie wieder zulassen.

Als sie in die Küche kam, stand er am Herd, ein Handtuch über der Schulter.

Ihr Herz seufzte, so wie damals mit zwanzig. Es seufzte, dachte sie, obwohl sie jetzt wusste, wer er war. Damit würde sie schon klarkommen, versprach sie sich. Sie würde mit ihren Gefühlen, den Hoffnungen und Träumen, die damit zusammenhingen, klarkommen.

Wenn sie das Problem gelöst hatten.

Sie trat auf ihn zu. »Was gibt's zum Abendessen?«

25

Er hatte mit Pasta, Kirschtomaten, Cannellini-Bohnen, ein paar Oliven und ein bisschen Spinat ein kleines Wunder vollbracht. Auf dem Teller rieb er noch Parmesan darüber.

Sie setzten sich, und sie probierte den ersten Bissen.

»Ich weiß wirklich nicht, wie du das in so kurzer Zeit geschafft hast.«

»Wahnsinnige Fähigkeiten.«

»Du machst Witze darüber, aber die hast du wirklich. Also, welche wahnsinnigen Fähigkeiten brauchst du, um das Problem zu lösen? Ideenaustausch«, erinnerte sie ihn. »Ich bin nicht nur wegen Essen und Sex hier.«

»Es ist ein vielschichtiges Problem, also muss man sich mit den einzelnen Schichten auseinandersetzen. Wenn ich erst einmal weiß, wer und wo LaPortes Leute sind – ich rechne mit zwei, wahrscheinlich ein Paar – also, zwei, die so tun, als seien sie ein Paar –, kann ich entscheiden, welchen Eindruck ich ihnen vermitteln will, den sie an LaPorte weitergeben.«

»Damit er denkt, er hat die erste Runde gewonnen?«

»Klar. Es könnte zum Beispiel bedeuten, dass ich in einer Nacht oder auch an einem Wochenende morgens nach Georgetown fahre und mich von ihnen beschatten lasse, wenn sie es wollen.«

Jetzt, hier mit Miranda, war er entspannter, konnte sich besser auf die einzelnen Schritte und Inszenierungen konzentrieren. Er trank einen Schluck Wein.

»So könnte ich auch einen Blick auf das Opfer und seine Umgebung werfen. Das muss ich zwei oder drei Mal machen, selbst wenn ich die Pläne habe.«

»Du kommst einfach so an Pläne eines Privathauses?«

Er drehte die Engelshaarpasta um seine Gabel. »Wahnsinnige Hacking-Fähigkeiten, und wenn meine nicht wahnsinnig genug sind, kenne ich jemanden. Die Schatzkammer ist höchstwahrscheinlich nahe an Mountjoys Privaträumen – so heißt der Typ, der die Göttin jetzt besitzt.«

»Lautet sein Name wirklich Mountjoy?«

»Alan C. Mountjoy. Seltsamerweise steht sein Haus auf meiner Liste von potenziellen Zielen.« Er sah ihren Blick. »Die ich weggelegt habe, seit wir unseren Vertrag geschlossen haben. Auf jeden Fall liegt seine Schatzkammer wahrscheinlich neben seinem Arbeitszimmer oder seinem Schlafzimmer. Sie wird schwer gesichert sein. Ich muss auf jeden Fall an die Sicherheitspläne kommen. Was wird er haben«, fuhr Booth fort, während er aß. »Alarm, Kameras, vielleicht Bewegungsmelder, Sicherheitsbeleuchtung, möglicherweise einen Aufpasser. Wachleute, die auf dem Grundstück patrouillieren. Hat er einen Hund? Letztes Jahr, als ich ihn auf die Liste gesetzt habe, hatte er keinen, aber so etwas kann sich ändern. Ich muss wissen, ob er einen Hund hat. Ein Haustier oder einen Wachhund. Normalerweise lasse ich die Finger davon, wenn Hunde da sind, aber wenn er welche hat, werden wir damit fertig.«

Sie blickte ihm in die Augen. »Du wirst dem Hund nichts tun.«

»Im Moment ist es noch ein möglicher Hund, Miranda, aber wenn sich herausstellt, dass tatsächlich einer da ist, werde ich ihm nichts tun, nein. Rotes Fleisch. Ein Hund ist ein Hund, und alle Hunde stehen auf ein schönes, dickes

Steak. Wenn ich auf diese Art nicht an ihm vorbeikomme, finde ich einen anderen Weg. Einer von uns lockt ihn weg.«

»Einer von uns?«

Er erwiderte ihren Blick gleichmütig. »In diesem Fall bist du nicht mit einbezogen. Ich habe Sebastien kontaktiert. Er wird sich mit einer anderen Schicht des Problems auseinandersetzen. LaPorte hat eine Art Netzwerk«, fuhr Booth fort. »Leute aus meiner Branche, Rechercheure, Informationensammler, Schläger. Seine eigenen Bodyguards und Sicherheitsleute, und andere, die er losschicken kann, wenn er jemanden einschüchtern, bedrohen, erpressen will. Oder noch Schlimmeres.«

Nach außen hin aß sie ruhig weiter, aber innerlich schauderte sie. »Meinst du Auftragskiller? Mörder, die man engagieren kann?«

»Genau. Sagen wir mal, er will ein Anwesen in Lyon, und die Eigentümer wollen es ihm nicht verkaufen – und vor allem nicht zu seinem Preis. Er schickt jemanden, um sie zu überzeugen. So oder so.«

Er hatte ihr einiges über LaPorte erzählt, dachte er, aber sie verstand einfach nicht, wie mächtig dieser Mann mit seinem verzerrten Menschenbild wirklich war. Aber das musste sie begreifen.

»Er begehrt Dinge, Miranda, vor allem, wenn sie jemand anderem gehören. Wichtige Dinge, einzigartige Dinge, unbezahlbare Dinge, und wenn er etwas begehrt, dann muss er es auch besitzen. Zu töten – jemanden zu engagieren, der für ihn tötet – ist für ihn nur ein Mittel, um Hindernisse zu beseitigen.«

»Er ist böse.«

Booth zog eine Schulter hoch. »Meiner Meinung nach ist er eher verdorben, aber du kannst ihn auch ›böse‹ nennen. Er weiß nicht, dass ich seine Muster, seine Methoden jahrelang studiert habe. Ich kenne einige aus seinem Netzwerk, und Sebastien kümmert sich um diese Ebene.«

»Was für eine Ebene ist das?«

»Ich brauche einen Sündenbock. Ich habe jemanden im Sinn, aber wir müssen erst einmal die Logistik ausarbeiten.«

»Einen Sündenbock? Das Wort hört man nicht jeden Tag.« Sie spießte eine Tomate auf. »Wozu brauchst du denn einen Sündenbock?«

»Damit ich den Diebstahl mit LaPorte verbinden kann, um ihn fertigzumachen.«

»Warte, warte.« Sie hatte nach ihrem Weinglas gegriffen, stellte es aber jetzt wieder ab. »Booth, du willst jemandem die Schuld zuschieben? Einem deiner eigenen ... Partner?«

»Nicht einem Partner. Jemandem aus meiner Branche, der nicht über mein, wie du es nennst, instabiles moralisches Zentrum verfügt. Jemand, der wirklich in Häuser eindringt und die Leute in diesen Häusern terrorisiert. Und hey, wenn ich die Kombination vom Safe nur bekomme, indem ich die Frau des Besitzers zusammenschlage, dann ist das ein Bonus. Solche Scheißkerle bringen die gesamte Branche in Verruf.

Also ja.« Achselzuckend aß er einen weiteren Bissen Pasta. »Ich werde ihn reinreiten. LaPorte wird ihn engagieren, um die Rote Göttin zu stehlen, und ihm erzählen, es sei ein ruhiger Job. Keine Gewalt, keine Spuren. Aber er wird reichlich Spuren hinterlassen.«

»Ich verstehe nicht. Warum sollte LaPorte ihn engagieren, wenn er dich hat?«

»Der Sündenbock wird denken, es sei LaPorte, aber in Wirklichkeit stecke ich dahinter.« Booth lächelte sie an, und seine Stimme bekam einen weichen, arroganten südlichen

Klang. »Eine Million bar auf die Hand sollte reichen, zwei weitere bei Lieferung.«

»Das ist gut. So klingt er?«

»Du kannst es dir auf der Aufnahme anhören.« Er überlegte, während er weiter aß, wickelte seinen Plan auf wie die Pasta. »Ich brauche ein Haus in Lake Charles, irgendetwas, was mit LaPortes Anwesen vergleichbar ist. Wir müssen den richtigen Zeitpunkt und den Ort finden – LaPorte darf für diese Zeit kein Alibi haben, damit ich den Sündenbock genau zu diesem Zeitpunkt dorthin locken kann.« Er blickte in die Ferne und stellte es sich vor. »Wir brauchen natürlich Zeit, um alles aufzubauen, und das Haus muss für fünf oder zehn Stunden leer sein, um es richtig machen zu können. Er muss nachts kommen, sich mit LaPorte in einem Raum treffen, der aussieht wie sein Büro. Wir machen den Deal, brechen die Kulisse wieder ab und sind weg.«

»Wie du das sagst, klingt das ganz leicht. Das kann nicht sein.«

»Nicht leicht. Schichten, Schritte, Timing. Details.« Stirnrunzelnd bedachte er die, die ihm bereits durch den Kopf gingen. »Es ist viel Arbeit, all das durchzuplanen.«

»Aber hat dieser Sündenbock LaPorte nicht schon einmal gesehen und war in seinem Büro?«

»Noch kann ich nicht bestätigen, ob er schon einmal in Lake Charles war, aber er hatte schon mit LaPorte persönlich zu tun. Dieser Teil ist kein Problem. Man hat mir nicht grundlos den Namen ›Chamäleon‹ gegeben. Ich muss allerdings hinter dem Schreibtisch sitzen bleiben. Ich bin ein ganzes Stück größer als LaPorte, aber es wird trotzdem funktionieren. Ich brauche das Haus, und das für fünf bis zehn Stunden. Ich arbeite es aus.« Er schenkte ihr Wein nach. »Du hast doch *Der Clou* gesehen, oder?«

»Newman und Redford? Ein Klassiker. Klar.«

»Das hier wird nicht so ausgefeilt, und es werden auch nicht so viele Leute daran beteiligt sein, aber im Grunde ist es das gleiche Konzept. Und am Ende werden zwei Typen eingebuchtet. Es wird funktionieren. Dafür sorge ich.«

Absolutes Selbstvertrauen, dachte sie. Sie konnte es bewundern, auch wenn sie es nicht teilte.

»Du klingst so, als würdest du dich mittlerweile darauf freuen.«

»Das tue ich auch. Seit ich Chapel Hill verlassen habe, war mein einziges Ziel, es ihm heimzuzahlen und ihn fertigzumachen. Und jetzt habe ich die Chance, dieses Ziel zu verwirklichen. Ich bin im Endspiel, und ich muss nur noch herausfinden, wie ich am besten siege.«

»Und wenn dieser Sündenbock Kontakt zu LaPorte aufnimmt?«

»Ich werde dafür sorgen, dass er gar nicht erst auf die Idee kommt. Ich kenne das Muster. LaPorte will nicht belästigt werden, damit keine Spur zu ihm führt. Du übernimmst den Job, erledigst ihn und nimmst nur Kontakt auf, wenn er es will. Vielleicht wirst du ja erwischt und versuchst, seinen Namen preiszugeben, um eine geringere Strafe zu bekommen? Möglicherweise besucht ein Ermittler LaPorte, um mit ihm zu sprechen, aber weiter geht es nie, weil es keine Verbindung, keinen Beweis gibt, der zu ihm führt.«

»Aber dieses Mal wird das anders sein?«

»O ja.« Er lächelte jetzt, nicht nur selbstbewusst, sondern auch humorvoll. »Vertrau mir.«

»Das tue ich ja anscheinend. Ich bin selber ganz gut im Recherchieren. Ich werde einige dieser wahnsinnigen Fähigkeiten nutzen, um mehr über diesen Diamanten zu erfahren. Und ich möchte gerne die Aufzeichnung sehen.«

»Okay. Du solltest dir aber ins Gedächtnis rufen, dass ich ihm etwas vorgespielt habe. Was ich gesagt habe …«

»Ich habe mich vor zwölf Jahren nicht in dir geirrt. Ich irre mich auch jetzt nicht. Nur noch eine Frage. Was willst du mit der Roten Göttin tun, wenn du sie erst einmal hast?«

»Ich habe da ein paar Ideen – daran arbeite ich noch. Aber ich denke nicht im Traum daran, sie zu behalten oder zu verkaufen.«

»Das reicht mir für den Moment. Ich verabrede mich mit Tracey, finde heraus, was sie über Vermietungen oder Verkäufe weiß, und sage ihr, dass ich meinen Mietvertrag bis August verlängern will.«

»Miranda …«

»Für die gesamte Dauer, erinnerst du dich? Ich bin dabei, Booth. Nicht am Rand, nicht aus der Ferne, sondern mittendrin.«

»Wenn etwas schiefgeht, wenn ich erwischt werde …«

»Das wird nicht passieren. Hast du nicht gerade gesagt, du würdest dafür sorgen, dass es funktioniert? Wenn du so viel Selbstvertrauen besitzt, dann zweig ein bisschen davon für mich ab. Dieses Mal wirst du unterstützt. Du hast ein Team. Gewöhn dich dran.« Sie stand auf. »Du hast gekocht, ich mache den Abwasch. Ich glaube, so funktioniert das am besten für uns.« Sie trug die Teller zur Spüle. »Oh, vergiss nicht. Ich brauche die Schlüssel und den Code.«

Er hatte lange Zeit so gelebt, wie es ihm passte – sein Raum, sein Terminplan, sein Rhythmus. Booth sah sich nicht als jemand, der Probleme damit hatte, Platz mit anderen zu teilen. Mehr noch, er wollte sie dahaben – für sich und zu ihrer eigenen Sicherheit.

Er wollte sie einfach.

Trotzdem zuckte er zusammen, als er ihre Kleider in seinem Kleiderschrank und ihre Zahnbürste in seinem Badezimmer sah.

Sie hatte innerhalb kürzester Zeit ihren Arbeitsbereich eingerichtet. Und innerhalb von vierundzwanzig Stunden hatte sie den lässigen Charme eines Gästezimmers in eine Art kreatives Chaos verwandelt.

Weil es einem Teil von ihm in den Fingern juckte, alles aufzuräumen, begann er sich zu fragen, ob er eigentlich ein Problem hatte. Er sagte sich, er müsse lernen, es zu ignorieren, und außerdem musste er sich um andere Dinge kümmern als um herumliegende Papiere und leere Kaffeetassen.

Wie immer teilte er alles in Fächer ein, die einzige Art, wie er die Leben führen konnte, die er sich ausgesucht hatte.

Er unterrichtete seine Schüler, benotete Aufsätze, befasste sich mit dem ein oder anderen aufsässigen Schüler – oder, was schlimmer war, einem jammernden Elternteil. Er hatte Proben, und die erste Kostümprobe stand bevor. Er redete mit Sebastien und speicherte die gesammelten Daten ab. Und er plante die vielfältigen Ebenen seines Jobs.

Das Wichtigste war für ihn, Miranda von all diesen Plänen fernzuhalten. Vielleicht hätte er sie tatsächlich am liebsten in einen Turm verbannt – was war daran eigentlich so falsch?

Er hatte seine Mutter nicht vor dem Krebs beschützen können, und er hatte sie verloren.

Miranda würde er nicht verlieren.

Aber sie hielt ihm stand.

Er las mit seiner Junior-Klasse *Der Sturm* – die neue Welt, Hexerei, Verrat, Liebesgeschichte. Und dachte dabei an ihren Lunch mit Tracey.

Sie würde schon klarkommen, sagte er sich und widmete sich wieder Prospero und Caliban.

Sie würde schon klarkommen, dachte Miranda, als sie zehn Minuten zu früh im Water's Edge auftauchte. Sie wollte bereits an dem hübschen Tisch draußen in der leichten Brise mit ihrem Glas Pinot Grigio sitzen, bevor Tracey eintraf.

Eine einfache Aufgabe, dachte sie, und auch eine schöne, da sie Tracey mochte. Zu Hause traf sie sich selten mit einer Freundin zum Mittagessen, da sie sich an ihr ziemlich strenges Schreibpensum hielt. Deshalb war das hier eine nette Unterbrechung – das Sahnehäubchen sozusagen.

Ein Mittagessen mit einer Freundin in der frischen Frühlingsbrise am Wasser. Und hoffentlich mit soliden Informationen, die Booth halfen.

Sie wollte ihm unbedingt helfen, und – ein weiteres Sahnehäubchen – sie wollte die Aufregung spüren, an einem Juwelenraub teilzunehmen. Sie empfand nicht das leiseste Schuldgefühl, was sie mehr als nur ein bisschen überraschte. Aber was Booth stehlen wollte, war bereits gestohlen worden und dazu noch mit einem kaltblütigen Mord.

In diesem Fall ging es also nicht um Profit, und für so fragwürdig hielt sie ihren eigenen Moralkodex auch nicht. Es handelte sich lediglich darum, Ungerechtigkeit in Gerechtigkeit zu verwandeln. Da Rache für sie eine Grauzone war, nannte sie es einfach Gerechtigkeit.

Und daran glaubte sie.

Sie bestellte ihren Wein und setzte sich an ihren Tisch. Sie hatte sich für ein Treffen unter Freundinnen gekleidet, ein kühnes violettes Wildlederjackett, Leinenhose und Top, Stiefeletten und einen bunten Schal.

Tracey, in hellrot und creme, kam zehn Minuten zu spät, genau wie Miranda vermutet hatte.

»Oh, tut mir so leid!«

»Ach, hör auf!« Lachend hob Miranda ihr Weinglas. »Ich

habe die Aussicht und meinen Wein genossen. Ich hoffe, du bestellst dir auch einen, damit ich mir nicht vorkomme wie eine Gelegenheitstrinkerin.«

»Darauf kannst du wetten. Das Gleiche wie sie«, sagte Tracey zum Kellner. »Danke, Rod. Das ist großartig. Ich habe schon gedacht, ich kriege dich nie zu einem Lunch überredet.«

»Ich brauchte eine Pause, und außerdem wollte ich mich bei dir bedanken, dass du meinen Mietvertrag verlängert hast.«

»Es war mir ein Vergnügen. Ich kann es kaum erwarten, das Buch zu lesen. Es ist alles so aufregend. Ich hoffe, du hast auch Zeit, das Haus zu genießen, das Wasser und den Garten. Gerade jetzt, wo alles sprießt.«

»Ja, das stimmt, und es ist großartig. Ich hatte schon Angst, jemand anderer hätte das Haus reserviert, und ich müsste ausziehen. Du hast bestimmt reichlich Reservierungen, vor allem für Häuser am Wasser.«

»Ja, das Geschäft läuft gut. Danke, Rod«, sagte sie erneut zu dem Kellner, der ihr den Wein brachte.

Er ratterte die Tageskarte herunter und sagte ihnen, sie sollten sich Zeit lassen.

»Du musst die Calamari als Vorspeise probieren. Was hältst du davon, wenn wir sie uns teilen?«

»Klingt gut.«

»Wir beginnen damit, Rod, und den Rest überlegen wir uns noch.«

Tracey lehnte sich zurück, trank einen Schluck Wein und sagte: »Ahhh.«

Miranda fragte: »Hattest du viel zu tun?«

»Ja, das haben wir. Ich kann mich nicht beklagen.«

»Auch neue Leute?«

»Ich habe gerade einen Drei-Monats-Vertrag für ein Haus

direkt unterhalb von dir angeschlossen. Normalerweise wird es in der Hauptsaison immer nur von Woche zu Woche vermietet, aber dieses Paar wollte unbedingt drei Monate dort leben. Nette Leute. Vielleicht begegnest du ihnen ja mal. Er arbeitet in DC, und wenn er nicht von zu Hause arbeiten kann, will er pendeln. Sie ist Fotografin. Sie arbeitet an einer Serie mit Naturfotografien. Sie war diejenige, die unbedingt an diesen Ort wollte.«

»Wirklich? Das ist so interessant. Kenne ich ihre Arbeiten?«

»Nun, ich habe sie nicht gekannt. Anscheinend ist das hier eine neue Richtung für sie, deshalb sind sie auch aus DC raus. Ich denke, es ist mehr ein Hobby oder war es jedenfalls, und er hat ihr den Freiraum gelassen. Das Haus wird nur in der Saison vermietet – vom Spätherbst bis zum Frühjahr ist es nicht möglich. Es ist seit über zehn Jahren nicht mehr renoviert worden, deshalb war das ein Glücksfall für die Eigentümer und für uns.«

»Ja, klingt ganz danach.« Miranda brach ein dickes, weiches Kräuterbrötchen in der Mitte durch und reichte Tracey eine Hälfte. »Was arbeitet er?«

»Ich glaube, er hat einen supergeheimen Job bei der Regierung, weil er kaum mit der Sprache rausrücken wollte.«

Miranda wackelte mit den Schultern. »Ich liebe Geheimnisse. Ihr überprüft Bewerber, oder?«

»Absolut. Er arbeitet für eine angesehene Kanzlei. Sie ist Freiberuflerin, deshalb bin ich auf die Idee mit dem Hobby gekommen. Auf jeden Fall waren sie kreditwürdig, sie haben die Kaution und den ersten Monat Miete bezahlt und sich nicht einmal über die veraltete Küche und das Badezimmer beschwert. Das Haus ist schon für eine Woche schwer zu vermieten, und selbst dann. Ich dachte schon, es steht wahrscheinlich für den Rest der Saison leer. Die Anfrage kam erst vor ein paar Tagen, und sie ziehen morgen schon ein.«

»Herzlichen Glückwunsch.« Miranda stieß mit Tracey an.

»Danke. Jetzt haben wir aber genug über Immobilien geredet. Wie läuft es denn bei dir?«

Sie teilten sich die Vorspeise, aßen Salat und gönnten sich zum Dessert einen riesigen Karamell-Brownie mit Vanilleeis.

Eine leichte Aufgabe, dachte Miranda, als sie zurück zu Booth fuhr. Und es hatte wirklich großen Spaß gemacht.

Nächstes Mal, dachte sie, würde sie sich mit Tracey nur aus freundschaftlichen Gründen verabreden. Aber jetzt würde sie erst einmal an dem Haus am Fluss vorbeifahren. Das konnte ja nicht schaden.

Als Booth nach einer langen Probe nach Hause kam, saß Miranda mit ihrem Tablet und einem Glas Wein am Küchentisch. Die Tatsache, dass sie sich anscheinend ganz zu Hause fühlte, löste einen Wirbelsturm von Gefühlen bei ihm aus. Einerseits war es seltsam, dass sich jemand so in seinem privaten Raum aufhielt, andererseits überwog die Freude, dass dieser Jemand Miranda war.

Ein Hauch von süßsaurer Soße lag in der Luft, als sie ihr Tablet beiseiteschob und ihn anlächelte.

»Hi. Wie war es?«

»Hätte schlimmer sein können.« Er ging in sein Büro, um seine Aktentasche auf den Schreibtisch zu legen.

Sie stand auf, trat zu ihm und küsste ihn – so seltsam normal, dachte er.

»Ich habe mich ums Abendessen gekümmert«, sagte sie zu ihm.

»Du hast gekocht?«

»Du klingst geschockt und besorgt. Ich habe mich auf

meine Art ums Abendessen gekümmert. Ich habe Chinesisch bestellt. Ich hoffe, du hast Hunger. Ich wusste ja nicht, was du wolltest, deshalb habe ich von allem ein bisschen genommen. Nimm dir ein Glas Wein und setz dich. Ich stelle alles auf den Tisch.«

»Nur eine Coke. Ich muss noch arbeiten. Miranda ... danke.«

»Es nennt sich Teamwork, schon vergessen?« Als sei sie in seiner Küche zu Hause, holte sie Schachteln und Behälter aus dem Backofen, füllte den Inhalt in Schüsseln und auf Teller und deckte den Tisch. »Du magst daran gewöhnt sein, jeden Abend zu kochen, aber es ist ja nicht nötig, wenn du zehn oder zwölf Stunden in der Schule warst und dich dann noch zu Hause mit dem Problem beschäftigen musst.« Sie warf ihren Zopf zurück, als sie die Teller zum Tisch brachte. »Ich dachte, falls du nichts dagegen hast, kann ich ja jeden zweiten Tag was bestellen, zumindest bis die Aufführung vorüber ist.«

»Das wäre toll.«

»Also abgemacht. Ich sorge für Abwechslung.«

Er schaltete den Backofen aus, weil sie es vergessen hatte. Dann holte er sich eine Coke, setzte sich zu ihr an den Tisch und ergriff ihre Hand. »Ich weiß das sehr zu schätzen.«

»Es ist nur chinesisches Essen, Booth.«

»Es ist Essen, über das ich mir keine Gedanken zu machen brauche. Es ist schon lange her, seit jemand für mein Abendessen gesorgt hat.«

Sie war sich nicht sicher, warum seine Worte ihr einen Stich versetzten, aber sie drückte rasch seine Hand. »Das ist der Vorteil einer Wohngemeinschaft. Oh, und mir ist heute etwas aufgefallen. Ich weiß gar nicht, wie es mir bisher entgehen konnte.«

»Was ist dir aufgefallen?«

»An der Decke von deinem Carport hängt ein Kajak.«

»Ja. Für gewöhnlich liegt es um diese Jahreszeit schon im Wasser, aber ich hatte so viel zu tun. Wenn du willst, kannst du dir eins mieten, und ich gebe dir Unterricht.«

»Du vergisst, dass ich an einem See aufgewachsen bin.« Sie aß einen Bissen Hühnchen. »Ich paddele seit meiner Kindheit. Vielleicht erkunden wir ja mal zusammen den Fluss, wenn nicht mehr so viel zu tun ist.«

Es wurde immer normaler, dachte er. Einfach nur leicht und angenehm normal. »Am Wochenende soll das Wetter gut sein.«

»Wenn das Buch es zulässt, fahre ich vielleicht in die Stadt und kümmere mich um ein Kajak. Ich hatte heute übrigens einen sehr angenehmen Lunch mit Tracey, falls es dich interessiert.«

»Jesus. Du bist aber schnell. Ich dachte, ihr hättet euch fürs Wochenende verabredet.«

»Sie hatte heute einen freien Termin, deshalb habe ich ihn gleich wahrgenommen. Jetzt musst du noch ein bisschen mehr in deinem Kopf verstauen – obwohl es da sicher schon viel zu voll ist. Ich hatte noch nicht einmal die kleinste Chance, meine Fähigkeiten einzusetzen, um herauszufinden, dass du absolut recht hattest mit den Leuten, die LaPorte dir hinterherschickt.«

Sie keuchte leise auf, den Blick auf die Glastüren gerichtet. Booth sprang sofort auf.

»Entschuldigung, da war nichts. Ich habe einen Kolibri gesehen. Wie ein lebendiger Saphir draußen an deiner Futterstelle. Es sind meine Lieblingsvögel, und es ist der erste, den ich dieses Frühjahr gesehen habe.«

»Ist schon okay. Also, von wem redest du, und woher weißt du, dass LaPorte sie geschickt hat?«

»Tracey hat mir ihre Namen nicht gesagt – ich hätte meine Fähigkeiten einsetzen sollen, um sie zu erfahren, aber daran habe ich nicht gedacht. Ein Paar, und er arbeitet angeblich – hauptsächlich von zu Hause – in DC für eine Kanzlei. Sie behauptet, freiberufliche Fotografin zu sein, die sich auf Naturaufnahmen konzentrieren will. Kennst du das Haus etwa einen Kilometer von hier? So ein kleines, älteres. Tracey sagt, es müsse dringend renoviert werden und wird eigentlich in der Saison nur wochenweise vermietet, wenn überhaupt. Sie haben es auf der Stelle für drei Monate genommen. Heute sind sie eingezogen.«

»Ich kenne es.« Er sah es direkt vor sich. »Der Eigentümer bringt seine Kumpels da unter, wenn sie für ein langes Wochenende zum Angeln kommen. Es müsste total entkernt werden, Renovieren reicht nicht. Man hat von dort auch keine Aussicht, aber es liegt ziemlich abgeschieden. Einsam.«

»In der Einfahrt stehen ein schwarzer Mercedes SUV und ein BMW Cabrio, ein Zweisitzer. Und ja, ich musste beide Autos nachgucken, weil ich die Marken nicht unterscheiden kann. Das sagt mir auf jeden Fall, dass sie sich die Miete für etwas viel Besseres hätten leisten können, also war in diesem Fall die Lage des Hauses ausschlaggebend. Abgeschieden, nicht ganz einen Kilometer von dir entfernt. Und eine Fotografin, die mit einer Kamera bewaffnet durch den Wald streift, erregt keinen Verdacht. Da gibt es auch einen Weg am Fluss entlang, oder?«

»Jetzt bestimmt. Woher weißt du über die Autos Bescheid?«

»Ich habe sie mir angeschaut.«

»Ich meinte, wie hast du sie dir angeschaut?«

»Ich habe sie gesehen, als ich vorbeigefahren bin. Es ist eine öffentliche Straße, Booth«, fügte sie hinzu, als er etwas sagen wollte. »Und eine Straße, an der ich jetzt wohne. Vorbeizufahren ist völlig normal. Ich habe die Autos bemerkt und die Tatsache, dass alle Rollläden heruntergelassen waren. Meine detektivischen Fähigkeiten sagen mir, dass sie bei ihrem Einzug da drinnen etwas machen, was niemand sehen soll.«

»Sie werden eine Alarmanlage installieren und ihren Arbeitsbereich einrichten. Clever wäre es, wenn sie im Wald ein paar Wildkameras in Richtung meines Hauses anbringen würden. Ich denke mir etwas aus, etwas, was sie LaPorte schicken können, um ihn zufriedenzustellen.«

»Ich könnte Plätzchen backen – oder besser noch, welche in der Bäckerei kaufen und so tun, als hätte ich sie gebacken. Dann gehe ich damit zu ihnen und heiße sie als Nachbarn willkommen.«

»Nein.« Er aß eine Frühlingsrolle und spülte sie mit Coke herunter. »Wieso willst du so tun, als hättest du sie gebacken?«

»Wenn ich jemanden willkommen heißen will, würde ich ihn nie meinen Backkünsten aussetzen. Ich meine, Plätzchen sind auch nicht unbedingt nötig. Es reicht ja, sie als neue Nachbarn zu begrüßen. Und dann hofft man darauf, dass sie einen aus Höflichkeit hereinbitten und man sich ein bisschen umsehen kann.«

»Nein, einfach nur nein. Ich besorge mir ihre Namen, sehe zu, was ich über sie herausfinden kann.«

»Wie willst du denn an ihre Namen kommen, wenn du sie nicht fragst? Und dafür braucht man eben Plätzchen.«

»Nein, ich muss einfach nur Traceys Mietdateien hacken. Ich könnte sie fragen, wenn ich ihr begegne, aber das hier geht schneller.«

»Oh.«

Er sah ihr förmlich an, wie sie überlegte, ob sich Hacking mit ihren ethischen Vorstellungen vertrug.

»Wenn Tracey Bescheid wüsste, würde sie es uns ja sagen, aber wir können es ihr nicht erzählen, also ist das einfach ein nötiger Umweg. Aber meinst du nicht, dass sie falsche Namen verwenden?«

»Höchstwahrscheinlich, und sie hat wahrscheinlich auch ihre gefälschten Führerscheine in der Datei. Ich kann mit Gesichtserkennung arbeiten.«

Verblüfft und fasziniert lehnte sie sich zurück. »Das kannst du?«

»Ich habe es noch nicht oft gemacht, aber ja, ich kann es. Oder auch Jacques – ein Typ, den ich kenne. Oder Sebastien«, antwortete er abwesend, während er nach draußen schaute. »Es ist fast schon dunkel. Zu spät für einen kleinen Waldspaziergang«, überlegte er. »Wahrscheinlich stellen sie auch erst morgen Kameras auf, wenn ich in der Schule bin. Ich möchte mir ihre Ausrüstung gerne anschauen, aber zuerst sehen wir mal, was wir über sie herausfinden können.«

»Du wirst dich dorthin schleichen, oder?«

»Letztendlich ja, aber ich betrachte das nicht als Schleichen.«

»Was denn sonst?«

»Als Arbeit. Wir nehmen uns dieses Wochenende ein bisschen Zeit zum Kajakfahren. Dieser Teil des Flusses ist sehr hübsch. Okay, ich mache den Abwasch.«

»Nein. Dein übervolles Gehirn ist meilenweit entfernt. Ich mache den Abwasch. Geh du hacken.«

Daran war er überhaupt nicht gewöhnt, musste er zugeben. »Danke. Ich brauche nicht lange.«

War es schlecht, dass er nicht lange brauchte, weil er genügend Kenntnisse hatte, um an jede persönliche und berufliche Information zu gelangen? Oder war es gut, weil es nicht so viel von seiner Zeit verschlang, um zu erfahren, wen

LaPorte engagiert hatte, um ihn zu beobachten – oder potenziell auch Schlimmeres zu machen, wenn ihnen nicht gefiel, was sie sahen?

Sie verpackte die Reste in Dosen – sie hatte viel zu viel bestellt – und räumte die Spülmaschine ein. Da sie die hohen Ansprüche ihres Hausgenossen kannte, säuberte sie gründlich alle Flächen.

Und weil sie sehen wollte, wie er hackte, ging sie nach oben.

26

Auf dem Weg zu seinem Schlafzimmer hörte sie seine Stimme und das Lachen darin. Er saß am Computer in seinem geheimen Raum und redete mit einem Mann auf dem Bildschirm.

Ein gut aussehender älterer Mann, markantes Gesicht, silbergraue Haare, ein kleiner Stoppelbart und lebhafte Augen. Dem Akzent nach zu urteilen, dachte sie, handelte es sich sicher um Sebastien.

Ein seltsamer kleiner Hund mit Glupschaugen sprang hoch und leckte am Bildschirm.

»*Mais,* er liebt dich über alles, mein Wiley.«

»Warum demütigst du ihn mit einem Strass-Halsband?«

»Ein Geschenk von unserer Mags. Ihm gefällt es. Und du bist also sicher, dass es Cannery ist?«

»Hundertprozentig. Ich habe ihn von unserem Beinahe-Zusammentreffen in Calais erkannt. Das ist schon ein paar Jahre her, und er hat sich einen Bart wachsen lassen und seine Haare braun gefärbt, aber ich vergesse nie ein Gesicht.«

»Und auch sonst nichts. Ich glaube ja, dass LaPorte mehr als nur Spione schickt. Cannery ist ein Vollstrecker.«

»Dazu werde ich ihm keinen Anlass geben. Die Frau muss ich noch überprüfen. Sie nennt sich Lori Slade, aber das heißt nichts. Du solltest auf jeden Fall auf der Hut sein, wenn er jemanden wie Cannery ins Spiel bringt. Ich wollte dich bitten aufzupassen. Halt ein Auge auf Mags, Sebastien, nur für den Fall.«

»*Cher,* ich habe meine Augen immer nur auf Mags. Und den Rest von mir auch, wenn ich kann.«

»Jesus, Sebastien, sie ist immer noch meine Tante.« Booth rieb sich mit den Händen übers Gesicht. Der Hund sprang erneut hoch, eine kleine Plüschmaus zwischen den Zähnen wie eine Opfergabe.

»Wiley möchte Coquette mit dir teilen.«

»Nächstes Mal. Ich fahre später mal vorbei, um zu sehen, ob ich einen Blick auf ihre Installationen werfen kann. Am Wochenende kann ich vom Fluss aus mal gucken. Sobald die Aufführung vorbei ist, besorge ich dir eine Unterkunft in Georgetown.«

»Nein, das mache ich selber. Das ist meine Aufgabe. LaPorte jagt dich schließlich, weil ich ihn auf deine Spur gebracht habe.«

»Sebastien …«

»Das ist mein Part! *C'est tout!*«

»In Ordnung. Okay.« Booth hob versöhnlich die Hand. »Gib mir Bescheid, wenn du so weit bist.«

»Schick mir die Fotos von deinen neuen Nachbarn. Ich überprüfe die Frau. Ich habe ein neues Programm.« Sein Blick glitt an Booth vorbei, und er lächelte – flirtend. »Das ist Miranda. Ich freue mich sehr, dich endlich kennenzulernen.«

»Entschuldigung, wenn ich störe.«

»Schöne Frauen stören niemals, sie verbessern die Lage nur.« Er grinste Booth an. »*Ta rousse est glorieuse, mon ami.*«

»*Merci beaucoup*«, erwiderte Miranda. »*Je parle assez bien française.*«

»Dann musst du zu mir ins Bayou kommen, damit wir uns unterhalten können. Du kannst *mon bon ami* gerne mitbringen, wenn du möchtest.«

»Oder Sie kommen nach Norden.«

»*Bien sûr*, wenn der richtige Zeitpunkt gekommen ist. Machen Sie sich keine Sorgen, *ma belle*. Der hier gehört auch zu mir, und ich lasse nicht zu, dass meiner Familie etwas geschieht. Schick mir die Fotos. Ich finde noch vor morgen früh ihren wahren Namen für dich heraus.«

»Ja, ich schicke sie dir. Halt die Augen auf, Sebastien.«

»Wie immer, *cher. À bientôt.*« Er schickte Miranda einen Luftkuss und unterbrach die Verbindung.

»Ich habe gelauscht, und das ist keine Entschuldigung.«

»Wenn ich weiß, dass du da bist, ist es kein Lauschen. Und ich wusste es ja.«

»Erzähl mir von diesem Cannery und Calais.«

»Gleich.« Er drückte auf ein paar Tasten – wahrscheinlich schickte er das Foto, nahm Miranda an – und holte dann zwei Fotos von einem Mann und einer Frau auf den Bildschirm. Der Mann sah aus wie Ende dreißig, Anfang vierzig, kurze braune Haare, gestutzter brauner Bart, kalte braune Augen. Die Frau, eine Schönheit, sah etwa zehn Jahre jünger aus, scharfe Züge, große haselnussbraune Augen. Die rabenschwarzen Haare trug sie kurz in einem präzisen Schnitt – scharf wie ihre Gesichtszüge – mit einem Pony.

»Die Nachbarn«, sagte Booth zu ihr.

»Und John Madison ist in Wirklichkeit dieser Cannery.«

»Lucius Cannery. LaPorte hat ihn damals nach Frankreich geschickt, um mich aufzuspüren. Er kam nahe an mich heran, zu nahe, deshalb habe ich ihn auch gesehen. Nicht lange danach, als ich an einem Job in Paris arbeitete, habe ich auch LaPorte gesehen. Deshalb beschloss ich damals, Europa zu verlassen.«

»Er ist ein Vollstrecker, hat Sebastien gesagt. Das bedeutet, er verletzt Leute oder macht noch Schlimmeres.«

»Wenn er Geld dafür bekommt, klar. Aber LaPorte braucht

mich lebend und bei guter Gesundheit, zumindest im Augenblick. Cannery ist nur zur Sicherheit dabei. Die Frau hält die Zügel in der Hand. Du musst dich von ihnen fernhalten.«

Als sie ihn daraufhin nur stumm anstarrte, korrigierte er sich: »Wir müssen uns von ihnen fernhalten. Wenn sie uns zufällig über den Weg laufen, tun wir beiläufig freundlich.«

»Weiß Cannery nicht, dass du ihn kennst?«

»Er weiß nicht, dass ich ihn in Frankreich gesehen habe. LaPorte würde nie jemanden schicken, den ich erkennen könnte.« Er ergriff ihre Hand. »Ich halte nichts vor dir zurück. Wissen ist Macht. Es ist eine Waffe. Ich möchte, dass du beides hast.«

»Dann wolltest du mir also sagen, dass du bei ihnen vorbeischauen willst?«

»Vielleicht«, erwiderte er nach einem Moment. »Ich weiß nicht. Aber ich hätte es dir gesagt, wenn ich irgendetwas gefunden hätte.«

»Was wäre denn, wenn ich aufgewacht wäre und du wärst nicht da gewesen? Ich hätte mir doch Sorgen gemacht, hätte mich aufgeregt.«

»Du hast recht. Ich bin einfach nicht daran gewöhnt, dass sich jemand Sorgen um mich macht. Vielleicht könntest du mich für den Moment mit Nachsicht beurteilen.«

»Für den Moment«, sagte sie und umfasste sein Gesicht mit den Händen. »Aber meine Nachsicht ist nicht endlos.«

»Kapiert.« Er schlang seine Arme um sie. »Ich lerne schnell.«

»Gut, weil ich vorhabe, dich zu erziehen. Für den Moment jedoch musst du dich um die Arbeit kümmern.«

»Um einige Dinge, ja.«

»Du kannst das hinzufügen, wenn dir das hilft.« Sie zog einen USB-Stick aus der Tasche. »Da ist alles drauf, was ich über die Rote Göttin herausgefunden habe. Ich glaube allerdings, du weißt schon alles. Vor vierundachtzig Jahren aus einer Mine in West-Australien geschürft, ihr Wert damals und heute und so weiter. Das vorzeitige Ende von Carl Santis, dem Besitzer der Mine, noch bevor er den Stein an eine Lady Jane Dubois, eine reiche britische Aristokratin verkaufen konnte.«

Er kannte die Geschichte in allen Versionen, ließ sie aber erzählen.

»Der Partner des unseligen Minenbesitzers brachte den Stein zur Auktion«, fuhr Miranda fort, »und Lady Jane, anscheinend entschlossen, ihn zu besitzen, bezahlte etwa vier Millionen Pfund mehr als den ursprünglich vereinbarten Preis.«

»Santis brauchte Bargeld und setzte deshalb den ursprünglichen Preis zu niedrig an.«

»Und wurde wahrscheinlich von seinem Partner ermordet, was man ihm aber nie nachweisen konnte. Ich vermute, er hat das Geld zur Bestechung verwendet, um als unschuldig zu gelten.«

Booth lächelte. »Meinst du?«

»Offensichtlich. Auf jeden Fall verschwand der mörderische Partner mit dem Geld und ließ die Mine und Santis' Familie im finanziellen Chaos zurück. Der älteste Sohn beging Selbstmord, die Tochter starb im Kindbett, der jüngere Sohn floh nach Amerika, und man hat nie wieder von ihm gehört.«

»Opfer – wenn du daran glaubst – des Fluchs der Roten Göttin.«

»Ziemlich viel Tragödie für eine einzige Familie innerhalb eines Jahres. Und den Partner fand man kurz darauf ertrunken im East River in New York.«

»Manche schreiben diese Tat dem jüngeren Sohn zu, andere der Göttin.«

»Auf jeden Fall war er tot«, schloss Miranda. »Dann gab es eine Party von einer ganzen Woche auf dem Anwesen von Lady Jane, die mit dem Schliff des Steins durch Fachleute, die sie engagiert hatte, enden sollte.«

»Sie hat es inszeniert wie ein Theaterstück«, warf Booth ein. »Die Presse war da, andere Aristokraten, Dienstboten, Sicherheitspersonal. Eine dumme Zurschaustellung von Reichtum und Privileg.«

»Sie hat dafür bezahlt, denn der Stein verschwand, und – offiziell jedenfalls – tauchte nie wieder auf. Es wurden natürlich Nachforschungen angestellt, aber es fand sich keine Spur. Ich würde ja auf dich tippen«, Miranda legte die Hand auf seine Brust, »aber du warst damals noch nicht geboren.«

»Reinkarnation?«

»Immer eine Möglichkeit. Jedenfalls habe ich sie zu der Vielzahl an Verschwörungstheorien, zum Mythos, den Flüchen, die angeblichen mythischen Kräfte des Steins noch hinzugenommen – unter anderem auch die Rache der Göttin. In den letzten fünfundsiebzig Jahren ist sie dann angeblich hier und da aufgetaucht, und ich habe eine Frage.«

»Ich kann nicht versprechen, sie beantworten zu können, aber nur zu.«

»LaPorte hat doch offensichtlich den Stein gesehen, ihn für echt befunden. Warum hat eigentlich in den acht Jahrzehnten, seit er aus der Mine herausgebrochen wurde, niemand diesen großen, hässlichen Klumpen Stein genommen und ihn in vernünftig große, schöne, glänzende Edelsteine zerteilt?«

Booth versagte für einen Moment lang die Stimme. »Hässlicher Klumpen?«

»Na ja. Es ist ja nur …« Sie hob die Hände mit den Handflächen nach oben, als hielte sie den Stein. »Ein großer, langweiliger Klumpen.«

Ihm blieb die Luft weg, und er brauchte eine Weile, bis er ihr antworten konnte. »So etwas gibt es nicht noch einmal auf der Welt. Er ist einzigartig.«

»Es gibt auch nur einen Roten Schild, oder? Der fünf Komma elf karätige Diamant, den man aus dem Roten Moussaieff geschnitten hat. Er ist wirklich aufsehenerregend schön. Wie er gefasst ist, finde ich nicht so toll, doch das ist nur mein persönlicher Geschmack. Aber Menschen haben für diesen Karbonklumpen gemordet und nie herausgefunden, was in ihm steckt. Das ist so, als hätte Michelangelo seinen *David* in dem massiven Marmorblock gelassen.«

»So kann man es auch sehen.«

»Du offensichtlich nicht. Wie siehst du es denn?«

»Er ist rein, Miranda. Er ist eine Legende. Wenn du diese Legende gelesen hast, weißt du, dass jeder, der vorhatte oder versucht hat, ihn zu zerschneiden, ein vorzeitiges Ende gefunden hat.«

»Ich würde ja amüsiert lachen und sagen, das glaubst du doch nicht wirklich, aber ich sehe dir an, dass du es doch tust. Und dass, obwohl du auf Übersinnliches herabsiehst.«

»Ich sehe nicht herab, und ich glaube auch nicht daran. Lady Jane ist drei Monate, nachdem ihr der Stein gestohlen worden ist, an Influenza gestorben. Josh Stein, der Fachmann, den sie engagiert hatte, um den Stein zu schleifen, starb nur Wochen später außerhalb von London bei einem Autounfall – in den nur ein Wagen verwickelt war. Die Assistenten, die mit ihm bei Lady Jane waren, starben beide vor Jahresfrist. Das ist eine ernsthafte Pechsträhne, und andere, die nach dem Diebstahl mit dem Stein befasst waren und ebenfalls starben, sind da noch nicht eingerechnet.«

»Also glaubst du tatsächlich daran.«

»Ein Muster ist ein Muster. Und ich respektiere ein Muster.«

»Aber du hast keine Angst, ihn zu stehlen?«

»Ich werde ihn weder schleifen noch irgendjemanden engagieren, der das für mich macht. Wenn LaPorte das vorhat – was ich nicht glaube –, wird er ihn sowieso nicht lange behalten.«

»Wer denn? Das hast du nie gesagt?«

»Ich nehme an, das wird ein langer, komplizierter Kampf zwischen den Behörden und irgendjemandem, der behauptet, zu Lady Janes Erben zu gehören. Sie hat ihn ja schließlich gekauft. Andererseits könnten aber auch Santis' Erben Ansprüche stellen. Aber das ist nicht meine Baustelle.«

»Er gehört in ein Museum.«

»Darauf habe ich keinen Einfluss.«

»Und wenn du Einfluss hättest?«

»Dann würde ich für das Museum plädieren. Ich glaube – und du kannst ruhig weiter amüsiert lachen –, ich glaube, die Rote Göttin möchte gesehen werden, bewundert und respektiert.«

»Ich lache gar nicht, und ich habe sogar eine Idee, wie wir das – möglicherweise – bewerkstelligen könnten. Kennst du Fälscher?«

Verblüfft runzelte er die Stirn. »Vielleicht.«

»Was wäre denn, wenn Lady Jane auf dem Sterbebett ihren Irrtum eingesehen und Anweisungen hinterlassen hätte, bezeugt und unterschrieben von ihrem Anwalt, was mit der Roten Göttin ihrem Wunsch nach geschehen soll? So eine Art Zusatz zu ihrem Testament. Wenn nun dieser Zusatz plötzlich auftauchen würde?«

Es klang vielleicht ein bisschen wie aus einem Gothic Roman entsprungen, aber … er mochte Gothic Romane. »Das wäre ja ein unglaublicher Zufall.«

»Wohl wahr, aber … nicht unsere Baustelle.«

Er drehte sich nach rechts und links in seinem Stuhl. Details, überlegte er. Mehr Details. »Lass mich darüber nachdenken.«

»Tu das.« Sie legte den UBS-Stick auf seinen Schreibtisch.

Er würde tatsächlich darüber nachdenken, beschloss er. Wenn es klappte, war es etwas, was er sowohl für sie als auch für die Rote Göttin tun konnte.

So ein Dokument würde natürlich gründlich geprüft und auf seine Echtheit untersucht werden. Das Papier, die Tinte, das Siegel, und nicht zuletzt die Handschrift. Es würde ihn einiges kosten – Zeit und Geld. Aber wenn es ihm gelang, war es das wert. Eine Art von Gerechtigkeit, dachte er. Er machte ein Unrecht wieder gut.

Aber zuerst musste er den Stein bekommen, und er wollte mehr als einen Grundriss des Hauses. Er wollte einen Blick hineinwerfen.

Dazu hatte er ein paar Ideen. Er drehte sich mit seinem Stuhl wieder zum Schreibtisch und begann, die Samen zu wässern, die er bereits gelegt hatte.

Zuerst kam die Aufführung, und da er seine Schüler auf keinen Fall im Stich lassen würde, stellte er in der Woche vor der Premiere alles andere hinten an.

Das bedeutete allerdings nicht, dass er an einem Samstagmorgen nicht ein wenig durch den Wald wandern konnte. Mit Miranda, da sie sich weigerte, ihn alleine gehen zu lassen.

»Achte auf unverfängliche Gespräche. Wir machen nur einen Morgenspaziergang.«

»Ich hab's begriffen, Booth.« Sie nahm seine Hand, als sie nach draußen in die kühle Aprilluft traten. »Du solltest dir einen Hund anschaffen.«

»Ich arbeite den ganzen Tag.«

»Ich habe einfach das Gefühl, dass zu einem Spaziergang im Wald ein fröhlicher Hund neben dir herlaufen sollte. Ein großer, gutmütiger Hund, das passt zu dir.«

»Groß und gutmütig passt zu mir?« Sie hatte – mal wieder – den Nagel auf den Kopf getroffen, was ihn verblüffte.

»Bei Hunden ja. Einer, der gerne ins Wasser geht, sodass du am Fluss mit ihm spielen kannst. Langsam wird alles grün.« Sie atmete tief die Frühlingsluft ein, als sie den Trampelpfad zwischen den Bäumen hindurch entlangliefen. »Dein Flieder ist prächtig. Die Vögel singen. Mir gefällt auch, dass du überall im Garten Futterkästen und Vogelhäuser aufgehängt hast. Das sollte ich bei mir auch machen.«

»In der Stadt habe ich schöne gesehen«, sagte er. Zwei Kameras hatte er schon entdeckt, und er erwartete, noch weitere zu sehen. »Aber du bist ja nur noch für ein paar Monate hier.«

»Oh, das weiß man nie.« Sie warf ihm einen koketten Blick zu.

Das war das erste Mal, dachte er, dass sie sich ihm gegenüber kokett gab. Sie machte das verdammt gut.

»Schreiben kann ich schließlich überall, und ich finde die Gegend hier wirklich schön. Vor allem meine Nachbarn.«

Er küsste sie auf den Scheitel und verdrehte dabei extra für die Kameras die Augen.

»Wir – vielmehr du – sollten wirklich darüber nachdenken, uns einen Hund anzuschaffen. Kannst du dir nicht auch vorstellen, wie ein glücklicher Labrador hier durch den Wald rennt und im Fluss badet?«

»Dreck ins Haus bringt und die Eichhörnchen anbellt.«

Lachend stieß sie ihm den Ellbogen in die Seite. »Ach du!«

»Ach, ich.«

Er spürte es – jemand beobachtete sie und nicht nur durch

die Kameras. Und er hörte es auch – das schwache Rascheln, leise Schritte. Er reagierte jedoch nicht, sondern legte Miranda den Arm um die Schultern.

»Ich habe heute nicht viel Zeit. Ich muss mich heute Nachmittag um die Bühnentechnik kümmern.«

»Am Freitag ist ja Premiere. Ich kann es kaum erwarten zu sehen, was du auf die Beine gestellt hast.«

»Was die Schüler auf die Beine stellen.«

»Natürlich, aber du leitest sie ja an. Ich finde es großartig, mit welchem Engagement du – hast du etwas gehört?«

»Wahrscheinlich ein …« Er brach ab, als eine Frau auf den Weg trat.

Sie hatte eine Kamera am Riemen um den Hals hängen und an der Schulter eine Kameratasche, die vermutlich mehr als Objektive enthielt. Sie war so schlank, dass sie nur aus Muskeln zu bestehen schien, wie sie da in Wanderstiefeln, Jeans und einem Camouflage-Hoodie mit einer schwarzen Baseballkappe auf den kurzen schwarzen Haaren vor ihnen stand.

»Oh, Entschuldigung.« Sie hob die Hände. »Habe ich die Grenze übertreten?«

Er hörte den schwachen Akzent in ihrer Stimme. Dass sie aus Arkansas stammte, konnte sie nicht ganz verleugnen.

Booth lächelte sie freundlich an, legte aber leises Misstrauen in seinen Blick. »Was für eine Grenze?«

»Die Grundstücksgrenze. Ich habe nicht aufgepasst. Entschuldigung«, wiederholte sie. »Ich bin Lori Slade. Wir haben den Bungalow gemietet.« Sie zeigte vage in eine Richtung. »Ich bin Fotografin und habe ein paar Aufnahmen gemacht. Ich wollte nicht auf Ihr Grundstück.«

»Kein Problem, solange sie Fotos machen. Wir kümmern uns nicht so besonders um Grenzlinien. Sebastian Booth.«

»Nett, Sie kennenzulernen.«

»Miranda Emerson. Ich glaube, ich bin am Haus vorbeigefahren, an dem Tag, als Sie eingezogen sind. Willkommen in Rappahannock.«

»Danke. Es ist wunderschön hier. Genau das, was ich für mein Projekt gesucht habe. Ich habe einen Specht gehört und bin sofort mit meiner Ausrüstung losgelaufen, aber ich habe ihn nicht gefunden.«

»Kaufen Sie sich einen Futterspender«, schlug Booth vor, ganz der freundliche Nachbar. »Dann kommen sie von selber vorbei.«

»Futterspender? Darum kümmere ich mich mal. Danke. Ich sollte jetzt auch zurück. Ich habe noch nicht einmal meinem Mann gesagt, dass ich weggegangen bin.«

»Schönes Wochenende«, rief Miranda der Frau nach. »Sie hat mich richtig erschreckt«, sagte sie nach einer Weile zu Booth.

Booth zuckte mit den Schultern. »Ich habe keine Ahnung, warum jemand, der sich so eine Nikon leisten kann, ein so baufälliges Haus wie den Bungalow mietet. Aber die Menschen sind halt unterschiedlich. Wir sollten auch zurückgehen. Ich habe noch einiges zu erledigen, bevor ich in die Schule fahre.«

»Du und deine Pflichten am Samstag.« Sie legte ihm den Arm um die Taille, als sie umkehrten. »Du könntest wirklich jemanden einstellen, der dir das Haus putzt.«

»Es ist eine gute Arbeit, um den Kopf klar zu kriegen.«

»Aber morgen fahren wir mit dem Kajak, oder? Ich fahre gleich in die Stadt, um mir eins zu besorgen.«

»Klar. Das ist Erholung für den Geist.«

»Die neue Nachbarin ist schön. Ich glaube, sie war völlig ungeschminkt. Und sie wirkte so trainiert und kompetent. Findest du nicht auch?«

»Ich kann nicht behaupten, dass ich darauf geachtet habe.« Erneut küsste Booth sie auf den Scheitel, wobei er wieder die Augen verdrehte. »Mir gefallen Rothaarige.«

Kichernd schmiegte sie sich an ihn, als sie zurück zum Haus gingen.

Als er die Tür hinter ihnen geschlossen hatte, sagte Miranda: »Das war sie. Das war …«

»Selene Warwick.« Er hängte seine leichte Jacke in den Vorraum und bedeutete Miranda, ihm ihre zu reichen. »Geboren in den Ozarks. Ihr ursprüngliches Metier ist der Drogenhandel – nur Transport und Verkauf, sie hat nie selber Drogen genommen. Ihren Abschluss als Auftragskiller hat sie gemacht, noch bevor sie alt genug war, um Alkohol trinken zu dürfen. Sie beherrscht ihr Geschäft verdammt gut.«

»Ich habe es ernst gemeint, als ich gesagt, sie ist schön. Das ist sie tatsächlich. Aber es ist eine harte Schönheit.« Sie rieb sich die Arme, weil ihr plötzlich kalt war. »Alles an ihr ist hart und ein bisschen furchteinflößend.«

»Du warst auch ein bisschen furchteinflößend.« Er trat in die Küche und holte ihnen beiden eine Coke. »So kokett und zuckersüß. Und wie du an mir geklebt hast.«

»Da mir alle drei Eigenschaften gegen den Strich gehen, habe ich gedacht, ich ziehe es durch.«

»Ja, das ist dir gelungen.«

»Glaubst du, sie streift regelmäßig durch den Wald, in der Hoffnung, dir zu begegnen?«

»Das braucht sie nicht. Die Kameras zeigen ihr, wenn ich unterwegs bin.«

»Du hast Kameras gesehen?«

»Vier, bevor sie beschlossen hat aufzutauchen.«

»Ich kann gut beobachten, aber ich habe keine einzige gesehen.« Stirnrunzelnd trank sie einen Schluck Coke. »Das ist ärgerlich.«

»Geh nicht alleine in den Wald. Ihre Aufgabe ist es, mich zu beobachten, aber du solltest kein Risiko eingehen. Ich muss mich jetzt wirklich um die Technik und um die Haushaltspflichten kümmern«, fügte er hinzu.

»Ich helfe dir im Haus. Das würde jede kokette, klammernde, zuckersüße Frau tun, die entschlossen ist, dich abzuschleppen.«

»Großartig. Wir ziehen das Bett ab. Du kannst frische Bettwäsche aufziehen, während ich die Waschmaschine anstelle. Und während wir putzen, erzähle ich dir von dem Termin, den ich in zwei Wochen mit Mrs. Mountjoy habe.«

»Du ... du hast einen Termin mit den Leuten, die du bestehlen willst?«

»Ich erzähle dir davon«, wiederholte er.

Als sie am nächsten Tag Kajak fuhren, sorgte Booth dafür, dass sie am Bungalow vorbeiglitten. Er erblickte Cannery im Garten und winkte, eine beiläufige, nachbarschaftliche Geste. Cannery hob ebenfalls die Hand, auf die gleiche Art, und verzog das Gesicht zu einer Art Grinsen.

Danach schob Booth alles beiseite und genoss zwei unbeschwerte Stunden mit Miranda auf dem Fluss.

Sie trug einen breitkrempigen Hut – für eine Rothaarige notwendiger Schutz gegen die Sonne – und paddelte mit starken, geschmeidigen Zügen. Er entspannte sich, während der Fluss sie durch Schatten und Sonne trug. Ein stiller Nachmittag, dachte er, mit Rehen, die in den Wäldern ästen, zwei Jungen, die mit ihren selbst gemachten Angeln auf Felsen hockten, einem Habicht, der über ihren Köpfen endlos geduldige Kreise zog.

»Es ist wirklich schön hier«, sagte Miranda. »Ich habe

immer so viel zu tun gehabt oder habe mir vielleicht einfach nie die Zeit genommen. Ich habe seit über einem Jahr nicht mehr im Boot gesessen.«

»Du kannst es aber immer noch. Wenn wir wieder mehr Zeit haben, können wir eine längere Tour bis zur Bucht machen. Ich kann jemanden engagieren, der uns dort abholt und zurückfährt.«

Sie warf ihm einen Blick zu. »Glaubst du etwa, ich schaffe die Fahrt flussaufwärts nicht?«

»Es ist weit«, erwiderte er. »Vielleicht ... wir könnten uns ja ein Zimmer nehmen und einen Wochenendausflug daraus machen.«

»Das sind doch leere Versprechungen.«

»Wenn wir uns hier um alles gekümmert haben. So gegen Ende August.«

Sie schob die Sonnenbrille herunter. »Ich erinnere dich daran. Es ist wirklich interessant, dass wir dieses echt schöne Intermezzo haben, als ob das alles wäre, was wir zu tun oder zu überlegen haben.«

»Für heute ist das auch so.« Er griff übers Wasser nach ihrer Hand. »Lass uns den heutigen Tag einfach genießen.«

Am Premierenabend herrschte Chaos hinter der Bühne. Nervosität, am Rand zu Hysterie, atemlose (manchmal im wahrsten Sinn des Wortes) Aufregung ergaben ein irres Konzert, als die Teenager ihre Kostüme anlegten, sich schminkten, Haare im Stil der Sechziger frisierten. Die Tänzer machten Dehnübungen, die Sänger Stimmübungen.

Booth tat sein Bestes, um überall gleichzeitig zu sein. Er beruhigte die Nerven, trocknete ein paar Angsttränen, ging mit der Truppe und dem Bühnenmanager die Stichworte durch.

Ein Blick in den Zuschauerraum zeigte ihm, dass das Haus

sich zunehmend füllte. Unter den vertrauten Gesichtern sah er Miranda, die, ein Programmheft in der Hand, mit Lorna und Cesca plauderte.

Dann ertönte der Aufruf: *Fünfzehn Minuten bis zum Vorhang. Fünfzehn Minuten.*

Er machte einen weiteren Durchgang und erblickte Louis – jetzt als Lou bekannt – unter den anderen schwarz gekleideten Bühnenhelfern. Er gehörte jetzt zur Clique, dachte Booth. Er überprüfte Kostüme, Make-up, den Ton, das Licht, die Requisiten. Er überprüfte einfach alles.

Dann rief er die Besetzung zusammen, einen nervösen Haufen voller Vorfreude.

»Okay, Leute, es ist so weit. Ihr habt die Arbeit gemacht, und ich bin stolz auf jeden Einzelnen von euch. Jetzt ist es Zeit für eure Belohnung. Ihr werdet nicht nur die Bühne beherrschen, ihr werdet den ganzen Abend beherrschen. Seid ihr bereit?«

Alle riefen: »Ja, wir sind bereit! Absolut bereit!«

Und als er die Hand ausstreckte, trafen sich alle Hände mit seiner.

»Seid ihr bereit?«

Lauter jetzt und alle packten sich an den Händen.

»Dann zieht es durch! Drei, zwei, eins.«

Beim Antwortschrei flogen alle Hände hoch.

»Alle auf Position«, sagte er und bezog seine eigene Posten in den Kulissen. Dort wartete er und beobachtete, wie seine Schüler ihre Positionen auf der Bühne einnahmen.

»Fahr das Licht im Haus herunter. Kündige uns an, Marlie.«

»Guten Abend und willkommen zur Aufführung der Westbend High School von *Bye Bye Birdie*, mit der Musik von Charles Strouse, Text von Lee Adams. Bitte schalten Sie Ihre

Handys aus. Es darf nicht mit Blitz fotografiert werden, sonst wird Direktorin Downey Sie persönlich ermahnen. Das wollen Sie ganz bestimmt nicht. Und jetzt lehnen Sie sich zurück und genießen Sie die Aufführung.«

»Vorhang«, sagte Booth. Er wusste, dass allen, ob Besetzung oder Bühnentruppe, der Applaus einen Kick gab. Die Scheinwerfer wurden auf Kim und ihre Freundin gerichtet, die auf entgegengesetzten Punkten der Bühne, altmodische Handys in der Hand, den Eröffnungsdialog begannen.

Dann das klingelnde Handy, die Lichter glitten über die Kabine in der Mitte der Bühne. Erneut Applaus mit Stimmen, die darüber ertönten. *Was ist die Geschichte, Morgenröte? Was ist die Erzählung, Nachtigall?*

Booth dachte: Begeistert sie!

Kontrolliertes Chaos jetzt hinter der Bühne, als Schauspieler abgingen und Bühnenarbeiter herbeieilten, um Szenenbilder zu wechseln. Er hörte Lachen im Publikum, genau an den richtigen Stellen. Ordentlicher Applaus nach jeder Nummer. Hier und da gab es ein paar Versprecher und Aussetzer, aber niemand im Publikum merkte es.

Er entspannte sich erst, als seine Kim – und sie überstrahlte alle – die Schlussnummer *Bye Bye Birdie* beendet hatte und die Zuschauer aufsprangen.

Dann beobachtete er, wie sie alle mit strahlenden Gesichtern vor den Vorhang kamen, einer nach dem anderen oder zu zweit, in einer Reihe nebeneinander, während der Beifall sie überrollte. Sie fassten sich an den Händen, verbeugten sich. Immer und immer wieder.

Er trat auf die Bühne, als die Schauspieler nach ihm riefen, und verbeugte sich ebenfalls.

Eine Aufgabe geschafft, dachte er, während er dabei half, die Kostüme zusammenzuräumen, zwei weitere stehen mir noch bevor. Er vergewisserte sich, dass alle Requisiten sicher verwahrt waren, und als er das Theater durch die Seitentür verließ, schaltete er das Licht aus.

Miranda saß auf der niedrigen Steinmauer am Parkplatz.

»Ich wusste nicht, dass du auf mich wartest. Ich dachte, du wärst mit deinem Auto da.«

»Lorna hat mich hergefahren, und das Warten macht mir nichts aus. Nicht nur, weil es so ein schöner Abend ist, ich bin immer noch aufgewühlt von der Aufführung.«

Stolz ließ seine Brust schwellen. »Sie waren großartig, oder? Richtig großartig.«

»Sie waren wundervoll. Ich habe schon viele Highschool-Musicals gesehen, Booth. Bei einigen habe ich selbst mitgespielt. Das hier war ein deutlicher Schritt nach vorne.«

»Sie haben aber auch geschuftet wie die Wahnsinnigen.«

Sie legte eine Hand auf seinen Arm, als er sein Auto aufschloss. »Das kannst du auch dir zuschreiben.«

»Oh, das tue ich. Ich habe auch geschuftet wie ein Wahnsinniger. Es hat sich gelohnt«, fügte er hinzu, als sie ins Auto stiegen. »Es hat sich ernsthaft mehr als gelohnt. Aber zwei Aufführungen kommen noch.«

»Das Mädchen, das Kim gespielt hat.«

»Alicia.«

»Hat sie Pläne?«

»Ihre Eltern hoffen, dass sie Lehrerin wird.«

»Und sie, hofft sie das auch?«

»Nicht wirklich. Sie unterstützen sie – Tanzunterricht, die Stücke an der Schule. Sie hat im Sommer im Gemeindetheater mitgespielt, und das ist ihnen auch recht. Ich denke, was sie heute Abend gesehen haben – weil sie überragend war –, hilft ihnen vielleicht, sie wirklich ausprobieren zu lassen, was sie will.«

»Ich hoffe, sie kommt dahin. Sie lieben dich. Deine Theaterschüler. Sie lieben dich. Und das merkt man ihnen an.«

»Beruht auf Gegenseitigkeit.«

Er fuhr in seinen Carport, blickte zur Schmutzraum-Tür. Er schloss sie auf, stellte den Alarm neu ein.

»Ich weiß nicht, wie es dir geht, aber ich könnte jetzt ein Glas Wein vertragen. Ich muss nur gerade in meinem Büro etwas nachsehen.«

»Dann hole ich den Wein.«

Als sie ihn ins Büro brachte, keuchte sie auf bei dem Anblick, der sich ihr auf dem Monitor bot. »Das ist ja dein Haus, vor deinem Haus. LaPortes Leute brechen in dein Haus ein.«

»Sie versuchen es«, korrigierte er sie. »Sie sind keine professionellen Einbrecher. Sie könnten eine Tür einschlagen, ein Fenster zertrümmern – aber dann käme die Polizei und würde mir mitteilen, dass jemand in mein Haus einbrechen wollte. Das scheint sie aber hier gerade vorzuschlagen.« Er tippte auf den Bildschirm. »Die Dame hat Langeweile. Niemand, den sie niederstrecken kann, den sie töten kann, Tag für Tag immer nur das Gleiche. Das kann dich fertigmachen.«

Miranda schlug das Herz bis zum Hals. »Um Himmels willen, Booth.«

»Ich hatte eine Warnnachricht auf dem Handy, als sie versucht haben, die Türen aufzukriegen, aber ich musste mich auf die Aufführung konzentrieren. Selbst wenn sie hereingekommen wären – was ihnen ohne brutale Gewalt nicht gelungen wäre –, hätten sie nichts gefunden, was ich sie nicht finden lassen wollte.«

»Du hast damit gerechnet.«

Er nickte, ergriff das Weinglas und trank, während er die Videos noch einmal durchsah. »Wenn ich wüsste, dass mein

Zielobjekt mindestens drei Stunden weg ist, würde ich mich auch in seinem Haus umsehen, um ein Gefühl dafür zu bekommen und Dinge zu finden.«

»Du könntest das Video der Polizei zeigen. Es würde ihre Pläne ruinieren, und LaPorte wäre sauer.«

»Das könnte ich, und es wäre mir auch egal, ob ich ihre Pläne ruiniere oder LaPorte verärgere. Aber Warwick ist gut in ihrem Job, und das ist sie vor allem, weil sie es liebt, zu töten und zu vernichten. Sie ist klug und geschickt, aber sie ist auch krank und labil. Sie könnte beschließen, jeden zu töten, der vorbeikommt, um sie wegen dieses kleinen Besuchs zu befragen.«

Booth drehte sich auf seinem Schreibtischstuhl, dann zog er Miranda auf seinen Schoß.

»Freust du dich darüber?«

»Ich freue mich, dass ich dieses Video LaPorte schicken und ihm sagen kann, er soll seine blöden Bewacher abziehen oder der Deal ist geplatzt. Ich werde für beträchtlichen Ärger sorgen.« Er küsste sie auf den Hals. »Das wird sich gut anfühlen«, murmelte er. »Genau wie das hier.«

»Ich merke, dass Leute, die gerne töten und vernichten und versuchen, in dein Haus einzubrechen, dich froh machen und deinen sexuellen Appetit anregen.«

»Die Aufführung hat mich froh gemacht – der versuchte Einbruch ist nur befriedigend. Und meinen sexuellen Appetit regst du an. Ich fand es schön, dich im Publikum zu sehen.« Er fuhr mit der Hand an ihrer Flanke hinauf, wobei er ihre Brust nur streifte. »Ich würde es auch schön finden, wenn du morgen Abend wieder da wärst und ich dich sehen könnte.«

»Weil du nicht willst, dass ich hier bin, wenn sie erneut versuchen einzubrechen.«

»Das auch, aber mir hat es einfach gefallen, dich zu sehen.«

»Kann ich von den Kulissen aus zuschauen?« Es gelang ihm, sie gleichzeitig zu beruhigen und zu erregen. »Ich habe die Aufregung hinter der Bühne schon seit Jahren nicht mehr gespürt.«

»Klar. Ich stelle jetzt mal mein Glas ab, denn für das, was ich im Sinn habe, brauche ich beide Hände.«

»Ach?« Sie warf ihre Haare zurück, zog eine Augenbraue hoch. »Und was hast du im Sinn?«

»Das zeige ich dir.«

In weniger als fünf Sekunden war ihre Bluse offen und der Vorderverschluss ihres BHs gelöst. Dann benutzte er seine Daumen, nur seine Daumen.

Und seine Zähne.

Sie musste sich an seiner Schulter festhalten, weil sie sich nicht mehr aufrechthalten konnte. »Ich denke ... Gott! Ich muss mein Glas auch abstellen.«

»Gute Idee!« Er öffnete ihre Hose. »Ich fange nämlich gerade erst an.«

Er zog sie nicht aus. Er fand es erotisch und erregend, sie zu nehmen, wenn sie beide halb angezogen waren. Ihre weiße, frische Bluse rutschte ihr von den Schultern, wurde aber an den Handgelenken festgehalten und enthüllte so viel nackte, glatte Haut.

Die Laute, die sie von sich gab, entzündeten Feuer in seinem Blut, seinen Lenden. Drängende, verzweifelte Laute, während sie an seinem Gürtel fummelte.

Der Stuhl schwankte und schaukelte unter ihnen, als er ihr die Hose über die Hüften zog. Und während er sie mit einem Arm fest umschlungen hielt, glitt seine andere Hand herunter, lockte, streichelte, quälte sie, bis seine Finger in ihre nasse Wärme eindrangen.

Sie schrie einmal, zweimal auf, bevor sie erschauerte und ihr Kopf schlaff gegen seine Schulter sank.

»Ich kann nicht. Ich kann nicht.«

Sie war flüssig geworden, dachte er, wie Wachs in der Sonne. Immer noch heiß, so heiß und flüssig.

»Klar kannst du. Nur noch ein bisschen mehr.« Er streichelte sie ganz leicht jetzt, bis ihre Hüften sich gegen seine Hand bewegten. »Gib mir nur noch ein bisschen mehr.«

Er hatte sie niedergestreckt, sie zerstört, sie wieder erneuert. Die quälende, prächtige Lust baute sich erneut auf, sodass sie sich ihm nur noch hingeben konnte, damit er sich nehmen konnte, was er wollte und so lange, wie er es wollte.

Als er schließlich in sie eindrang, drückte sie ihr Gesicht an seinen Hals und ließ sich von ihm nehmen.

Als Booth am Ende der letzten Aufführung auf die Bühne trat, überreichten ihm die Schauspieler und die Bühnenarbeiter einen Korb mit Gurken. Er musste lachen trotz der seltsamen Trauer, dass es vorbei war.

Dann trat seine Kim vor. »Wir nehmen etwas mit. Einige von uns kommen nach den Ferien zurück und warten darauf, dass Sie eine weitere Gurkentruppe in eine Schauspielertruppe verwandeln. Und einige von uns machen nächstes Jahr ihren Abschluss und ziehen weiter. Aber keiner von uns wird sie vergessen. Deshalb …«

Sie sang a capella die ersten Töne, dann setzte die Musik ein und die anderen fielen ein.

»Wir lieben Sie, Mr. B, oh ja, das tun wir. Wir lieben Sie, Mr. B, das ist wahr.«

Es machte ihn sprachlos. All diese Stimmen erfüllten sein Herz, und er rang um Fassung, als sie fertig waren und der Applaus verebbte. Und als er in ihre Gesichter blickte, sah er nur Liebe.

»Danke. Ich danke euch für das Geschenk, und damit

meine ich nicht die Gurken. Für mich seid ihr Schätze, jeder Einzelne von euch. Verbeugt euch ein letztes Mal. Und Vorhang.«

Nach dem letzten Vorhang, der Feier, der Party der gesamten Truppe lag er im Bett neben Miranda. Und während er im Dunkeln lag, fragte er sich, ob er wohl zu denen gehören würde, die nächstes Schuljahr zurückkamen, oder ob er einer von denen sein würde, die weiterzogen.

27

Er musste Abschlussarbeiten vorbereiten, aber da er das schon einmal gemacht hatte, blieb ihm jetzt mehr Zeit, um sich mit der Göttin zu befassen und sich zu überlegen, wie er sie am besten stehlen sollte.

Bevor er seinen ersten Schritt ins Spiel brachte, einen Schritt, den er auf jeden Fall solo vollziehen wollte, hatte er den Rest der Woche Zeit. Aber Miranda hatte andere Vorstellungen.

Er überlegte, wie er es ihr am besten ausreden sollte – alles, wie er bereits wusste, vergeblich –, während er einer seiner Lieblingsbeschäftigungen im Frühjahr nach den Schulverpflichtungen nachging.

Den Rasen mähen.

Zum Abendessen wollte er ein Hühnchen schwärzen und es mit Wildreis und Spargel servieren. Die Bäume waren grün geworden, und die Azaleen blühten. Die Leute nutzten die warmen Abende, und Boote waren auf dem Fluss unterwegs. Das gemähte Gras roch nach Sommer – einer seiner Lieblingsdüfte. Er sah, wie Selene aus dem Wald trat – ohne Kamera dieses Mal – und mit festen Schritten auf ihn zukam. Er schaltete den Rasenmäher aus und trat kühl ihrem harten Blick entgegen.

»Ich würde sagen, Sie haben vom Boss gehört.«

»Sie halten sich wohl für besonders schlau.«

»Nein, ich halte mich nicht dafür, ich weiß, dass ich es bin.

Ich bin schlau genug, um zu wissen, dass Sie mich hier auf meinem halb gemähten Rasen mit dieser Pistole unter Ihrem Hoodie erschießen können. Und ich denke, wir sind beide schlau genug, um zu wissen, dass, wenn Sie es tun, LaPorte Sie solange jagen wird, bis jemand Sie zur Strecke bringt. Und das würde Ihre Karriere doch sehr beeinträchtigen.«

»Sie schulden mir fünfzig Riesen.«

»So könnten Sie es sehen.« Booth lehnte sich lässig an seinen Rasenmäher. »Sie könnten es aber auch anders sehen. Sie sind nicht für die nächsten zwei Monate auf Gedeih und Verderb an dieses schäbige Haus gebunden, zusammen mit einem Arschloch wie Cannery.«

»Fünfzig Riesen«, wiederholte sie.

»Nun, schauen Sie mich nicht an. Das ist Ihre Sache. Dinge geschehen. Finden Sie sich damit ab, Selene.«

Sie trat dicht an ihn heran. »Ich kann warten, bis Sie das getan haben, was LaPorte von Ihnen verlangt. Und dann kann ich Sie töten. Oder ich kann diese nutzlose rothaarige Schlampe auslöschen.«

Ihr Blick veränderte sich zu leichter Überraschung, als sie die Drohung in seinen Augen erkannte. Sie wich nicht zurück, aber er auch nicht.

»Kennen Sie meinen Ruf so gut, wie ich Ihren kenne? Wenn nicht, recherchieren Sie mal. Wenn Sie ihr etwas tun, wenn Sie ihr auch nur das kleinste Härchen krümmen, werde ich Sie jagen. Ich werde nie aufhören, und Sie werden mich nie sehen. Ich werde Sie nicht töten – das ist viel zu schnell vorbei. Nein, ich werde dafür sorgen, dass Sie den Rest Ihres Lebens im Gefängnis verbringen. Und nicht in einem netten, geordneten amerikanischen Gefängnis. Ich kenne die Orte, an denen Sie gearbeitet haben, Selene, und manche Gefängnisse da lassen das System hier aussehen wie Disneyland.«

»Ich habe keine Angst vor Ihnen.«

»Nein?« Als er mit ihrer Pistole in der Hand zurücktrat, weiteten sich ihre Augen. »Das sollten Sie aber. Ich könnte Sie hier und jetzt töten, Ihre Leiche im Wald verscharren und die Spuren so legen, dass sie auf Cannery zeigen. Oder Sie können gehen, die fünfzig Riesen als Verlust abschreiben und weitermachen. Weil, glauben Sie mir, ich werde von jetzt an immer wissen, wo Sie sind und was Sie gerade tun. Sie haben das zu meiner Mission gemacht. Googeln Sie mal Frank Javier und sehen Sie nach, was mit ihm passiert ist, als er mir in die Quere kam. Es sollte Ihnen helfen zu entscheiden, wie Sie sich verhalten.«

»Glauben Sie etwa, das sei damit zu Ende?«

»Ich glaube, dass ich mit Ihrer eigenen Pistole auf Sie ziele und es hier und jetzt beenden könnte. Und jetzt verschwinden Sie von meinem Rasen.«

Sie drehte sich um und marschierte zum Wald.

»Frank Javier, Lima, Peru«, rief Booth hinter ihr her. »Schauen Sie nach.«

Er hörte, wie sich hinter ihm die Tür öffnete, als Selene im Wald verschwand. »Bleib im Haus«, sagte er, ohne sich umzudrehen.

»Sie ist doch weg. Du hältst eine Pistole in der Hand. Hättest du sie erschossen?«

»Nein, aber das ist mein Problem. LaPorte ist da weniger sensibel, und er wird von dieser Geschichte hören.«

Zur Sicherheit nahm Booth das Magazin heraus und vergewisserte sich, dass die Kammern leer waren. Nur weil er Waffen hasste, bedeutete das noch lange nicht, dass er nicht damit umgehen konnte.

Als er sich umdrehte, sah er Miranda auf der Terrasse stehen, mit seinem Hackmesser in der Hand.

»Um Gottes willen, Miranda, leg das Ding weg!«

»Was willst du mit der Waffe tun?«

»Ich werde sie im Bungalow platzieren, wenn sie weg sind. Aber jetzt sage ich erst einmal LaPorte Bescheid, dass seine Auftragskillerin ihn eine weitere Million kostet. Im Voraus.«

»Hast du …« Sie brach ab, setzte dann von Neuem an. »Hast du diesen Javier umgebracht?«

»Ich habe noch nie jemanden umgebracht und habe auch nicht vor, es jemals zu tun.« Er ging zu seinem Gartenschuppen, um die Pistole und das Magazin dort zu verstecken. Getrennt voneinander. »Er ist in einem Drecksgefängnis in Peru.«

»Was hat er getan?«

Er drehte sich um und blickte sie fest an. »Er hat genau dasselbe versucht, was sie gerade getan hat. Er ist mir in die Quere gekommen. Und jetzt bring das Messer weg«, sagte er sanfter. »Ich muss anrufen.«

Sie legte das Hackmesser wieder zurück, wobei sie feststellte, dass ihre Hand ganz ruhig war. Nur ihr Herzschlag wollte sich noch nicht beruhigen.

Sie war in die Küche gekommen, um sich eine Flasche Wasser zu holen, nachdem sie mit ihrer Arbeit für den Tag fertig war. Und als sie Stimmen gehört hatte, hatte sie nach draußen geblickt. Genau in dem Moment, als sie den Deckel von der Wasserflasche gedreht hatte.

Und da hatte Booth einer Auftragskillerin gegenübergestanden.

Instinktiv hatte sie das Hackmesser ergriffen. Sie wusste immer noch nicht, was sie damit eigentlich vorgehabt hatte, aber Sekunden später hatte Booth auf einmal eine Pistole in der Hand.

Ihre Pistole. Er hatte einer professionellen Killerin die Pistole so beiläufig weggenommen, als ob er Blumen auf einer Wiese gepflückt hätte.

Wie fühlte sie sich dabei? Vielleicht würde sie es ja noch herausbekommen, wenn ihr Herz endlich aufhörte, so schmerzhaft gegen ihre Rippen zu schlagen. Sie trank einen großen Schluck Wasser, dann noch einen, während sie Booth beobachtete, der auf dem schmalen Steg stand und in sein Handy sprach. Schließlich nahm sie eine weitere Flasche Wasser und ging hinaus.

Leicht verärgert blickte er sich um, als sie auf den Steg zukam. Der Blick passte nicht zu seiner scharfen, kalten Stimme.

»Ich habe Ihnen gesagt, Sie sollen mich nicht verarschen, LaPorte. Mir Ihre Psycho-Killerin zu schicken ist Verarsche. Mir ist es scheißegal, ob Sie das veranlasst haben oder nicht«, sagte er nach einer kurzen Pause. »Sie haben mich verarscht, haben die Bedingungen nicht eingehalten, und das wird Sie eine weitere Million kosten. Sie bezahlen jetzt, oder Sie können sich jemand anderen suchen, der Ihnen den Stein holt. Sie wissen ja, wohin Sie das Geld überweisen müssen. Ich schaue in zwanzig Minuten nach, oder der Deal ist geplatzt. Oh, und wenn Sie noch einmal hierherkommt, wird man ihre Leiche vor Ihrer Tür finden. Verlassen Sie sich drauf!«

Er beendete das Gespräch, steckte sein Telefon ein und ergriff die Wasserflasche, die sie ihm hinhielt. »Konntest du nicht einmal für zehn Minuten im Haus bleiben?«

»Wenn sie zurückkommt, um dich zu töten, hält es sie sicher nicht davon ab, auf mich loszugehen, wenn ich mich im Haus verstecke.«

»Sie wird dich nicht anfassen.«

»Nur dich?«

»Sie kommt nicht zurück. Sie ist fertig hier.«

Hinter ihm schwebte ein Vogel tief über dem Fluss, flog

dann wieder hoch. Auf seinem T-Shirt zeichnete sich eine dünne Schweißlinie ab. Nicht aus Angst, dachte sie. Noch nicht einmal aus Wut. Sondern nur, weil er an einem sonnigen Nachmittag den Rasen gemäht hatte.

»Woher weißt du, dass sie fertig ist?«

»Weil die Befriedigung, mich zu töten, es nicht wert ist, dass LaPorte jemanden engagiert, der sie tötet. Und wenn der Job vorbei ist, ist sie im Gefängnis.«

»Woher weißt du das?«

»Wenn LaPorte sie nicht vorher umbringen lässt, werde ich dafür sorgen.«

»Wie du es mit diesem Javier gemacht hast?«

»Ja, genauso. Ich muss den Rasen zu Ende mähen.«

Miranda legte ihm die Hand auf die Brust. »Erzähl mir von Javier. Ich habe ein berechtigtes Interesse daran, Booth. Wenn du ihr die Pistole nicht weggenommen hättest, hätte sie sie benutzt. Du hast gesagt, er ist dir in die Quere gekommen. Wie denn?«

»Er ist ein drittklassiger Dieb, der mir einen seiner Jobs in die Schuhe schieben wollte. Ein schlampiger Job wie die meisten von ihm, und er hat den Mann, der in dieser Nacht eigentlich nicht zu Hause sein sollte, ins Krankenhaus gebracht. Er hat dem Typen, den er halb zu Tode geprügelt hat, erzählt, er sei das Chamäleon, und dann hat er das Ganze noch mit einem anonymen Tipp an die Polizei gekrönt.« Er schwieg, setzte die Flasche an und trank durstig. »Schwach, weil schlampig und physische Gewalt nicht mein Stil sind, aber es hat ein bisschen Aufruhr gegeben. Also habe ich ihn engagiert.«

»Du hast ihn engagiert?«

»Als reicher Peruaner namens – was habe ich noch mal genommen? Ach ja, Alejandro Vega. Und ich habe auch den zwölfkarätigen Diamanten-Solitär gekauft, den er dem zusammengeschlagenen Mann gestohlen hatte. Den und ein paar andere Dinge habe ich in seiner Wohnung deponiert, und dann habe ich die Polizei über einen Einbruch, der gerade stattfindet, informiert. Sie haben ihn auf frischer Tat ertappt und damit zwei Fälle auf einmal gelöst. Und er hat eine sehr lange Strafe in einem sehr ungastlichen peruanischen Gefängnis bekommen. Ich bin einmal dort eingebrochen, damit er wusste, wem er das zu verdanken hat und warum.«

Mirandas Kehle war trocken, aber sie hatte ihr Wasser schon ausgetrunken. »Du bist in ein peruanisches Gefängnis eingebrochen.«

»Das war nicht so schwer, und aus meiner Sicht nötig. Ich wollte, dass alle Bescheid wissen.« Ruhig und kühl blickte er über den Fluss und in den Wald, wo Selene verschwunden war. Dann trank er das Wasser aus und reichte ihr die leere Flasche. »Ich muss hinten noch mähen. Vorne mache ich morgen. Es gibt geschwärztes Hühnchen zum Abendessen, und ich möchte es noch für eine Stunde marinieren.«

Erneut unterbrach sie ihn, legte die Hand auf seine Wange. »Du bist so wütend.«

»Ja klar bin ich wütend. Sie ist bewaffnet hierhergekommen. Du warst im Haus.«

»Ich hatte ein Hackmesser.«

Er stieß so etwas wie ein Lachen aus, dann drehte er ihre Hand um und drückte seine Lippen auf die Handfläche. »Sie wird nicht zurückkommen. Dafür wird LaPorte sorgen. Und am Ende ist das alles zu unserem Vorteil.«

»Warum?«

»Er war verunsichert. Das konnte ich hören. Er hat sie nicht im Griff gehabt. Ich aber. Und jetzt kontrolliere ich ihn. Es kostet ihn noch eine Million.«

»Wird er zahlen?«

Booth holte sein Handy heraus und sah nach. »Das hat er schon.«

Booth konnte alles tun, wurde mit allem fertig. Also nickte sie.

»Gut. Und jetzt mach deine Wunderdinge mit dem Hühnchen. Ich mähe den Rasen. Ich habe einen süßen Garten an meinem Stadthaus«, sagte sie, als er zögerte. »Ich pflege ihn alleine. Das tue ich gerne.«

»Okay. In Ordnung. Es tut mir alles so leid.«

Sie gab ihm seine Wasserflasche zurück. »Wie dumm ist es, sich dafür zu entschuldigen, dass du so viel Mut und Können besitzt, um eine professionelle Killerin abzuwehren?«

»Ich hatte eine Rothaarige, die mir Rückendeckung mit einem Hackmesser gegeben hat.«

Er ging ins Haus, wusch sich die Hände.

Der wütende Anruf bei LaPorte – und die Forderung nach einer weiteren Million – hatte nicht nur Warwick aus der Gegend entfernt und damit die Bedrohung für Miranda weggenommen, sondern bedeutete wahrscheinlich auch Warwicks Todesurteil. Er hatte getan, was er tun musste, dachte er, als er beobachtete, wie Miranda den Rasen mähte. Und er konnte damit leben.

Nach dem Essen, es war bereits dunkel, ging Miranda mit ihm zum Bungalow. Er nahm den Weg durch den Wald, weil er sich vergewissern wollte, dass sie alle Kameras abgenommen hatten.

Das hatten sie.

Miranda tippte mit dem Finger auf die Tasche, die er über der Schulter trug. »Ich wusste gar nicht, dass du so viel Werkzeug brauchst, um ins Haus zu kommen.«

»Brauche ich auch nicht«, sagte er. »Wir gehen hinten herein.«

»Was ist denn in der Tasche, Booth?«

»Nur ein paar Dinge, die ich bei einem früheren Besuch mitgenommen habe.«

»Wann war das denn?«

»Nachdem sie versucht haben, in mein Haus einzudringen. Ich hatte dir eine Nachricht hinterlassen, falls du aufwachst, damit du dir keine Sorgen machst.«

»Wie umsichtig.«

Er ignorierte ihren angesäuerten Tonfall. Das war schließlich ihr gutes Recht. »Das fand ich auch. Weißt du, ich habe ja nicht im Traum daran gedacht, dass ich ihre Pistole habe, um sie im Haus zu drapieren, wenn sie weg sind. Ich wollte einfach eine kleine Absicherung.«

Beide Autos waren weg, stellte er fest, und auch die Mülltonnen waren leer. Clever von ihnen, sie vorher noch leeren zu lassen.

Er zog Einmal-Handschuhe aus der Tasche. »Zieh die an.«

»Wirklich? Warum sollte jemand nach Fingerabdrücken suchen?«

»Weil ich ihnen einen Grund dazu geben werde.« Er streifte ebenfalls Handschuhe über und drückte die Klinke der Hintertür herunter. »Sie haben sich nicht die Mühe gemacht abzuschließen.«

»Oh.« Miranda war enttäuscht. »Ich habe mich schon darauf gefreut, dir zusehen zu können, wie du hereinkommst.«

»In diesem Fall brauche ich nur die Tür zu öffnen.« Er schaltete das Licht in der Küche an.

Erschreckt sprang Miranda zurück. »Du hast das Licht angemacht!«

»Eingeschaltetes Licht erregt weit weniger Verdacht als der Schein einer Taschenlampe, die durch ein dunkles Haus geistert.« Er durchquerte die Küche, zog die Jalousien herunter und blickte sich um. »Die Eigentümer sollten wirklich mal ein bisschen Geld hier hereinstecken. Die Pistole lege ich in die Küchenschublade.«

»Da sind deine Fingerabdrücke drauf.«

»Ich habe sie abgewischt, genauso wie die beiden wahrscheinlich das gesamte Haus durchgewischt haben. Aber ihre Fingerabdrücke werden auf dem Magazin sein, denn damit war ich vorsichtig.«

Er öffnete Schubladen, stieß in einer auf eine jämmerliche Sammlung von Plastikbesteck, und legte die Pistole hinter einen Schaumlöffel.

Er stellte seine Tasche auf den Küchentisch. »Was würden denn Leute, die es eilig haben, zurücklassen, ohne es zu bemerken? Ich habe ein paar Sachen aus den Mülltonnen geholt, die sie gestern Abend für den Müllwagen herausgestellt haben.«

Die Bierflasche legte er unter die Spüle, neben statt in den Abfalleimer, eine Zeitschrift fand ein Zuhause unter durchhängenden Polstern im Wohnzimmer. Eine leere Flasche Tequila schob er in eine staubige Ecke eines Hängeschranks.

Dann zog er eine einzelne schwarze Socke heraus und ging zu einem Schlafzimmer.

»Die hast du im Müll gefunden?«

»In einem Korb mit schmutziger Wäsche, der an der Waschmaschine stand, bei meinem Einbruch.« Er warf sie unters Bett.

Auch einen roten Sport-BH holte er heraus, schob ihn unter die Kommode im zweiten Schlafzimmer, und schließlich knüllte er noch einen Kopfkissenbezug zusammen, den er zwischen Waschmaschine und Trockner deponierte.

»Sie waren hier und haben geschlafen, als du eingebrochen bist.«

»Das ist mein Beruf, Miranda. Bleib, wo du bist.«

Er holte eine zweite Bierflasche aus dem Rucksack und zerschmetterte sie an der Tischkante. Zufrieden nickte er, als die Aktion eine kleine Delle in dem uralten Resopaltisch hinterließ.

»Ich will mir nicht die Hand brechen«, kommentierte er und wickelte ein dickes Handtuch darum, bevor er mit der Faust gegen eine Sperrholztür schlug.

»Du lässt es so aussehen, als ob sie miteinander gekämpft hätten.«

»Ich richte nur so viel Schaden an, dass ein paar Alarmglocken angehen. Eigentlich tue ich den Eigentümern einen Gefallen. Die Versicherung wird es bezahlen, und wenn sie ein bisschen renovieren, holen sie viel mehr aus dem Haus heraus.«

»Aber deshalb tust du das alles hier nicht.«

Beinahe hätte er eine Ausrede erfunden, aber dann hielt er inne. Sie hatte die Wahrheit verdient. »Das bringt die Polizei auf Trab. Hoffentlich finden sie ihre richtigen Namen heraus. Vielleicht schnappt die Polizei sie ja vor LaPorte. Immerhin hat sie ihn eine Million gekostet. Er bezahlt seine Schulden ebenfalls.«

»Du würdest sie lieber im Gefängnis sehen als tot.«

Lang und schmal stand er in seinen zerschlissenen Jeans und uralten Chucks vor ihr. »Ja, aber sie hat sich ihren Weg selber ausgesucht, genauso wie ich.«

»Sie hätte dich und mich getötet. Und … sie hätte bei keinem von uns auch nur mit der Wimper gezuckt. Was jetzt mit ihr geschieht, liegt nicht in deiner Verantwortung.«

»Nein, aber wenn ich es hier so darstelle, als hätte ein

Kampf stattgefunden, dann handele ich ihr und Cannery auf jeden Fall Probleme ein.«

»In Ordnung.« Alles inklusive, dachte Miranda und blickte sich um. »Was machen wir als Nächstes?«

»Wir kehren Glas und Holz weg, als ob sie versucht hätten, es zu verbergen, aber ein bisschen lassen wir liegen. Sie haben wahrscheinlich alles sauber gemacht, aber unglücklicherweise ein paar Stellen vergessen. Sie haben im Voraus bezahlt, wen kümmert es also, wenn sie zu früh abgereist sind? Deshalb waren sie vielleicht ein bisschen zu sorglos.«

»Aber Tracey, die Eigentümer und die Polizei werden doch aufmerksam, wenn sie die Beschädigungen sehen, die Kampfspuren und eine geladene Pistole.«

»Genau. Ich habe noch ein paar Sachen, die wir hierlassen, und dann gehen wir wieder nach Hause. Wir haben etwas mitgekriegt – bis zu einem gewissen Punkt. Wir sind ihr eines Morgens begegnet, als wir im Wald zwischen meinem Haus und dem Bungalow spazieren gegangen sind. Sie hatte eine Kamera dabei, redete über all das, die Naturaufnahmen und so. Und heute Abend, als ich Rasen gemäht habe, ist sie auch vorbeigekommen, ohne Kamera, wirkte nervös, sagte aber nur, sie müsse ein bisschen frische Luft schnappen.«

»Das kommt der Wahrheit ja auch am nächsten.«

Die Fragen kamen Ende der Woche. Es klopfte an der Tür, als sie gerade bei sich zu Hause war, um für das Wochenende in Georgetown zu packen – eine Fahrt, zu der Booth sie nicht mitnehmen wollte.

Das Klopfen unterbrach ihre Überlegung, was sie anziehen sollte, wenn sie seine Tante und seinen väterlichen Freund kennenlernte. Mit ihm dort hinzufahren – ob es ihm nun gefiel oder nicht –, festigte für sie die Verbindung. Sie hatte ihn zwar noch nicht persönlich kennengelernt, aber sie erkannte den Polizeichef, als sie die Tür öffnete.

»Entschuldigen Sie die Störung, Miss Emerson. Ich bin Greg Capton, Chef der hiesigen Polizei.«

»O natürlich.« Sie reichte ihm die Hand, wobei sie hoffte, dass sie nicht feucht geworden war.

»Hätten Sie vielleicht ein paar Minuten Zeit?«

»Aber sicher. Kommen Sie herein. Gibt es ein Problem?«

»Möglicherweise. Es geht um Ihre Nachbarn ein Stück weiter die Straße herunter.«

»Nachbarn? Oh, Entschuldigung, setzen Sie sich doch. Möchten Sie einen Kaffee?«

»Gerne, aber ich möchte Sie nicht zu lange aufhalten.« Doch er setzte sich und lächelte sie entwaffnend an. »Können Sie mir sagen, wann Sie das Paar, das den Bungalow gemietet hat, zuletzt gesehen haben? Das kleine Haus auf der anderen Seite von Sebastian Booth. Sie kennen Booth, oder?«

»Ja, ich kenne Booth.« Sie legte ein Lachen in ihre Stimme. »Als Polizeichef wissen Sie ja bestimmt, dass Booth und ich ein Paar sind. Aber was die Leute im Bungalow angeht, bin ich mir wirklich nicht sicher. Ihm bin ich nie begegnet. Booth und ich haben sie einmal getroffen, weil wir gleichzeitig morgens im Wald spazieren gegangen sind. Ich weiß nicht genau, wann ... ... vor zwei oder drei Wochen vielleicht? Sie war unterwegs, um zu fotografieren. Ist etwas passiert?«

»Ich kann es nicht sagen. Tracey – Sie kennen doch Tracey? – hat sich Sorgen gemacht, als sie hörte, dass sie diese Woche zweimal die Müllabfuhr verpasst haben. Anscheinend haben sie gepackt und sind abgereist.«

»Ach? Das ist aber seltsam, oder? Sie schien ganz aufgeregt zu sein, dass sie die Chance hatte, Fotos zu machen – Tieraufnahmen, sagte sie. Aber ich war vor ein paar Tagen bei Booth.

Ich glaube Montag Nacht, nein es war Abend«, korrigierte sie sich. »Sie kam vorbei, als er den Rasen hinten mähte. Ich sah sie aus dem Fenster und fragte mich noch, ob ich ihr etwas zu trinken anbieten sollte, aber sie ging wieder. Booth erwähnte, dass sie nervös wirkte. Haben sie Tracey nicht Bescheid gesagt, dass sie ausziehen wollten?«

»Anscheinend nicht. Und Sie haben am Montagabend nicht mit ihr geredet?«

»Nein. Ich habe gerade an einer Arbeit gesessen und kam nur in die Küche, um mir ein Wasser zu holen, als ich sie mit Booth reden sah. Sie ging zurück in Richtung ihres Bungalows, durch den Wald. Als ich herauskam, sagte Booth, sie sei einfach nur vorbeigekommen und hätte gesagt, sie müsse frische Luft schnappen, oder so ähnlich ... Ich weiß nicht genau, Entschuldigung. Und er meinte, sie hätte nervös gewirkt. Vielleicht war sie es ja auch, vielleicht hat sie sich aufgeregt, weil sie auszogen.«

»Könnte sein. Nun ja, danke für Ihre Zeit.«

Kein Wort über die Pistole, die Beschädigungen, dachte Miranda, als sie die Tür hinter ihm schloss. Sie zog ihr Handy heraus. Tracey würde ihr bestimmt alles detaillierter erzählen.

Da sie gerade packte, stellte Miranda das Handy auf Lautsprecher.

»Und als sie nicht ans Telefon gingen, bin ich hingefahren. Keine Autos, Jalousien unten. Ich bin nach hinten gegangen, und die Hintertür war nicht verschlossen! Da habe ich gemerkt, dass irgendetwas nicht stimmte, Miranda. Es sah so aus, als hätte es einen Kampf gegeben. Einen richtigen Kampf.«

»O mein Gott.« Das schwarze Kleid, dachte sie, für den Fall, dass sie schick essen gingen.

»Einer der Küchenstühle war weg, und ein Teil lag zerbrochen unter dem Tisch. Auch zerbrochenes Glas. Und in der Besenschranktür ist eine große Delle, als ob jemand hineingeboxt hätte!«

»Das ist ja schrecklich! Glaubst du, er hat sie verletzt?«

»Ich weiß nicht, ich weiß es einfach nicht. Aber eins kann ich dir sagen: Sie haben bestimmt nicht zusammen geschlafen. Ich glaube, sie haben in getrennten Schlafzimmern genächtigt. Ihren Müll haben sie mitgenommen. Wer macht denn so was? Aber ein paar Dinge haben sie vergessen. Bierflaschen, eine Tequilaflasche, alle leer. Einer von ihnen war bestimmt Alkoholiker.«

Sie ließ Tracey weiter spekulieren, während sie ihre Tasche fertigpackte.

»Ich hoffe, du findest heraus, was passiert ist, und dann musst du es mir unbedingt erzählen!«

»Darauf kannst du dich verlassen!«

»Ich bin gerade auf dem Sprung. Booth und ich fahren übers Wochenende weg.«

»Wie romantisch!«

»Ich hoffe es. Wenn ich zurückkomme, berichte ich dir, ob sich meine Hoffnungen erfüllt haben. Viel Glück mit dem Fall der verschwundenen Mieter.«

»Viel Spaß!«

Miranda lud ihren Koffer, ihren Laptop und ihre Tasche ins Auto. Sie würde auf Booth in seinem Haus warten. Wenn sie ihn vor vollendete Tatsachen stellte, würde es ihm schwerer fallen, Gründe zu finden, dass sie zu Hause bleiben sollte.

Er versuchte es trotzdem.

»Ich glaube langsam, du willst gar nicht, dass ich deiner Tante oder Sebastien begegne.«

»Wenn das hier vorbei ist, fahren wir nach New Orleans, damit du sie kennenlernst.«

»Sie sind im Moment nur ein paar Stunden entfernt, und ich freue mich darauf, sie endlich zu treffen. Und morgen meine Rolle zu spielen.«

»Du brauchst nicht …«

»Ein Mann wie … Wie heißt du noch mal?« Sie lachte, als er kurz die Augen schloss. »Du bist Monsieur Henri Dubeck, der große exzentrische, exklusive und schwierige Innenarchitekt. Du bist diskret, gibst nie einen Klienten preis, geschweige denn, dass du über ihn sprichst. Ich bin Mademoiselle Marguerite Gavier, deine treue, langmütige Assistentin.« Sie wies auf ihren Koffer und dann auf die Tür. »Wir waren uns einig, Booth.«

»Ich war geschwächt, nach Wein und Sex.«

»Eine Abmachung ist eine Abmachung, und vier Augen sehen mehr als zwei.« Sie rauschte hinaus mit ihrem Laptopkoffer und ihrer Umhängetasche und wartete darauf, dass er den Koffer ins Auto lud.

Er zögerte es bis zum letzten Moment hinaus.

»Du wirst bemerkt haben, dass ich mich auf leichtes Gepäck beschränkt habe im Gegensatz zu dir.«

»Dubeck und Gavier sind im Gepäck.« Lächelnd stieg sie ins Auto und schnallte sich an. »Siehst du? Du wusstest doch, dass ich mitkomme.«

»Offensichtlich.«

»Wir können meine Rolle noch einmal durchgehen, aber zuerst musst du mir erzählen, wie du Regal – blöder Name – Regal Mountjoy, Alan Cs neueste Trophäe, dazu gebracht hast, auf Dubeck anzubeißen.«

»Die neueste Trophäen-Ehefrau will logischerweise ihren Abdruck in den Räumen hinterlassen, die von der Ex bewohnt und eingerichtet worden sind. Und ich habe eine Verbindung in Frankreich – eine bedeutende Frau –, die ihrerseits eine Verbindung zu einer Verbindung von Regal hat. Sie hat den Weg für mich geebnet.«

»Eine alte Liebe?«

»Nein, eine frühere Kundin.«

Miranda lehnte sich zurück. Ganz gleich, was es über sie aussagte, es war ihr mittlerweile völlig egal. Sie liebte seine Geschichten.«

»Du hast für die Französin gestohlen?«

»Ich habe ihr ihren Besitz wieder verschafft. Ihre Urgroßmutter war eine bedeutende Künstlerin. Die Nazis haben ein Porträt der Großmutter meiner Kundin gestohlen, ein Bild von ihrer Großmutter als junges Mädchen. Ihre Großmutter hat als Einzige von der Familie den Holocaust überlebt.«

»Das ist ja schrecklich. Das ist einfach schrecklich.«

»Meine Klientin wollte das Bild zurück. Da sie alle anderen Möglichkeiten schon ausgeschöpft hatte, hat sie mich engagiert. Ich habe den Job für umsonst übernommen, weil ... weil.«

Miranda legte ihre Hand über seine. »Weil?«

»Sie sagte, wenn ich jemals etwas bräuchte, wenn sie mir einen Gefallen tun könnte, sollte ich mich an sie wenden. Deshalb hat sie einer Freundin von Regal gegenüber erwähnt, dass Dubeck nach DC käme, um sich mit einer Klientin zu treffen. Einer prominenten Klientin. Er wolle einige Tage bleiben. Und Dubeck wurde überredet, sich mit Regal zu treffen und ihr sein großartiges Talent zur Verfügung zu stellen.«

»Jetzt stellt sich die Frage, wie du überzeugend einen hochnäsigen französischen Innenarchitekten spielen willst.«

»Das habe ich schon ein paar Mal gemacht. Nach dieser Sache allerdings wird Dubeck in den Ruhestand gehen.«

»Du hast tatsächlich Einrichtungen designt?«

»Ich war in vielen schicken Häusern, überladen, minimalistisch, retro, ultramodern. Man muss nur die Kunden richtig einschätzen können, was sie wirklich wollen – oder erwarten. Den richtigen Ton treffen, rechnen.«

»Rechnen.«

»Du musst Maß nehmen, Miranda. Ich habe vor etwa acht Jahren ein Haus in der Provence eingerichtet. Ich habe ein modernes Bauernhaus mit ein paar ländlichen Akzenten daraus gemacht. Es hat funktioniert. Ich habe ein fettes Honorar kassiert und bin mit einem Dreiunddreißig-Karat-Smaragdcollier, zwanzig Karat an weißen Diamanten in Platin gefasst, rausgegangen.«

Oh ja, sie liebte seine Geschichten. »Du hast ihr Haus eingerichtet und dann den Schmuck gestohlen?«

»Ich bestehle nie einen Kunden. Das hier ist die Ausnahme und auch der Grund, warum sich Dubeck danach zur Ruhe setzt. Ich habe den Schmuck damals aus einer Nachbarvilla gestohlen und anschließend überwacht, wie azurblaue Leinenvorhänge in der Mastersuite meines Auftraggebers aufgehängt wurden. Wir waren alle schockiert und entsetzt.«

»Darauf könnte ich wetten.« Ihr ging, wie schon so oft, der Gedanke durch den Kopf, in was für einen faszinierenden, komplizierten Mann sie sich verliebt hatte.

Sie war noch nie in Georgetown gewesen, deshalb genoss sie die veränderte Umgebung. Die hohen Backsteinhäuser, die belebten Straßen und den wahnsinnigen Verkehr, die hell erleuchteten Läden und Restaurants.

»Es ist wie ein Ort in einer Stadt, oder? Es hat Würde, Geschichte und Action gleichzeitig. Hier würde ich gerne einmal ein bisschen Zeit verbringen, wenn wir nicht auf Gaunertour sind.«

Er warf ihr einen Blick zu. »Gauner.«

»Es ist ein gutes Wort, obwohl es altmodisch ist. Wie nennst du es denn?«

»Arbeit«, sagte er und hielt vor einer kleinen Garage neben einem hübschen, dreistöckigen Backsteinhaus. Blumen bedeckten den winzigen Vorgarten zu beiden Seiten eines Ziegelwegs, der zu drei Stufen und zur Haustür führte.

Die Tür flog auf, und eine Frau kam mit wehenden Haaren herausgestürzt – sie hatten die Farbe von reifen Pflaumen, dachte Miranda. Ihr folgte ein winziger Hund, der auf der obersten Treppenstufe stehen blieb und aufgeregt auf seinen kurzen Beinchen tanzte. Die Frau schlang die Arme um Booth, und als er sie an sich drückte, traten Miranda Tränen in die Augen. Liebe, dachte sie. Absolut und ohne Frage.

»Du hast mir gefehlt, Kumpel. Ich habe dich so vermisst.«

»Ich habe dich auch vermisst.« Er trat einen Schritt zurück und fuhr ihr mit der Hand über die Haare. »Was ist das für eine Farbe?«

»Jack Horner.«

»Wieso das denn?«

»Er zog eine Pflaume heraus«, zitierte Miranda den alten Kinderreim, was ihr ein tränenreiches Grinsen von Mags einbrachte.

Lachend schloss Mags auch Miranda in die Arme. Sie roch, dachte Miranda, nach Chanel, Rosen und frischem Brot.

»Du bist diejenige welche«, murmelte Mags, dann trat sie zurück. »Mags.«

»Miranda.«

»Komm herein, komm herein. Wir überlassen das Gepäck den Männern und trinken ein Glas von dem Wein, der an der Bar atmet. Das ist Wiley«, fügte sie hinzu, als sie zur Treppe gingen.

Der Hund sprang direkt in Mirandas Arme, dann blickte er sie mit hervortretenden Augen voller Liebe an.

»O Gott, du bist ja hinreißend.«

»Nicht wahr?« Mags führte sie hinein, während Booth sie nur verwundert ansah.

Sebastien kam auf sie zu, ein Küchenhandtuch über einer Schulter, seine grauen Haare zu einem Zopf zurückgebunden, der so kurz war wie Wileys Beinchen.

»Ah, *ma belle amie, bienvenue!*«

Miranda wurde nicht nur umarmt, sie wurde auch auf beide Wangen geküsst.

»Booth braucht Hilfe mit dem Gepäck. Sebastien hat ein Festmahl gekocht«, sagte Mags, als sie Miranda durch die Diele einen Flur entlang zu einem hohen, großen Raum führte, der sich auf einen gepflasterten Innenhof mit einem Brunnen in der Mitte öffnete.

Es roch himmlisch.

»Ich sehe ihm zu, wenn er ein Festmahl zubereitet. Ab und zu rühre ich mal um. Bei besonderen Anlässen schneide und hacke ich sogar ein paar Zutaten.«

»Das mache ich auch.«

Mags strahlte sie an. »Sind wir nicht clever? Komm, wir trinken ein Glas Wein.«

28

Der Wein floss in Strömen, und es gab Unmengen zu essen. Dabei wurde nonstop geredet, während Miranda Boudin-Kugeln probierte. Sie wusste nicht, woraus sie bestanden, aber sie schmeckten köstlich.

Das Gespräch kam niemals auch nur in die Nähe von La-Porte, der Roten Göttin oder irgendeinem Aspekt dessen, was bevorstand. Es drehte sich um Essen, New Orleans, West-bend, Mirandas Bücher und immer wieder um Essen, während sie von der geräumigen Küche in das Esszimmer umzogen, in dem der Tisch charmant mit Blumen und Kerzen gedeckt war.

Sebastien, der die Situation sichtlich genoss, stellte eine Platte mit wunderschön angerichteten Krabbenkuchen auf Salat mit selbst gemachter Remoulade auf den Tisch.

Schon nach dem ersten Bissen prostete Miranda ihm zu. »Wundervoll! Jetzt sehe ich auch, woher Booth seine kulinarischen Fähigkeiten hat.«

»Ich habe nur einen Rohdiamanten geschliffen. Heute Abend bringen wir New Orleans zu dir.«

»Ich glaube nicht, dass es auf der Bourbon Street besser schmecken würde.«

»Wenn mein Herz nicht schon deiner Tante gehören würde« – Sebastien klopfte sich auf die Brust –, »dann würde ich dir Miranda stehlen, *mon ami*. Komm mich im *bayou* besuchen, *cher*, und dann machen wir ein *fais-dodo*.«

»Ich würde schrecklich gerne deinen Bayou kennenlernen.« Miranda war entschlossener denn je. »Booth sagt, du hast drei Töchter.«

»Meine drei Juwelen. Und jetzt bin ich Paw-Paw. Ich habe vier kleine Enkel und ein weiterer ist unterwegs.«

»Mich macht das zur Ehrengroßmutter«, warf Mags ein. »Sie sagen Magma zu mir. Die Zeit vergeht«, fügte sie hinzu und zwinkerte Sebastien zu. »Wenn man klug ist, geht man mit ihr und genießt es.«

Der Zweck des Besuches wurde erst angesprochen, als sie beim Nachtisch saßen, Brotpudding und Karamellsauce.

»*Mais*«, begann Sebastien, »morgen.«

»Morgen«, wiederholte Booth. »Der Termin ist um zwei, also sollten wir auch erst um zwei aufbrechen. Dubeck lässt seine Kunden warten. Hast du den Transport schon organisiert?«

Sebastien nickte. »*Bien sûr.*«

»Ich denke, neunzig Minuten reichen aus. Ich gebe der Kundin eine Visitenkarte – oder Miranda tut es – mit der Nummer des Prepaid-Handys. Hat Dauphine ihres?«

»Sie ist vorbereitet«, bestätigte Mags. »Monsieur Dubecks Sekretärin.«

»Ich schaue mir die Sicherheitsmaßnahmen an – die elektronischen und menschlichen –, begutachte die Schwachstellen, ordne die Gegend ein und besorge mir den Terminkalender der Kundin für die nächsten drei Monate.«

»Und das machst du alles in neunzig Minuten?«

Booth warf Miranda einen Blick zu. »Weniger, aber neunzig für das andere Drum und Dran. Dubeck ist ein beschäftigter Mann. Wenn es länger dauert, dann liegt das daran, dass sie mir mehr gibt, als ich erwartet habe.«

»Sie redet gerne.« Mags trank einen Schluck Kaffee, dann

sagte sie mit einem zufriedenen Lächeln: »Ich habe eine Maniküre und Pediküre in ihrem Salon gehabt, als sie dort war. Du glaubst es nicht, was sie in diesem Salon für Nägel berechnen.«

»Schick mir die Rechnung.«

»Ach was.« Sie winkte ab. »Ich habe ein Glas guten Champagner bekommen und hatte Zeit, dein Ziel ein bisschen zu beobachten. Außerdem war es eine verdammt gute Pediküre. Sie prahlt, lässt Namen fallen und hing die meiste Zeit dort mit ihren Freundinnen am Telefon. In der restlichen Zeit hat sie Modezeitschriften durchgeblättert. Sie hat ungefähr so viel Tiefgang wie eine Pfütze, ist harmlos und ein bisschen albern. Ihre Aura ist rosa mit ein paar braunen Spritzern. Sie liebt ihren Mann tatsächlich, aber das Geld schadet nicht.«

»Warte.« Miranda hob die Hand. »Du kannst Aura lesen?«

»Madame Magdelaine sieht, was sie sieht«, sagte Mags dramatisch. »Deine Aura ist rot, mit orangefarbenen und gelben Tupfern. Selbstbewusst, direkt, kreativ. Du willst und musst durch Erfahrung lernen.«

»Das hätte ich dir auch sagen können, ohne dass ich Aura lesen kann«, warf Booth ein.

Mags ließ ihre Wimpern flattern. »Ich kann noch hinzufügen, dass du ein glücklicher Kerl bist, Kumpel. Diese orangefarbenen Tupfer bedeuten sowohl sexuelle als auch kreative Energie.«

»Themenwechsel«, sagte Booth, und Miranda lachte. »Das Zielobjekt?«

Mags zwinkerte Miranda zu. »Wir reden später.«

»O ja, bitte.«

»Also … um ein Gespräch in Gang zu bringen, bewunderte ich ihre Ohrringe – gelbe Diamantenstecker, Graff, jeder etwa zwei Karat – und sie erzählte mir, ihr Mann habe sie ihr bei einem romantischen Wochenende in Paris zum Valentinstag geschenkt. Er ist ein Goldschatz. Ihre Worte.«

»Und wer warst du?«

»Sie hat nicht nach meinem Namen oder sonst was gefragt. Wir haben auch nur ein paar Minuten lang geredet, und trotzdem hat sie gleich die Tatsache erwähnt, dass der berühmte Designer Dubeck ihr dabei hilft, die Master-Suite umzugestalten. Ich habe entsprechend beeindruckt reagiert.« Ihre Augen lachten. »Ich denke, es wird dich interessieren, dass sie all das als Überraschung für ihren Mann zum dritten Hochzeitstag plant. Zurzeit ist er auf einer Golfreise in Hilton Head.«

»Umso besser.« Booth wandte sich an Sebastien. »Und das Set-up für Lake Charles?«

»Wir haben eines der Häuser, die du ausgesucht hattest. Eine gute Wahl, finde ich. Wir koordinieren den richtigen Zeitpunkt mit LaPortes Terminkalender, und dann quartieren wir die Familie und das Personal aus.«

»Wie wollt ihr das denn machen?«, fragte Miranda.

»Vielleicht haben wir Glück, und die Morens machen gerade Familienurlaub. Dann brauchen wir uns nur noch um das Personal zu kümmern«, sagte Booth zu ihr. »Oder wir erfinden einen Grund, um alle eine Nacht lang zu evakuieren.«

»Schädlingsbefall funktioniert«, sagte Sebastien. »Oder austretendes Gas.«

Booth nickte. »Schnell und einfach. Ich denke, wir nehmen das Gasleck – wenn ich das Timing hinkriege. Wenn nicht, tun es auch ein paar Ratten, ein paar Mäuse. Zeit, den Kammerjäger zu rufen. Und der«, sagte er zu Miranda, »wird einer von uns sein. Wir schlagen vor, dass alle das Haus verlassen, Menschen wie auch Haustiere, und wir lösen das

Problem über Nacht.« Er blickte wieder zu Sebastien. »Ich habe – bestes Szenario – Mitte Juni im Auge.«

»Wir richten uns darauf ein.«

»Es ist alles nur eine Sache von Illusion und Timing.«

»Geht es nicht auch darum, einen großen Diamanten zu stehlen?«

Dieses Mal tätschelte Booth Mirandas Hand. »Noch nicht, aber dazu kommen wir auch noch.«

Der Anfang bildete wahrscheinlich die Vorbereitungen am nächsten Morgen, um sich den Laden mal anzusehen.

Nach einem ausgedehnten Brunch saß sie im Hof mit Mags, während Wiley, nach einem Spaziergang, unter dem Tisch schlief.

»Ich will mich nicht einmischen«, begann Mags. »Aber ich möchte dir sagen, dass du meinen Jungen glücklich machst.«

»Das hoffe ich doch.«

»Er hat viel Trauriges und Schlimmes in seinem Leben erlebt. Es gab auch glückliche Zeiten, aber glücklicher als mit dir war er noch nie.«

Die Worte berührten ihr Herz. »Das … es ist wundervoll, dass du das sagst.«

»Als er mir damals auf dem College das erste Mal von dir erzählt hat, konnte ich hören, wie glücklich er war, und ich dachte: Mein Junge ist verliebt. Es hat ihm das Herz zerrissen, dass er dich verlassen musste. Und das hat er nur wegen mir getan.«

»Nein, Mags.« Miranda ergriff Mags' Hand und drückte sie. »Nein. Er ist wegen LaPorte gegangen. Ich wollte Booth die Schuld geben – das habe ich auch getan«, gab sie zu.

»Natürlich«, sagte Mags ruhig. »Das war ja auch seine Absicht.«

»Aber jetzt weiß ich es besser. Ich weiß, dass es hier nur einen Bösewicht gibt. Es hat mich damals tief getroffen, das will ich gar nicht leugnen. Und es hat mich verändert, meine Einstellung, meinen Blickwinkel. Aber … Glaubst du an das Schicksal?«

»Ach, Süße.« Mags lachte heiser. »Wer, wenn nicht ich?«

»Nun, wir waren beide so jung, und wer weiß, wie wir auf lange Sicht mit uns und unseren Gefühlen klargekommen wären. Jetzt sind wir älter. Klüger auch, haben schon mehr erlebt. Und in den letzten Monaten habe ich Booth besser kennengelernt als in dieser ersten Zeit der Verliebtheit.« Sie blickte zum Haus und zu den Fenstern des Zimmers hinauf, wo sie die Nacht verbracht hatten. »Hat er dir von Selene Warwick erzählt?«

»Er sagte, LaPorte habe sie und Cannery zurückgepfiffen.«

»Ja, das stimmt, aber erst nachdem Booth ihm gedroht hat. Und Selene ist er ganz allein losgeworden.«

Während sie Mags die Geschichte erzählte, schenkte Mags ihnen mehr von Sebastiens Sonnentee ein.

»So etwas erzählt er mir nie.« Mags seufzte. »Ich glaube, auch Sebastien erfährt oft nichts davon.«

»Ich bezweifle, dass er es mir erzählt hätte, aber ich habe es selber mit angesehen. Und vor allem habe ich einen Mann gesehen, der sich selbst im Griff hat. Er hat ihre Pistole genommen und sie weggejagt, und er hat LaPorte so bedroht, dass er eine weitere Million Dollar herausgerückt hat. Dann hat er in dem Haus, das sie gemietet hatten, alle möglichen Dinge von ihnen hinterlassen, damit die Polizei sie identifizieren und nach ihnen fahnden kann. Ob sie sie finden, ist eine andere Sache, aber er hat all das so … so unaufgeregt gemacht. Er hat das alles, auch das, was er jetzt vorhat, gemacht und vorbereitet, während er Vollzeit unterrichtet und ein echt beeindruckendes Highschool-Musical auf die Beine gestellt hat. Ich glaube, wenn er wollte, könnte er alles erreichen, was er will.«

»Da triffst du bei mir auf offene Ohren. Du liebst ihn. Das ist keine Frage, weil ich weiß, was ich sehe. Du musst nur entscheiden, was du damit anfangen willst.«

»Oh, das habe ich schon entschieden.« Miranda blickte erneut zum Fenster. »Es muss nur warten, bis das hier vorbei ist.«

Sebastien kam heraus, bevor Mags eine weitere Frage stellen konnte. Er legte die Hand auf sein Herz. »Ah! *Les belles femmes!*«

Beim Klang seiner Stimme kam Wiley unter dem Tisch hervorgekrabbelt und tanzte auf den Hinterbeinen. Sebastien nahm ihn auf den Arm und drückte ihn an sich.

»Booth ist bereit für dich, *cher.*«

Miranda ging hinein, die schmale Treppe hinauf zum ersten Stock, dann links.

Die Schlafzimmertür stand offen, deshalb trat sie ein. Und zuckte zurück.

Der Mann, der sich gerade selbst im Spiegel betrachtete, hatte einen zweifarbigen Dutt – steingrau mit schneeweiß oben. Sein steingraues Bärtchen lief in einer weißen Spitze aus. Unter dem hellgrauen Anzug trug er eine königsblaue Weste, die seine breiten Schultern, seine breite Brust betonte. Ringe funkelten an den kleinen Fingern. Am Aufschlag glitzerte eine Anstecknadel in Form eines Phoenix.

Sie erkannte Booth erst, als er sprach.

»Gut. Jetzt müssen wir dich fertigmachen.«

»Du … ich wäre auf der Straße an dir vorbeigelaufen. Du siehst älter aus und … voller. Du hast braune Augen.«

»Farbige Kontaktlinsen.« Er redete lebhaft – Arbeitsmodus, stellte sie fest. »Zieh dich aus und schlüpf in den Morgenmantel. Ich muss deine Haare und dein Make-up machen.«

»Danke, aber das mache ich selber, seit ich zwölf war.«

»Nicht so. Das sind deine Haare.« Er wies auf eine kurze blonde Perücke mit Ponyfransen.

»Okay. Sie sieht ein bisschen so aus wie die, die Julia Roberts am Anfang von *Pretty Woman* getragen hat.«

»Ja, vermutlich.«

Sie schloss die Tür, bevor sie sich auszog. »Haare im Gesicht bekomme ich wohl nicht, oder?«

»Dieses Mal nicht.« Er zog sein Jackett aus und legte es auf das Bett, während sie in den Morgenmantel schlüpfte und sich hinsetzte. Dann drehte er ihren Stuhl so, dass sie mit dem Rücken zum Spiegel saß.

Sofort versuchte sie, ihn zurückzudrehen. »Ich will zugucken!«

»Nein. Wenn ich fertig bin, kannst du dir das Ergebnis anschauen.« Er begann, ihre Haare in eine Kappe zu stecken. »So sind sie mir nicht im Weg, wenn ich das Gesicht schminke. Ich baue auf deinem aktuellen Make-up auf.«

»Kannst du mir ein Schönheitspflaster machen? Ich habe mich immer gefragt, wie es mir wohl stehen würde.« Sie sprang fast auf, als er einen Schminkkoffer öffnete. »O mein Gott, all diese Pinsel! Die Paletten! Lass mich …«

Er gab ihr einen Patscher auf die Hand. »Das ist meins. Teilen werde ich später. Ich muss meinen Terminplan einhalten.«

»Dein Gesicht ist voller, ums Kinn herum.«

»Hmm-mm.«

»Machst du meines auch voller?«

»Nein«, sagte er. »Ich schminke dich nur stärker, vor allem die Augen. Die Lippen werden leuchtend rot.«

»Roter Lippenstift sieht bei mir nicht gut aus.«

»Heute schon.«

Er bürstete, tupfte, pinselte und puderte. Er erstaunte sie, als er ihr falsche Augenwimpern anklebte und ihre Behauptung ignorierte, sie würden billig und geschmacklos aussehen. Er wechselte ihre Ohrringe aus und zog ihr die Perücke über, musterte sie mit zusammengekniffenen Augen, bevor er ihr eine Brille mit schwarzem Rahmen aufsetzte.

Als sie versuchte, sich umzudrehen und sich anzuschauen, zog er sie hoch und dirigierte sie weg vom Spiegel. »Noch nicht. Du musst erst den hier anziehen.

Er hielt ihr einen Bodysuit hoch, und ihr blieb der Mund offen stehen.

»Soll das etwa mein *Hintern* sein? Du gibst mir einen so dicken Hintern, und das hier sind meine …« Schützend legte sie eine Hand über ihre Brüste. »Ich soll einen dicken Arsch, breite Hüften und riesige Titten haben.«

»Sie sind nicht riesig. Sie stehen nur in Proportion zum Rest. Wenn sie dich jemals beschreibt, wird sie nicht sagen, ›gertenschlank‹, sondern ›kurvig‹.«

»Oder vielleicht eher ›kräftig‹?«

»Das funktioniert auch. Du wolltest die Rolle, Miranda«, erinnerte er sie. »Das ist dein Kostüm.«

Sie murrte, zog aber den Morgenmantel aus und ließ sich von ihm in den Bodysuit helfen. »Er ist ein wenig eng und schiebt meine eigenen Brüste hoch.«

»Er muss eng sitzen, und er soll sie auch hochschieben. Hier ist der Rest.«

Sie musterte den kleinen Rock, das Jackett, das seidige weiße Oberteil. »Das ist aber wirklich ein kurzer Rock.«

»Miranda.«

»In Ordnung, in Ordnung. Ich weiß nicht, ob mein neuer Hintern da reinpasst.«

Er passte natürlich doch, alles passte, genau wie die schwarzen Stilettos. Booth band ihr noch einen Schal in Rot, Schwarz und Gold um den Hals mit dem Knoten an der Seite, dann trat er einen Schritt zurück und beschrieb mit dem Finger einen Kreis, damit sie sich umdrehte.

»Gut. Sehr gut. Jetzt kannst du dich anschauen.«

Sie trat zum Spiegel und starrte hinein.

Sie wäre auch an sich selbst auf der Straße vorbeigelaufen, dachte sie. Ihre Augen wirkten riesig und wahnsinnig geschminkt. Statt billig und geschmacklos zu wirken, bildeten die falschen Wimpern einen exotischen Kontrast zu der Brille. Die roten Lippen sahen irgendwie französisch aus, und ihr Amorbogen in der Oberlippe war tiefer als sonst.

»Ich sehe gar nicht wie ich aus. Dass das eine Perücke ist, erkennt man nicht. Und mit diesem Körper könnte ich wahrscheinlich viel Geld als exotische Tänzerin verdienen. Schlafe ich mit Dubeck?«

»*Mais non!*« Er setzte seinen Akzent ein. »Du bist nur ein weiteres Werkzeug für ihn, nicht mehr als ein Maßband.«

»Okay. Entdecke ich in Dubecks Stimme einen Anklang an Poirot?«

»Einen *soupçon.*«

Immer noch fasziniert, drehte sie sich hin und her. »Er war Belgier.«

Booths entzücktes Lächeln entging ihr. »Das war er, aber es funktioniert trotzdem. Lass mich mal deinen Akzent hören.«

Sie hatte insgeheim geübt. »Ich stehe *monsieur* zur Verfügung, und er bemerkt mich gar nicht. Aber ich habe Träume.«

Weich, leise, ein bisschen atemlos, mit ganz leichtem Akzent. Aber besser, als zu dick aufgetragen, dachte er.

»Das wird gehen. Hältst du es durch?«

Sie starrte in ihr neues Gesicht im Spiegel. »Ja, das schaffe ich.«

»Wenn ich etwas auf Französisch zu dir sage, antworte auch auf Französisch. Bei englischen Sätzen antwortest du auf Englisch. Du musst nicht viel sagen, befolge einfach meine Anweisungen.«

»Ich weiß, das haben wir schon besprochen.«

»Stetige Wiederholung prägt sich besser ein. Nimm die Uhr ab – sie könnte sie sich nicht leisten. Versuch es mit diesen drei Armreifen. Du trägst diese Tasche – sie enthält dein Tablet für Notizen, Maßband, Bleistifte, Kugelschreiber, einen Notizblock, die Schachtel mit den Visitenkarten – seine – und noch andere Utensilien. Und nun sieh mich an, ohne zu lächeln.«

Als sie es tat, machte er ein Foto. »Mach dich mit dem Inhalt vertraut. Du kannst auch Dinge umräumen, solange du weißt, wo du sie hingetan hast. Ich bin gleich zurück.«

»Okay. Ich bin ein bisschen nervös. Aber ich glaube, es passt zu meiner Persönlichkeit.«

Sie setzte sich und öffnete die Tasche, um sich den Inhalt einzuprägen, wobei sie sah, dass er sie genauso eingeräumt hatte, wie sie es getan hätte. Sie fuhr das Tablet hoch, versuchte ein paar Notizen auf Französisch.

Während sie wartete, stand sie auf, um einen Blick in seinen Schminkkoffer zu werfen, und fand ihn großartig.

»Hier ist dein Portemonnaie«, sagte er, als er wiederkam. »Es enthält deinen Ausweis, eine Kreditkarte, ein bisschen Bargeld – Euros und amerikanische Dollar.«

Sie öffnete es und starrte hinein. »Ich habe einen französischen Führerschein mit einem Foto, das so aussieht wie ich jetzt.«

»Er ist hastig gemacht, nur für den Fall. Die Kreditkarte ist nur zum Zeigen – aus dem gleichen Grund. Wir sollten jetzt gehen. Übertreib die Rolle nicht, halt dich im Hintergrund.«

»Obwohl ich so aussehe?«

»Hast du Mags Beschreibung von ihr gehört? Es geht nur um sie und wer prominent ist. Du bist ihr egal – du bist nicht wichtig. Sie wird eine junge, blonde Französin mit einer guten Handtasche und billigen Schuhen sehen …«

»Wie Clarice Starling.«

»Himmel, kein Wunder, dass ich verrückt nach dir bin. Ja, wie Clarice. Aber du bist groß, gut gebaut und machst den Mund nur auf, wenn du angesprochen wirst.«

»*Oui, monsieur*«, murmelte sie und schlug ihre dicht bewimperten Augen nieder. »*Je ne suis personne.*«

»*Exactement.*« Er küsste ihre Hand und führte sie hinaus.

Unten an der Treppe stemmte Mags die Hände in die Hüften. »Gute Arbeit, Kumpel. Als Blondine siehst du gut aus, Süße. Die roten Haare, das ist deins, aber du siehst trotzdem verdammt gut aus. Und jetzt, Hals- und Beinbruch.«

»Das könnte mir in diesen Absätzen tatsächlich passieren.« Sie ergriff Mags' Hand. »Schick mir gute Gedanken, hörst du? Es ist mein Debüt.«

»Ich habe euch geschützt. Sebastien wartet bereits draußen.«

Er stand in einem grauen Anzug mit Chauffeursmütze an einer schwarzen Limousine. Als er Miranda sah, rollte er mit den Augen und sagte: »Olala.«

Sie lachte und stieg ein. »Eine Limousine?«

»*Bien sûr.*« Booth – oder eigentlich Dubeck – setzte sich neben sie. »Ich bin Dubeck. Womit sollte ich sonst fahren? Denk an deinen Akzent und sprich damit. Schlüpf in die Person hinein und bleib in ihr.«

Sie zog die kleine Puderdose aus ihrer Tasche und studierte ihr neues Gesicht im Spiegel, um es sich genau einzuprägen.

Das Haus war großartig, das konnte sie nicht leugnen. Massiv und elegant stand es im Herzen von Georgetown mit seinen drei Stockwerken, die blassgelbe Fassade mit strahlendem Weiß eingefasst. Der Vorgarten stand in voller Frühlingsblüte.

»Keine Mauern oder Tore«, kommentierte sie mit ihrem weichen Akzent. »Ich habe mehr Sicherheitsmaßnahmen erwartet.«

»Sie sind auf jeden Fall vorhanden. Siehst du das Nebengebäude da links? Das ist rund um die Uhr von Wachpersonal besetzt.«

Sebastien hielt auf der Einfahrt vor einem weißen Säulenportal, das die doppelflügelige Haustür schützte. Er öffnete Booth die Tür, ging dann um den Wagen herum und tat das Gleiche für Miranda.

In ihrer Rolle ging Miranda zwei Schritte hinter Booth, der an die Haustür trat, um zu läuten.

Die Tür ging sofort auf. Die schwarz gekleidete Frau mittleren Alters wirkte außergewöhnlich fit. Booth schätzte, dass sie Haushälterin und Bodyguard in einem war.

Pflichtbewusst zückte Miranda eine von Dubecks Visitenkarten.

»Monsieur Dubeck«, sagte sie. »Er hat einen Termin mit Madame Mountjoy.«

»Bitten kommen Sie herein.« Die Haushälterin führte sie in eine prächtige Eingangshalle mit hohen Decken. Die Böden unter dem perfekt ausgeblichenen Aubusson-Teppich schimmerten matt. An den Wänden hingen antike Spiegel als auch antike Gemälde und ergänzten die Möbel aus poliertem Mahagoni und sanften Farben.

Es roch ein wenig zu stark nach Rosen und Gardenien.

»Bitte warten Sie im Salon.« Sie führte sie in einen großen

Raum mit einem Adam-Kamin, drei hohen Fenstern, noch mehr Kunst, noch mehr ruhige Farben. »Mrs. Mountjoy ist sofort bei Ihnen. Darf ich Ihnen etwas zu trinken anbieten?«

»Kaffee, stark und schwarz.« Booth runzelte nachdenklich die Stirn, während er prüfend durch den Raum wanderte.

Miranda nickte mit gesenktem Kopf. »Ja, bitte. Danke.« Während Booth weiter den Raum studierte, als die Haushälterin gegangen war, blieb sie einfach stehen, mit gefalteten Händen.

Er begann in schnellem Französisch zu reden, warf ihr einen ungeduldigen Blick zu, untermalt von einer ebenso ungeduldigen Geste. Miranda zog ihr Tablet aus der Tasche und bemühte sich, Notizen zu machen, wobei sie hektisch im Kopf alles interpretierte.

Geschmackvoll, vorsichtig, gute Kunstwerke, würdevoll und voller Respekt vor der Architektur des Hauses. Wunderschöne Holzarbeiten. Originaler Putz auf den Wänden.

Als er fertig war, hörte sie das schnelle Klackern hoher Absätze – wahrscheinlich genauso hoch wie ihre eigenen.

Regal Mountjoy, eine aufsehenerregende Blondine in einem knallroten Versace-Kleid, betrat das Zimmer. Ihre Freude funkelte so hell wie die Diamanten in ihren Ohrläppchen, an ihrem Handgelenk und ihren Fingern.

»Monsieur Dubeck!« (Es klang wie »mon-sur«). Sie streckte die Hand aus. »Willkommen. Herzlichen Dank, dass Sie hierhergekommen sind.«

»Madame.« Booth hauchte einen Kuss auf ihren Handrücken. »Meine Zeit ist begrenzt, wie Sie wissen.«

»Ja, das weiß ich. Das weiß ich. Ich bin begeistert, dass Sie mir ein wenig von Ihrer kostbaren Zeit widmen.«

Eine weitere uniformierte Frau, jünger dieses Mal, schob einen Servierwagen herein.

»Ich hoffe, Sie haben einen Moment, um sich zu setzen und Kaffee zu trinken.«

»Ja, das werde ich.«

Er setzte sich und wartete, dass ihm Kaffee eingeschenkt wurde. Miranda setzte sich auf die Kante eines Sessels und presste die Knie zusammen. Sie schwieg, da ihre Rolle es verlangte, dass sie nur ein weiteres Möbelstück war.

»Dieses Haus, sie hat Alter«, begann Booth in gebrochenem Englisch, und bevor Regal sich dafür entschuldigen konnte, fuhr er fort: »Und sie trägt es gut, eine große Schönheit.«

»Oh, danke.«

»Das ist die Gabe des Hauses, nicht Ihre«, erwiderte Booth beiläufig und trank einen Schluck Kaffee. »Aber es scheint, sie ist gut gepflegt und respektiert. Ich muss ihr Ganzes sehen, bevor ich einwillige, die Master Suite zu verbessern.«

»Natürlich. Es freut mich sehr, Ihnen das Haus zeigen zu können. Ich bin so aufgeregt, dass Sie sich vielleicht überlegen wollen, die Master Suite zu gestalten. Ich habe einfach das Gefühl, es spiegelt mich – oder uns, meinen Gatten und mich – nicht wider. Es … es ist noch viel zu viel von seiner ehemaligen Frau darin, wenn Sie verstehen.«

»Alle, die in einem Haus leben, lassen etwas von sich zurück. *Mais oui*, sie möchten … Ihre Vorgängerin exorzieren.«

»Ja!« Als würde sie beten, presste Regal die Handflächen aneinander. »Danke für Ihr Verständnis.«

Booth stellte die Kaffeetasse ab. »Lassen Sie uns anfangen.«

Er winkte Miranda, und Regal bedachte sie mit keinem Blick.

Miranda machte Notizen. Gelegentlich richtete Booth einen Befehl auf Französisch an sie, aber ansonsten ging sie nur hinter ihnen her durch die Räume.

Ein Arbeitszimmer, ein größerer Salon mit einem Flügel, eine richtige Orangerie, in der Orangen-, Zitronen- und Limonenbäume wuchsen und mit ihrem Duft die Luft erfüllten.

Sie besichtigten eine Bibliothek, ein Lesezimmer (wozu brauchte man beides?), ein formelles Esszimmer mit einem Tisch, an dem leicht dreißig Personen Platz fanden, ein Essbereich und Morgenzimmer für die Familie mit Glasfronten, die Aussicht auf die weitläufige Gartenanlage, einen Pool, ein Pool-Haus und eine weitere Garage boten. Die Küche, gründlich modernisiert, strahlte klassischen Charme aus, die Personalräume, weitere Salons.

So ging es immer weiter, bis sie schließlich ins Untergeschoss zu einem Heimkino mit einer Bar, Reihen mit breiten Ledersitzen und zwei Duschbädern gelangten.

Vorratsräume, Hauswirtschaftsräume. Dann wieder hinauf über die große Freitreppe in den ersten Stock.

Regal plapperte ohne Unterlass. Booth alias Dubeck sagte wenig, nur ab und zu gab er einen Kommentar von sich oder warf seiner getreuen Assistentin einen Befehl zu. Er hielt Regal auf, bevor sie die Doppeltüren zur Maser Suite öffnen konnte.

»*Mais non*, ich muss zuerst die nächste Etage sehen. Die Master Suite hebe ich mir bis zuletzt auf.«

Oben sahen sie eine Art Ballsaal mit drei Waterford Kronleuchtern, einer Catering-Küche, größer als die, die Miranda in ihrem Stadthaus hatte, zwei Bäder, zwei Toilettenräume, Salons.

Und eine verschlossene Tür, kein Original, sondern eine, die so gebaut worden war, dass sie wie eine wirkte. Booth tippte beiläufig darauf und bestätigte seine Annahme, dass der Stahl darunter lediglich von einer dünnen Holzschicht bedeckt war.

»Und das?«

»Oh, sie führt auf den Dachboden. Mein Gatte hat dort oben so eine Art Männerrückzugsort, könnte man sagen. Er hält sie immer verschlossen. Niemand darf dort oben hinauf.«

»Vielleicht die Irre auf dem Dachboden?« Als sie ihn nur verständnislos anblickte, zuckte er mit den Achseln. »*Maintenant*, ein Mann muss seine Geheimnisse haben, ja? Und jetzt dürfen Sie mir zeigen, was Sie verändern möchten.«

Sie machte fast einen Luftsprung in ihren Louboutins.

Die Master Suite bestand aus dem Schlafzimmer mit hohen Fenstern, einer Kassettendecke, einem Kamin, einem massiven Vierpfostenbett, zwei En-Suite-Bädern, zwei Ankleidebereichen und einem Salon.

Miranda fand die Möblierung und die Ausstattung hübsch, wenn auch ein bisschen zu feminin mit den Blumenmustern und rosa Akzenten.

Booth sah sich alles an, einschließlich der handgefertigten Schränke. Er ging mit großen Schritten herum, berührte alles, während Regal, die endlich schwieg, mit vor der Brust gefalteten Händen dastand.

»Dieser Raum ist gut genutzt.« Er bellte Miranda ein paar französische Sätze zu, die diese pflichtbewusst notierte. »Aber das sind nicht Sie. Da ist Eleganz, ja, aber keine Romantik, keine Sexualität. Sie mögen guten Sex, ja?«

Regal blinzelte. »Nun, ja. Mein Gatte und ich … Ja.«

»Ich denke, als dieser Raum das letzte Mal verbessert wurde, gab es keinen Gedanken an Sex, nur Stil. Der Stil ist … ah, geschmackvoll. Konservativ. Das ist nicht das, was ich für Sie sehe.«

»Ich möchte es wirklich moderner haben«, begann Regal. »Mehr Farbe und …«

Sie brach ab, als sie Booths kühlen Blick sah.

»Modern? Modern ist falsch!« Seine Hand fuhr durch die Luft, als hacke er Holz mit einer Axt. »Es ist ein Gräuel in diesem Raum, in diesem Haus. Wir haben das Alte und müssen es respektieren. *Mais,* Sie werden Romantik, Sexualität haben. Hier müssen die Farben weich sein, ein Traum, ein erster Kuss. Das sanfteste Grau, wie eine Umarmung in einem Sommerregen, das ruhige Grün und Blau des Meeres in der Dämmerung. Dieses Bett, dieses prachtvolle Bett, hat er mit der anderen Frau in diesem Bett geschlafen?«

»Ja.«

Er machte eine Handbewegung. »Es muss weg und in einem anderen Raum leben. Sie werden Ihr eigenes Bett haben.«

»Allein das, oh, Monsieur Dubeck, allein das würde mich so glücklich machen.«

»Ich werde Sie glücklich machen. Und dieses Haus werde ich auch glücklich machen.« Er schnipste mit den Fingern in Mirandas Richtung und forderte sie auf Französisch auf, die Vorhänge auszumessen. »Sie müssen weg, diese Vorhänge. Sie sind zu schwer und die Farbe zu kräftig. Weich, weich. Der Teppich, nein! Auch die Polsterung muss sich ändern, hier, in der gesamten Suite.« Er blickte zum Kronleuchter hinauf, runzelte die Stirn. »Hier, denke ich, können Sie ein wenig modern vertragen. Um die Spannung zu erhöhen, nur einen Hauch. Ich habe etwas im Sinn. Wir werden sehen.« Er ging auf und ab, zog die Augenbrauen hoch. »Wir werden sehen«, wiederholte er. »Die Kaminumrandung ist gut, diese Eiche. Derjenige, der sie weiß gestrichen hat, gehört in der Öffentlichkeit erschossen. Wir werden sie wieder zu ihrer ursprünglichen Pracht zurückholen.«

Er ging durch jeden Raum, äußerte seine Vision, ließ Miranda staunen und messen.

Regal weinte beinahe vor Dankbarkeit und blinzelte nicht

einmal, als er den astronomischen Preis allein für seine Designerdienste nannte. Arbeitsstunden und Materialien wurden extra abgerechnet.

Er gab ihr Anweisungen, wohin sie die erste Hälfte seines Honorars überweisen sollte, dann ging er und ließ sie mit Glückstränen in den Augen zurück.

Miranda sprach erst, als sie das Anwesen verlassen hatten. »Das hat länger als neunzig Minuten gedauert.«

»Ja, ein bisschen, großes Haus. Fabelhaftes Haus.«

»Das Einzige, um das ich sie wirklich beneidet habe, war die Orangerie. Ich habe zum ersten Mal eine gesehen, und jetzt wird es mein Lebensziel werden, eine zu bekommen. Die Tür zum Dachboden, oder?«

»Ja. Stahltür, Sebastien. Hübsch mit Holz verkleidet, hübsche Reproduktion der Kassettentüren, die sonst im Haus sind.«

»Ah. Sicherheitspersonal hat um drei Schichtwechsel. Zwei Männer hinein, zwei heraus.«

»Gut zu wissen. Keine Innenkameras – überraschend. Außenkameras im Norden, Süden, Osten, Westen – reichlich Lücken dazwischen. Ich habe die Sicherheitsanlagen gesehen – eine im Hauswirtschaftsraum an der Küche, eine im Keller. Er hat eine Smart-Home-Anlage. Das kann ich mit Fernbedienung ausschalten, die Alarmanlagen und Bewegungsmelder umgehen.«

Während er überlegte und nachdachte, rieb er sich sein zweifarbiges Bärtchen.

»Was ich mit dem Wachpersonal anstelle, arbeite ich noch aus. Wenn ich erst einmal drin bin, brauche ich nur noch durch die Tür zu gehen. Es ist zwar ein gutes Schloss, aber er wollte nicht allzu viel Aufmerksamkeit darauf lenken. Keine digitale Verriegelung. Ich kann es auf eine Alarmanlage überprüfen, aber für mich sieht es so aus, als ginge er nicht davon aus, dass überhaupt jemand so weit kommt. Und er liebt das Haus, er liebt sein Alter und die Architektur. Das spürst du, wenn du durchgehst.« Lächelnd wandte er sich zu Miranda. »Du warst großartig.«

»Ich habe doch gar nichts gemacht.«

»Du hast genau das getan, was du tun solltest. Meinen Befehlen gehorcht und dich ansonsten vollkommen im Hintergrund gehalten.«

»Ich denke, das hat funktioniert. Sie wusste im Grunde noch nicht einmal, dass ich dabei war.«

»Doch, natürlich. Sie hat dich ein paar Mal gründlich gemustert und sich gefragt, ob ich schon einmal mit dir geschlafen hätte. Du hast sie um ihre Orangerie beneidet, sie hat dich um deine Beine beneidet. Aber du bist nur eine Angestellte. Sie wird kaum einen Gedanken an dich verschwenden, wenn überhaupt einen.«

»Sie wird am Boden zerstört sein, wenn du – wenn Dubeck diesen Raum nicht völlig renoviert.«

»Nein, das wird sie nicht, denn er macht es. Und sie wird es lieben. Du hast doch Notizen gemacht, oder?«

Miranda wurde blass. »Ja, ich habe es versucht, aber …«

»Das war nur ein Witz.« Er beugte sich zu ihr, um sie zu küssen. »Ich weiß, was ich gesehen und gesagt habe. Das wird ein Spaß.«

»Sie zahlt dir – nur dir – eine mittlere sechsstellige Summe für das Vergnügen.«

»Du bekommst das, was du bezahlst«, sagte er fröhlich. »Gib uns eine halbe Stunde Zeit, Sebastien, damit wir uns umziehen können, dann reden wir über alles.«

»So lange brauche ich sowieso, um die Limousine zurückzubringen.«

Booth griff an Miranda vorbei, um die Tür zu öffnen, als Sebastien vor dem Haus hielt.

»Wir trinken Cocktails im Hof und besprechen alles«, schlug Sebastien vor.

»Das ist ein guter Plan.« Booth ergriff Mirandas Hand und ging mit ihr zur Tür.

»Ich muss dir etwas gestehen.«

»Was denn?«

»Es hat mir Spaß gemacht. Mir hat das alles gefallen, diese alberne Rolle zu spielen, dieses großartige Haus zu besichtigen, dich dabei zu beobachten, wie du Befehle, Beleidigungen und Komplimente ausgespuckt hast. Eigentlich müsste es sich doch falsch anfühlen. Aber das tut es einfach nicht.«

Als sie im Haus waren, nahm er sie bei den Schultern und zog sie an sich, um sie zu küssen. »Wir machen mit dieser Sache Unrecht wieder gut. Ich will ja nicht behaupten, dass ich das immer getan habe oder auch nur meistens. Aber jetzt ist es so.«

»Ich habe ein bisschen Mitleid mit ihr gehabt. Sie war so eifrig, Booth, und die Anspielung auf *Jane Eyre* hat sie überhaupt nicht verstanden. Du hättest auch sagen können, sie muss alles bunt gepunktet haben, Pannesamtvorhänge und ein Backsteinbett, und das hätte sie auch toll gefunden.«

»Bring Panne nie in Zusammenhang mit Samt«, sagte er und brachte sie zum Lachen.

»Schon notiert. Es ist nur … Sie war so hingerissen. Und sie hat mir ein wenig leidgetan, weil sie wirklich nicht in dem gleichen Bett schlafen sollte, in dem ihr Mann mit seiner Ex-Frau geschlafen hat. Sie will doch nur diesen einen Raum zu ihrem machen. Nur das.«

»Und das ist der Bonus.« Er rieb ihr rasch über die Schultern. »Wir geben ihr das. Sie wird es bekommen, und dafür nehmen wir ihrem Mann etwas ab, das er nicht haben sollte. Und LaPorte lassen wir dafür bezahlen. Wenn wir es richtig machen, hat jeder gewonnen.«

»Okay.« Sie stieß die Luft aus. »Dann lass es uns richtig machen.«

29

Als sich das Schuljahr dem Ende neigte, musste Booth sich seine Zeit genau einteilen. Er musste Klausuren korrigieren und benoten, Abschlussprüfungen vorbereiten. Gleichzeitig brütete er über Farb- und Stoffmustern und beriet sich mit Sebastien über das Sicherheitssystem und wie er es umgehen konnte.

Er fand den perfekten Schlafzimmerleuchter, verträumtes blaues Glas mit rostigen Metallakzenten, und das Bett, das er wollte – beides musste in Frankreich bestellt werden. Er fuhr noch zwei Mal nach Georgetown, einmal als Malermeister, und das nächste Mal zusammen mit Mags als Polsterer. Beide Male schmuggelte Regal sie in die Villa, als ihr Mann nicht zu Hause war.

Er arbeitete den ganzen Mai hindurch, wobei seine Vision – in verschiedenen Bereichen – immer klarer wurde.

Am Freitag des Memorial-Day-Wochenendes sagte er Miranda, dass es ein bisschen später werden würde; als er schließlich heimkam, stand sie in der Küche und arrangierte einige seiner Rosen in einer Vase.

»Hi. Du siehst zufrieden aus.«

»Ich fühle mich ganz gut. Die Blumen sehen schön aus.«

»Finde ich auch.« Sie trat einen Schritt zurück, um ihr Werk zu bewundern. »Feiertagswochenende. Zeit für ein Glas Wein auf der Terrasse. Vielleicht können wir morgen die Kajaks herausholen. Es soll sonnig und heiß werden.«

»Ich könnte ziemlich beschäftigt sein.« Er stellte eine Tasche auf den Tisch, öffnete sie und holte einen großen roten Stein heraus.

Miranda machte einen solchen Satz, dass sie beinahe die Blumenvase umwarf.

»Oh, mein Gott! Ist sie das? Du hast es schon gemacht. Wie hast du – wann hast du? O Gott, Booth.« Sie boxte ihn und nahm den Stein in die Hand. »Er ist schwer. Du hast mir gar nichts gesagt! Zum Teufel!«

»Das ist nicht die Göttin. Es ist eine Fälschung, die ich habe anfertigen lassen. Ich habe sie heute Abend abgeholt. Deshalb bin ich auch so spät gekommen. Der Stein ist genauso groß und in Form, Gewicht und Farbe gleich. Verdammt gute Arbeit.«

»Das ist eine Fälschung? Wozu brauchst du eine Fälschung? Du willst doch nicht etwa versuchen, sie LaPorte anzudrehen. Er wird ihn überprüfen lassen, oder? Jesus, es ist einfach nur ein großer, hässlicher, langweiliger roter Klumpen.«

»Er sieht genauso aus wie das Original. Zumindest wenn man ihn nur anschaut. Und ich brauche die Fälschung, um sie anstelle des echten Steins zu legen, wenn ich ihn stehle. Morgen Nacht.«

»Was?« Sie schluckte. »Morgen. Aber du hast von Juni, Ende Juni geredet. Wenn die Schule vorbei ist. Wenn ...«

»Die Mountjoys fahren zu einer Wochenendparty zu einem Freund in Kennebunkport.« Er blickte auf die Küchenuhr. »Und sie müssten mit ihrem Privatjet gerade im Landeanflug sein. Ich würde ja heute Abend schon hinfahren, aber morgen ist besser. Ich musste erst einmal sehen, ob die Replik überhaupt funktioniert. Aber das tut sie. Und das Timing funktioniert auch.«

Sie geriet nicht in Panik – sie war keine Frau, die panisch

reagierte, redete sie sich ein. Und geriet doch in Panik. »Ich verstehe das Timing nicht. Ich verstehe überhaupt nichts. Ich dachte, es wäre noch mehr Zeit. Du solltest dir mehr Zeit nehmen.«

»Ich brauche aber nicht mehr, und du brauchst dich auch nicht so lange zu sorgen.« Er rieb seine Hände über ihre Arme. »Ich weiß, was ich tue. Hol tief Luft. Vertrau mir.« Er wandte sich zur Speisekammer und holte eine Flasche Pinot Grigio aus dem Regal. Der würde bestimmt gut zu dem Fisch passen, den er grillen wollte. »Komm, wir trinken ein Glas Wein auf der Terrasse, und ich erkläre es dir.«

»Ich glaube, ich kann mich jetzt nicht hinsetzen. Wirklich nicht. Wenn nun …«

»Am Fluss beruhigen sich die Dinge meistens. LaPorte rechnet nicht damit, dass ich die Göttin vor Mitte August stehle. Ich habe ihm klargemacht, dass ich mit der ernsthaften Planung erst nach dem Schuljahr anfangen kann, weil meine Tarnung sonst auffliegt. Regal hat bisher den Mund gehalten, weil sie weiß, dass ihr Mann vielleicht Einwände gegen die Umgestaltung hätte, wenn er es herausfindet. Komm mit.«

Er nahm den Wein und die Gläser und wandte sich zur Tür.

»Ich brauche die Replik«, fuhr er fort, »weil Mountjoy sicher einige Zeit in seinem Schatzraum verbringen wird, bevor sie nach Europa reisen. Solange die Fälschung da ist, ist alles gut.« Er schenkte den Wein ein, setzte sich und streckte seine langen Beine aus. »Nächsten Monat, am Ende des Schuljahres, ist mein jährliches Grillfest, um das zu feiern …«

»Ein Grillfest.« Wahnsinn, dachte sie. Sie hatte sich in einen Wahnsinnigen verliebt. »Wo all das um dich herum los ist, machst du auch noch ein Grillfest?«

»Es ist Tradition, alle rechnen damit. Und wir machen, was von uns erwartet wird. In der Zwischenzeit reisen die

Mountjoys nach Europa, und die Subunternehmer, die Dubeck engagiert hat, machen sich ans Werk. Er wird ein paar Mal auftauchen. Und in der Zwischenzeit bestelle ich – als LaPorte – Russell ein, den Sündenbock. Wir treffen uns im Haus in Lake Charles, abends. Ich engagiere ihn, um die Göttin zu stehlen, gebe ihm mehr als genug Details, um den Job glatt abwickeln zu können.«

»Aber er wird die Fälschung stehlen.«

»Ja, oder es zumindest versuchen.«

»Das verstehe ich nicht.« Endlich setzte sie sich und ergriff ihr Weinglas. »Ich bin völlig durcheinander.«

»Russell ist gut genug, um hereinzukommen, mit den Informationen, die ich ihm gebe. Und ich werde dafür sorgen – oder Sebastien tut es. Er wird nicht nur die Göttin finden, sondern ganz bestimmt auch das Haus oder diesen Schatzraum nicht verlassen, ohne sich selbst zu bedienen. Und er wird erwischt werden, weil wir mit der Fernbedienung Alarm auslösen, der Mountjoys Sicherheitsbeamte und die Polizei auf den Plan ruft.«

»Du willst, dass er – der Sündenbock – geschnappt wird?«

»Wichtiges Detail.« Booth streckte zufrieden die Beine aus und betrachtete bewundernd den Fluss. »Wenn sie ihn schnappen, wird er alles, was er dabeihat, LaPorte anlasten.«

»Und wenn nicht?«

»Wenn nicht, können sie ganz leicht den dicken Batzen frisches Geld auf Russells Konto zu LaPorte zurückverfolgen.«

Frustriert legte Miranda beide Hände an den Kopf. »Aber LaPorte hat doch Russell gar nicht bezahlt, das warst du doch.«

»Ach, hat er nicht?« Booth lächelte und trank einen Schluck Wein. Er genoss die Frühlingsbrise, die Blumen, das Summen der Bienen. »LaPorte hat drei Millionen Dollar auf ein Konto überwiesen, das ich in seinem Namen, mit seinen Daten eröffnet habe. Die halbe Million, die er Russell im Voraus gezahlt hat, kommt daher und auch noch ein paar andere verdächtige Transaktionen.«

So langsam begann sie zu verstehen. Erneut nahm sie ihr Weinglas. »Du legst ihn mit seinem eigenen Geld herein. Das ist brillant.«

»Danke. Das gefällt mir. Und mit mehr als mit seinem eigenen Geld. Ich muss den Thunfisch marinieren und die Paprika, die ich grillen will, vorbereiten.«

»Du lässt mich jetzt nicht hängen.«

»Ich erzähle dir den Rest noch.«

Sie stand mit ihm zusammen auf. »Ich fahre morgen mit dir.« »Du kommst mit, und du bleibst bei Mags. Du bist nicht beim Job dabei, das kommt nicht infrage.«

»Weil ich dir im Weg wäre.«

»Ich liebe dich, Miranda. Das ist die reine Wahrheit. Und ja, du wärst mir im Weg. Aber ich erzähle dir den Rest.«

Alles erschien unmöglich kompliziert und lächerlich einfach zugleich. Sie überprüfte ihr Gewissen in den nächsten vierundzwanzig Stunden unzählige Male.

Und trotzdem wusste sie, als sie mit Booth, Mags, Sebastien und dem kleinen Hund in Georgetown stand, genau, was sie empfand. Sie überlegte, was ihr Vater wohl denken würde, wenn er wüsste, woran sie teilhatte. Und wusste es nicht. Sie wusste nur, dass es kein Zurück mehr gab.

»Ich liebe Steine«, sagte Mags, als sie alle die falsche Rote Göttin auf dem Tisch betrachteten. »Roh, glatt, facettiert, sie haben alle eine Art von Lebendigkeit, die mich fasziniert. Der hier aber liegt nur da.«

»Weil es kein Stein ist. Es ist ein Verbundmaterial.«

»Aber gut gemacht.« Sebastien nahm ihn in die Hand, studierte ihn von allen Seiten. »Sieht aus wie auf den Fotos – also die, auf denen man ihn sehen kann. Es gibt ja nicht so viele davon. *Mais, mon ami*, du weißt nicht mit Sicherheit, ob er den Mann täuscht, der ihn in der Hand gehalten, gestreichelt und bewundert hat.«

»Wenn nicht, ändern wir unsere Pläne. Wir haben unsere Ohren überall und wissen, ob alles klar ist, bevor sie nach Europa reisen. Wenn wir so weit kommen, befolgen wir alle weiteren geplanten Schritte, bis wir fertig sind.« Er rollte die Schultern. »Ich muss meine Ausrüstung überprüfen, bevor ich mich umziehe.«

»Zuerst einmal isst du was«, sagte Sebastien. »Du musst mit deiner Energie haushalten.«

»Etwas Leichtes, kein Alkohol.«

Miranda aß ein wenig, tat aber die meiste Zeit nur so. Sie hatte erwartet, dass sie sich Sorgen machen würde. Sie hatte allerdings nicht erwartet, dass es ihr vor lauter Angst übel sein würde. Booth hingegen wirkte absolut ruhig.

Als er mit Sebastien nach oben ging, half sie Mags beim Abwasch.

»Es ist okay, sich Sorgen zu machen. Es ist nur natürlich.«

»Machst du dir denn Sorgen?«

»Immer«, gab Mags zu. »Ich habe mir schon Sorgen gemacht, wenn er als Kind aus dem Haus schlich. Dana war so krank, die Rechnungen türmten sich immer höher, aber dann war auf einmal Geld für die Hypothek da, für die Arztrechnungen. Ich machte mir Sorgen, er würde mit Drogen dealen oder sich selbst anbieten, der süße Junge meiner Schwester. Aber das hat er nicht getan.«

»O Mags. Du hast eine solche Last getragen.«

Mags schüttelte den Kopf. »Dana war keine Last, und Booth auch nicht. Sie waren – und sind – das Licht in meinem Leben.« Sie berührte den Celestit-Kristall, den sie zum Gedenken an ihre Schwester an einer Kette um den Hals trug. »Als ich aus Booth herausbekommen hatte, was er machte, war ich besorgt. Aber er hat dafür gesorgt, dass seine Mom ein Dach über dem Kopf hatte, dass Essen auf dem Tisch stand. Mit dem Reinigungsdienst allein hätten wir das nicht geschafft. Es war zu viel.« Sie schloss die Geschirrspülmaschine. »Ich habe mir auch Sorgen wegen Sebastien gemacht, aber mittlerweile hat er sich weitgehend zur Ruhe gesetzt. Seine Mädchen sind erwachsen und versorgt. Er hat genug. Mein Geschäft mit Dauphine läuft gut, und er hilft ab und zu aus. Dann hat er auch was zu tun.«

»Aber heute Abend machst du dir Sorgen um beide.«

Mags drückte Miranda die Hand. »Warten ist einfach nervig, oder? Wir werden Kerzen anzünden. Gute weiße Magie.«

»Ich weiß nicht, ob ich an diese Art von Magie glaube.«

»Oh, ich glaube genug für uns beide.« Mags Gesicht verzog sich zu kalter Wut. »Wenn ich das nicht täte, würde ich eine Voodoo-Puppe von LaPorte machen und sie zu Asche verbrennen. Er würde nie erfahren, was ihn getroffen hat.«

»Glaubst du tatsächlich, dass du das könntest?«

»Wenn ich es nicht könnte, kenne ich zu Hause zumindest ein paar, die es können. Aber das ist nicht der richtige Weg. Das hier ist das Richtige.«

»Sagt Yoda.«

Lachend zog Mags Miranda an sich und gab ihr einen schmatzenden Kuss. »Booth muss nach dir verrückt sein wie ein Zirkusclown.«

»Kennst du einen Zirkusclown?«

»Ich war mal mit einem zusammen. Launischer Mistkerl.« Mags blickte sich in der Küche um. »Okay. Wir machen Kerzen an und warten, bis sie wieder zurück sind.«

Als er herunterkam, stellte Miranda fest, dass Booth aussah, wie sie sich einen Einbrecher vorstellte. Lang, schlank, geschmeidig in schwarzen Jeans, einem langärmeligen schwarzen T-Shirt, hohen schwarzen Turnschuhen. Sie wollte sich lieber nicht fragen, was es über sie aussagte, dass sie ihn in diesem Outfit überaus sexy fand.

»Du gehst aber jetzt noch nicht. Es ist gerade erst zehn.«

»Es ist dunkel, das Haus ist leer. Niemand da außer den Wachleuten. Das ändert sich auch nicht, wenn ich warte.« Er legte ihr die Hände auf die Schultern. »Es wird alles gut gehen. Ich bin bald wieder zurück.«

Keine Panik, gerat nicht in Panik.

Zu spät.

»Ich weiß nicht, was ich tun soll, was ich fühlen soll.«

»Stell dir einfach vor, dass ich jetzt für ein paar Stunden zur Arbeit gehe.« Er küsste sie, leicht und beiläufig, dann warf er Mags einen Blick zu. »Ich bringe dir deinen Freund heil wieder zurück.«

»Das solltest du auch.«

»Ich fahre, also übernehme ich das Zurückbringen. *À bientôt, ma belle.*« Sebastiens Kuss war weder leicht noch beiläufig.

Dann gingen sie aus der Tür, zwei Männer in schwarzer Diebeskluft, und fuhren in einem schwarzen SUV davon.

»O Gott, das passiert tatsächlich.« Voller Panik machte Miranda zwei Schritte aus dem Haus, als wolle sie hinter dem Auto herlaufen.

Mags packte sie am Arm. »Spielst du Scrabble?«

»Was?« Verblüfft starrte Miranda sie an. »*Was?*«

»Wir zünden jetzt die Kerzen an, und dann zeige ich dir, wie wir bei uns in der Familie Scrabble spielen. Dazu braucht man Wein.«

Sebastien fuhr an der Villa vorbei. Die Sicherheitsscheinwerfer waren eingeschaltet, und aus den Fenstern des Nebengebäudes drang ebenfalls Licht. Die Kutschenlampen an der Eingangstür verbreiteten einen weichen goldenen Schimmer.

»Da.« Sebastien wies mit dem Kinn in die Richtung. »Der Mann mit dem großen, lockigen Hund.«

»Labradoodle.«

»Sie gehen jetzt nach Hause. Er geht jeden Abend um diese Uhrzeit mit dem Hund. Sonst ist hier nicht viel los, siehst du? Ah, aber was ist da?«

Booth blickte die Straße entlang. »Da feiert jemand eine Party. Ein paar gehen vielleicht zu Fuß, wenn sie vorbei ist. Bieg hier links ab, ich laufe zurück. Ich gebe dir ein Signal, wenn du mich abholen kannst.«

»Die Göttin wartet auf dich, *cher.* Sie will, dass du sie nimmst.«

»Dann hoffe ich, dass sie schon bereit ist.«

»Nein, nein, ich meine das ernst. Ich fühle es in den Knochen. Sie ist benutzt worden aus Gier, Neid, für Blut und Tod. Jetzt geht es um Gerechtigkeit, um eine längst überfällige Bezahlung. Sie ist die Antwort, und ich glaube, sie war auch immer deine Antwort. Sie wartet auf dich.«

Booth ließ seine Worte einen Moment lang auf sich wirken. »Ich möchte ein Leben, Sebastien. Ich habe immer nur ein Leben nach meiner eigenen Wahl gewollt.«

»Dann hol sie dir.«

Booth schlüpfte aus dem Auto. Ein Paar trat aus einem Restaurant einen halben Block weiter und stieg in ein wartendes Taxi. Er ging zügig weiter, als es an ihm vorbeifuhr, nur ein Mann, der an einem schönen Frühlingsabend einen Spaziergang macht. Aus irgendeinem Garten roch es nach

Rosen, dann nach Heliotrop; aus dem offenen Fenster eines vorbeifahrenden Autos wummerte ein dumpfer Bass.

Er dachte an nichts, schob alles beiseite außer dem nächsten Schritt.

Und im Schatten zwischen den Straßenlaternen, in der schmalen Lücke zwischen den Sicherheitskameras, tat er diesen nächsten Schritt.

In seinem Kopf sah er, so deutlich wie auf der Karte, die er gezeichnet hatte, die Lichter, die Kameras. Er schlug einen weiten Bogen, nutzte die Bäume, die Sträucher, der süße Duft des nachtblühenden Jasmins stieg ihm in die Nase, als er geduckt eine weitere Lücke überquerte. Er rannte kurz, kroch und hielt inne, als er sah, dass die Tür zum Wachhaus offen stand.

Der Mann trat hinaus, und Booth sah die 9 mm an seiner Hüfte, als er sich eine Zigarette anzündete. Und durch den Duft der Rosen und des Jasmins drang der scharfe Geruch des Rauchs zu ihm. Der Typ lief beim Rauchen umher, ein durchtrainierter Mann mit kurz geschnittenen blonden Haaren. Aber er patrouillierte nicht durch den Garten, dachte Booth. Die Überwachung erledigten die Kameras. Er machte nur eine Rauchpause, vertrat sich die Beine.

Und verschob den Zeitplan nach hinten.

Booth wartete geduldig. Ein oder zwei Mal kam der Mann nahe genug an ihm vorbei, dass er ihn am Bein hätte packen können. Schließlich drückte er die Zigarette aus, steckte die Kippe in eine Blechdose und schlenderte zum Wachhaus zurück.

Booth wartete noch eine weitere Minute, bevor er wieder losrannte.

Schließlich hockte er an der hinteren Seite des Hauses unter einem japanischen Ahorn. Bisschen kompliziert hier, dachte er. Zwar konnten die Wachen ihn hier nicht sehen – außer durch die Kameras –, aber er konnte auch sie nicht sehen. Aber er sah den Weg ins Haus, den er gewählt hatte – die Seitentür in die Orangerie –, und nahm seine Fernbedienung heraus.

Sieben Sekunden, dachte er. Er musste die Stromzufuhr für sieben Sekunden kappen – hoffentlich. Ein bisschen Rauschen, eine kurze Unterbrechung, mehr brauchte er nicht. Drinnen hatte er zehn Sekunden, bis die Alarmanlage wieder ansprang. Sie war wahrscheinlich auf mindestens dreißig Sekunden programmiert, vielleicht sogar mehr. Aber seiner Berechnung nach konnte – würde – alles über zehn die Wachleute dazu bringen, nachzuschauen.

Wenn jemand nachgucken kam, hatte er – vielleicht – dreißig Sekunden, um abzuhauen.

Aber kein Gedanke daran. Die Göttin wartete auf ihn. Miranda wartete auf ihn. Sein Leben – so wie er es wollte – wartete auf ihn. Weglaufen war dieses Mal keine Option.

Er schaltete die Fernbedienung ein, zählte die Sekunden ab und schoss zur Tür. Das Schloss war nicht wirklich schwierig zu öffnen. Er durfte nur keine Zeichen für ein gewaltsames Eindringen hinterlassen – das war das Problem. Er überlistete das Schloss, startete seine innere Uhr neu. Er zog die Hülle ab, schloss sie an sein digitales Lesegerät an.

Die Zahlen blinkten auf dem Display auf.

Der letzte sechsstellige Code leuchtete nach genau zehn Sekunden auf. Eingehüllt in den schweren Duft der Orangen- und Zitronenblüten stand er mit geschlossenen Augen da und orientierte sich. Und da war er wieder, dieser Kick, den er fast körperlich spürte. Es war jetzt fast ein Jahr her. Ein Job im letzten Sommer, nur um im Training zu bleiben. Dann wieder in die Schule.

Und dann Miranda.

Jetzt genoss er es, durch das Haus zu huschen. Er benutzte kein Licht, hielt sich von den Fenstern fern, nicht nur weil jemand die Bewegung sehen könnte, sondern vor allem, um keinen Bewegungsmelder in Gang zu setzen.

Die Unterkunft der Haushälterin, die für die Sicherheit im Haus zuständig war, lag hinter der Küche, deshalb mied er diesen Bereich. Er wusste, dass sie noch auf war – er hatte Licht gesehen und ging nur gerade so dicht heran, dass er das leise Murmeln hinter der Tür hören konnte. Lachen.

Fernsehen, schloss er. Eine Late-Night-Show.

Umso besser. Er würde tun, wozu er hergekommen war, und sie würde keine Störung melden.

Die Unterkünfte der anderen Angestellten, die im Haus lebten, waren woanders – er hatte Licht im Personalhaus gesehen, Bewegung hinter den Fenstern.

Beim Weggehen würde er das Haus im Auge behalten.

Er benutzte die große Treppe zum ersten, dann zum zweiten Stock und nahm den gleichen Weg, den er mit Miranda und der Dame des Hauses genommen hatte, vermied sorgfältig die beiden Stufen, die leise knarrten, wie er festgestellt hatte. Er ging direkt zu der verschlossenen Tür. Wegen der leichten Spuren, die er beim Aufbrechen möglicherweise am Schloss hinterlassen würde, machte er sich keine Gedanken. Er hatte sogar vor, mehr Spuren als sonst zu hinterlassen; kaum merklich zwar, aber von jedem guten Polizisten ohne Weiteres zu entdecken.

Russell würde viel mehr hinterlassen, das wusste er.

Er ging hinein, schloss die Tür hinter sich. Während er darauf wartete, dass sich seine Augen an die Dunkelheit gewöhnten, lauschte er auf Geräusche. Hier drin war es dunkler, dachte er, und die verdammte Treppe knarrte lauter. Trotzdem lag die Möglichkeit, dass die Haus-Wache ihn unten im Erdgeschoss und durch die Stahltür hindurch hörte, bei null. Oben an der Treppe befanden sich zwei Fenster – die blickdichten Jalousien waren ganz heruntergezogen. Er zog seine Taschenlampe heraus, musterte den Raum – groß, viele Umrisse, Dachschrägen.

Und eine Kamera.

»Scheiße.«

Er betrachtete sie, wobei er außerhalb ihrer Reichweite stehen blieb, und berechnete die Lage neu. Mountjoy würde wohl kaum bezahlten Angestellten einen Blick auf seine private Sammlung gestatten. Diese Kamera war nur für ihn. Er konnte den Raum kontrollieren, während er unterwegs war, oder sich selbst inmitten seiner Schätze aufnehmen.

Auf jeden Fall musste er sie lange genug ausschalten, um das zu tun, weswegen er hierhergekommen war.

Erneut benutzte er die Fernbedienung und stieß die Luft aus, als das Kameralicht von Grün auf Rot wechselte. Ohne Zeit zu verschwenden, nutzte er die Gelegenheit und schaltete das Licht im Raum ein. Er hatte schon einige solcher Schatzkammern gesehen, musste aber zugeben, dass Alan C. Mountjoy sich einen sehr luxuriösen Raum geschaffen hatte. Antike Möbel, kunstvoll arrangiert, eine kleine, aber gut bestückte Bar. Kunst, natürlich. Er zählte acht exquisite Gemälde, doppelt so viele Skulpturen. In Glasvitrinen glitzerte Schmuck. Und eine beeindruckende, sehr beeindruckende Sammlung von Edelsteinen – roh und geschliffen. Aber das wichtigste Stück stand auf einer goldenen Säule, die oben wie eine offene Handfläche geformt war, um sie zu halten.

Sie war prachtvoll. Roh, elementar, rein. Die einzige ihrer Art. Sie raubte ihm den Atem.

Alles im Raum verblasste neben ihr. Der Degas, der Rodin, die eisweißen Diamanten, die blutroten Rubine waren nichts verglichen mit ihr. Als er sie berührte, als er sie hochhob, hätte er schwören können, dass sie atmete. Dann legte er die Replik an ihre Stelle. Sie passte perfekt in die goldene Handfläche.

Er hörte sein eigenes Herz klopfen, als er sie andächtig in die Samttasche verpackte und die Tasche in seinen Lederrucksack legte. Schließlich schaltete er das Licht aus, brachte die Kamera wieder zum Laufen.

»Ich glaube, du hast gewartet«, murmelte er, als er die Treppe herunterging. »Und ich hoffe, ich bringe dich dorthin, wo du hinmöchtest.«

Wenn das nicht so wäre, ging ihm durch den Kopf, würde sie ihn das der Legende nach auf fatale Weise wissen lassen. Als er den ersten Stock erreichte, sah er Licht im Erdgeschoss. Und hoffte inständig, dass das nicht bereits die fatale Weise war.

Er duckte sich in den Schatten.

Die Haushälterin machte ihre Runde, stellte er fest. Würde sie nach oben kommen? Wenn das der Fall wäre, konnte er ihr ausweichen und warten, bis sie wieder weg war.

Er hörte, wie sie leise vor sich hin summte, erkannte die Melodie. Okay, sie war ein Fan von Lady Gaga. Ganz so übel konnte sie also nicht sein. Und wenn sie ihn erwischte, würde sie ihn zusammenschlagen oder erschießen. Er zog es vor, beides zu vermeiden.

Booth sah sie, als sie die Eingangshalle durchquerte und zur Haustür ging. Kurzer Morgenmantel, irgendwas in den Taschen. Gute Beine, nackte Füße.

Sie checkte die Haustür, den Alarm.

Dann zog sie ihr Handy aus der Tasche.

»Hier ist Rena, alles klar. Wir sind auf Wache.«

»Verstanden. Alles klar. Sind auf Wache.«

Sie steckte das Telefon wieder in die Tasche. Booth vermutete, dass die zweite Tasche durchhing, weil sie eine Waffe enthielt.

Er wartete und ließ ihr Zeit, viel Zeit, um sich wieder in ihre Unterkunft zu begeben. Dann wartete er noch eine Weile, um ganz sicherzugehen, bevor er durch die Dunkelheit die Treppe herunter und zurück zur Orangerie huschte. Aus Übermut pflückte er eine Orange und steckte sie in die Tasche.

Er kümmerte sich um die Alarmanlage, die Tür, und dann war er draußen und lief den gleichen Weg zurück.

Freude ließ er nicht zu, noch nicht. Er schrieb Sebastien eine Nachricht, als er sich von der Villa entfernte und auf die Bars, die Restaurants, die Menschen, das Nachtleben zulief.

Vier Blocks weiter hielt Sebastien am Straßenrand.

»*C'est fini?*«, fragte Sebastien, als Booth neben ihm einstieg.

»Darauf kannst du deinen Arsch verwetten.«

»Du hast ein bisschen länger gebraucht als geplant.«

»Immer noch im Zeitfenster.« Booth legte den Kopf zurück. Keine Freude, dachte er erneut. Nicht, bis alles und nicht nur diese Phase vorbei war.

Na ja, ein bisschen Freude vielleicht schon.

»Ich habe gerade die Rote Göttin gestohlen. Niemand wird es jemals erfahren außer dir, Mags und Miranda. Und letztendlich LaPorte.«

»*Mon ami*, du wirst es immer wissen.«

»Ja. Heilige Scheiße. Ja.« Er rieb sich mit den Händen übers Gesicht. »Ich habe kaum Luft bekommen, und in meinen Ohren rauschte es, als ich sie genommen habe. Diesen Teil sollte vielleicht außer dir auch keiner erfahren.«

Sebastien hielt vor dem Haus. »Du machst mich stolz. Du hast etwas getan, was noch nie jemand getan hat.«

»Sie ist schon früher gestohlen worden.«

»Mit Blut, Schmerz und Tod. Und in meinen Augen, *cher,* hast du sie befreit. Und das ist etwas anderes.«

»So hat es sich auch angefühlt.« Immer noch ein wenig zitterig, stieg Booth aus dem Auto. »Ich schwöre bei Gott.«

Die Haustür ging auf, und Miranda stand da, Mags hinter ihr. Sie rieb sich mit der Hand über das Herz und rang sich ein Lächeln ab.

»Willkommen zurück. Du bist okay. Ihr seid beide okay.«

»Alles gut.« Er trat zu ihr, um sie zu küssen, spürte, wie sie zitterte. »Es tut mir leid, dass du dir Sorgen gemacht hast.« Er griff in seine Tasche und holte die Orange heraus. »Ich habe dir ein Souvenir mitgebracht.«

Sie warf einen Blick darauf, fing an zu lachen, nahm sie und drückte sie an ihr Gesicht, um den Duft einzuatmen. »Danke.«

»Keine Probleme?« Mags streckte die Hände nach ihnen aus. »Keine Schwierigkeiten?«

»Einer der Wachmänner machte eine Rauchpause und spazierte durch den Garten, die Haushälterin hat das Erdgeschoss gecheckt, und Mountjoy hat eine Kamera in seiner Schatzkammer installiert. Ich habe ein bisschen länger gebraucht, um all das zu umgehen.«

»Um Gottes willen – beziehungsweise um der Göttin willen«, korrigierte sich Mags. »Zeig sie her.«

Booth ging mit ihnen in die Küche, holte den Stein heraus und legte ihn auf die Küchentheke. Rein, roh, eher breit als lang lag er da – wie eine große Faust auf dem Granit.

»Er sieht genauso aus wie die Fälschung«, sagte Miranda nach einer Weile. »Aber er … er fühlt sich nicht so an.«

Fasziniert fuhr Booth mit einem Finger über den Stein. »Warum?«

»Ich weiß nicht. Vielleicht weil ich weiß, dass es keine Fälschung ist. Es fühlt sich einfach potenter an. Das ist das erste Wort, das mir dazu einfällt.«

Sebastien umfasste den Stein und hob ihn hoch. »Ahhh«, seufzte er und lächelte Mags an. »Wenn ich könnte, würde ich ihn dir schenken.«

Sie legte ihre Hand auf seine. »Ich würde stattdessen immer dich nehmen. Potent.« Sie nickte Miranda zu. »Das ist ein gutes Wort.«

»Du könntest ihn behalten.« Miranda legte ihre Hand über Mags'. »Das muss doch verlockend sein.«

»Nein.« Nicht im Geringsten, dachte er. Überhaupt nicht verlockend. »Sie hat einen Zweck.« Er legte seine Hand über die Hände der anderen. »Wenn er erfüllt ist, gehört sie der Welt. Keine Verstecke mehr.«

Miranda nickte. Sie wartete, bis Booth den Stein wieder in die Samttasche gesteckt hatte. »Was kommt als Nächstes?«

»Abschlusswoche in der Schule.«

Lachend schlang sie die Arme um ihn und schmiegte sich an ihn.

30

Die Examenswoche endete mit der Abschlussfeier. Wie immer hob sich Booths Laune, als er beobachtete, wie seine Schüler in Barett und Talar die Bühne betraten. Und wie immer fragte er sich, was sie wohl tun würden, wohin sie gehen, welche Spur sie in der Welt hinterlassen würden.

Auch für seine übrigen Schüler und für ihn neigte sich das Schuljahr dem Ende zu.

Und wie immer, bevor er am letzten Tag die Schule verließ, ging er durch die Flure, durch das Theater und hinter die Bühne. Denn er konnte nie sicher sein, ob er zurückkommen würde. Und dieses Jahr war alles noch viel mehr in der Schwebe als sonst.

Bis zu seiner jährlichen Party hatte er noch zehn Tage Zeit – und jede Menge zu tun.

Als er nach Hause kam, empfing Miranda ihn an der Tür mit ihrem – und seinem – gepackten Koffer.

»Du hast gesagt, du wolltest es so schnell wie möglich hinter dich bringen.«

»Ja.« Er streichelte über ihre Arme. »Ich wünschte …«

»Wir brauchen das nicht alles noch einmal durchzusprechen. Wir waren uns doch einig, dass ich mitkomme. Und ich habe eine Rolle zu spielen.«

»Du warst dir einig«, korrigierte Booth sie und drückte liebevoll ihre Arme. »Nein, ich sollte wohl besser sagen, du hast darauf bestanden.«

»Ich freue mich so darauf, New Orleans zu sehen, Sebastiens Bayou, Lake Charles. Natürlich bin ich, wie vorher auch, nur eine Requisite, aber ich soll auch diese Rolle spielen, und darauf freue ich mich auch. Außerdem«, fügte sie hinzu, »warst du derjenige, der die Termine vorgezogen hat.«

»Weil LaPorte in den nächsten Tagen nicht auftaucht, nachdem er beim Schönheitschirurgen war.« Um erst gar keine Besorgnis aufkommen zu lassen, wedelte Booth mit der Hand vor seinem Gesicht. »Und dank Sebastien räumen die Morens und ihr Personal das Haus bis morgen früh. Gefährliches Gasleck.«

»Dann ist doch alles vorbereitet.«

Er gab sich geschlagen und überprüfte ein letztes Mal das Haus, bevor sie zum Flughafen fuhren, wo sie ein Privatjet erwartete, der sie nach New Orleans brachte.

»Daran könnte ich mich gewöhnen.« Miranda kuschelte sich in ihren gemütlichen Ledersitz und trank einen Schluck Champagner. »Ich mag ja zu einem gewissen Grad privilegiert aufgewachsen sein, aber Privatjets gab es bei uns nicht.«

»Es ist Arbeit.«

»Bist du nervös wegen dieser Rolle?«

»Nein.« Nervosität konnte er sich nicht leisten. »LaPortes Eitelkeit hat alles viel einfacher gemacht. Solange Russell sich an den Zeitplan hält – und er hat viel zu viel Angst vor LaPorte, ist zu versessen auf die Gelegenheit, um davon abzuweichen –, wird alles gut gehen.« Da er im Geiste die einzelnen Schritte und Phasen durchging, tätschelte er nur abwesend ihre Hand. »Ich kann dir New Orleans bei diesem Besuch wirklich nicht zeigen. Wir ziehen uns um, und dann fahren wir nach Lake Charles. Dort ist der Zeitplan eng getaktet, und wir müssen, alles eingerechnet, in vier Stunden aus der Nummer heraus und auf dem Heimweg sein.« Er schaute auf die Uhr. »Jacques holt uns am Flughafen ab und fährt uns zu Sebastien. Wir schlüpfen dort in unsere Rollen, während Sebastien und Mags LaPortes falsches Büro aufbauen.«

»Warum ziehen wir uns nicht in Lake Charles um?«

»Aus Zeitgründen. Außerdem gibt es dort mehr Chancen, einen Fehler zu machen und Spuren zu hinterlassen.«

»Okay, und dann fahren wir nach Lake Charles.«

»Jacques fährt uns. Er muss auch eine Rolle spielen. Russell kommt um elf, ich mache mit ihm den Deal. Dann brechen wir die Kulissen ab, fahren zurück nach New Orleans und ziehen uns um. Am Morgen sind wir wieder zurück.«

»Und wenn Regal und ihr Mann in Europa sind – und Dubecks Leute alles umbauen –, bricht Russell ein, um die Rote Göttin zu stehlen, nimmt die Fälschung und wird erwischt.«

Der richtige Zeitpunkt, dachte er. Die einzelnen Teile griffen ineinander. Ein Teil nach dem anderen.

»Das ist der Plan.«

»Weil du den Alarm auslöst und das Haus umzingelt wird. Dann stellst du die echte Göttin in LaPortes Schatzkammer, benachrichtigst die Polizei – die noch unterstützt werden könnte, wenn Russell singt.«

»Selbst wenn nicht …«

»Selbst wenn nicht«, fuhr Miranda fort, »hättest du die Spur zum Geld hinterlassen. Da ist nur eine Sache, an die ich immer wieder denken muss. Was passiert, wenn LaPorte dich ins Spiel bringt?«

»Das kann er versuchen, aber dann müsste er verschiedene Verbrechen zugeben, und ich bin nur ein Highschool-Lehrer.« Er zuckte mit den Schultern. »Der Hintergrund, den ich erfunden habe, wird halten, es sei denn, sie graben tiefer. Doch das werden sie nicht tun. Das Chamäleon hat dieses Jahr schon ein paar Mal zugeschlagen – in Frankreich und in Italien –, aber ich habe das Land nicht verlassen.«

»Wie hast du das denn gemacht? Du bist doch gar nicht in Frankreich oder Italien gewesen?«

Entspann dich, befahl er sich und rang sich ein Lächeln ab. »Ich habe ein paar ... Kollegen angerufen. Ich habe sie einfach gebeten, meine Handschrift bei ihrem nächsten Job zu verwenden. Der eine Einbruch war, als ich Ende März eine Drama-Club-Sitzung hatte, ein anderer bei der letzten Aufführung des Musicals. LaPorte kann versuchen, mich ins Spiel zu bringen, aber das macht seine Probleme nur noch größer.«

»Weißt du, ich denke, wenn LaPorte versucht, dich reinzureißen, dann nur wegen mir.«

Er wandte sich zu ihr und sah sie scharf an. »Was hast du denn damit zu tun?«

»Ich bin ihm kurz begegnet, als wir beide in New York waren.«

»Nein. Miranda ...«

»Hör mich an. Ich habe Sebastien ein paar Städte und Daten genannt, und er hat recherchiert und herausgefunden, dass wir beide vor ein paar Jahren drei Tage lang gemeinsam in New York waren – ich sogar vier.« Sichtlich erfreut über ihre Idee – und entschlossen –, spann sie den Faden weiter. »Wir, also Carter LaPorte und ich ... Es gab da einen Moment, den ich sehr bedauere, da er Forderungen stellte und unangenehm wurde, als ich sie ablehnte. Er hat mich seitdem noch ein paar Mal kontaktiert, aber ich bin weiter hart geblieben, da ich das Gefühl hatte, er bedroht mich. Es war nur so eine Ahnung, aber ich fühlte mich nicht wohl dabei. Er schien geradezu besessen von mir – ich kam mir vor wie sein Besitz.«

»Nein.«

Sie trank noch einen Schluck Champagner. »Glaubst du etwa nicht, dass ein Mann von mir besessen sein kann?«

»Doch, das kaufe ich dir ab, aber …«

»Sollte es jemals so weit kommen, dann kann ich das überzeugend vorbringen. Ich hatte vor dir nie eine wirkliche Beziehung – und dieser Moment ist einer der Gründe dafür.« Sie blinzelte ihn an, ganz emotional jetzt. Tränen schimmerten in ihren Augen, und sie zitterte ein wenig. »Er muss es herausgefunden haben, und er hat diese zwei schrecklichen Leute geschickt, um uns beide zu beobachten. Und alles nur wegen mir. Ich habe dir bisher noch nie davon erzählt, weil …« Eine einzelne Träne glitt ihr über die Wange, als sie ihn am Arm packte und ein Schluchzen unterdrückte. »Ich hatte Angst. Vor ihm, davor, dir zu erzählen, dass ich einmal sogar … ich hatte Angst, er würde dir etwas antun oder du würdest mich verlassen. Oh, Booth, Verzeih mir!«

Tatsachen waren Tatsachen, dachte er, das musste er zugeben. »Das ist verdammt gut!«

Sie warf die Haare zurück. »Ich habe es zusammen mit Mags einstudiert. Wenn es darauf ankommt, kann ich es klingen lassen wie ein Sonett von Shakespeare.«

Sie … sie verblüffte ihn immer wieder. »Ja, das glaube ich dir.«

»Oh, ich könnte es wirklich, und du solltest es mir auch erlauben, weil ich es sowieso tun werde. Es nimmt den Fokus von dir und richtet ihn auf mich. Und ich habe nichts zu verbergen.«

»Die Polizei anzulügen …«

»Ach, der Zug ist längst abgefahren.« Sie winkte ab. »Ich weiß, wer du bist, was du tust. Und ich war Teil davon.« Selbstbewusst wischte sie die einsame Träne weg und schnipste sie in die Luft. »Ich habe dich nicht angezeigt. Er hat auch mir etwas weggenommen, und du weißt, wie ich das empfinde. Wenn die Polizei dich in die Mangel nimmt, geht es nur noch um mich und meinen Ausrutscher vor vier oder fast fünf Jahren, als ein charmanter älterer Mann mich verführt hat.«

Sie trank ihr Glas aus und stellte es beiseite. Das Amüsement in ihren Hexenaugen erlosch, als sie ihn ansah.

»Ich will keine Diamanten, Booth, oder Gemälde von großen Meistern. Ich will nur das, und du musst es mir geben. Ich tue und sage es so oder so, aber es würde mir viel bedeuten, wenn ich es nicht ohne deine Zustimmung machen müsste.«

»Lass uns erst einmal den nächsten Schritt machen, ja? Eins nach dem anderen.« Er ergriff ihre Hand und zog sie an die Lippen. »Es ist ein guter Plan.«

Wie versprochen holte Jacques sie am Flughafen ab. Miranda sah sich einer Vogelscheuche etwa in ihrem Alter in zerrissenen, tief hängenden Jeans und einem T-Shirt der New Orleans Saints gegenüber. Seine Haare waren kurz und lockig, und in einem Ohrläppchen hatte er einen winzigen Silberring.

Als er Booth sah, grinste er so breit, dass es beinahe sein Gesicht zerriss.

»Mein Mann.« Sie klatschten sich ab, grüßten sich mit Getto-Faust und umarmten sich. »Gut siehst du aus. Aber die hier sieht fast noch besser aus.«

»Miranda Emerson, Jacques Xavier.«

»*Bienvenue.*« Jacques ergriff ihre Hand und küsste ihr charmant die Knöchel. »Wir haben alles vorbereitet, also steigt ein.« Er öffnete die Beifahrertür. »Setz dich neben mich, damit du mir deine Lebensgeschichte erzählen kannst.«

»Mein Leben ist noch nicht vorbei«, sagte Miranda, als sie einstieg. »Aber ich erzähle dir mein Leben, wenn du mir deins erzählst.«

Booth saß auf der Rückbank, während die beiden sich wie alte Freunde unterhielten. Er holte das Prepaid-Handy heraus, um zu hören, wie es in Lake Charles vorwärtsging.

Timing, dachte er wieder. Es war alles nur Timing.

Miranda bekam kaum etwas von New Orleans zu sehen, da Jacques sofort vom Flughafen in den Bayou zu Sebastiens Häuschen fuhr.

»Oh, es ist wundervoll!« Sie drehte sich um die eigene Achse.

Es war drückend heiß; das Wasser floss träge dahin, die Flechten hingen herunter wie Spitze.

»Wunderschön, exotisch und primitiv zugleich. Und sieh dir nur dieses Haus an. Ganz reizend.«

»Er wird sich freuen, dass du das so siehst. Wir müssen …«

Booth brach ab, als die Haustür aufging und eine schwangere Dauphine heraustrat.

In einem knallroten Tankdress präsentierte sie ihren – dritten – Babybauch, als sie auf die Veranda trat, eine Hand in die Hüfte gestemmt.

»Das ist sie also.« Sie musterte Miranda von oben bis unten. »Das Mädchen, das du verlassen hast.«

»Er hat es versucht«, korrigierte Miranda.

»Ich bin Dauphine. Eine alte Freundin.«

»Hast du viele so absolut attraktive alte Freundinnen, Booth?«

»Nicht so wie sie.« Er trat zu ihr und zog sie in die Arme. »Wo sind die Kinder?«

»Bei ihren Großeltern.«

»Luc?«

»Er hilft in Lake Charles.«

»Dauphine, er musste nicht …«

»Es geht nicht ums Müssen, er tut es einfach. Ich wäre auch

dort, wenn das nicht wäre.« Sie legte eine Hand auf ihren Bauch. »Aber ich bin hier, um Jacques zu helfen.«

»Wir sind eine Familie«, erinnerte Jacques ihn und warf sich einen Kleidersack über die Schulter. »Hier drin ist mein guter Anzug.«

»Und ich habe Limonade und Wein, ein bisschen zu essen – nicht so gut wie dein Essen oder Sebastiens. Ich habe dein Gesicht vermisst«, sagte sie und küsste Booth. »Und ich wollte deines sehen.« Sie reichte Miranda die Hand.

Miranda ergriff sie. »Ich werde nicht sagen, jede Freundin von Booth, weil ich mir da nicht sicher bin. Aber ich will sagen, jede Freundin von Mags. Es ist wirklich schön, dich kennenzulernen.«

»Kommt herein und ruht euch einen Moment aus. Ja, ja, dein Terminplan«, sagte Dauphine zu Booth. »Nehmt euch einfach einen Moment Zeit. Ich helfe bei den Verwandlungen.«

Vielleicht passte es nicht ganz in seinen Zeitplan – einer der Gründe, warum er den Großteil seiner Laufbahn alleine gearbeitet hatte –, aber er fand es faszinierend, wie schnell Miranda sich mit seinen beiden alten Freunden verstand.

Sie tranken Limonade – kein Wein während der Arbeit – und aßen verdammt gute Garnelen auf kreolische Art. Dann packte Booth Mirandas Garderobe aus.

»Kein großer Hintern, das ist ein Plus.« Sie tippte auf die falschen Brüste und den BH. »Nur gigantische Titten.«

»Nicht gigantisch, nur ... vergrößert. Beträchtlich vergrößert.«

»Du bist perfekt, wie du bist«, sagte Jacques zu ihr. »Aber das ist für das Stück. Eine Art Theaterstück mit mir in meinem guten Anzug und mit hartem Blick.«

Er veränderte seinen Gesichtsausdruck, und Miranda musste zugeben, dass er sehr gut hart gucken konnte.

Sie musterte den schwarzen Hosenanzug – streng, aber perfekt geschnitten. Und mit Schulterholster und Waffe.

»Ich werde eine Waffe tragen.«

»Eine Requisite, nur eine Attrappe. Du bist sowohl Bodyguard als auch Haushälterin. Früher warst du beim MI6.«

»Eine Spionin? Das ist toll. Ich bin gefährlich.«

»Du bringst Russell ins Büro und gehst wieder. Du führst ihn heraus und sagst nichts.«

»Ich bin nur eine Marionette«, sagte sie zu Dauphine.

»Lass uns zum Make-up kommen.«

»Miranda und ich können das alleine«, sagte Dauphine zu ihm. »Ich habe das Bild, wie sie aussehen muss.«

»Okay. Mach dir keine Gedanken, wenn es nicht exakt so aussieht.« Daran konnte er immer noch hinterher herumbessern, dachte er. »Hier ist die Perücke.« Booth holte die braune Langhaarperücke mit den perfekten goldenen Highlights aus dem Koffer und hielt sie an Mirandas Gesicht. »Benutz keinen Bräuner. Lily Cross ist Engländerin – und die echte Lily Cross hat ein kleines Schmetterlingstattoo. Ich habe die Kopie zum Aufkleben hier.«

»Ich bekomme ein Tattoo.«

»Nur zeitweise. Weißt du, wie du es aufklebst?«

»Wir machen das schon, *cher.*« Dauphine tätschelte ihm die Wange. »Wo soll es hin?«

»Es ist unter ihrem Handgelenk, innen in der Mitte. Der Schmuck …«

»Haben wir.« Dauphine ergriff den Koffer und legte sich die Kleidung über den Arm. »Komm, Miranda, sonst quatscht er uns noch zu Tode.«

Sie gingen in Sebastiens Schlafzimmer und machten die Tür hinter sich zu. Sekunden später hörte Booth sie beide in Lachen ausbrechen.

»Da hast du einen wahren Schatz gefunden, glaube ich.«

Booth blickte auf die geschlossene Tür und nickte. »Ja, das ist sie, und eine ständige Überraschung. Ich bin dir sehr dankbar, dass du mir hierbei hilfst, Jacques.«

»Ich kann einen schicken Anzug tragen, ein tolles Auto fahren und gemein und gefährlich aussehen.« Er grinste breit. »Ich liebe diesen Job.«

»Wir kämmen deine Haare ganz glatt zurück«, beschloss Booth. »Und ich klebe dir auch ein bisschen Barthaare an. Den Ohrring solltest du für die Rolle ablegen.«

Als er mit Jacques' Aussehen fertig war, lagen sie hinter dem Zeitplan zurück. Während Jacques seinen Anzug anzog, arbeitete Booth an seiner Verwandlung in Carter LaPorte.

In der nächsten Stunde hörte er die beiden Frauen immer wieder lachen, ein paar Ausrufe und viel Gemurmel. Er tat sein Bestes, um es zu ignorieren, während er sein Gesicht auspolsterte, damit es runder wurde, und die sichtbare Haut mit Farbe bearbeitete – die subtile Bräune eines reichen Mannes. Um das Kinn und um die Augen fügte er ein paar blaue Flecken hinzu, damit es so aussah, als habe er sich gerade einem kosmetischen Eingriff unterzogen.

»Du bist aber nicht mehr so hübsch jetzt«, kommentierte Jacques, der ein Glas Limonade trank und ihn beobachtete. »Daran ändern auch die ganzen Schönheitsoperationen nichts. Du siehst auch älter aus. Du kannst wirklich verdammt gut mit all diesem Zeug umgehen.«

»Das ist ganz schön praktisch.«

Mit der Perücke, den farbigen Kontaktlinsen, der Polsterung unter dem Anzug würde er als LaPorte durchgehen. Bei gutem Licht, aus der Nähe hingegen nicht, aber dafür hatte er Vorsorge getroffen.

Dann trat Dauphine heraus. Sie tat überrascht, dann lachte

sie. »Auf den ersten Blick siehst du ihm für meinen Geschmack viel zu ähnlich. Aber du bist zu groß.«

»Ich sitze hinter dem Schreibtisch. Es wird schon gehen.«

»Ja, das glaube ich auch. Und hier bringe ich dir Lily Cross.«

Miranda trat aus dem Zimmer, mit einem Gesichtsausdruck so streng wie der Anzug.

Ihre Nase wirkte etwas länger, ein wenig schmaler – gute Arbeit, musste er zugeben. Sie hatten die Perücke zu einem schmalen, glatten Pferdeschwanz frisiert. Das Jackett trug sie offen, sodass eine Andeutung der Waffe zu sehen war.

»Gut gemacht. Verdammt gut.«

Ihre Augen strahlten in einem harten, hellen Blau.

»Du hast die Kontaktlinsen drin. Wie geht es dir damit?«

»Ich gewöhne mich dran.«

Die Tatsache, dass sie mit einem leichten britischen Akzent antwortete, brachte ihn zum Grinsen. Ja, sie war wirklich immer für eine Überraschung gut.

»Nicht schlecht, überhaupt nicht schlecht.«

»Ich habe meinen Ausweis gesehen und meinen Lebenslauf gelesen. Lily ist aus London. Gebildet, risikobereit und eine Schlägertype.«

»Alles gut, aber du bist nur Staffage.«

»Verstanden. Mir gefällt nicht, wie du aussiehst.«

»Es dauert nicht lange. Du hast mir Zeit gespart, Dauphine.«

»Ich würde mehr tun, wenn ich könnte. Du.« Sie wandte sich wieder an Miranda und ergriff ihre Hände. »Komm wieder, damit du meine Familie kennenlernen kannst. Wir werden dir New Orleans zeigen.«

»Ja, das mache ich. Danke, Dauphine, für alles.«

»Ah, *c'est rien.*«

»Wir sind ein bisschen spät dran, Miranda. Nimm die schwarze Tasche. Ich habe dir Kontaktlinsen und Make-up hineingetan, falls du wechseln musst.«

»Gut.«

»Wir können dich zu Hause absetzen«, begann Booth, aber Dauphine winkte ab.

»Meine Eltern kommen mich abholen. Ich habe noch eine halbe Stunde oder so Zeit, um mich gemütlich auf die Veranda zu setzen und Limonade zu trinken. In aller Ruhe. Sagst du mir Bescheid, wenn ihr fertig seid?«

»Mache ich.« Noch einen Augenblick nahm er sich Zeit und zog sie in die Arme. »Du bist eine meiner großen Lieben.«

»Du auch.«

Dauphine trat mit ihnen vor die Tür. Sie wandte sich an Miranda.

»Du bist *die* große Liebe. Du weißt das.«

»Ja. Ich bin froh, dass er dich hatte. Und ich jetzt auch.«

Dieses Mal saßen Booth und Miranda beide hinten, und Booth reichte ihr eine Aktenmappe. »Lady Jane Dubois' Testamentsnachtrag zur Göttin.«

»Wirklich. Ich habe nicht gedacht, dass du Zeit hattest, dich darum zu kümmern. Du hast nie mehr etwas davon gesagt.«

»Ich habe mich auch nicht darum gekümmert. Das war Jacques. Er ist ein begnadeter Fälscher.«

Jacques grinste ihnen im Rückspiegel zu.

Miranda öffnete die Mappe und studierte die durch Plastikhüllen geschützten Papiere.

»Wow. Das Papier sieht alt aus und authentisch. Ich brauche wahrscheinlich nicht zu fragen, ob die Unterschriften mit denen im Original übereinstimmen.«

»Sie halten auf jeden Fall stand«, versicherte Jacques ihr. »Booth hat mir viel Zeit gelassen, auch um das Papier und die Tinte alt zu machen. Der Job hat Spaß gemacht, aber er hat viel zu viel dafür bezahlt.«

»LaPorte bezahlt«, erinnerte Booth ihn.

»Deshalb habe ich das Geld ja auch genommen.«

Miranda reichte die Mappe an Booth zurück und beugte sich vor. »Das machst du also?«

»Es ist eine Sache, die ich mache.«

Da Jacques fröhlich weiterplauderte, erfuhr Miranda, dass er als Computer-Programmierer arbeitete – hundert Prozent legal! Ein kleiner Nebenjob hier und da, vor allem für gute Freunde oder gutes Geld. Er hatte eine Freundin, die in einer Zydeco Band spielte. Vielleicht würden sie ja heiraten. Vielleicht.

Sie glitten im Schein des Halbmonds, der auf dem Wasser schimmerte, nach Lake Charles.

Booth wies aus dem Fenster. »Das ist LaPortes Haus.«

»Das ist ja mal ein Anwesen«, erwiderte sie, als das Mondlicht ihr einen kurzen Blick auf Gärten, Mauern und Tore und das massive Haus und die Nebengebäude ermöglichte.

»Und du bist sicher, er ist hier.«

»O ja. Und allein, abgesehen von seinen Sicherheitsleuten und dem Hauspersonal.« Booth tippte auf die blauen Flecken und die leichte Schwellung seines Gesichts. »Eitelkeit. Er lässt sich alle paar Jahre aufpolieren und zieht sich dann für zwei Tage danach – mindestens – zurück. Keine Gäste, keine Besucher, keine Unterbrechungen.«

Booth lächelte, als er sich LaPorte allein in seinem riesigen Anwesen vorstellte.

»Er möchte gerne glauben, dass niemand außer dem Ärzteteam weiß, dass er was machen lässt.«

»Wie hast du denn all das entdeckt?«

»Ich habe es zu meiner Mission gemacht, absolut alles über ihn in den letzten zwölf Jahren zu wissen.« Booths Augen – LaPorte-braun – blickten starr geradeaus. »Ich kenne ihn in- und auswendig. Ich habe mich schon lange auf diesen Job vorbereitet. Es war schon immer klar, dass es eines Tages dazu kommen würde.«

Jacques fuhr noch etwa einen Kilometer weiter zu einem anderen von Mauern umgebenen Anwesen. Dieses Mal glitt das Tor leise auf.

Mirandas Herz setzte einen Schlag aus, als der Mann – breite Schultern in einem dunklen Anzug – ans Auto trat.

Jacques ließ das Fenster herunter und sagte: »Hey, Cousin, wie steht's?«

»Alles gut.« Luc wies mit dem Finger auf Booth. »Ich hätte fast gedacht, du wärst der Mann persönlich.«

»Wir halten das Licht gedämpft, dann ist alles okay. Miranda, das ist Luc. Dauphines Luc. Ihr könnt euch später bekannt machen, wir müssen jetzt hinein.«

»Sie sind bereit für euch.«

Er trat einen Schritt zurück, und Jacques fuhr die gepflasterte Einfahrt entlang. Das Tor glitt geräuschlos zu.

Unter ihren falschen Brüsten hämmerte Mirandas Herz.

»Das fühlt sich nicht ganz real an.«

Booth legte seine Hand über ihre. »Es ist bald vorbei.«

Sie hatten die Sicherheitsbeleuchtung wie geplant gedimmt, stellte Booth fest. Das Anwesen war zwar auch groß, elegant, weitläufig und reich, aber es war nicht wie bei LaPorte. Er musste darauf vertrauen, dass Russell nicht so sehr auf das Äußere und den Mangel an Licht achtete.

Seine Recherchen hatten ergeben, dass LaPorte Russell nur einmal auf seinem Anwesen in Lake Charles getroffen hatte, und das war acht Jahre her. Seiner Erfahrung nach sahen die Leute für gewöhnlich das, was sie zu sehen erwarteten, und deshalb müsste es eigentlich funktionieren.

Die Tür ging auf, als sie anhielten.

Schon wieder ein Mann im Anzug, dachte sie. Drahtiger dieses Mal, mit stahlgrauen kurzen Haaren und prominenter Nase.

Sie erkannte Sebastien erst, als er sprach.

»Ihr seid ein bisschen spät dran, Kinder.«

»Ich weiß. Wir holen die Zeit auf.«

Sebastien nickte und strahlte Miranda an. »Du siehst furchterregend aus. Dir möchte ich nicht über den Weg laufen.«

»Bei dir ist es genauso. Ehrlich, ich habe dich nicht erkannt.«

»Russell wird mich auch nicht erkennen. Wie hat dir mein Bayou gefallen?«

»Es ist wundervoll da. Magisch. Ich hatte allerdings keine Chance, ein *cocodril* zu sehen.«

»Nächstes Mal.«

»Ich schicke dir ein Signal, wenn du später kommen musst«, sagte Booth zu Jacques. »Du hast es doch, oder?«

»Ja, habe ich.« Er grüßte kurz und fuhr wieder weg.

»Lasst uns hineingehen.«

Die großzügige Eingangshalle hatte eine hohe Decke, von der drei Kronleuchter herabhingen. Das Licht strahlte über einem raffiniert verlegten Fliesenboden, auf dem ein massiver Tisch stand. Die große Freitreppe sah aus wie aus *Vom Winde verweht*.

»Das ist … beeindruckend«, sagte Miranda. »Wird Russell nicht merken, dass das nicht LaPortes Eingangshalle ist?«

»Er ist nur einmal hier gewesen, aber deshalb bringst du

ihn über die Seitentür in LaPortes Büro. Mags zeigt dir den Weg. Wo ist Mags?«

»Musste sich um ihr Aussehen kümmern.« Sebastien wedelte mit der Hand vor seinem Gesicht.

»Familie und Personal alle untergebracht?«

»Sie waren ziemlich schnell weg. Internes Gasleck – sehr gefährlich. Aber das Gas-Unternehmen arbeitet die Nacht durch und bemüht sich nach Kräften. Sie haben sowieso nicht so viele Leute wie LaPorte, die direkt hier wohnen. Die Familie ist in New Orleans in einem Hotel. Und ich habe dem Mann versprochen, ich halte ihn auf dem Laufenden. Vor einer halben Stunde habe ich ihn angerufen und ihm gesagt, wir hätten das Problem gefunden. Gegen zwei wäre wir fertig, und ob er mich dann anrufen will? Er meinte, ich solle erst morgen früh anrufen, es sei denn, es träten noch weitere Probleme auf.«

»Gut. Ich will, dass wir vor eins hier wieder raus sind. Zeig mir das Büro.«

»Es wird dich glücklich machen.«

Er führte sie aus dem Foyer durch einen breiten Durchgang, durch eine Art eleganten Salon, hinter dem Miranda ein Musikzimmer mit einem glänzenden weißen Flügel sah, zu einer Reihe von Türen.

Sebastien öffnete sie und sagte: »*Et voilà!*«

Booth grinste. »Es ist perfekt. »Kleiner, ein bisschen kleiner als bei LaPorte, die Wand ist anders gestrichen, aber es ist neutral. Der Schreibtisch, die Stühle, die Wand hinter dem Schreibtisch. Perfekt. Verdammt gute Arbeit.«

»Das haben wir hauptsächlich Luc zu verdanken.«

»Ich bedanke mich auch noch mal bei ihm.«

Booth ging in dem Raum herum, der von dem Schreibtisch mit Schnitzereien dominiert wurde. Weil er Bescheid wusste, weil er scharfe Augen hatte, sah er die falschen Fronten, die Requisiten, die raffinierte Reproduktion von LaPortes viktorianischer Vitrine.

»Bring ihn durch diese Tür herein. Das Licht ist gedämpft, er soll sich auf mich konzentrieren. Es wird funktionieren. Er hat keinen Grund, daran zu zweifeln, wo er ist.«

Er drehte sich um, als Mags hereinkam.

Sie trug eine steife schwarze Uniform und hässliche praktische Schuhe. Ihre Haare, mausgrau, hatte sie zu einer Art Krone aus kurzen Locken hochgesteckt.

»Nur wegen dir lasse ich es zu, dass ich so aussehe.«

»Ich kann dich darin erkennen, du bist wunderschön.« Booth trat zu ihr und ergriff ihre Hände.

»Ich sehe aus wie Tante Lydia. Und du siehst diesem Scheißkerl viel zu ähnlich. Du?« Sie zeigte auf Miranda. »Du scheinst ja ein schönes Früchtchen zu sein.«

»Ich habe eine Pistole und ein Tattoo. Aber sie sind falsch, genau wie die hier.« Miranda tätschelte ihre Brüste. »Aber immerhin habe ich sie.«

»Zeigst du Miranda den Weg, über den sie Russell herein und wieder heraus bringen soll?«

»Komm mit mir, Killer.« Mags geleitete Miranda durch die Seitentür hinaus. Die Luft roch nach Gardenien. »Wie geht es meinem Jungen?«

»Er ist hoch konzentriert, aber das hast du ja selber gesehen. Ich glaube nicht, dass er viel Schlaf bekommt, aber er wirkt ruhig. Gelassen.«

»Und du?«

»Manchmal fühlt es sich an wie ein großes Abenteuer, und dann wieder denke ich, es ist alles Wahnsinn. Ich will wirklich, dass es vorbei ist, und gleichzeitig werde ich es nie vergessen.«

»Ich finde, das hört sich vernünftig an. Okay, komm, wir gehen den Weg ab. Ich hasse es, dass diese Schuhe so bequem sind.«

»Sie sind scheußlich«, bestätigte Miranda.

»Ja. Deshalb hasse ich es ja auch, dass ich mich darin fühle, als ob ich auf Wolken schweben würde. Also, Jacques fährt Russell zur Seeseite des Hauses. Du wartest am Ende des Gehwegs.«

»Booth ist es schon Dutzende Male mit mir durchgegangen, aber es ist gut, es tatsächlich mal zu sehen.«

»Wenn du ihn hereinbringst, wird Booth am Schreibtisch sitzen. Ich gehe gerade durch eine der inneren Türen. Ich schließe meine, und wenn Booth dir zunickt, trittst du ebenfalls zurück und schließt deine.«

Sie kamen zum Ende des Wegs mit dem mondbeschienenen See. Der Duft von Gardenien und Rosen hing in der Luft. Sie stellte sich vor, wie die berankte Pergola mit den rot blühenden Kletterpflanzen an einem sonnenheißen Tag Schatten bot, um von hier den Blick auf den See zu genießen.

»Hin und zurück weniger als zwei Minuten. Ist das okay?«

»Ja. Damit komme ich klar.«

Mags drückte ihren Arm. »Nicht alle – wahrscheinlich sogar die meisten – könnten das sagen. Es bedeutet mir so viel, dass du bei dieser Sache an seiner Seite bist.«

»Ich bin bei ihm«, sagte Miranda einfach. »Und Booth ist nicht der Einzige, der es ihm heimzahlen will. LaPorte hat alles verdient, was ihm zustößt, und wenn es so weit ist, werde ich wissen, dass ich dazu beigetragen habe.« Sie holte tief Luft. »Es ist wichtig für mich, Mags, dass ich dabei bin.«

Im Büro legte Booth seine Unterlagen auf den Schreibtisch. Die Fäden laufen zusammen, dachte er, als er noch einmal jeden verbleibenden Schritt durchging, jede Möglichkeit für einen Schritt bedachte, der schiefgehen konnte. Jede Aktion hatte potenzielle Konsequenzen.

Er hatte eine Fluchtroute für Miranda ausgearbeitet, falls alles schiefging, und zählte darauf, dass Mags und Sebastien sie überreden würden, sie zu nehmen. Denn wenn er scheiterte, würde er untergehen. Aber er würde sie nicht mitnehmen.

Sebastien stellte das Kristallglas mit starkem Tee – in der Farbe von Bourbon – auf einen Untersetzer auf dem Schreibtisch. Booth schob es einen Millimeter weiter und rückte das antike Tintenfass gerade.

»Machst du dir Sorgen, *mon ami*?«

»Ich habe alles abgedeckt, und ich kann sehen, dass alle Teile zusammenpassen. Aber da ist Miranda. Wenn ein Teil nicht funktioniert wie geplant, muss ich mich darauf verlassen können, dass du dafür sorgst, dass sie sich in Sicherheit bringt.«

»Die Liebe macht uns zu Sorgenbeuteln. Ein Schritt nach dem anderen.«

»Und alle Eventualitäten im Auge behalten«, fügte Booth hinzu. »Wenn es schiefgeht, wirst du schon das Richtige tun. Überrede sie zu sagen, sie wusste von nichts. Sie war nur ein Pfand, eine Tarnung – so wie ich es LaPorte gesagt habe, als ich ihn in meinem Haus heimlich aufgenommen habe. Du kümmerst dich darum. Ich hatte die ganze Zeit eine andere Frau, erst die, die meine Assistentin gespielt hat, und dann die, die ich hierher mitgebracht habe. Sie werden ihr glauben. Warum nicht?«

»Das denkst du von mir?«, fragte Miranda von der Tür her. »Glaubst du wirklich, ich würde dich einfach so hängenlassen, nur um mich zu retten?«

»Miranda …«

»Sei klug. Halt den Mund. Kein Wort mehr.« Sie trat zu ihm und stach ihm mit dem Finger in den Arm. »Ich treffe meine eigenen Entscheidungen. Ich entscheide über mein eigenes Schicksal. Und ich habe mich für dich entschieden. Du bist dumm, wenn du mich sauer machst, aber auch dann werde ich mich immer noch für dich entscheiden.«

»Ich treffe auch meine eigenen Entscheidungen und habe mich vor langer Zeit schon für mein Schicksal entschieden. Wenn das hier schiefgeht, halte ich dich raus. Ich werde ihnen sagen, ich habe dich ausgenutzt, dich die ganze Zeit über angelogen.«

»Wem willst du das erzählen?« Erneut stach sie ihm in den Arm. »Der Polizei, dem FBI, Interpol? Du hast das hier seit der Grundschule gemacht, du Idiot, und plötzlich willst du alles kaputt machen, nur wegen mir? Das ist doch Blödsinn. Hör auf damit. Konzentrier dich«, befahl sie ihm. »Mach den nächsten Schritt, und dann noch einen. Tu deine Arbeit und hör auf, dich mit mir herumzustreiten. Ich kämpfe unfairer als du.«

»Du hast ja keine Ahnung.«

Sie umfasste sein Gesicht – ignorierte die LaPorte-Maskerade – und küsste ihn. »Du irrst dich. Und jetzt sind wir erst einmal hier, um den nächsten Schritt zu tun.«

»Gut. Gut. Ich muss noch ein paar Dinge überprüfen.«

»Ich liebe dich.« Sebastien drückte eine Hand auf sein Herz, als Booth hinausging. »Ich glaube, jetzt habe ich vier schöne Töchter.«

»Wie lieb von dir, das zu sagen.« Sie trat zu ihm und schmiegte sich seufzend an ihn. »Ich will es nicht noch schwerer für ihn machen.«

»Das tust du nicht. Aber du setzt die Standards höher,

weißt du. Wenn er früher gescheitert ist, konnte er weglaufen. Jetzt wird er nicht weglaufen.«

»Er wird jetzt auch nicht scheitern.«

»Nein, *ma chère amie*, das wird er nicht. Er ist müde und macht sich Sorgen – um dich. Er ist völlig aus dem Gleichgewicht.«

»Nun, das ist gut. LaPorte geht es nach seinem Facelifting bestimmt nicht anders.«

»*Mais oui*, ich habe jetzt vier schöne Töchter.«

Miranda lief noch einmal ihren Weg ab – probte ihren Gang – lange, energische Schritte. Booth stand am Ende des Wegs und blickte auf den See.

Er steckte sein Handy weg. »Jacques ist mit Russell unterwegs.«

»Gut.«

»Ich versuche nicht, dir deine Entscheidungen abzunehmen.«

»Nein?«

»Nein. Ich will nur nicht, dass du den Preis bezahlst für einen Weg, den ich eingeschlagen habe.«

»Dann verdirb das hier jetzt nicht.«

»Das werde ich nicht, aber …«

»Hör auf, darüber zu reden.« Frustriert blickte sie ihn an. »Du sagst auch nicht ›Macbeth‹ in einem Theater oder wünschst den Schauspielern viel Glück, bevor sie auf die Bühne gehen. Und du solltest verdammt noch mal nicht darüber reden, was für schreckliche Dinge passieren könnten, während du deine Arbeit tust.«

Tief im Inneren sehnte sie sich danach, den Stecker zu ziehen, aber stattdessen redete sie weiter in ihrem sachlichen Ton.

»Du sagst ›das schottische Stück‹. Du sagst ›Hals- und

Beinbruch‹ oder ›*merde*‹. Du solltest nicht von Eventualitäten reden. Und mir auch nicht das Gefühl geben, ich sei dir eine Last statt eine Hilfe.«

»Du bist keine Last.« Er zog sie an sich. »Das bist du wirklich nicht. Ich habe mir noch nie Sorgen um jemanden machen müssen, deshalb …«

»Ach, Blödsinn! Hör dich doch mal reden.« Sie schob ihn zurück. »Du stehst hier an dieser Stelle in diesem Moment, weil du dir als Junge Sorgen um deine Mutter gemacht hast. Du hast dir Sorgen um Mags gemacht. Du machst dir Sorgen um mich. Du hast dir Sorgen um Dauphine und ihre Familie gemacht.«

Sie warf die Hände in die Luft und schlug dabei aus Versehen auf den Lauf ihrer falschen Pistole. In diesem Moment sah sie aus, als könne sie jemanden niederschießen.

»So bist du eben, und so hat LaPorte dich benutzt. Er weiß, dass du alles tun wirst, um die Leute zu schützen, die dir etwas bedeuten. Aber er weiß nicht, dass du jahrelang Zeit hattest, dir Wege auszudenken, um es ihm heimzuzahlen, und auch nicht, dass ich nicht nur bereit bin, dir zu helfen, sondern richtig heiß darauf. Also hör jetzt mit dem Scheiß auf und lass es uns dem Bastard heimzahlen.«

Als er etwas erwidern wollte, hob sie den Finger. »Das schottische Stück, Booth. Fordere dein Pech nicht heraus.«

Da ihm kein einziges logisches Argument einfiel, sagte er das, was in seinem Kopf am klarsten war. »Ich liebe dich.«

»Dann lass uns mit der Aufführung beginnen.«

Kurz vor Mitternacht standen Booth, Miranda, Mags und Sebastien in LaPortes falschem Büro. Booth blickte auf das Handy.

»Luc öffnet gerade das Tor. Dann wollen wir den Fisch mal panieren und braten.«

Sebastien ging über die inneren Türen hinaus, um seinen Platz draußen einzunehmen – nur ein Bodyguard auf Wache.

Miranda ging zur Seitentür und blickte sich um. »*Merde*«, sagte sie und schloss die Tür hinter sich.

»Sie ist einzigartig.« Mags ging zu den Bürotüren und nahm ihren Platz ein.

»Wirklich einzigartig. Das macht sie zu meiner Roten Göttin.« Booth setzte sich und wurde zu LaPorte.

Während er wartete, fuhr er seinen Computer hoch und schaltete die Aufnahme ein.

Kurz darauf klopfte Miranda an die Seitentür.

»Ja.«

Sie öffnete sie einen Spalt. »Mr. Russell, Sir.«

Booth bewegte nur die Hand.

Miranda trat beiseite, um Russell durchzulassen. Warf Booth einen letzten Blick zu und schloss die Tür.

Sie ging weg – mit langen, entschlossenen Schritten. Dann stand sie einfach nur da in der duftenden Luft, starrte blindlings auf den See und wartete.

Booth ergriff das Whiskeyglas mit dem Tee.

Russell, ein Mann, der um die Körpermitte herum schon ein wenig aufgeschwemmt war, versuchte, seine fünfzig Jahre zu verbergen, indem er einen kurzen braunen Pferdeschwanz trug. Er hatte verschlagene blaue Augen, ein viereckiges Kinn und den Mund voller falscher Zähne, so gerade wie Klaviertasten.

Er kannte LaPorte zumindest so gut, dass er einen Anzug trug, auch wenn die Wahl des Materials – Seersucker – vielleicht etwas fragwürdig war.

Die Vorhänge waren zugezogen, und LaPorte bedeutete ihm in dem schwach beleuchteten Raum, sich auf den Stuhl auf der anderen Seite des Schreibtischs zu setzen.

»Schön, Sie zu sehen, Mr. LaPorte. Wie geht es Ihnen?«

»Ich mache ein paar Tage Urlaub, um mich auszuruhen. Aber ich habe Arbeit für Sie, die nicht warten kann.«

»Ich freue mich immer, wenn ich Geschäfte mit Ihnen machen kann.«

»Ich werde Ihnen den Namen und die Adresse eines Mannes und eines Ortes geben. Ich möchte etwas haben, das dieser Mann an diesem Ort hat. Sie werden es mir beschaffen.«

»Klingt gut.«

»Ich hatte vor, jemand anderen für diese besondere Aufgabe zu engagieren, aber nachdem ich für die anfänglichen … Recherchen bezahlt hatte, hat sich dieses Individuum als nicht zufriedenstellend erwiesen. Sie profitieren von dieser Recherche und von der Tatsache, dass der Mann, über den ich Sie informieren werde, in ein paar Tagen in Europa sein wird.« Booth musterte Russell kühl aus LaPortes leicht geschwollenen Augen. »Sie haben drei Wochen Zeit, um zu beschaffen, was ich haben will. Das Anwesen ist in Washington, DC, in Georgetown. Ich bezahle Ihnen zehntausend für Ihre Ausgaben in diesen drei Wochen. Die Vorauszahlung beträgt eine Million Dollar, und wenn Sie abliefern, was ich haben möchte, zahle ich eine weitere Million. Diese Bedingungen sind nicht verhandelbar. Sie nehmen sie entweder an oder Sie lassen es. Wenn Sie ablehnen, werden Sie nie wieder für mich arbeiten.«

»Wir haben in der Vergangenheit gute Geschäfte gemacht«, sagte Russell rasch.

»Und Sie sind nicht meine erste Wahl, weil Sie in der Vergangenheit nicht zufriedenstellend gearbeitet haben.«

So wie Russell hin und her rutschte, wusste Booth, dass er den richtigen Tonfall getroffen hatte.

»Ich weiß, dass Sie nicht vollständig zufrieden mit unserem letzten Geschäft waren, dem Porzellan-Pfau.«

»Und warum wohl?«, fragte Booth trocken.

»Die kleine Beschädigung, aber wie ich Ihnen erklärte, war sie bereits da, als ich ihn genommen habe. Obwohl Sie mein Honorar um die Hälfte gekürzt haben, bin ich …«

Er brach ab, als Booth die Hand hob. »Bringen Sie mich nicht dazu zu bedauern, dass ich Ihnen eine weitere Chance gebe, Mr. Russell. Sie haben von heute an drei Wochen, um hier bei mir abzuliefern.«

»Was soll ich besorgen?«

»Sie umgehen die elektronischen Sicherheitssysteme und die Wachleute an dem Ort, dessen Adresse ich Ihnen gebe. Wie gesagt, ein Großteil der Arbeit ist bereits von einem anderen erledigt worden. Sie dringen in den privaten Raum auf dem Dachboden dieses Hauses ein und holen mir die Rote Göttin.«

Die verschlagenen Augen wurden groß wie Unterteller. »Die Rote … wollen Sie mich verscheißern?«

Booth presste die Lippen zusammen, und seine Augen wurden schmal. »Ihre Ausdrucksweise lässt zu wünschen übrig.«

»Verzeihung. Ich habe ein paar Gerüchte über den Stein gehört, aber die meisten Leute glauben nicht daran.«

»Eine Million im Voraus, zehntausend Spesen. Eine Million bei Ablieferung. Nehmen Sie es oder lassen Sie es. Es sind keine Gerüchte, sondern Tatsachen. Ich habe den Stein mit eigenen Augen gesehen. Ich habe ihn in den Händen gehalten. Ich will ihn. Wenn Sie weiterhin von mir beschäftigt werden wollen, holen Sie ihn mir.«

»Drei Wochen sind nicht gerade lange.«

»Ich habe Pläne des Hauses, ich habe alle Daten über die Sicherheitssysteme. Ich habe den exakten Standort des Steins im Haus. Bis auf eine weibliche Sicherheitskraft wird das Haus unbewohnt sein. Nehmen Sie den Job oder lassen Sie es. Ich habe keine Zeit zu verschwenden und auch keine Lust dazu.«

»Ich übernehme den Auftrag.«

Booth setzte LaPortes überlegenes Grinsen auf. »Kluge Entscheidung. Geben Sie mir Ihre Bankdaten, und morgen früh ist das Geld auf Ihrem Konto. Kontaktieren Sie mich nicht. Wenn Sie irgendwelche Informationen brauchen, gebe ich Ihnen eine Nummer, wo Sie eine Nachricht hinterlassen können. Kommen Sie nicht auf die Idee, mit dem Stein abzuhauen. Ich werde Sie zur Strecke bringen, wie ich das mit anderen schon gemacht habe. Sie kennen Ihr Schicksal.«

»Was zum Teufel sollte ich mit dem Stein anfangen? Bei zwei Millionen weiß ich, was ich damit tun soll. Was soll ich tun, wenn mir die Sicherheitskraft über den Weg läuft?«

»Tun Sie, was Sie für nötig halten. Holen Sie mir den Stein. Geben Sie mir Ihre Daten und nehmen Sie das hier mit.« Er schob ihm den Papierstapel auf dem Schreibtisch zu. Dann gab er Miranda ein Signal. Als er die Bankdaten notiert hatte, ergriff er erneut sein Glas. »Damit ist unser Geschäft für heute abgeschlossen.«

»Sie werden es nicht bereuen.« Russell erhob sich. »Bis in drei Wochen oder sogar früher.«

Als Russell hinausging, stand Miranda an der Tür, um ihn zu Jacques und dem Auto zurückzubringen. Booth schaltete die Aufnahme ab.

Er lehnte sich zurück und atmete einmal tief durch.

Höchstens drei Wochen, dachte er. Jetzt musste alles schnell gehen.

Miranda trat wieder ein. »Er fährt weg. Wie ist es gelaufen?«

»Er hat mir alles abgekauft, von Anfang bis Ende. Als ich die Göttin erwähnt habe, konnte er nicht mehr klar denken.«

»Dann ist dieser Teil also gut. Das haben wir geschafft.«

»Wir müssen noch das Set abbauen und hier raus, aber ja. Hör zu, es tut mir leid wegen vorhin.«

»Mir nicht.« Sie trat zu ihm und setzte sich auf die Schreibtischkante. »Wir sind, wer wir sind, alle beide. Wir werden uns noch öfter streiten. Vielleicht sollten wir nur versuchen, uns zurückzuhalten, bis das hier vorbei ist.«

»Höchstens noch drei Wochen. Wahrscheinlich weniger, denn wenn Russell erst einmal sieht, wie viel schon vorbereitet worden ist, wird er früher zuschlagen wollen. Ich glaube, das schaffen wir. Wir bauen jetzt das Set ab.«

»Und dann fahren wir nach Hause?«

»Ja.« Er stand auf und nahm sie in die Arme. »Lass uns nach Hause fahren.«

31

Booth verbrachte den Tag vor seinem jährlichen Sommerfest wie üblich: Er stand in der Küche und bereitete Beilagen, Soßen und Marinaden zu. Dieses Jahr half ihm Miranda dabei und nahm ihm das Schneiden, Rühren und Mixen ab.

Sie saß auf der Küchentheke, die Haare zurückgeflochten, und schälte stirnrunzelnd Kartoffeln für den Cajun Kartoffelsalat.

»Ich weiß nicht, wie du das immer alles schaffst.«

»Du nimmst mir eine ganze Menge Basisarbeit ab, wofür ich dir sehr dankbar bin. Wenn man den Salat einen Tag vorher vorbereitet – wie bei dem Kartoffelsalat –, dann schmeckt er intensiver. Außerdem bleibt dann morgen mehr Zeit fürs Vergnügen.«

»Ich meine, ich weiß nicht, wie du kochen und eine Party für hundert Leute oder noch mehr geben kannst, wo all das andere läuft.«

»Wenn ich es nicht tue, werden sich die Leute fragen, warum nicht. Und wenn ich das alles hinter mir habe, bleibt dann das Problem, dass ich die Party nicht gefeiert habe.« Er nahm die Pastamuscheln – al dente – für seinen Shrimpssalat vom Herd und goss sie im Sieb über dem Spülbecken ab.

»Ich muss dich um einen Gefallen bitten.«

»Außer eine Million Kartoffeln zu schälen?«

»Du machst das wirklich gut.«

Sie zog eine Augenbraue hoch und warf ihm einen finsteren Blick zu. »Ich weiß, wann ich benutzt werde. Was für ein Gefallen?«

»Bevor ich dazu komme, muss ich dir sagen, dass es nicht darum geht, dir Entscheidungen abzunehmen oder dich zu beschützen. Es geht mehr darum, mich zu schützen, wenn …«

»Schottisches Stück, Booth.«

»Nicht dieses Wenn. Wenn LaPorte versucht, mich reinzuziehen. Was du gesagt hast – dass es wegen dir ist, wegen dieses bedauernswerten Moments in New York. Ich spiele gerade damit. Ich habe eine Datei erfunden, mit Informationen über mich – ich als Highschool-Lehrer – und ein paar anderen, die mit Frauen zusammen sind, die ihm gefallen haben.«

Sie ließ das Messer sinken und rieb sich mit dem Handrücken über die Nase. »Oh, ich verstehe, worauf du hinauswillst. Er führt Akten über Männer – du solltest auch ein oder zwei Frauen hinzufügen, für den Fall, dass eine seiner Ehemaligen Frauen bevorzugte oder sich in eine Frau verliebt hat.«

»Das ist gut.« Darauf hätte er auch kommen können. »Okay.«

»Er hat Dateien angelegt und sie verfolgt, weil er eine besessene, rachsüchtige Persönlichkeit besitzt. Und wenn er versucht, dich hereinzuziehen, dann untermauert diese Datei meine Geschichte nur noch.«

»Genau. Aber es geht um mehr als einen Gefallen. Ich brauche dich als Alibi.«

»Für was?«

»Ich muss nach Lake Charles fahren, und du musst hierbleiben.«

»Warte mal.«

»Als mein Alibi, Miranda. Ich muss in sein Haus einbrechen, um die Göttin, die Dateien und ein paar andere Dinge dort zu platzieren. Gleichzeitig muss ich aber hier sein. Du musst beschwören, dass ich hier war.«

»Dein Alibi kann also bei der Abrechnung nicht dabei sein?«

»Ich werde auch nicht da sein. Ich werde wieder zurück sein, hier bei dir. Aber ich brauche Zeit, um nach DC zu kommen, nach New Orleans zu fliegen, nach Lake Charles zu fahren, alles zu erledigen und wieder zurückzukommen. Ich brauche vierundzwanzig Stunden, und ich bitte dich, sie mir zu schenken.«

»Das hilft dir.«

»Sogar noch mehr, als wenn du diese Kartoffeln schälst.«

»Wann fährst du?«

»Sebastien und Mags beobachten Russell. Russell hat sich in ein schickes Hotel in Georgetown einquartiert, und Sebastien war schon ein paar Mal da. Als Russell im Hotel-Gym war, hat er sich Russells Zeitplan auf dem Laptop angesehen. Er will morgen Abend zuschlagen.«

Er gab die Pasta in eine Schüssel, fügte Zwiebeln, Sellerie, schwarze und grüne Oliven, die sie schon klein geschnitten hatte, hinzu, dann die gekochten und geschälten Garnelen.

»In der Nacht nach der Party? Aber …«

»Deshalb muss ich direkt fahren, wenn alle gegangen sind. Ich muss dich mit dem Aufräumen und Saubermachen alleine lassen, das tut mir leid, aber nur so funktioniert das Timing. Alles wird funktionieren. Wenn jemand anruft oder vorbeikommt, sagst du, ich schlafe oder bin gerade spazieren gegangen, irgendwas, was funktioniert. Aber ich glaube nicht, dass sich jemand meldet. Und in vierundzwanzig Stunden bin ich zurück.«

»Du hast mir nie erzählt, wie du in das Haus hineinkommen willst.«

»Das ist leicht. Das plane ich seit mittlerweile zwölf Jahren.«

»Gehst du das einmal mit mir durch, damit ich mir vorstellen kann, wie es abläuft? Damit ich dich sehen kann?«

»Das kann ich machen.«

»Also abgemacht. Fang von vorne an, ja? Fang damit an, wie du dafür sorgen willst, dass Russell mit dem falschen Stein, und was er sonst noch mitnimmt, erwischt wird.«

Booth nickte und begann, Kräuter aus seinem Garten zu hacken. »Okay. Das wird folgendermaßen ablaufen.«

Sie fand, sie hielt sich gut auf der Party. Sie spielte die Gastgeberin, obwohl alles an ihr vorbeizog. Sie redete, aß, servierte und füllte Gläser nach. Sie sah Booth zu, wie er Rippchen, Hühnchen und Burger grillte, als sei es nur eine Sommerparty wie alle anderen an einem Sonntagnachmittag. Sie spielte Cornhole und Boccia, legte Bier- und Weinflaschen in die mit Eiswürfeln gefüllten Blechwannen. So gut sie konnte, umschiffte sie alle plumpen Anspielungen und direkten Fragen über sie und Booth.

Und schließlich erholte sie sich mit Tracey und einer Frozen Margarita ein Weilchen im Schatten.

»Keine Party ist so schön wie Booths Sommerfest.«

»Das glaube ich gerne. Die Leute haben so viel zu essen mitgebracht, dass man damit eine ganze Armee sattkriegen würde – zusätzlich zu dem, was er gemacht hat, was alleine schon ausreicht, um eine Armee zu füttern. Ich habe noch nie in meinem Leben so viele Stunden in der Küche verbracht.«

»Ihr passt so gut zueinander. Nein, nein, ich frage nicht«, sagte sie, als Miranda ihr einen Blick von der Seite zuwarf. »Ich sage ja nur. Ich weiß, dass die Leute dich die ganze Zeit gefragt haben. Alle lieben Booth. Du bist die erste Frau, die er als Mit-Gastgeberin auf dieser Party gehabt hat, die erste, mit der er so lange zusammen ist. Du hast ja auch deinen Mietvertrag verlängert, aber …«

Miranda blickte zu Booth, der gerade das Hufeisenspiel spielte. Er wirkte so entspannt, so ruhig, gab seinem Partner High Five, als er einen Treffer landete.

»Wir müssen uns noch über ein paar Dinge klar werden. Ich habe das Gefühl, wir werden morgen einen faulen Tag einschieben und alles besprechen.«

»Ich mag euch beide so gerne, deshalb hoffe ich sehr, dass ihr euch über alles klar werdet.«

Sie konnte damit umgehen, dachte Miranda, sie machte das schon – obwohl die letzten Gäste erst nach zehn Uhr abends aufbrachen. Sie konnte damit umgehen, bis Booth die Treppe herunterkam, mit Perücke, Bärtchen und einer Reisetasche in der Hand.

»Mags kommt gleich, um mich abzuholen. Vierundzwanzig Stunden, Miranda.«

»Komm nicht zu spät.« Sie zog ihn an sich und umarmte ihn. »Bitte, komm nicht zu spät.«

»Du gehst am besten gar nicht raus. Es soll sowieso regnen. Wir waren den ganzen Tag zu Hause, haben lange geschlafen, sauber gemacht – tut mir leid, dass ich dich damit alleine lasse.«

»Es ist gar nicht mehr viel Arbeit. Die Leute haben darauf bestanden, beim Abräumen zu helfen, obwohl ich sie am liebsten rausgeschmissen hätte.«

»Wir sind hiergeblieben, wir haben lange geschlafen, wir hatten Sex – ich hätte jetzt gerne Sex. Haben Filme geguckt, Einen Mittagsschlaf gemacht. Was haben wir gegessen?«

»Die Reste von der Party.« Sie bekam kaum Luft. »Du bist gar nicht aus dem Haus gegangen, keiner von uns. Mach dir keine Sorgen. Es ist ja sowieso nur für den Fall, dass einer anruft.«

»Das ist Mags«, sagte er und schaute auf sein Handy. »Sie holt mich unten an der Straße ab. Ich muss los.« Er küsste sie, ließ seine Hand über ihren Zopf gleiten. »Schlaf ein bisschen. Bis morgen Abend.«

»Gott. Okay. Toi, toi, toi. *Merde*. Komm nicht zu spät.«

»Ich weiß«, sagte er und ging.

Sie blickte auf die Uhr, und der Countdown begann.

Er schlüpfte in Mags' Wohnung in seine Arbeitskleidung und war schon auf dem Weg nach Lake Charles, als Sebastien auf dem Prepaid-Handy anrief.

»Russell ist durch die erste Schicht.«

»Halt dich an den Zeitplan und sag mir Bescheid, wenn du den Alarm einschaltest.«

»Wie nahe bist du?«

»Noch etwa zwanzig Minuten.« Er blickte Jacques fragend an.

»Ungefähr. Ich halte mich genau ans Tempolimit. Ich fahre wie eine alte Dame mit Bifokal-Gläsern.«

»Ich informiere dich, wenn wir nicht mehr zu erreichen sind.«

Als er aufgelegt hatte, blickte Jacques ihn an. »Bist du sicher, dass der Typ überhaupt gut genug ist, um hereinzukommen?«

»Ich habe alles für ihn vorbereitet. Er will das Geld. Er kommt schon hinein.«

Aber ihm brach doch der Schweiß aus, als Jacques ihn an der vereinbarten Stelle absetzte.

»Von hier an bin ich nicht mehr zu erreichen. Fahr durch die Gegend, wenn es nötig ist. Ich gebe dir ein Signal, wenn ich fertig bin.«

»Mach dir um mich keine Sorgen. Schon eher um dich.«

Er wollte gerade Sebastien anrufen, als der Freund sich meldete.

»Gott sei Dank!«

»Dank lieber mir, *mon ami*. Hörst du das?«

Durch das Telefon hörte Booth den Alarm, die Sirenen und schloss die Augen. »Ja, ich höre es.«

»Ich wünschte, du könntest es sehen. Überall ist Licht. So viel Licht. Das Haus strahlt wie ein Weihnachtsbaum.«

»Wo ist er?«

»Er hätte es fast aus dem Haus geschafft, aber die Frau hat ihn überwältigt, als er durch die Tür gerannt ist, und jetzt liegt er auf dem Boden, und sie zielt mit einer Pistole auf seinen Kopf. Die Polizei ist fast da. Und du?«

»Ich steige gerade aus. Ich schalte jetzt das Handy auf stumm. Ich melde mich bei dir.«

»Kassier dieses Schwein ein!«, sagte Jacques, als Booth ausstieg.

»Das habe ich vor.«

Er musste zehn Minuten zu Fuß gehen und fiel in einen leichten Trab. Im Kopf sah er alles ganz deutlich vor sich, die verschiedenen Wege, die er über die Jahre ausgearbeitet hatte. Jedes Mal, wenn er in New Orleans gewesen war, hatte er sie weiter verfeinert.

Dieses Mal nicht aus Profit, dachte er. Und auch nicht, um zu überleben. Dieses Mal ging es um eine sehr nette Mischung aus Rache und Gerechtigkeit.

Und was auch immer danach passierte, wenn der letzte Teil schiefging, er würde freudig den Preis für diese Mischung bezahlen.

Als er das Anwesen erreichte, deaktivierte er die Sensoren und kletterte an einer Wand zwischen den Kameras hoch.

Es gab immer eine Lücke. Man musste sie nur finden. Dann schaltete er die Sensoren wieder ein und lief schnell und ohne Pause weiter.

Am ersten Nebengebäude – Lagerraum für die Gärtner, die zweimal in der Woche kamen – blieb er stehen und hockte sich hin. Scheinwerfer strahlten über den Garten und den Rasen. Ein Brunnen plätscherte melodisch, und im nahen Wäldchen rief eine Eule.

Er blickte zum Torhaus. Auch dort war das Licht an, da die Wachleute die Kameras in Sechs-Stunden-Schichten überwachten. Außen und innen – außer für gewisse, privatere Bereiche. LaPortes Schlafbereich, seine Schatzkammer.

Er hatte die Anordnung der Kameras im Kopf und studierte aus dem Schatten der Bäume heraus das kräftige Spalier, an dem sich die violette Bougainvillea emporrankte. Ein kurzer Sprint.

Kurz hüpfte er auf der Stelle, dabei drückte er auf die Fernbedienung, die den Strom für zwei Sekunden unterbrach.

Als er wieder loslief, kletterte er bereits.

Schwachstelle. Terrasse im ersten Stock. Französische Türen, verriegelt mit einem sechsstelligen Alarmcode. Zuerst löste er den Riegel, dann das Schließsystem. Er vermutete, dass LaPorte den Alarm auf nicht mehr als dreißig Sekunden programmierte – ein Alarm, der sich alle sechs Tage veränderte, einer mit einer zusätzlichen vierstelligen Sicherung. Dafür brauchte er vielleicht zehn Sekunden.

Er machte sich an die Arbeit, konzentrierte sich auf die aufleuchtenden Zahlen, dann resettete er das vierstellige Back-up.

Und nutzte den Augenblick.

Ein dunkles, stilles Haus. LaPorte schlief in seinem luxuriösen Bett in seiner luxuriösen Suite, vielleicht mit einer luxuriösen Gefährtin.

Morgen wird kein guter Tag für dich sein, dachte er. Überhaupt kein guter Tag.

Er blickte den Flur entlang, trat über die roten Strahlen der Bewegungsmelder und huschte nach unten.

Das Büro würde verschlossen sein, natürlich, und dort musste er sich auch um die Kamera kümmern. Aber sie würden nicht für die Monitore der Wachleute aufzeichnen, sondern nur für LaPorte. Er knackte das Schloss, schob die Tür auf, schaltete die Kameras aus. Wenn LaPorte unter Schlaflosigkeit litt und seine Büro-Monitore checkte, war alles zum Teufel.

Er suchte das Bücherregal hinter dem Schreibtisch nach einem Mechanismus ab und ignorierte, dass ihm der Schweiß den Rücken herunterlief. Der Mechanismus würde da sein. Er musste da sein. Denn dahinter befand sich ein Raum, und das hier war der einzige Weg hinein oder hinaus.

Zu lange, zu lange, dachte er, während er suchte. Er musste die Kameras wieder einschalten.

Er blickte zurück zum Schreibtisch, hockte sich hin.

»Idiot«, murmelte er und drückte den Knopf. Das Bücherregal glitt zur Seite und legte die Tresortür dahinter frei. »Okay, ein bisschen länger gebraucht.«

Erneut machte er sich an die Arbeit, jetzt kümmerte er sich um das Kombinationsschloss, die Steuerung. Kompliziert, kompliziert. Er machte eine Pause, ließ seinen Nacken kreisen und fuhr fort. Er brauchte viel länger, als er gedacht hatte. Jetzt war er schon mehr als eine Stunde hier drin, dachte er. Er musste verdammt noch mal hier raus. Er konnte immer noch weglaufen. Zurück zu Miranda, sie bitten, mit ihm zu fliehen. Irgendwohin.

Und wieder einmal würde LaPorte ihm das Leben nehmen, seine Entscheidungen, sein Schicksal.

Nicht dieses Mal.

Nur noch zwei Stunden bis Sonnenaufgang, und er war viel zu nahe dran, um alles hinzuschmeißen.

Als der letzte Zylinder fiel, zog er die Tür auf. Von allen Räumen, die er bisher gesehen hatte, war dieser am vornehmsten. Ein Palast, entworfen für einen Mann, einen Herrscher, einen Tyrannen.

Rote Balken liefen kreuz und quer durch den Raum.

Booth nahm ein Handy heraus, nahm alles auf, jeden Zentimeter. Das Gold, das Elfenbein, das Porzellan, den Marmor. Die Juwelen, die Kunst. Unbezahlbare Antiquitäten, exquisite Lampen. Ming Vasen, Figuren aus Alabaster. Er blickte auf das Gemälde, das er gestohlen hatte, auf Turners prachtvollen Sonnenaufgang. Er machte ein Foto davon und auch von der Skulptur, die ihn all die Jahre mit Miranda gekostet hatte.

Er erkannte andere Stücke aus Museen, aus Privatbesitz, aus Räumen wie diesem. Manche dieser Diebstähle hatten Leben gekostet; das wusste er auch.

Über und unter den Balken hindurch tänzelte er zu einem leeren Sockel. Er bemerkte den einzelnen Spot, der ihn illuminieren würde, und fragte sich, ob LaPorte das alles voller Vorfreude hatte maßanfertigen lassen.

Booth holte die Rote Göttin heraus und stellte sie auf den Marmorsockel. »Nur kurze Zeit«, murmelte er. »Er wird dich nicht hierbehalten. Ich schwöre es. Er wird nichts behalten.«

Booth machte eine weitere Aufnahme, ein weiteres Foto. Dann trat er hinaus und verschloss den Tresorraum, was er aufnahm, dann ließ er das Bücherregal zurückgleiten, nahm auch das auf. Er huschte den gleichen Weg wieder zurück, nur ein Schatten in einem dunklen Haus. Als er herunterkletterte, drückte er auf die Fernbedienung für seinen kurzen Sprint. Auf der anderen Seite der Mauer überprüfte er die Zeit. Zwei

Stunden dreiundvierzig. Ganze dreiundvierzig Minuten länger als geplant. Er würde vielleicht doch ein bisschen zu spät kommen.

Nachdem er Jacques das Signal gegeben hatte, trabte er zurück, während die ersten Sonnenstrahlen die Nacht durchbrachen und den Himmel im Osten rosig färbten. Vögel erwachten und sangen.

Als er Sebastien Bescheid gab, erfuhr er, dass Russell ebenfalls sang.

»Du hast dir Zeit gelassen, *cher*«, sagte Jacques, als Booth ins Auto stieg.

»Es gab eine kleine Komplikation, aber wir sind immer noch gut in der Zeit.« Er legte das Handy zwischen sie. »Ich habe alles da drauf. Du kannst mit deiner Magie anfangen.«

»Ich kann und will. Warum fährst du nicht, und ich fange gleich an?«

»Geht das vom Auto aus?«

»Ich denke, bis wir zu Hause sind, haben die Polizei und das FBI ein sehr nettes Geschenk, hübsch eingepackt und mit einer dicken, fetten Schleife.«

»Fahr rechts ran.«

Um Mitternacht ging Miranda nervös auf und ab. Er kam zu spät, verdammt noch mal. Schon eine Stunde Verspätung. Mags hatte ihr zwar versichert, dass es ihm gut ging, er saß im Flieger von New Orleans nach DC und war nicht in Polizeigewahrsam. Aber sie sah ständig vor sich, wie sie ihn aus dem Flugzeug zerrten und in Handschellen abführten. Sonst hätte er schon längst wieder da sein müssen. Sie hatten gesagt, alles sei nach Plan gegangen, aber das war nicht nach Plan.

Dann hörte sie, wie die Tür aufging. Sie rannte nach unten,

und da war er, mit einem armseligen Blumenstrauß in einer Zellophanhülle.

»Du kommst zu spät«, sagte sie, setzte sich auf die Treppe und brach in Tränen aus.

»Nicht, nicht. Bitte. Es tut mir leid. Und die Blumen sind jämmerlich. Mags hat dir doch gesagt, dass alles in Ordnung ist, oder?«

»Aber du warst nicht da. Gib mir die verdammten Blumen.« Sie vergrub ihr Gesicht in dem Strauß und weinte weiter. »Ist die Polizei schon unterwegs?«

»Hier nicht«, sagte er lächelnd und wischte ihre Tränen weg. »Alles ist gut. Alles hat funktioniert. Nicht nur Russell hat gesungen, sondern da ist auch die Spur zum Geld und der anonyme Hinweis – eine Aufnahme von LaPortes Schatzkammer, mit der Roten Göttin. Er hat auch noch eine andere Zahlung gemacht, auf ein anderes Konto, das sie nicht zurückverfolgen können. Sieht für mich so aus wie das Chamäleon. Er hat ihn engagiert, oder? Aber der Deal ist geplatzt, deshalb hat er Russell engagiert.«

»Aber das Chamäleon hat die Fälschung aufgestellt und dann LaPorte hereingelegt. Es hat die Aufnahme geschickt.«

»Wenn du einen Deal nicht einhältst«, sagte Booth fröhlich, »musst du den Preis bezahlen. Ich will jetzt wirklich eine Coke. Lass mich eine Coke trinken, und dann erzähle ich dir alles.«

»Du bist noch nicht einmal müde.«

»Aufgedreht. Richtig aufgedreht.« Er hätte bis zum Mond und zurück tanzen können. »Vielleicht schlafe ich eine ganze Woche, wenn ich erst einmal zusammenbreche, aber jetzt bin ich aufgedreht. Lass uns eine Coke trinken.«

»Ich trinke lieber ein Glas Wein. Ich wollte vorher nichts trinken, für den Fall, dass ich dich auslösen oder vielleicht einen Kuchen – meinen ersten – mit einer Feile darin backen muss.«

In der Küche öffnete er die Terrassentüren, um die Nacht hereinzulassen.

»Ich musste ganz sichergehen, dass alles funktionierte. Bei LaPorte, in DC. Es waren eine Menge Fäden, Miranda.«

»Ich weiß nicht, wovon du redest. Wir waren den ganzen Tag zu Hause. Es hat den ganzen Morgen, bis in den Nachmittag hinein, geregnet.«

Er schenkte ihr Wein ein, machte sich eine Coke auf. »Hat jemand angerufen, ist einer vorbeigekommen?«

»Am Nachmittag hat Cesca angerufen, nur um zu sagen, wie toll die Party war. Ich habe ihr gesagt, du seist vor dem Fernseher bei *Casablanca* eingeschlafen, und ich würde mich jetzt auch ein bisschen hinlegen.«

»Ich kann mir nicht vorstellen, dass ich bei *Casablanca* einschlafe.«

»Du warst echt müde nach all dem Sex.«

Er grinste. »Na, okay. Die Polizei kommt vielleicht vorbei. Ich denke, es ist nicht mehr als ein Informieren, schließlich gibt es Hinweise auf uns, jeder Schritt, den er getan hat, dazu die Akten, die er über mich und dich und andere angelegt hat. Wir sind die Letzten, deshalb wird die Polizei – wenn LaPorte versucht, es mir anzuhängen – uns wählen.«

»Darüber mache ich mir keine Gedanken, wirklich nicht. Ich stelle diese traurigen, süßen Blumen mal ins Wasser.«

»Er hatte so einen Smaragdring, der dir großartig stehen würde – ein bisschen auffällig mit etwa zehn Karat, aber du könntest ihn tragen. Ich habe widerstanden.«

»Gute Entscheidung.«

»Ich war schon früher zweimal im Haus.«

»Ich weiß.«

»Nein, das weißt du nicht. Ich war zweimal im Haus, als er nicht da war. Einfach, um zu sehen, ob ich hereinkomme, um mir alles anzusehen. Damals hatte er den Tresor noch nicht, aber es ist auch schon ein paar Jahre her. Deshalb habe ich länger gebraucht.«

»Du bist früher schon in sein Haus eingebrochen?«

»Übungsdurchgänge.« Er trank einen Schluck Coke. »Und er hat sein persönliches Museum echt noch einmal aufgerüstet. Da ist ein Diamant, russisch weiß, tropfenförmiger Anhänger, wunderschön. Ich weiß nicht genau, wer den Job für ihn übernommen hat, aber die Frau, der er gehörte, wurde dafür zu Tode geprügelt.«

»Und du glaubst, es war Russell.« Weil sie es jetzt verstand, nickte sie. »Deshalb hast du Russell ausgesucht.«

»Es hat gepasst. Er hat über LaPorte ausgepackt, und ich denke, LaPorte wird das Gleiche tun. Ich weiß nur, dass alles erledigt ist. Und sie werden beide ziemlich lange Zeit hinter Gittern verbringen.«

Sie musterte ihn aufmerksam. Aufgedreht, wie er sagte. Das hörte man laut und deutlich. Aber das Adrenalin ließ langsam nach. »Ist es jetzt genug für dich, *Harry*?«

Er öffnete den Mund, schloss ihn wieder.

»Mags hat es mir gesagt.«

»Ich war wirklich lange nicht mehr Harry.«

»Und du bist Booth für mich. Das wirst du immer sein. Aber ich frage Harry, ob es jetzt genug ist?«

»Ja.« Er stieß die Luft aus und sah sie direkt an. »Es ist genug. Mehr als genug. Es ist richtig.«

»Gut. Für mich auch. Und du musst es mir erzählen, alles, von Anfang bis Ende, aber zuerst muss ich noch etwas sagen.«

»Wenn ich nächstes Mal zu spät komme, bringe ich bessere Blumen mit.«

Sie berührte eine Rose, die den Kopf hängen ließ. »Das will ich hoffen, aber darum geht es nicht.« Sie setzte sich und drehte sich auf dem Küchenhocker zu ihm. »Ich habe nie verstanden, warum manche Leute sagen, sie lieben jemanden – und ich glaube, das meinen sie auch so – und wollen sich ein Leben mit ihm aufbauen und meinen auch das so. Aber dann fangen sie an und versuchen, den anderen, die Person, die sie lieben, zu ändern. Wenn du jemanden liebst, liebst du ihn, und das ist es. Würdest du mir zustimmen?«

»Klar.«

»Gut. Ich werde dich also nicht fragen, ob du mit deiner nächtlichen Arbeit weitermachst. Ich erwarte, dass du mir gegenüber aufrichtig in dieser Hinsicht bist.«

»Warte mal.«

»Ich bin noch nicht fertig.«

»Aber …«

»Noch nicht fertig. Mein Vater kommt in ein oder zwei Wochen zurück, und er und Deborah haben vor, einen Zwischenstopp in DC zu machen und hierherzukommen, um mich zu besuchen. Ich muss es ihm sagen.«

»Was sagen?«

»Alles. Noch nicht fertig«, sagte sie, bevor er widersprechen konnte. »Ich lüge meinen Dad nicht an, das ist eine rote Linie. Er wird ganz sicher sein einziges Kind nicht an die Polizei ausliefern. Aber um alles zu besiegeln, wirst du mich heiraten müssen.«

»Warte. *Was?*«

»Ich bestehe darauf, dass du mir einen Ring kaufst und nicht stiehlst, aber das ist meine einzige Forderung. Und ebenfalls eine rote Linie.« Zufrieden ergriff sie ihr Weinglas. »Lass uns nach draußen gehen. Ich war den ganzen Tag nur im Haus.«

»Miranda.« Er erhob sich, um ihr zu folgen.

»Eine schöne Nacht. Weiter im Text. Ich will keine große, prächtige Hochzeit. Ich will das tollste Kleid, aber das ist meine Sache. Ich finde, wir sollten hier heiraten, weil dich die Leute hier lieben, und ich fühle mich hier sehr wohl. Wir können die Hochzeit für die Frühlingsferien planen. Oder auch schon für die Winterferien, wenn du es eilig hast. Ich bin da flexibel. Du wirst weiter unterrichten, oder?«

»Miranda ...«

»Natürlich wirst du das.« Sie überrollte ihn so glatt wie damals beim Kaffeetrinken zwischen zwei Kursen auf dem College. »Du liebst es. Apropos Kinder.«

Das Flattern – Schmetterlingsflügel – in seinem Magen breitete sich in seine ganze Brust aus.

»Kinder.«

»Wir sind beide Einzelkinder, und ich möchte diesen Teufelskreis durchbrechen. Ich bestehe auf zwei Kindern. Wir werden sehen, wie wir damit klarkommen, und wenn es gut klappt, bin ich offen für ein drittes. Aber zwei sind gesetzt.« Sie drehte sich halb um und musterte das Haus, dann nickte sie. »Wir müssen wahrscheinlich ab einem gewissen Punkt anbauen, aber das liegt noch in weiter Ferne. Für jetzt brauche ich wesentlich mehr Platz für meine Kleider und persönlichen Gegenstände. Ich glaube, das ist für den Moment alles. Ich hätte besser eine Liste gemacht.«

»Können wir noch einmal zurückgehen? Weit zurück«, sagte er mit einer ausholenden Geste. »Zurück zu dem Teil, wo du gesagt hast, wenn du jemanden liebst, versuchst du nicht, ihn zu ändern.«

»Soll ich dir das alles noch mal erzählen?«

»Nein, nein. Lass uns einfach an der Stelle anfangen. Liebst du mich?«

»Natürlich liebe ich dich.« Sie zog ihre Augenbraue hoch. »Bist du plötzlich blöd geworden?«

Jetzt flatterten nicht nur Schmetterlingsflügel, sondern ein ganzer Schwarm war aufgeflogen.

»Das hast du noch nie gesagt. Nachdem wir ... Wenn ich es zu dir gesagt habe, hast du es nie gesagt.«

»Timing, Booth, es geht alles nur um Timing. Jetzt ist der Zeitpunkt, an dem ich es dir sagen wollte. Alles Hässliche liegt hinter uns. Wir beginnen jetzt neu.«

Sie liebte ihn. Und das war für ihn gleichbedeutend mit Alpha und Omega. »Es ist dir egal, dass ich ein Dieb bin?«

»Ich liebe dich.« Sie legte die Hand auf seine Wange und rieb über seine Stoppeln. »Immer schon.«

Er packte ihre Hand und hielt sie fest. »Ich brauche das nicht mehr. Ich wollte es dir sagen, dich bitten, mir eine Chance zu geben. Ich brauche das nicht, wenn ich dich habe. Die leeren Räume, die vergessenen Orte, du füllst sie mit Leben. Das war mein letzter Job. Man darf es nicht sagen, bevor man seinen letzten Job macht, sonst geht es daneben. Aber jetzt ist er erledigt, und jetzt kann ich es sagen. Alles ist erledigt. Ich bin fertig.«

»Auch das finde ich okay.«

»Und das Haus, dein Elternhaus?«

»Ich erwarte, dass mein Vater und Deborah noch viele glückliche Jahre dort erleben werden. Ich habe heute Nachmittag einen Makler angerufen, damit er mein Stadthaus verkauft. Das habe ich natürlich erst gemacht, nachdem wir all das beredet haben und ganz viel Sex hatten.«

»Klar, logisch.«

»Eines Tages wollen wir vielleicht in mein Elternhaus ziehen. Vielleicht aber auch nicht. Mir ist es egal. Aber was Heirat angeht, zwei, möglicherweise drei Kinder und mehr Platz für mein Zeug, da bin ich unerbittlich. Ach so, und ich werde weiterhin klein schneiden und rühren und beim Pizzadienst bestellen, aber mehr darfst du nicht erwarten. Willst du mich also heiraten oder nicht?«

Miranda, dachte er. Seine Miranda. Er konnte nicht widerstehen.

»›Ja, mit so willigem Herzen, als Dienstbarkeit sich je zur Freiheit wandte: Hier habt Ihr meine Hand.‹«

Tränen traten ihr in die Augen, als sie seine Hand ergriff. »›Und Ihr die meine mit meinem Herzen drin!‹«

»Sollen wir nicht in den Winterferien heiraten? Das wäre dann genau ein Jahr, seitdem du zu mir zurückgekommen bist.«

»Wir sind zueinander zurückgekommen. Eine Winterhochzeit fände ich großartig. Du solltest mich jetzt wirklich um den Verstand küssen.«

»Dazu komme ich noch. Möchtest du eine Orangerie?«

Sie lachte. »Ja.«

»Und wir könnten ein zweites Stockwerk ausbauen. Von deinem Arbeitszimmer aus hättest du einen fantastischen Blick, und da ich den Schrank mit meinem Bereich im Masterschlafzimmer jetzt nicht mehr brauche, hast du auch viel mehr Platz für dein Zeug.«

»Sieht so aus, als müsste ich dich um den Verstand küssen.« Sie stellte ihr Weinglas ab und umfasste sein Gesicht mit beiden Händen. »Du hast einmal zu mir gesagt, für dich habe es immer nur mich gegeben. Nur mich. Und eben hast du gesagt, dass ich alle leeren Räume und verlorenen Orte gefüllt habe. Für mich hat es immer nur dich gegeben, Booth. Nur dich. Keiner von uns hat jetzt irgendwelche leeren Räume mehr.«

Sie küssten sich am Fluss im Mondschein. Hielten sich eng umschlungen, küssten sich wieder.

»Dass du es deinem Vater erzählen willst …«

»Rote Linie, Booth.«

»Okay. Okay.«

Er zog sie an sich und legte seine Stirn an ihre. Und er wusste, dass seine rote Göttin zu ihm gekommen war.

Epilog

Ein Jahr später

Booth und Miranda standen Hand in Hand in Londons großem Museum. Nur ein Teil der Menge, dachte er, zwei von den vielen Besuchern, die hierherkamen, um sich den außergewöhnlichen Diamanten anzusehen, der als Rote Göttin bekannt war.

Sie stand – dank Lady Jane Dubois' Großzügigkeit – auf einem Marmorsockel hinter dickem Glas.

Er wusste natürlich, der Sockel war gesichert, das Glas war Panzerglas. Er dachte auch, dass er sicher einen Weg fände, um trotzdem heranzukommen – wenn er noch im Geschäft wäre. Aber die Göttin war zu Hause angekommen, sie hatte ihren Ort und ihren Zweck gefunden, gerade so wie er.

»Sie sieht so richtig aus hier. Und ich muss sagen, sie wirkt glücklich.«

Miranda legte den Kopf schief, und Booth nickte. »Ja, das stimmt.«

»Ich bin froh, dass wir hierhergekommen sind, um sie uns anzusehen. Und es freut mich, dass auch so viele andere sie sehen können. Bedauerst du es nicht?«

Er zog ihre Hand mit dem Ehe- und Beisteckring – gekauft und bezahlt – an seine Lippen. »Überhaupt nicht.«

Er verabschiedete sich von dem Stein und hörte, wie jemand tief enttäuscht sagte:

»Er glänzt noch nicht einmal. Er sieht aus wie ein großer roter Klumpen.«

Miranda lachte, und Booth ging kopfschüttelnd mit seiner persönlichen roten Göttin weg.

»Weißt du was, wir suchen uns ein nettes Café und setzen uns hin, um etwas zu essen.«

»Booth, das Baby ist so groß wie eine Erbse. Ich muss mich nicht alle zehn Minuten hinsetzen oder jede Stunde etwas essen.«

»Es ist aber in dir drin.« Und das war ein Wunder.

»Und wir sind beide bereit für unsere erste Reise nach Florenz. Dass wir den Umweg über London gemacht haben, war wichtig, um eine Tür zu schließen. Jetzt können wir eine andere öffnen.«

Das konnte er auf jeden Fall. Aber zuerst noch eine weitere Tür.

»LaPorte hat schon wieder seine Anwälte gefeuert.«

Lächelnd warf Miranda ihre Haare zurück, die sie offen trug. »Das muss frustrierend für ihn sein. Niemand gibt ihm das, was er will.«

»Obwohl er gesungen hat, wird Russell nie wieder aus dem Gefängnis kommen. Die meisten Vermögenswerte von LaPorte sind eingefroren, seine Schatzkammer ist leer, und er trägt bis zu seiner Verhandlung eine elektronische Fußfessel.« Booth lächelte ebenfalls. »Ich habe Gerüchte gehört, sie wollen erneut eine Kaution von ihm verlangen.«

»Ohh.«

Booth legte Miranda den Arm um die Schultern, als sie aus dem Museum in einen bewölkten Tag in London traten.

»Es fühlt sich jetzt schon wie Gerechtigkeit an«, sagte Miranda. »Aber ich bin kaum dazu gekommen, über meinen schrecklichen Fehler in New York zu jammern.«

»Sie haben ihn ja sozusagen auf frischer Tat ertappt.« Hatte er dafür nicht gesorgt? »Wir waren nur noch lose Enden, die abgeschnitten werden mussten.«

Er hatte ihr nicht gesagt, und er hoffte, sie würde es auch nie erfahren, dass man Selene Warwicks Leiche – was davon übrig war – gefunden hatte, angespült an einem Strand in Cannes, nur wenige Tage, nachdem er den Stein bei LaPorte platziert hatte. Sie war nicht weit genug, nicht schnell genug weggelaufen.

Türen schlossen sich, dachte er. Zeit, es dabei zu belassen.

»Bist du ganz sicher, dass du dich nicht hinsetzen und etwas essen willst?«

»Absolut sicher. Willst du mich jetzt die nächsten acht Monate ständig danach fragen?«

»Wahrscheinlich. Du bist meine erste Frau, und in deinem Bauch ist mein erstes Kind.«

Die Smokies, der Ozean, New Orleans. Die Rothaarige im Shakespeare-Kurs.

»Ich bleibe immer beim ersten Mal hängen.«

»Ich bin deine letzte Frau, vergiss das bitte nicht. Lass uns zum Flughafen fahren. Vielleicht kann Mr. Privatjet sie ja dazu bringen, dass wir ein wenig früher abheben.«

»Das kann ich gerne versuchen.«

Bevor er ein Taxi rufen konnte, schob sie ihn an den Rand des Bürgersteigs und schaute ihn mit ihren meergrünen Hexenaugen an.

»Ich bin froh, dass wir hier eine Zwischenlandung gemacht haben. Und ich freue mich auf zwei fabelhafte Wochen in Italien, wo mein weit gereister Mann mir alles zeigt, bevor wir nach Hause fliegen und uns einen Hund zulegen.«

»Jetzt, wo das Baby kommt …«

»Sie werden zusammen aufwachsen, und der Hund kann

mir Gesellschaft beim Schreiben leisten, wenn du in der Schule bist. Rote Linie, Booth. Ich hatte mit meinem Vater recht, und mit dem Welpen habe ich auch recht.«

Ersteres konnte er nicht leugnen, da Ben ihn weder umgebracht noch ihm den Kopf abgerissen hatte.

»Bevor wir aber mit alldem anfangen«, fuhr sie fort, »will ich dir erst noch sagen, dass ich dich liebe und dass du mich wahnsinnig glücklich machst. Und jetzt küss mich, bis ich keine Luft mehr bekomme.«

»Kann ich machen.«

Und er tat es.

Und als sie in ein Taxi stiegen, um den nächsten Teil ihrer Reise anzutreten, dachte er an seine Mutter, an die Leben, die er geführt hatte. Er dachte an den Kick und wie zufrieden es ihn machte, dass nächtliche Arbeit für ihn jetzt Miranda, ein Baby und ein großer, sabbernder Hund bedeutete.

Ein Leben, für das er sich entschieden hatte, dachte er und verschränkte seine Finger mit ihren.

Kostbarer als jeder Diamant.